El arte de ser nosotros

Inma Rubiales

El arte de ser nosotros

Obra editada en colaboración con Editorial Planeta – España

Bajo el sello editorial PLANETA M.R.
Avenida Presidente Masaryk núm. 111,
Piso 2, Polanco V Sección, Miguel Hidalgo
C.P. 11560, Ciudad de México
www.planetadelibros.com.mx

Diseño de la colección: © Compañía

Primera edición impresa en España: febrero de 2023
ISBN: 978-84-08-26792-8

Primera edición impresa en México: abril de 2023
Décima quinta reimpresión en México: noviembre de 2025
ISBN: 978-607-07-9973-0

Impreso en los talleres de Impregráfica Digital, S.A. de C.V.
Avenida 11 463, interior Bodega 2, Colonia San Nicolas Tolentino
C.P. 09850, Iztapalapa, Ciudad de México
Impreso en México –*Printed in Mexico*

Para los que saben que el negro
no es solo la ausencia de luz

Hay almas a las que uno tiene ganas de asomarse,
como a una ventana llena de sol.

Federico García Lorca

El molino ya no está; pero el viento sigue, todavía.

Van Gogh, *Cartas a Théo*

PRÓLOGO

En el museo de Hailing Cove, el lugar en el que me crie, hay un cuadro escondido de las miradas de los turistas. Está en la planta baja a la derecha, detrás del pasillo que conduce al jardín interior. Cuando era pequeño, solía sentarme a mirarlo durante horas. Intentaba dibujarlo en mis cuadernos. Recuerdo que una vez conseguí sacar a mamá del recorrido habitual para que me acompañase a verlo. Y ella arrugó la nariz y me condujo de nuevo a la sala principal mientras decía: «Logan, el arte no es arte si la gente no lo entiende».

Yo tampoco descifré lo que el artista quería transmitir hasta años después.

Pero me di cuenta de que sucedía lo mismo con las personas.

La primera vez que la vi, fue justo eso lo que pensé. Era como el arte.

Pocos lograron entenderla, pero quienes lo hicieron saben que nunca encontrarán a nadie que los haga sentir igual.

1

LOGAN TURNER

Logan

Me va a estallar la cabeza.

Lo primero que veo al abrir los ojos es blanco. Un techo, sí. Y algo rosa y de goma que se balancea. Creo que tiene forma de pene. Reconocería uno en cualquier parte, incluso teniendo una resaca de la hostia, como ahora. Y, a juzgar por lo blando que siento bajo el cuerpo, estoy en una cama. Que no es mía. Es la única conclusión a la que puede llegar mi cerebro en sus lamentables condiciones: yo no tengo ningún dildo, ergo, estoy en la cama de otra persona.

Ayer me pasé con el alcohol. Bostezo y trato de incorporarme, pero acabo tumbándome de nuevo con un gemido. La habitación me da vueltas. Creo que voy a vomitar. Me permito cerrar los ojos durante un momento para centrarme. Bien. Manual posfiesta activado.

Hay dos cosas que uno debe comprobar cuando se despierta con resaca en una cama ajena. En primer lugar, si sigue vestido, y, gracias al cielo, yo lo estoy. Y, para continuar, si ha dormido solo. Nada más necesito que ese pensamiento se me pase por la cabeza para obtener la respuesta. Lo sé incluso antes de girarme.

Mierda.

Lo peor es que ni siquiera sé quién es.

La chica sigue dormida. Tiene la piel pálida y pecosa, las pestañas gruesas y los labios carnosos. El flequillo rojizo le cae sobre la frente. Y, por suerte, también está vestida. Por más que intento poner en funcionamiento mi cerebro para recordar su nombre, no encuentro nada. Cero resultados. No sabe, no contesta.

Y estoy bastante seguro de que anoche la besé.

No pienso volver a beber.

Mi filosofía en estas cosas es que, a lo hecho, pecho. Estábamos borrachos. Y para ninguno significó nada. Lo mejor será que me largue antes de que se despierte y nos veamos envueltos en una conversación incómoda. Con esto en mente, intento volver a incorporarme, y entonces siento un tirón brusco que casi me arranca el brazo. Y el siguiente problema se materializa ante mis ojos.

Alterno la mirada entre su muñeca y la mía.

Estamos esposados.

¿Por qué coño estamos...?

No me da tiempo a averiguarlo. De pronto, la desconocida abre los ojos.

—No grites. —Mi voz sale ronca debido a la resaca. Lo último que necesito ahora mismo es que me reviente los tímpanos.

Sin embargo, su primer impulso no es chillar. En cuanto me ve, se incorpora a toda prisa y mira alterada lo que nos rodea.

—No —susurra fuera de sí—. No, no, no, no.

Aparta la sábana con brusquedad para asegurarse de que sigue vestida. Vuelvo a sentir un tirón en la muñeca, solo que ahora ella lo nota también. Se pone todavía más pálida cuando su mirada recae sobre las esposas.

—No puedes decirle esto a nadie —pronuncia atropelladamente—. Hablo en serio, Logan. Linda no puede enterarse.

Me quedo trastocado durante un segundo. Bueno, ella sabe cómo me llamo. Y ha dicho un nombre que sí conozco. Mi cerebro con resaca es incapaz de encontrar la relación que tiene Linda con todo esto.

—No hay nada que ocultar. —Mantengo la calma—. No pasó nada.

Un beso, vale, sí. Que fue la hostia de intenso. No recuerdo los detalles. Solo eso y que al besarla pensé: «Joder».

Mi mirada cae sobre sus labios carnosos y mordidos. Parece que ella también se acuerda, porque se aclara la garganta con nerviosismo.

—Tiene que quedar entre nosotros —insiste—. Esto no ha pasado. Prométela.

No soy de hacer promesas. Mucho menos a desconocidas. Señalo las esposas.

—Quítame esta cosa y me perderás de vista.

—Bien. ¿Dónde tienes las llaves?

—¿Por qué iba a tener yo las llaves?

—Estoy segura de que esto fue idea tuya.

Mi rostro se tiñe de incredulidad. Bueno, puede que la situación esté empezando a mosquearme.

—No tenía ninguna intención de acabar esposado a ti anoche, créeme.

—Es la única explicación lógica.

—¿Crees que voy por ahí esposándome a chicas borrachas?

—Teniendo en cuenta tu reputación, no me extrañaría.

—Mi reputación —repito con burla. No me sorprende notar el desdén en su voz; ya me he acostumbrado—. No pareció importarte mucho cuando decidiste meterte en la cama conmigo.

—Fue culpa del alcohol.

—Claro.

Mi tono irónico la saca de sus casillas. Gime con frustración.

—No me creo que esto esté pasando de verdad —masculla—. ¿En qué coño estaba pensando anoche?

—Probablemente, no en tu amiga Linda.

Me dirige una mirada que casi me manda bajo tierra.

—¿Qué? Eres tú la que ha dicho que no puede enterarse.

—No me extraña que piense que eres un capullo. —Sé que tenía intenciones de ofenderme. Me encojo de hombros, como si nada, lo que la enfada todavía más.

Molesta, mira lo que nos rodea. Como es de esperar después de una fiesta, la habitación está hecha un desastre; hay sábanas, cojines y latas de cerveza por el suelo. Me sorprende que hayamos sido los únicos en dormir aquí. Si no recuerdo mal, ayer había mucha gente.

—Si ninguno de los dos tiene la llave, debimos de dejarla en algún sitio —reflexiona en voz alta.

—Felicidades. No se me había ocurrido.

—¿Alguna idea? —gruñe como respuesta.

Vuelvo a echar un vistazo al dormitorio. Aún me duele la cabeza. Y buscarla aquí sería como intentar encontrar una aguja en un pajar. En resumen, estamos jodidos.

—En esta casa nada tiene sentido.

Suspiro y dejo caer de nuevo la cabeza sobre la almohada. La desconocida da un respingo cuando nuestros brazos se rozan por accidente. Después sube la vista al techo, siguiendo mi mirada, y hace lo más gracioso que puede hacer alguien en estos casos.

Se pone roja.

Muy roja.

Sonrío. ¿Quién diablos es esta chica?

—No me digas que es el primero que ves —comento burlón.

—Pues claro que no. —Aparta la mirada a toda prisa. Parece nerviosa—. Deberíamos... deberíamos mirar en el piso de abajo.

—Bien. Acabemos con esto.

Intento ponerme de pie, ella hace lo mismo y vuelvo a sentir el tirón en la muñeca porque hemos ido en direcciones distintas.

—Te toca salir por aquí —le advierto, dándole otro tirón. No pienso ceder yo.

Resopla y gatea por el colchón para pasar por mi lado.

Cuando me pongo de pie, siento una oleada de vértigo que casi me hace perder el equilibrio. Me recompongo y me paso una mano —la que no está esposada a una chica de mal humor— por el pelo. Me extraña no sentir el tacto de mi gorro contra los dedos. Miro a ambos lados y lo encuentro sobre la mesilla. Lo cojo y me lo guardo en el bolsillo de los pantalones antes de seguirla.

Fuera todo está en silencio. Tenemos que ir muy juntos y coordinarnos al andar, lo que arranca maldiciones de mi boca y de la suya. De vez en cuando nuestros brazos se rozan. Su piel está helada, quizá producto de haber pasado la noche cubierta solo por una sábana y ese vestido negro corto y ajustado. Ha debido de dejar los tacones en alguna parte, puesto que va descalza.

Intento hacer memoria de lo que ocurrió ayer. Los sábados siempre tengo mucho trabajo; volví tarde del estudio de tatuajes y Kenny se presentó en mi casa lloriqueando porque había vuelto a discutir con su novia, Sasha. A pesar de que no me van mucho las fiestas, sé sacrificarme cuando un amigo necesita salir a olvidar sus problemas. Por eso lo arrastré hasta aquí.

No recuerdo mucho más. Excepto el beso, claro.

Miro a la desconocida mientras bajamos la escalera. Lleva el pelo teñido de rojo oscuro.

—Mira, no sé qué te habrá contado Linda, pero...

—¿Vas a decirme que no tienes nada serio con ella?

—No estamos juntos —confirmo—. Así que no veo razones por las que haya que mantenerlo en secreto.

—Tú mismo has dicho que no pasó nada.

—Es la verdad. No pasó nada.

—Entonces no hay nada que ocultar.

—Bien.

—Bien.

Seguimos bajando.

—En realidad, estaría bien que se lo recordaras. Lo de que no estamos saliendo —añado, pasando la mano distraído por la barandilla—. Cómprale helado, siéntate con ella en la cama y dale pañuelos mientras le explicas por qué tiene que pasar página y olvidarme.

Frena en seco tan de repente que casi me choco con ella. Se gira hacia mí con los ojos llenos de rabia.

—¿Siempre eres tan capullo?

—Solo cuando me despierto de mal humor.

—Me ha quedado claro que eres un tipo duro, Logan. Siempre tan sarcástico. Siempre dándotelas de inalcanzable. Lo que me sorprende es que haya gente que realmente te soporte.

Joder. Esta chica me odia de verdad. No es solo que esté molesta conmigo. Noto el desdén que transmiten sus palabras. Y lo peor es que tiene razón. No hay casi ninguna persona en el mundo a la que le caiga bien.

—Encontremos la llave de una vez —contesto con sequedad. No quiero que se dé cuenta de que su comentario me ha dolido.

Cuando llegamos a la planta principal, se oyen voces desde la cocina. El primer impulso de ambos es ir en dirección contraria. No estoy de humor para soportar a más gente y supongo que ella sigue obsesionada con que «esto» se quede entre nosotros. Entramos en el salón y nos abrimos paso entre los vasos de plástico usados y las bolsas de basura que hay en el suelo.

Caminar con las esposas es una tortura. Los tirones constantes me están destrozando la muñeca. Lo más sensato sería entrelazar las manos, pero no se lo digo. Ella tampoco lo menciona.

—No le veo mucho futuro a tu plan —comento cuando me lleva hasta el sofá para mirar entre los cojines.

Lanza un par al suelo de mal humor.

—Al menos yo tengo un plan.

—¿Ponerte a buscar una llave minúscula en una casa que está hecha un desastre? Seguro que da buenos resultados.

Se vuelve a mirarme, cabreada.

—¿Se te ocurre algo mejor?

—Lo de las esposas no fue idea mía. Tú sabrás.

—No me creo que tú le gustes a Linda.

Casi pierdo el equilibrio cuando se agacha de golpe para mirar debajo de la mesa. Apoyo una mano en el sofá y procuro mantener la vista lejos de su zona trasera.

—Créeme, ojalá *no* le gustase a Linda.

—Es mejor persona de lo que tú serás jamás.

—En ese caso, no sé por qué pierde el tiempo conmigo.

—Se lo digo todos los días —responde incorporándose. Se sacude el vestido con la mano libre—. *Todos* los días.

Por si me quedaban dudas, el misterio de por qué me odia más que el resto de la población está resuelto.

—Déjame adivinar, ¿sois amigas del alma? ¿Unidas hasta la muerte y todas esas chorradas?

—Es mi mejor amiga —gruñe.

—Entonces sabrás de primera mano lo obsesionada que está conmigo.

—No sé qué es lo que ve en ti.

—Bueno, tú debiste de verlo también. Anoche te lanzaste sobre mí, ¿no?

No iba a sacar el tema del beso. No *debería* haber sacado el tema del beso. Pero tengo la necesidad de cerrarle la boca, y lo consigo. Se queda bloqueada un momento y después me suelta:

—Yo no me lancé sobre ti.

—Claro que lo hiciste. Y además estoy seguro de que te gustó. —Se sobresalta cuando tiro de las esposas para acercarla a mí—. No me acuerdo de casi nada, pero sé que me besaste. Con ganas, además. Aunque, sinceramente, todavía no entiendo lo de las esposas.

Estamos frente a frente, y puedo notar a la perfección cómo mi cercanía le acelera la respiración. Entiendo por qué me fijé en ella ayer. No solo no está nada mal, está mucho mejor que bien. Tengo un gusto exquisito incluso cuando bebo.

Hace esfuerzos por sostenerme la mirada.

—Tú me besaste a mí.

—¿Después de que me suplicaras?

—No, fue jugando. A la botella. Y la única razón por la que dejé que nos esposaran fue para no tener que besarte de nuevo.

Bueno, tiene sentido. Si accedí a jugar a una estupidez como esa, tenía que ir hasta arriba de alcohol.

—Entonces fue idea tuya —concluyo, con sorna, solo porque sé que se pondrá nerviosa.

Y, en efecto, así es.

—Creía que solo sería durante un rato.

—Eso no explica cómo acabaste en la cama conmigo.

—No tengo la fuerza suficiente para llevarte hasta allí, así que quizá deberías plantearte por qué tú accediste a venir.

Sonrío. Mi mirada baja, de nuevo, hasta su boca. Y luego sube hasta sus ojos.

—Mírate. Seguro que es tu primera fiesta universitaria. —Cada vez veo las señales más claras—. ¿Eres de primer año?

Aunque sigue manteniendo la compostura, noto que la he desconcertado.

—¿Te importa?

—En efecto, novata. No sois mi tipo. No te ofendas, no es nada personal. Es evidente que ayer iba muy borracho.

—Te besé una vez, Logan. Y fue un error.

—Suerte que no va a repetirse, entonces.

—Sí, suerte. Y gracia divina.

De pronto, oímos el sonido de la cadena del retrete y se abre una de las puertas del pasillo. Reaccionamos al mismo tiempo e intercambiamos una mirada rápida. Por suerte, quienquiera que sea no se dirige al salón. Antes de que pueda soltarle otro comentario mordaz, la desconocida tira de mí hacia el pasillo.

—¿Se puede saber qué haces?

—Se me ha ocurrido una idea. Cállate.

Un minuto después, nos ha encerrado a los dos en el baño con pestillo.

—Iba en serio cuando decía que no pienso volver a liarme contigo —aclaro por si acaso.

Me empuja para que la deje pasar. Solo que me arrastra con

ella, claro, porque seguimos llevando las esposas. Pone las manos sobre el lavabo y mi cerebro ata cabos cuando abre el grifo y coge la pastilla de jabón.

—No va a funcionar —le adelanto.

—Voy a probar cualquier cosa con tal de dejar de oírte.

Alzo la mano libre en son de paz. Ella no me está mirando; se encuentra demasiado concentrada embadurnándose la muñeca con jabón para intentar deslizarla fuera de las esposas. Me apoyo en la pared con el brazo estirado para que no me dé tirones mientras la observo.

Es atractiva. Bastante. Pelo rojo oscuro, ojos verdes, pecas, de estatura media. No hay nada mucho más destacable en ella. Conozco a varias chicas con las mismas características, y por eso sigo sin entender por qué el beso de anoche estuvo a ese nivel. Creo que me costará unos días sacármelo de la cabeza.

—Mierda —masculla, frustrada, cuando hace el tercer intento y su mano sigue sin caber por el hueco de las esposas.

—Te lo dije —menciono solo por incordiar.

Sin decir ni una palabra más, se enjuaga la mano y abre el armario de encima del lavabo. Revuelve un cesto lleno de accesorios para el pelo. Cuando por fin encuentra lo que busca, me arrastra fuera del baño y yo obedezco porque, joder, qué otra cosa voy a hacer.

Nos detenemos junto a la escalera y se pone a enredar en las esposas. Yo me agarro la muñeca y hago una mueca al comprobar que el metal me está dañando la piel. Se aprecia la rojez incluso por encima de los tatuajes.

—¿Sabes por qué no me caes nada bien?

Alzo la mirada ante ese ataque tan gratuito.

—Sorpréndeme. Me muero de ganas de descubrirlo.

—Sé cómo eres.

—Sabes cómo dicen que soy —la corrijo.

—Sé cuál es tu actitud. Sé que vas de tío duro por la vida. Que utilizas a las chicas como te apetece, que las ilusionas y después las abandonas como si nunca hubieran significado nada para ti. —No me mira; sigue concentrada en las esposas—. Creo que la forma en la que tratamos a los demás es un reflejo de lo que sentimos por nosotros mismos. Y, a juzgar por lo que he oído de ti, tú estás muy jodido, Logan.

—No tenemos la misma visión de los hechos —respondo con frialdad. No me escucha.

—Resulta que Linda es mi mejor amiga. Y tú le has hecho daño. —Por fin alza la mirada hacia mí—. Y además llevas toda la mañana portándote como un imbécil conmigo. No es que tengas muchos puntos a tu favor, ¿sabes?

—¿Has terminado ya?

Mi rostro se contrae en una mueca cuando da un tirón fuerte de las esposas.

El corazón me da un vuelco cuando la miro y descubro que tiene las manos libres. Y que eso no es lo peor. No es solo que siga esposado; es que ha cerrado su lado de las esposas en torno a la barandilla de la escalera.

—No me jodas —susurro.

Cierro los ojos para no perder los estribos.

Al abrirlos, la veo poniéndose el pasador de pelo que ha utilizado para liberarse.

—No irás a dejarme aquí, ¿no?

—Suerte arreglándotelas por tu cuenta.

Se da la vuelta para marcharse. Muevo el brazo para soltarme, pero es inútil.

—Estás equivocándote conmigo. —Se detiene y me mira por encima del hombro, expectante. Sé que busca una explicación. No se la doy—. ¿No vas a decirme cómo te llamas?

Durante un instante, me parece ver sorpresa en sus ojos. Puede que haya dado por hecho que la conocía. Quizá sí que tenga razones para estar tan enfadada, a fin de cuentas.

—¿Para qué quieres saber mi nombre?

—Para pedir que te vaya muy mal en la vida cuando practique mi próximo exorcismo.

Vacila. Y yo la desafío en silencio a decírmelo. Transcurridos unos segundos, responde:

—Me llamo Leah. Y no suelo equivocarme con las personas.

Suena como una sentencia. Como un «creo que eres una mala persona y lo seguiré pensando durante toda mi vida». Y lo peor es que podría hacerla cambiar de opinión. Ahora mismo. Podría contarle lo que pasó en realidad con Linda; que nunca quise hacerle daño, que todo lo que ha dicho sobre mí es mentira. Y que lo que cuenta la gente sobre Clarisse y yo también lo es. Son solo rumores. Dañinos.

Y ella se los ha creído. Sin dudar.

Por eso dejo que se vaya. Todos somos los malos en las historias mal contadas. Y nadie que juzgue a una persona sin conocerla merece realmente la pena.

2

SOBRE ABUELAS, NOVELAS ERÓTICAS Y ESPOSAS CON ABREFÁCIL

Leah

Conozco a Logan Turner desde el instituto.

Como es tres años mayor que yo, nunca coincidimos en clase, pero sí que solía cruzármelo por los pasillos o verlo garabateando distraído en sus cuadernos en el comedor. Le gustaba dibujar, y lo hacía muy bien, además. Yo siempre me sentaba sola a una de las mesas del fondo, intentando pasar desapercibida. Estuve dos años mirándolo desde lejos. Nunca me atreví a hablar con él. No soy el tipo de persona que es capaz de plantarse frente al chico que le gusta para invitarlo a salir.

Logan se graduó y se fue a estudiar a Portland. No siguió los pasos de ninguno de sus amigos, que prefirieron irse tan lejos de Hailing Cove como fuera posible. Oí que consiguió trabajo en un estudio de tatuajes. No volví a saber nada de él hasta que, hace unos meses, Linda, mi compañera de piso y mejor amiga, se presentó en mi cuarto diciéndome que se había enrollado con un chico. Y resultó ser él.

Logan Turner. El artista que escondía la nariz en sus cuadernos en el instituto se había convertido en el chico con tatuajes que actúa como si tuviera al mundo en contra. Oí rumores sobre él. Decían que engañó a Clarisse y que a raíz de eso pasó... lo que pasó. Y que desde entonces tiene el alma tan rota que intenta llenarla arrancando pedacitos de las de los demás.

No es el tipo de persona que quiero cerca de mí.

Y aun así no dudé en besarlo en la fiesta.

Fue una locura, lo más absurdo que he hecho en mucho tiempo, y como consecuencia ahora no puedo mirar a Linda sin sentirme culpable. Ni siquiera aunque esté fumando en mi habitación, a pesar de que le he dicho miles de veces que no me gusta que lo haga.

Al menos ha tenido la decencia de abrir la ventana.

—No me creo que Logan estuviera allí —comenta distraída expulsando el humo de su cigarrillo.

Me tenso y me concentro en la pantalla de mi portátil para disimularlo. Llevo treinta minutos intentando escribir porque prometí a mis lectores que tendrían un capítulo nuevo esta semana, pero no puedo sumergirme en la novela cuando lo único que hace mi cabeza es pensar en el beso.

—¿Leah? —añade cuando no respondo.

La miro. Está apoyada en el alféizar de la ventana, rodeándose con un brazo para conservar el calor dentro de su sudadera. Lleva el pelo rubio recogido en un moño descuidado.

—Bueno, sí que estuvo. —Y vuelvo al documento.

Y tanto que estuvo. Por desgracia.

—¿No soy la persona con la peor suerte del mundo? —gimotea—. Nunca va a ninguna fiesta. Nunca. Y se presenta en esa ayer, justo cuando yo decido quedarme en casa.

—No te perdiste mucho.

—Oí que pasó la noche con una chica.

Se me forma un nudo en el estómago.

—Te mereces algo mejor.

—Ya lo sé. Es un cabronazo. —Apaga el cigarrillo en el cenicero—. Ojalá vuelva a llamarme.

Se recuesta contra el lateral de la ventana, rendida. Verla así me hace sentir aún peor. Lleva colada por él desde que se liaron en aquel bar y lo único que ha hecho Logan desde entonces es portarse como un auténtico gilipollas. Linda siempre lo perdona y no la culpo; sé por experiencia que el amor nos vuelve idiotas. Esa es *su* excusa. No la mía. Yo soy la que anoche debería haber tenido en cuenta que a) besar al tío que le gusta a tu mejor amiga es una putada, b) Linda jamás me haría algo así, y c) todo empeora si ese tío es Logan Turner.

—¿No pasó nada interesante? Aparte de lo de Logan y su nueva amiga, claro —añade con amargura.

Me esfuerzo en hacer como si nada.

—Nada nuevo, no.

—¿Qué hay de ti?

—¿De mí?

—¿Algo emocionante?

Vacilo. Una buena amiga no solo le contaría lo que pasó con Logan, sino que *nunca* habría permitido que eso ocurriera. Soy la peor persona del mundo.

—Me encontré a Hayes —menciono a sabiendas de que valdrá para saciar su interés—. Iba con Miranda.

Más conocida como la chica con la que me engañó.

—Capullo —gruñe Linda—. Dan mucha grima en Instagram. Sé que no quieres verlo, pero el otro día subió una foto diciendo que ella sacaba su mejor versión. Mira.

Me muestra la pantalla. Aparto la mirada antes de que la imagen de ellos juntos se me clave en la retina. Sin embargo, nada impide que sienta ese malestar en el pecho. Por esto prefiero no saber nada; aunque ni loca volvería con él, me duele saber que ha rehecho su vida con tanta facilidad.

—Bueno, tiene lógica —contesto—. Su peor versión me la enseñó a mí.

Linda viene hacia mí y se tira bocabajo en mi cama con el móvil aún entre las manos.

—Deberías devolvérsela, ¿sabes? Y liarte con su mejor amigo o algo así. Es lo que yo haría. Lástima que no te vayan ese tipo de cosas.

No respondo. Solo bajo la vista al portátil. Tiene razón. No me van. No besaría al mejor amigo de Hayes solo para darle una patada en la boca. No cuando sé que hay algo que le jodería todavía más.

¿Para qué ir a por su mejor amigo cuando está Logan Turner, el chico al que odia con todas sus fuerzas?

—Algún día conocerás mi lado salvaje —bromeo solo para desviar el tema.

Linda silba mientras señala mi portátil.

—Créeme, ya conozco tu lado salvaje. —Me da un golpe cariñoso en la pierna—. ¿Cómo va el capítulo? ¿Te estoy distrayendo?

—No tengo mucha inspiración. El último dejó el listón muy alto.

—Bueno, me contaste que hubo mucho sexo. A la gente le gusta el sexo. No me extraña que estén tan enganchados.

—Una buena historia debe tener algo más, Linda. —Y prefiero pensar que hay más razones por las que mis lectores siguen la novela.

—¿Los vas a separar?

Me mira con aire acusador y yo me muerdo el labio para no sonreír.

—Tomaré decisiones difíciles si la trama lo requiere —expreso con solemnidad.

Abre la boca, ofendida, como si acabara de darle la noticia más indignante del mundo, y coge un cojín para estampármelo contra la pierna. La esquivo entre risas.

—Prométeme que al menos harás que la reconciliación merezca la pena.

—No hago promesas que no sé si podré cumplir.

—Deberían vetarte de internet y del mundo en general. —Me señala con un dedo—. Más te vale hacer que follen, como mínimo, durante tres capítulos seguidos.

—Yo no escribo ese tipo de cosas.

—Dile eso a quien no se sepa la trama de todos tus libros.

Avergonzada, aparto la vista y ella se echa a reír. Seguro que estoy poniéndome roja. Linda es una de las únicas personas de mi entorno que saben que escribo. Aunque no ha leído ninguna de mis novelas —esas cosas no le van—, de vez en cuando, cuando nos aburrimos, le cuento algunas de mis ideas. No la culpo por no mostrar mucho interés. Hasta hace poco, incluso yo dudaba sobre si tenía talento para esto.

Mis padres también están al tanto de que me gusta escribir, pero no tienen ni idea de que me gustaría dedicarme a eso de forma profesional. Tampoco saben lo grande que es la comunidad de lectores que tengo en internet, ni qué es lo que... escribo en sí. Romance con toques de erotismo. Con bastante erotismo. Con mucho erotismo.

Por eso lo mantengo en secreto. Si algún conocido se enterase de esto, no podría volver a mirarlo a la cara.

El móvil de Linda tintinea con la llegada de una notificación.

—Nueva foto —anuncia. Se incorpora para buscar su teléfono entre las sábanas. Una vez que lo encuentra, lo desbloquea y se muerde el labio al mirar la pantalla—. Y luego me preguntas por qué me gusta.

—¿Desde cuándo tienes activadas sus notificaciones?

—Cállate y mira esto.

Me enseña la pantalla. Es una fotografía de la espalda de un chico en primer plano; el fondo es negro y las sombras y la postura remarcan sus definidos músculos. Tiene los brazos recubiertos de tatuajes. Lo primero que pienso al verlo es «Dios santo». Y justo después me golpea una certeza.

—No es él.

La expresión de Linda se congela.

—¿Qué?

—No es Logan —repito—. Debe de ser la foto de alguien a quien ha tatuado. No es él.

Frunce tanto el ceño que todo su rostro se contrae. Alterna la mirada entre la imagen y yo.

—¿Cómo estás tan segura?

—No lo sé. —Vacilo—. No parece él, ¿no?

—Bueno, ahora que lo mencionas...

—Claro. —Trato de restarle importancia—. Es muy evidente. Cualquiera lo habría notado.

Linda mira la fotografía una vez más antes de bloquear el móvil. Y yo procuro centrarme en el ordenador, solo que es difícil disimular mis nervios. Si ella no se ha dado cuenta, yo tampoco debería haberlo hecho. Se supone que lo conoce mejor que yo. Que han pasado más tiempo juntos. Yo ni siquiera había hablado con Logan antes de lo de anoche.

Me da vergüenza admitir que podría reconocerlo en cualquier parte.

Y eso que él no sabía ni cómo me llamaba.

El ambiente se ha vuelto tan incómodo que siento un alivio inmenso cuando me suena el teléfono. Videollamada entrante. La acepto mientras cierro el portátil.

—*Piccola?* —Es mamá. Me incorporo y cojo el portátil con la mano libre para quitármelo de encima.

—¡Hola, Gina! —la saluda mi amiga.

—¿Esa es Linda? *Ciao, Linda!*

Dejo el ordenador sobre la mesilla y vuelvo a sentarme con las piernas cruzadas. Linda no aparece en el plano; está tumbada a los pies de la cama entretenida con su móvil.

—¿Qué tal todo por allí? —le pregunto a mamá.

Por fin se aleja de la cámara y puedo verla mejor. Es una mujer muy guapa de cabello oscuro y ojos color miel.

—Bastante bien. Tu padre está ocupado con el restaurante, como siempre. Le diré que te llame. Tenía ganas de hablar contigo. Y tu hermano Oliver..., bueno, sigue en sus trece. No se separa de esos cuadernos que utiliza para dibujar. ¿Y a ti? ¿Te va bien con las clases?

—Ajá. Esta tarde tengo una entrevista de trabajo.

Linda me mira con curiosidad. Es la primera vez que lo menciono delante de ella.

—¿Y eso? —se interesa mamá.

—Vi un anuncio en el tablón de la facultad. Una familia busca a alguien que dé clases particulares a una niña, creo. Se llama Mandy. Se me dará bien. Tengo experiencia del verano pasado. Y seguro que es divertido.

—No tenemos el mismo concepto de «diversión» —carraspea Linda.

La ignoro y me centro en mi madre, que me observa con preocupación.

—¿Estás segura? Pronto empezarás a estar muy ocupada con la universidad.

—Puedo organizarme. Así os ayudaré con los gastos. Son todo ventajas.

—No tienes por qué hacerlo, Leah.

—Quiero hacerlo.

La historia de mis padres es de esas que solo se encuentran en los libros. Se conocieron hace veinticinco años, cuando mi padre, estadounidense, fue de vacaciones a Porto Venere, en la costa de Italia. Se enamoraron, y mi madre, que ansiaba conocer el mundo, decidió dejarlo todo atrás para irse con el amor de su vida a recorrer los cinco continentes. Se pasaron un par de años viajando. Y después se establecieron en Hailing Cove, un pequeño pueblo del estado de Maine, y fundaron Porta del Paradiso, el restaurante de la familia. Mi madre se quedó embarazada y el resto es historia.

Nunca hemos sido una familia muy acomodada económicamente. Mis padres sacrificaron mucho para que yo pudiera irme a estudiar a otra ciudad. El alquiler del apartamento, las tasas de la universidad... Estudiar es caro. Aunque comparto piso con Linda, hacen un gran esfuerzo para afrontar los gastos. No voy a quedarme de brazos cruzados mientras ellos trabajan.

—Créeme, Gina, ya he intentado convencerla de que deje de buscar trabajo. Es imposible —habla Linda desde fuera del plano—. Es la persona más cabezota que existe.

Mi madre parece orgullosa tras su intervención.

—Algo tenía que heredar de mí.

La llamada se alarga un rato más. Me habla sobre el restaurante, las nuevas recetas que han incorporado a la carta y el buen recibimiento que han tenido entre los clientes, y yo le cuento cómo me ha ido la última semana en la universidad. Estudio Literatura y, aunque todavía estoy en primer año, ya tengo la certeza de que es la carrera correcta. Adoro a mi madre, estamos muy unidas, y charlar con ella casi hace que se me olvide la estupidez que cometí anoche.

Cuando cuelgo, Linda y yo intercambiamos una mirada. Nos entendemos sin palabras, como siempre. Sabe que buscar trabajo es importante para mí. Y que mi madre siempre me pone impedimentos. Por eso ha intercedido.

—Gracias por lo de antes —le digo.

—No las des. Para eso están las amigas.

Es todo lo que necesito para que el beso de ayer vuelva a clavarse con estacas en mi cerebro. Con él llega, de nuevo, la culpabilidad.

—Sí, es verdad —coincido, intentando seguir como si nada—. Para eso están las amigas.

Logan

—¿De verdad has dejado que te esposen a una escalera? —se mofa Kenny nada más verme.

Casi le gruño como respuesta. Estoy cabreado. Muy cabreado. Llevo dos putas horas aquí sentado, soportando las risitas de las personas que pasan por mi lado, y mi brazo lleva estirado tanto tiempo que estoy empezando a notar calambres. Los primeros treinta minutos fueron llevaderos. Creí que Leah volvería. No lo hizo. Me pasé la siguiente media hora maldiciéndola en todos los idiomas. Y después se me ocurrió llamar a Kenny. Menos mal que llevaba el móvil encima.

—Seguro que tiene una explicación —añade mi amigo, divertido.

Conociéndolo, va a estar burlándose durante días.

—¿Puedes quitarme esta cosa de una vez?

—No lo sé, Logan, ¿puedo?

Genial. Viene con ganas de vacilarme.

Conozco a Kenny desde hace años. Es un tío corpulento, con el pelo largo y castaño y los brazos llenos de tatuajes, cliente fiel en el estudio de tatuajes en el que trabajo. Me encargó una pieza que le ocupaba toda la espalda y tuvimos que pasar tantas horas juntos que nos hicimos amigos. Como resultado, ahora es la única persona cuya presencia soporto.

Menos en este momento.

—¿Lo veis? —les dice a unas chicas que pasan junto a nosotros cargadas con bolsas—. Sí, es Logan Turner. Está esposado. A la escalera. Qué chico, ¿eh?

Le doy una patada en la espinilla mientras ellas se alejan entre risas.

—¿Se puede saber qué haces?

—Que te jodan. Me has hecho dejar la cerveza a medias.

—¡Son las diez de la mañana!

—¡Nunca es mal momento para una cerveza! —exclama de vuelta. Muevo el brazo esposado para atraer su atención. Kenny silba consecuente—. Bueno, ¿vas a contarme lo que ha pasado?

—¿Puedes quitarme primero las esposas?

—En realidad, no. —Se apoya contra la barandilla con total tranquilidad—. Te escucho.

Echo la cabeza hacia atrás para armarme de paciencia. Él no deja de sonreír. Seguro que está disfrutando con esto, y no me extraña. La situación es patética hasta decir basta. Y para colmo me sigue doliendo la cabeza.

—Ayer besé a una chica —comienzo.

Él asiente con rotundidad.

—Y tanto que sí. Te recuerdo que yo estaba ahí. Bueno, yo y todo el mundo.

Genial.

—Era amiga de Linda.

Hace una mueca.

—Menuda puntería, ¿eh?

—Y que lo digas.

—¿Sabes su nombre?

—Leah.

—No la conozco.

—Qué suerte tienes.

—Déjame adivinar, ¿la has cabreado y te ha dejado aquí?

—Exacto. ¿Ahora puedes mover el culo y quitarme esto?

Está a punto de obedecer, pero lo piensa mejor.

—¿Cuáles son las palabras mágicas?

—¿Me estás jodiendo?

—¿Quieres que me vaya sin ayudarte?

Lo voy a matar.

—Por favor. —Renuncio a todo mi orgullo.

—Por favor, ¿qué?

—Por favor, quítame las putas esposas.

—Pídemelo con educación.

—Kenny. —Cruzamos miradas y, como no parece dispuesto a ceder, al final lo hago yo—: ¿Puedes quitarme las esposas de una vez, por favor?

Mantenemos el contacto visual durante unos segundos. Por suerte, acaba suspirando y apiadándose de mí.

—Podrías haberlo hecho mejor. Te lo acepto solo por esta vez. —Se agacha a mi lado para manipular las esposas y arruga el rostro en una mueca—. Tío, apestas a muerto.

No discuto. Solo echo de nuevo la cabeza hacia atrás y cierro los ojos, adolorido. La resaca me está matando.

—Solo quiero largarme de una vez —gimoteo.

—Ya está. Problema solucionado, cascarrabias.

Me giro hacia él como un resorte. Tardo un segundo en procesar que, en efecto, soy libre por fin, y en cuanto lo hago me alejo de la escalera a toda prisa y me pongo de pie. Me agarro la muñeca por instinto; arde y la piel está enrojecida. Kenny tiene las esposas abiertas en las manos. Lo miro con el ceño fruncido.

—¿Cómo diablos...?

—No son esposas de verdad. No tienen llave. —Me muestra cómo, al presionar un minúsculo botón, se abren con facilidad—. Te falta experiencia, hermano.

Abro y cierro la boca, alucinado.

—¿Podría habérmelas quitado yo solo?

—Si fueras un poco más inteligente, supongo que sí. —Me palmea la espalda para darme ánimos—. No te preocupes. En esta familia aceptamos a todo el mundo.

—No me toques.

Me libro de su agarre y camino un poco para estirar las piernas. Después me sacudo los vaqueros. Es raro poder usar de nuevo las dos manos. Me las paso por el pelo y, como siempre, echo de menos notar la textura de mi gorro contra los dedos. Me lo saco del bolsillo y me lo pongo.

—De nada por venir a por ti —dice Kenny guardando las esposas.

Me acerco para hacer un choque de puños con él.

—Gracias, tío. Te debo una.

—Me debes muchas.

Pues sí, para qué mentir.

—¿Qué tal con Sasha? —Si vine a esta dichosa fiesta, fue solo para que él se distrajera del drama que tenía con su novia.

—Bien. Ayer la llamé borracho y lo arreglamos.

—Genial.

—Nunca subestimes el poder de una buena borrachera.

—Créeme, yo no pienso volver a beber. —Al menos, no si hay riesgos de volver a acabar esposado a alguien—. ¿Has traído la furgoneta? ¿Puedes dejarme en mi casa? Tengo que pasarme después por el estudio.

—Claro. Pero Mandy va a matarte como te vea así.

Me entran ganas de reír. Como si esto la fuera a sorprender.

—Me ha visto en situaciones peores, créeme.

Bloque 18. Piso 3, A.

Si Google Maps no me la ha jugado, es aquí.

Suelto el aire, nerviosa, y me aliso la camisa y los vaqueros. Hemos quedado a las seis en punto y llego con cinco minutos de antelación. Necesito conseguir el trabajo. Miré otras ofertas de empleo, pero la mayoría requerían tener un tiempo libre del que yo no dispongo. Por suerte, es relativamente fácil dar clases particulares. No tendría problemas para compaginarlo con la universidad. Y los niños se me dan bien. Fui monitora en un campamento el verano pasado. Tengo experiencia. Soy perfecta para el puesto.

Ahora solo necesito que ellos se lo crean.

Me armo de valentía y llamo al timbre. Cruzo las manos tras la espalda, inquieta. Y espero. Se oyen pasos al otro lado.

El discurso de presentación que tenía preparado se me olvida en cuanto se abre la puerta.

—No —sentencia Logan Turner de forma automática—. No, ni de coña. No.

Me quedo bloqueada al verlo. Está diferente de esta mañana; se ha cambiado de ropa y ahora viste una sudadera y unos pantalones de chándal grises. Y lo que es más importante: ya no lleva las esposas. Y me mira como si me quisiera muerta y bajo tierra.

Los nervios no me dejan pensar con claridad.

—¿Qué haces tú aquí?

Sus cejas se disparan.

—Es mi casa.

—¿Tu...? —En cuanto termino de atar cabos, se me cae el mundo encima—. Vengo por el anuncio de las clases. Para tu hermana.

—¿Mi hermana?

—¿Leah? —Una voz femenina me llama desde el pasillo—. ¡Llegas pronto! Encantada, soy Mandy.

Una señora mayor, de unos sesenta años, llega a la puerta con una gran sonrisa. Lleva un camisón de flores colorido y el pelo grisáceo al estilo afro. Y me está tendiendo la mano. Se la estrecho mientras trato de asimilar la situación.

—¿Usted es Mandy? —articulo como una idiota.

—Abuela, no me jodas —interviene Logan.

Se vuelve hacia él para darle un manotazo.

—¡Esa boca! Muévete y deja entrar a la chica, vamos.

—No la vas a contratar.

—¿Vas a decirme tú qué es lo que tengo que hacer?

—Abuela...

—He dicho que la dejes entrar.

Se sostienen la mirada durante unos segundos, desafiándose, hasta que Logan cede y se aparta de la puerta a regañadientes. Noto su mirada en la nuca cuando cruzo el umbral y sigo a Mandy por el pasillo. Tengo la sensación de que estoy metiéndome en la boca del lobo.

—Me alegro de que hayas sido puntual —dice la mujer—. Es algo que valoro mucho en las personas.

—Ajá —contesto distraída. No dejo de pensar en Logan, en que viene con nosotras, en lo que pasó anoche, en Linda—. ¿Para quién serían las clases? ¿Para su nieta?

—¿Mi nieta? El único nieto que tengo es Logan y, aunque parezca mentira, él ya sabe leer.

Se vuelve a mirarme cuando llegamos a la sala de estar. Me detengo en la puerta y, cuando Logan me rodea para entrar, su brazo roza el mío y me da un vuelco el corazón. Vale, tengo que relajarme. Estoy incluso más nerviosa que esta mañana. Y eso no es bueno.

Observo su espalda ancha y fornida hasta que se mete en la cocina.

—Las clases serían para mí —continúa Mandy, a la que devuelvo toda mi atención—. Me gustaría tener más soltura a la hora de leer. ¿Crees que podrías ayudarme?

Me toma por sorpresa. Muy por sorpresa.

—¿No ha pensado en apuntarse a una escuela para adultos?

Rechaza la idea con un gesto.

—No me gusta la gente.

—Y no le cae bien a nadie —añade Logan, que acaba de volver al salón.

Se recuesta contra el marco de la puerta con una botella de agua abierta en la mano. Mirándome. Su rostro transmite una mezcla de molestia y curiosidad que me genera un mal presentimiento.

—Por favor, Leah, no le hagas caso a mi nieto. A veces se le olvida que soy yo quien lo mantiene.

—Abuela, no empieces.

—A lo que iba, ¿te interesa el trabajo? ¿Crees que podrías... enseñarme a leer?

Al principio voy a decir que no. Esto no es en absoluto lo que esperaba; estoy acostumbrada a dar clase a niños, no a personas mayores. Pero entonces los ojos miel de Mandy se clavan sobre los míos, y veo en ellos algo que me estruja el corazón. Esperanza. De verdad ansía encontrar a alguien que le enseñe. ¿Y si a más gente le ha pasado lo mismo que a mí y ha malinterpretado el anuncio? Puede que no vaya a ser la primera que la rechaza.

—Sí, claro. —Y hasta a mí me sorprende lo segura que sueno—. Sí, puedo hacerlo. No hay ningún problema.

Todo su rostro se ilumina. Parece que se muera de ganas de venir a darme un abrazo.

—¡Genial! ¿Cuáles son tus horarios? ¿Y los precios?

Voy a contestar cuando otra voz interviene en la conversación.

—¿Tienes experiencia? —Es Logan. Y, a juzgar por su tono, convencerlo va a ser difícil.

Me vuelvo hacia él. Sus ojos oscuros conectan con los míos.

—Sí —respondo.

—¿Demostrable?

—Soy buena en mi trabajo.

—No eres tú la que tiene que juzgar eso.

—La gente está contenta conmigo.

—Qué sorpresa. Niña de bien.

Pronuncia lo último con desprecio. Mi expresión debe de reflejar muy bien las ganas que tengo de contestarle, porque se lleva la botella a los labios para ocultar una sonrisa. Quiere que entre en su juego, pero no va a lograrlo. He venido a conseguir el trabajo, no a perder el tiempo discutiendo con él.

Me centro de nuevo en Mandy.

—Vendré tres o cuatro días a la semana. Yo misma le traeré los libros con los que practicaremos. Soy perseverante y paciente, y se me da bien enseñar. Lo único que necesitamos es tiempo y un lugar en silencio, sin distracciones —añado refiriéndome al gilipollas de su nieto—. Sobre el precio, me parece bien el que puso en el anuncio.

—Olvídalo. —Logan se dirige a su abuela—. Te buscaré a alguien. Tengo contactos.

—Conmigo conseguirá buenos resultados —argumento.

—No es de fiar —prosigue él, señalándome con la cabeza con desinterés—. Es nueva en el campus. No creo que tenga mucha experiencia. Te iría mejor si te enseñara un niño de seis años.

Llego al límite de mi paciencia. Me giro hacia él conteniendo las ganas de darle un puñetazo.

—¿No tienes ninguna escalera a la que esposarte?

—¿Y tú no tienes otra amiga a la que putear?

Hijo de su grandísima...

—Hay clientes esperándome en el estudio. Me largo —anuncia entonces. Cierra la botella y la deja sobre la mesa—. Hablaré con Kenny y encontraremos a un buen profesor. En cuanto a ti, novata, hazte un favor y deja de perder el tiempo. Ya sabes dónde está la puerta.

Me giro para ver cómo se marcha, cabreada. Y después asimilo las consecuencias de lo que acaba de pasar y miro a su abuela, que ha presenciado nuestra discusión en silencio. Entonces, ya no me quedan dudas: acabo de perder la mejor oportunidad de trabajo que se me ha presentado hasta ahora.

—Ya os conocíais —asume. Me lanza una mirada significativa.

«Lo besé anoche.»

«Lo besé anoche.»

«Lo besé anoche.»

«Lo besé anoche y me odio porque creo que me gustó.»

—Íbamos al mismo instituto —respondo sin dar más detalles.

Silencio. Espero que me invite a marcharme con amabilidad. Entonces, sucede algo que no me esperaba.

Sonríe.

—Mi nieto. Logan. Necesita que le den una lección, ¿verdad? —comenta al verme tan perdida—. Bueno, ¿cuándo empiezas?

3

UN CASO PERDIDO

Logan

A las siete de la mañana del día siguiente, me suena el despertador. Alargo la mano para apagarlo y vuelvo a centrarme en mi tableta gráfica. Hago *zoom*, retoco el sombreado y alejo de nuevo el diseño para analizarlo. Mi cliente me pasó un dibujo ya hecho que encontró en Pinterest. Como ningún artista que se precie roba a otro, he hecho mi propia versión del típico león rugiendo, añadiéndole flores al fondo y cambiando la tipografía. Sigue pareciéndome muy simple. Creo que yo no me lo tatuaría. O quizá sí. Dije lo mismo de la mitad de los tatuajes que tengo y ahí están.

Me hice mi primer tatuaje con dieciséis años. En realidad no lo tenía planeado. Me lo jugué borracho en una apuesta con un amigo y acabé sentado en una camilla con una aguja perforándome el brazo. Me tatué una frase: «Que te jodan». Años después la completé con una flor con gafas de sol que fuma desde su maceta. Y, a diferencia de lo que le pasa a la mayoría de la gente con su primer tatuaje, en mi caso es uno de mis favoritos.

Esa fue la primera vez que pisé un estudio. Y gracias a él conocí a Peach, la mujer que encontró los bocetos que escondía en mis cuadernos y me introdujo en el mundillo. Entre ella y Taylor, su novio, me enseñaron todo lo que sé. Una semana después de mudarme con la abuela a Portland, eché el currículum en Mad Masters, un estudio que acababan de abrir en la ciudad, por si acaso tenía suerte. Y la tuve. Ahora llevo tres años trabajando allí y tatuar se ha convertido en parte de mi rutina.

Tengo clase dentro de una hora, así que apago la tableta y me levanto de la cama. Me he pasado la noche diseñando porque no podía dormir. Suelo tener problemas de insomnio, no es algo nuevo, y siempre intento aprovechar el tiempo y ser productivo. Me quito la camiseta del pijama y la lanzo a la cama antes de abrir la cómoda para buscar algo que ponerme. El espejo de la pared me devuelve la imagen de un chico pelinegro, despeinado, con los hombros, los brazos y el torso llenos de tatuajes. Acabo cogiendo unos vaqueros, una camiseta y una de las sudaderas que me pongo siempre. Esta en concreto deja al descubierto la rosa que tengo tatuada en el cuello. Me calzo las zapatillas y después reviso la habitación en busca de lo que me falta.

Mi gorro, ahí está.

Salgo tras coger el móvil, las llaves y la cartera.

—Buenos días —saludo a la abuela al entrar en el salón.

Está sentada en su mecedora bebiendo café como todas las mañanas. Ha preparado el mío y lo ha dejado en mi lado de la mesa. No tengo tiempo para sentarme a desayunar en condiciones, así que lo cojo y doy un trago aún de pie.

—¿Tienes prisa? —Enarca una ceja.

—Quiero llegar temprano a clase. Tengo un par de dudas que comentarle al profesor.

Pese a que nunca fui un alumno aplicado en el instituto, siempre tuve claro que, por el bien de mi futuro, tenía que seguir estudiando. Y que haría algo relacionado con el arte. Como sabía que no tendría muchas oportunidades en Hailing Cove, me mudé a Portland con mi abuela para cursar Diseño Gráfico. Me va bastante bien.

—¿Hasta qué hora trabajas hoy?

—No lo sé. Tengo varios clientes y después me tocará quedarme a limpiar. No volveré hasta esta noche.

—Bien. —Da otro sorbo a su café, conforme.

Frunzo el ceño.

—¿Bien?

—Leah llegará sobre las seis. No quiero que nos molestes.

Y ahí está otra vez. Ese dichoso nombre. Parece que el destino quiera ponerla en todas partes.

—No me creo que le hayas dado el trabajo.

Dejo la taza sobre la mesa y abro la mochila para asegurarme de que llevo la cartera y el cargador de la tableta. Mi evidente mal humor se gana la atención de la abuela, que ladea la cabeza como diciendo: «No te atrevas a hablarme con ese tono, jovencito».

—La semana pasada no regaste mis geranios —argumenta con tranquilidad.

—Abuela, me esposó a una escalera.

—Cariño, mis geranios son mi debilidad.

Cierro la mochila de mala gana. Genial.

—He aprendido la lección. No hace falta que sigas con esto. Te dije que encontraría a alguien para las clases.

—Bueno, la verdad es que la chica me cae bien. Y se nota que entiende del tema.

—No la conoces.

—Tú tampoco.

Me mira por encima de sus gafas metálicas, animándome a llevarle la contraria. Por desgracia, no puedo. Lo único que sé de Leah es que confía ciegamente en Linda. Y que me odia.

Ahora que lo pienso, es más que suficiente.

—¿Sabes qué? Haz lo que quieras. —Me echo la mochila al hombro—. No voy a estar mucho en casa, de todas formas.

—Mejor. No quiero que nos distraigas.

—¿Has pensado en adoptarla como nieta y sustituirme?

—Créeme, lo habría hecho si no requiriese tanto papeleo. —Se ríe al verme poner mala cara—. Que pases un buen día, cariño.

—Lo mismo digo. —Me acerco para darle un beso en la frente porque, aunque esté molesto con ella, me sentiré mal durante todo el día si no lo hago—. Y, sobre Leah, avísame si se pone en plan agresivo. Vendré enseguida. Puedo controlarla.

Se lleva la taza a los labios para ocultar una sonrisa.

—Claro. Seguro que sí.

—Joder, tío. Adoro tener novia.

Kenny le sonríe al móvil como un idiota. Sasha y él son la pareja más pasional que existe; lo mismo un día quieren matarse que al siguiente están jurándose amor eterno. Están especialmente empalagosos desde que volvieron, así que es una suerte que ella esté en clase ahora mismo. Es difícil hablar con Kenny cuando Sash está metiéndole la lengua hasta la garganta.

Miro la carta que cuelga sobre el mostrador. La cafetería del campus está a rebosar todos los días. Incluso hoy, un lunes a las nueve y media de la mañana, hay una cola enorme para pedir.

—¿Vendrás a la fiesta del sábado al final? —me pregunta Kenny.

Suspiro con cansancio.

—¿Tengo opción?

—No.

En ese caso, no creo que haya nada más de lo que hablar.

Él vuelve a teclear en su móvil. Noto una punzada en el pecho cuando lo miro de reojo. Sash y él llevan saliendo bastante tiempo y se nota que lo hace muy feliz. Creo que he olvidado cómo era esa sensación. Cuando crees que has encontrado a la persona correcta, todo es la hostia de intenso. Ni siquiera piensas en lo que dolerá cuando se acabe. Solo disfrutas del momento. Vives. Cada segundo.

Y entonces llega el golpe, y el destino vuelve a demostrarte que, cuando quiere, puede ser un auténtico hijo de puta.

—¿Hablaste con tu profesor? —se interesa guardando por fin el teléfono.

Intento que no se dé cuenta de lo mucho que agradezco que me distraiga de mis pensamientos.

—En general el boceto le gusta. Solo me ha sugerido un par de cambios. —Es uno de los muchos trabajos que tendré que entregar este semestre. Y no es por echarme flores, pero está quedando bastante bien.

—Bueno, seguro que sus consejos son útiles. Tú intenta implementar todo lo que te ha *proponido.*

—Propuesto —le corrijo automáticamente.

—Me la agarras sin pretexto.

No me creo que haya vuelto a caer.

Está tan acostumbrado a soltarme estas bromas que ya ni siquiera se ríe; solo me palmea la espalda como diciendo: «Tío, tienes que aplicarte». Me saco el móvil del bolsillo para ver la hora. Me quedan diez minutos de descanso antes de la próxima clase y no tiene pinta de que vaya a llegar a tiempo.

—Debería volver a la facultad —le digo a Kenny.

—Vamos, ¿ya? ¿Y mi café?

—No quiero llegar tarde, tío.

—Hablando de novias, ¿esa no es Linda?

Lo empujo, molesto, y sigo la dirección de su mirada. En efecto, es ella. Va tan arreglada como siempre, con los labios pintados de rojo. Y está hablando con un chico. Hayes. Más conocido como el gilipollas número uno del campus.

—¿Sabe que te liaste con su amiga?

—No me lie con su amiga.

Fue solo un beso. Y, ahora que está menos reciente, la verdad es que no fue para tanto.

—Bueno, la besaste delante de todo el mundo. Tarde o temprano Linda se va a enterar.

—No es mi problema.

—Parece que tienes otras cosas de las que preocuparte. —Y señala al gilipollas con la cabeza.

Al parecer, nos ha visto. Y ahora camina hacia nosotros con aires de superioridad. Seguro que se ha pasado cinco minutos enteros pensando en lo que está a punto de soltarme.

Suspiro. Lo que hay que aguantar.

—Fracasado —me saluda al pasar.

Me giro hacia Kenny pensativo.

—Empeora, ¿verdad?

—Sus insultos son cada vez menos originales —coincide él.

Hayes frena en seco y retrocede negando con la cabeza, como si no quisiera entrar en peleas y nosotros lo estuviéramos obligando.

Esto va a ser divertido.

—Te vi el sábado en la fiesta. —Se dirige solo a mí.

—Estaba ahí —confirmo como si nada.

—¿Te ha dicho ya que todo lo que sabe se lo enseñé yo? Lo que sea que haga contigo ya lo ha hecho antes conmigo. No eres más que el segundo plato.

Aunque de primeras no sé a qué se refiere, no tardo en atar cabos. Está hablando de alguien, y la única persona con la que estuve en la fiesta, aparte de Kenny, fue Leah.

No tengo ni idea de lo que pasó entre ellos, pero me muero de ganas de cerrarle la boca.

—Supongo que necesitaba a alguien que fuera bueno en todo lo que tú no sabes hacer.

Hayes reacciona de inmediato.

—Hijo de...

Kenny se coloca entre nosotros antes de que pueda lanzarse sobre mí. Mi amigo es bastante más corpulento que yo, y aun así Hayes no es lo suficientemente inteligente como para decidir que no quiere problemas con nosotros. En lugar de marcharse sin más, me mira con los ojos llenos de ira.

—Eres un mierdas —me espeta—. No me extraña que Clarisse prefiriera matarse con tal de no seguir contigo.

Es automático. Ahora soy yo el que intenta saltar sobre él. Kenny me detiene estampándome la mano en el pecho. Me muero por borrarle a Hayes esa jodida sonrisa de un puñetazo.

—No merece la pena —me susurra Kenny al verme fuera de mí.

—No vuelvas a mencionarla —le advierto a Hayes.

—Dile a Leah que se ande con cuidado —responde él, y después sale del local.

Cuando Kenny me suelta por fin, me recoloco la chaqueta con un movimiento brusco. Clavo la mirada en la puerta. Estoy tan enfadado que podría seguirlo ahora mismo y mandarlo todo a la mierda.

—Hijo de puta —lo insulta Kenny a mis espaldas—. Está cabreado porque besaste a su ex el sábado.

Genial. Ahora resulta que me han metido en un juego de niños.

—La próxima vez no valdrá de nada que me contengas.

—La próxima vez no te contendré. —Me pone una mano en el hombro para relajarme—. No voy a dejar que te metas en problemas en público. Menos aún en el campus. No merece la pena.

—Es escoria —gruño.

—Lo es —coincide, y después su expresión se carga de tristeza—. Y lo que ha dicho..., sabes que no...

Sé lo que viene ahora. Y no lo soporto. Durante los últimos meses, todo lo que he recibido cada vez que alguien saca el tema es lástima. Estoy harto. No necesito más condolencias.

—Déjalo —lo interrumpo—. Me voy a clase.

Las campanillas de la puerta son lo último que se oye cuando salgo del local.

Leah

> Hunter me puso una mano en la boca para acallar mis gemidos. No podíamos hacer ruido, pero mi cerebro dejó de funcionar en el momento en el que empezó a tocarme. Eché la cabeza hacia atrás y se me aceleró la respiración cuando su mano se coló bajo mi vestido.
>
> Sentí su aliento en el cuello cuando me susurró:
>
> —No dejes de mirar al espejo.

No me percato de que la clase ha terminado hasta que todo el mundo se levanta de golpe. Cierro mi portátil a toda prisa y lo guardo en el bolso mientras me pongo de pie. No quiero arriesgarme a que alguien lea por accidente lo que escribo. Por eso, cuando tengo mucha inspiración, suelo sentarme en la última fila y poner la letra al mínimo tamaño. Me dejo la vista, pero es útil a la hora de esquivar las miradas curiosas.

No he tenido tiempo de escribir este fin de semana. Ayer volví temprano de la entrevista, y después tuve que pasarme la tarde leyendo un libro que me han mandado para clase. Me quedé despierta hasta las dos de la madrugada y después me puse a buscar libros que llevarle a Mandy. Como no sé qué tipo de historias le gustan, he elegido dos novelas clásicas con un lenguaje sencillo para probar suerte.

Nuestra primera clase es esta tarde a las seis. Hemos quedado en que iré tres veces por semana para sesiones de una o dos horas. Y no tengo ni idea de cómo lo voy a hacer. Con suerte, será más o menos igual que enseñar a los niños, solo que no tendré que gritar para imponer orden. Todo ventajas, espero.

Soy la última en salir del aula. Cojo el móvil para escribirle un mensaje a Linda y que nos veamos a la hora de comer, dado que, aparte de ella, no tengo ningún otro amigo en el campus. Sin embargo, alguien me aborda en el momento en el que pongo un pie en el pasillo.

—Ya sé a lo que estás jugando. —Y aquí está, de nuevo, Logan Turner.

Estoy empezando a cansarme de verlo por todas partes.

—Tengo cosas que hacer, Logan. —Intento rodearlo, pero me detiene agarrándome del brazo.

El mero contacto ya provoca que me salte el corazón. Por suerte, me suelta enseguida. Solo hace que me vuelva hacia él y, cuando sus potentes ojos oscuros chocan contra los míos, tengo que esforzarme por seguir sosteniéndole la mirada.

—Sé por qué me besaste el sábado —continúa.

Pensar en esa noche no me resulta de ayuda. Menos aún si está tan cerca.

—Ya te lo dije. Tú me besaste a mí. Jugando a la botella.

—Con Hayes delante, justo como tú querías.

Vale, es más inteligente de lo que pensaba. Intento que no note que soy un manojo de nervios. Odio su tono de superioridad.

—No estaba planeado, si es lo que insinúas.

—Bueno, yo creo que fue sospechosamente oportuno.

—Mira, había bebido mucho, estaba cabreada y me dejé llevar por un impulso. Podría haber besado a cualquier tío de la fiesta.

—Pero me elegiste a mí.

—Y me arrepentiré toda la vida.

Retrocedo hasta la pared. Su cercanía me pone nerviosa. Mi mirada baja hasta sus anchos hombros y después sube hasta su cuello, a la rosa que tiene tatuada en el lateral izquierdo. Cuando nuestros ojos vuelven a encontrarse, siento que tengo escrita la palabra «mentirosa» en la frente.

—No me gusta que me utilicen —contesta él. Cada vez me cuesta más enfrentarme a su mirada.

—Yo no te utilicé. Fuiste tú el que decidió besarme.

—Vale. Me importa una mierda cuáles fueran tus intenciones y lo que haya entre Hayes y tú. Solo quiero que dejes la farsa. No necesito más problemas.

Junto las cejas. Menuda estupidez.

—¿Crees que he ido diciéndole a todo el mundo que estamos saliendo?

—No me sorprendería.

—Logan, lo de la fiesta fue un error. Fui yo la que te pidió que lo mantuviésemos en secreto.

—Bueno, pues no es un secreto. Nos vio mucha gente. Y, como te he dicho, Hayes está cabreado.

—Bien. Que le jodan.

—No si las consecuencias son para mí, novata.

—Deja de llamarme así. —Mi mirada se torna impaciente—. ¿Y bien? ¿Puedo irme ya?

Parece que él intenta no perder los estribos.

—No me lo estás poniendo nada fácil.

—Lárgate antes de que alguien más me vea contigo.

—Tarde o temprano se enterará Linda, ¿sabes? Y entonces serás tú la que estará jodida.

—Céntrate en tus asuntos. Yo me hago cargo de los míos. —Sujeto con más fuerza la correa de mi bolso—. Ahora, si no te importa, me voy a clase.

Le pongo una mano en el pecho para apartarlo y lo rodeo para largarme de una vez. Por mucho que finja que sus palabras no me afectan, estoy preocupada de verdad. Tiene razón con lo de Linda. Acabará enterándose. Y entonces seré yo la que tenga que enfrentarse a las consecuencias.

—Leah. —Su voz vuelve a sonar cuando ya me estoy alejando por el pasillo.

Me armo de paciencia y me vuelvo hacia él.

—¿Qué?

—Es sobre mi abuela. —Relajo los hombros y frunzo el ceño, desconcertada—. Sé que no es el trabajo que esperabas.

Ahora ya no hay ni rastro de burla en su voz. Tampoco creo que esté intentando desafiarme. Procuro transmitir confianza en mí misma cuando contesto:

—Puedo encargarme.

—¿Estás segura? —Hace una pausa. Acto seguido, suspira. Es evidente que no le apetece tener esta conversación conmigo—. Mira, la última profesora que tuvo no la trató bien. Creía que mi abuela era demasiado mayor para aprender a leer. Se fue después de decirle que era un caso perdido.

Y puede que sea por su forma de decirlo, por la vulnerabilidad y la preocupación que noto en sus palabras, pero de pronto dejo toda la hostilidad de lado. Niego con delicadeza.

—No creo que nadie sea un caso perdido, Logan.

—No estoy de acuerdo contigo. Hay mucha gente que lo es. —Esta vez es él quien me rodea para marcharse—. Mi abuela se merece una oportunidad. Pórtate bien con ella.

Asiento. Y él me mira una vez más antes de alejarse por el pasillo.

4

LA FIESTA

Leah

La primera semana de clases con Mandy no va nada mal. Usamos las sesiones del lunes y del miércoles para conocernos mejor. Me cuenta que le gusta el yoga, hacer punto y vestir de color rosa, y también que nunca pudo ir a la universidad, pero que es una apasionada de la cultura. A pesar de la diferencia de edad, nos entendemos bastante bien, y cuando llega el viernes tengo incluso ganas de que sean las seis para volver a pasarme por su casa.

Que Logan nunca esté allí es un punto a mi favor. No volvemos a hablar en toda la semana. Como nuestras facultades están en la misma zona, sí que nos cruzamos varias veces por el campus. Y lo único que hago yo entonces es agarrar a Linda del brazo para que caminemos más rápido mientras ella se queja porque no ha vuelto a llamarla.

La única desventaja es que, ahora que compagino los estudios con mi nuevo trabajo, tengo aún menos tiempo libre para escribir. Llevo dos semanas sin publicar un nuevo capítulo y mis lectores comienzan a impacientarse. Por si con eso no bastara, creo que estoy entrando en una especie de bloqueo.

Dichosa escena del espejo.

—Como no te arregles de una vez, vamos a llegar tarde —se queja Linda mientras se maquilla frente al tocador.

—Nadie llega puntual a las fiestas. —Pero dejo el portátil a un lado porque no tiene sentido intentar escribir cuando estoy bloqueada.

Me levanto desperezándome. Después voy al armario para buscar algo que ponerme, y mi ánimo cae en picado cuando veo mi ropa y comienzo a pensar que nada va a quedarme bien. Miro a Linda de reojo. Se ha recogido el pelo rubio en una cola de caballo y lleva un vestido rojo ajustado espectacular.

Así es la dinámica entre las dos. Ella es la que llama la atención, sale con chicos y hace amigos allí donde va, y yo solo soy la amiga invisible que se cuelga de su brazo mientras intenta caerle bien a alguien. No me sale ser yo misma frente a desconocidos. Es frustrante estar rodeada de gente, querer decir algo ingenioso y que tu cerebro se quede en blanco. Por eso no me gustan las fiestas.

Sin embargo, tengo una razón de peso para querer escaquearme de esta en particular.

—¿Qué pasa? —Linda se me acerca por detrás y me giro hacia ella con los labios fruncidos.

—No creo que ir sea una buena idea.

—¿Qué? ¿Por qué? Nos han invitado.

—Es en la fraternidad de Hayes. Seguro que él estará allí.

—Y justo por eso tenemos que ir. Vamos a demostrarle que ya no tiene ningún poder sobre ti.

Ojalá me pareciese tan fácil. Si la situación fuera al revés y Hayes fuera su ex, Linda no dudaría en presentarse en la fiesta para dejarle claro a todo el mundo que le va mucho mejor sin él. Yo no me veo capaz. Se me revuelve el estómago solo de pensar en verlo con su nueva novia.

—Creo que hoy preferiría dejarlo ganar.

—Suerte que yo esté aquí para evitar que asumas ninguna derrota. No sin pelear —puntualiza.

Es muy convincente cuando se lo propone. Un rato después ya me he puesto unos vaqueros ajustados y uno de mis jerséis favoritos. Quizá no sea el atuendo más adecuado para una fiesta, pero quiero sentirme cómoda esta noche. También me maquillo y me pongo unos tacones. Después vuelvo a abrir el ordenador para apagarlo correctamente.

Linda me mira por encima del hombro. Está poniéndose los pendientes; unos aros dorados con dos serpientes colgando.

—¿Has terminado el capítulo?

—Ojalá. No tengo tiempo ni para respirar.

—Te lo dije —se regodea.

—A veces me gustaría poder dedicarme solo a escribir. Todo sería más fácil si pudiera publicar mis libros y ganar dinero con ellos.

Linda suelta una risita.

—¿Estarías dispuesta a dejar de escribir erótica?

La pregunta me pilla desprevenida.

—No. ¿Por qué?

—Bueno, no te referías a publicar las novelas que ya has escrito, ¿verdad? Sino otras nuevas. De un género distinto. A mí me daría vergüenza que la gente supiera que escribo ese tipo de cosas.

Una puñalada en el pecho habría dolido menos.

—Claro. No... no me refería a esas.

—Para ganar dinero con esto una tiene que escribir cosas más serias.

—Sí, tienes razón.

Ajena a lo mal que eso me ha hecho sentir, Linda vuelve a mirarse al espejo y se cuelga el bolso. Y yo finjo que rebusco algo en el mío para que no note que su comentario me ha dolido. Ordeno a mis lágrimas que se queden bien escondidas. No voy a ponerme a llorar por esto. Menuda estupidez.

«A mí me daría vergüenza que supieran que escribo ese tipo de cosas.»

—Cojo las llaves y nos vamos —me avisa justo antes de abandonar la habitación.

Me obligo a devolverle la sonrisa, aunque ya no me vea. Y después enciendo el portátil, abro el archivo de la novela y elimino de un clic toda la escena del espejo.

Como ninguna de las dos tiene el carnet de conducir, pedimos un taxi que nos lleva hasta Alpha, la residencia en la que vive Hayes con sus amigos. Nos deja en la puerta y pagamos a medias. Cuando nos bajamos, me envuelve la fría brisa nocturna y me arrepiento de no haberme traído una chaqueta. Como esperaba, en la fiesta hay muchísima gente. Todos desconocidos.

No me gusta este sitio.

Linda entrelaza su brazo con el mío.

—¿Preparada para la mejor noche de tu vida?

Dentro la música suena a todo volumen. Sigo a Linda intentando mantener el equilibrio sobre los tacones mientras ella se abre paso entre la multitud. Cada vez que vemos a un chico castaño, temo que se dé la vuelta y resulte ser Hayes. Mi amiga se para a saludar a varias personas, como siempre, y yo solo sonrío y dejo que me presente aunque sé que todos olvidarán mi nombre en cuanto me haya ido.

Lo más usual en ella sería que quisiera ir al salón, que es donde se congrega la muchedumbre; por eso me sorprende —y me alivia— que me conduzca hasta la cocina. Aquí el ambiente está más despejado y por fin me atrevo a desenredar mi brazo del suyo sin miedo a perderme. Vamos hasta la isla de encimeras y Linda se apoya en ella con aire juguetón.

—¿Me pasas una cerveza? —le pide al chico musculoso que rebusca en el frigorífico.

Él se gira hacia nosotras. Enseguida entiendo por qué ha llamado la atención de mi amiga. Alto, guapo, rubio de ojos azules. Su tipo. Y el de cualquiera con ojos en la cara, la verdad.

—Claro —contesta él, dándole un repaso descarado, y después sus ojos se clavan sobre mí—. ¿Y para tu amiga?

Voy a contestar cuando Linda despacha la idea con una risita burlona.

—Leah no bebe. No le van esas cosas.

El chico saca una cerveza más para dársela a ella y abre la suya.

—¿Y qué tipo de cosas te van, Leah? —me pregunta, llevándose la lata a los labios. Noto la insinuación en su forma de pronunciar mi nombre, como si fuera una melodía. Debo de haberme puesto roja, ya que sus ojos centellean divertidos—. Soy Ryan, por cierto.

—Linda —se apresura a presentarse ella—. Perdónala. A Leah no se le da bien hablar con chicos. Es un poco tímida.

El buen humor de Ryan decae con ligereza.

Dios santo, qué vergüenza.

—Ya —responde él mientras alterna la mirada entre ambas—. ¿Sois nuevas en el campus?

—De primer año —confirma Linda.

Entonces noto que Ryan me mira inquisitivo y me fuerzo a decir algo.

—Estudio Literatura —suelto como una idiota.

Su sonrisa vuelve.

—Suena interesante.

—En realidad, es un poco coñazo —interviene Linda.

Ryan parece sorprendido con su interrupción. Sigue mirándonos, así que decido darle explicaciones.

—Linda estudia Artes Escénicas, que es mucho más interesante. Y además se le da muy bien. Consiguió el papel protagonista en *Romeo y Julieta*.

—La estrenamos dentro de un par de semanas —añade ella ilusionada.

Ryan levanta su cerveza para brindar con mi amiga.

—Estoy sorprendido —admite, lo que hace soltar a Linda una risita coqueta.

Acto seguido, se sumergen en una conversación de la que ya no formo parte.

Como decía, estoy acostumbrada a esto. Linda es la protagonista de su vida. Y yo no soy más que la mejor amiga que da buenos consejos y saca su mal genio cuando es necesario. Nunca he sido el centro de atención, lo que tampoco me disgusta. Hay personas que nacen para pasar desapercibidas, y está bien.

Como Ryan y Linda conectan enseguida, me distraigo mirando lo que nos rodea para no entrometerme en la conversación. Tal y como esperaba, mi mirada no tarda en localizar a Hayes en uno de los sofás del salón con Miranda en su regazo. A juzgar por lo acaramelados que parecen, no les importa tener público.

Me entran incluso ganas de vomitar.

Voy a pedirle a Linda que nos larguemos de aquí cuando veo otro rostro conocido. Y el corazón me salta. Con fuerza. Porque me está mirando.

Logan Turner me está mirando.

Está apoyado contra la pared del salón, a varios metros de distancia, pero su mirada es tan intensa que es como si lo tuviera justo al lado. Nuestros ojos se encuentran entre la multitud. La música, las luces, el momento en sí me hacen recordar la noche del sábado, cuando abandoné mi lado racional y dejé que me besara. Cuando yo lo besé de vuelta. Y todo empeora cuando sus ojos abandonan los míos y noto el momento exacto en el que me da un repaso.

No puedo quejarme, ya que yo hago lo mismo.

Logan es la viva imagen de la confianza en uno mismo. Alto, fuerte, con los brazos y el cuello llenos de tatuajes y esa actitud de «todo lo que digan o piensen sobre mí me importa una mierda». Me fijo en sus hombros fornidos, en cómo la camiseta negra se ajusta a sus músculos. Todo en él grita desinterés. Actúa como si nadie en esta fiesta fuera digno de un mísero segundo de su tiempo. Aun así, cuando mis ojos vuelven a los suyos descubro que todavía no ha apartado la mirada.

No puedo evitar ponerme nerviosa.

Le da un trago a su vaso para ocultar su sonrisa, y sé que se ha dado cuenta.

Me giro hacia Linda en busca de una distracción.

—¿Bailamos? —Sueno incluso desesperada.

Al parecer, la cosa ha avanzado con Ryan, ya que tiene la mano sobre su bíceps.

—En realidad, íbamos a ir a jugar a la botella. Te apuntas, ¿verdad?

Otra vez no.

—No creo que...

—No seas aburrida. Será divertido. —Me guiña un ojo, como diciendo «tú hazme caso», y me agarra del brazo para que vayamos con Ryan.

Nuestro nuevo amigo debe de ser uno de los residentes, ya que sortea a los invitados con soltura para conducirnos a la escalera del sótano. Abajo hay una especie de salón mucho más íntimo; aquí la música no suena tan fuerte y hay bastante menos gente. En el centro de la estancia hay una mesa de café rodeada de sofás. Y encima veo una botella de cristal. Mis nervios aumentan cuando descubro que no somos los únicos que vienen a jugar.

—Os presento a los chicos —nos dice Ryan, luego procede a mencionar un montón de nombres a los que no presto atención.

Solo puedo mirar a Hayes, que también ha bajado al sótano y vuelve a estar sentado en el sofá con Miranda encima. Cuando su mirada se cruza con la mía, juraría que aprieta su cintura con más ganas.

—Leah. —Linda se inclina hacia mí—. Ha venido Logan.

Me giro y lo veo bajando la escalera. No parece muy entusiasmado. Supongo que esto ha sido idea de sus amigos. Me sé sus nombres porque Hayes siempre los criticaba. Son Kenny, el chico con coleta y tatuajes, y Sasha, su novia, la rubia con el mejor delineado que he visto jamás. Se acomodan en otro sofá.

Linda parece notar que estoy a punto de echar a correr, ya que entrelaza su brazo con el mío para evitarlo.

—No irás a dejarme jugando sola, ¿no? Hazlo por mí. Solo un par de rondas.

Su mirada suplicante puede conmigo. Acabo sentándome con ella mientras procuro no establecer contacto visual con nadie.

De nuevo, siento que me estoy metiendo en la boca del lobo.

—Muy bien. —Un chico escuálido con gafas al que no conozco se levanta para dirigir—. Ya sabéis cuáles son las reglas. Giras la botella y eliges entre beso o prenda. Eso para la primera ronda. Para la segunda... —señala el armario empotrado de la pared— tenemos los siete minutos en el paraíso.

Suena un coro de «uhhh» seguido de risitas y cuchicheos. Me rodeo las piernas con los brazos —por suerte, llevo pantalones— y sigo concentrando todos mis esfuerzos en ignorar a Hayes y a Miranda. Con el rabillo del ojo, veo que Logan no parece muy entusiasmado. Debe de ser la primera vez que estamos de acuerdo en algo.

Este juego es una estupidez.

—¿Quién empieza? —pregunta el chico mandón.

Sasha, la amiga de Logan, levanta la mano.

—Voluntaria. —A su novio Kenny no parece hacerle mucha gracia. Ella le regala una sonrisa—. Tranquilo, cariño. Si el universo nos quiere juntos, actuará en consecuencia.

Gira la botella.

Y, en efecto, apunta a Kenny.

—Increíble —comenta Logan, divertido. Todos vemos el beso apasionado que se dan sus amigos para celebrar que el «universo» está de su lado.

Me quedo observando su sonrisa. Tiene un hoyuelo en la mejilla izquierda. Se vuelve hacia mí en un momento dado y yo me apresuro a mirar hacia otra parte.

—Siguiente —habla alguien.

—Va, Logan, gírala tú —le dice su amigo.

—Yo lo haré —interviene Linda, atrayendo la atención de todos los presentes.

Logan también la mira. Mi amiga gira la botella.

Lo apunta a él.

—El universo, supongo —canturrea Linda, encantada.

Aunque ya me lo esperaba, me duele que Logan no dude en quitarse la chaqueta.

—Prenda —dice en voz alta.

Linda deja de sonreír.

Se oyen risitas mientras ella vuelve a sentarse. Por un lado, siento rabia hacia él por haberla rechazado y humillado. Pero, por otro, pienso que, si es verdad que Linda no le gusta, ¿por qué iba a besarla? ¿No habría sido peor darle falsas esperanzas?

¿Qué estoy haciendo?

No lo voy a defender.

—Es un imbécil —le susurro a Linda, que trata de mantener la barbilla alta.

—Siguiente —indica el chico mandón de antes.

—Voy yo —se ofrece otra participante, y así se suceden varios turnos en los que algunos se besan, otros se quitan prendas y muchos deciden largarse y no seguir jugando.

Cuando la novia de Hayes gira la botella, le toca, casualmente, a su novio. Se besan con intensidad delante de todo el mundo y yo aparto la vista porque se me han revuelto las entrañas. Mi mirada se cruza con la de Logan, que me observa fijamente.

La ronda casi ha terminado y todavía no me ha tocado.

—Mi turno —anuncia Hayes.

Gira.

Linda.

Me da un vuelco el corazón.

—Qué interesante —comenta burlón.

Se levanta para acercarse a nosotras. Sé que Linda no tardará en decir prenda, así que me convenzo de que mis nervios están injustificados. Es mi mejor amiga. Sabe que Hayes me traicionó y me hizo daño. Fue testigo de cómo me trató. Nunca sería capaz de besar a una persona así.

Sin embargo, guarda silencio.

Es Hayes quien, a unos centímetros de su rostro, cuando todos creíamos que iba a besarla, se quita la cazadora.

—Prenda —anuncia—. No te lo tomes como algo personal, rubia. Tengo novia.

Linda reacciona justo en ese instante.

—De todas formas, iba a decirte que no —aclara con sequedad. Evita a toda costa establecer contacto visual conmigo. Hayes pone una expresión engreída.

—Seguro que sí —se burla mientras regresa a su sitio.

—Muy bien. ¿Quién va? —La atención del chico mandón con gafas recae sobre mí—. Tú. ¿Cómo te llamas?

Aún estoy asimilando lo que acaba de pasar.

—Leah —contesto como una autómata.

—Pues vamos, Leah, que no tenemos todo el día.

Vuelven las risitas. Con el corazón a mil, giro la botella. La veo dar vueltas mientras le suplico al universo que sea piadoso conmigo. Me da igual a quien señale, siempre y cuando no sea Hayes.

Se detiene.

Logan Turner.

—Leah ni siquiera quería jugar —salta Linda de inmediato.

Alterna la mirada entre los dos, nerviosa. A mí se me desboca el pulso. La sensación empeora cuando descubro que Logan sigue pendiente de mí. Sus ojos se apartan de los míos para clavarse en Linda y después en Hayes, y sé que no he sido la única que ha notado lo que ha estado a punto de pasar antes.

Me ofrece, sin hablar, la posibilidad de devolvérsela.

Otra vez.

Al darse cuenta de mi indecisión, sonríe.

—¿Qué pasa, novata? ¿Te da miedo que sea tu primer beso de calidad?

No sería el primero. Él lo sabe y yo también. Pronuncia lo último mirando a Hayes para restregárselo. Y yo noto lo inquieta que está Linda a mi lado, lo preocupada que parece.

Decido que no voy a entrar en este juego.

—Prenda —digo en voz alta.

Acudo a la opción menos comprometida y me quito los tacones.

A mi lado, Linda suspira de alivio. Hayes tiene una expresión victoriosa en la cara que me encantaría borrarle de un puñetazo. Y Logan se limita a encogerse de hombros y apuntarme con su cerveza antes de dar un trago a mi salud.

El movimiento de su nuez hace que mis ojos se claven en su cuello.

—Segunda ronda —anuncia el chico de antes, atrayendo de nuevo mi atención. Se pone de pie para que todos lo veamos—. Prenda o siete minutos en el paraíso. Logan, acabas de salir, así que te toca empezar.

—Venga ya —interviene Hayes—. ¿Quién coño va a querer meterse en ese cuarto con él? Cualquier chica saldría acojonada.

Sus amigos le siguen la broma y comienzan a reírse con él. De un momento a otro, el ambiente festivo desaparece y nos invade una tensión que podría cortarse con un cuchillo.

Logan lo mira con las cejas alzadas.

—¿A qué viene esa obsesión conmigo, Hayes? ¿Un enamoramiento secreto? ¿Era tu amor platónico de la infancia?

—A que eres un puto bicho raro.

En lugar de ofenderse, Logan silba, encantado.

—Veo que estás aprendiendo insultos nuevos.

—Haz las bromas que quieras. Tanto tú como yo sabemos cuál es la realidad —continúa Hayes—. Ninguna de ellas querría meterse en ese armario a solas contigo. Todas han oído hablar sobre ti. Y a todas les das asco.

Logan aprieta la mandíbula.

—No sabes lo que dices.

—Bien. Pues vamos a demostrártelo. —Se vuelve hacia su novia Miranda—. ¿Cariño?

Ella se deshace del chal.

—Prenda —contesta, dejándolo caer al suelo.

A continuación, toda la atención recae sobre la chica que está sentada a su lado. La reconozco como Lizzie, otra alumna del grado de Literatura. Creo que compartimos una o dos clases. Pasea la mirada por el grupo con nerviosismo y, quizá debido a la presión social, acaba deshaciéndose de su camisa también.

—Prenda —masculla sin mirar a Logan.

—Dos de dos —se regodea Hayes, y luego mira a la siguiente chica—. Verónica, ¿qué dices tú?

—Prenda —responde ella.

Y así se suceden, una tras otra, humillación tras humillación. Logan permanece impasible mientras todos los participantes lo rechazan. Incluidos los amigos de Hayes, que no dejan de burlarse y llegan incluso a fingir arcadas. Lo que empezó siendo una «broma» pronto se convierte en una masacre. Cuando llega el turno de Linda, Logan la mira. Espero que lo defienda, como hace siempre, y que se meta con él en ese dichoso cuarto para frenar esto.

Lo que hace en su lugar es quitarse la chaqueta.

—Prenda. —Su tono de desprecio me hace creer que esta es su venganza por el rechazo de antes.

Logan mira hacia otra parte. Tiene los músculos tensos.

La sonrisa de Hayes es cada vez más evidente.

—Te lo dije. —Verlo tan orgulloso de sí mismo me revuelve las entrañas—. Sabemos cómo eres. Da igual lo que hagas. No importa el tiempo que pase. Nada cambiará el hecho de que...

—Yo lo haré.

Mi voz instaura un silencio sepulcral en la sala.

De pronto, siento todas las miradas sobre mí.

—Yo lo haré —repito intentando sonar firme. Me vuelvo hacia Logan—. Siete minutos en el paraíso, ¿no? Vamos, muévete.

No miro a Linda. Tampoco a Hayes. Solo les echo un vistazo rápido a Kenny y Sasha, los amigos de Logan, que parecen estar conteniéndose para no saltar al cuello de mi exnovio. Me armo de fuerzas, vuelvo a ponerme los zapatos e, ignorando si él viene detrás de mí o no, camino hacia el dichoso armario.

—No dejas de tomar malas decisiones —gruñe Logan al adelantarme.

Él entra primero. Yo paso después. El chico con gafas nos explica que volverá dentro de siete minutos exactos, y nos cierra la puerta.

Nos quedamos a oscuras.

Hay tan poco espacio aquí dentro que es imposible que nuestros cuerpos no estén en contacto. Trato de alejarme, pero mis pies no tardan en encontrar obstáculos detrás de mí. Hace calor. Y el silencio y la tensión me están matando. Solo se oyen nuestras respiraciones; la mía, que intento contener, y la de Logan, un tanto acelerada por el enfado.

—Es inútil. —Su voz suena, grave y áspera, cuando vuelvo a intentar poner distancia entre nosotros—. Y si te das la vuelta será peor.

Habría más espacio si el armario no estuviera lleno de ropa y no hubiera tantas cajas amontonadas en los laterales. Pruebo a empujar unas con el pie para retroceder, con la mala suerte de que casi hago que se me vengan encima. Todo sucede muy rápido; intento frenarlas, me tropiezo y, cuando quiero darme cuenta, tengo las manos en el pecho de Logan y él las suyas en mi cintura.

Noto el calor de su piel incluso a través de la ropa. Me aparto a toda prisa, como si quemase.

—Siete minutos en el paraíso o en el infierno —recita al verme tan incómoda—. Depende de con quién te encierren.

Quizá debido a la tensión acumulada, eso acaba de golpe con toda mi paciencia.

—¿Estás de coña? —le espeto.

—Vaya, ¿ahora estás cabreada?

—De nada por ayudarte, gilipollas.

—No te confundas. Solo me has complicado las cosas.

—He sido la única que se ha puesto de tu parte.

—Nadie te lo ha pedido.

—De todas formas, ¿a qué diablos esperabas? —le recrimino—. ¿Vas de tío duro por la vida y después dejas que te humillen?

Estoy enfadada. Muy enfadada. Sé que no debería pagarlo con él y que el verdadero culpable es Hayes, pero no soporto que Logan haya dejado que se salga con la suya.

—No he dejado que me humillen.

—¿Ah, no? Porque es justo lo que me ha parecido.

—Leah, estamos en su fraternidad. No me gusta que me pisoteen, pero no soy estúpido. Este es su terreno. Todos sus amigos estaban presentes. Si me hubiera metido en una pelea, no habría tenido ninguna posibilidad de ganar. Se suponía que con esto estaríamos en paz, pero entonces tú has decidido hacerte la puta heroína e intervenir.

Más vale que sea una broma.

—¿Me pongo de tu parte y encima me lo recriminas?

—Nada de esto habría pasado si no me hubieras besado el sábado, para empezar.

—¡Tú me besaste a mí! —exclamo. Yo también estoy cansada de que discutamos tan a menudo—. Me besaste. Y seguro que habrías vuelto a hacerlo antes si yo no te hubiera rechazado.

Ahora que ya me he acostumbrado a la oscuridad, veo su rostro con más nitidez. Es peligroso que estemos tan cerca. Mis ojos van hasta los suyos y después, como si no poseyera ningún control sobre ellos, bajan hasta su boca. También me fijo en su cuello, en sus tatuajes, en la camiseta negra que se ajusta a sus músculos como una segunda piel.

—¿Por qué se suponía que con esto ibais a estar en paz? —añado al notar el silencio.

Juraría que su mirada también sube de mi boca hasta mis ojos en ese preciso momento.

—Hayes tiene el ego herido. Vio lo que pasó entre nosotros y quiere devolvérmela. Está cabreado porque en su estúpida mente de hombre de las cavernas le he robado algo que es suyo.

Tardo un segundo en darme cuenta de que con ese «algo» se refiere a mí.

—No soy suya. Y tampoco lo era cuando salíamos.

—¿Eso se lo has dicho a él? ¿O es que solo sacas las garras cuando estás conmigo?

Aprieto los puños. Porque no, nunca se lo he dicho.

—No es culpa mía que Hayes sea un imbécil.

—Tú me has metido en este lío. Lo único que quería era tener un año tranquilo. Y no dejas de darme problemas.

—Hayes ya te odiaba antes del sábado.

—Claro. Por eso me utilizaste.

—¿No es lo mismo que has hecho tú con Linda y las demás?

—¿Quién coño te ha metido eso en la cabeza?

—¿Acaso vas a decirme que no es verdad?

—Si tanto me odias, dime, ¿por qué me has defendido?

—Porque te estaban humillando. Y no soy una mala persona. Me he puesto de tu parte igual que lo habría hecho por cualquier otro.

—La próxima vez puedes subirte al carro y decir delante de todo el mundo que me odias porque soy un misógino. Eso es lo que crees, ¿no?

Me impacta oír esas palabras tan fuertes de su boca. Parece incluso más cabreado que antes.

—No he dicho eso —respondo, intentando permanecer firme.

—Bien. Porque no lo soy. No soy misógino, no soy machista y no utilizo a las chicas ni juego con ellas. Me he preocupado más por los sentimientos de tu amiga Linda que ella por los míos. Hayes ha ido soltando mierda de mí y tú te la has creído. Te quejas de él, pero en el fondo sois iguales.

Después se calla, consciente de que me ha dado justo donde más me duele. Me obligo a tragarme el nudo que se me ha formado en la garganta.

—Yo jamás habría intentado humillarte. Y tampoco le haría a nadie lo que él me hizo a mí —dejo claro—. No me parezco a él. Ahora eres tú el que habla sin saber.

Odio mostrarme vulnerable, menos aún delante de alguien como Logan. Al notar cómo me tiembla la voz, su expresión se suaviza.

—¿Por qué me besaste? —insiste, solo que ya no parece una acusación.

—Tenía que cerrarle la boca. Lleva restregándome que sale con Miranda desde que rompimos. Sabe que me duele y eso lo motiva más. De todas formas, lo que hice no estuvo bien. Estaba borracha y cabreada. Fue un impulso.

—Te engañó con ella —da por hecho.

—Lo sabían todos sus amigos.

—¿Y ninguno te dijo nada?

—No.

Silencio.

—¿Por qué diablos has venido a esta fiesta, Leah?

No suena como un reproche. Más bien, es como si no entendiera qué hago aquí, en este lugar en el que solo hay gente que me ha hecho daño.

Yo tampoco lo sé.

—¿Tú? —le devuelvo la pregunta.

No responde.

No confiamos el uno en el otro.

Nos sobresaltamos cuando aporrean la puerta.

—¡Un minuto! —Se oyen risas al otro lado.

Menuda estupidez. Me encantaría salir ahí y decirles que no ha pasado nada. Que Logan y yo no nos llevamos bien. Que lo único que hemos hecho ha sido discutir. Y que, si me he metido aquí con él, ha sido solo para detener a Hayes. Porque no ha sido justo para Logan. Nadie debería pasar por una humillación así.

Entonces, alzo la vista.

Él me sigue mirando.

Es bastante más alto, así que tengo que reclinar el cuello para establecer contacto visual. De pronto, soy más consciente de la poca distancia que nos separa. Cuando entreabro los labios para respirar, sus ojos abandonan los míos y se clavan sobre ellos. Esta vez con descaro. No intenta disimular.

—Has venido a demostrarles que no pueden contigo —aventura en voz baja.

Me va a estallar el corazón.

Me aclaro la garganta para disimular mi nerviosismo. Temo que la voz no me funcione.

—¿Tú también?

—Yo he venido a dejarles claro que, les guste o no, voy a seguir haciendo lo que me apetezca. —Su mirada baja de nuevo y sé que acaba de tomar una decisión—. Le caigo mal a tu ex, pero a partir de esta noche voy a caerle mucho peor.

Después, todo ocurre muy rápido.

Mi respuesta muere en su boca cuando se acerca y me besa.

Al principio siento solo sorpresa, pero después llega la urgencia, esa incipiente sensación de necesidad, y se me olvidan la fiesta, los invitados y la música, hasta que solo quedan Logan y el hecho de que lo odio con todas mis fuerzas y aun así deseaba en secreto que esto volviese a ocurrir.

Y toda la tensión acumulada estalla cuando soy yo la que profundiza el beso.

Él reacciona ante mi buen recibimiento. Me hace retroceder hasta que mis pies chocan contra las cajas y me acorrala contra la pared. Mientras tanto, su boca se mueve frenéticamente sobre la mía, y yo dejo que tome el control y me guíe porque no soy capaz de pensar en nada. Me agarra las manos para ponerlas en su cuello y que también lo toque. Cuando entreabre los labios y mi lengua se desliza sobre la suya, suelta un ruido ronco que siento en todas partes.

—Joder —masculla contra mi boca, y yo hundo los dedos en su pelo para acercarlo más a mí.

Esto no está bien. Esto no está bien. Esto no está bien.

¿Qué estás haciendo? ¿Qué estás haciendo?

Debería haberle hecho caso a mi instinto.

De pronto, la puerta se abre.

El ambiente cambia de manera radical. Se rompe la magia y el corazón me salta con tanta fuerza que temo que se me salga del pecho. Me alejo de Logan a toda prisa, sin pensar. Y no me fijo en cómo reacciona. No puedo. Solo oigo sus risas y sus murmullos, y los veo. A todos.

Linda.

Hayes.

Sus amigos.

Todos nos están mirando.

—Yo no... —No llego a terminar la frase.

Las palabras se me atascan en la garganta cuando Logan entrelaza su mano con la mía.

—Ahora sí, hemos terminado de jugar —anuncia, y después tira de mí para sacarme de la fiesta.

5

BESAR A LOGAN TURNER (Y SUS CONSECUENCIAS)

Leah

Me pasé dos años colada por Logan en el instituto y este mes ya lo he besado dos veces.

Ahora tiene su mano entrelazada con la mía. Es lo único en lo que pienso mientras me hace subir la escalera del sótano a toda velocidad. Parece que tiene prisa en irse, ya que sortea con soltura a los invitados en dirección a la salida. A diferencia de la mía, su piel está caliente. El contraste no me parece desagradable. Al contrario. Hace que recuerde cómo me he sentido antes, cuando esas mismas manos se han colado bajo mi camiseta para posarse en mi cintura. La presión de sus dedos sobre mi piel. De su boca contra la mía.

Me ha besado.

Logan me ha besado.

No caigo en las consecuencias hasta que estamos fuera, bajando la escalera del porche.

—No puedo irme todavía —digo en un momento de lucidez—. Antes tengo que..., yo...

—Lo único que tienes que hacer es irte a casa.

Me suelta la mano. Enseguida siento el frío colándose entre mis dedos. Él retrocede para poner distancia entre nosotros y saca el móvil para llamar a alguien.

—¿Qué haces? —demando con desconfianza.

—No he traído mi coche. Kenny puede acercarte.

—No pienso ir a ninguna parte. —Y, de repente, recuerdo lo que ha pasado y comienzo a alterarme—. Tengo que volver ahí dentro y hablar con Linda.

Se planta frente a la escalera para cortarme el paso. A juzgar por su expresión, esto no le hace demasiada gracia.

—No vas a hablar con nadie.

—Voy a hacer lo que me dé la gana. Muévete.

—¿Puedes escucharme por una vez?

—¡No! —exclamo. Le estampo las manos en el pecho, cabreada—. ¿Se puede saber a qué coño ha venido eso? ¡Me has besado!

—Y tú me has devuelto el beso. Fin de la historia.

—Sabías que Linda y Hayes estarían ahí cuando abrieran la puerta. Has esperado al momento justo porque querías que nos vieran —acuso. Sigo empujándolo con las manos, aunque no lo muevo ni un milímetro—. Ha sido un truco sucio. Y rastrero.

Se encoge de hombros, impasible.

—Podrías haberte apartado.

—No intentes repartir la culpa.

—Es lo mismo que tú hiciste el sábado pasado, Leah, no me jodas.

—¡Pero no delante de Linda! —estallo—. Sabes que está colada por ti. La has rechazado y después me has besado frente a sus narices... ¡Mierda, Logan, soy su mejor amiga! ¿Cómo crees que se habrá sentido?

Hay un cambio en su actitud. Una brecha en esa máscara de indiferencia. Y, cuando sus ojos conectan con los míos, me parece que siente lástima, aunque no sé hacia cuál de las dos.

—Mi intención no era hacerle daño a ella —aclara bajando la voz. Su tono me da a entender que acaba de darse cuenta de que sus acciones sí que podrían haberla afectado.

—Pues lo hemos hecho. Los dos. Y será peor si no voy y se lo explico.

Logro esquivarlo y empezar a subir la escalera. Me agarra del brazo para detenerme.

—No vas a volver ahí —sentencia con firmeza—. No es buena idea. Van a acabar contigo.

—Puedo defenderme sola.

—No delante de Hayes y sus amigos. —Y con eso me desarma. Y casi me vengo abajo. Es verdad, me intimidan, y me molesta que se haya dado cuenta. Y, sobre todo, que se haya atrevido a echármelo en cara—. Esa es la única razón por la que te he sacado de la fiesta. Tómatelo como un favor.

Me zafo de su agarre de manera brusca.

—Eres gilipollas.

No entiendo cómo he podido llegar a pensar que me estaba equivocando con él. Giro sobre los talones y sigo subiendo la escalera. Logan no intenta detenerme esta vez. Solo suspira a mi espalda y, cuando lo miro por encima del hombro, lo veo alejarse en dirección al aparcamiento. Bien. Visto lo visto, lo mejor es que se mantenga lejos de mí.

Justo cuando estoy a punto de cruzar la puerta, me doy de bruces con la chica que viene del otro lado. La frialdad de su mirada me rompe el corazón.

—Linda... —intento decir.

—No vuelvas a dirigirme la palabra.

Me rodea para bajar y sigue la dirección opuesta a la de Logan. Corro tras ella tambaleándome sobre los tacones.

—Déjame explicártelo. No es lo que parece, ¿vale? Te prometo que...

Frena en seco y se vuelve hacia mí con brusquedad.

—Si no es lo que parece, ¿qué es? Porque yo creo que acabas de demostrarme que no te importa nuestra amistad.

Es como una puñalada directa al corazón.

Me apresuro a negar con la cabeza.

—Eso no es verdad. Logan y yo no estamos juntos. Ni mucho menos. Solo...

—Claro que no estáis juntos. Porque Logan nunca está con nadie. ¿O es que pensabas que contigo sería diferente?

Me impacta sentir tanta rabia y desprecio en su voz. Me digo que es comprensible, que está enfadada, que me lo merezco.

—No me ha besado porque le guste —aclaro—. Yo no le gusto.

—No, no le gustas. Y ambas sabemos por qué te ha besado. Esperaba que no fueras tan fácil de manipular.

La miro con confusión.

—¿A qué te refieres?

—Estaba intentando hacerme daño.

—Linda, no creo que...

—Ahora te pones de su parte. Efecto Logan Turner, ¿por qué me sorprende? —Resopla con decepción—. Creía que, después de verme jodida por su culpa durante tantos meses, al menos serías más inteligente.

—No ha sido por ti, sino por Hayes. Sabes lo mal que se llevan. Hayes lo ha humillado antes y Logan quería...

—¿Por qué iba a utilizarte a ti para darle celos?

Su pregunta me deja descolocada.

—Bueno, porque nosotros... Sabes que...

—Sí, estuvisteis saliendo. Hace casi un año. Ahora él tiene novia y ya no le importas. Supéralo de una vez. —Me mira de arriba abajo con desdén—. Ha sido por eso, ¿verdad? Has besado a Logan porque es el único tío que te ha prestado atención desde que lo dejaste con tu ex.

—Yo no...

—Y ni siquiera le gustas de verdad. Has dejado que te utilice solo para darme celos. Patética.

Me duele que me hable así. Durante un momento, me entran ganas de recriminárselo y decirle que no me merezco que me trate de esa manera. Mantengo la boca cerrada porque ¿y si en realidad sí me lo merezco? ¿Y si está todo en mi cabeza y a Hayes ya no le importo? ¿Y si la semana pasada, cuando besé a Logan, solo hice el ridículo?

¿Y si es verdad que soy una mala amiga?

¿Y si Logan me ha mentido y en realidad solo quería hacerle daño a Linda?

—Lo siento —me rompo. Mi voz suena casi como un sollozo. Las lágrimas se me agolpan en los ojos y tengo que pestañear para que no se me escapen.

Linda relaja los hombros. Ahora me siento pequeña a su lado; como si ella fuera fuerte y estuviera varios metros por encima de mí, y yo siguiera sola y débil aquí abajo.

—No sé si me valen esas disculpas —dice con un tono más tranquilo esta vez—. Las amigas de verdad no se apuñalan por la espalda. Menos aún por un chico.

—Linda, mi intención no era...

—Déjalo. Me voy a casa.

Las lágrimas no me dejan ver con claridad. No puedo dejar

que se vaya sin que lo hayamos solucionado. Corro tras ella para cortarle el paso.

—Espera —le suplico desesperada—. Podemos arreglar las cosas. Es decir, yo... puedo...

—Eso no es decisión tuya, sino mía —me interrumpe—. Y ahora yo quiero estar sola. Necesito tiempo para pensar si merece la pena tenerte cerca. Ya no confío en ti.

—Pero puedes confiar en mí —le aseguro entre lágrimas.

—No quiero que llames a mi cuarto, ¿entendido? Y tampoco me esperes el lunes para ir a clase. No quiero saber nada de ti. —Me dirige una mirada dura antes de añadir—: Y dile a Logan que no vuelva a escribirme.

Esta vez sí dejo que se marche.

Me quedo sola en la calle, rodeándome con los brazos para refugiarme del frío nocturno. Las lágrimas caen y me siento como una idiota. He hecho daño a Linda, y lo peor es que ni siquiera me he atrevido a contarle lo que pasó el sábado pasado. Entiendo que prefiera tenerme lejos. Si estuviera en su lugar, yo haría lo mismo.

Aparte de ella, no tengo más amigos.

Pensarlo hace que las lágrimas vuelvan. Es la dura realidad; no le caigo bien a la gente. Cuando conoció a Linda, mamá me dijo que creía que podría convertirse en mi «nexo» con el mundo real. Ahora que esa conexión se ha roto, me veo sola, y no únicamente ahora, en el aparcamiento, sino el lunes en la facultad, las tardes en la biblioteca, los almuerzos en la cafetería.

Tampoco sé cómo volver a casa.

Me seco las lágrimas y saco el móvil para llamar a un taxi. Siempre llevo una cantidad considerable de dinero en efectivo al que mis padres llaman «dinero para emergencias». No tengo otra forma de regresar a mi apartamento, así que creo que esta es una de esas. Sin embargo, rechazan mi llamada al primer tono. Línea ocupada. Genial. Estoy volviendo a marcar el número cuando un coche frena a mi lado, en la carretera.

Dado que no lo reconozco, me aparto con disimulo. El conductor baja la ventanilla.

—Parece que necesitas un chófer.

Me vuelvo al oír su voz. Se trata de Ryan, el chico al que Linda y yo hemos conocido antes en la cocina.

—Puedo llevarte, si quieres —se ofrece al ver que no contesto.

—No hace falta. Tenía pensado llamar a un taxi.

—¿Para qué? Yo puedo acercarte gratis.

¿Subirme al coche de un tío al que no conozco sin decírselo a nadie y sin estar segura de que no ha bebido? No, gracias.

—Me quedo con el taxi —contesto, y entonces me doy cuenta de lo brusca que he sonado—. No quiero ser una molestia —me excuso con rapidez.

No obstante, Ryan parece leer mi desconfianza entre líneas. Justo cuando creo que se irá sin decir nada más, maniobra para aparcar en un lateral de la carretera.

—Si no quieres que te lleve, al menos deja que espere a que llegue tu taxi. No voy a dejarte aquí sola —me explica al verme tan confundida. Señala mi teléfono con la cabeza—. ¿Y bien?

Reacciono enseguida y vuelvo a llamar. Mientras espero a que contesten, me fijo mejor en Ryan. La verdad es que, de primeras, no parece alguien de quien deba desconfiar. Al contrario, tiene rasgos afables, incluso aunque sus brazos midan casi el triple que los míos. Espera pacientemente mientras hablo con el taxista y yo finalizo la llamada tras darle la dirección de la residencia.

—No tardará mucho en llegar —menciono, ya que el silencio me hace sentir incómoda.

Él se mete las manos en los bolsillos y se apoya con tranquilidad en su coche. Es un Volvo deportivo de color blanco con las ventanillas de atrás opacas. Debe de venir de una familia adinerada.

—Leah —pronuncia. No me está llamando; más bien, creo que intenta demostrarme que se acuerda de mi nombre—. De Literatura.

Me mira inquisitivo, así que me obligo a responder.

—Ryan. —Entonces caigo en la cuenta de que no ha llegado a decirnos lo que estudia.

—Diseño Gráfico. Y estoy en el equipo de fútbol.

No sé por qué no me sorprende.

—¿Eres titular o de los que chupan banquillo?

—Titular. Con suerte me nombrarán capitán este año.

Tiene una forma graciosa de decirlo, con cierta fanfarronería, como si creyera que, tras saberlo, cualquiera caería rendida a sus pies. No sé qué contestar, de modo que solo miro hacia otra parte. Guardamos silencio durante unos minutos.

Cuando vuelvo a mirarlo, descubro que me observa. Me aclaro la garganta, incómoda. Ya me imagino de qué va esto. Y, cuanto antes acabemos, mejor.

—Mira, si vienes a pedirme el teléfono de Linda... —Me callo al ver su expresión.

—No voy a pedirte el número de tu amiga.

—¿Entonces?

—¿Me darías el tuyo?

—¿El mío?

Mi tono de asombro lo hace sonreír.

—¿No tienes?

—Sí, claro que tengo, pero...

—No quieres dármelo —se adelanta—. ¿Es por Turner? ¿Estás con él?

Cierro la boca sin decir nada. No, es evidente que no estoy con Logan. De hecho, ni siquiera me cae bien. Pero tengo reciente la discusión con Linda y lo único que me apetece ahora mismo es volver a nuestro apartamento, encerrarme en mi cuarto y llorar, no tontear con Ryan.

Además, él también se había interesado en ella en la fiesta. ¿No estaría traicionándola otra vez?

Mi salvación llega cuando los faros de un coche aparecen a lo lejos.

—Mi taxi —anuncio, quizá demasiado ansiosa.

—Salvada por la campana, ¿eh?

El taxi estaciona junto a nosotros y paso junto a Ryan para subirme. No obstante, cambio de opinión en el último momento. Me vuelvo hacia él nada más abrir la puerta de atrás.

—No hay nada entre Logan y yo —aclaro por si acaso. Lo que menos necesito ahora mismo es que corran rumores al respecto. Ya tengo suficientes problemas.

Él recupera su sonrisa.

—En ese caso, creo que me darás tu número la próxima vez.

—Buenas noches, Ryan.

Me hace una especie de saludo militar, llevándose una mano a la frente, y yo me muerdo el labio y entro en el vehículo. Le digo al conductor mi dirección y, aunque sé que Ryan mira cómo nos alejamos, mi cerebro no tarda en volver a centrarse en la discusión con Linda.

Cuando llego a casa, ella ya está en su cuarto. Ha cerrado la puerta de su habitación, cosa que nunca hace. Decido darle espacio, como me ha pedido, y me meto en la mía. Apago el móvil y lo guardo en un cajón de la mesilla.

No lo reviso en toda la noche.

A la mañana siguiente, cuando abro los ojos, ya la ha visto todo el mundo.

Logan

Me termino la cerveza de un trago. Estoy solo en el aparcamiento, apoyado contra la furgoneta Volkswagen que Kenny compró de segunda mano el año pasado y desde entonces cuida como un tesoro. La fiesta continúa dentro de la casa. Escucho la música desde aquí. Supongo que Leah ya estará en el sótano, peleándose a gritos con todo el mundo. Conozco a Hayes y a Linda. Y sé que harán todo con tal de hundirla. Como sea. No puede decir que no se lo advertí.

Intento dar otro trago, solo que el botellín ya está vacío, claro. Juego con él entre los dedos. Estar aquí solo tiene dos desventajas. En primer lugar, soy un blanco fácil para Hayes y su grupo de matones, y, para continuar, no dejo de darle vueltas a lo que ha pasado antes, y el silencio no ayuda. No me saco a Leah de la cabeza, lo que es un problema. Esto se me ha ido de las manos.

En mi defensa diré que al principio no tenía pensado besarla. Solo quería salir de ese armario cuanto antes y largarme de la fiesta. Pero entonces me contó lo que le había hecho Hayes... y pensé que podíamos matar dos pájaros de un tiro. Creo que una parte de mí no esperaba que me devolviera el beso. Ni que fuera tan intenso. Otra vez. Si todavía guardo un buen recuerdo del que nos dimos el sábado, estoy seguro de que este no se me va a olvidar jamás.

Además, estaba sobrio.

Esta vez no tengo excusas.

Un rato después, sigo dándole vueltas al botellín entre los dedos cuando oigo pasos a mi espalda. Me giro para ver a Kenny y a Sasha caminando hacia mí.

—No teníais que iros de la fiesta por mí —los reprendo.

Sasha ya está encendiéndose un cigarrillo.

—No ha sido por ti —contesta dando una calada—. Necesitaba fumar. Y creo que soy alérgica a los deportistas.

—Menos a mí, claro —especifica Kenny.

—Cariño, estás muy bueno, pero no eres deportista.

Sasha es el tercio restante de nuestro grupo de amigos. Es lanzada y directa, y tiene un aire de tía dura que hace que todo el mundo vaya con cuidado cuando está cerca de ella. Esta noche lleva un vestido negro y ajustado que le sienta bastante bien y deja a la vista sus tatuajes. Kenny ha estado a punto de desmayarse al verla.

—Hablando de novios, hemos visto a tu chica —comenta Kenny quitándole el cigarrillo para darle una calada—. Estaba hablando con Ryan Rossmert.

¿Con Ryan? Venga ya.

Aunque luego lo pienso mejor y llego a la conclusión de que es, sin duda, el tipo de chico en el que Leah se fijaría.

—Puede hablar con quien quiera. Y no es mi chica.

—¿Seguro? —Kenny intercambia una mirada burlona con su novia—. Cualquiera lo diría, teniendo en cuenta lo de antes.

—Quería cabrear a Hayes. Nada más.

—Lo has hecho bastante bien —me atribuye Sash.

—Genial. Que le jodan.

Kenny me ofrece un cigarrillo. Lo rechazo con un gesto. No voy a dejar que un vicio acabe con mis pulmones.

—¿Cómo se llama la chica? —indaga Sasha con curiosidad—. Es guapa.

—Leah. —Lo dejo ahí porque no sé su apellido.

—La mejor amiga de Linda —la pone en contexto Kenny.

Sasha silba.

—Menuda puntería, ¿eh?

Kenny se ríe. Es lo mismo que dijo él cuando se enteró. Yo pongo los ojos en blanco.

—No me lo recuerdes.

Siguen pasándose el cigarrillo. Antes éramos solo Kenny y yo, pero desde hace ya varios meses todos los planes incluyen a Sash. Al principio me costó acostumbrarme a ella. No soy especialmente bueno conociendo a gente nueva, y creo que verlos juntos me traía demasiados recuerdos de cómo solían ser las cosas entre Clarisse y yo. Ahora me alegro de que Sasha esté con nosotros. Es bastante cabrona conmigo la mayor parte del tiempo, pero me cae bien. Es mi amiga. Y pondría una mano en el fuego por ella sin pensarlo dos veces.

—¿Damos una vuelta? —sugiero—. Quiero largarme de aquí.

—¿Al mirador? —propone Sash.

Sonrío. Por eso es una de los nuestros.

—Al mirador.

Y no hace falta decir nada más. Nos montamos en la furgoneta y Kenny enciende el motor. Sasha, que está en el asiento del copiloto, baja el espejo retrovisor para retocarse el pintalabios. El móvil le vibra en el bolso.

—Adivinad quiénes se han enterado de lo de tu chica y tú —se burla al mirar la pantalla—. Tengo cien mensajes del grupo del equipo de baile.

—¿Qué haces tú en el grupo del equipo de baile? —suspira Kenny.

—Me encargaba de maquillarlos para las competiciones el año pasado y nunca me echaron del grupo de WhatsApp. Me quedé porque es la mejor forma de enterarse de los cotilleos. —Frunce el ceño al mirar el móvil—. Pero no están hablando sobre Logan.

Me echo hacia atrás, despreocupado. Ha sido una falsa alarma. No obstante, Kenny no arranca el coche. Sigue pendiente de su novia, así que yo la miro también, y ambos presenciamos cómo su expresión cambia a medida que lee los mensajes.

—¿Qué coño...? —Se vuelve hacia mí con brusquedad—. ¿Has sido tú? —me espeta.

Parece que quiera enterrarme vivo.

—¿Yo? —articulo con confusión.

—Entonces ha sido Hayes. —No lo piensa dos veces y abre la puerta del coche—. Voy a cargarme a ese capullo.

Sale disparada hacia la fiesta. Y yo me quedo aquí, sin entender nada, y espero que Kenny corra tras ella para detenerla y pedirle explicaciones, pero no mueve ni un músculo.

—Yo también lo he recibido —dice con la vista en el móvil. Sus ojos suben hasta los míos—. Tío, es una foto de la chica.

—¿De Leah? —salto de inmediato.

Asiente lentamente. Parece triste, como si sintiera mucha lástima por ella.

—Sale desnuda. Y creo que ese hijo de puta se la ha mandado a todo el mundo.

6

EL MIRADOR

Logan

Leah no va a clase el lunes. O esa es la conclusión que saco, ya que no nos cruzamos en todo el día. Cuando vuelvo a casa, le pregunto a la abuela por ella y me dice que ha cancelado sus clases particulares porque está resfriada. Sé que no es verdad. Decido no mencionarlo. Me encierro en mi cuarto a dibujar mientras intento no darle muchas vueltas al asunto.

Sin embargo, el tema está presente en el campus. La gente habla sobre Leah. Y, aunque hay muchos de su parte, también hay otros que no dicen cosas bonitas. Kenny y yo pillamos a unos tíos en los baños hablando sobre su culo. Se ríen, bromean y miran la dichosa foto, y apostaría lo que fuera a que han colaborado en su difusión. Eso es lo que hace la gente; aunque sea solo por curiosidad, la descarga y la reenvía. Así es como algo que nadie debería haber visto se vuelve viral.

Kenny y Sasha me contaron que, al parecer, la historia empezó en los grupos de WhatsApp del campus. No formo parte de ninguno porque paso de esas cosas, pero la mayoría de los alumnos sí que están. Entró un número desconocido y mandó la foto de Leah acompañada de un mensaje repulsivo. Después salió y fue como si ese número nunca hubiera existido. Corren rumores de que el culpable utilizó una tarjeta de saldo y luego se deshizo de ella. A saber. Está claro que, sea quien sea, además de ser un capullo también es un cobarde.

El tema de las filtraciones me toca la moral. Ya tuve que vivirlo una vez. Sé lo mucho que se sufre cuando algo que se suponía que era privado empieza a llegar a manos de desconocidos. Pese a eso, y aunque me resulta difícil, procuro mantenerme tan al margen como puedo.

Al menos hasta el miércoles por la tarde, cuando vuelvo del estudio y descubro que Leah sigue en mi casa.

Cierro la puerta de la entrada con cuidado. Desde aquí la oigo hablar con la abuela en el salón. Son las siete y media pasadas, así que su clase debe estar a punto de terminar. Se despiden justo cuando estoy cruzando el pasillo, y entonces Leah sale de la habitación y ese es el momento exacto en el que nos encontramos cara a cara.

Parece... devastada. Lleva el pelo recogido en un moño desordenado y tiene unas profundas marcas oscuras bajo los ojos que desvelan que no ha dormido mucho últimamente. Va en *leggins* y sudadera, y rodea sus libros con un brazo. No tarda en bajar la mirada, avergonzada, como si mi presencia la hiciera sentir incómoda.

—Novata —la saludo, intentando actuar con normalidad.

Pasa junto a mí sin levantar la cabeza.

—Lo siento, Logan. Tengo prisa.

No dice nada más antes de marcharse.

Me quedo mirando la puerta cerrada. Se me ha revuelto el estómago.

—Ha pasado algo, ¿verdad? —La abuela sale al pasillo con una expresión preocupada—. Estaba rara esta tarde. Dispersa.

—La gente es gilipollas —ofrezco como única explicación. Quiero irme a mi cuarto y olvidarme del tema, pero me detengo cuando me dirige una mirada de advertencia. Es como si me dijera: «Vas a darme más detalles porque soy tu abuela y la que manda aquí soy yo».

—¿Qué ha pasado? —insiste. Su expresión se llena de desconfianza—. No habrás tenido nada que ver, ¿no?

—No —la tranquilizo—. Un capullo ha filtrado una fotografía suya y ahora está por todas partes. Llevaba un par de días sin ir a clase. Me sorprende que haya venido.

—Me ha dicho que no quería dejarme plantada.

—Sé paciente con ella. Enfrentarse a algo así no es fácil.

—No lo es —concuerda, y sus ojos se clavan sobre los míos—. Menos aún si tiene que hacerlo sola.

—Abuela... —le advierto. Sé por dónde van los tiros y no me gusta nada.

—Podrías hablar con ella.

—No —me niego de inmediato.

—¿Por qué? No eres un mal chico. Estoy segura de que Leah tiene una opinión equivocada sobre ti.

—No nos llevamos bien.

—Si Clarisse estuviera aquí...

—Ella no es Clarisse —la interrumpo.

—Me refería a que, si estuviera aquí, habría querido ayudarla. Sabes mantener a los malos a raya, Logan. Y, si esa foto es como yo creo, a Leah le vendrá bien tenerte de su parte.

Sé por qué lo dice. He oído los comentarios. Ver una fotografía de Leah en esas condiciones habrá envalentonado a más de uno. Además de a las críticas machistas y absurdas, tendrá que enfrentarse a una larga fila de babosos cuando vuelva a clase, si es que no está lidiando con ellos ya.

Me repito que no es mi problema, justo como llevo haciendo desde que empezó todo esto.

—Puede cuidarse sola —respondo—. Y, si no, espero que encuentre a alguien que sí esté dispuesto a ayudarla.

No digo nada más. Tampoco me paro a ver su cara de decepción. Solo cruzo el pasillo y me encierro en mi cuarto.

Leah

Todos creen que soy una zorra.

Eso insinúan los mensajes y comentarios que he recibido por Instagram. Resulta que, además de compartir mi foto, también han difundido mis redes sociales. Recibo muchos mensajes de apoyo, pero también tengo las notificaciones llenas de guarradas. No puedo evitar fijarme más en lo negativo. Me entran ganas de vomitar cada vez que miro el móvil. Por eso llevo con todas las aplicaciones desinstaladas desde el sábado, mejor conocido como el Día de la Tragedia.

Aunque, en realidad, yo no me enteré hasta la mañana siguiente. Me desperté con la llamada de Malena, una de mis compañeras de clase, que quería ofrecerme sus apuntes por si decidía faltar a clase esta semana. Al verme tan perdida, me preguntó si no había visto la foto. Fue ella misma la que me la envió. Entonces el alma se me salió del cuerpo, se me cayó a los pies y se me hizo pedazos.

Hola, soy Leah Harries.
Del 1 al 10, ¿cuánto te gusto?
Compárteme si crees que supero el cinco. Y escríbeme si me das un diez.;)

Y mi foto.

Mandaron ese dichoso mensaje. Con mi foto.

Y no una cualquiera. En esta aparezco semidesnuda. No llevo sujetador, pero sí tanga, y salgo posando frente al espejo, tapándome los pechos con un brazo y girándome para enseñar el culo. Vale, es comprometida. Pero no me la hice con la intención de subirla a internet, sino para mandársela al chico con el que llevaba saliendo dos años y ya había intercambiado varias del estilo. No me importó arriesgar un poco más. Confiaba en él.

Me fui al baño a vomitar cuando comprendí que, si Malena la tenía, el resto de mis compañeros también.

Creo que una parte de mí todavía no lo ha asimilado. Lo único que hice el domingo fue encerrarme en mi cuarto y llorar. El lunes oí a Linda yéndose a clase. Tampoco me atreví a salir. Le puse una excusa a Mandy porque no me veía con fuerzas para pasarme por su casa. Me escondí también el martes. Y el miércoles no fui a la facultad, aunque no pude escaquearme de las clases particulares. No otra vez.

Eso no significa que no pasara una vergüenza terrible cuando me tocó cruzar el campus.

Y también cuando Logan llegó a casa antes de tiempo y tuve que verlo.

Hoy es jueves, estoy parada delante de la facultad y me siento un poco como ayer cuando estaba armándome de fuerzas para salir de casa. La gente me rodea para entrar y, por más que intento ignorarlos, sigo oyendo sus risitas y cuchicheos. Sé que son por mí, que todo el mundo la ha visto y que de ahora en adelante será incluso peor. No sé hasta cuándo me perseguirá. Puede que siga ahí cuando esté peleándome por un puesto de trabajo. A lo mejor afecta a todo mi futuro.

Me vuelven a entrar náuseas solo de pensarlo.

No quiero entrar ahí, de verdad que no, pero en el fondo sé que no podré seguir huyendo para siempre. Tengo que hacer frente a esto, sola, como he estado desde el sábado; Linda es mi única amiga y para ella ya no existo. Eso me deja sola contra el mundo.

—Eh, Harries, menudo culo —se burlan a mi espalda. Me giro para ver a Daniel, uno de los amigos de Hayes, riéndose con otros tres chicos.

Capullos.

Ojalá pudiera ir allí y borrarles la sonrisa de la cara.

Lo que hago en su lugar es ignorarlos y entrar en la facultad. Cuanto antes llegue a clase, mejor. Nadie se atreverá a decirme nada delante de los profesores. Al menos podré concentrarme en las explicaciones del temario y desconectar de mis pensamientos destructivos durante un rato.

No obstante, justo cuando llego a la puerta del aula, oigo una voz conocida a mis espaldas.

—¿Podemos hablar?

Me vuelvo bruscamente hacia él. Me hace esto, ¿y ahora se atreve a pedirme que hablemos?

—Vete al infierno —le espeto con rabia.

Hayes me advierte con la mirada que baje la voz. Mira a ambos lados del pasillo, como si temiera llamar la atención.

—Solo quiero hablar contigo —insiste—. Por favor.

—No tenemos nada de lo que hablar.

—Leah...

—¿Esto es lo que querías? ¿Humillarme? —estallo al borde de las lágrimas—. ¿Hacerme sentir tanta vergüenza que no me atreviera ni a salir de casa?

—No —responde a toda prisa—. Yo no...

—Me voy a clase.

—Leah, por favor.

Como no le hago caso, me agarra del brazo para impedir que me marche.

—Suéltame —le ordeno.

—No hasta que hablemos.

—Te he dicho que me voy a clase.

—Escúchame, ¿vale? No...

—Tío, ¿no la has oído? Quiere que la dejes en paz.

Al oír su voz, el corazón me da un vuelco. Logan acaba de detenerse junto a nosotros. Se ha apoyado de brazos cruzados contra la pared, y lleva su característica chaqueta de cuero y el pelo oscuro revuelto. Mira a Hayes como si quisiera mandarlo bajo tierra.

—Métete en tus asuntos, Turner —gruñe él.

—Estos son mis asuntos —contesta Logan. Sus ojos oscuros bajan hasta los míos—. Vamos, Leah —añade, como si hubiéramos acordado que vendría a buscarme.

Aprovecho que Hayes se ha distraído para zafarme de su agarre. No confío en Logan, pero, si yendo con él puedo librarme de mi ex, la decisión está tomada. Hago de tripas corazón y me pongo a su lado, cuidando las distancias para que nuestros brazos no se rocen. Cuando vuelvo a mirar a Hayes, percibo el enfado en sus ojos. Y también algo más. Lástima, quizá. O culpa.

—Puedo explicarlo —añade en voz baja, esta vez dirigiéndose solo a mí.

Logan suspira con aburrimiento.

—Hazte un favor y lárgate antes de que se me acabe la paciencia.

Hayes aprieta los puños. A diferencia de la otra noche en la fiesta, cuando estaba rodeado de sus amigos, ahora no se atreve a enfrentarse a Logan. Solo nos lanza una última mirada de desprecio antes de alejarse por el pasillo.

Me quedo a solas con Logan, que me observa con atención. Parece que intente averiguar hasta qué punto me ha afectado lo ocurrido.

—No voy a preguntarte si estás bien —me anticipa, lo que me hace reaccionar.

—Y yo no pienso darte las gracias. Puedo cuidarme sola.

—Ya veo.

Su tono irónico me saca de mis casillas. Si no fuera casi veinte centímetros más alto, le daría un puñetazo.

—¿Qué haces aquí, Logan? ¿Has venido a reírte de mí? ¿A decirme que soy tonta y descuidada y que me lo merezco?

—Sí que piensas que soy un capullo, ¿eh?

—¿Qué quieres? —lo presiono, cruzándome de brazos para sentirme más fuerte.

—Siento mucho lo que ha pasado. Hayes es un cabrón.

Relajo los hombros al oírlo, aunque procuro mantenerme alerta.

—Si tanto lo sientes, espero que hayas borrado la foto.

—Lo hice cuando me la mandaron. No la he visto.

El corazón me salta.

—No me lo creo.

—Vale. Pero no la he visto.

Me mira con firmeza para dejarme claro que va en serio. Me lo creo. Y mis murallas se tambalean. Aunque sé que no debería, siento que me avergüenzo de lo que hice. Y no sé cómo voy a ser capaz de recorrer estos pasillos sin agachar la cabeza cada vez que pase junto a un grupo de alumnos. Todos me han visto desnuda. Insinuante. Tan desprotegida y expuesta.

No es justo.

Esa fotografía no era para ellos.

—¿Y qué esperas? —rebato a la defensiva—. ¿Que te dé las gracias por tener un mínimo de decencia? ¿Que piense que eres el mejor tío del mundo?

—Aunque no te lo creas, no he venido a discutir contigo —repone suspirando. Cualquiera diría que nuestras peleas constantes le cansan tanto como a mí.

—¿Entonces?

—Unos amigos y yo vamos a saltarnos las clases y a ir a dar una vuelta. Quería preguntarte si te apetece venir.

Mis cejas se disparan.

Si no estuviera tan serio, creería que me está gastando una broma.

—¿Tú quieres que vaya?

—¿De verdad tengo que responder?

—¿Por qué me has invitado?

—Sasha dice que te debo una después de lo del sábado.

Voy a replicar, pero lo pienso mejor. Claro que me debe una. Discutí con Linda a raíz de ese estúpido beso.

—Mi coche está fuera —añade—. Puedes venir con nosotros o pasarte el resto del día esquivando a Hayes. Tú decides.

Me mira una última vez antes de echar a andar por el pasillo. Odio su tono de superioridad. Y su actitud, así, en términos generales. Mi lado orgulloso quiere dejarlo marchar para que no pueda salirse con la suya. Sin embargo, aunque deteste admitirlo, me gusta la idea de largarme de aquí. Sobre todo si eso implica no ver más a Hayes. Ni a ninguno de sus amigos.

Acabo siguiendo a Logan hasta el aparcamiento.

Cuando bajamos la escalera, él va por delante de mí. No puedo evitar fijarme en los músculos de sus hombros, que se adivinan incluso aunque lleve puesta la chaqueta. Tengo una debilidad por las espaldas de los chicos. Y la de Logan es ancha y firme, fuerte, atlética. Me obligo a apartar la mirada. Por mi bien, más me vale tener presente que no soporto a este tío.

—El carruaje de la princesa —se burla cuando llegamos hasta su coche—. Te abriría la puerta, pero no soy un caballero.

Me parece ver un atisbo de sonrisa en su boca cuando entra en el vehículo.

Me monto de copiloto y me abrocho el cinturón. Creo que en el fondo esperaba que Logan fuera un poco más cliché y tuviera una moto de esas con aire «peligroso» que siempre aparecen en los libros, pero no. Tiene un coche; de tamaño medio, de color negro y con uno o dos arañazos. Al menos parece bastante más seguro.

—¿Alguna petición? —indaga mientras conduce fuera del aparcamiento.

—Si no es mucho pedir, no te estrelles.

—Me refería a la música. ¿Qué te gusta?

—¿Por qué de pronto eres tan amable conmigo?

—Ojalá pudiera decir lo mismo de ti.

—Perdóname por no estar de buen humor después de que todo el campus me haya visto desnuda, Logan. Intento llevarlo lo mejor que puedo.

Me hundo en el asiento al notar que me observa. Tras un silencio, suspira.

—¿Qué música te gusta? —repite.

—No suelo hablar de mi música con nadie.

—¿Por qué no?

—No sé. Es rara.

—¿Son cantos de apareamiento?

No contesto. Me limito a resoplar.

—Si la respuesta es no, puedo poner tu música en mi coche —sentencia—. Habla.

No parece dispuesto a ceder. Me resigno a coger su móvil, que está desbloqueado y unido a un imán junto a la pantalla del coche, para entrar en Spotify. No sé qué poner. La música que utilizo para escribir no es apta para escucharla en un coche, menos aún con Logan delante. Al final, me decanto por una opción segura y dejo el teléfono de nuevo en su sitio. Logan frunce el ceño al oír los primeros versos de la canción.

—¿Qué hay de raro en 3AM?

No puedo negar que me sorprende que los haya reconocido.

—¿Te gusta su música?

—No está mal.

—Vale. ¿Adónde se supone que vamos?

Lo miro en busca de una respuesta. Él se limita a encogerse de hombros. Con eso da la conversación por terminada. Se concentra en la carretera y dejamos que nos invada el silencio mientras *Mil y una veces*, una de mis canciones favoritas, suena por los altavoces. No tenemos nada en común, así que prefiero que no hablemos. Me distraigo observando el paisaje.

O, al menos, finjo que lo hago.

No puedo dejar de mirar a Logan.

Nunca me había parecido tan atractivo ver a un hombre conducir. Puede que se deba a que Logan Turner, en sí, me atrae más de lo que me gustaría. Mantiene una postura relajada, aunque tiene los músculos de los brazos ligeramente tensos mientras sujeta el volante. Y sus manos..., joder. Tiene unas muy buenas manos. Grandes y de dedos largos. Lleva unos símbolos tatuados en los nudillos que no consigo distinguir.

También me gusta su perfil. Tiene la nariz recta y la mandíbula marcada. A diferencia de la mayoría de los días, hoy no lleva gorro y su pelo oscuro y revuelto apunta en todas las direcciones. Mi mirada baja hasta su cuello, al tatuaje que lleva en un lateral; es una rosa con los pétalos rojos y el tallo lleno de espinas. Sé que tiene muchos más, pero no puedo evitar preguntarme qué significará ese en particular.

Vuelvo a la realidad cuando la música se detiene.

—Se acabó tu momento de gloria. —Cambia la canción a una de una banda de rock que no conozco—. Esto sí es música de verdad.

—Habría preferido los cantos de apareamiento.

Él suelta algo parecido a una risa y el corazón me da una voltereta. Lo miro de reojo y después procuro concentrarme en el paisaje y dejar de prestarle atención.

Un rato después, nos adentramos en un camino de tierra que atraviesa una zona con árboles. Estamos a las afueras y Logan lleva conduciendo unos veinte minutos. Puedo deducir adónde vamos. He oído hablar del mirador. Nunca antes había estado, pero sé que la gente suele venir aquí a beber o fumar por las noches. Sin embargo, estamos a jueves y son las nueve de la mañana, por lo que, cuando llegamos, el aparcamiento está vacío, a excepción del que será el vehículo de sus amigos; una furgoneta *hippie* con la pintura desgastada por el sol.

Logan apaga el motor. Me lanza una mirada antes de salir del coche. Hago lo mismo y subimos juntos al mirador.

—Turner, adivina quién ha traído cerveza para desayunar —anuncia un chico castaño, al que reconozco como Kenny, cuando nos acercamos.

A su lado hay una chica rubia a la que también vi en la fiesta. Sasha, la novia de Kenny. No me pasa desapercibido que parece bastante sorprendida al vernos llegar.

—Pensaba que te echarías atrás —le dice a Logan.

—Y yo te dije que eso no iba a pasar —contesta él, y después me hace un gesto para presentármelos—. Leah, estos son Kenny y Sasha. Chicos, a vosotros no os la presento. Ya la conocéis.

Se deja caer junto a Kenny con desinterés. Empiezo a ponerme nerviosa. Odio conocer gente nueva. No se me da bien. Nunca se me ocurre nada que decir. Además, no dejo de pensar en la foto. En que es probable que la hayan visto. En la opinión que tendrán ahora sobre mí.

Sasha interrumpe mis pensamientos cuando se levanta para acercarse a mí.

—Leah, ¿verdad? Soy Sasha.

—Está siendo maja contigo solo para no asustarte. —Kenny me señala con su cerveza—. No te fíes de sus intenciones.

Su novia lo mira con mala cara.

—Ni siquiera me has dejado hablar.

—Vas a intimidar a la chica, Sash.

—No parece el tipo de chica que vaya a dejarse intimidar —replica ella. Se vuelve hacia mí—. Ignóralos. No suelen tener nada interesante que decir.

Kenny le hace un corte de mangas. Verlos bromear me hace sonreír con timidez.

—Gracias por invitarme —menciono, ya que, bueno, no soy parte del grupo y debo de ser un estorbo para ellos.

Sasha le resta importancia con un gesto. Cuando quiero darme cuenta, me ha agarrado del brazo y estamos las dos sentadas en el banco. Me gusta su forma de vestir. Lleva una sudadera gris como vestido y unas botas militares. Al igual que en la fiesta, me entran ganas de preguntarle cómo diablos se ha hecho tan bien el delineado.

Mientras los chicos hablan entre ellos, Sasha se centra solo en mí.

—¿Qué estudias?

—Literatura —respondo, intentando ser amable también—. ¿Y tú?

—Bellas Artes. Estoy en segundo.

—Suena mucho más interesante.

—No digas eso. —Me da un golpecito en el brazo para quejarse—. ¿Es tu primer año?

—Sash —interviene Logan—, no la interrogues.

—Cállate, Turner. Quiero ser su amiga.

—Estoy en primero. —Trato de que no se dé cuenta de lo mucho que me está costando esto—. Me mudé a Portland en agosto.

—¿Y qué tal tus primeros meses en el campus? ¿Bien?

—Ajá. —Decido no dar más detalles.

Parece leerme la mente, ya que su buen humor decae. Solo llevo medio semestre aquí y ya me ha visto desnuda todo el mundo. No es que haya empezado con buen pie.

—Lo que te han hecho es una putada —reconoce Kenny—. No sé quién ha sido, pero menudo cabrón.

—Bueno, yo me hago una idea —contesto con amargura.

Con eso me gano la atención de los tres.

—¿Hayes? —Sasha gruñe al verme asentir—. Cómo odio a ese tío.

—Estuvo a punto de cargárselo el viernes —me cuenta Kenny, señalando a su novia con la cabeza.

—Soy una mujer de impulsos —se defiende ella—. Tiene suerte de que no lo encontrara.

—Habría acabado con él —me asegura Kenny.

—Como mínimo, le habría dado una buena patada en los huevos.

Logan esboza una media sonrisa.

—Me habría encantado verlo.

Sus ojos conectan con los míos durante un instante y me da un vuelco el corazón. Por mi bien, su presencia debería dejar de afectarme tanto.

—Centrándonos en el lado bueno, la fotografía es una obra de arte —comenta Sasha, atrayendo de nuevo mi atención. Mira a los chicos—. ¿Verdad?

Kenny vacila. Intercambia una mirada rápida con su novia y, cuando ella asiente, se vuelve hacia mí.

—Con todo el debido respeto y sin que pienses que soy un cabrón monumental, sales muy bien.

—Y las sombras, la luz, el escenario, la pose... Tienes que enseñarme a posar así. Por favor —me suplica Sasha—. Y el maquillaje. ¿Por qué nadie habla sobre tu maquillaje? Es una pasada.

Esbozo una sonrisa triste.

—Supongo que están demasiado ocupados mirándome el culo.

—Deja que miren lo que nunca podrán tener, ¿no?

Choca su hombro contra el mío para darme ánimos. Mi sonrisa se vuelve un poco más real. Están intentando restarle seriedad al asunto para que no me sienta tan incómoda, y no tengo ni idea de por qué lo hacen, qué los anima a ser tan generosos conmigo, pero me siento agradecida. Porque creo que funciona.

—Es lo más cerca que estarán de ver desnuda a una chica como yo —susurro, e intento creérmelo yo también.

En cuanto me oye, Sasha se levanta de un salto.

—¡Exacto! ¡Me gusta esa actitud! —exclama orgullosa. Me pone una mano en el hombro y me mira con firmeza—. Leah, creo que tú y yo vamos a llevarnos muy bien.

Kenny codea a Logan con disimulo.

—Tío, creo que hemos creado un monstruo.

—Nada que no podamos gestionar —responde él. Me parece ver la sombra de una sonrisa en su rostro cuando abre una cerveza y se la lleva a los labios.

Nos pasamos el resto de la mañana en el mirador. Los primeros treinta minutos son los más difíciles. Por suerte, Sasha se esfuerza en incluirme en la conversación, y al final acabo soltándome y cogiendo confianza. Descubro que forman un grupo bastante peculiar. Son tres personas diferentes que se conocieron por casualidad y descubrieron que tenían mucho en común. Sasha es la artista incomprendida que empezó la universidad solo para cumplir con las exigencias de sus padres. A Kenny se le dan bien las matemáticas. Al parecer, trabaja en un restaurante a media jornada para pagarse los estudios.

Logan es el único que no participa en la conversación. Se limita a escuchar y a hacer algún comentario de vez en cuando. Kenny y él deben de conocerse desde hace mucho, ya que noto mucha complicidad entre ellos. Creo que con Sasha le ocurre lo mismo, pese a que no dejen de discutir. Me da la sensación de que en el fondo se llevan muy bien y esa es la clase de relación que tienen.

A la hora de comer, Kenny y Sasha proponen que vayamos a una hamburguesería. Logan tiene que irse porque esta tarde trabaja en el estudio y no me parece bien quedarme a solas con sus amigos, que además llevan los últimos treinta minutos siendo bastante empalagosos, de manera que aprovecho su excusa para irme también.

—Gracias por ser tan amable conmigo —le digo a Sasha cuando me da un abrazo de despedida. Tiene los labios pintados de rojo y el pelo rubio suelto por encima de los hombros.

—No las des. —Acto seguido, baja la voz—: Antes de que te fueras, quería decirte que mi familia dirige un bufete de abogados. Si te planteas denunciar..., avísame, ¿vale? Podemos ayudarte.

Me entra vértigo al pensar en todo lo que conllevaría. Ir a comisaría, presentar la foto, dar explicaciones. Hablar en contra de Hayes. No sé si estoy preparada para enfrentarme a algo como eso.

—Gracias —contesto, ya que es evidente que lo dice con buena intención.

Sasha me devuelve la sonrisa.

Voy junto a Logan, que se despide de Kenny con un choque de puños. Los ojos de este último se iluminan al verme.

—¿Cuál es tu número favorito? —me suelta sin venir a cuento.

Frunzo el ceño. Logan suspira con pesadez.

—¿Es necesario? —le reprocha a Kenny.

—Claro, tío. Es parte de su iniciación.

—¿Para qué quieres saber mi número favorito? —pregunto yo con confusión.

Kenny se encoge de hombros.

—Tengo curiosidad.

—Es el ocho.

—Pues por el culo te la *entocho.*

Contesta tan serio que tardo un segundo en pillar la broma. Después me mira con una gran sonrisa.

—Le hace esas bromas a todo el mundo —me explica Sasha.

—Eso no es verdad —se queja Kenny—. Me las reservo para mis amigos. Y ahora Leah ha completado su iniciación.

—¿Te sabes bromas con todos los números? —inquiero.

—Con todos —afirma, visiblemente orgulloso de sí mismo—. Vamos, ponme a prueba.

—¿Cinco?

—Esa la conoce todo el mundo, mujer. Dame una difícil.

—¿Diez?

—La tengo hasta los pies.

—¿Dos?

—Cuando la meto me da tos.

Bueno, esa me ha hecho gracia.

—¿Trece? —propongo como reto definitivo.

Kenny cierra la boca sin decir nada. Mi sonrisa se vuelve más amplia. Alguien acaba de quedarse en blanco.

—No hay ninguna rima con trece.

—Claro que la hay.

Entorna los ojos.

—¿Cuál?

—Cada vez que me la agarras me crece.

No me creo que acabe de decir eso.

Espero que guarden silencio, que se burlen de mí o que crean que he hecho el ridículo. Lo que obtengo en su lugar es una risa. De Sasha. Y una mirada de aprobación de Kenny.

—Me cae bien —le dice a Logan, señalándome con la cabeza.

Él lo ignora y me indica que lo siga hasta su coche.

—¡Pasadlo bien! —les grita a sus amigos mientras nos alejamos.

—Lo mismo digo, Romeo —canturrea Sasha. Se oye un murmullo por parte de Kenny, como si la estuviera reprendiendo—. ¿Qué? ¿De verdad vamos a fingir que no se han enrollado dos veces?

Nos pasamos los diez primeros minutos del trayecto en completo silencio. Esta vez sí me siento un poco incómoda. Mis inseguridades están acechando y no dejo de preguntarme si les habré caído bien. Kenny parece un buen tío. Y respecto a Sasha... Derrocha confianza y seguridad en sí misma. ¿Sería muy difícil que nos hiciéramos amigas? Creo que me gustaría tener cerca a alguien así.

Con el rabillo del ojo, veo que Logan enreda en la pantalla táctil. Una canción conocida empieza a sonar por los altavoces.

—Creía que no te gustaba 3AM —comento.

—No he dicho que no me gusten, he dicho que su música no está nada mal. No es lo mismo.

Arrugo la frente. Ya.

—Te gustan —lo acuso.

—Es una de mis bandas favoritas.

—¿Por qué no me lo has dicho antes?

—No iba a darte esa satisfacción. Ahora, ¿puedes callarte? Me gustaría disfrutar de la canción.

Cuando ve mi cara de mal humor, en sus labios se forma una

sonrisa. Esta vez sí que la veo. Y no me cabe duda alguna de que, en efecto, está ahí.

Logan Turner me está sonriendo.

Eso me da ánimos para no dejar que muera la conversación.

—¿Sabes, Logan? Creo que has puesto la canción en mi honor.

—Y yo creo que tú tienes demasiada autoestima.

—Te caigo bien. Admítelo. No pasa nada.

—A mí nadie me cae bien.

—¿Es por lo de la escalera? ¿Te pone que te esposen o algo así?

—¿Crees que me pones o que me caes bien? Son dos cosas muy diferentes.

—Yo diría que ambas.

—Es más interesante si te dejo con la duda.

La burla centellea en sus ojos al verme arquear las cejas. Me vuelvo hacia el frente y rezo en silencio para no ponerme roja. Siempre me ocurre en este tipo de situaciones y es terriblemente vergonzoso.

—¿No vas a insistir? —añade al notar mi silencio.

—No me interesa.

—No me lo esperaba.

—¿El qué?

—Que te rajaras.

—No me he rajado.

—Estabas tonteando conmigo. Y te has echado atrás.

—No estaba tonteando contigo —replico. Él sigue teniendo esa expresión burlona, por lo que deduzco que no me cree—. ¿Puedes llevarme a casa?

—Sería de mal gusto dejarte tirada en la carretera.

—Qué gracioso.

La música sigue sonando, pero no le presto mucha atención. La tensión en el coche se ha vuelto insoportable.

—¿Sasha te ha contado lo del bufete de su familia? —Decide cambiar de tema—. Me dijo que quería hablarlo contigo.

Se muestra atento a mi reacción. Me encojo con incomodidad.

—Aún no he decidido qué voy a hacer.

—Leah —me llama. Ahora ya no hay rastro de burla en su voz—. No somos amigos. Y por eso sabes que no tengo ninguna razón para mentirte. Así que, de forma objetiva: lo que ha pasado no es culpa tuya. No tienes razones para avergonzarte. Es Hayes quien la ha cagado, no tú.

—Es mi foto la que está paseándose por todo el campus.

—A la gente se le olvidará. Dejarán de darle importancia si les demuestras que no te afecta. No dejes que te hundan.

—¿Es verdad que no la has visto?

—Sí, es verdad.

—¿Por qué?

—Porque mi novia tuvo que pasar por lo mismo.

Tardo un momento en atreverme a decir algo. No me esperaba una respuesta así. Menos aún si la incluye a ella.

—Clarisse, ¿verdad? —pronuncio con cuidado.

—Su ex filtró unas fotos suyas cuando se enteró de que habíamos empezado a salir.

Noto un sabor amargo en el paladar. No llegué a conocer a Clarisse, pero he oído hablar sobre el accidente. Fue un suceso trágico que conmocionó a toda la comunidad universitaria. Hay quienes dicen que se desvió de la carretera por culpa de la nieve. Otros creen que se suicidó. Nadie sabe muy bien qué pasó ese sábado por la noche. En el campus corren rumores al respecto. A cada cual, más retorcido.

Algunos culpan a Logan.

Clarisse murió el mismo día que descubrió que él le era infiel.

—Era muy explícita. La fotografía —continúa Logan—. Estaba con ella el día que la publicaron. Cuando descubrimos quién había sido, me entraron ganas de ir a buscarlo y darle una paliza. Si no lo hice fue porque sabía que nos traería aún más problemas. Dejé que ella se encargara. Clarisse sabía cuidarse mejor que nadie. Solucionó las cosas a su manera.

—¿A su manera? —Aunque no sé si es adecuado indagar, la curiosidad puede conmigo.

—Vivía con sus padres en una urbanización privada. Un día se presentó en la piscina e hizo *topless* delante de un montón de señoras y de buena parte de sus compañeros de clase. La echaron de allí, pero ella estaba orgullosa porque todo el mundo había vuelto a verle las tetas y esta vez había sido con su consentimiento.

La quería. Mucho. El sentimiento está presente en cada palabra, en esa forma tan especial que tiene de hablar sobre ella. Apenas sé nada sobre Clarisse, pero, durante un momento, siento que la veo a través de sus ojos. Y noto el respeto y la admiración que Logan siente hacia ella. Seguro que la echa de menos.

Encontrar a alguien que te haga sentir eso y que el destino te la arrebate debe de doler mucho.

—No se dejó intimidar.

Mi voz rompe el silencio. A Logan se le han tensado los músculos.

—Clarisse no era de esas —contesta.

—Ojalá yo fuera así de valiente.

No pienso antes de hablar. Y enseguida me arrepiento de haberlo dicho. Logan clava sus ojos oscuros sobre mí.

—Todos tenemos un lado valiente, Leah. Estoy seguro de que tú también. Solo tienes que creértelo.

—No me conoces.

—Me esposaste a una escalera el día que nos conocimos. No necesito saber mucho de ti para deducir que tienes carácter.

—Viendo cómo hablas algunas veces, cualquiera diría que crees que no sé defenderme.

—Estoy seguro de que sabes pelear. Solo te achantas delante de personas como Hayes o Linda.

Me molesta que haya mencionado a Linda. Se supone que es mi mejor amiga. Y tiene toda la razón. No soy capaz de reaccionar cuando alguno de ellos está cerca.

—Me intimidan —confieso.

—No se lo demuestres.

Trago saliva. Me entran ganas de pedirle que preste atención a la carretera porque no soy capaz de concentrarme cuando me mira así.

—Gracias por no haber visto la foto.

Niega para restarle importancia.

—No tienes que darme las gracias.

—Por eso te has mantenido al margen antes, ¿verdad? Cuando Kenny y Sasha han hablado sobre ella.

—Tampoco habría dicho nada si la hubiera visto.

—¿Ah, no?

—No creo que necesites que nadie te suba el ego.

Eso casi me hace sonreír. Casi.

—Creo que ahora eres tú el que está tonteando conmigo.

Él sí sonríe de verdad. Me hace dudar de hasta qué punto es broma todo lo que está diciendo.

—¿Me dirías que no estás interesada?

—Veo que nos vamos entendiendo.

—Igual que no estabas interesada cuando me besaste el sábado. Tienes razón. Nos entendemos.

—No lo estaba —replico. Hay un instante de silencio. No me gusta recordar todo lo que pasó esa noche—. Discutí con Linda después de que te fueras.

—Se le pasará. Ya sabes cómo es.

—Esta vez no.

Ni siquiera me ha preguntado cómo estoy después de que filtraran la fotografía.

Logan debe de notar la tristeza en mi voz, ya que el ambiente se vuelve incómodo. Por suerte, no tardamos mucho en llegar a mi barrio. Ni siquiera he tenido que darle mi dirección. Estuvo varios meses «saliendo» con mi compañera de piso, así que es evidente que se la sabe bastante bien.

De nuevo, pensar en Linda hace que me sienta culpable por lo que ha pasado hoy; por haber accedido a ir con él al mirador, por haber conocido a sus amigos, por que me haya traído a casa.

—Gracias por acercarme —pronuncio de todas formas.

Intento abrir la puerta para salir, pero todavía no ha quitado el seguro. Me vuelvo a mirarlo con confusión.

—Sé que Sasha te ha dicho que puedes comer con nosotros siempre que quieras —dice—. No sé si eso me beneficia. Habría mucho menos sitio en nuestra mesa.

Contra todo pronóstico, me hace sonreír. Suena más como un «acuérdate de que puedes sentarte con nosotros» que como un «no quiero que lo hagas».

—Creo que empiezo a entender tu humor, Turner.

—Créeme, no era humor.

Quita el seguro y me bajo del coche.

—Suerte en el estudio. Intenta no pensar demasiado en mí,

¿vale? Sería de mal gusto que le tatuaras mi cara a un cliente sin querer.

—Probablemente después me ofrecería a cortarle el brazo.

Me río.

—Adiós, Logan.

Cierro la puerta del vehículo. No me giro, sino que espero hasta que él baja la ventanilla para hacerme un gesto con la mano.

—Novata —se despide, y después sube el volumen de la música y su coche se pierde al fondo de la calle.

7

POR DEBAJO DE LA MESA

Leah

El Daniel's no es la cafetería más concurrida del campus; la mayoría de los alumnos prefieren ir a New Sun, donde sirven, y cito, «las mejores tortitas que probarás en tu desdichada vida de estudiante». A mí esta siempre me ha gustado mucho más. Es pequeña y acogedora, con el suelo de madera y las paredes llenas de estanterías y pósteres de películas antiguas.

Hoy he vuelto a faltar a clase. Pese a que esta mañana tenía intenciones de ir, me he echado atrás nada más bajarme del autobús. Siempre he sido la chica invisible, la que camina sola por los pasillos intentando pasar desapercibida. Normalmente la gente no sabe ni cómo me llamo. Eso ha cambiado desde el sábado. Puede que sea «fácil» ignorar los mensajes desagradables en las redes sociales, pero es diferente en la vida real. No puedo fingir que no oigo los comentarios. Que no noto las miradas.

Esconderse no es lo mejor que puede hacer una en estos casos. Solo es la salida fácil. Eso no ha evitado que acabe aquí, en una de las mesas más recónditas del Daniel's. Escribiendo.

Lo único bueno de todo esto es que he recuperado la inspiración.

Sucedió anoche, mientras estaba en la cama, peleándome con mis pensamientos. Fue como recuperar el aliento después de haberme asfixiado durante días. *Bajo la piel*, capítulo 23. Encontré un nuevo enfoque. Muy distinto y arriesgado. Borré la escena del espejo antes de la fiesta del sábado, pero en ese momento tuve claro que volvería a escribirla. Y que lo haría incluso mejor.

Desde que era pequeña, cada vez que siento que el mundo se

me va a caer encima, escribo. Es lo que me ha mantenido en pie tanto tiempo. Y, por suerte, también lo hace ahora.

He dejado de teclear para leer el último párrafo cuando suenan las campanillas de la puerta. Levanto la mirada con disimulo y el alma se me cae a los pies.

Logan y Kenny acaban de entrar en la cafetería.

Mierda.

Me hundo en el asiento y trato de esconderme detrás de la pantalla del portátil. No debería evitarlos después de lo bien que se portaron ayer conmigo. No obstante, ahora mismo no me encuentro con ánimos de socializar. Menos aún si eso implica estar cerca de Logan. Últimamente no me lo saco de la cabeza, lo que es un problema. No es la clase de persona con la que me conviene relacionarme.

Llegan hasta mi mesa antes de que me dé tiempo a idear un plan de huida.

—Leah, ¿qué tal? —Kenny es el primero en saludar.

Me enderezo con disimulo y fuerzo una sonrisa. Kenny me devuelve el gesto. A su lado, Logan también me observa.

—¿Te importa?

Me cuesta un momento entender a qué se refiere.

—¿Queréis sentaros aquí? —articulo con perplejidad.

«¿Conmigo?», estoy a punto de añadir. Me contengo.

—¿Esperabas a alguien? —se interesa Kenny.

—No —contesto enseguida.

Logan deja la mochila sobre la mesa.

—Entonces podemos sentarnos.

Cierro la boca sin decir nada. Me he quedado en blanco. Justo cuando Logan va a sentarse, Kenny ocupa todo el banco de enfrente con sus cosas. Intercambian una mirada, Logan aprieta la mandíbula y se resigna a coger de nuevo su mochila y rodear la mesa.

—Hazme sitio —me insta sin mirarme.

Parece que la idea le gusta tan poco como a mí. Me deslizo hasta un extremo y él se deja caer a mi lado. Miro hacia otra parte para no prestarle demasiada atención. Entonces veo la pantalla del ordenador y me saltan todas las alarmas.

El capítulo 23 sigue abierto.

La escena del espejo.

Cierro el portátil tan rápido que me sorprende no habérmelo cargado.

—Estaba estudiando —suelto a la defensiva.

Si mi arrebato no había despertado su curiosidad, esto lo hace. Logan lanza una mirada fugaz al ordenador antes de encogerse de hombros.

—Si me interesara, habría preguntado.

—¿Siempre eres tan desagradable?

—Buenos días a ti también, novata.

—De todas formas, ¿qué haces aquí? Me dijiste que no había sitio para mí en vuestra mesa.

—Y tú me dijiste que ya entendías mi sentido del humor. Es tu mesa, no la nuestra, ¿no?

Me sostiene la mirada, animándome a replicar. Me ha dejado sin argumentos. Vuelvo la vista al frente.

—Respeta mi espacio personal —le advierto, ya que su cercanía me pone nerviosa.

—Descuida. —Se pone a rebuscar en su mochila—. Normalmente eres tú la que invade el mío.

Me entran ganas de responder al comentario. No lo hago porque sé que es justo lo que busca. Nunca había conocido a nadie tan irritante.

Al otro lado de la mesa, Kenny tiene una expresión burlona.

—Me alegra saber que os lleváis tan bien.

—Gilipollas —masculla Logan.

—Tío, no pagues tu frustración conmigo —le recrimina él, aunque es evidente que la situación le parece muy divertida. Se pone de pie—. En fin, voy a por un café. ¿Queréis algo?

Logan debe de mirarlo con mala cara, puesto que Kenny ensancha su sonrisa. Luego su mirada se posa sobre mí y contesto:

—Estoy bien. Gracias.

—No estoy acostumbrado a que sean tan educados conmigo. Podrías aprender algo de ella —le dice a Logan señalándome con la cabeza.

Él le saca el dedo de en medio. Kenny sigue riéndose cuando se aleja hacia la barra.

Nos quedamos a solas.

Genial.

Un silencio incómodo se abre paso entre nosotros. No voy a arriesgarme a abrir el portátil y que vea lo que escribo, así que intento distraerme con el móvil. El problema es que me cuesta dejar de prestarle atención a Logan. Está dibujando. En su tableta gráfica. Retoca con el lápiz electrónico un sombreado en tonos anaranjados.

La situación es tan irónica que me entran ganas de reírme de mí misma. En el instituto, cuando estaba colada por él, me pasaba horas viéndolo dibujar desde la distancia. Y ahora estoy sentada a su lado y lo único que me apetece es largarme.

Cuando deshace el *zoom* y veo la ilustración al completo, esos pensamientos desaparecen de mi mente. Tardo un segundo en darme cuenta de que no es un paisaje cualquiera; es el mirador. Hay una furgoneta en primer plano justo igual que la de sus amigos. Un chico está sentado en el tejado mirando el cielo, donde los tonos rosados y anaranjados del atardecer se funden unos con otros. Me transmite mucha tranquilidad. Es como un remanso de paz. Como si hubiera dibujado la definición de «silencio».

Logan será irritante, pero nadie puede negar que tiene talento.

Estoy a punto de decírselo cuando él añade una nueva capa al diseño. Garabatea una figura en color blanco que rompe la estética. Es un chico. De pie. Con el brazo estirado.

A su lado, dibuja un poste de madera.

Y unas esposas.

Será hijo de...

—No se te da bien disimular.

Me vuelvo hacia el frente cuando gira la cabeza hacia mí. Se me ha acelerado el corazón, pero no voy a dejar que lo note. No pienso darle esa satisfacción.

—¿Perdón? —Me hago la desentendida.

—Me estabas mirando. Y no disimulas.

—Eso no es verdad.

—Ya. —No me cree. Vuelve a concentrarse en la pantalla—. Es el mirador —me explica—. Donde estuvimos ayer.

—Si me interesara, habría preguntado.

Me gano de nuevo su atención. Quería enfadarlo, pero esboza

una media sonrisa, como si la situación le hiciera gracia. No puedo evitar fijarme en su boca. Subo a sus ojos cuando me doy cuenta.

—Bien —responde. Suena como un «si piensas ir con estas, yo iré con todo».

—Bien —concuerdo yo.

Este sería un buen momento para que Kenny decidiera volver.

Por desgracia, todavía hay varias personas por delante de él en la fila. Vuelvo a encender el portátil. No sé si Logan está pendiente de mí o no, pero me doy prisa en cerrar el archivo de la novela, por si acaso. Abro los apuntes de la universidad. El problema es que llevo una semana sin ir a clase y estoy bastante perdida. Por más que intento leerlos, no soy capaz de concentrarme. Aguanto hasta que el silencio se vuelve insoportable.

Me giro hacia él otra vez.

—¿Qué haces aquí? —le increpo sin rodeos.

—Te lo he dicho antes. Lo de que no había sitio para ti en nuestra mesa era una broma. —Logan no aparta la vista del dibujo.

—No entiendo por qué de pronto tenéis tanto interés en sentaros conmigo.

—Estabas sola, ¿no?

—¿Y qué? ¿Desde cuándo te importa? ¿Y desde cuándo te da por invitarme a pasar tiempo con tus amigos? Me has dejado claro en bastantes ocasiones que no me soportas.

—No he dicho que no te soporte.

—Logan —insisto. Esto está empezando a afectarme.

Suspira y por fin alza la mirada. Intento no desmoronarme. En realidad, yo ya tengo una teoría. Se acercaron a mí justo después de que difundieran la foto. No es muy difícil sacar conclusiones.

—Lo del mirador fue idea de Sasha. Como te dije ayer, creía que te lo debía por haberte metido en un lío el sábado.

—Lo que ha pasado no es culpa tuya —aclaro con sequedad.

—Ni tuya. Por eso no deberías hacerle frente sola.

—Conque es eso, ¿no? ¿Queréis ser mis amigos porque os doy lástima?

—Se llama empatía, Leah. No lástima. De todas formas, lo de ayer fue un plan improvisado. Si estamos hoy aquí es porque te los ganaste.

Me da un vuelco el corazón.

—¿Me los gané?

—Sí. A mis amigos. —Se pone a dibujar de nuevo. Dado que utiliza un tono tranquilo, dudo que sea consciente del efecto que sus palabras tienen en mí—. Sasha se pasó toda la tarde hablando sobre ti después de que te fueras. Me lo ha contado Kenny.

Vacilo. Me cuesta creerlo.

—Venga ya —intento restarle importancia.

—A él también le caes bien. No sé si es porque le gustas a su novia, porque eres la única que se ríe de sus chistes o porque te metes conmigo. Puede que las tres.

—¿Así que lo de hoy...?

—Te ha visto y me ha dicho que nos sentemos aquí —concluye. Selecciona un nuevo pincel en la tableta—. Al parecer, soy el único al que no te has ganado todavía.

Aumenta de nuevo el *zoom* y se concentra en la ilustración. Yo también me giro hacia mi portátil, todavía asimilando lo que acaba de decir. Les caigo bien. Aunque sea tímida y a veces no encuentre nada que decir, aunque Sasha tuviera que «animarme» a participar en la conversación, a pesar de que han visto la fotografía y oído los rumores, a sus amigos les caigo bien.

Soy tan insegura que, durante un momento, temo que me esté engañando. Se me pasa cuando recuerdo lo que me dijo en el coche. Logan y yo no somos amigos. No va a mentirme solo para hacerme sentir mejor.

Cuando Kenny regresa un rato después, Logan y él se ponen a hablar sobre algo relacionado con las clases. Me quedo al margen, pero Kenny no tarda en incluirme en la conversación. Me hace preguntas y me habla sobre Sasha. Me explica que tiene clases al mediodía y por eso muchas veces es complicado coincidir con ella.

A mi lado, Logan trabaja sin levantar la vista de la pantalla, como si Kenny y yo no estuviéramos aquí. Ha añadido una nueva capa al diseño para retocar el atardecer. Yo no creo que necesite más detalles. Antes ya me parecía perfecto. Sin embargo, los ojos de un artista siempre son exigentes con su propia obra. Lo entiendo porque a mí me pasa lo mismo con la escritura. Da igual cuánto trabaje un texto. Siempre sentiré que hay una forma de mejorarlo.

Kenny me está contando cómo conoció a Sasha cuando, de repente, noto movimiento bajo la mesa.

Logan.

Su rodilla. Contra la mía.

Juraría que se me detiene el corazón.

—Yo estaba un poco borracho y quería ligar con su amiga, no con ella. No porque Sasha no me gustase, sino porque, bueno, es una de esas personas que intimidan de primeras. Y yo prefería irme de la fiesta con la cara intacta y los huevos en su sitio. Cuestión de prioridades, ¿entiendes?

Kenny sigue hablando. Yo he dejado de escucharlo porque solo puedo pensar en Logan, que todavía no se ha movido; en el calor de su pierna contra la mía. Él sigue pendiente del dibujo. No hay mucho espacio en el banco, vale, pero yo llegué primero. No voy a dejarle ganar terreno.

Choco de vuelta mi rodilla contra la suya.

Mi movimiento lo toma por sorpresa. Arruga la frente con ligereza. Yo finjo que escucho la anécdota de Kenny y que no tengo el pulso acelerado.

Logan no se aparta.

Aprovecho la oportunidad para darle otro toque.

—Leah —pronuncia con tono de advertencia.

Su voz casi me hace saltar en el asiento. De pronto, nuestros ojos se encuentran y veo algo en los suyos que me pone el estómago del revés.

Al otro lado de la mesa, Kenny se ha quedado en silencio.

—¿Qué me he perdido?

Logan no le presta atención.

—Deberías parar —me dice.

—Parar ¿el qué?

Un móvil comienza a sonar.

—Me está llamando Sasha. No sé qué está pasando, pero intentad no mataros en mi ausencia. Si Sasha se enterase, después ella me mataría a mí y ya seríamos demasiados muertos.

Kenny nos señala antes de contestar a la llamada. Por suerte, no se marcha; solo se gira para tener más intimidad. Sin previo aviso, Logan me planta una mano en la rodilla y me hace cerrar las piernas. Me da un vuelco el corazón. Lo miro instintivamente.

Ya se ha girado de nuevo hacia su tableta gráfica, como si mi presencia aquí no le importara lo más mínimo.

Me lo creería si no viera ese músculo tenso en su mandíbula.

—Para —reitera. Ni siquiera se digna a mirarme mientras lo dice.

Abro la boca para contestar. Entonces una voz conocida suena junto a nosotros y el alma se me cae a los pies.

Daniel es el mejor amigo de Hayes y, si nunca ha tenido nada bueno que decir de mí, ahora es todavía peor.

—Leah Harries y sus nuevos amigos. ¿Qué les ofreces además de las fotos? ¿Descuento en mamadas? —se burla al pasar junto a nuestra mesa—. Mandadle saludos a Sasha, por cierto. Decidle que la echo de menos.

Es automático. En cuanto lo oye, Kenny se levanta de un salto con el teléfono todavía en la mano. Daniel se aleja riéndose con sus amigos. Entre ellos está Hayes, que no se atreve ni a mirarme.

—No merece la pena —le recuerda Logan a su amigo, aunque también tiene los hombros en tensión—. Está intentando provocarte. No le des lo que quiere.

—Es un hijo de puta —gruñe Kenny. De todas maneras, se deja caer en el banco de nuevo.

Sin embargo, yo ya no les presto atención. Mi mirada está fija en la puerta, donde Linda acaba de entrar en el local con sus compañeros de clase. Cuando nos ve, alterna la mirada entre Logan y yo, y pierde la sonrisa. Sigue caminando, pero no deja de mirarnos por encima del hombro.

La culpabilidad se me instala en el pecho.

¿Qué estoy haciendo?

—Debería irme a clase —digo en voz alta. No espero a que ninguno de los dos reaccione; solo cojo mis cosas y salgo a toda prisa del local.

Linda me ha visto con Logan.

Ayer estuve con él en el mirador.

No me he disculpado lo suficiente.

Todo es culpa mía, todo es culpa mía.

Cada día que pasa, le doy más razones para pensar que soy una amiga horrible.

Me paso toda la tarde leyendo en mi cuarto, en un intento bastante penoso por huir de mis pensamientos. A las cinco empiezo a prepararme porque tengo clase con Mandy dentro de una hora. Lo único que me apetece es quedarme escondida en mi habitación, que se ha convertido en mi pequeño refugio, pero me he comprometido con ella. Me pongo unos *leggins* y una sudadera, y cojo el bolso antes de salir de casa.

—Te he traído esto —le cuento un rato después, cuando ya estamos las dos sentadas en el salón—. Leer te resultará más ameno si encontramos algo que te guste.

Le ofrezco la carpeta para que hojee el interior. El otro día fui a imprimir algunos capítulos sueltos de libros clásicos que creo que podrían llamar su atención. Siempre voy al mismo sitio porque el dueño me conoce y suele hacerme un descuento. Con todo el dinero que he gastado allí imprimiendo mis novelas para corregirlas, seguro que he ayudado a levantar el negocio.

Mandy me sonríe mientras mira la carpeta. Me molesta ver ese deje de tristeza en sus ojos. Lleva ahí desde que llegué.

—¿Qué tal la semana? —inquiere con amabilidad.

—Bien —miento. No estoy aquí para obligarla a escuchar mis problemas.

—Logan me dijo que ayer conociste a sus amigos.

Logan, ya. Prefiero no pensar en la opinión que tendrán Kenny y él de mí después de cómo me he largado esta mañana.

—Son simpáticos —contesto sin más.

—¿Tienes planes para este fin de semana?

—Nada aparte de estar tranquila en casa —endulzo la respuesta; lo único que me apetece es dormir—. No tengo muchas ganas de salir.

—Bueno, eso está bien.

—Ajá.

Baja la vista a la carpeta.

—¿Por cuál empezamos?

—Elígelo tú, si quieres. —Cojo mi bolso de la silla—. ¿Te importa si voy al baño un momento?

Niega sin mirarme. Fuerzo una sonrisa y salgo al pasillo. Me encierro en el baño con pestillo. Apoyo las manos en el lavabo y suelto el aire al verme reflejada en el espejo. No me extraña que

Mandy parezca tan preocupada por mí. Tengo un aspecto horrible.

En primer lugar, por las ojeras. Apenas he dormido estos días, lo que también se refleja en mi rostro, más apagado que de costumbre. Y tengo el pelo hecho un desastre. Intento peinármelo con los dedos y acabo resignándome a hacerme un moño improvisado. Mi apariencia deja claro que no me encuentro bien, y lo odio. No quiero que nadie sea consciente de cómo me afecta la situación.

Cuando vuelvo al salón, me animo al ver a Mandy tan inmersa en su lectura.

—¿Has encontrado algo que te guste? —No puedo evitar sentir un pelín de orgullo.

Entonces pasa la página y veo las anotaciones escritas en rojo y las frases subrayadas en amarillo.

Mis anotaciones.

El mundo se me viene abajo.

No.

No, no, no, no.

—Mandy, eso no...

—¡Es maravilloso! —exclama con emoción—. ¡Qué tensión! ¡Qué drama! ¡Qué... qué...!

—No he traído eso para que lo leyeras.

Me acerco para intentar quitárselo. Ella es más rápida y lo pone fuera de mi alcance.

—¿Por qué no? Necesito seguir leyendo. —Gira la hoja para mirar el encabezado—. Capítulo 22. ¿Dónde están los demás? ¿Los has traído?

Se pone a rebuscar en la carpeta. Transcurren unos segundos hasta que alza la vista hacia mí al notar que no contesto. Y entonces me ve aquí de pie, en medio del salón, con las mejillas ardiendo y los labios fruncidos. Noto el momento exacto en el que algo hace clic en su cabeza.

—Lo has escrito tú —farfulla. Alterna la mirada entre el capítulo y yo repetidas veces.

—No se lo digas a nadie —le suplico.

—¿De verdad es tuyo? Leah, ¿desde cuándo escribes? Dios santo, tienes mucho talento. —Me muestra el montón de papeles—. Niña, esto es una auténtica maravilla.

Estoy acostumbrada a que me lean miles de personas en internet, a recibir sus buenos comentarios y sus mensajes de ánimo. La cosa cambia cuando esos cumplidos te los hacen en persona. Y Mandy suena impresionada. Y sincera.

Por mucho que intento decir algo, las palabras no me salen.

—Escribes *muy* bien las escenas eróticas —continúa ella—. Este párrafo, por ejemplo, cuando él está..., bueno, tocando su nidito de placer, y ella...

Quiero morirme.

Ahora mismo. Ojalá me parta un rayo. Ojalá se caiga el techo y me aplaste. Quiero desaparecer de la faz de la Tierra y no volver a cruzarme con un ser humano en lo que me queda de vida. Nunca más. Al oír esas palabras de su boca, me pongo tan roja que estoy segura de que me van a explotar las mejillas.

En ese momento, el destino termina de jugarme una mala pasada. Justo cuando Mandy está terminando de relatar, oímos a alguien forcejeando con la cerradura.

—¿Abuela? —pregunta Logan desde el pasillo.

No puede ser.

Me vuelvo hacia Mandy como un alma poseída por el diablo.

—No puedes decírselo —hablo a toda prisa.

Ella contraataca con la misma velocidad.

—¿Me dejarás leer la novela en nuestras clases?

—¿Qué? ¡No!

—¡Logan! —exclama—. ¿Puedes venir un momento, cariño?

Me da un vuelco el corazón.

—Mandy —insisto atacada.

—Tráeme un capítulo a la semana.

—¿Me estás chantajeando?

—Estoy haciendo negocios.

—Me da vergüenza, ¿vale?

—Lo superarás. —Los pasos de Logan suenan cada vez más cerca. Mandy no despega sus ojos de los míos—. ¿Y bien?

Antes de que pueda contestar, él entra en el salón.

Mandy y yo cerramos la boca de golpe. Logan viene con prisas. No se para a saludar antes de dirigirse al mueble de la televisión para rebuscar en los cajones.

—He tenido que volver corriendo porque me he dejado las

llaves del estudio —recita sin mirarnos—. Tengo que volver pronto o mi jefe me va a matar.

Suspira de alivio al encontrarlas. Acto seguido, gira sobre sus talones y me ve. Se queda bloqueado un instante, como si hubiera olvidado que vengo a su casa todos los viernes a esta hora, como si no esperase verme aquí después de que Daniel me humillara esta mañana.

Desvío la vista, incómoda.

Al menos hasta que Mandy dice:

—Cariño, ¿sabes que Leah es escritora?

Voy a matar a esta señora.

—Guay —contesta Logan con lentitud, un tanto sorprendido por el cambio brusco de tema. Intercambia una mirada rápida conmigo—. No lo sabía.

—Pues sí. Y es realmente buena.

—¿Escribes desde hace mucho? —se interesa él.

—Ajá —contesto con nerviosismo.

—De hecho, Leah quería pedirte ayuda —añade Mandy—. Tiene que informarse sobre el mundo del tatuaje para su próximo libro. ¿Crees que podrías quedar un día con ella para explicarle todo lo que necesite saber? No te importa, ¿verdad?

No sé quién de los dos se sorprende más. Logan enarca las cejas de golpe, como si no creyera lo que oye, y a mí el corazón se me dispara y los nervios y la vergüenza casi hacen que me bloquee. Todo empeora cuando él vuelve a dirigirse a mí.

—¿Quieres que te ayude? —No suena como una burla o una acusación, sino como si le hubiera extrañado de verdad.

Quiero responder con un «no» rotundo, pero Mandy suelta un sonoro suspiro y aletea las páginas para abanicarse.

Desde aquí puedo leer la palabra «pene» subrayada en amarillo.

—Sí —contesto deprisa. Luego me arrepiento por si le he puesto demasiado entusiasmo—. Quiero decir... si no te importa, claro.

Fuerzo mi sonrisa más realista. Logan me mira con desconfianza.

—No me importa —contesta despacio.

—¡Genial! —se emociona Mandy—. Podéis quedar mañana mismo, ¿no?

—Seguro que Logan está ocupado —replico enseguida.

—¿Lo estás? —le pregunta su abuela.

—Solo tengo un par de clientes —responde él sin dejar de mirarme—. A partir de las ocho estaré libre.

—Pues a las ocho, entonces —finaliza Mandy con alegría—. Leah también está disponible. Antes me ha dicho que no tiene ningún plan para este fin de semana.

Dios santo.

Logan frunce los labios, quizá en un intento por reprimir la sonrisa.

—Ahora márchate antes de que tu jefe se dé cuenta de que no estás. Y acuérdate de que mañana Leah irá a verte. —Mandy se acerca a su nieto y lo guía hasta la puerta del salón—. ¿Cómo decías que se llamaba tu estudio?

—Mad Masters —contesta él. Se gira hacia mí—. Está lejos de aquí. Si no tienes coche, puedo pasarme a recogerte.

—No necesito que me recojas —le suelto con brusquedad.

Enarca una ceja ante mi tono cortante.

—Como quieras, Leah. Puedes ir andando sola hasta las afueras.

—El paseíto de la inspiración —canturrea su abuela con entusiasmo.

—Uno de ida y otro de vuelta —se burla Logan—. Desde luego, vas a inspirarte mucho.

Los odio.

A los dos.

Con todas mis fuerzas.

Logan se despide de Mandy y, justo antes de salir, me mira por encima del hombro.

—Nos vemos mañana, ¿no?

Me hace un gesto con la cabeza, burlón. Me muerdo la lengua para contener el impulso de mandarlo al infierno.

Más tiempo a solas con Logan Turner.

Como si no tuviera ya suficientes problemas.

8

MAD MASTERS

Logan

Doblo turno dos sábados al mes con jornada partida mañana y tarde. La ventaja es que, después de pasarme el día entero en el estudio, llega un momento en el que mi mente comienza a «automatizar» el proceso de tatuar. Voy más rápido y soy más efectivo. Como consecuencia, cuando despacho a mis últimas clientas del día y echo un vistazo al reloj que cuelga de la pared, todavía quedan veinte minutos para las ocho.

En cualquier otra ocasión avisaría a Kenny para que viniera a recogerme y fuéramos juntos a cenar o a aburrirnos a algún bar. Sin embargo, antes me ha llamado y he tenido que decirle que ya tenía planes. Ha empezado a acribillarme a preguntas nada más oír el nombre de Leah. No he querido darle muchos detalles. Lo que pasó ayer se resume en dos palabras: mi abuela.

Está claro que fue una encerrona tanto para Leah como para mí. Me sorprendería si al final decidiese venir.

Como siempre que termino el trabajo con un cliente, tiro todo el material desechable, incluyendo el plástico de protección que suelo ponerle a la camilla por cuestiones de higiene. Luego le echo un vistazo a la habitación. En Mad Masters todos los tatuadores tenemos un área de trabajo individual. En mi caso se trata de un cuarto pequeño situado al fondo del establecimiento. Me lo dieron cuando llegué porque era el único que estaba libre. Y yo era el novato que tenía que conformarse con lo que nadie quería, claro.

Ahora que llevo tres años trabajando aquí, seguro que Will me asignaría otro si se lo pidiera. Nunca lo he hecho. Es un cuchitril, vale, pero tengo que admitir que le he cogido cariño.

Eso no quita que esté hecho un desastre. Decido ponerme a ordenar un poco.

—Turner, me largo. —Mi jefe se asoma a la puerta un rato después—. ¿Qué haces aquí todavía? ¿No tienes planes?

—Estoy esperando a una amiga. Debería estar a punto de...

Me quedo callado cuando levanto la vista hacia él. Will es un hombre corpulento, de unos cuarenta años, con la piel oscura y la cabeza rapada. Y esta es la primera vez, sin exagerar, que lo veo con pantalones de traje y camisa.

—¿Vas a casarte y no me lo has dicho?

—¿Sorprendido? —se jacta mientras se recoloca el cuello de la camisa—. Tengo una cita.

Pestañeo. Pero bueno.

—¿Quién es la afortunada?

—Si quieres saberlo, mantén la boca cerrada. Carol no puede enterarse.

Carol es su hija. Once años, sonrisa adorable y la personalidad más sarcástica del mundo. Sobra decir que en Mad Masters todos la adoramos.

Es la única que le da tanto miedo a Will como él a nosotros.

—¿Quién es? —Ahora tengo todavía más curiosidad.

—Su profesora.

—Vamos, Will, no me jodas.

—Háblame con respeto, muchacho. Y está soltera, ¿vale?

Me cuesta no reírme. Es mejor de lo que creía.

—Seguro que a Carol le encantará cuando se lo cuente.

—Turner —gruñe de mal humor.

—¿Qué te parece si me subes el sueldo?

—¿Y si te despido?

—Tu secreto está a salvo conmigo —le aseguro de inmediato.

Ante mi cambio brusco de actitud, Will esboza una sonrisa burlona. Creo que en el fondo mis bromas le hacen gracia. De no ser así, ya me habría puesto de patitas en la calle.

—Bien —contesta, conforme con su pequeña victoria—. ¿Y tú? ¿No vas a contarme nada sobre tu nueva novia?

Ya empezamos.

—Es solo una amiga.

—Claro. —Evidentemente, no me cree.

—Va a pasarse por aquí para que le enseñe cómo trabajamos. Es escritora y necesita documentarse.

—Te codeas con gente importante, ¿eh? —comenta divertido. Hace un gesto hacia la puerta—. Asegúrate de cerrar bien cuando te vayas. Y ordena un poco esto, ¿quieres? La chica va a pensar que tienes pulgas.

Sigo sonriendo cuando sale de la habitación. Creo que Will es un tío de puta madre. Su mundo se vino abajo cuando su exmujer lo abandonó, y aun así ha conseguido criar a su hija y sacar adelante un negocio. En ese sentido, es alguien ejemplar. Cuesta mucho seguir adelante cuando todo se derrumba a tu alrededor. No muchos lo consiguen.

Oigo las campanitas de la puerta cuando Will se marcha. Después, todo se queda en silencio. Mis compañeros también se han ido, de manera que soy la única persona que queda en el local. Vuelvo a mirar el reloj. Son las ocho pasadas. Parece que al final Leah no va a venir. No es ninguna sorpresa. Vi la cara que puso ayer cuando la abuela dijo que necesitaba mi ayuda. Es evidente que no le caigo bien.

Tampoco es que me importe. Ya estoy acostumbrado.

Tengo cosas más interesantes que hacer que quedarme esperando a alguien que no va a presentarse. Cruzo la sala, cojo mi mochila y guardo el móvil y la tableta. Cuando me la echo al hombro, no calculo bien y tiro sin querer algo que había en la estantería. Suspiro mientras me agacho a recogerlo. Al ver las tapas roídas de mi antiguo cuaderno, una dolorosa sensación de pesadumbre se me instala en el pecho.

Desde que invertí mis ahorros en la tableta siempre dibujo en digital. Antes solía hacerlo sobre el papel, con lápices, bolígrafos o acuarelas. Fechaba mis cuadernos y los llenaba de anotaciones y garabatos. Este es el último que utilicé. No necesito ver la fecha para saber de cuándo es. Lo empecé justo una semana después de perder a Clarisse.

No debería, pero lo abro y miro las primeras páginas. Y es como si regresara el dolor. O como si nunca hubiera llegado a irse del todo. Siento la ansiedad, la desesperanza y la frustración en cada trazo. En las frases tachadas y en las líneas bruscas y desordenadas. No hay nada más caótico que un artista con el corazón roto. La sensación de vértigo empeora cuando, entre varias figuras irreconocibles, veo una rosa.

Igual que la que llevo tatuada.

Pero apagada y marchita, como si se muriera.

No reacciono hasta que oigo las campanillas de la puerta.

—¿Hola? —Se oye desde la entrada.

Cierro el cuaderno de golpe, lo escondo al fondo de un cajón para no volver a verlo y salgo al pasillo. La dueña de la voz es la chica pelirroja que, con aire inseguro, acaba de entrar en el estudio.

Contra todo pronóstico, Leah sí que ha venido.

—Eh —la saludo, e intento que no se dé cuenta de lo mucho que me sorprende verla—. Ven. Pasa.

Se acerca con timidez mientras se quita el abrigo. Le echo un vistazo rápido a mi lugar de trabajo; aunque no está tan ordenado como me gustaría, tampoco es que sea un desastre. Will ha exagerado.

—Siento llegar tarde —se excusa—. Me he perdido al venir y..., bueno, no sabía cómo contactar contigo y he tardado un buen rato en...

—No pasa nada.

Me aparto de la puerta para dejarla pasar. La situación no podría ser más incómoda. Entra en la habitación mirándolo todo con curiosidad. Me pregunto si es la primera vez que viene a un estudio de tatuajes. A simple vista no le veo ninguno. Puede que lleve algo tatuado en una zona menos visible. Algo pequeño, como un corazoncito, la palabra «paz» o alguna de esas cursiladas que se hace la gente.

Me apoyo contra la pared con las manos en los bolsillos. Cuando nota que la observo, Leah se apresura a rebuscar en su bolso.

—He pensado algunas preguntas. —Saca un bolígrafo y un cuaderno que abre por una de las últimas páginas—. No quiero robarte mucho tiempo. Supongo que tendrás planes.

—Está bien. No tengo nada más que hacer.

Me mira con una mezcla de confusión y desconfianza.

—Es sábado.

—La última vez que salí las cosas no terminaron precisamente bien.

Me refiero a la última fiesta en la que estuvimos. A nuestro beso. O, más bien, a nuestro *segundo* beso. Leah debe saberlo, ya que ahora parece todavía más nerviosa.

—¿Empezamos? —sugiere tras aclararse la garganta.

—Claro.

Esto va a ser raro de cojones.

—¿Cómo fueron tus inicios?

—Me hice mi primer tatuaje con dieciséis —respondo—. A raíz de eso conocí a Peach, la dueña del estudio. Le conté que dibujaba, me pidió que le enseñara mis bocetos y su novio y ella me «adoptaron» como su aprendiz. No hay mucho más interesante que contar.

No creo que esta información pueda serle de ayuda, pero Leah la apunta de todas maneras.

—¿Y cuánto tiempo estuviste como «aprendiz»?

—No. Me toca. —Tras pensarlo un momento, formulo—: ¿Desde cuándo escribes?

Se hace el silencio.

Sus ojos verdes se encuentran con los míos.

—¿Para qué quieres saber eso?

—Curiosidad.

Me encojo de hombros. Leah no parece fiarse de mis intenciones.

—Desde siempre, también —admite finalmente—. Mi madre suele decir que aprendí a leer y a escribir antes que a hablar.

Asiento, conforme. Información por información. Es un trato justo.

—Estuve un par de años de aprendiz. No hay un período de tiempo establecido, depende de varios factores. Puede que tu jefe sea un inútil y no aprendas nada aunque estés cinco años con él, o puede que te enseñe de verdad y al cabo de unos meses ya controles más o menos el tema. Yo tuve suerte con Peach, pero era un crío cuando empecé. Tenía mucho que madurar.

—¿Ella fue tu maestra?

—Sí, claro. Aunque prefería que la llamase *sensei*.

Me hace gracia oírla resoplar. Estoy ganándome a pulso que escriba en mayúsculas la palabra «gilipollas» al lado de mi nombre.

—¿Qué escribes? —indago, ahora más en serio. No puedo negar que ha despertado mi interés.

—Libros.

—Ya, pero ¿de qué tipo?

—Has hecho una pregunta, así que voy yo.

—Tienes que responder bien. ¿De qué tipo?

—Escribo novelas. De amor.

—Déjame adivinar, ¿son historias cursis y pastelosas?

No contesta. Porque seguro que lo son. Además, es su turno de preguntar.

—¿Cuál es la zona más difícil de tatuar?

—Depende. En general, un buen tatuador puede hacer un buen tatuaje en cualquier sitio. Las zonas más problemáticas son las plantas de las manos y los pies. Y el cuello. —Por inercia, mi mirada baja justo a esa parte de su anatomía—. Me toca.

Intento hacer una breve recapitulación de la información que tengo sobre ella. Se llama Leah. Está en primer año. Estudia Literatura. Su exnovio es un capullo, su mejor amiga nos odia. No nos llevamos bien. Y es la única persona que en los últimos meses ha hecho que no pueda sacarme un beso de la cabeza.

—¿Y bien? —insiste al ver que no digo nada.

—¿Tienes tatuajes?

Justo como esperaba, responde:

—Nunca me lo he planteado.

—¿Por qué no?

—No quiero hacer nada de lo que después pueda arrepentirme.

—Está bien arrepentirse de cosas.

—No cuando duran para siempre —discrepa—. Además, soy muy indecisa. Me costaría mucho encontrar un diseño que me gustara de verdad.

Hay algo atractivo en ella. Me fijé la primera vez que la vi y todavía sigo intentando averiguar qué es. Quizá sea por sus ojos verdes, por las pecas que salpican todo su rostro o por sus labios. O por la actitud insolente y el mal carácter que saca siempre que cruza más de tres palabras conmigo. O por todo en conjunto. No lo sé. En realidad, tampoco me importa. Lo único que tengo claro es que, sea lo que sea, me molesta.

Porque es eso, justo, lo que provoca que no deje de repetirme: «La besaste, la besaste, y sabes que volverías a hacerlo».

—¿Qué te tatuarías? —añado pasados unos segundos—. Si pudieras hacerte uno ahora mismo, sin pensar en el futuro, ¿qué elegirías?

—¿Vas a reírte?

—Créeme, ya no me sorprende nada.

Vacila un momento, y después dice:

—Me tatuaría una tormenta.

—¿Una tormenta?

—Sí. Porque no hay nada que las pueda detener.

Hay muchas razones por las que una persona decide hacerse un tatuaje. En muchos casos es solo por estética. Otros intentan aferrarse a un recuerdo. Y, por último, están los que se tatúan promesas. Creo que Leah pertenece a este último grupo. Porque, aunque no lo pronuncia en voz alta, es como si dijera: «Todavía no soy imparable, pero voy a serlo».

Nos miramos hasta que su voz rompe el silencio.

—Mi turno. —Carraspea, nerviosa, y pasa a la siguiente página—. ¿Cómo es el proceso de tatuar?

—Puedo enseñártelo, si quieres.

Mi disposición nos sorprende a los dos. No sé qué es lo que me ha impulsado a ofrecerme, pero ya es tarde para echarme atrás.

—Bueno, vale.

—Genial.

Sin más dilación, paso junto a ella para ir hasta el escritorio. Abro la mochila para sacar la tableta y volver a encenderla.

—Lo primero es saber qué quiere tatuarse el cliente. Lo hablamos con varias semanas de antelación para que yo pueda preparar el diseño. —Saco el lápiz táctil del compartimento y abro la aplicación que utilizo para dibujar—. Dime una frase que te guste —le pido, girándome hacia ella.

Da un respingo y aparta la mirada a toda prisa.

Enarco las cejas.

Parece que la chica buena me estaba dando un repaso.

Bastante descarado, además.

—También podemos quedarnos con la tormenta —continúo, ya que todo apunta a que ha desconectado de la conversación.

En efecto, sacude la cabeza para volver a concentrarse. Decido ser considerado y no mencionarlo, aunque cada vez me cuesta más no sonreír. Esto se vuelve interesante.

—La tormenta está bien —se limita a contestar.

Se muerde el interior de la mejilla y coge de nuevo el cuaderno para no mirarme. Hay un silencio que dura varios minutos. Me esfuerzo para hacer bien el boceto porque, aunque no vaya a tenerlo para siempre, mi lado orgulloso quiere demostrarle lo bueno que soy en esto. Una vez que está listo, le doy a «imprimir».

—¿Adónde vas? —inquiere al verme ir hacia la salida.

—Te lo enseño. Ven.

La llevo hasta la sala principal, donde ya está funcionando la impresora. El diseño no tarda mucho en salir. Después de revisar que el tamaño es correcto, lo paso a la termocopiadora. Mientras tanto, Leah observa el proceso a mi lado. No toma notas.

—Esto es una impresora hectográfica. En el mundillo se conoce como termocopiadora. Se utiliza para hacer el *transfer* —le explico—. El diseño se imprime en un papel... especial. Y después se pega en la piel. Sirve como base para tatuar.

La miro de reojo para asegurarme de que lo ha entendido. Cuando volvemos a la cabina, se queda junto a la puerta mientras yo termino con los preparativos. Arrastro la silla giratoria hasta la camilla.

—Siéntate —le pido con un gesto de la cabeza.

Su mirada se tiñe de desconfianza.

—No es permanente, ¿verdad?

—Dura menos que un tatuaje de mentira.

Me impulso con las piernas para rodar hacia atrás con la silla. No necesito nada más del escritorio, pero finjo que sí para dejarle espacio y que esté menos cohibida. Se sienta en la camilla con timidez. Es muy respetuosa, como si no quisiera arriesgarse a estropear nada. Cojo el bote de *stencil* al volver con ella.

Me acerco bastante. Es inevitable que nuestras rodillas se toquen, como pasó ayer en la cafetería. Leah vacila al subirse la manga del jersey.

—¿Aquí está bien? —Me muestra el antebrazo.

Asiento distraído. El diseño encaja. Sin pararme a pensar en ello, le agarro la muñeca para atraerla hacia mí y poder trabajar con comodidad. Rozo la curvatura de su brazo de manera inconsciente. Tiene la piel fría. Y suave. Ella no deja de mirarme. Desde aquí noto cómo su pecho sube y baja con cada respiración.

Como siempre, el primer paso es rasurar la zona. Voy con cuidado para no cortarla sin querer.

—Esto no tiene mucho sentido si no me explicas lo que estás haciendo —musita al verme tan concentrado.

Dejo la cuchilla a un lado y paso a desinfectar.

—¿Para qué es todo esto? —le pregunto.

—¿A qué te refieres?

—¿Para qué quieres toda la información?

—Ah. —Frunce los labios y clava la vista en su brazo, nerviosa—. Necesito... documentarme para mi próxima novela.

—¿Vas a crear un personaje inspirado en mí?

—No eres tan interesante.

—Sería una buena manera de plasmar todas las fantasías que seguro que tienes conmigo —comento solo para molestarla. Y entonces me acuerdo—. Son libros cursis y pastelosos, ¿no? Tendremos que olvidar el tema de las fantasías.

—¿Perdón? —salta de inmediato.

—Dudo que suelas escribir ese tipo de cosas.

—¿Y lo dudas por algo en particular?

—¿Qué es lo más fuerte que has escrito? ¿Un roce de manos? ¿Un beso con lengua?

Abre la boca para responder. No obstante, cambia de opinión en el último momento y mira hacia otro lado para tranquilizarse. Apuesto a que está mordiéndose la lengua para no contestarme de malas maneras. No me esperaba una reacción así, lo que hace que sienta aún más curiosidad.

—No tienes ni idea de lo que escribo. —Y con eso da por finalizada la conversación.

Parece decidida a negarme el contacto visual. Al menos, hasta que tiro un poco más de su brazo con el único objetivo de llamar su atención. Finjo que ha sido porque necesito menos distancia. No quiero que sepa que me preocupa haberla hecho sentir mal.

—Es importante desinfectar la zona antes de empezar —prosigo con la explicación—. También se rasura aunque no haya apenas vello. Hay que hacerlo para que el *transfer* se adhiera bien a la piel.

—Ya —contesta con sequedad.

—No estaba burlándome de ti.

Mis palabras parecen surtir efecto, ya que relaja los hombros.

—Lo sé. —Ahora su tono es más suave.

—Vale. Mejor.

—Imagino que lo de ser un imbécil te viene por naturaleza.

Bueno, esa me la merecía.

Ahora sí que permite que nuestros ojos se encuentren. Me lo tomo como una buena señal. Sé de primera mano lo difícil que es atreverse a enseñarle tu trabajo al mundo. Lo último que quería era generarle inseguridades al respecto.

—¿Qué es esto? —indaga tras un silencio.

—Papel hectográfico, aunque también lo llamamos calca. —Lo cojo para mostrárselo—. Antes le he hecho estos cortes de aquí para que sea más flexible y cueste menos ponerlo en la piel. Necesito que estires el brazo.

Me hace caso. No está lo suficientemente recto, así que enredo una mano en la suya para mejorar la posición. Coloco el calca encima, todavía sin retirar la hoja protectora, y utilizo un rotulador para marcar los cuatro ejes centrales. Después aplico una fina capa de *stencil.* Estoy tan concentrado que no me percato de que estamos cada vez más cerca.

—¿Cuánto decías que va a durarme? —Su voz suena como un susurro, quizá debido a la poca distancia que hay ahora entre nosotros.

Entreabre los labios para coger aire y, cuando quiero darme cuenta, los estoy mirando. Subo de nuevo hasta sus ojos.

—Se borrará en cuanto te duches.

—Es mucho trabajo —aporta, como observación.

—Pero facilita el proceso de después.

Cierra la boca al ver que he puesto mis cinco sentidos en colocar bien el *transfer.* Hay que hacerlo con decisión, en la posición correcta y de una vez, o quedarán líneas repetidas o borrosas. Me ha pasado en pocas ocasiones, solo cuando estoy más distraído que de costumbre. Siempre procuro evitarlo. Hacer mal un *transfer* y tener que repetirlo es un auténtico coñazo.

Una vez situado, cubro la zona con una mano y presiono mientras utilizo la otra para mantener su brazo estirado, y soy consciente por primera vez de que nunca habíamos mantenido tanto contacto físico. Cuando retiro la calca y me aparto, juraría que ella vuelve a respirar. La tensión que se había acumulado en el ambiente comienza a disminuir.

—Este sería el paso inicial —relato mientras tiro la hoja de calca. Me he levantado para ir hasta la papelera porque yo también necesito espacio—. Una vez hecho, se sacan las agujas. Hay que cuidar mucho la higiene para no causar infecciones. Y, a la hora de tatuar, se hacen primero las líneas, luego el color y por último las sombras. Después, solo quedaría...

—Me gusta —la oigo decir a mi espalda.

Me la encuentro mirando el tatuaje. Es bastante minimalista; consiste en un círculo con una tormenta dentro. Hay nubes, lluvia y relámpagos que se pierden en el horizonte. No es una de las cosas más difíciles que he hecho. Ni por asomo. Seguro que tampoco es la mejor, pero en su voz solo hay sinceridad.

—Es una pena que no vaya a durarte mucho —decido contestar, apoyándome contra el escritorio.

—Algún día —me asegura—. Cuando sea más valiente.

—Puedo mandarte el diseño, si quieres, para que se lo enseñes a tu tatuador. Cuando ese día llegue, será mejor que estés preparada.

Vuelve a mirar el *transfer*. Verla me recuerda a esos clientes que vienen a hacerse un tatuaje por primera vez y después no pueden dejar de observarlo. Casi me entran ganas de sonreír. Me contengo. Pero ella sí lo está haciendo y, pese a que es una sonrisa casi imperceptible, parece real. Puede que sea la primera sonrisa que me dedica. O, al menos, la primera que, aunque sea de manera indirecta, sé que he provocado yo.

—Se te da bien —reconoce—. Dibujar. Se nota que es lo tuyo. Nunca está de más decirlo, aunque seguro que ya lo sabes.

—Es un diseño sencillo —le resto importancia.

—Y lo has hecho en ¿cuánto? ¿Cinco minutos? —Niega con la cabeza, como si le pareciera increíble—. Además, vi la ilustración en la que estabas trabajando en la cafetería. No todo el mundo es capaz de hacer cosas así.

Lo único que hemos hecho estas últimas semanas ha sido discutir. Por eso me sorprende tanto oír esas palabras amables en su boca. Antes solía presumir mucho de mi trabajo y enseñárselo a todo el mundo. Ahora solo lo hago cuando es completamente necesario. Eso significa que Leah es una de las únicas personas que han visto la ilustración del atardecer en el mirador.

Nos miramos hasta que el reloj de pared marca las nueve en punto y suena un crac que nos hace reaccionar. Leah rompe el contacto visual y se baja de la camilla de un salto.

—Creo que con esto tengo suficiente —habla mientras recoge su cuaderno, que había dejado en el escritorio—. Tampoco quiero profundizar mucho en el tema y..., sí, me has dado mucha información. Gracias. De veras.

Me encojo de hombros con las manos en los bolsillos.

—No es nada —contesto sin dejar de mirarla.

Parece que quiera añadir algo más, pero cambia de opinión y se pone a guardar sus cosas en el bolso para marcharse. Miro hacia la sala principal, que ya está a oscuras pese a los dos grandes ventanales que hay junto a la puerta. Ya debe de haber anochecido.

—¿Llegarás bien a casa? —No soy tan capullo como para no preocuparme.

Echa un vistazo rápido al exterior.

—Si has traído el coche y puedes acercarme, la verdad es que te lo agradecería.

—He venido andando, pero te acompaño. Dame un momento para que apague todo esto.

—No te preocupes —replica deprisa—. Siempre puedo...

—Voy a hacerlo de todas maneras.

Cojo de nuevo mi mochila para guardar mis cosas. Leah no insiste, lo que me deja claro que la idea de volver sola no le entusiasma demasiado. Su casa no está muy lejos de la mía. Acompañarla no me supondrá ningún esfuerzo. Además, no he hecho planes con Kenny. Tampoco es que tenga nada mejor que hacer.

Sigo poniéndome excusas mientras apago las luces y cierro el estudio, por si acaso así termino de creerme que, en realidad, no hay ninguna otra razón por la que todavía no quiera despedirme de ella.

Leah

—¿Cuál fue tu primer tatuaje?

—¿Seguimos con el interrogatorio? ¿En qué libro lo vas a meter?

—En ninguno. Es solo por curiosidad.

—Una flor fumando en una maceta. Fue por una apuesta. En mi defensa diré que estaba un poco borracho.

—Veo que tomas decisiones muy interesantes bajo los efectos del alcohol.

—No me lo recuerdes.

Es evidente que se refiere a cuando se enrolló conmigo. Más que ofenderme, el comentario me hace gracia. Suelto algo parecido a una risita. Con el rabillo del ojo, me parece verlo sonreír.

Me miro las zapatillas mientras caminamos. Ha anochecido y la luz amarillenta de las farolas es lo único que alumbra las calles. Logan ahora lleva una sudadera. La ha cogido antes del estudio porque hace bastante frío. Al ponérsela, se le ha revuelto el flequillo y todavía está un poco despeinado. Creo que no debería haberme fijado, pero lo he hecho.

—¿De dónde eres? —Su voz rompe el silencio.

—Hailing Cove.

—¿En serio? Yo también.

—Lo sé. —Intento no parecer muy avergonzada cuando noto su atención sobre mí—. Íbamos al mismo instituto.

No me sorprende verlo fruncir el ceño. Podría haberme pasado un curso entero sentada a su lado en clase y tampoco se acordaría de mí.

A veces me da la sensación de que paso por la vida de los demás sin dejar ninguna huella, como si tuviera los pies envueltos en papel de burbujas.

—Oí hablar sobre ti —sigo—. En el instituto.

—Antes no me metía en tantos problemas.

—Pero erais los mayores. Causabais sensación y todo eso. ¿Te acuerdas de Jackson? Toda mi clase estaba loca por él.

—La gente no entendía por qué nos llevábamos tan bien. A mí siempre me pareció un buen tío. —Sonríe al recordarlo. Luego me mira de reojo—. Déjame adivinar, ¿te molaba?

Mi corazón da un salto. Tardo un segundo en comprender que se refiere a Jackson, no a sí mismo.

—Para nada —le aseguro.

—Serías la única.

—Tenía bastante peor gusto por entonces. —Vuelvo la vista al frente y carraspeo, buscando cómo redirigir la conversación hacia algo que no me haga sentir tan expuesta—. Os graduasteis mucho antes que yo. Es normal que no me conocieras.

—Ahora entiendo por qué parecías tan cabreada cuando te pregunté cómo te llamabas.

—No estaba cabreada.

—Pusiste mala cara.

—Porque acabábamos de despertarnos esposados y te estabas comportando como un imbécil.

Seguro que también influyó lo molesta que estaba conmigo misma por lo que le había hecho a Linda, pero no lo admito en voz alta. Me cruzo de brazos para refugiarme del frío. Logan suspira con ironía.

—Mi yo borracho y sus malas decisiones, ¿eh?

Eso termina con la tensión que se había acumulado en el ambiente. Suelto una risita y me permito relajar los hombros, y nuestras miradas se cruzan de manera fugaz.

—¿A qué se dedica tu familia? —sigue preguntando.

—Dirigen un restaurante. Porta del Paradiso.

—¿Tienes raíces italianas?

—Mi madre nació en la costa de Italia. Después conoció a mi padre y decidió mudarse con él aquí.

—¿Soléis ir mucho?

—¿A Italia? No. Mi madre no tiene mucha relación con su familia. Me llevó un par de veces cuando era pequeña. Nada más. Tengo el idioma bastante oxidado. Lo entiendo bien, pero me cuesta hablarlo. —Empiezo a sentirme culpable por si estoy hablando demasiado. No quiero aburrirlo—. ¿Qué hay de ti? —me intereso.

Me mira un momento y luego contesta:

—Mis abuelos dirigían el museo.

—¿Por eso te gusta tanto dibujar?

—Pasaba mucho tiempo allí cuando era pequeño. Mis padres estaban siempre trabajando. Era mi abuela la que cuidaba de mí. Me llevaba a ver los cuadros y las esculturas, y me explicaba lo que ella creía que significaban. En realidad, quien sabía del tema era mi abuelo. A diferencia de ella, él sí que tuvo la posibilidad de estudiar. —Hace una pausa—. Cuando murió, mi abuela tuvo que vender el museo.

—¿Tus padres no quisieron...?

—No —contesta—. Mi abuela no podía seguir manteniéndolo ella sola, así que se lo vendió a un extranjero. Russell. Quiere demolerlo para construir un hotel.

Ha tensado la mandíbula. A mí también me invade una sensación extraña, como de nostalgia. Sabía que el museo estaba cerrado, pero no tenía ni idea de que fueran a demolerlo. Pese a que no tiene la colección artística más importante del estado, las obras más prestigiosas ni las exposiciones más exclusivas, en él reside el espíritu de Hailing Cove. Todos hemos ido a visitarlo alguna vez. Más de la mitad de mis excursiones del colegio fueron allí.

Si a mí me parece una pérdida dolorosa, no quiero imaginarme cómo será para Logan y su abuela.

—Lo siento mucho.

No se me ocurre nada más que decir.

Logan se encoge de hombros.

—Así es la vida. —El tono amargo de su voz me deja claro que lo asumió hace mucho.

Dudo. La conversación se ha vuelto muy personal. No sé hasta qué punto debería seguir indagando, pero me parecería mal no mostrarme interesada en el tema.

—¿Por eso Mandy se mudó a Portland?

—Siempre soñó con conocer el mundo y vivir en una gran ciudad. Decía que ya era demasiado mayor para lo primero, así que hizo lo segundo. Yo me vine con ella cuando empecé la carrera. La verdad es que tampoco tengo muy buena relación con mis padres.

—Es una mujer maravillosa —menciono—. Tu abuela.

—Lo sé, y eso que aún no ha desplegado todos sus encantos.

—¿Es que tiene más?

—Todavía no has visto nada.

Sube la vista al cielo, donde casi no se ven estrellas debido a la contaminación lumínica. Yo me agarro la manga del jersey, la del brazo en el que me ha «tatuado» la tormenta. No hizo amagos de reírse cuando le expliqué el significado, cosa que agradecí, porque otra gente sí que lo ha hecho. En realidad, ha sido bastante amable conmigo toda la tarde, lo que me sorprende y me genera desconfianza a partes iguales.

Incluso ha respondido a todas mis preguntas. Y eso que la mayoría han sido improvisadas. La encerrona de Mandy ha hecho que tenga que documentarme para una novela que ni siquiera tenía pensado escribir.

—Logan. —Se vuelve hacia mí y trato de no achantarme. Después de darle vueltas al tema, creo que lo mínimo que se merece es una disculpa—. Siento lo que pasó ayer en la cafetería. Cuando Daniel se acercó a nuestra mesa...

—No tienes que disculparte porque un imbécil haya venido a molestarte.

—Pero se metió con vosotros también.

—Estamos acostumbrados. Hayes y sus amigos nos la tienen jurada desde hace mucho.

—¿Así que no crees que haya sido culpa mía?

—No, claro que no.

—Pero en parte lo es, ¿no? —Las palabras salen de mi boca sin que me dé tiempo a pensarlas primero—. Quiero decir, puede que... puede que no haya influido en lo de Daniel, pero sobre el tema de la foto... Nada de eso habría pasado si no hubiera confiado en Hayes. Fue culpa mía. Debería haber tenido más cuidado.

No creo que sea el lugar ni el momento adecuado para desahogarme. El problema es que llevo esta última semana tragándomelo todo, fingiendo que estoy bien y nada me preocupa y que puedo superarlo, y acabo de darme cuenta de que no puedo más. Necesito soltarlo y hablar con alguien. No me gusta preocupar a mis padres; por eso solía compartir mis problemas con Linda. Ahora que ella no está, me he quedado sola.

Sin embargo, no es Logan quien debería escucharme. Por eso me arrepiento enseguida de no haber mantenido la boca cerrada. Me dispongo a decirle que dejemos el tema, que es mejor olvidarlo, cuando dice:

—Estás dándoles justo lo que quieren.

—¿Qué? —Me vuelvo bruscamente hacia él.

—Les resulta más fácil culpar a la víctima que reconocer que uno de sus amigos la ha cagado. Quieren hacerte sentir que eres la mala de la historia. Están intentando manipularte, Leah. Y parece que estás a punto de dejarlos ganar. —Sus ojos oscuros conectan con los míos—. Habrá mucha gente que no dudará ni un segundo en salir a defenderte, pero la primera que tiene que pelear por ti misma eres tú.

Hay algo en su forma de hablar que hace que me lo crea. Transmite seguridad y pura convicción, como si no tuviera dudas al respecto y quisiera acabar con todas las que tengo yo. Como si supiera a ciencia cierta que puedo con ellos. No es el consuelo que buscaba, pero quizá sea esa la clave. Puede que no necesite consuelo.

Sino que me animen a pelear.

Después de haber caminado durante unos treinta minutos, por fin estamos entrando en mi barrio. Me debato entre lo que siento que es correcto y lo que realmente quiero hacer. Me gustaría seguir hablando con él toda la noche. Y que me diga cómo lo hace. Es un experto en estas cosas. Si hay alguien que puede enseñarme a que todo me dé igual, ese es Logan.

Decido ser sensata. Por mi bien.

—Puedo seguir yo sola. —Me detengo para despedirme. Al ver la confusión en sus ojos, aclaro—: No sé si Linda estará en casa.

Su expresión cambia al oírme. Casi diría que adquiere un aire de culpabilidad.

—¿Sigue sin hablarte?

—Dudo que vuelva a hacerlo algún día.

—Sois amigas. No podéis seguir enfadadas para siempre. Menos aún por un tío y todo eso.

Frunzo los labios, tensa. Ahora yo también me he metido las manos en los bolsillos. Logan debería saber que no es un tío cualquiera. Linda llevaba meses detrás de él. Y eso me convierte en una amiga horrible.

—Gracias por acompañarme.

—No hay de qué.

Debería agradecerle también lo demás. Que haya respondido a mis preguntas, el «tatuaje» y que me haya animado a no achantarme. No me sale nada. Él se da la vuelta para marcharse.

—Logan —lo llamo por impulso.

Se vuelve hacia mí con mirada inquisitiva.

Y digo algo muy diferente de lo que tenía pensado.

—Lo más jodido es que hablen de mí sin conocerme. Asumen cosas que no son ciertas y me critican como si supieran cómo soy, qué valores tengo y cómo era mi relación..., bueno, con quien sea. Me tratan como la mala de la historia, la que fue demasiado atrevida y ahora es patética. Y no es justo. No saben nada de mí. Nadie se ha molestado en...

—... en escuchar tu versión —termina por mí—. Sí, digamos que sé a lo que te refieres.

No suena como un reproche, pero lo siento como tal. El corazón se me encoge dentro del pecho. ¿No es justo eso lo que yo he hecho con él? ¿Juzgarlo sin escuchar su versión de los hechos?

Logan se limita a suspirar.

—Nos vemos mañana.

No dice nada más. Solo se gira para marcharse.

I

Nota de audio
Duración: 00.00.58

A veces me pregunto cómo sería todo si tú siguieras aquí.

Pensarlo duele igual que arrancarse el corazón del pecho. Por lo general, cuando uno echa algo de menos, se refiere a las cosas que ya ha vivido; a esas que se quedan grabadas para siempre en tu memoria. Nadie habla de lo que duele echar de menos recuerdos que no existen.

Lo pienso muy a menudo, ¿sabes? Sobre todo por las noches, cuando no puedo dormir. Pienso en los momentos que no vivimos y en todos los lugares que no llegamos a visitar. En las risas que no escuché. En las canciones que nunca pude dedicarte. En las promesas que hicimos y se quedaron vacías. En nuestros planes. En todo lo que podríamos haber sido y, sin embargo, nunca llegamos a ser.

El mundo no se detuvo cuando te fuiste, pero últimamente siento que a mí me cuesta seguirle el ritmo.

Si todavía estuvieras aquí, ¿crees que habrías sido capaz de perdonarme?

Enviado a las 2.34 a. m.
Eliminado a las 2.34 a. m.

9

TRES SON MULTITUD

Leah

La primera semana de octubre llega a Portland con un clima húmedo y lluvias torrenciales. Me paso toda la semana refugiándome en la biblioteca del campus. Como los exámenes finales no son hasta diciembre, hay pocos estudiantes, y los que vienen suelen sentarse en grupo en las mesas centrales. Soy la única que siempre está sola. No es especialmente agradable, pero, ahora que Linda pasa las tardes en casa y que sé que Logan y Kenny frecuentan el Daniel's, no se me ocurre otro sitio adonde ir.

Por suerte, los trabajos de la universidad me ayudan a mantener la cabeza ocupada. Tardo más de lo que esperaba en redactar el informe sobre *Romeo y Julieta* que me toca entregar el jueves. La parte final consiste en dar una opinión personal, que es lo que se me complica. No me gusta. Lo de opinar sobre las cosas. Menos aún si implica mencionar los puntos negativos. ¿Quién soy yo, una escritora novata, para criticar la obra de Shakespeare?

Nadie, exacto. Por eso decido ser neutral. Entrego el trabajo sabiendo que no sacaré la mejor nota del mundo, pero que tampoco me he arriesgado tanto como para suspender.

Cuando salgo de la facultad, el cielo se ha despejado y el sol del mediodía me anima a desabrocharme la chaqueta. Reviso la hora en el móvil. El autobús urbano debería estar a punto de llegar. Conociendo a Linda, tendrá planes para hoy, así que había pensado en irme a casa y quedarme en el salón, inflándome a ver series en el portátil.

Sin embargo, al bajar la escalera de la entrada veo un rostro conocido entre la multitud. Sasha me saluda desde lejos.

—Mi pelirroja favorita —anuncia alegre cuando me acerco. Se quita las gafas de sol, dejándome ver su delineado; es de color blanco, lo que contrasta con sus ojos marrones—. Kenny y yo pensábamos que estabas muerta, así que he venido a comprobarlo. Es una misión de reconocimiento.

Se me escapa una sonrisa. No sé cómo consigue que hablar con ella sea siempre tan sencillo.

—Bueno, creo que no lo estoy.

—Genial. Te invito a un café para celebrarlo.

Entrelaza su brazo con el mío y tira de mí para que nos movamos. Le echo un vistazo rápido a la parada del autobús. Sasha me cae bien, pero aún no tenemos tanta confianza y mi lado introvertido solo quiere tomar el camino fácil y huir lo antes posible.

Dejamos la carretera atrás antes de que me dé tiempo a escaquearme.

—¿Has estado muy ocupada, entonces?

—Sí. —Aunque dudo que haya sido su intención, su pregunta me pone nerviosa—. Tengo muchos trabajos que entregar. Por eso no nos hemos visto.

En realidad creo que los he estado evitando, solo que no voy a decirle eso.

—Ah, sí. La vida universitaria. Bienvenida al club. —Choca su hombro contra el mío de buen humor—. Te acabarás rindiendo o acostumbrando, créeme.

Si tuviera que definir a Sasha en una palabra, diría que es «explosiva». Lo veo no solo en su personalidad, sino también en su forma de vestir. Me siento dolorosamente básica a su lado. A diferencia de ella, yo no llevo nada que me distinga. Nunca me he atrevido a llevar ropa que esté fuera de lo común.

Me pregunto qué se sentirá al hacer lo que quieras, cuando quieras, sin que te importe la opinión de los demás.

Debe de ser... liberador.

—¿Cómo estás tú? —No sé de qué otra forma continuar la conversación. Por suerte, ella me lo pone fácil.

—Agobiada. Me preocupan los exámenes. Soy nula para estudiar. No consigo que se me queden las cosas. Saqué un cinco raspado en el último parcial de Historia del Arte, y eso que me pasé semanas estudiando.

Vacilo. No soy nadie para dar consejos, pero el tema de los estudios no se me da nada mal. Y Sasha parece preocupada.

—No hay nadie que sea nulo para estudiar. Puede que solo necesites un método de estudio diferente... o quizá organizar mejor los apuntes.

—Mis apuntes son de Logan. Tuvo al mismo profesor el año pasado. Y son muy buenos. En persona es un desastre y los tiene bastante desorganizados, pero funcionan. Además, están llenos de dibujitos.

Reprimo una sonrisa. Hay cosas que nunca cambian.

—Puedo pasarte las plantillas que utilizo para hacer resúmenes y esquemas, si quieres.

—¿En serio? —Sus ojos se iluminan.

—Claro. No me cuesta nada.

—Sí —responde con entusiasmo—. Sí, sí gracias. Me serán de muchísima ayuda. Gracias, Leah. Eres la mejor.

Me encojo de hombros para restarle importancia con cierta timidez.

La conversación fluye mientras cruzamos el campus. A diferencia de mí, Sasha es una persona bastante extravertida, pero no de esas que hablan sin parar y esperan que yo solo escuche. Ella me hace preguntas. Se interesa por lo que tengo que decir. Hablamos sobre series y música y sobre todo lo que se nos ocurre.

Han pasado dos semanas desde que difundieron la fotografía y, por suerte, la situación se ha calmado en el campus; aunque noto miradas clavadas en la nuca, nadie se atreve a soltarme ningún comentario durante nuestro camino a la cafetería. Cuando estamos a punto de entrar en el Daniel's, oigo a alguien llamándome a mi espalda.

Me giro temiéndome lo peor.

Me relajo al ver su pelo rubio y esos ojos azules. Es el chico de la fiesta, el que esperó conmigo a que llegase mi taxi. Ryan, creo recordar.

—Eh —me saluda con una media sonrisa.

—Hola —contesto yo.

Sus ojos abandonan los míos para fijarse en Sasha, que sigue a mi lado, con su brazo entrelazado con el mío. Espero que ella dé un paso adelante, se presente y pase a dirigir la conversación, tal y como suele hacer Linda en estos casos.

Lo que hace en su lugar es separarse de mí.

—Debería ir a ver si los chicos han cogido mesa. —Le echa una mirada furtiva a Ryan antes de continuar—. Te espero dentro, ¿vale?

No soy capaz de decir nada. Sasha se gira hacia él.

—Retenla durante más de diez minutos y me tendrás en tu contra —lo avisa antes de marcharse.

Nos quedamos a solas.

Genial.

Decido cruzarme de brazos, incómoda. Ryan espera hasta que Sasha entra en el local para volverse hacia mí. Lleva una bolsa de deporte colgada al hombro, por lo que deduzco que acaba de salir de entrenar. Creo recordar que me dijo que estaba en el equipo de fútbol.

Nos quedamos callados durante unos interminables segundos. Ninguno tiene muy claro cómo romper el silencio.

—Imagino que llegaste bien a casa. —Noto un deje de nerviosismo en su voz—. Ya sabes, el sábado después de la fiesta —añade al verme perdida.

—Ah, sí, llegué bien. Esto..., gracias por esperar al taxi conmigo.

No es un fin de semana que me haga especial ilusión recordar. Parece notarlo, ya que aprieta los labios al oír mis palabras.

—Quería decirte que siento lo que ha pasado. Cuando abrí la foto y me di cuenta de que eras tú...

—No pasa nada —lo interrumpo. Prefiero no saber lo que pensó.

—Les pedí a todos mis amigos que la borraran —prosigue—. No pareces el tipo de chica que va enviando fotografías así a cualquiera. Supuse que alguien la había filtrado y que tú..., bueno, que no querrías que la gente la viera. Les dije que la eliminaran. Por si servía de ayuda.

Me mira expectante, como si creyera que voy a darle las gracias y a lanzarme a sus brazos o algo así. Ha sido un buen gesto, supongo. Y quizá sí debería mostrarme agradecida. Sin embargo, hay algo en todo esto, en que admita abiertamente que sus amigos y él la han visto, que me impide hacerlo.

Es evidente que intenta ser amable conmigo, de manera que me obligo a contestar:

—Gracias.

—Espero que todo el mundo haga lo mismo y que se solucione lo antes posible.

—Sí, yo también.

Miro hacia otra parte con inquietud. La situación me parece cada vez más incómoda. Me mentalizo de que es hora de marcharse antes de que la cosa empeore.

Justo cuando hago el ademán de girarme, como dejándose llevar por un impulso, dice:

—No he venido solo a decirte eso.

Frunzo el ceño, confundida.

—¿Ah, no?

—No. —Se aclara la garganta para que su voz salga más grave y tranquila—. Quería preguntarte si te apetecería salir. Conmigo. Algún día.

Vale.

Es la primera vez que me veo en una situación como esta con un chico diferente a Hayes. Y no sé cómo reaccionar.

—Con «algún día» no me refiero a dentro de un año, sino a este fin de semana. O al próximo, si estás muy ocupada. ¿El sábado por la noche? —sugiere—. O cuando quieras. No sé.

—Está bien.

Ryan parece sorprendido con mi respuesta. Sin embargo, no tarda en recomponerse y esbozar una sonrisa que le ilumina toda la cara. No puedo negar que hay algo de divertido en verlo tan nervioso. El sábado parecía bastante más seguro de sí mismo. Imagino que el alcohol lo ayudó a desinhibirse.

«Mi yo borracho y sus malas decisiones, ¿eh?»

Logan Turner, fuera de mi cabeza.

—Guay. —Hace una pausa—. Iba a pedirte tu número de teléfono, pero puedo escribirte por Instagram.

—Como prefieras.

Parece que no sabe qué decir. Se oyen gritos y veo a unos chicos, que también parecen jugadores de fútbol, haciéndonos señas.

—Debería irme antes de que vengan a molestar. —Los señala

con el pulgar y, después de dar unos pasos hacia atrás, me apunta a mí—. Te mandaré un mensaje.

—Genial.

Sigue alejándose y, casi a gritos, añade:

—Avísame si alguien vuelve a molestarte. Tengo a todo un equipo de fútbol más que dispuesto a defender a una señorita.

Sus amigos lo reciben entre bromas y risas. La escena me recuerda a esas películas de adolescentes que echan en la televisión. Me da vergüenza que me miren, por lo que me apresuro a entrar en la cafetería. Sasha me ha dicho que iba a buscar a los chicos, pero me intercepta nada más cruzar la puerta.

Entrelaza de nuevo su brazo con el mío y me arrastra hacia el interior.

—¿Ryan Rossmert? —articula alucinada.

—Me ha invitado a salir.

Abre mucho los ojos y choca su hombro contra el mío como diciendo: «¡Joder!». Juraría que sigo roja cuando llegamos a la mesa de los chicos.

—Seguro que estaban metiéndose con nosotros —le dice Kenny a Logan, señalándonos a ambas.

Sasha se separa de mí, rodea la mesa y coge la cara de su novio entre las manos.

—Eso jamás —declara con dramatismo—. Ten por seguro, amor mío, que siempre que te critique será mirándote a los ojos.

Después le planta un beso intenso que deja a Kenny sin palabras. Me entra la risa. Junto a ellos, Logan suspira, acostumbrado a las bromas de sus amigos. Está trabajando en su tableta gráfica, como de costumbre. Su mirada se cruza fugazmente con la mía.

—Novata —me saluda sin más.

Le ofrezco una sonrisa tirante. Ha vuelto a centrarse en el dibujo.

No hemos hablado mucho desde que me acompañó a casa el sábado pasado. Generalmente, cuando voy a dar clase a su abuela, él ya se ha ido a trabajar. El otro día sentí que habíamos llegado a una especie de «tregua», pero se fue al traste cuando dije que me molestaba que, desde que filtraron la fotografía, todo el mundo me juzgue sin conocerme. No me había dado cuenta de que eso es lo que Logan lleva soportando estos últimos meses; la gente opina sobre él, lo critica y lo castiga, y nadie se para a comprobar hasta qué punto son ciertos los rumores.

Yo he sido una de ellos. Me dejé llevar por los prejuicios la primera vez que hablamos. Me vi con el derecho a decirle todas esas cosas porque creía que estaba haciendo justicia. Ahora que estoy en el otro lado, que soy yo a quien juzgan, veo las cosas de otra manera. No conozco a Logan. No tengo ninguna razón para creer que es una mala persona.

Él tiene muchas para pensar que yo soy hipócrita y superficial.

Tampoco iría muy desencaminado.

—Me complace informaros —comienza Sasha mientras las dos nos sentamos en el banco— de que he traído de vuelta a nuestra desertora. —Me pasa un brazo sobre los hombros—. En realidad no es una desertora, solo una chica responsable.

Logan vuelve a mirar en nuestra dirección. Al haberme sentado frente a él, no hay riesgo de que haya roces «accidentales» como el otro día, pero voy a tener que enfrentarme a su mirada, y no sé qué es peor.

Kenny aguarda un momento, reflexivo.

—Necesitamos a alguien inteligente en el grupo. —Me da su aprobación—. Tienes suerte de que te hayamos guardado un sitio en la mesa. Hay mucha gente que se muere por sentarse aquí.

No puedo evitar sonreír.

—Sé que sois populares —les sigo el rollo.

—*Muy* populares —me corrige Sasha.

—Tanto que, para hablar con nosotros, hace falta sacar cita con al menos dos meses de antelación.

Su novia asiente con solemnidad.

—Y a veces ni así se consigue.

—Somos selectivos.

—Exacto.

—Suerte que tenemos a Logan para quitarnos a los fans de encima. —Kenny le palmea la espalda—. Los espanta con su mal humor.

—Todo grupo necesita a un cascarrabias —concluye Sasha con alegría.

Haciéndole honor a su título, él deja escapar un suspiro. Me gusta la relación que tienen. Son como ese grupo de amigos del que siempre soñé con formar parte en el instituto. Temo empezar a sentirme fuera de lugar. Entonces, Kenny se vuelve hacia mí y dice:

—Tú pasaste las pruebas de admisión. Por eso te guardamos un sitio en la mesa.

Sasha me sonríe. Al mirar al frente, descubro que Logan me observa. Sus ojos oscuros me sostienen la mirada un momento y después bajan de nuevo a la pantalla. No interviene en la conversación. Siento una punzada de culpa. Desde el sábado no dejo de preguntarme si debería decirle que lo siento.

Sasha me trae de nuevo a la realidad cuando choca su hombro contra el mío.

—Más te vale no cambiarnos por los deportistas cuando salgas con Ryan Rossmert.

Kenny silba, repentinamente encantado con la conversación.

—Eso es nuevo —canturrea divertido.

—No es nada —le resto importancia.

—Te estás poniendo roja. Claro que es *algo*. —A continuación, le lanza una mirada a Logan—. ¿Ryan Rossmert no es el tío con el que competías por...?

Logan se limita a encogerse de hombros.

Kenny se echa hacia atrás con aire burlón.

—¿Ha hecho ya su jugada maestra? —le pregunta a Sasha.

—No lo sé. —Ella me mira—. ¿Lo ha hecho?

—¿A qué te refieres? —me extraño yo.

—Quieren saber si se ha lanzado —explica Logan sin mirarme.

Hablar sobre esto me pone nerviosa. «De momento, tú eres la única persona a la que he besado en los últimos seis meses.» Decido que lo mejor será normalizar la situación.

—Ah, no. Solo me ha invitado a salir.

—Lo han acompañado todos sus amigos —les cuenta Sasha—. Como en las películas, ¿sabéis? Ha sido bastante gracioso.

—¿Cuándo habéis quedado? —curiosea Kenny.

—El sábado por la noche.

—Va a por todas, ¿eh?

—Es una salida de amigos —aclaro.

—Claro —se burla Kenny—. Hasta que lo deje de ser.

—Ryan Rossmert es un buen tío. No se mete en problemas. De todas formas, Logan lo conoce mejor que nosotros. Son compañeros de clase. —Al ver que él no nos presta atención, le pincha el brazo con un dedo—. ¿Alguna opinión al respecto, Turner?

—Ninguna —se limita a contestar él.

Sasha no deja de sonreír.

—Gracias por tu magnífica aportación.

A Kenny le entra la risa también. Alterno la mirada entre ambos. Me he perdido algo.

—Sea como sea, más te vale mantenerme informada —me avisa Sasha—. Necesito el drama para subsistir. Y Kenny y yo llevamos juntos una eternidad. No hay conflictos en nuestras vidas.

—Menos cuando te da por romper conmigo —menciona él.

—No manifiestes, cariño. El universo podría estar escuchando. —Acto seguido, Sasha se dirige de nuevo a mí—. Somos cotillas por naturaleza, pero quiero que sepas que, si te sientes incómoda, solo tienes que decírmelo y lo dejamos.

En realidad, no le he dado mucha importancia al tema. No sé hasta qué punto Ryan y yo podríamos congeniar. Pese a eso, me invade una sensación bonita. Durante toda mi vida, siempre he estado en ese lado de la historia; he sido la amiga que pide detalles y se emociona por las cosas de otros, y es raro ser ahora la que vive esas historias en primera persona.

A pesar de que no tengo ningún afán de protagonismo, sienta bien saber que hay gente que quiere escucharte.

—No me molesta —contesto, y es verdad.

Kenny y Sasha chocan puños. Se me escapa la risa. El ambiente cambia cuando, de manera repentina, Logan se pone de pie.

—Me encantaría quedarme a escuchar más, pero tengo cosas que hacer. —Está mirando un punto a mi espalda. Guarda la tableta en la mochila y se la echa al hombro—. Te veo después —le dice a Kenny.

Se despide de nosotras con un gesto antes de echar a andar hacia la puerta. Soy incapaz de no seguirlo con la mirada. Entonces, la veo. Linda acaba de entrar en el local. Logan va directo hacia ella. Intercambian unas palabras y salen juntos a la calle.

Me vuelvo hacia el frente e intento prestar atención a la conversación que mantienen Sasha y Kenny, pero no puedo ignorar esa sensación de malestar que se me ha instalado en el pecho.

Sasha te ha añadido al grupo «Tres son multitud».

Llevo un rato tumbada en la cama mirando mi móvil. «Tres son multitud» es el nombre del grupo de WhatsApp que comparten Kenny, Sasha y Logan. Ahora yo estoy dentro, así que supongo que estoy convirtiéndome en una más. No sé qué opinará Logan al respecto. No ha intervenido cuando sus amigos me han recibido con un par de mensajes. Espero que no tenga nada que objetar.

Echo un vistazo al portátil sobre la cama. Ya tengo el capítulo 23 casi terminado. La escena del espejo se me ha resistido varias semanas, pero me está encantando el resultado. No obstante, desde que me han metido en el grupo no puedo pensar en otra cosa. Me dejo llevar por la curiosidad y entro en el menú de configuración para ver sus perfiles. Sasha tiene una foto con Kenny, mientras que él ha optado por una de su cara haciendo una mueca extraña. Selecciono el miembro restante. Logan no tiene estado ni foto de perfil, lo que no me sorprende en absoluto.

Muy en su línea de «todo me importa una mierda».

Entro en nuestro chat vacío. Está en línea. Mis dedos ansían posarse sobre el teclado.

«¿Qué hacías con Linda esta mañana? ¿No se suponía que ibas a dejarla en paz?»

«¿De verdad les caigo bien a tus amigos?»

«Siento haberte juzgado.»

«No soy tan ingenua y superficial como crees.»

Dejo el móvil antes de hacer una estupidez.

Esto es ridículo.

Necesito mantener la cabeza ocupada. Cojo de nuevo el portátil, me pongo los auriculares y selecciono una de mis *playlists* favoritas. Ahora que he salido del bloqueo, las palabras fluyen y, cuando quiero darme cuenta, he terminado el capítulo por fin. Me detengo en un momento de tensión que dejará a los lectores con ganas de más. No puedo resistir la tentación de abrir otro archivo para ponerme a escribir el 24.

Decido que los protagonistas también se enrollen en este. No les vendría mal un poco de alegría.

Cuando vuelvo al mundo real, son las nueve pasadas y fuera ha anochecido. Bostezo, junto los dos archivos en uno solo y abro la aplicación de WhatsApp para enviarlos a un grupo en el que solo estoy yo. Me gusta leerlos en el móvil para corregir errores antes de subirlos a internet. Tengo tan automatizado el proceso que no presto mucha atención; selecciono el primer contacto que sale al buscar L de «Leah», le doy a enviar y dejo el teléfono.

Voy a ir a la cocina a por la cena cuando oigo la puerta de la entrada.

Linda acaba de llegar a casa.

No me habla ni cuando nos cruzamos por el pasillo, por lo que es mejor no salir hasta que el camino esté despejado. Agudizo el oído, esperando oírla entrar en su cuarto. Lo que oigo en su lugar son unos golpes en mi puerta.

Trago saliva. Cuando la abro, me encuentro de lleno con sus ojos azules, que reflejan puro agotamiento.

—¿Tienes un momento para hablar?

Es la primera vez que me dirige la palabra en dos semanas. Asiento despacio y la sigo hasta el salón. Linda rodea la mesa para poner distancia entre nosotras. Yo me quedo junto a la puerta.

Quizá tendría que aprovechar el silencio para volver a disculparme. Sin embargo, soy incapaz de formular palabra.

—Sé que no has tenido la mejor semana del mundo —comienza a decir. Noto la incomodidad en su voz—. Quiero decir, con todo el tema de la foto...

—He tenido semanas mejores, sí.

«Lo peor fue que tú no me apoyaras.»

—A la gente se le olvidará tarde o temprano. Ya sabes cómo son estas cosas.

—Supongo.

—Leah. —Su mirada se llena de tristeza, o nostalgia, o ambas cosas a la vez—. Quería hablar contigo sobre... sobre lo que pasó esa noche. Me gustaría que me dieras explicaciones.

—Todo lo que te dije era verdad —me apresuro a decir. Me

está dando una oportunidad y no la voy a desaprovechar—. No tenía la intención de hacerte daño.

Las lágrimas aparecen en sus ojos.

—Tuve que ver a mi mejor amiga besando al tío que me gusta, ¿y esperabas que no me doliera?

—No —contesto deprisa—. Linda, Logan me besó a mí. Yo no tenía ni idea de que fuera a hacerlo. Discutí con él en cuanto salimos de la casa.

—Entonces, ¿no ha vuelto a pasar?

—No. Te lo prometo.

Me siento una mentirosa. Es cierto que no ha habido nada más entre nosotros desde la fiesta, pero antes ya nos habíamos besado una vez. ¿De qué serviría decírselo a estas alturas? No va a volver a pasar.

—No hay nada entre Logan y yo —insisto.

Ella se seca las lágrimas.

—Bueno, al parecer tampoco hay nada entre nosotros, así que ya da igual.

Su tono de derrota me rompe el corazón. La he oído decir lo mismo muchas veces, cuando ambas sabíamos que eran palabras dichas con rabia, por despecho, y que no las sentía de verdad. Esta vez suena diferente, como si hubiera asumido que, fuera lo que fuese lo que tenían, ha llegado a su fin.

Me pregunto si eso era de lo que estaban hablando esta mañana.

—Lo siento mucho, Linda —contesto con voz suave. Parece muy afectada.

—No pasa nada. Tenía que pasar tarde o temprano. No es una buena persona. Cuanto más lejos esté de mí, mejor.

Hace dos semanas me habría lanzado a insultar a Logan con ella sin pensarlo dos veces. Ahora ya no me sale.

—Hay muchos peces en el mar.

—Sí. Y yo me merezco a alguien mejor.

Aunque no me atrevo a defender a Logan, tampoco voy a seguir juzgándolo sin conocer su versión de los hechos. Linda todavía lucha contra las lágrimas. Lo más empático sería acercarme, pero no me veo capaz de hacerlo; no ahora que siento que se ha abierto una brecha enorme entre nosotras.

—¿Te molesta que hable así de él? —me suelta de repente—. Sé que ahora sois muy amigos.

—No somos *tan* amigos —discrepo. Ha sonado como una acusación.

—Os he visto sentados juntos esta mañana.

—Me llevo bien con una de sus amigas, Sasha, ¿la conoces?

—Si es igual de gilipollas que Logan, creo que prefiero no hacerlo.

—Ya.

¿Qué me pasa? ¿Por qué estoy tan incómoda? Debería ir allí y consolarla. No me gusta sentirme tan lejos. Tan diferente de ella.

—El caso es que quería hablar contigo —retoma la conversación. Alza la barbilla tras secarse los ojos una última vez—. Me dolió lo que me hiciste, Leah. Se supone que somos amigas, y las amigas no se portan así.

—Lo sé. —Aprieto los labios, tensa.

—Me sentí traicionada. Pero después de pensarlo mucho he llegado a la conclusión de que quizá fui... demasiado dura contigo. Todo el mundo tiene derecho a una segunda oportunidad.

Se me dispara el pulso. ¿Eso significa que está dispuesta a perdonarme?

—La verdad es que te echo de menos —añade.

—Yo a ti también. —Se me rompe la voz.

Las emociones me sobrecogen y esta vez es a mí a quien se le llenan los ojos de lágrimas. Linda lo nota y cruza la habitación para abrazarme. Me refugio en ella, escondo la nariz en su cuello y cierro los ojos con fuerza para no terminar de romperme. El peso de las últimas semanas me cae encima; pienso en la fotografía, en las burlas, los mensajes desagradables, las miradas, la culpa; en lo mucho que yo misma me he autodestruido. No me he atrevido a hablar del tema en profundidad con nadie. Y creo que lo necesito. Necesito hablar de esto con Linda.

Necesito a mi mejor amiga.

—No llores —susurra—. No pasa nada, ¿vale? Está arreglado, te lo prometo.

Me alejo de ella, decidida a confesar todo lo que me tortura desde hace semanas. Linda me seca los ojos con los pulgares.

—Tengo tanto que contarte... —anuncia antes de que yo pueda hablar—. ¿Conoces a Marcus, el que hace de Romeo en la obra de teatro? Resulta que llevaba mucho tiempo pensando en invitarme a salir y por fin lo hizo el martes pasado. ¿Te lo puedes creer?

Tardo un momento en procesarlo. Su voz ha recuperado su emoción habitual, y ahora veo a la Linda de siempre, la que tiene muchas historias que contar y nunca deja que me torturen mis problemas porque llena el silencio con los suyos. Durante toda mi vida, siempre he sido la persona que la escucha. Es lo que me resulta más fácil. Por eso me trago el nudo que tengo en la garganta y dejo que me agarre de la mano y me lleve hasta el sofá para hablarme de ese chico.

No le comento nada de la fotografía.

Ni de los mensajes.

Cuando entro en mi habitación después de cenar, siento que vuelvo a tener un papel secundario.

Intento no pensarlo mientras me enfundo el pijama y ordeno el escritorio. Recojo el portátil y lo guardo en su funda. Antes de deshacer la cama, cojo el móvil para establecer la alarma.

Entonces, se me cae el mundo a los pies.

Logan Turner. Un mensaje nuevo.

Miro nuestro chat abierto en la pantalla: «Capítulos 23-24 POR CORREGIR». Archivo enviado a las 21.07, justo antes de que Linda viniera a buscarme. Debo de habérselo mandado por equivocación.

Mi móvil tintinea con otra notificación.

LOGAN TURNER
¿Esto es lo que escribes?
Estoy sorprendido. Lo admito.

Escribiendo...

LOGAN TURNER
Acabas de cerrarme la boca.

10

DE MAL A PEOR

Logan

—¿Seguro que puedes arreglarlo?

—Claro, tío. No tiene mucho misterio.

Tumbado bajo el lavabo, Kenny alarga la mano para pedirme la llave inglesa. Obedezco con un suspiro. Ayer estaba lavándome las manos en mi cabina después de tatuar a un cliente y encontré una gotera en una tubería. No quise arriesgarme a dejarlo pasar y que empeorara, por lo que se lo comenté a Will, mi jefe. Después le dije que mi mejor amigo es hijo de un fontanero y estuvo encantado de que lo llamara y nos lo solucionara gratis.

Ahora empiezo a plantearme si ha sido buena idea.

—Pásame eso. —Kenny me señala otra herramienta y se la cambio por la llave inglesa. Miro el reloj con inquietud. Espero que se dé prisa. Mi próximo cliente llegará dentro de treinta minutos—. Por cierto, ¿cómo fue la cosa con Linda? Ayer no me contaste nada.

—Bastante mejor de lo que pensaba.

—Vaya. Tenía fe en que te pegara un puñetazo.

—Siento decepcionarte. —Me coge de nuevo la llave inglesa—. Tampoco le dije nada nuevo. Ya había dejado claro desde el principio cómo eran las cosas.

Me arrepiento de muchas de mis decisiones, y liarme con Linda fue, sin duda, una de las peores. Nunca me han gustado los compromisos; los aborrecía antes de Clarisse y los evito aún más después de ella. Entiendo que eso pueda resultar chocante para algunas personas. Esa es la razón por la que siempre procuro ser directo. Voy de frente. Se suponía que lo de Linda y yo era solo cosa de una noche, pero después me dijo de vernos más veces y..., bueno, acepté creyendo que estábamos en la misma onda y solo quería diversión sin compromisos. Gran error.

En cuanto me percaté de que no nos veíamos de la misma manera, le dije que lo mejor era que dejáramos de quedar. No se lo tomó demasiado bien. No debe de estar acostumbrada a que la rechacen. Se pasó varias semanas intentando hacerme cambiar de opinión. Yo no cedí. Y así fue como me convertí en el cabrón sin sentimientos que le rompió el corazón.

Eso es lo que le ha dicho a todo el mundo.

Aunque me trae sin cuidado lo que piensen los demás, no me gusta que vaya por ahí diciendo que le hice daño. Me hace sentir mal conmigo mismo. A veces me planteo si quizá tendría que haberlo gestionado de otra manera. No lo sé. A lo mejor la culpa fue mía por no sentir nada.

Tal vez ya debería poder sentir *algo* a estas alturas.

Sea como sea, cuando Leah me contó el otro día que seguían peleadas llegué a la conclusión de que, me gustara o no, Linda y yo teníamos una conversación pendiente. Hablamos ayer en el Daniel's, le insistí en que lo «nuestro» había acabado y, para mi sorpresa, se lo tomó bastante bien.

También le dije que lo que pasó en la fiesta fue cosa mía. No es del todo verdad, porque Leah me devolvió el beso con ganas, pero me da igual cargar con la culpa si eso ayuda a que arreglen su relación. Linda es su mejor amiga. Y creo que Leah la necesita.

—Bueno, yo solo espero que te deje en paz. —La voz de Kenny me trae de vuelta a la conversación—. Daba mal rollo que se creyera el centro del universo.

Entiendo a lo que se refiere. Quedé con un par de chicas después de «dejarlo» con Linda y ella me montó un drama alegando que lo hacía para darle celos. Nada más lejos de la realidad.

—Está acabado —le aseguro.

—Mejor. Nunca me ha caído bien.

—¿Acaso hay alguien que te caiga bien?

—Tú, por ejemplo. Y Sasha y Leah. Linda me da mala espina. Hace que sienta que tengo que cuidarme las espaldas.

—Puedes estar tranquilo —reafirmo. Estoy de acuerdo en eso también—. No vamos a volver a hablar.

Al menos, no por iniciativa mía. No necesito más problemas.

Parece que Kenny se las arregla bien solo, de manera que me permito levantarme para estirar las piernas. Hago una mueca. Llevo tanto tiempo agachado que tengo los músculos doloridos.

—¿Y Leah? —añade al cabo de unos minutos.

—¿Qué pasa con ella?

—Iba a preguntarte lo mismo. —Su voz suena por encima del chirrido de las tuercas—. Ayer estabas de un humor de perros.

—Tampoco es nada nuevo, ¿no?

—Vamos, tío. Te largaste en cuanto se puso a hablar de Ryan. ¿Te molesta que vayan a salir? ¿Es eso?

—Me fui porque tenía que hablar con Linda. Lo que hagan me trae bastante sin cuidado.

Cojo mi tableta gráfica para dar la conversación por terminada. Oigo movimiento detrás de mí. Kenny debe de haberse puesto de pie.

—Si no te conociera, diría que estás celoso —comenta a mi espalda.

—¿Por qué iba a estar celoso? —Me pongo a retocar el tatuaje de mi próximo cliente. Es una bandada de pájaros alzando el vuelo que simboliza la libertad.

—En realidad, me parecería comprensible. —Kenny llega a mi lado secándose las manos con un trapo—. ¿Te enrollas un par de veces con una chica que tiene una personalidad bastante guay y, para colmo, está buenísima, y no sientes ni una pizca de celos al enterarte de que está viendo a otro? Venga ya.

No puedo evitar que se me tensen los hombros. Kenny parece notarlo, ya que se apoya de lado en la encimera con una expresión burlona. No me ha sentado nada bien oírlo en voz alta.

—Sigo sin estar celoso —reitero con sequedad.

—Claro. Lo que tú digas.

Será gilipollas.

Por mucho que finja que Leah no me interesa, Kenny me conoce lo suficiente como para saber que eso es mentira. Cada vez que lo pienso me pongo de mal humor. Generalmente me da igual todo el mundo, así que no entiendo por qué diablos no puedo sacármela de la cabeza. Desde que leí lo que me mandó anoche, he pensado en ella sin parar.

Vi el mensaje al volver a casa después de trabajar. Me sorprendió que Leah me hubiera escrito y, cuando descargué el documento, no tenía ni idea de lo que me iba a encontrar. Supe que iba a cerrarme la boca en el momento en el que me senté en la cama y empecé a leer. ¿Novelas cursis y pastelosas? Y una mierda. No había nada de inocente en lo que me envió.

Eran dos capítulos sueltos de una novela titulada *Bajo la piel*. Los protagonistas son Samantha y Hunter. No los conozco mucho, ni siquiera sé a qué se dedican, pero la química está latente entre ellos. Hay una escena en concreto donde él la toca frente al espejo. Leah la narra con todo lujo de detalles: lo que hacen las manos de él, las de ella, sus respiraciones, sus gemidos, cómo se sostienen la mirada en todo momento a través del cristal. La escena era erótica hasta decir basta. Tan explícita que me costó hacerme a la idea de quién la había escrito.

Después lo asimilé.

Y volví a leerla desde el principio. Solo que, esta vez, solo era capaz de imaginarme a Leah, a solas en su habitación, mientras la escribía.

Fue entonces cuando comenzó *el* problema.

Ahora tengo aún más curiosidad.

Me muero por averiguar qué otras facetas esconde.

Por mi bien, tengo que obligarme a recordar que no contestó a mis mensajes anoche. Además, mañana saldrá con ese tal Ryan. Y yo no necesito ni un solo problema más. Cuanto antes consiga sacármela de la cabeza, mejor.

Con esto en mente, me giro hacia Kenny, que ha vuelto a agacharse junto al lavabo.

—¿Sabes si Sasha sigue hablando con la chica que me presentó? La morena con el *piercing* en el labio. —Rebusco su nombre en mi memoria; estoy seguro de que me lo dijo—. Amber —especifico por fin.

Él pestañea, incrédulo.

—¿Ahora me vienes con esas?

—¿No puedo pasármelo bien?

—Como quieras. Le diré que la llame.

—Genial. Gracias.

—Podemos organizar una cita triple. Con Leah y su nuevo chico.

—Que te jodan.

Su sonrisa me deja claro que me acabo de delatar. Gruño de mal humor. Parece estar a punto de añadir algo más cuando llaman a la puerta. Will, mi jefe, asoma la cabeza.

—Turner, ha venido alguien preguntando por ti. —Echa un vistazo a la habitación y, al ver que está desordenada y llena de herramientas, añade—: Puedes atenderlo en la cabina de Angeline. Hoy no ha venido a trabajar.

Miro a Kenny, que me despacha con un gesto.

—Ve. Voy a echarle un último vistazo a esto para asegurarme de que funciona bien.

No es que aquí esté siendo de mucha ayuda. Sigo a Will hasta el recibidor, donde las paredes grises están llenas de pósteres. Una de las cosas que más me gusta de Mad Masters es su estética oscura y urbana. El día que tenga mi propio estudio, quiero decorarlo justo así. Will vuelve a ocupar su puesto tras el mostrador. Cuando miro hacia la puerta y reconozco a la persona que me está esperando, me quedo frío.

Al verme, Samuel Trevor se levanta y viene a estrecharme la mano.

—Me alegro de volver a verte, Logan. —Le echa una mirada rápida a mi jefe, que nos observa con disimulo—. ¿Te importa que hablemos en privado?

Estoy tan desconcertado que entro en piloto automático y lo dirijo por inercia a la cabina de Angeline. Una vez que entramos, cierro la puerta con cuidado. No me sorprende que Will se haya mostrado tan desconfiado. Con esa camisa y esos pantalones de traje, Samuel proclama a gritos que no pertenece a este lugar.

—Así que trabajas aquí. —Mira lo que nos rodea, juzgándolo todo—. Mi hermana me dijo el nombre un par de veces, pero nunca antes había venido.

Joder, no estoy preparado para esto.

—Llevo trabajando tres años con Will, sí.

—¿Y te va bien?

—Supongo. Es un buen tío.

Chasquea la lengua con desaprobación.

—No necesitas que tu jefe sea tu amigo, solo que pague lo que toca y cuando toca. —Ahí están, de nuevo, él y sus consejos de vida. Lleva sus ojos café hasta los míos—. ¿Cómo has estado, Logan?

Se apoya contra la camilla de brazos cruzados. Samuel tendrá treinta años a lo sumo, pero su actitud lo hace parecer mayor. Lleva el pelo oscuro repeinado a la perfección y su frente está llena de arrugas a causa del estrés. No sé qué respuesta espera por mi parte. Nunca nos hemos llevado bien y no vamos a empezar a hacerlo ahora que ella ya no está.

—Bastante bien —contesto sin más—. La universidad y el trabajo me mantienen ocupado.

—Clarisse no me dijo qué estudiabas.

Oír su nombre me provoca un pinchazo en el pecho.

—Diseño Gráfico.

—He venido a pedirte un favor. —Va directo al grano, lo que es un alivio; la conversación «trivial» estaba acabando conmigo—. Dentro de poco se cumplirá un año desde su...

—Lo sé —lo interrumpo. No voy a soportar oírlo en voz alta.

Su mirada se tiñe de lástima al notar mi penoso intento por evitar la realidad.

—Quiero que me diseñes un tatuaje en su honor.

Silencio.

—He estado pensando mucho en mi hermana estos últimos meses —prosigue—. Sabes que no nos llevábamos especialmente bien. Éramos muy diferentes y yo..., bueno, rechacé muchas de las cosas que la identificaban. Me di cuenta demasiado tarde de que debería haber estado ahí para ella. —Me mira a los ojos—. Agradecería mucho que hicieras esto por mí. Sé que a Clarisse también le gustaría.

«No tienes ni idea de lo que ella habría querido.»

«Tú no la conocías.»

Aprieto la mandíbula. No importa el tiempo que haya pasado. Mi opinión sobre él no cambiará jamás. Recuerdo todas y cada una de las noches que Clarisse pasó llorando a mi lado, convencida de que era una mala hija, una mala estudiante, una mala hermana, solo por no ser capaz de cumplir con las expectativas de su familia. Samuel era el primogénito, el hijo perfecto. Y la machacó tanto como sus padres.

¿Habrán oído los rumores que corren por el campus? Imagino que no, ya que no se habría presentado aquí si creyera que engañé a su hermana justo antes del accidente.

—¿Puedo hacer lo que quiera? —me limito a preguntarle. Aunque mi primer impulso haya sido decirle que no, un cliente es un cliente. Y se lo debo a Clarisse.

—Quiero algo que me recuerde a ella. Por eso quería hablar contigo. La conocías muy bien. Nadie podrá hacerlo mejor que tú.

Trago saliva.

—Intentaré pensar en algo.

—Gracias, Logan. Guarda mi número y llámame cuando lo tengas listo.

Suena como una orden. Me armo de paciencia y le tiendo mi móvil. Mientras él guarda su contacto, pienso en todos los mensajes crueles que le grabaría con fuego en la piel. «Hice que mi hermana pequeña creyera que era una fracasada.» «Le dije que era un bicho raro.» «Nunca la quise.» «Clarisse era mucho mejor persona que yo.» «No me la merecía, no me la merecía.»

Cuando me devuelve el teléfono, solo quiero pedirle que se largue de una vez.

Sin embargo, justo en ese momento comienzan a oírse gritos en el recibidor. Samuel y yo intercambiamos una mirada. Salgo disparado hacia la puerta. Nada más abrirla, veo el torrente de agua que procede de mi cabina.

Kenny sale con la llave inglesa en la mano y cara de circunstancias.

Genial. La tubería ha explotado.

Leah

El sábado por la mañana voy a casa de Mandy. Solemos vernos tres veces por semana; lunes, miércoles y viernes. Sin embargo, ayer Linda me pidió ayuda con un trabajo y accedí aunque eso implicase dejar de lado el resto de mis compromisos. Después de todo lo que ha pasado entre nosotras, siento que estoy en deuda con ella. Dado que tampoco me parecía bien que Mandy y yo perdiéramos una de nuestras tres clases semanales, le dije que podíamos recuperarla hoy. Le pareció bien. Y aquí estamos.

Son las diez de la mañana cuando entro en su barrio. El sol brilla en un cielo que, tras las últimas semanas lluviosas, por fin se ha despejado. Mandy vive en el centro de Portland, donde el ambiente urbanita difiere mucho de la tranquilidad que se respira en Hailing Cove. Supongo que es eso lo que buscaba cuando se mudó aquí. Subo a la tercera planta del edificio y llamo al timbre, esperando encontrarme con la mirada afable de esa mujer que ya se ha convertido en mi amiga.

No es ella quien abre la puerta.

—Eh, hola. Mi abuela me dijo que vendrías.

Logan Turner me recibe con unos pantalones de chándal y una camiseta negra que deja sus tatuajes a la vista. Tardo un momento en recomponerme de la impresión que me provoca verlo. No estaba preparada para esto. Por lo general, siempre que vengo él está trabajando en el estudio.

—¿Dónde está Mandy? —le suelto automáticamente, ya que habla como si le hubiera dejado a cargo de atenderme.

—Va al gimnasio todas las mañanas. Tiene clase de yoga. No tardará mucho en volver. Puedes esperarla dentro, si quieres. —Se aparta para dejarme pasar.

Genial.

Una vez que entro, Logan cierra la puerta detrás de mí y me hace un gesto para que lo siga. No me gusta la idea de que pasemos tiempo a solas. El jueves no fui capaz de contestar a sus mensajes. Como no nos hemos visto desde entonces, evitar la realidad ha sido relativamente fácil estos días. Ahora, teniéndolo aquí, mi seguridad se tambalea. No dejo de pensar en que lo ha leído todo; la escena del espejo del capítulo 23, el momento a solas que comparten Samantha y Hunter en su dormitorio, cada beso, cada caricia, cada...

Me entra vértigo solo de pensarlo.

Por mi bien, más le vale no sacar el tema.

Camino en silencio detrás de él. En el pasillo hay un espejo horizontal que ocupa toda la pared. Sus ojos se posan en los míos a través del cristal y las palabras de Hunter se me vienen a la cabeza.

«No apartes la mirada del espejo.»

Me aclaro la garganta y me apresuro a desviar la vista. Estoy tan acelerada que me tiemblan las manos.

—¿Hoy no trabajas? —Mi voz rompe el silencio cuando por fin entramos en la sala de estar.

—El estudio estará cerrado todo el fin de semana. Hemos tenido problemas con las cañerías.

A juzgar por su tono, la idea no le entusiasma. Lo observo recoger la mesa, que está llena de lápices y cuadernos.

—Al menos tendrás más tiempo libre.

—La verdad es que prefiero mantener la cabeza ocupada. —Una vez que todo está ordenado, se gira hacia mí—. ¿Quieres algo de beber? ¿Cerveza?

Hago una mueca. Dios santo, con lo temprano que es.

—No termino de entender vuestra obsesión por tomar cerveza para desayunar.

—Si Kenny te oyera decir eso, te desterraría.

Abandona el salón para ir a dejar sus cosas —imagino que a su cuarto— y al volver se mete directamente en la cocina. No sé si espera que lo siga o que me siente aquí a esperar a su abuela. Decido entrar con él. Me lo encuentro de espaldas a la puerta.

—Voy a hacer café —dice al oírme llegar—. Por si te apetece.

—Estás siendo bastante más amable que de costumbre.

Me apoyo sobre la isla de la cocina mientras lo miro. Siempre lleva su gorro puesto, pero hay algo atractivo en verlo sin él, con el pelo revuelto. Intento no pensarlo mucho.

—Solo intento ser un buen anfitrión.

—Me sorprende que no me hayas dejado en la puerta.

—Tienes una impresión terrible de mí, ¿eh?

—Dime, ¿a qué viene tu repentino buen humor? ¿Has empujado a alguien por la escalera? ¿Le has robado los caramelos a algún niño en el supermercado?

—Es algo mejor.

—¿Mejor?

—Me he enganchado a una novela.

Me da un vuelco el corazón.

Consciente de cómo iban a afectarme sus palabras, se gira

justo en ese momento. Se apoya contra la encimera opuesta y cruza los brazos. Mirándome. Me cuesta mantener la vista lejos de sus tatuajes cuando sus músculos entran en tensión. Tengo el pulso acelerado. Esto no me da buena espina.

Por detrás de él, la cafetera hace ruido porque ya se ha puesto a funcionar.

Aprovecha que estamos cara a cara para darme un repaso. Su mirada recorre mi vestido y baja hasta mis piernas envueltas en las medias, y después vuelve a subir.

—¿Cuánto dices que tardará Mandy en llegar? —Desvío la conversación tratando de ocultar mi nerviosismo.

—¿Tienes prisa?

—He hecho planes para después.

—¿Planes con quién?

—Sabes con quién.

—¿Lo sé?

—Estabas delante cuando lo hablamos.

Se encoge de hombros, impasible.

—Tengo una habilidad especial para desconectar de las conversaciones que no me interesan.

Ya, claro. Sus ojos permanecen sobre los míos. Parece que me esté animando a desafiarle.

—En ese caso, el lunes, cuando le cuente a Sasha lo bien que me ha ido con Ryan, podrás desconectar también.

Mencionarlo ha sido jugar sucio, pero ¿qué más da? Mi único propósito era sacarle de sus casillas. Consigo el efecto contrario. Una sonrisa burlona tira de sus labios. Al parecer, verme sacar carácter le hace bastante gracia.

—No pareces muy entusiasmada —comenta.

—¿Con la cita?

—¿No era una reunión de amigos?

—¿Y tú no decías que no estabas prestando atención?

No sé a qué estamos jugando. Sea lo que sea, me mantiene enganchada y expectante, y en el fondo deseo que Mandy tarde en volver porque quiero averiguar adónde podría llevarnos esto. Logan se impulsa con las manos contra la encimera y viene hacia mí. Me saltan las alarmas, pero no muevo ni un músculo. Ni siquiera cuando, reduciendo la distancia entre nosotros, apoya las manos a ambos lados de mi cuerpo y me acorrala contra la isla de la cocina.

Le sostengo la mirada mientras ignoro lo fuerte que me late el corazón. Existe una parte de mí, más tímida y vulnerable, que saldría corriendo en este preciso instante. Es curioso que siempre que estoy con Logan salga a relucir justo la opuesta; esa que de ninguna manera piensa dejarse intimidar.

—¿Qué crees que estás haciendo? —susurro con tono de advertencia.

—¿Utilizarás lo de esta noche como inspiración para tus libros? —Su mirada baja momentáneamente a mis labios antes de volver a posarse en la mía.

Vacilo. Eso no me lo esperaba.

—¿Es lo que crees? ¿Que está todo basado en hechos reales?

—No voy a negarte que tengo bastante curiosidad.

—Incluso aunque fuera real, no te lo diría.

—Así que está todo en tu cabeza —concluye. Eso parece despertar aún más su interés. Me aclaro la garganta con inquietud y, al notarlo, él recupera la sonrisa—. Y ahora estás nerviosa.

—No es por ti.

—¿Ah, no?

—No. —Trago saliva. La voz de mi cabeza no deja de repetirme palabras hirientes—. ¿Estás intentando avergonzarme o algo así? —le suelto de sopetón.

El ambiente cambia con brusquedad. Frunce el ceño con confusión y se aleja un poco, cauteloso.

—¿Por qué iba a intentar avergonzarte?

—Por lo que leíste la otra noche.

—¿Crees que es un motivo de vergüenza?

¿Lo es? Nunca me ha acomplejado que me lean miles de personas en internet. Disfruto escribiendo y compartiéndolo con el mundo; siempre que sea desde la seguridad que me proporciona la pantalla de mi ordenador, claro. Es una barrera frente a las críticas y los malos comentarios. No importa lo que piense la gente ahí fuera. No están aquí.

—No estoy acostumbrada a que me lea gente de mi entorno —confieso—. Hasta hace poco, nadie sabía que escribía. Después se lo conté a Linda y..., bueno, ahora lo sabes tú también.

Evito mencionar a Mandy porque, conociéndolos, se pondrían a conspirar en mi contra.

—Bueno, eso no me lo esperaba —reconoce ladeando la cabeza—. Daba por hecho que era mucho más... público.

—¿Por qué? —Ahora soy yo la que está sorprendida.

—Porque se te da muy bien. Me gustó lo que leí. No solo porque esté bien redactado, que lo está, sino también porque consigues que el lector... se sumerja en la historia, no sé. No estaba intentando avergonzarte. En realidad, iba a decirte que estoy bastante impresionado.

Intento con todas mis fuerzas silenciar mi corazón, que me da volteretas dentro del pecho.

—Te lo mandé por equivocación —admito en vez de darle las gracias.

—Me alegro de que lo hicieras.

—¿En serio?

—Fui un capullo contigo el otro día en el estudio. Me merecía que me cerraras la boca. Y lo has hecho.

—Tampoco es que haya sido la primera vez.

Mi respuesta le arranca una sonrisa. Sigue inclinado sobre mí, con las manos a mis costados, sobre la encimera. No es la primera vez que estamos tan cerca, pero ahora hay más luz y veo con detalle cada imperfección de su rostro. Tiene las mejillas llenas de marcas, consecuencia del acné de la adolescencia, y un lunar justo debajo de la oreja. Bajo la mirada hasta su cuello, donde se entrevén los tatuajes que le sobresalen por la camiseta. Sé que lleva una rosa tatuada en el lateral izquierdo, pero es difícil verla en esta posición.

Cuando le miro de nuevo a los ojos, descubro que los suyos están fijos en mi boca. Trago saliva y descienden un poco más, siguiendo el movimiento de mi garganta. La tensión crece, crece y crece hasta que siento que me asfixia.

—No se lo digas a nadie —le suplico. Ya me cuesta asimilar que todo el campus me haya visto desnuda. Preferiría no tener que enfrentarme a esto también.

—Si es lo que quieres, mantendré la boca cerrada. —Pasan unos largos segundos hasta que decide volver a hablar—. Pero me debes una pregunta del otro día.

Se refiere a cuando estuvimos juntos en el estudio, interrogándonos el uno al otro. No puedo evitar sentir una punzada de desconfianza.

—Adelante —contesto de todas maneras.

Se humedece los labios.

—¿En qué te inspiras?

—¿Para escribir?

—Si no es todo real, entonces... ¿te lo imaginas?

—Sí —respondo. Luego pienso en lo raro que suena eso y me apresuro a añadir—: Bueno, así funciona la ficción.

—Entonces son fantasías.

—No exactamente.

Se acerca un poco más, de manera que su aliento comienza a entremezclarse con el mío.

—Explícate —susurra.

—Escribo lo que necesita la trama —le explico, aunque me resulta difícil concentrarme en estas circunstancias—. Me rijo por eso, nada más. Da igual que implique narrar un asesinato o... una mamada, por ejemplo.

—No había ninguna mamada en lo que me mandaste, te lo puedo asegurar.

Seguro que me estoy poniendo roja.

—Sabes a lo que me refiero. —Yo también bajo la voz.

—Así que no eres como tus protagonistas.

—No, claro que no.

—Es una lástima —admite—. Tenía la esperanza de haberte descifrado.

—Parece que tendrás que esforzarte un poco más.

Sus ojos centellean, burlones, ante mi desafío. Sin previo aviso, alarga la mano para apartarme el pelo de la cara. Creo que dejo de respirar. Logan arrastra los dedos por mi mejilla, y su toque rasposo me manda escalofríos por todas partes. No sé qué pretende, pero, sea lo que sea, no está bien. Mi lado racional insiste en que debería apartarme ahora mismo.

O decirle a él que se aparte.

No hago ninguna de las dos cosas.

Mirándome a los ojos, pregunta:

—¿Cómo narrarías esto en una de tus historias?

—No sé a qué te refieres. —Se me ha desbocado el corazón.

Logan se acerca más.

—¿Desde el punto de él o el de ella?

—El de él —contesto automáticamente.

Una sonrisa tira de la comisura de su boca.

—¿En primera o en tercera persona?

—Si no fuera en primera, se perdería toda la magia.

Continúa aproximándose. Me falta el aire.

—¿Por dónde empezarías?

—Por el ambiente. —Me sorprende que me siga funcionando la voz—. Explicaría dónde están y por qué. Quiénes son.

—¿Y después?

—Diría dónde están sus manos.

—¿Las de ella?

—No. —«Las tuyas»—. Las de él.

Siento su aliento cálido entre los labios. Sin despegar sus ojos de los míos, me recorre la curva de la mandíbula con los dedos. Después baja hasta mi cuello y su pulgar presiona con ligereza el centro de mi garganta. Seguro que puede notar lo descontrolado que tengo el pulso.

—¿Qué iría ahora? —murmura, y, a juzgar por el tono ronco de su voz, no soy la única a la que esto le está afectando.

—Las miradas. —Noto la boca seca—. Se puede decir mucho sin necesidad de hablar.

Sus ojos regresan a los míos.

—Solo hay que saber descifrarlas —añado bajando la voz.

«La tuya dice que estás a punto de besarme.»

Me duelen las manos de apretar la encimera por detrás de mí. Quiero tocarlo a él, descubrir sus tatuajes, sentir la textura de su piel, el roce de su pelo contra mis dedos. Ojalá fuera lo bastante valiente. No puedo pensar en nada; solo en su boca a centímetros de la mía, en el calor de sus manos, que me buscan el pulso, en el deseo que veo en sus oscuros ojos. Quiero que se acerque más. Y más y más y más.

—La noche de la fiesta... —comienza a decir.

—Ajá. —Observo el movimiento de sus labios.

—¿Por qué me devolviste el beso?

—Quería demostrarles que no podían conmigo. —Suelto la mentira de manera automática.

Logan termina de acercarse.

—¿Y ahora? —insiste—. ¿Qué intentas demostrar?

«Bésame.»

«Bésame.»

«Bésame.»

Durante un instante estoy convencida de que, si no lo hace él, terminaré haciéndolo yo.

Y justo entonces oímos la puerta de la entrada.

—¿Logan? ¿Leah? —Mandy nos llama desde el pasillo.

La realidad me cae encima como un balde de agua fría.

Doy un respingo. Alterada, llevo mis ojos hasta los suyos. Espero que Logan se aparte a toda prisa y vuelva a adoptar esa actitud fría que tanto lo caracteriza. En su lugar, vuelve a apartarme el pelo mientras yo lo miro con la respiración entrecortada.

Su sonrisa me roza la piel cuando se inclina para susurrarme:

—Suerte con tu cita esta noche.

No intercambiamos ni una palabra más. Quita la cafetera del fuego y sale de la cocina.

11

MANUAL PARA LA CITA PERFECTA

Leah

—¿Cuál te gusta más?

—Por décima vez, Leah: el rosa. Prefiero el rosa.

Me echo el vestido por encima y me muerdo el labio con indecisión. Linda está sentada en el escritorio de mi cuarto. Ha mezclado su maquillaje con el mío y está revolviendo las barras de labios en busca de la adecuada. Resulta que no soy la única que tiene una cita hoy. No conozco a ese tal Marcus, pero las cosas deben de irle bien con Linda, ya que no ha tardado ni dos días en invitarla a cenar.

—Creo que voy a quedarme con el azul —reflexiono en voz alta. Cojo el otro vestido para imaginármelo puesto también.

—En realidad, son bastante parecidos. Muy en tu línea —opina ella. Suspira al notarme tan inquieta—. Relájate, ¿vale? Es solo una cita. Saldrá bien.

—No estoy acostumbrada a hacer estas cosas.

—Tú solo... intenta no hablar mucho. Deja que dirija él la conversación. Liam tiene pinta de ser uno de esos chicos que adoran oírse hablar a sí mismos.

—Se llama Ryan —la corrijo.

—Como sea.

Coge el espejo de mano para pintarse los labios. Dudo que no recuerde el nombre de Ryan, dado que intentó tontear con él en la fiesta. Al menos no se enfadó cuando le conté que íbamos a salir. Es una suerte que ella tenga planes con Marcus. Me hace sentir menos culpable.

Pongo los dos vestidos sobre la cama. Ahora que lo pienso,

Linda tiene razón. Son parecidos; sencillos y recatados. No hay nada de especial en ellos, al igual que ocurre con la mayoría de mi ropa. No recuerdo por qué me los compré. Supongo que están dentro de mi zona de confort. Estoy acostumbrada a vestir siempre de la misma manera.

—Leah. —Linda suaviza el tono, se me acerca por detrás y me pone las manos sobre los hombros. Lleva las uñas largas y pintadas de blanco—. Irás bien con cualquiera de los dos, créeme. Escoge el que te guste más. Son muy tú.

—Ese es el problema —mascullo para mí misma.

—¿Es un problema que sean de tu estilo? —rebate con las cejas arqueadas—. No hay nada de malo en ser como eres. Y no deberías intentar cambiar solo para conseguir aprobación masculina. No merece la pena.

Por alguna razón, eso me sienta como una patada en el estómago.

—No intento... —Ella no me deja terminar.

—Tengo que irme. Marcus ya debe de estar fuera. —Me hace girar sobre mis talones, aún con las manos sobre mis hombros—. Saldrá bien, ¿vale? Tú solo confía en ti misma. Te llamaré para contarte cómo me ha ido en la cita.

Me da un abrazo corto, coge su bolso y abandona la habitación. No tardo en oír el portazo que da al salir. Imagino que también espera que yo la mantenga al tanto de cómo me va con Ryan.

Me siento en la cama y hundo la cara entre las manos. Dios santo. Cuanto más lo pienso, menos me apetece salir. Necesito consejo. Cojo el móvil y, dado que Linda no está disponible, llamo a Sasha.

Contesta al tercer tono.

—¿Estás ocupada? —Es lo primero que pregunto. No quiero ser una molestia.

—Nunca para ti —responde ella, tan amable como siempre—. ¿Qué ocurre? ¿No deberías estar ya con Ryan?

—Vendrá a recogerme dentro de un rato. —Me levanto y vuelvo a morderme el labio al mirar los vestidos—. ¿Puedo hacerte una pregunta?

—Claro. Dispara.

—¿Cómo lo consigues?

—¿El qué? —insiste con suavidad.

—Ser tan libre. Tan... tan tú. Me pareces una persona tan... auténtica. Haces lo que quieres cuando quieres sin que te importe la opinión de los demás. En cambio, yo...

—Tú no eres así.

—Yo no soy capaz.

Se me ha formado un nudo en la garganta. Me duele que Sasha también se haya dado cuenta. Hace que sea aún más real.

—Vale. Tenemos una conversación pendiente. Bastante larga, además. Pero será en otro momento, cuando no estés a punto de salir con un chico —deja claro—. De momento, explícame por qué estás así. ¿Es por Ryan?

—Llevo un rato intentando elegir entre dos vestidos y creo que no quiero llevar ninguno. —Ahora que me paro a pensarlo, parece un problema tan tonto que me entran ganas de reír.

—¿Qué quieres ponerte, entonces?

—Un top negro que me compré hace un par de meses. No lo he estrenado todavía. Es corto y tiene mucho escote y...

—Vale —me interrumpe—. Pues póntelo.

—No es tan fácil.

—Claro que lo es.

—No es lo que suelo llevar —replico. Muevo la cabeza al recordar las palabras de Linda. Esto no tiene ningún sentido—. ¿Sabes qué? Déjalo. Es una tontería. No debería intentar ser otra persona.

—No creo que estés intentando ser otra persona, Leah. No tienes que encerrarte dentro de unos parámetros. Puedes tener muchas facetas. A todos pueden gustarnos varias cosas a la vez, aunque sean muy dispares. Las contradicciones son bonitas. Forman parte de quienes somos. —Hay un instante de silencio—. A veces me da la sensación de que intentas pasar desapercibida. Deja de tenerle tanto miedo a destacar. Mereces que la gente te vea.

Sus palabras me hacen tragar saliva. Es verdad que llevo toda la vida esforzándome por ser invisible. Estoy tan acostumbrada a hacerlo que ya es lo que me resulta fácil. No hay nadie ahí fuera poniéndome obstáculos. La única que me impide hacer lo que quiero soy yo misma. Y quizá haya llegado el momento de empezar a salir de esa zona de confort.

A estas alturas, ¿qué tengo que perder?

—Eres la mejor —le digo a Sasha.

Me imagino que ella también sonríe.

—Quiero detalles, ¿entendido? Llámame después para contarme cómo ha ido con Ryan. Y avísame si necesitas que te rescate. He quedado con los chicos para cenar en el Brandom. Es nuestra hamburguesería favorita.

—¡Leah! —grita la voz de Kenny desde lejos—. ¿Puedes decirme qué hora es?

Se me escapa una sonrisa.

—Son las nueve y treinta y tres.

—Pues te la meto del revés.

En su defensa diré que me hace gracia. Se oye la risa de Kenny y la de una chica que no reconozco. Sasha resopla.

—A veces me pregunto por qué salgo con él.

—Tiene su encanto —aporto a favor de Kenny.

—No se lo digas. Se le subiría a la cabeza. —No deja de oírse ruido; parecen estar rodeados de gente—. No te entretengo más. Ponte ese dichoso top, ¿vale? Y pásatelo bien.

—Gracias, Sash.

—No las des. Para eso estamos.

La línea se queda en silencio.

No me permito pensarlo más. Me levanto y abro el armario para cambiarme. Me enfundo unos vaqueros y el top, que me deja parte del vientre al descubierto. Decido combinarlo con unas botas negras con tacón ancho. Me dejo el pelo suelto y me maquillo como de costumbre. Cuando voy al baño para mirarme al espejo, me veo como una persona completamente diferente.

Y, sin embargo, me siento más yo que nunca.

Decido ponerme mi collar favorito. Cuando mis dedos me rozan el cuello, soy incapaz de no pensar en las manos de Logan esta mañana, haciendo lo mismo. En su aliento entre mis labios. Se me seca la boca. Me aparto del espejo y procuro pensar en otra cosa.

Veinte minutos más tarde, salgo del edificio para encontrarme con Ryan.

—¿Qué tal? —me saluda una vez que me monto en su coche; ese deportivo blanco con el que se ofreció a llevarme a casa el día de la fiesta.

—Hola —contesto con timidez.

Me pongo el cinturón sin atreverme a mirarle a los ojos.

No obstante, no puedo evitarlo durante demasiado tiempo. Al volverme hacia el frente, me doy de lleno con su mirada. Ryan tiene los ojos azules, lo que contrasta con el tono dorado de su piel. Se ha puesto una camisa azul oscuro que resalta sus músculos de deportista. Es atractivo, cualquiera podría darse cuenta, y yo siento nervios en el estómago, pero no estoy segura de que sean mariposas.

—Estás guapa —dice. Me obligo a sonreír.

—Gracias. Tú también.

Pone el motor en marcha y conduce hasta que salimos de la calle.

—¿Preparada para la mejor cita de tu vida? —bromea.

—¿Has decidido ya adónde vas a llevarme?

—En realidad, tengo dos planes diferentes. Todo depende del tipo de chica que seas. —Deja de prestarle atención a la carretera un momento para mirarme—. Del uno al diez, ¿cuánto te espantarías si te llevo a un restaurante de comida rápida?

—No lo sé. ¿Dos? Ocho si la comida está mala.

Suelta una risotada y sospecho que mi respuesta ha sido de su agrado.

—Sabía que dirías eso —reconoce.

—¿Ah, sí?

—Estaba seguro de que no eras como las demás. Me alegro de no haberme equivocado.

Me sonríe, y yo trato de hacer lo mismo aunque no sé si me ha gustado el comentario. Después alarga la mano para poner música. Tengo la esperanza de que sea una canción de rock que yo conozca, que tengamos eso en común y pueda sacar tema de conversación.

Pero no. Es un disco de rap.

—Es mi álbum favorito —me cuenta inclinando la cabeza hacia mí—. Fíjate más en el ritmo que en la letra. Es alucinante, ¿verdad?

—Ajá. —Y me fuerzo a sonreír otra vez.

A este paso, acabaré con dolor en las mejillas.

Ryan conduce en silencio mientras tamborilea con los dedos

sobre el volante. La letra habla sobre sexo, drogas y alcohol. No desprecio ningún género musical; creo que todos tienen su encanto, pero esta canción en concreto me parece horrible. Cuando termina y creo que por fin me he librado de la tortura, empieza una peor.

¿Cómo diablos puede ser fan de... esto?

Me reprendo a mí misma. Estoy siendo demasiado dura con él. Para distraerme, lo observo con disimulo. Ryan mantiene una buena postura, relajada y cargada de confianza, lo que me hace sospechar que lleva siendo igual de atractivo desde pequeño. Solo las personas que han sido guapas toda su vida actúan de esa manera. Logan, por ejemplo, también proyecta confianza en sí mismo, pero me da la sensación de que está siempre alerta, listo para enfrentarse a cualquier situación desagradable independientemente de cuándo surja.

Las comparaciones son odiosas.

Debería sacármelo de la cabeza.

—Bienvenida a la mejor hamburguesería de la ciudad —anuncia Ryan cuando estacionamos frente al establecimiento—. Ya que eres nueva por aquí, mi misión es enseñarte lo mejor de Portland.

Baja del coche y, antes de que yo pueda hacer lo mismo, rodea el vehículo para abrirme la puerta. Bueno, vale. Miro el local al salir. El nombre brilla en un letrero con luces neones. Me resulta conocido, solo que no recuerdo por qué. Tampoco creo que importe.

Es sábado y estamos cerca del campus, de modo que esto está a rebosar de estudiantes.

—Podemos sentarnos fuera, si quieres —dice Ryan—. No hace tanto frío. Y estaremos más tranquilos. Cena bajo las estrellas y eso.

En realidad no se ve ninguna por culpa de la contaminación lumínica, pero tendré que valorar el esfuerzo.

—¿Coges mesa mientras voy a pedir? —sugiere.

—Claro.

—¿Qué te apetece tomar?

—Me fío de tu criterio.

—Genial.

—Sí, genial.

Esto es incómodo.

Me dirijo a las mesas de fuera una vez que se marcha. Es un sitio bonito. Estamos cerca del río Willamette, rodeados de árboles. No está nada mal para una primera cita, ¿verdad? Ojalá tuviera más experiencia con estas cosas. Cuando estaba con Hayes, solíamos ir a lugares más... elegantes, pero ya llevábamos varios meses juntos. La primera vez que salimos fuimos al cine y terminamos enrollándonos en su coche.

No sé por qué la idea de hacer lo mismo con Ryan me parece tan poco... atractiva.

Me establezco en una de las mesas cercanas a la puerta, dado que, aunque estemos bajo la protección del techadillo del local, fuera sí que hace frío y no hay mucha gente. Junto las manos por encima de la mesa y pierdo la vista en el río. Empiezo a preguntarme si venir ha sido una buena idea.

Mi móvil tintinea con la llegada de un mensaje.

SASHA
Te veo.;)

Miro alrededor con el ceño fruncido. No tardo en localizarla dentro del local, en una mesa junto a la ventana. Me saluda con la mano. Por detrás de ella veo a Kenny y, justo enfrente, a Logan. Con una chica.

No sé qué me provoca más impresión; encontrármelos aquí o que Logan no haya venido solo.

La chica es guapa. Tiene un estilo parecido al de Sasha. Lleva el pelo oscuro corto a la altura de las orejas, una camiseta grande y ancha con un logo impreso en el pecho y los labios pintados de rojo. Está riéndose con uno de los comentarios de Kenny. Entonces se gira y le dice algo a Logan. Ha alzado las cejas, como retándolo. Cuando él contesta, ella sonríe todavía más.

Sasha es la única pendiente del móvil.

SASHA
¿Dónde se ha metido Ryan?

LEAH
Ha ido a pedir.

SASHA
¿Primeras impresiones?

LEAH
Es majo. Me ha llamado guapa.

SASHA
Seguro que decirte que estás buenísima
con ese top le parecía demasiado para
una primera cita.

No puedo evitarlo; una sonrisa tira de la comisura de mi boca. Recibo otro mensaje.

SASHA
Si quieres, acércate a saludar antes de
irte. Puedo presentarte a Amber.

Así es como se llama. Amber.

Voy a contestar, pero veo a Ryan volver y guardo el móvil para no ser maleducada. Deja dos vasos de refresco sobre la mesa y se sienta frente a mí, de espaldas al establecimiento. Por detrás de él, Sasha parece haber avisado a los demás de que estoy aquí. Cuando Logan mira en mi dirección, siento un tirón en el estómago y me obligo a concentrarme en los ojos azules de Ryan.

—Podremos recoger la comida dentro de unos diez minutos —me explica—. No sabía qué querías beber, así que te he pedido un refresco. ¿Te parece bien?

—Sí —me apresuro a contestar—. Está bien. Gracias.

Cojo el vaso y bebo de la pajita. Por más que lo intento, me resulta muy difícil mantener la mirada lejos de Logan y los demás. Sasha ha vuelto a sumergirse en la conversación y ahora se ríe junto a Kenny y la chica, Amber. Logan no vuelve a mirarme.

—¿Estás bien? —La voz de Ryan me sobresalta.

Me vuelvo hacia él enseguida.

—Sí, lo siento, no...

—Estoy intentando descifrarte —admite, reclinándose en la silla—. Llevo preguntándome de qué vas desde que te montaste en el coche.

Me quedo bloqueada al principio. Después pienso que quizá es su manera de flirtear.

—¿En qué sentido? —Decido ponérselo fácil.

—Por ejemplo, he notado que no me miras a los ojos. Empiezo a pensar que te pongo nerviosa.

Eso me deja sin palabras.

Y no en el buen sentido.

Ryan sonríe aún más. Está sosteniéndome la mirada aposta, como si quisiera demostrarme que, en efecto, no soy capaz de mantener el contacto visual.

Al final, sí que soy la primera en desviar la mirada. Sin embargo, es solo porque noto movimiento detrás de él y pienso que puede tratarse de Logan. Me equivoco.

—En realidad soy un tío bastante normal —prosigue Ryan con aire egocéntrico—. Puedes estar tranquila.

Bueno, está bien saberlo.

—No estoy acostumbrada a salir con chicos —decido ser sincera con él para ponerlo sobre aviso.

—Lo he notado.

Mis cejas se disparan.

—¿Disculpa?

—No se te da bien sacar tema de conversación. No te lo tomes a mal —añade al ver mi cara de incredulidad—. A veces soy demasiado directo. No lo decía con mala intención. En realidad, me da igual que no hables mucho.

Pestañeo. No me parece precisamente un cumplido.

—Vale —contesto extrañada.

—Veo potencial en ti. Creo que solo necesitas ser más abierta con los demás, ¿sabes?

—Ryan —intento hablar, pero no me deja.

—Quiero decir, no me dejaste llevarte a casa el sábado y eso que fui bastante amable contigo. Si me permites un consejo, deberías...

—Ryan —reitero, con más firmeza esta vez, y por fin consigo que se calle—. No me conoces.

—Pero quiero hacerlo —replica él. Suaviza la voz—. Necesitas que alguien sea sincero contigo. No quiero hacerte sentir mal, solo...

—Creo que voy a ir a por la comida —lo interrumpo—. Tú quédate guardando la mesa.

Cojo el ticket junto a su refresco, me levanto y me dirijo al local. Estoy tan molesta que tengo que contenerme para no abrir la puerta de un empujón. Intento relajarme mientras espero en la fila. Por más que Ryan Rossmert no diga nada «con mala intención», sus palabras me han dolido. No puedo evitar plantearme si tendrá razón. ¿De verdad se me da tan mal hablar con los demás? ¿Es tan evidente que no... socializo mucho?

¿Lo habrán notado Sasha y Kenny también?

¿Lo pensarán en secreto?

Me pregunto qué opinará Ryan de mi ropa. Conociéndolo, no me extrañaría que le diera por soltarme un comentario al respecto.

«Leah, relájate.»

Estoy alterada. Y conozco la razón. ¿Cómo voy a concentrarme en Ryan después de lo que ha pasado con Logan esta mañana? Sobre todo cuando él está aquí con otra chica. Le dije a Linda que no había nada entre nosotros y ya no creo que deba sentirme culpable; no soy una mentirosa. Si Logan tuviera un mínimo de interés en mí, no estaría aquí con ella. Pero, si le doy igual, ¿a qué diablos vino lo de la cocina? ¿Estaba jugando conmigo? Lo hizo... ¿para qué? ¿Para entretenerse?

Ryan es simpático y atractivo y es evidente que le gusto, y no debería desperdiciar más de un segundo pensando en Logan. De hecho, no debería pensar en Logan en absoluto.

Cuando por fin llega mi turno, le pido al encargado que meta nuestra comida en una bolsa para llevar. Es una suerte que Logan y los demás no me vean desde aquí. No me apetece hablar con él ahora mismo. Salgo del local y encuentro a Ryan en nuestra mesa.

Se levanta de un salto al verme.

—Oye, sobre lo de antes...

—Está olvidado. —No lo dejo terminar. Solo quiero que nos larguemos lo antes posible.

—No —replica él. Me agarra del brazo en el que no llevo la

bolsa para que no avance. Sus ojos azules chocan contra los míos—. Mira, tienes razón. No te conozco y no debería haber dicho todas esas cosas. Lo siento mucho. La verdad es que yo también estoy un poco nervioso.

Bajo la mirada hasta sus dedos. Estamos cerca, lo suficiente como para que ansíe sentir algo parecido a lo de esta mañana: calor, mariposas, revoltijos en el estómago, lo que sea. No hay nada. Solo pienso que tiene las manos frías.

—Está bien —contesto—. No pasa nada.

—¿De verdad? —Me mira con inseguridad.

—De verdad. —Entonces, se fija en la bolsa—. He pensado que a lo mejor podríamos llevarnos la comida al río y cenar allí —le explico.

«Tan lejos de Logan como podamos.»

Aunque parece confundido de primeras, al final recupera la sonrisa.

—Me parece bien. Y perdona de antemano por si los nervios me vuelven a traicionar.

—Mientras seas capaz de mirarme a los ojos, creo que podré soportarlo.

Pretendía acabar con la tensión del ambiente y lo consigo. Ryan suelta una risotada. Me quita la bolsa de las manos.

—Deja que la lleve yo. Soy un caballero.

Eso me hace pensar en Logan y en cada vez que me ha dicho que él no lo es.

«Fuera de mi cabeza.»

Ryan y yo cruzamos el césped para llegar junto al río Willamette, que divide Portland en dos. El paseo está lleno de árboles que han perdido sus hojas debido al otoño. Son cerezos. Recuerdo haber leído en alguna parte que se llenan de flores en marzo. Nos sentamos en un banco de hormigón, a solas bajo la luz de la luna y las farolas.

Ryan se encarga de sacar la comida. Acabo de darme cuenta de que no sé lo que me ha pedido, aunque la verdad es que no tengo mucho apetito. Me ofrece una hamburguesa envuelta en papel y unas patatas. Yo le tiendo su bebida.

—¿Qué te gusta hacer? —Rompo el silencio.

—¿Te refieres a en mi tiempo libre?

—Además del fútbol, ¿qué te interesa?

Me como una patata frita mientras observo a Ryan, que traga y se limpia la boca con una servilleta.

—No lo sé. No tengo mucho tiempo libre. Me gusta viajar, como a todo el mundo, supongo. Pedí una beca para irme a estudiar fuera el próximo semestre, pero la rechazaré si me nombran capitán. —Abre su hamburguesa y le da un mordisco—. ¿Y a ti?

—Me gusta leer. Y también escribir.

No vacilo al decirlo, pese a que hoy por hoy sigue siendo un secreto. Después de lo de esta mañana, lo veo con otra perspectiva. No tiene nada de malo que me apasione escribir. Y tampoco es que Ryan vaya a leer alguno de mis libros ni nada de eso.

—¿Y escribes...? —Deja la frase en el aire.

—Novelas —termino por él—. De amor.

—¿Y te va bien? ¿Ganas dinero y eso?

—No. Bueno, todavía no.

—Entonces es solo un hobby.

Asiento, un tanto incómoda.

—Podría decirse, sí.

—¿No has pensado en probar nuevos géneros?

—¿Qué hay de malo en el romance?

—Nada —contesta mientras mastica la hamburguesa—. Solo..., bueno, quizá te vendría bien ampliar horizontes. Para escribir una obra maestra, uno tiene que arriesgarse. —Da otro mordisco—. Es importante tener la mente abierta, sobre todo siendo una novata.

—¿Una novata? —replico enseguida.

Ryan frunce el ceño.

—¿No has dicho que no ganas dinero?

—Sí, pero...

—Como decía, al ser una principiante, creo que deberías...

—No soy una principiante —lo interrumpo harta de la conversación—. Llevo escribiendo toda la vida. Y sé del tema bastante más que tú.

—Tampoco hace falta ponerse así —se queja por lo bajo, desviando la vista.

Voy a replicar, pero cambio de idea en el último momento. Esto es culpa de Logan. Otra vez. No puedo dejar de compararlos. La reacción que tuvo esta mañana cuando hablamos de mis escritos fue tan... distinta de esta. Creo que estaba buscando lo mismo en Ryan. Por eso se lo he contado. Y lo que he obtenido en su lugar ha sido una respuesta cargada de paternalismo.

¿Por qué diablos sigo aquí?

La conversación continúa mientras cenamos, solo que ya no participo de manera activa; solo ofrezco respuestas cortas de vez en cuando. No tardo en descubrir que, como dijo Linda, a Ryan Rossmert le encanta escucharse a sí mismo. Me como las patatas y la mitad de mi hamburguesa, y luego él insiste en ser quien lo tire todo a la papelera. Lo sigo para no quedarme sola en el banco.

—¿Qué te apetece hacer ahora? Podemos dar un paseo o volver al coche y conducir hasta...

—Creo que voy a irme a casa.

Mi respuesta lo deja descolocado.

—¿Tan pronto?

—No me ha sentado bien la comida —miento.

—Bueno, vale. Te llevo, entonces.

—No hace falta —rebato a toda prisa—. Mis amigos están en la hamburguesería. Pueden llevarme ellos. Vivimos cerca. Así te ahorras el viaje.

Arruga la frente, consternado ante mis evasivas.

—No me supone ningún esfuerzo, ¿sabes?

—Lo sé. Pero no es necesario —reitero.

Por suerte, no tarda en darse por vencido. Hunde las manos en los bolsillos con aires de derrota. Me molesta mirarlo y tener que preguntarme por qué diablos no me gusta. Me gustaría culpar a Logan, pero creo que Ryan también es un poco idiota.

—Supongo que sigues pensando que podría secuestrarte —bromea para suavizar el ambiente.

—Creo que me defendería bien.

—¿Piensas que podrías conmigo?

—Con facilidad.

—Me muero por comprobarlo.

Mierda, ¿es una indirecta?

Creo que Ryan esperaba que me acercara.

Lo que hago en su lugar es girar sobre mis talones.

—Bueno, adiós.

Vuelvo tan rápido al restaurante que me sorprende no tropezarme por el camino.

Es más, no asimilo que lo he dejado ahí plantado hasta que llego y me percato de que no me ha seguido. Me paso las manos por la cara y, cuando logro recuperar el aliento, me entra la risa tonta. Dios, vale. Un chico se me ha insinuado. Y yo he salido corriendo. Genial. Se me da tan bien ligar como a mis protagonistas.

Ahora no tengo forma de volver a casa.

A no ser que sea con Sasha, Kenny, Logan y su nueva amiga, claro. Al mirar hacia el local descubro que ya se han marchado. Para evitar que Ryan me vea aquí sola, voy a la parte trasera del restaurante, lejos de donde hemos aparcado. Me detengo junto a la carretera y saco el móvil para mandarle un mensaje a Sasha.

LEAH
¿Seguís por aquí?

Ella no contesta. Salgo de la conversación y me siento culpable al ver el chat de Linda. Todavía no le he escrito para preguntarle cómo le está yendo con Marcus. Una buena amiga lo haría, pero, tras la decepción de cita que acabo de tener, la verdad es que no estoy de humor.

No sé si eso me convierte en una egoísta.

Sasha responde antes de que pueda planteármelo.

SASHA
¿Estás bien?
¿Necesitas que te recojamos?
Estamos en mi casa.

Me muerdo el labio. No quiero ser una molestia. Sin embargo, mi única otra opción es volver sola a mi apartamento.

LEAH
Si pudieras venir a por mí, te lo agradecería.

Sasha
Voy.

Suelto el aire que retenía en los pulmones. Menos mal.

Le mando mi ubicación y me apoyo contra la pared del restaurante a esperarla. El silencio es inquietante. No circulan muchos coches por la carretera. Me cruzo de brazos sobre la chaqueta para cubrir la piel que me deja al descubierto el top. Estoy muerta de frío. Y me duelen los pies por culpa de las botas. Ojalá estuviera en casa ya.

La noche ha sido un despropósito.

Cuando Sasha ha dicho que estaban en su casa, ¿se referiría también a Logan y a Amber? Imaginármelos juntos me molesta más de lo que debería. Supongo que Amber encaja con el tipo de chica que debe de gustarle a Logan. Parecía tan... visible, como Sasha, tan segura de sí misma... En cambio, yo he estado casi media hora dudando sobre si ponerme un top solo porque tiene un poco de escote. Da igual cuánto me esfuerce. No soy como ellas. No soy segura ni valiente ni directa ni ninguna de esas cosas.

Si lo fuera, le preguntaría a Logan a qué ha venido lo de antes, en la cocina.

O quizá sería capaz de restarle importancia y actuar como si nada, que es lo que seguro que hará él la próxima vez que nos veamos.

No lo sé. Lo único que tengo claro es que estoy enfadada con él. Con Ryan. Conmigo misma. Con el mundo en general.

Un rato después veo las luces de un coche a lo lejos. Me relajo al pensar que dentro estarán Kenny y Sasha y que puedo limitarme a hablar con ellos e ignorar a Logan. Ya no solo por Amber, sino porque le dije a Linda que no había nada entre nosotros. Ahora que he recuperado nuestra amistad, no pienso arriesgarme a hacer nada que la estropee.

El vehículo se detiene y el conductor baja la ventanilla.

—Parece que la cita no ha ido como esperabas, ¿eh?

Al oír la voz de Logan, me invade una ola de irritación. Lo que me faltaba.

—¿Qué haces tú aquí?

—Sasha me ha dicho que necesitabas transporte.

—Tenía entendido que vendría ella.

—Está en su casa con Kenny. Yo he ido a llevar a Amber a la suya. —Me mira de arriba abajo—. ¿Y bien? ¿Subes o qué?

12

VACÍO

Logan

Leah se monta en el coche, cierra la puerta de un tirón y se pone el cinturón sin pronunciar ni una sola palabra. Tiene el pelo rojo oscuro suelto alrededor de los hombros y los labios pintados del mismo color. Le presto especial atención a la piel que deja al descubierto ese top escotado que lleva debajo de la chaqueta.

—¿Qué? —salta a la defensiva. Me he quedado mirándola demasiado tiempo.

—Nada. —Me vuelvo hacia el frente y nos ponemos en marcha—. ¿Dónde has dejado a Ryan, por cierto? Me extraña que no se haya ofrecido a llevarte a casa.

Se hunde en el asiento de brazos cruzados.

—No es asunto tuyo —gruñe sin mirarme.

—No me digas que ha resultado ser un imbécil.

—¿Todos los hombres sois igual de idiotas?

—No nos metas a todos en el mismo saco. Yo, por ejemplo, me considero bastante peor que los demás.

—En lo que a mí respecta, podéis iros todos a la mierda.

Me cuesta no sonreír. Nunca la había visto tan enfadada.

—Me alegro de que la cita haya ido bien —comento encantado.

—Logan, no estoy de humor para esto —corta la conversación—. Si tienes que dar un rodeo muy largo para llegar a mi casa, déjame cerca y seguiré por mi cuenta. No voy a hacerte perder el tiempo.

Mira por la ventanilla para no establecer contacto visual conmigo. Parece cansada. Decido darle tregua con el tema de Ryan.

—No me importa llevarte a casa —aclaro. No voy a dejarla sola en la calle a estas horas.

Dejamos atrás el río y el restaurante, y nos adentramos en la ciudad. Al parecer, no soy el único que ha pasado una mala noche. Mientras ella estaba con Ryan, yo he tenido que aguantar las insinuaciones constantes de Amber. En cualquier otra ocasión le habría seguido el rollo, pero, después de estar toda la tarde encerrado pensando en el tatuaje de Samuel, no me quedaba ni un ápice de buen humor en el cuerpo. Ni tampoco ganas de tontear con ella. Apenas me he dignado a hablar durante la cena. No creo haber sido la mejor compañía del mundo, ni para Amber ni para mis amigos.

En realidad, me siento mal por ella. Por Amber, quiero decir. Mis amigos saben que a veces necesito mi espacio, pero ella ha venido solo porque yo dije que la invitaran. Cuando hemos ido a casa de Sasha y nos han dejado solos, creo que esperaba que me acercara. He seguido guardando las distancias. Nos hemos quedado allí, sentados cada uno en una punta del sofá, durante casi una hora. Ni siquiera mis intentos de sacar conversación han servido para algo.

La noche más incómoda de mi vida.

Después la he llevado a casa y se ha bajado del coche sin despedirse. Me lo he tomado como una advertencia de que no se me ocurra volver a llamarla. Cuando Sasha me ha escrito un rato más tarde, pensaba que me echaría en cara lo de su amiga, pero solo me ha preguntado si podía pasarme a recoger a Leah. Le he dicho que sí porque la idea de volver a encerrarme en mi habitación ahora mismo me produce escalofríos.

Aparto la vista de la carretera para mirarla. Está frotándose los brazos sobre la chaqueta. Parece tener frío. Subo la calefacción.

—Gracias. —Se aclara la garganta, tensa.

—Ryan metió la pata el año pasado. Consiguió las preguntas de un examen de no sé qué manera y quiso hacer negocios con ellas. Puso carteles por todo el campus diciendo que las vendía. Como es evidente, no tardaron en pillarlo. Los carteles tenían su nombre y su número de teléfono. Me sorprende que no lo expulsaran. —Niego con la cabeza; menudo idiota—. Sea lo que sea lo que haya hecho, no te lo tomes como algo personal. Está claro que no es un chico muy listo.

Leah empieza a reírse. No ha sido una anécdota tan graciosa, así que puede que solo necesitara una forma de soltar los nervios y la tensión acumulados. A continuación, echa la cabeza hacia atrás con un quejido.

—Me ha soltado comentarios paternalistas durante toda la noche —recita con los ojos cerrados—. Me ha llamado escritora novata.

—Seguro que en su cabeza era espectacular.

Se ríe otra vez. Luego se pasa las manos por la cara, llena de frustración. Si tenía la sospecha de que Ryan Rossmert era un poco imbécil, ya no me queda ninguna duda. Si lo que buscaba era impresionar a Leah, dudo que fuera a conseguirlo dándole consejos sobre un tema que ella controla mejor que él. A veces uno tiene que cerrar la boca y dejar de dárselas de sabelotodo.

El móvil de Leah vibra en su bolso. La miro de reojo cuando lo saca y lee el mensaje. Arruga la frente con consternación.

—Linda me ha pedido que no vuelva pronto a casa —me explica—. Al parecer, se ha llevado a Marcus allí.

Fija su mirada sobre mí, a la espera de una reacción por mi parte; que monte una escena de celos, supongo. No lo hago. No tengo ni idea de quién es ese tal Marcus, pero si Linda está saliendo con él, mejor para mí. Así al menos me aseguro de que me deja en paz.

—¿Adónde te llevo, entonces? —pregunto sin más.

—Nada, a casa. Ya pensaré en algo.

—¿Qué vas a hacer? ¿Sentarte allí a mirar mientras ellos se meten mano?

—Siempre puedo esperar fuera.

—En el pasillo. De noche. Tú sola.

—No creo que tarden mucho, ¿no?

—También puedes escribirle a Linda, decirle que la cita con Ryan no ha ido bien y que se vaya con Marcus a otro sitio. —Trato de ser razonable.

—No voy a arruinarle la noche.

—¿Ni aunque eso implique arruinar la tuya?

—Ella haría lo mismo por mí.

Mi expresión se llena de incredulidad. Conozco a Linda lo suficiente para saber que la mayoría de las veces solo piensa en sí misma.

—De todas formas, lo que yo haga no es tu problema. —Y con eso Leah da la conversación por terminada.

Se agazapa de brazos cruzados contra la puerta. Debería llevarla a casa y olvidarme del tema, pero imaginármela sentada allí, sola mientras su amiga se lo monta con un tío, me hace sentir lástima. Si no es capaz de plantarle cara a Linda y decirle que se larguen, lo mejor será que tarde un poco más en llegar.

Suspiro antes de tomar un desvío hacia un área de servicio. Leah se endereza y alterna la mirada entre la ventanilla y yo, confundida. Aparco al lado de la gasolinera. Debido a la hora que es, no hay mucha gente por los alrededores. El silencio nos envuelve cuando apago el motor.

—¿Se puede saber qué haces? —demanda al ver que me quito el cinturón.

—Tenía pensado ir al mirador cuando te dejara en casa. Si voy a llevarte conmigo, voy a necesitar un par de cervezas. —Me inclino hacia ella para abrir la guantera y coger mi cartera.

Leah contiene la respiración hasta que vuelvo a mi asiento.

—¿Hay alguien esperándote allí?

—¿En el mirador? Claro. Tenía pensado montar una orgía con unas amigas. —Abro la cartera para comprobar que llevo dinero suficiente sin prestarle mucha atención.

—Hablo en serio. Pensaba que volverías con Kenny y Sasha.

—Creo que puedes imaginarte lo que estarán haciendo ellos ahora mismo. No es algo que me apetezca ver. —Abro la puerta del coche y la miro con burla al salir—. A lo mejor te sorprende, pero la gente folla fuera de los libros también.

Solo necesito decir eso para que sus mejillas se tornen de color carmín. Lo disimula poniendo los ojos en blanco.

Cierro la puerta y apoyo los brazos sobre la ventanilla abierta para mirarla.

—No hay nadie esperándome en el mirador. Pensaba ir porque no me apetece volver a encerrarme en casa. No eres la única que ha tenido un mal día. —Clavo mis ojos sobre los suyos—.

Puedes venir conmigo o quedarte esperando en la puerta de tu apartamento hasta que Linda te deje entrar. Tú decides.

Me molesta darme cuenta de que espero que diga que sí. Por lo general la soledad no me disgusta, pero hoy no me apetece tener que enfrentarme a mis pensamientos. Si no quiero volver a estresarme pensando en Samuel, necesito una distracción.

—¿Y la cerveza? —pregunta finalmente.

—Podría plantearme compartirla contigo. Después de lo que has aguantado, creo que necesitas una.

Leah no contesta. Me tomo el silencio como una respuesta afirmativa y doy unas palmadas sobre la carrocería antes de dirigirme a la gasolinera.

Leah

Son las doce y media pasadas cuando llegamos al mirador. Echo una ojeada por la ventanilla mientras el coche asciende por el camino de tierra, aunque fuera no se ve más que oscuridad. Logan va en silencio a mi lado. Echo un vistazo a sus manos en torno al volante, a sus brazos en tensión, y enseguida me obligo a apartar la vista. Al menos ha puesto música y la situación no es tan incómoda.

A él le gusta el rock, como a mí.

Aún no tengo claro por qué he accedido a venir. Mi idea era meterme en la cama nada más llegar a casa. Dado que eso no va a ser posible, estar aquí es mejor que nada. Al menos, es mejor que esperar en el pasillo, como ha dicho Logan. Creo que estoy un poco molesta con Linda por haberme trastocado los planes. Trato de no pensarlo mucho para no sentirme egoísta.

Cuando aparcamos y apaga el motor, la música se detiene y nos invade el silencio. No somos los únicos que hemos venido al mirador. Entre la oscuridad distingo la silueta de varios vehículos, bastante apartados unos de otros. Están lejos de nosotros, lo que nos deja a Logan y a mí a solas aquí dentro. Siento un revoltijo de nervios al darme cuenta.

—Si te sigues fijando tanto en los coches, seguro que empiezas a ver cómo se balancean —comenta con tono burlón.

Doy un respingo y aparto la vista rápidamente.

—¿A eso vienes aquí? ¿A espiar a las parejas desde lejos? —contraataco.

—Cada día eres más ingeniosa. —Es sarcasmo, claro. Se estira para coger algo de la parte trasera. Una sudadera. Me la lanza sobre el regazo—. Póntela —me ordena sin mirarme.

—Estoy bien así —replico.

—Hace frío fuera del coche. No seas cabezota.

Aunque me moleste, la desventaja de haber renunciado a mis jerséis es justo esa. Las noches de otoño son frías en Portland. Antes, mientras lo esperaba junto al restaurante, no he dejado de temblar. Me resigno a quitarme la chaqueta. Noto su mirada sobre mí cuando me quedo solo con el top. Me siento muy expuesta, por lo que me apresuro a darle la vuelta a su sudadera, que estaba del revés, y pasármela por la cabeza. Es de color azul, bastante amplia, como las que suele llevar, y huele a su colonia.

—Vamos —me insta al salir del coche.

En efecto, nada más abrir la puerta me doy de bruces contra el aire helado. Logan abre el maletero para sacar el pack de cervezas. Me apresuro a bajarme antes de que se vaya sin mí. Hago puños con las mangas, que me vienen grandes, y me cruzo de brazos para conservar el calor dentro de su sudadera. Seguro que estoy ridícula con ella puesta, pero él no me presta atención.

Echa a andar entre la oscuridad con las cervezas colgando de una mano. Lo sigo intentando no tropezarme.

—¿Es necesario que vayamos a oscuras? —me quejo detrás de él.

—No querrás cortarle el rollo a nadie. —Al oírlo, mis ojos se posan sobre el coche más cercano. Logan reduce el paso para andar a mi lado—. Mente sucia. No mires.

—No soy yo la que viene aquí a menudo.

—Necesito un lugar donde traer a mis conquistas.

La ironía en su voz me deja claro que no lo dice en serio.

—¿Es lo que pensabas hacer con Amber? —trato de parecer desinteresada.

—¿Qué sabes tú de Amber? —Me agarra del brazo para hacerme cambiar de dirección—. Cuidado. No te caigas al subir.

Me ayuda a impulsarme para alcanzar el terraplén que rodea la explanada de asfalto. Pensaba que nos quedaríamos junto a la carretera como hicimos la última vez, pero esta vez quiere que tomemos un camino a través de los árboles.

—Sasha me dijo que quería presentármela —contesto una vez que los dos estamos arriba.

Retoma la marcha y, por suerte, ahora sí enciende la linterna del móvil.

—Ah, bueno, sí. Son amigas. —Aparta una rama del camino—. No he venido con ella aquí, si eso es lo que querías saber.

—¿Te refieres a hoy o en general?

—En general. —Me mira por encima del hombro—. ¿Por qué te importa tanto lo que haya entre nosotros, de todas formas?

—Necesito algo que me distraiga para no pensar en Ryan, ya sabes.

Logan se detiene para analizar mi expresión. Siento que llevo la palabra «mentirosa» escrita en la frente.

Señala mis botas de tacón con la luz.

—Va a costarte subir con eso —dice, y sigue andando.

El trayecto dura unos diez minutos. El camino está cada vez más empinado y pronto noto que me arden las piernas y que los pulmones me piden oxígeno. No me quejo para no darle a Logan esa satisfacción. Me las ingenio para seguirle el ritmo sin tropezarme y, cuando llegamos arriba, entiendo por qué le gusta tanto venir aquí.

El lugar es... impresionante.

Hemos llegado a la cima del monte, donde hay un claro entre los árboles que da a parar al acantilado. A lo lejos se ven las luces anaranjadas de la ciudad, que se reflejan en las aguas del río. La brisa nocturna me mueve el pelo y me hace cosquillas en el cuello. Miro al cielo. Aquí hay menos contaminación lumínica y sí que se ven las estrellas.

—La última vez que vine aquí con alguien —comienza Logan a mis espaldas— me dijo que su parte favorita eran las vistas a la ciudad. Yo siempre he pensado que lo mejor es...

—El silencio —lo interrumpo, sobrecogida, porque es lo primero que he notado al llegar.

Me vuelvo hacia él y nuestros ojos se encuentran en la oscuridad.

Me parece verlo tragar saliva.

—Sí, el silencio. Eso fue lo que yo le contesté.

Me rodea para sentarse en una roca frente al acantilado. Lo único que se oye a nuestro alrededor es el murmullo de las hojas de los árboles y algún que otro insecto nocturno. Me siento a su lado, tan cerca que noto su presencia, pero lo bastante lejos como para que nuestros brazos no se rocen.

Logan rompe el plástico del pack de cervezas, saca una y me la ofrece. Luego abre otra para él.

—Por las noches de mierda —brinda alzándola. A continuación, da un trago largo.

Aunque en otra ocasión me habría negado a beber, sí que necesito olvidarme de todo durante un rato. Oigo el clic de la lata al abrirse y saboreo el líquido amargo cuando me la llevo a los labios. Mi rostro se contrae en una mueca. Miro la lata por inercia. Nunca me ha gustado la cerveza.

A mi lado, Logan sigue observando la ciudad. Me rodeo las piernas con un brazo y nos quedamos así durante un rato.

—¿Qué ha pasado? —le pregunto—. Tú sabes por qué he tenido una mala noche, pero yo no sé nada sobre la tuya.

Me entra la duda de si habrá sido por ella, por Amber, si estarán juntos, si habrán discutido. Acabo de darme cuenta de que no conozco nada sobre su vida privada.

Logan tarda un momento en contestar, como si estuviera debatiéndose entre contármelo o no.

—Estoy bloqueado con el diseño de un tatuaje. Es para un cliente... especial —admite finalmente. Mueve la cerveza en círculos—. Cree que no hay nadie mejor que yo para hacerlo. El problema es que no se me ocurre nada.

—Cuando yo me bloqueo al escribir, intento pensar en otra cosa. Buscar algo que me distraiga.

—Lo he intentado, créeme. No sirve de nada. Tarde o temprano hay que volver al trabajo.

—Es inútil que te presiones. Cuanto más lo hagas, más te frustrarás. Cuando pasan esas cosas lo mejor es darse un respiro. —Si hay algo que he aprendido durante todos estos años escribiendo, ha sido justo eso—. Sé de lo que hablo. A diferencia de lo que piensan algunos, no soy ninguna principiante.

La comisura de su boca se alza en una media sonrisa. Ahora

que hemos apagado las linternas, lo único que ilumina su rostro es la luna. Se quita el gorro y se pasa la mano por el pelo oscuro para echarlo hacia atrás.

—Ryan es un imbécil —dice—. No te tomes en serio nada de lo que te haya dicho.

Estamos de acuerdo en algo por una vez.

—¿Sabes? Lo que más me ha molestado ha sido mi forma de reaccionar. —No sé por qué tengo tantas ganas de contárselo—. Incluso cuando ha empezado a decir estupideces, me he convencido de que estaba siendo demasiado dura con él. De que se merecía una oportunidad. Después me ha soltado el discurso sobre que debería abrirme a otros géneros, sobre todo siendo una novata..., y he reaccionado, vale. Le he dicho que no tenía ni idea de lo que estaba diciendo. Pero nada más. Me hubiera gustado defenderme a gritos.

—¿Por qué no lo has hecho?

—No lo sé. No suelo hacer esas cosas.

—Deberías probarlo alguna vez. Te sentaría bien. —Llevo la vista hacia él. La suya está perdida en el horizonte—. Si te soy sincero, cuando Hayes le mandó esa foto a todo el mundo, estaba seguro de que irías a buscarlo y acabarías con él.

Debería haberlo hecho. Quise, en realidad. No me atreví.

—El día de la fiesta, cuando me sacaste de allí, me dijiste que si volvía iban a acabar conmigo.

—Porque estabas alterada y no pensabas con claridad, no porque crea que son más fuertes que tú. ¿Quieres que sea sincero otra vez? —añade tras un silencio—. Me hubiera gustado verte cargando contra él.

—¿Lo dices porque no te cae bien?

—No. Es por ti. Se lo merece por lo que te hizo.

—No tiene sentido crear conflictos.

—Conmigo no eres tan pacifista.

—Es diferente —rebato—. Tú no me intimidas.

Por mucho que me moleste admitir que Hayes sigue teniendo poder sobre mí, esa es la triste realidad. Temo que Logan utilice esta información para burlarse, pero niega con la cabeza.

—Algún día eso te dará igual —me asegura—. Sé cómo funcionan las personas como tú. Cuando algo os enfada, preferís callaros para no provocar discusiones. Os lo guardáis todo dentro. Y entonces llega el día en el que un imbécil hace un comentario fuera de lugar y explotáis. Y ya no hay forma de conteneros. No se salva nadie. —Me mira—. ¿Tengo razón o no?

—Si es lo que piensas, será mejor que estés lejos de mí cuando ocurra.

—¿Y perderme el espectáculo? Claro que no. Tengo mucha curiosidad. —Da un trago a su cerveza—. Estaré ahí, viéndolo desde cerca. Y aplaudiré cuando termines de ponerlos a todos en su sitio.

Sus palabras me suavizan por dentro. Está convencido de que puedo defenderme a mí misma; lo sé por la sinceridad que distingo en su voz. Lo cree aunque yo no lo haga.

No sé qué contestar, así que me quedo callada. Miro hacia delante, donde la ciudad y el puente de St. John iluminan el río y el cielo nocturno. Me pregunto hace cuánto que Logan no viene aquí con alguien. Antes, cuando ha mencionado a esa otra persona, la que creía que lo mejor de esta parte del mirador eran las vistas, me ha parecido notar la nostalgia en su voz.

Por alguna razón, me cuesta imaginármelo aquí con Sasha y Kenny, con sus risas y sus bromas constantes, disolviendo el silencio, arrebatando a este lugar su encanto.

—Creo que en realidad ha sido culpa mía. Lo de Ryan —reconozco al cabo de un rato—. Debería dejar de buscar a Hayes en otras personas.

Decirlo me deja la garganta en carne viva. Eso atrae la atención de Logan.

—¿Es lo que intentabas? ¿Encontrar a un sustituto?

—No. Pero es lo que Linda siempre dice.

Lo hizo la noche que discutimos. En el aparcamiento de la residencia, mientras yo me deshacía en lágrimas, ella me miró a los ojos y me dijo que ya no le importaba a Hayes, que estaba estancada en él, que había besado a Logan solo porque ningún otro chico se había interesado en mí en estos últimos meses.

Me dijo que era patética.

Esas palabras hirientes, que parecían haberse borrado de mi memoria, ahora me parten el corazón en dos.

—No creo que Ryan y Hayes se parezcan —comenta Logan—. Ryan podrá ser un poco imbécil, pero Hayes es...

No necesito que termine la frase. Cuando Hayes y yo estábamos juntos todavía no existía esa rivalidad tan brutal entre ellos, pero recuerdo la manera en la que mi exnovio lo humilló en la fiesta. Para hacer algo así, uno debe tener ganas de hacerle daño a la otra persona. Muchas ganas.

—Nunca me contó qué había pasado entre vosotros —menciono, esperando que él lo haga en su lugar.

Me basta con ver cómo Logan se lleva la cerveza a los labios para saber que no va a darme detalles. Por alguna razón, no me sorprende en absoluto. Sospecho que es una de esas personas que siempre se guardan todo para sí mismas.

Suspiro y yo también vuelvo a beber. Luego miro la lata. Por mucho que lo intente, creo que nunca me acostumbraré al sabor.

—Si alguien se merece que estalle contra él, sin lugar a dudas es Hayes —le doy la razón—. Lo de la foto fue solo la guinda del pastel.

—Dijiste que te engañó, ¿verdad?

—Creo que en el fondo se lo agradezco. Si no hubiera sido por eso, nunca me habría atrevido a romper con él.

—¿Qué hizo? —inquiere, y, cuando lo miro, las emociones de su rostro son difíciles de descifrar.

—Hayes me quería. Al menos, creo que me quiso en algún momento. El problema era que hacerlo no se le daba... bien. Tras los primeros meses, la relación se volvió monótona. Era yo la que insistía en hacer todos los planes. Tenía que pedirle que tuviera detalles conmigo, que me escribiera para darme las buenas noches, que me preguntara cómo estaba, que me dijera cómo se sentía. Creía que, si era sincera con él con esas cosas, mejoraría. Pero siempre se lo tomaba como un ataque. Cada vez que discutíamos, se pasaba días haciéndome el vacío. Creo que era su manera de castigarme. Estuve mucho tiempo así, sabiendo que no era feliz con él pero creyendo que en algún momento lo sería. Estaba segura de que podría hacerlo cambiar si tenía paciencia. Pero no pude. —La certeza se me hunde en el pecho—. No pude —repito.

En el fondo creo que sigo pensando que fue culpa mía. Que no fui lo suficientemente guapa, buena o leal. Y que por eso Hayes me trató de esa manera. Por eso no tardó en encontrar a otra persona con la que hacer todo lo que nunca hizo conmigo.

Eso es lo que me duele tanto de verlos juntos. No son celos ni deseos de volver con él, sino la duda constante de por qué con ella sí y conmigo no.

—Hay personas que no saben querer —dice Logan—. Es probable que Hayes no aprenda a hacerlo nunca.

—A veces pienso que solo me quería para acostarse conmigo. —Mi voz suena amarga, dolida. Es triste pensar que mi primer novio, mi primer beso, mi primera vez, me veía solo como eso: un cuerpo, un objeto.

Logan me observa en silencio. Me pregunto si estará a punto de decirme lo que yo me repito tan a menudo: que Hayes no me quería, que lo que teníamos no era amor, que no sé cómo es una relación sana de verdad, que nunca la he vivido. Que solo me dio migajas... y yo me conformé porque estaba desesperada por que me quisieran.

—No te lo plantees —me aconseja en su lugar—. Hayes no se merece que desperdicies ni un solo segundo de tu vida pensando en él.

—Es fácil decirlo, ¿no? —Siento una oleada de irritación. Odio ese tipo de consejos.

—Y difícil hacerlo, créeme, lo sé. —Hace una pausa—. No hace falta que te lo diga, pero no dejes que ningún tío vuelva a tratarte así.

Es verdad. No necesito ni que lo mencione. Cuando rompí con Hayes, me hice esa misma promesa. Me merezco algo mejor.

Después de eso, la conversación se desvía hacia temas menos serios, y hablamos sobre música, libros, tatuajes y arte en general. Me termino la cerveza y Logan no tarda en ofrecerme otra. La cojo cubriéndome las manos con las mangas para no congelarme. Su sudadera me ayuda a mantenerme en calor, aunque tiene impregnado su olor y no he parado de pensar en ello desde que me la he puesto.

Logan no vuelve a mencionar a Amber ni a Hayes, y, aunque yo me he abierto con él, tampoco me da más detalles sobre su pasado; no dice nada sobre Clarisse, ni sobre el vínculo que los unía o lo que cuentan los rumores. Yo tampoco pregunto. No solo porque no quiero incomodarlo, sino porque sé que, aunque lo hiciera, no obtendría respuestas.

Un rato más tarde, me canso de estar sentada, bajo el culo al suelo y me recuesto sobre la roca para mirar las estrellas. Logan hace lo mismo. La tierra me ensucia los pantalones, pero no me importa. Nos quedamos tumbados en silencio mientras las luces de la ciudad parpadean a lo lejos.

Solo se oyen nuestras respiraciones, y mi voz, en un susurro, cuando le pregunto:

—¿Qué sientes ahora mismo?

Tuerce la cabeza hacia mí. Lo sé porque lo noto moverse, aunque mi mirada sigue fija arriba, en el cielo. Se toma unos segundos para contestar.

—¿A qué te refieres?

—Ahora mismo, si tuvieras que definir lo que sientes con una palabra, ¿cuál elegirías?

Al final lo miro yo también. Espero que se ría y piense que es una pregunta absurda, que no se la tome en serio, pero se limita a guardar silencio.

—Tú primero —me pide.

—Yo no lo sé. Por eso te lo he preguntado.

—¿No lo sabes?

—No. —Vuelvo a observar el cielo—. Me da la sensación de que la gente de mi alrededor sabe identificar sus emociones con demasiada facilidad. En cambio, yo siempre siento una especie de... mezcla. No sé si estoy triste porque la salida con Ryan no ha ido bien, si me alivia haberme librado de un idiota, si lo que siento es rabia, decepción o...

«O si me alegro de estar aquí a solas contigo.»

Me reservo el pensamiento para mí misma. Es un alivio que mi boca siga teniendo la capacidad de mantener a raya todas esas cosas que es mejor que Logan nunca escuche.

—Así que eres una suma de emociones confusas —comenta él.

—Sí, podría decirse.

—Puede que hayas tomado demasiada cerveza.

Me entra la risa. Con el rabillo del ojo, me parece ver que él también sonríe.

—¿Y tú? —retomo el tema.

—¿Yo?

—Sí. ¿Qué sientes?

—Creo que tampoco lo sé.

—Bienvenido al club de las emociones confusas, supongo.

Cierro los ojos, satisfecha con lo que parece el final de la conversación. Inspiro para que el aire cargado de oxígeno entre en mis pulmones. Decido que me gusta este lugar, aunque esté tan lejos, no haya nadie y no se oiga nada. O puede que sea justo por eso. Mi cita con Ryan parece ahora muy lejana, como si hubiera pasado hace días o semanas, o incluso en otro universo, y yo hubiera estado siempre aquí, tumbada bajo las estrellas.

—Es una sensación diferente —confiesa al cabo de un rato. Yo abro los ojos. Está mirando al cielo como si buscara en él todas las respuestas—. Tú tienes emociones confusas, muchas al mismo tiempo. A mí no me pasa eso. Cuando yo pienso en lo que siento, la respuesta suele ser... nada.

—Nada —repito, asimilando la palabra.

—Sí. Nada. Ya está.

—Es como lo que pasa con la oscuridad. O con el silencio —reflexiono en voz alta—. Me refiero a que la ausencia de algo siempre crea otras cosas. La ausencia de luz es la oscuridad. La ausencia de sonido, el silencio. La del calor, el frío. Así que, técnicamente, uno no puede no sentir nada. Porque creer que no sientes nada ya es sentir algo en sí.

—Quizá.

Es una respuesta escueta, pero sospecho que está dándole vueltas al asunto. Yo también lo hago, porque nunca había conocido a nadie que admitiese abiertamente que no siente cosas. Me hace replantearme si me he visto en esa misma situación alguna vez.

Pasados unos minutos, mi voz vuelve a sonar entre la oscuridad:

—Logan.

No dice nada. Solo me mira. Y yo miro al cielo.

—Creo que lo que sientes es vacío.

Cuando volvemos a Portland, la ciudad está prácticamente desierta. Logan se ha controlado con la cerveza, por lo que está en plenas facultades para conducir. Quizá sea por el alcohol —aunque yo tampoco he bebido tanto—, pero no me siento forzada a sacar conversación. Apoyo la cabeza contra el cristal de la ventanilla mientras veo las calles pasar.

Para cuando llegamos a mi casa, ya he vuelto a ponerme mi chaqueta. La tela es más delgada y de inmediato echo de menos el calor de su sudadera, que doblo con cuidado y dejo sobre el salpicadero.

—Gracias por traerme.

Logan se encoge de hombros.

—No hay de qué.

Ha aparcado justo enfrente de mi edificio. Debería salir del coche antes de que Linda, que todavía podría estar despierta, nos vea por la ventana. Y él tendría que haberme dicho, con una de sus sonrisas burlonas, que ya es hora de despedirse, que me largue de una vez.

Ninguno de los dos lo hace.

Me aclaro la garganta. Noto la boca seca, pastosa, como si no hubiera bebido nada en días.

—¿Puedo hacerte una pregunta? —le suelto sin venir a cuento. Él mira en mi dirección—. ¿Crees que soy superficial?

—¿Superficial? —se extraña.

—El día de la fiesta cargué contra ti sin motivo. Ni siquiera habíamos hablado antes. Lo único que sabía sobre ti era lo que Linda me había contado y lo que decían los rumores..., y creí que tenía el derecho de juzgarte. No me porté bien contigo.

Logan todavía tiene las manos sobre el volante. Lo aprieta con fuerza entre los dedos.

—Ni yo contigo —me recuerda.

—Es diferente. —Se me forma un nudo en la garganta—. Yo pensaba que estaba siendo justa.

—¿Eso es lo que te preocupa? ¿La justicia?

—Hay muchas cosas en la vida que me han salido mal. Igual que hay otras que me han salido bien. Pero siempre he tenido la certeza de que hacía lo correcto, independientemente de cuáles fueran los resultados. No soporto pensar que fui así contigo. Que fui tan... mala. Creo que lo único que quiero es ser una buena persona.

—Uno no puede ser bueno todo el tiempo.

—Al menos lo puedo intentar.

Logan me estudia en silencio. Desde aquí sus ojos parecen más oscuros que nunca. Me quedo quieta, temiendo dar un paso en falso que desencadene el desastre. La culpa me abrasa cada vez que recuerdo todo lo que le dije, cómo lo ataqué sin conocerlo, creyendo que se lo merecía.

Tras unos dolorosos minutos, suspira.

—Si estabas intentando disculparte, quiero que sepas que está bien. No pasa nada. Estamos en paz.

—¿De verdad?

—No creo que seas mala persona, Leah. Eres un peligro cerca de unas esposas, sin duda. —Curva los labios en una sonrisa—. Pero no me pareces mala. En absoluto.

—Está bien —contesto. Sin embargo, sus palabras no han aliviado la presión que sentía en el pecho.

No parece que haya nada más que decir, así que abro la puerta para salir del coche. Justo en ese momento, su voz vuelve a sonar a mi espalda.

—Estuve a punto de acostarme con su novia —dice—. Por eso me odia.

Se me para el pulso. Me vuelvo hacia él.

—¿Con Miranda? —Pronunciar el nombre de la pareja de Hayes me revuelve las tripas.

—Yo no lo sabía. Que estaban juntos. Ella no me lo dijo. No me enteré hasta horas después. Si no pasó nada entre nosotros, fue solo porque Kenny vio que había bebido mucho y me sacó de allí antes de que hiciera una tontería. Esa es la razón por la que Hayes no me soporta. Por eso intenta humillarme cada vez que se le presenta la oportunidad. —Duda. Me parece ver un rastro de algo doloroso en su expresión, vergüenza, quizá—. Se enteró a la mañana siguiente y vino a darme una paliza.

Silencio.

—Dejé que me pegara —añade.

—¿No le dijiste que tú no sabías nada?

Niega con la cabeza.

—Me lo merecía. Aunque no me acostara con Miranda, en esa época era un gilipollas.

Y, de pronto, me lo imagino tirado en el suelo, debajo de Hayes, dejando que él lo golpee. Veo la furia en los ojos de mi ex y la apatía en los de Logan; la falta en ellos de esa diversión, esa picardía que los caracteriza. Me pregunto por qué lo hizo, por qué se lo permitió; si fue a raíz de ese vacío que me dijo que sentía antes. Si ansiaba con todas sus fuerzas sentir... algo.

Aunque fuera dolor.

—Puede que tuvieras razón conmigo. —Su tono de voz ahora es amargo—. Recuerdo que me dijiste que nunca te equivocas con las personas.

Eso fue antes de que él decidiera no ver la fotografía, antes de que me presentara a sus amigos y me diera la oportunidad de formar parte del grupo. Antes de que se pusiera de mi parte cuando nadie lo hizo.

—Contigo sí que me equivoqué. —Al oírme, Logan alza la vista, justo cuando abro la puerta del coche—. Gracias por lo de esta noche. Habría sido mucho peor si no hubieras aparecido.

Me bajo del vehículo y noto su mirada sobre mí hasta que entro en el edificio.

Esa noche, justo antes de irme a dormir, cojo el cuaderno que utilizo para apuntar ideas y escribo:

> *Siempre me he preguntado qué debe de sentirse al ser la primera y la única opción de alguien. Cómo sería estar con una persona que me quiera con mis defectos y mis virtudes. Alguien que sonría al verme, que piense que soy la chica más guapa que ha conocido jamás, que se muera de ganas de estar conmigo. Alguien que sienta que su corazón rebota cada vez que estamos juntos. Alguien que piense que soy especial. Que mire a sus amigos y diga: «Joder, es ella, os lo prometo, es ella».*
>
> *Quiero encontrar el amor. Quiero vivirlo, saborearlo, sentirlo, entregarme a él a pesar del miedo; quiero experimentar todo lo que nunca he experimentado y sentir todo lo que nunca he sentido. Quiero dejar de conformarme con menos de lo que debería. Quiero conocer a la persona idónea para mí, esté donde esté, sea quien sea.*
>
> *Quiero permitirme pensar en ello. Quiero tener esperanza.*

No la tengo.

No soy capaz de imaginarme en una situación semejante.

No veo a nadie enamorándose de cada parte de mí. No cuando hay tantas que a mí no me gustan.

13

LO QUE HAY DETRÁS DE UN CHICO MALO

Leah

Las dos semanas siguientes pasan en un suspiro. Durante una de ellas no tenemos clase porque son las vacaciones de otoño, cosa que agradezco, ya que compaginar los estudios con las clases particulares de Mandy me está resultando bastante más difícil de lo que esperaba. Sobre todo porque también tengo que escribir. *Bajo la piel* ha ganado muchos lectores en poco tiempo y están ansiosos por capítulos nuevos. Es un arma de doble filo; aunque me encanta recibir tanto apoyo, sus comentarios dejan claro que tienen las expectativas muy altas y me da miedo no estar a la altura.

En este punto de la historia, Samantha y Hunter ya han cedido ante esa dolorosa tensión que había entre ellos (y que ha mantenido en vilo a mis lectores durante varios capítulos) y ahora necesito un conflicto. Uno potente. Si no, me temo que la historia se volverá aburrida. Es la primera vez que escribo romance contemporáneo, así que esta parte se me está complicando más. Aparte de esta novela, tengo cuatro más; una autoconclusiva sobre un clan de hombres lobo y una trilogía sobre vampiros titulada *Decadencia*. Crear drama era más sencillo cuando tenía seres sobrenaturales en la historia; podía recurrir a la sangre, las peleas físicas, las guerras entre especies, las maldiciones... y a las muertes repentinas.

Pese a eso, hay algo en *Bajo la piel* que la hace especial. La trama tiene mucho potencial. Por eso me da tanto miedo meter la pata.

—¡Leah! —Linda aporrea la puerta de mi habitación con la mano abierta—. ¡Date prisa! ¡Marcus nos está esperando!

Linda y él llevan «saliendo» una semana y media, más o menos. Al parecer, la cita que tuvieron la noche que fui con Logan al mirador fue, y cito, «una de las mejores citas de la historia». Tres días más tarde, Marcus le dijo que quería ir en serio con ella. Linda le contestó que eso no pasaría ni en sus mejores sueños. Según ella, no tienen nada formal, pero siguieron viéndose y ahora Marcus nos lleva a clase en su coche todos los días.

No me quejo. Es mejor que ir en autobús.

—Hola, nena. —Marcus se quita las gafas de sol cuando entramos en el coche y le ofrece a Linda una sonrisa seductora.

Ella cierra la puerta del copiloto de un tirón y lo mira con coquetería. A continuación, lo agarra por la camiseta para besarlo apasionadamente.

Yo cruzo las manos desde mi asiento en la parte de atrás y procuro mirar hacia otra parte.

—Mmm —masculla él en la boca de mi mejor amiga.

—Sabes a fresa —ronronea ella.

—¿Quieres probarme otra vez para asegurarte?

Miro al techo. Dios santo.

Linda se aparta riéndose y le da un golpe en el hombro.

—Cállate y conduce de una vez. —Vuelve a enderezarse en su asiento, para desgracia de Marcus—. Como sigas así, vamos a hacer que Leah llegue tarde a clase.

Justo en ese momento, Marcus parece darse cuenta de que, en efecto, estoy aquí. Su mirada se cruza con la mía a través del espejo retrovisor. Me saluda con un gesto de la cabeza.

—Eh, Leah, ¿qué tal?

Le respondo con una sonrisa tirante.

Como ellos van a clase juntos, la primera parada es mi facultad. Durante el trayecto Linda y Marcus van hablando sobre la obra de teatro que estrenarán a finales de semestre; ella hace de Julieta, y él, de Romeo. Fue así como se conocieron. No dudo que Marcus sea buen actor, pero me parece gracioso que le dieran el papel. Me pregunto qué pensaría Shakespeare si supiera que el Romeo moderno lleva el pelo oscuro rapado por los lados, un *piercing* en la ceja y pantalones caídos.

Cuando aparcamos frente al edificio, me bajo del coche agradeciendo llevar botas. El suelo sigue mojado por lo que llovió anoche. Es martes por la mañana y los alrededores están llenos de estudiantes. Cierro la puerta del Volkswagen rojo de Marcus y me giro para despedirme de ellos.

Linda baja la ventanilla. Desde aquí veo sobre su muslo la mano de su novio-no-novio.

—Por cierto, ¿sueles hacer planes a la hora de comer? Puedes venirte con nosotros, si quieres. Prefiero eso a que estés sola.

¿Eso es lo que cree? ¿Que no tengo a nadie más? Ya nunca almorzamos juntas porque Linda está ocupada con los ensayos. Creía que, si no me había invitado ya a ir con ella, era porque estaba segura de que al menos yo estaría acompañada.

—No pasa nada. Nunca como sola. Suelo ir con mis amigos al Daniel's. Hoy iremos también.

—Ah. —Parece algo desconcertada—. Nos vemos en casa, entonces.

—Hasta luego. —Me agacho para dirigirme a Marcus también—. ¡Suerte en el ensayo!

Cuando echo a andar hacia la facultad, todavía me dura la sonrisa.

Me siento orgullosa cada vez que lo pienso.

Amigos.

Ahora tengo amigos. Amigos con los que hacer planes, ir a comer o desayunar, enviarme mensajes, hablar sobre las clases y sobre música y sobre la vida en general. Conozco a mucha gente gracias a Linda, pero nunca antes me había sentido parte de un grupo. Con Kenny, Sasha y Logan eso ha cambiado. Siento que por fin pertenezco a un lugar.

Esta es la primera vez que estoy segura de que me valoran por cómo soy, no por ser amiga de nadie.

Nuestra relación se ha estrechado mucho estas semanas. Sobre todo entre Sasha y yo. Intentamos vernos todos los días y, si no podemos, nos mensajeamos o hablamos por teléfono por la noche. He aprendido mucho sobre ella, como que le gusta tomar el café solo, que no es capaz de elegir una canción favorita y que le encanta el maquillaje. Tuvimos una conversación larga e intensa sobre la confianza y la autoestima, y, con su ayuda, estoy atreviéndome a probar cosas nuevas a la hora de vestir. La opinión de los demás no va a dejar de importarme de un día para otro, es un proceso lento, pero me siento orgullosa de cada paso que doy.

Esta mañana, por ejemplo, llevo un jersey con los hombros al descubierto. Nunca antes me había puesto uno. Me gusta.

La mañana transcurre con normalidad. Cojo apuntes en las clases más interesantes y me siento al fondo para escribir en las más aburridas. Cuando llega la hora del almuerzo, ya tengo medio centenar de mensajes del grupo «Tres son multitud» —al que todavía no le hemos cambiado el nombre—. Sasha sale siempre más tarde, así que quedamos en pasar a recogerla e ir al Daniel's desde allí.

Me reúno con Kenny en el cruce entre nuestras facultades. Hoy lleva el pelo largo y castaño recogido en una coleta.

—¿Me recuerdas qué día es hoy? —me suelta nada más verme.

He mirado el calendario esta mañana. Martes 13.

—No puedes usar contra mí una broma que yo te he enseñado —replico divertida.

Lo rodeo para seguir andando. Él apura el paso para caminar a mi lado.

—Seguro que Logan caerá si se la hago.

—Logan siempre cae en esas cosas.

Aunque sospecho que lo hace solo para que Kenny se dé por satisfecho y lo deje en paz.

—¿Te contó lo de las esposas? ¿Sabías que tenían abrefácil?

—Yo lo esposé, Kenny. Claro que lo sabía.

—Y no se lo dijiste. Con razón me caes tan bien.

Choco mi hombro contra el suyo, burlona. Seguimos hablando de temas triviales hasta que vemos la Facultad de Bellas Artes a lo lejos. Es un edificio precioso por fuera, rodeado de árboles. Me gusta venir aquí porque la gente parece distinta, extravagante, más viva. Cuando llegamos, Logan está apoyado contra la barandilla que hay junto a la escalera con la mochila a sus pies.

Kenny camina hacia él. Yo, en cambio, me quedo unos pasos por detrás, intentando calmar el aluvión de nervios que me provoca su presencia. Estas últimas semanas han sido bastante buenas para los dos. De hecho, incluso me atrevería a decir que ahora somos... amigos. Amigos que se han besado dos veces y hacen que el ambiente se cargue de electricidad cuando están cerca del otro.

—... cada vez que me la agarras me crece —está diciendo Kenny cuando llego hasta ellos.

En efecto, Logan ha vuelto a caer.

No puedo evitar sonreír. Logan resopla y se echa la mochila al hombro. Se me dispara el pulso cuando por fin mira en mi dirección.

—Leah —pronuncia a modo de saludo. No ha vuelto a llamarme «novata» desde que Ryan Rossmert se dirigió a mí de la misma manera.

—Hola —contesto yo.

Me aclaro la garganta y me giro hacia Kenny. Rezo en silencio porque no me tiemble la voz.

—Si queréis ir cogiendo sitio en la cafetería, puedo quedarme esperando a Sasha.

—¿Y daros la oportunidad de conspirar contra nosotros? Nunca. —Para darle más énfasis, suelta la mochila a sus pies y se apoya en la barandilla—. Las mujeres sois un espécimen peligroso. Podrías convencer a Sasha de que me hiciera llevar trajes a juego con ella o algo así.

Se saca el paquete de tabaco del bolsillo y se enciende un cigarrillo. Nos ofrece uno a Logan y a mí. Ambos lo rechazamos con un gesto.

—Te gustan tanto esas chorradas románticas que seguro que serías tú el que los elegiría —apuesta Logan.

Kenny exhala el humo y juega con el cigarrillo entre los dedos, considerándolo.

—Tienes razón. Vestiríamos de rojo los días normales y de amarillo los que estés de buen humor. —Da otra calada—. Hay que celebrar los milagros.

Logan lo mira con mala cara, y yo me río y me cruzo de brazos sobre mi jersey naranja para conservar el calor. He hecho puños con las mangas porque siempre tengo las manos heladas. Cuando la atención de Logan recae de nuevo sobre mí, tengo que esforzarme por seguir actuando con normalidad.

—¿No tienes nada que decir?

Me inclino hacia delante para mirar a Kenny.

—¿Puedo vestirme de amarillo también?

—Por supuesto. Sash y yo recibiremos con los brazos abiertos a cualquier persona que quiera meterse con Logan.

Mi sonrisa crece más.

—¿A qué hora salía Sasha? —le pregunto a Kenny.

—No debería tardar mucho. —Vuelve a expulsar el humo y mira hacia la escalera—. Hablando de la mujer de mis pesadillas, creo que la has invocado.

Una chica rubia baja pisando los charcos con sus botas militares a toda prisa. Parece que no le cabe la emoción en el cuerpo. Es raro que podamos juntarnos los cuatro para comer, ya que tenemos horarios diferentes. Como Sasha es la que tiene clases al mediodía, suele ser con la que menos coincidimos.

—¡Adivinad quién ha sacado un siete y medio en el segundo parcial de Historia del Arte! —chilla. Cuando quiero darme cuenta, me está apretujando entre sus brazos—. Gracias, gracias, gracias. Tus consejos me han salvado la vida.

Le devuelvo el abrazo con el mismo entusiasmo. En realidad, es todo mérito suyo, y de Logan, claro, que fue quien le pasó los apuntes. Sasha solo necesitaba aprender a hacerse horarios y a dividir el temario para estudiar. Que mi método le haya funcionado me hace sentir sumamente orgullosa.

Al separarse de mí, va hacia Kenny, que le da un beso corto en los labios para felicitarla. Acto seguido, se vuelve hacia Logan y se pone seria de golpe.

—Esto es por Amber. —Y le da una colleja en la nuca con la mano abierta.

Pestañeo, sorprendida.

Frente a mí, Kenny suspira.

—Allá vamos —musita, como si esto ya fuera costumbre.

—¿Nos hemos visto un montón de veces desde que quedé con ella y te enfadas ahora? —se queja Logan frotándose la nuca con una mueca de disgusto.

—No conseguí que me contara lo que había pasado hasta ayer. Tendría que haberte pegado más fuerte. Capullo. Ven aquí.

No obstante, esta vez Logan está atento y esquiva todos sus golpes con facilidad. Es gracioso ver a Sasha pelear con él, teniendo en cuenta que Logan le saca casi veinte centímetros y tiene mucha más fuerza que ella.

Me fijo en sus hombros firmes, en los músculos de su espalda, y noto un cosquilleo en el vientre.

—Kenny, controla a tu bestia —le pide Logan, apoyando una mano en la frente de Sasha para mantenerla lejos.

—Que te jodan, Turner —gruñe ella.

—Sasha, cariño, creo que podrías... —En cuanto Kenny ve la mirada rabiosa que le lanza su novia, cambia radicalmente de opinión—. Ahora que lo pienso, no tengo nada que objetar. Continúa, por favor. Pégale todo lo que quieras.

Lo miro como diciendo «¡cobarde!» y él levanta las manos con inocencia.

A sabiendas de que Sasha no parará hasta lograr su objetivo, Logan se deja ganar y arruga la frente cuando ella le da otra colleja, con mucha más fuerza esta vez.

—Salvaje —masculla entre dientes.

—No vuelvas a tratar así a ninguna de mis amigas.

—Para tu información, no traté mal a tu amiga. De hecho, incluso me ofrecí a llevarla a casa.

—¿Ahora pretendes que te dé las gracias por comportarte como un ser humano decente?

—Sasha, esa noche no estaba de humor. Lo siento si hice a Amber perder el tiempo. —Logan hunde las manos en los bolsillos y se recuesta contra la barandilla de nuevo—. No puedes culparme por no haber querido liarme con ella.

Eso hace que Sasha se quede bloqueada. Dudo que se esperase una respuesta así. Se muerde el labio y, tras un silencio, suspira con resignación.

—Vale, tienes razón. Pero no vas a devolverme las collejas.

—Claro que no. Te debo dos. Voy a cedérselas a Kenny. —Mueve la cabeza hacia él—. Úsalas con sabiduría, traidor.

Nos ponemos de camino al Daniel's.

Kenny y Sasha no tardan en adelantarse, como siempre; caminan a unos metros de nosotros con las manos entrelazadas mientras se pasan el cigarrillo. Yo me quedo atrás con Logan.

—Conque eso fue lo que pasó con Amber —comento.

Él enarca una ceja.

—Pareces aliviada.

—Por ella, sin duda. Se ha librado de una buena.

—Si sigues mostrando tanto interés por mi vida amorosa, empezaré a creer que estás celosa.

—¿Celosa? Creía que había dejado claro que, en lo que a mí respecta, todos los hombres podéis iros a la mierda.

—Me acuerdo. Me lo dijiste justo después de quedar con Ryan. Una cita espectacular la vuestra, por cierto.

«Quizá tendrías que haberme llevado tú a cenar.»

Me reservo el comentario. Conozco el juego que tenemos, este tira y afloja constante, y podría ganarle sin problemas si le dijera todo lo que se me pasa por la cabeza. Si fuera atrevida y valiente.

—Sigue andando —le insto sin mirarlo.

—A sus órdenes —contesta, y la provocación implícita me hace vacilar. Al notarlo, añade—: Quizá lo esté algún día, si tienes suerte.

Me mira con una sonrisa, consciente del efecto que sus palabras han provocado en mí. Sigue teniendo esa expresión burlona cuando retoma la marcha. Ni siquiera me había dado cuenta de que habíamos dejado de andar.

Intentando mantener mis pensamientos a raya, apuro el paso para no quedarme atrás. Cuando vuelvo a caminar a su lado, Logan me mira de reojo, como si esperara una reacción por mi parte; como si me estuviera desafiando a dársela. No lo hago. Sea lo que sea a lo que estemos jugando, me aterra salir perdiendo.

—¿Cuál es tu película favorita? —pregunta al cabo de un rato.

Mi rostro se tiñe de desconfianza.

—¿Te importa?

—¿No acabo de preguntar?

—¿Para qué quieres saberlo?

—Curiosidad.

—Sientes curiosidad por muchas cosas.

—Por ti, por ejemplo. —Me sostiene la mirada y yo junto las cejas, exigiéndole una explicación más detallada—. Este sábado tenemos noche de cine. La organizamos una vez al mes. Sasha va a dejar que tú escojas la película y me gustaría saber si vamos a ver algo bueno o si voy a morirme del aburrimiento.

Él no le da importancia, pero a mí el corazón se me estruja por la emoción. Eso significa que estoy invitada, ¿verdad?

—¿Elegís una vez cada uno?

Asiente con las manos todavía en los bolsillos.

—Yo siempre escojo una de acción.

—No me extraña que sean tus favoritas. Muerte, caos, destrucción. Muy en tu línea.

—En realidad, solo lo hago para molestar a Sasha. No le gustan. Kenny y yo nos unimos en su contra hace tiempo. Evidentemente, ella siempre se las ingenia para devolvérnosla.

—Evidentemente —concuerdo orgullosa. Esa es mi chica.

—El mes pasado nos dijo que necesitábamos tener más cultura general y nos obligó a ver *Barbie y el castillo de diamantes.*

Tiene los hombros tan hundidos que soy incapaz de contener una carcajada. Él parece sorprendido de haberme hecho reír. Una sonrisa empieza a formarse en sus labios también.

—No te burles de nuestras desgracias —se queja—. Fue una noche traumática para los dos.

—Seguro que se os pegaron todas las canciones.

—Al día siguiente me desperté escupiendo purpurina.

—Si me dejáis elegir el sábado, os pondré una parecida.

Exhala una risa corta que me provoca un cosquilleo en el estómago. Por delante de nosotros, Kenny y Sasha están tan centrados el uno en el otro que parece que Logan y yo estemos solos.

—No has respondido a la pregunta —retoma la conversación inicial—. Vamos, dime cuál es tu película favorita. Quiero saber si he acertado con mi teoría.

Ahora soy yo la que tiene curiosidad.

—¿Cuál crees que es?

—Conociéndote, una de esas románticas que están ahora de moda, con chicos malos y todas esas paranoias.

—¿Piensas que me gustan los chicos malos?

—Lo supuse cuando leí lo que me mandaste.

Se refiere a Hunter, el protagonista de *Bajo la piel.* Es un empresario exitoso con el corazón de hielo que reside en un lujoso ático en Nueva York. Su personalidad no encaja con la del típico «chico malo» de las películas, pero tiene un carácter muy dominante. Sobre todo en la cama, con Samantha. Enrojezco al recordar que esos son los únicos capítulos que ha leído Logan. Dios santo. Juro por mi vida que, de ahora en adelante, me aseguraré dos veces de estar en el chat correcto antes de darle a «enviar».

Prefiero no pensar en las conclusiones que sacaría si leyese mis otras obras también. La pasión de Hunter y Samantha no es nada comparada con la de los protagonistas de *Decadencia,* por ejemplo.

—No me atraen los chicos malos. No son mi estilo. —Por más que me enamoren en la ficción, en la vida real los quiero tan lejos de mí como sea posible.

—Entonces, te gustan los buenos. ¿Es lo que buscas? ¿Alguien que te regale flores, te abra la puerta para dejarte pasar y te prometa el cielo y las estrellas?

—¿Hay algún problema con eso?

—Es pura fachada. En la vida real nadie es tan perfecto.

—Quizá. —Frunzo los labios, pensativa, hasta que ya no puedo contener la sonrisa—. Pero, si fueras un chico bueno, ya te habría dicho cuál es mi película favorita.

Acabo de entrar al juego. Y eso le ha gustado. Lo noto en cómo arquea las cejas ante el desafío.

Sin embargo, justo en ese momento veo a las dos personas que caminan hacia nosotros. Mi humor decae estrepitosamente. Cuando Logan sigue mi mirada, su semblante también se vuelve serio. No he hablado con Hayes desde el día que me abordó en mi facultad. El mero hecho de verlo ya hace que me entren ganas de vomitar.

A su lado está Daniel, su mejor amigo, que me soltó varios comentarios asquerosos en su día. Por suerte, ambos pasan de largo sin decirnos nada.

Sasha se vuelve a mirarlos por encima del hombro. No me pasa desapercibido que Kenny le ha puesto una mano en la cintura con aire protector.

—Tuvieron problemas el año pasado, Sasha y él —me explica Logan—. Hayes será un imbécil, pero te aseguro que su amigo es mucho peor.

Su voz está cargada de rencor. Sus ojos buscan los míos durante un momento antes de posarse de nuevo sobre nuestros amigos.

—Habla con Sasha cuando estéis a solas —añade—. Es una historia que tiene que contarte ella.

Delante de nosotros, Sasha ha vuelto a sonreír mientras habla con Kenny, aunque sigue lanzando miradas furtivas hacia atrás, como si necesitara asegurarse de que Daniel y Hayes no van a volver.

Sea lo que sea lo que pasó entre ellos, tuvo que ser grave.

Cuando entramos en el Daniel's, nuestros amigos van a buscar mesa mientras Logan y yo nos ponemos en la fila para pedir. Adoro este lugar; me encanta el ambiente, la decoración *vintage* y la música que suena de fondo. No obstante, estoy tan distraída que ni el maravilloso aroma a café consigue hacerme aterrizar de vuelta en el mundo real. Detesto que Hayes y Daniel vayan a arruinarme una mañana que auguraba ser tan prometedora. Ahora no dejo de pensar en ellos.

Sobre todo en él. En mi ex. Hace unas semanas, Logan me contó la razón de su rivalidad. Miranda. Esa noche estuve dándole vueltas al asunto y caí en algo que me revolvió el estómago: Logan me dijo que había sucedido «el año pasado». Incluso aunque se refiriera al curso anterior, las fechas siguen sin cuadrarme. Yo rompí con Hayes justo antes de verano... y su problema con Logan tuvo que empezar mucho antes.

Me enteré de que me era infiel por una fotografía que publicaron sus amigos. No se molestaron ni en bloquearme. Hayes aparecía con Miranda. Por entonces pensé que solo estaban liados..., pero, si Hayes se cabreó tanto cuando se enteró de que Logan y ella habían estado a punto de enrollarse, es que había algo más. Tenían una relación. Yo intentaba cuidar la nuestra mientras estábamos separados, y él ya había empezado una con otra persona.

Y la chica con la que me era infiel... intentó serle infiel a él.

¿Karma? No lo sé. Aunque Hayes me hizo daño, no me alegro de lo de Miranda. Siguen juntos, así que él debe haberla perdonado.

En busca de una distracción, observo a Logan, que está callado a mi lado. Tiene unas marcas oscuras bajo los ojos y la piel más apagada que de costumbre.

—Pareces cansado. —Mi voz rompe el silencio.

Me pone una mano en la parte baja de la espalda para hacerme avanzar en la cola. Le sale como un gesto natural, pero a mí me desboca el pulso. Cuando me suelta, juraría que sigo sintiendo el fantasma de sus dedos sobre la piel.

—No duermo mucho últimamente. —Hunde de nuevo las manos en los bolsillos.

—¿Por las clases? Creía que...

—Insomnio. Me pasa desde hace bastante. Ya estoy acostumbrado. Aprovecho esas horas extras para trabajar. —Hace una mueca—. Lo único malo es el dolor de cabeza.

Aprieto los labios. No me parece una conducta muy... sana. Si ya veo peligroso que no duerma lo suficiente, que además se pase noches enteras trabajando... A juzgar por la naturalidad con la que habla, lleva haciéndolo mucho tiempo.

Procuro medir mis palabras con cuidado.

—¿Has probado...?

—¿Pastillas para dormir? Paso.

—También podrías intentar hacer cosas que te cansen mucho justo antes de irte a la cama. —No me doy cuenta de lo mal que suena hasta que termino de decirlo.

Un deje de sonrisa en su comisura derecha.

—¿Alguna idea?

—¿Saltos de tijera?

La seriedad desaparece por completo de su rostro.

—¿Es lo mejor que se te ocurre?

—En cuanto termines, te aseguro que caerás rendido en la cama.

—Creo que prefiero trabajar.

Me muerdo la lengua para no insistir en que tendría que dormir más. Esto acabará pasándole factura, no solo en su rendimiento profesional y académico, sino también en sus relaciones y su vida diaria.

Creo que estoy preocupada por él.

—¿De verdad tienes tanto trabajo?

Suelta un suspiro de pura derrota.

—Tengo un cliente con un encargo... difícil, y todavía no se me ha ocurrido ninguna idea. Creo que te hablé de él hace un par de semanas.

—¿Sigues bloqueado?

—Por desgracia. —Se pasa las manos por la cara, como ansiando despertarse—. Llevo cuatro días ignorando sus llamadas como un crío.

Al verlo tan afectado, mi primer impulso es preguntar:

—¿Cómo es?

—¿El qué?

—El tatuaje que tienes que diseñar. Si no se te ocurre ninguna idea, a lo mejor yo puedo ayudarte. Ser creativa es lo mío. Por eso escribo, ¿no?

Sus ojos oscuros bajan hasta los míos, me evalúa como si intentara averiguar cuáles son mis verdaderas intenciones. O como si se debatiera entre confiar en mí o no. Pasan unos segundos hasta que por fin contesta:

—Es un homenaje. Quiere tatuarse algo en honor de una persona... que ya no está. —Parece que tiene que arrancarse las palabras de la garganta—. Era su hermana pequeña.

Hay dolor en su voz, lo que me deja entrever que quizá tenía una relación estrecha con ellos. Entiendo que esté bloqueado. Si diseñar un tatuaje —algo que alguien llevará en su cuerpo durante el resto de su vida— ya me parece difícil de por sí, sin duda empeora en estas condiciones.

—Por muy parecidos que seamos unos de otros, hay cosas que nos hacen únicos, como las huellas dactilares. O las líneas de las manos. No son las mejores ideas del mundo para un tatuaje... De hecho, no me parecen muy estéticas, pero quizá te ayuden a encontrar un punto del que partir. Si tu cliente quiere recordar a su hermana, dale algo con lo que no pueda pensar en nadie más.

Me sostiene la mirada y veo el remolino de emociones que vibra en sus ojos. Pienso en lo que me dijo hace tiempo, que se sentía vacío, y me doy cuenta de que es mentira, porque ahora parece dolido y angustiado y sorprendido a partes iguales. Logan no está vacío. Al contrario.

Tiene demasiadas cosas dentro, como yo.

—Gracias, Leah. —Su voz nunca había sonado tan sincera.

—La próxima vez, en vez de agradecérmelo, plantéate dejar de interrumpir todas mis frases.

—Y tú plantéate hablar más rápido para que no pueda terminarlas por ti.

Me devuelve la sonrisa. Como le he dicho, no creo que ninguna de mis ideas le sirva tal cual, pero, si al menos le ayudan a encontrar una visión distinta, algo que lo inspire, me daré por satisfecha. Con suerte, así por fin podrá descansar.

Esperamos un rato más hasta que llega nuestro turno. Dejo que Logan pida nuestras bebidas y las de nuestros amigos. Estamos esperando a que nos las sirvan cuando oigo mi nombre a mi espalda.

—¡Aquí estás! Llevo buscándote un buen rato. Me he quedado sin batería y creía que no iba a encontrarte.

Linda aparece de la nada y me abraza para saludarme como si no nos hubiéramos visto esta misma mañana. Necesito un momento para procesar que está aquí, conmigo, en la cafetería. Con Logan.

—Marcus ha tenido que quedarse en el ensayo un rato más. No te importa que comamos juntas, ¿verdad? —Se inclina sobre la barra, donde la encargada ya está preparando nuestro pedido—. Añade un *cappuccino* a su pedido, por favor. ¡Y rápido! No quiero hacer esperar a Leah.

Mi mirada se cruza con la de Logan por detrás de ella. A diferencia de mí, que sigo sorprendida, él parece aburrido, como si la presencia de mi mejor amiga le pareciera todo un martirio.

—Linda —la saluda con tono seco.

Ella escoge ese momento para mirarlo por fin.

—Ah, eres tú. —Su tono es de todo menos amable—. No te importa que me siente con vosotros, ¿verdad? Leah es mi amiga también. —Me pasa un brazo sobre los hombros—. Me muero por conocer a esos nuevos amigos que dice que tiene ahora.

Logan deja de mirarla para fijarse en mí. Espera que medie entre los dos, pero estoy demasiado abrumada para intervenir. Nos sirven nuestras bebidas y, sin despegarse de mí, Linda coge la suya con alegría y prácticamente me arrastra hasta la mesa.

Logan nos sigue en silencio. Noto su mirada en la nuca.

Kenny y Sasha están riéndose de algo cuando nos acercamos. Al vernos sus expresiones pasan de la diversión al desconcierto y, en el caso de Kenny, a la incredulidad. Tan segura de sí misma como siempre, Linda es la primera en sentarse y dejar su café sobre la mesa.

Me parece ver a Kenny vocalizando «¿qué coño...?» al mirar a Logan, que sigue de pie.

—Leah, ¿qué haces? —pronuncia mi amiga con dulzura—. ¿Vas a quedarte ahí parada o me vas a presentar a tus amigos?

Es evidente que espera hacer reír a los demás. Me obligo a reaccionar de una vez.

—Sí, claro. Chicos, ella es...

—Linda —me interrumpe dirigiéndose hacia Kenny y Sasha—. Su compañera de piso y mejor amiga desde los cinco años.

Sasha mira en mi dirección. Al verme tan incómoda, intenta suavizar la situación.

—Soy Sasha —se presenta con amabilidad—. Es genial conocer a más amigas de Leah.

—Estoy segura de que os ha hablado mucho de mí —contesta Linda.

Detrás de mí, Logan resopla.

—Siéntate —me ordena. Su tono suena bastante más cortante que antes, cuando estábamos a solas. Es entonces cuando me percato de que llevo un buen rato aquí parada con las bebidas en la mano.

Me apresuro a obedecer, sintiéndome como una tonta. Logan se deja caer a mi lado. De esta manera, sirvo como «barrera» entre Linda y él. Hay tan poco espacio en el banco que mi pierna roza la suya. Intento pegarme a mi mejor amiga para dejar toda la distancia posible entre nosotros.

No quiero estar cerca de Logan con Linda delante. Me siento como si la estuviera traicionando.

—¿Qué estudias? —Sasha intenta sacar conversación.

—Artes escénicas. Leah, ¿no se lo has contado? —me reclama. Después se gira de nuevo hacia ella—. Conseguí el papel de protagonista en *Romeo y Julieta*. La estrenamos en diciembre.

Con el rabillo del ojo, veo a Kenny imitarla por lo bajo, aprovechando que Linda no le presta atención. Logan esboza una sonrisa burlona.

—Enhorabuena —la felicita Sasha—. Seguro que es una carrera muy interesante.

—Lo es —coincide Linda—. De hecho, Leah suele ayudarme a ensayar... O lo hacía antes, cuando todavía no me habían seleccionado, claro. De vez en cuando necesita distraerse del aburrido temario de literatura —concluye, socarrona. Mira a los demás esperando que se rían.

Nadie lo hace.

Me entran ganas de decirle que se largue, que me deje sola con ellos, que son *mis* amigos, no los suyos. Me lo recrimino de inmediato porque estoy siendo egoísta. Linda siempre ha intentado integrarme en sus grupos. Me ha presentado a mucha gente. Como mínimo, debería hacer lo mismo por ella.

Aunque con eso me arriesgue a que la prefieran antes que a mí.

—Mi carrera es un poco... densa —reconozco. Noto la garganta seca—. Hay que estudiar y leer mucho y...

—En resumen, es un coñazo —se ríe Linda.

Mis amigos se miran entre ellos.

—A mí me parece interesante. —Kenny interviene por primera vez. Utiliza un tono afable, pero ya no sonríe.

—Me acuerdo de lo que nos contaste sobre ese libro que habías leído —añade Sasha—. Nos dijiste que...

Linda la corta con un quejido dramático.

—Ah, Leah y su obsesión con los libros. Si queréis un consejo, huid antes de que empiece a hablaros sobre todos los que se ha leído el último mes. Una vez que empieza a hablar, ya es imposible conseguir que se calle. —Me guiña un ojo, divertida—. ¿Verdad, Leah?

—A veces soy demasiado... intensa. —Decirlo en voz alta hace que me escuezan los ojos.

También me tiemblan las manos. Alejo mi vaso para no derramarlo. Me coloco un mechón tras la oreja, me tiro de las mangas del jersey y meto las manos bajo la mesa para apretármelas con nerviosismo.

—A mí me gusta oírte hablar de libros —me anima Sasha. No soy capaz de devolverle la sonrisa.

Sé que miente y lo dice solo para no hacerme daño. Soy demasiado intensa con lo que me apasiona. Debería aprender a callarme y dejar de compartir mis cosas con los demás. No les interesan. No quiero que mis amigos piensen que soy una pesada o, aún peor, que me den de lado por eso. Tengo que cambiar. Ser menos egocéntrica. Si no lo hago, se cansarán de mí y...

—¿Cuál es el último que has leído? —se interesa Kenny. Nunca antes lo había visto tan serio.

—Conociéndola, como mínimo será uno de ochocientas páginas —se burla Linda. Abre mucho los ojos al recordar algo—. Tía, ¿era uno de los guarros? —susurra.

Pero es imposible que los demás no la hayan oído.

—Yo no... —No consigo terminar la frase. Me siento tan humillada que me entran incluso ganas de llorar. No soy capaz de mirar a mis amigos.

Linda se inclina hacia ellos con complicidad.

—A Leah le da vergüenza hablar de estas cosas.

—No me da vergüenza —replico de inmediato.

Me muestra una expresión incrédula, como diciendo «venga ya». Quiero suplicarle que pare de decir esas cosas, que deje de hacerme sentir tan... patética.

—A mí me pone leer novelas así —suelta Sasha de repente.

Kenny está a punto de escupir su café.

Se atraganta y se pone a toser con fuerza.

—¿Qué? —reclama ella ante la reacción de su novio—. Me gustan muchísimo. De hecho, leo una al mes como mínimo. No me parece nada malo. —Se vuelve hacia mí—. La última que leí se llamaba... *Amor pasional*. ¿Te suena?

—Ajá. —Me cuesta horrores sacar fuerzas para hablar—. Es de una autora muy conocida en el sector y...

—¿Sabéis que es lo mejor? —me corta Linda.

Entonces, lo sé. Por su forma de decirlo y esa expresión burlona que tiene en la cara, sé lo que está a punto de contarles.

«Lo mejor es que Leah no solo lee ese tipo de historias, sino que también las escribe.»

Comienza a temblarme la pierna también.

«No, no, no, no...»

«Por favor, no, no, no...»

No puedo más. Creo que voy a vomitar. El corazón me va a toda prisa y siento que el mundo da vueltas y que podría caerme encima en cualquier momento. El repiqueteo de mi pierna es tan violento que lo noto en todo el cuerpo.

De pronto, una mano se posa sobre mi rodilla.

—Linda. —Logan pronuncia su nombre como una advertencia—. Estaba hablando Leah. Y tú la has interrumpido —continúa—. Por cuarta vez.

Me sujeta la pierna con firmeza, lo que hace que deje de temblar. Al mirar hacia abajo, veo sus nudillos tatuados haciendo presión sobre mi piel. Percibo el calor de su mano incluso a través de la tela de mis vaqueros. La distracción ha hecho que se me ralentice la respiración.

A Linda no le ha sentado bien oírlo. Me cede el turno de palabra con un gesto desinteresado.

—Adelante, entonces. Háblales a todos sobre tu colección de novelas eróticas, Leah, no quería interrumpirte. Ni tampoco enfadar a tu perro guardián —añade con desdén.

La mano de él se desliza a la derecha para buscar la mía. Entrelaza nuestros dedos con un movimiento ágil, y encajan como si ya se conocieran, como si hubiéramos hecho esto muchas veces antes. Acabo de darme cuenta de que mis manos seguían temblando. Y que él ha vuelto a hacer que se detengan.

—Si no tienes nada bueno que decir, lo mejor es que te largues. —La voz de Logan es letal esta vez.

—¿Estás de broma? —se sorprende Linda—. Solo le he pedido que nos hable de su colección. Eres tú el que ha decidido pensar que eso era un ataque.

—Linda... —le advierte.

—Deberías empezar a plantearte a qué clase de personas consideras «amigos», Leah. Ya has oído los rumores. Hay gente de la que es mejor mantenerse alejada —expresa con dureza. Se pone de pie—. Voy a ir a buscar a Marcus. Te veo en casa.

No se molesta en despedirse de los demás.

En cuanto se aleja, la tensión en la mesa se disipa de golpe.

—Eso ha sido... —comienza a decir Kenny.

Logan me suelta la mano y aparta su vaso de refresco con un movimiento brusco.

—Voy a necesitar algo más fuerte —gruñe.

—Ya somos dos —coincide Kenny levantándose también.

Se marchan hacia la barra sin decir nada más.

Yo apoyo los codos sobre la mesa, me paso las manos por la cara e intento tranquilizarme para que no se me escapen las lágrimas. Sasha me observa con tristeza.

—Estoy bien —me apresuro a decir. Me tiembla la voz—. Linda no siempre es así. Yo... no sé qué le ha pasado. Creo que quería caeros bien y...

Ella alarga la mano para agarrar la mía.

—Es tu amiga. Lo que acaba de hacer no me ha gustado, pero tú la conoces mejor que yo. Por eso no voy a criticarla. Solo quiero que tengas presente que yo también estaré aquí para ti siempre que lo necesites.

—Lo sé. —Mi voz sale ronca—. Gracias.

—Cada vez que necesites contarle tus problemas a alguien... o incluso distraerte hablando sobre tonterías, quiero que acudas a mí. A Linda también, por supuesto, si eso te hace sentir bien, pero no me dejes de lado. —Me mira a los ojos—. Quiero cuidar de ti, ¿entendido? Igual que sé que tú cuidarás de mí.

Pestañeo para no echarme a llorar.

—Gracias, Sash —repito una vez más.

—No las des. —Me suelta y se echa hacia atrás en su asiento—. Eres mi amiga. Y las personas como tú, a las que se les da tan bien escuchar, también necesitan que las escuchen de vez en cuando.

14

LA HABITACIÓN DE LEAH

Logan

Esa noche salgo a correr. No tengo mucho tiempo libre entre el trabajo y la universidad, pero intento hacerlo siempre que puedo. Voy al paseo del río y lo recorro a buen ritmo mientras la música suena por mis auriculares y controlo el oxígeno que entra y sale de mis pulmones. A los cuarenta minutos, mis músculos empiezan a quejarse. Me concentro en el dolor físico mientras la brisa fresca de octubre se me cuela por el cuello de la sudadera.

Eso me ayuda a no pensar en el dolor de cabeza.

Estoy... saturado. Me siento como si mi cerebro estuviera a rebosar y no hubiera podido vaciarse. Sospecho que se debe a la falta de sueño. Estoy tan cansado que lo único que me apetece es dormir durante horas. El problema es que sé que, en cuanto me deje caer en la cama, mi mente volverá a torturarme. Regresarán la angustia, la ansiedad y todos esos pensamientos intrusivos que me mantienen despierto. Samuel. El tatuaje. Clarisse.

Clarisse. Clarisse. Clarisse. Clarisse.

Esa constante y asfixiante sensación de culpa.

Son las once pasadas cuando llego a casa. La abuela ya debe de estar dormida, así que intento no hacer ruido al cerrar la puerta y me quito la sudadera. El sudor frío hace que la camiseta interior se me pegue a la espalda. Voy directo al baño para darme una ducha. Dejo la ropa sucia en el suelo y me froto la cara varias veces cuando me meto en la bañera y el agua caliente comienza a caer.

«Despierta, despierta, despierta.»

Últimamente soy poco productivo. Por más que me paso horas dibujando, borrando y rehaciendo líneas, no consigo nada que me guste. Todo lo que avanzo un día lo elimino al siguiente porque no me parece lo suficientemente bueno. Cuando se lo comenté a Will, mi jefe, me dijo que necesitaba darme un descanso, que tenía que *parar*. Pero no puedo. No cuando Samuel ya me ha llamado varias veces esta semana para preguntarme cuándo puede pasarse por el estudio.

No después de que le haya dicho que venga el lunes, aunque todavía no tenga nada.

Al salir de la ducha, me enrollo una toalla en la cintura y limpio el vaho del espejo. Me percato de lo cansado que parezco, de mis ojeras y mi rostro apagado; no me extraña que Leah hiciera preguntas esta mañana. Kenny y Sasha me conocen mejor, pero ella es más observadora. Por eso es la única que ha notado que algo no va bien.

Por suerte, no quiso indagar mucho. Es bueno que no seamos *tan* amigos. No hay necesidad de que nos preocupemos el uno por el otro.

«Creo que lo que sientes es vacío.»

Dudo. Y entonces cojo el móvil y entro en la galería. Tengo una carpeta con vídeos y fotos de Clarisse. Me prometí que los vería cuando estuviese listo, pero han pasado diez meses desde que se fue y todavía no lo he hecho. ¿Cómo no voy a estar bloqueado con el tatuaje de su hermano si no me permito recordarla? Estoy huyendo de nuestra historia como un cobarde. No quiero pensar en ella. No lo soporto, no lo soporto.

Clarisse se merece que la amen y la recuerden.

Yo no dejo de fallarle.

«Creo que lo que sientes es vacío.»

Dejo el móvil y salgo del baño.

Una vez que he pasado por mi cuarto para vestirme, voy al salón porque la luz está encendida. Allí encuentro a la abuela sentada en su butaca. Tiene puestas las gafas de leer.

—Pensaba que ya te habrías ido a dormir —comento apoyándome de brazos cruzados contra el marco de la puerta.

Ella alza la mirada hacia mí.

—¿De dónde vienes? —inquiere antes de volver a centrarse en lo que sea que esté leyendo.

—He salido a correr.

—Tienes suerte de no haber llegado antes. ¿Te acuerdas de Gertrudis, de mi clase de zumba? La he invitado a casa a tomar un café. Y no se ha relajado hasta que se ha asegurado de que no estabas. Creo que sigue pensando que eres discípulo de Satanás.

—¿No es la misma que decía que parezco un delincuente?

—Cariño, estás a medias entre las dos cosas.

—¿Es por los tatuajes?

—Marcas imborrables del demonio —expresa de forma dramática. Los dos sonreímos—. Te he dejado cena en la cocina. Puedes coger un yogur también, si quieres. No toques los de vainilla. Son los favoritos de Leah.

No me sorprende que esté tan pendiente de ella. Mi abuela está encandilada con esa chica.

—¿Desde cuándo Leah te cae mejor que yo?

—Es mi nueva nieta política.

—No creo que eso funcione así.

—Se acuerda de regar mis geranios todas las tardes. Se ha ganado el título a pulso —anuncia como si eso bastara para justificar que Leah le haya robado el corazón—. Es muy buena chica, ¿sabes? Nada comparado con la última profesora que tuve.

No me extraña. Esa mujer no era profesional. Le dijo a mi abuela que era un caso perdido después de estafarla dándole clases que no servían para nada. Temía que Leah pudiera hacer lo mismo, que su intención no fuera enseñar y solo viniera a ganar dinero. Estaba equivocado. No sé cuánto habrá aprendido con ella, pero desde que la conoce mi abuela parece más... feliz.

—Me alegro de que la contrataras. —Aunque en su momento le dije que hacerlo sería un error, he cambiado de opinión. Como esperaba, mi abuela no desperdicia la oportunidad de reprochármelo.

—Parece que alguien se ha comido sus palabras, ¿eh?

—Quizá, pero no se lo digas. No voy a darle el gusto.

En lo que respecta a Leah, eso ya me ha pasado demasiadas veces. No es del todo desagradable. Creo que me gusta que sea capaz de sorprenderme.

—¿Qué hay entre vosotros? —pregunta la abuela, dirigiéndome una mirada significativa por encima de las gafas.

—¿A qué te refieres?

—Lo he notado. Cuando vuelves del trabajo y ella está a punto de irse... he visto cómo os comportáis. Siempre me doy cuenta de esas cosas, cariño. Y vosotros sois muy obvios.

—Somos amigos —contesto.

—¿Solo amigos? —Niega con la cabeza sin creerse ni una palabra—. Los amigos no se miran así.

Tiene razón. No lo hacen, pero no me apetece pararme a pensar en ello.

—Creo que ver tantas telenovelas turcas te está haciendo ver cosas donde no las hay —bromeo.

—Solo asegúrate de no darme bisnietos antes de tiempo.

Como el nieto educado que soy, le enseño el dedo de en medio y ella suelta una exclamación ahogada que me arranca una sonrisa.

Voy a por la cena a la cocina. Hay un plato de carne con verduras tapado sobre la encimera. Ya se ha enfriado. Como me da pereza recalentarlo en el microondas, me limito a cogerlo, sacar un tenedor del cajón y llenarme un vaso de agua antes de volver a la sala de estar. Me dejo caer en el sofá frente a la abuela, que está concentrada en su lectura.

Me meto un trozo de carne en la boca mientras miro el montón de hojas que tiene en el regazo. El documento está incluso encuadernado.

—¿Qué es eso? —interrogo con la boca llena—. ¿Leah te ha dejado deberes?

—Más o menos. —Frunce el ceño—. Cariño, ¿sabrías decirme lo que es un *déjà vu*? ¿Es una forma educada de decir... eyaculación?

Me atraganto con la carne.

Toso con fuerza mientras me doy golpes en el pecho. La abuela sigue bastante tranquila. Cualquiera diría que no acaba de pronunciar la palabra «eyaculación» sin contexto delante de mí.

—¿Vas a decirme lo que es o no? —insiste con impaciencia.

—¿Qué diablos estás leyendo? —demando cuando por fin logro recuperarme, consternado. Bebo agua para aliviar el ardor de mi garganta.

—Ahora que lo mencionas, es un capítulo interesante. Los

protagonistas estaban manteniendo un momento romántico... y él ha dicho que estaba teniendo un *déjà vu.* Leah me ha dicho que, si no entiendo una palabra, intente sacarla por el contexto. Imagino que Hunter ha tenido una eyaculación precoz y que...

Mi cerebro hace clic nada más oír ese nombre.

Hunter.

—Te lo ha dejado —articulo sin creérmelo.

En cuanto entiende a qué me refiero, la sangre abandona su rostro y se queda pálida como la nieve.

—Dame eso. —Me levanto de un salto.

Trato de quitarle el libro, pero ella intenta golpearme con él.

—Ni lo sueñes, jovencito. Leah me mataría si te lo prestara.

Eso confirma mis sospechas.

Necesito conseguirlo. Como sea.

—¿Cómo es que tú lo tienes?

—Sé jugar mis cartas, muchacho.

—¿Qué hiciste?

—La chantajeé.

—Abuela, no me jodas.

—¡Esa boca!

—¿El chantaje no está penado con cárcel?

—Que me arresten, pues.

Hago ademanes de acercarme de nuevo y ella levanta el libro con aire amenazador. Retrocedo con las manos en alto antes de que intente dejarme inconsciente.

—Tarde o temprano te despistarás y lo leeré —le advierto.

—Le prometí a Leah que me encargaría de que no lo tocases y es justo lo que voy a hacer. —Para darle más énfasis, se levanta, rodeando la novela con los brazos, y pasa por mi lado con la cabeza alta—. Lo siento, cariño, no hay forma humana de que *Bajo la piel* vaya a caer en tus manos.

—Estoy seguro de que a Leah no le importaría.

—Oh, le importa, créeme. —Su forma de decirlo me hace cuestionarme si habrán hablado sobre ello, sobre *mí.* Camina hacia la puerta. Justo antes de salir se gira con los labios fruncidos—. ¿Sabes si le ha ocurrido algo? Hoy parecía... distraída. ¿Ha vuelto a tener problemas con esa amiga suya? Parecía muy contenta cuando me dijo que se habían reconciliado.

Mi humor cambia de manera drástica. ¿Amiga? Linda no se merece ese título. No después de cómo ha tratado a Leah esta mañana.

—Puede que esté agobiada con las clases —miento. Es decisión de Leah si contárselo o no. Sin embargo, por más que intente actuar como si nada, no logro ocultar mi repentino mal humor.

La abuela suspira con tristeza. Pese a que no hace más preguntas, me da la sensación de que sabe mucho más de lo que deja entrever.

—A veces pienso que Leah es demasiado buena para su propio bien. —Y no podría estar más de acuerdo con ella. Señala con la cabeza una prenda arrugada marrón que hay sobre la silla—. Antes se le ha olvidado llevarse su bufanda. ¿Crees que podrías devolvérsela?

—Se la daré mañana cuando nos veamos.

—También podrías pasarte ahora por su casa.

—Abuela, son las once de la noche.

—Te vendrá bien una distracción. No creas que no he notado lo poco que has dormido estos días.

Intento ignorar la manera en la que se me revuelven las entrañas. No es que haya intentado ocultárselo, pero sería mejor que no lo supiera. Estoy bien. No necesito que ella, ni nadie, se preocupe por mí.

—Tengo a más gente con la que distraerme —rebato—. Como Kenny. O Sasha.

—Pero a ellos no tienes que devolverles nada.

Me ofrece una media sonrisa antes de irse a su dormitorio. Alejo el plato de comida y me echo atrás en la silla. He perdido el apetito. Y no es solo porque la abuela haya descubierto mis problemas de insomnio.

Conozco a Linda. Sé lo que es capaz de hacer cuando está desesperada por llamar la atención. Lo de esta mañana ha sido una escena de celos. No hacia mí, sino hacia Leah. Linda tiene complejo de abeja reina, y todas las reinas necesitan súbditos que las sigan allá adonde vayan. Si Leah tiene más amigos, es menos manipulable. Así de fácil. Por eso se ha esforzado tanto en hacer que se sintiera incómoda con nosotros.

La manera en la que ha intentado humillarla ha sido... joder.

Pero eso no es lo peor.

Lo peor es que Leah se lo ha permitido.

La chica con carácter que discute conmigo cada vez que suelto un comentario fuera de lugar, la que se ganó a Kenny devolviéndole las bromas, la que le plantó cara a Hayes al meterse conmigo en ese dichoso armario la noche de la fiesta, no se parecía en nada a la que estaba sentada con nosotros esta mañana. La Leah que yo conozco es valiente y obstinada.

¿La de esta mañana?

Esa era solo un fantasma.

Tan callada. Vulnerable. Tan sumisa.

Sabía que intervenir solo empeoraría su situación con Linda. Por eso he mantenido la boca cerrada durante buena parte de la conversación. Hasta que ya no lo he aguantado más. Cuando le puse una mano en la rodilla, temblaba tanto que me sorprendió que no estuviera moviendo la mesa. Luego entrelacé mi mano con la suya. Y me dieron bastante igual las advertencias que mi lado racional me enviaba al respecto. ¿Qué coño iba a hacer, si no? ¿Quedarme ahí parado mientras ella parecía estar a punto de sufrir un ataque de ansiedad?

Sé cómo son esas cosas. Las he vivido. No se las desearía a nadie.

Si tuviera que defenderla de nuevo, lo haría sin pensarlo dos veces.

Saco el móvil y, sin tener ni idea de lo que me voy a encontrar, entro en el buscador y escribo *Bajo la piel.*

Hago clic en el primer resultado.

Así es como Leah vuelve a cerrarme la boca.

Ocho millones de visitas.

Jo-der.

Leah

Logan
¿Estás en casa?

Me envía una foto de mi bufanda marrón arrugada en el asiento trasero de su coche. Hoy he ido a darle clases a Mandy y debo de habérmela dejado en su casa. Me gustaría tenerla de vuelta, pero no es tan urgente como para hacer que Logan venga hasta aquí. Menos aún a estas horas.

Antes de que me dé tiempo a contestar, recibo otro mensaje.

LOGAN
Bueno, olvídalo, sé que estás en casa.
Ábreme. Estoy abajo.

Más le vale que sea una broma. Me inclino sobre el escritorio para mirar por la ventana, que da a la carretera. El coche de Logan está aparcado abajo con las luces todavía encendidas. Capullo. Pues claro que no era una broma. No me lo puedo creer.

Unos minutos más tarde, abro la puerta de la entrada para encontrarme con sus ojos oscuros.

—¿Cómo sabías que estaba en casa?

—He visto la luz de tu cuarto encendida. Además, es miércoles por la noche y, hasta donde sé, tú eres la chica buena. —Se toma un momento para mirarme de arriba abajo, sin molestarse en disimular—. Buenas noches a ti también.

No necesito preguntar cómo sabía cuál era mi ventana. Nuestro piso solo tiene dos habitaciones que dan a la calle y una de ellas es la de Linda. No quiero pensar en la de veces que Logan habrá estado allí.

—No tenías que venir solo para esto —mascullo cuando me lanza la bufanda y la atrapo al vuelo.

—No tenía nada mejor que hacer. —Me rodea para entrar con las manos en los bolsillos. Me quedo un momento junto a la puerta, asimilando que está en mi casa ahora mismo. Él me mira por encima del hombro desde el pasillo—. ¿Dónde está Linda, por cierto?

Cierro la puerta con cuidado, notando la suave textura de la bufanda contra la mano izquierda.

—Ha salido a cenar con Marcus otra vez.

—Suena a que van bastante en serio.

—¿Te importa? —Lo miro con interés.

—Me alegro por ella. —Y seguro que también se alegra por sí mismo. Desde que Linda empezó a «salir» con Marcus, no ha mencionado a Logan ni una sola vez. De hecho, creo que tampoco han vuelto a hablar.

Al menos, no hasta esta mañana.

Mentiría si dijese que no he pensado en lo que ocurrió en el Daniel's. Estoy acostumbrada a que Linda haga esa clase de cosas de vez en cuando. Sasha y Kenny notaron que me sentía incómoda... y creo que me defendieron. Pero Logan fue más allá. Él se dio cuenta de la realidad; que estaba nerviosa, alterada, al borde del colapso. Me tranquilizó porque sabía que era justo lo que necesitaba. Y lo único que tuvo que hacer fue tocarme.

—¿Dónde está tu habitación? —pregunta de repente.

Se me dispara el pulso.

—¿A ti qué más te da?

—Curiosidad. —Se encoge de hombros—. No irás a dejarme solo en el pasillo, ¿no?

—También podrías irte a casa.

—¿Me estás echando?

—Ya me has dado la bufanda.

—También te he dicho que no tengo nada mejor que hacer. —Su actitud bromista se tambalea cuando nota que no me fío de sus intenciones. Tras sostenerme la mirada unos segundos, aprieta los labios en una línea fina—. Leah, llevo trabajando toda la tarde. Y ahora, en cuanto vuelva a casa, me encerraré en mi cuarto y seguiré haciéndolo durante toda la noche. He venido porque me apetecía hablar con alguien. Pero puedo largarme, si lo prefieres.

—También podrías probar a descansar —contesto suavizando el tono, aunque ya sospecho cuál será la respuesta.

Él gira sobre sus talones para abarcar con la mirada todo el pasillo.

—¿Y bien? ¿Cuál es?

Suspirando, señalo con la cabeza la puerta que hay a su lado. Al menos tiene la decencia de esperar a que entre yo primero. Voy directa hacia el escritorio, donde mi portátil ha entrado en modo suspensión. Con el rabillo del ojo veo que Logan escudriña el cuarto con interés.

—Me lo imaginaba diferente —comenta.

—¿Rosa y con purpurina por todas partes?

Eso le hace sonreír.

—¿Es tu colección de libros? —Se detiene junto a la estantería. Vuelca toda su atención sobre los títulos de la balda intermedia. Me invade la vergüenza al pensar que puede estar buscando los que Linda ha mencionado esta mañana.

—La mayoría están en casa de mis padres —aclaro por si acaso—. Esos son solo los últimos que he comprado.

—Hay al menos treinta.

—Leo mucho.

—Claro que lo haces —masculla para sí. Saca uno al azar de la estantería—. ¿Puedo?

Reconozco el título. Ese todavía no lo he leído.

—¿Servirá de algo que diga que no? —Su sonrisa me sirve como respuesta—. Solo procura no leer nada en voz alta.

Lo dejo hojeando el libro y me giro hacia el escritorio. Desde que ha llegado, la habitación me parece demasiado pequeña. No sé cómo narices actuar. Logan está demasiado tranquilo. Y yo solo puedo pensar en que el último chico con el que estuve a solas en mi dormitorio fue Hayes. Y no estaba ni la mitad de nerviosa que ahora.

Recuerdo lo que ha dicho, que ha venido solo porque le apetecía hablar con alguien, y hago esfuerzos por relajarme. Somos amigos. Más o menos. No hay razones para que me invadan los nervios. Con esto en mente, obligo a mis piernas a moverse y me siento frente al portátil. Pulso una tecla y el documento en blanco del capítulo 26 se ilumina en la pantalla.

—... «y ya no existía nada más, solo él y yo en sintonía, como si ahora solo fuéramos uno, mientras su cuerpo se movía contra el mío. El cielo y la noche y las estrellas empezaron a danzar para nosotros...» —Me pongo rígida al oír su voz a mi espalda. Chista con desaprobación—. Qué cursi.

Vuelvo la cabeza hacia él, atacada.

—Te he dicho que no leyeras nada en voz alta.

—Tus escenas me gustan más. —Deja de nuevo el libro en la estantería—. Cuando yo pienso en el sexo, no me imagino a las estrellas bailando.

—Es una metáfora.

—No, es una cursilería.

—Tienes una visión bastante pesimista.

—¿Sobre el sexo? ¿Por no pensar en las estrellas? —replica caminando hacia mí—. No soy fan de las metáforas. Prefiero las cosas directas y explícitas, como las que escribes tú.

Su afirmación me pone el estómago del revés. Logan se deja caer sobre mi cama. El colchón cruje y se hunde bajo su peso.

—Claro —ironizo al verlo apoyar la cabeza sobre la almohada—. Ponte cómodo.

—Lo estoy. Gracias. —Bosteza y cruza las manos tras la cabeza. Sus músculos se tensan bajo la sudadera. No aparto la vista hasta que él vuelve a hablar—. ¿Qué estabas haciendo?

Miro el ordenador, hacia el documento vacío.

—Escribir.

—Sigue, por favor. Siento curiosidad por tu proceso creativo.

—Sientes curiosidad por todo.

—Por ti, en especial. Te lo dije.

Lo hizo, y quizá sea porque estamos a solas en mi cuarto, pero esta vez sus palabras tienen un efecto diferente en mí, bastante más arrollador. Me aclaro la garganta tratando de no mostrarme afectada.

—No estoy escribiendo lo que tú crees.

Sus ojos centellean divertidos.

—¿Y qué creo?

—Sabes a lo que me refiero.

—En realidad, no. —Su sonrisa me deja claro que está mintiendo. Voy a volver a prestarle atención al ordenador cuando añade—: ¿Es algo parecido a la escena del espejo?

—¿Cuántas veces la has leído?

—¿De verdad quieres saberlo?

—Probablemente no.

—Muchas. —Hace una pausa—. Ya te lo he dicho. Me gusta lo que escribes. Y cómo lo escribes.

—Hasta que decida meter metáforas.

—Entonces averiguaremos si así dejas de gustarme.

Como escritora. Gustarle *como escritora.*

Me obligo a mantener mis emociones a raya y, agradeciendo

el silencio, me centro de nuevo en escribir. O lo intento. Coloco las manos sobre el teclado y suplico que se me ocurra algo. Lo que sea. No sale nada. Si ya me resulta difícil de por sí, que las palabras fluyan teniendo a Logan a un metro de distancia es imposible.

—Siempre te muerdes el labio cuando te concentras.

Dejo de hacerlo enseguida. No tenía ni idea de que fuera tan observador.

—No puedo concentrarme si me estás mirando.

—Y yo no puedo dejar de mirarte.

Me vuelvo hacia él esperando que se ría y me diga que era solo una broma, pero sigue observándome en silencio. Los escasos segundos que tarda en sonreír se me hacen eternos.

—Eres la única cosa viva de este cuarto que puede darme conversación —argumenta. Sus ojos siguen sobre los míos.

—Será por eso.

—¿Por qué iba a ser, si no?

En cuanto termina de hablar, su mirada baja hasta mis piernas desnudas. Mi pijama consiste en una camiseta ancha que me llega hasta los muslos y unos pantalones tan cortos que no asoman por debajo. Debería haberme puesto ropa decente antes de abrirle la puerta. De hecho, he estado a punto de hacerlo, pero he cambiado de opinión en el último momento.

Creo que en el fondo prefería que Logan me viera así vestida.

—Bonitos pantalones —comenta con tranquilidad.

Más me vale no estar poniéndome roja.

—Me sigues mirando —respondo.

—Sigues siendo la única cosa *viva* de esta habitación. Ni siquiera yo me encuentro tan interesante como para hablar conmigo mismo.

Estoy a punto de bromear diciéndole que ni él mismo se aguantaría, pero entonces me permito mirarlo con más atención. Aunque es fácil pasarlo por alto cuando bromea así, parece agotado. Incluso más que esta mañana.

—¿Hace cuánto que no duermes?

—¿Quién mira ahora a quién?

—Logan. —Me pongo seria.

—Cuidado, chica buena, o empezaré a pensar que de verdad te preocupas por mí.

—¿Cuánto? —insisto.

—No duermo más de tres horas al día. Cuatro en el mejor de los casos. Tengo demasiadas cosas en la cabeza. —Se frota la cara, como si solo de pensar en dormir ya le entrara..., bueno, sueño—. Normalmente el insomnio no es tan brutal. El mes pasado dormí casi con normalidad. Este está siendo peor.

—¿No estás cansado?

—Sí, claro que estoy cansado.

Su susurro débil me rompe el corazón.

—No me mires así —me suplica con incomodidad—. Me gusta trabajar de madrugada. Estoy bien. No es para tanto.

No me lo creo.

No está bien. Nadie que no descanse lo está. Ya no solo por las consecuencias de no dormir lo suficiente..., sino también por lo que sea que le provoque el insomnio. ¿Ansiedad, quizá? Leí en alguna parte que suele afectar al sueño. No me importa lo que diga. Sí que es para tanto. No está bien. No es normal que le ocurra tan a menudo.

Él coloca mejor la cabeza sobre la almohada y cierra los ojos.

—Háblame sobre tus libros —murmura con voz queda—. Cuéntame lo que te apetezca.

—¿Por qué? —Me adelanto al verlo abrir la boca—. No me digas que es curiosidad.

—Necesito mantener la cabeza ocupada. Dime por qué estás bloqueada.

—¿Cómo sabes que...?

—Tienes el documento en blanco.

Sí que me ha mirado con atención antes, al parecer.

—No es un bloqueo. Solo es... falta de inspiración. Suelo dejarme llevar al escribir, pero estoy en un punto de la novela que requiere más planificación.

—¿Por qué? —Me desconcierta que siga preguntando.

Lo miro con desconfianza.

—Si te lo cuento, te aburrirás.

—No creo que tú vayas a aburrirme.

—El resto de la historia no es como lo que leíste —insisto, por si acaso piensa que los tiros van por ahí.

—Doy por hecho que tiene que haber más que sexo en una historia de amor. Y que hablarán... de sus sentimientos y todas esas mierdas.

—Tú y tu corazón de piedra. Se me olvidaba.

Una media sonrisa tira de sus labios.

Todavía tiene los ojos cerrados.

—Sigo esperando a que empieces a hablar.

—La razón por la que no tengo inspiración es que necesito un conflicto. —Me muerdo el labio con indecisión—. ¿Te acuerdas de Hunter y Samantha?

—Sí, claro. El empresario y la supermodelo.

—Exacto. Pues ahora ellos... —Me interrumpo al terminar de procesar lo que acaba de decir—. Un momento, ¿cómo sabes eso?

—Leí lo que me mandaste, ¿te acuerdas?

—Ahí no lo mencionaba. —Conozco mi forma de escribir; es imposible que me pusiera a dar esa clase de detalles durante una escena explícita.

Él me mira con una sonrisa y a mí se me cae el alma a los pies.

—¿Cómo? —demando, atacada.

—En defensa de mi abuela, diré que tenía el libro a buen recaudo. Se me ocurrió buscar el título en internet.

—No. —Me levanto de un salto. Logan abre la boca para responder. No le dejo decir nada—. ¿Cuánto has leído?

—Solo cinco capítulos. No me ha dado tiempo a mucho más. Seguiré cuando regrese a casa. Estoy deseando volver a leer ciertas partes teniendo contexto.

Me dejo caer en la silla y me paso las manos por la cara, frustrada y avergonzada a partes iguales. Podía soportar que hubiera leído esos dos capítulos sueltos, pero ¿toda la historia? Si el universo está mandándome señales para que deje de escribir, que pare de una vez..., ya he pillado la indirecta.

Me pregunto si mis lectores se enfadarían mucho si eliminase el libro entero para que Logan no pueda continuarlo.

—Me sorprende que reacciones así —comenta—. Sobre todo teniendo en cuenta la cantidad de gente desconocida que te lee por internet. Basta con buscar el título de la novela para que tu nombre aparezca por todas partes, Leah.

—No quería que tú lo leyeras.

—Pensaba que no te avergonzabas de lo que escribías.

—Y no lo hago, pero...

—Yo me enteré por casualidad. A Kenny y a Sasha ni siquiera se lo has contado. Estoy seguro de que se alegrarían por ti.

—O se burlarían durante días.

—¿Es lo que crees? —Noto un deje de decepción en su voz.

—No, pero...

—Escribir es lo que te apasiona. Se te da bien. Y hay mucha gente ahí fuera a la que le encanta lo que haces. ¿Por qué diablos iba nadie a burlarse de ti? —Me muerdo el interior de la mejilla y él lee la respuesta en mi rostro—. Si es por esas escenas, créeme, nadie se va a escandalizar. No tenemos cinco años. El sexo es algo natural.

A diferencia de mí, que sigo alterada, él parece bastante cómodo hablando del tema. Tenemos puesta la calefacción a máxima potencia, por lo que no me sorprende que se enderece para sacarse la sudadera por la cabeza. La deja sobre la cama antes de volver a apoyarse contra la almohada, mirándome. Mis ojos se posan, dudosos, sobre los tatuajes de sus brazos, ahora al descubierto. No consigo reunir el valor y mirarlos lo suficiente como para saber lo que son.

—No me creo que tú, precisamente, estés ayudándome a tener más confianza en mi trabajo —le digo subiendo mi mirada hasta la suya.

—No lo haría si no creyera que tienes motivos para sentirte orgullosa.

Sospecho que él es consciente de cómo me afectan cada una de sus palabras, porque una media sonrisa se forma en sus labios.

—Si necesitas ideas para más escenas como la del espejo, avísame. Se me ocurren unas cuantas.

Pongo mala cara. Ya empezamos otra vez.

—Prefiero no escucharlas.

—No me digas que vas a ponerte celosa.

—¿Estarían basadas en tu experiencia?

—¿Está lo que he leído basado en la tuya?

—No —contesto tras un cruce de miradas. No tiene sentido

afirmar lo contrario. Escondo la mano bajo la mesa y me aprieto la rodilla para calmar mis nervios.

Logan sigue observándome.

—¿Y no tienes curiosidad? —pregunta.

Otra vez esa dichosa palabra.

—¿En qué sentido?

—¿Nunca te has planteado cómo sería... hacer algo así? —Se me acelera el corazón. Dios santo—. Quizá deberías buscar a alguien. Para recrear esas escenas. Y convertir las fantasías en experiencias.

—No me gustan esas cosas.

Las palabras salen de mi boca sin que me dé tiempo a pensarlas primero. Solo quería zanjar el tema, pero el brillo en sus ojos me deja claro que ahora está aún más interesado.

—¿Qué no te gusta, exactamente? ¿Qué te metan mano delante de un espejo? ¿Cómo lo sabes si nunca lo has probado?

—No voy a contestar a esa pregunta.

—Somos amigos. Los amigos hablan sobre esa clase de cosas.

Ambos sabemos que no lo hacen.

—No me refería a eso —respondo de todas maneras.

«Creo que no me gusta que me toquen.»

Cuando lo hago yo misma no es desagradable. Si hay otra persona involucrada, las cosas se complican. Cada vez que Hayes y yo nos acostábamos, él estaba desesperado por llegar a la parte de la penetración. Eso hacía que todo lo que ocurría antes —sobre todo lo que implicaba darme placer a mí— tuviera que ser rápido. Y yo no puedo ir rápido. Soy... complicada. O defectuosa, no lo sé. Me agobiaba cada vez que pensaba que él estaba deseando que terminara de una vez.

Así que le pedí que dejara de hacerlo.

No disfrutaba tanto, pero al menos tampoco sentía angustia.

Logan debe de haber leído mi confesión entre líneas. Silba, sorprendido.

—Veo que Hayes era bastante inútil.

—Me ocurría lo mismo con cualquiera. —No lo digo para defender a mi ex, sino porque lo pienso de verdad.

—¿Has estado con alguien más?

—No necesito hacerlo para saber que el problema está en mí.

—No creo que haya ningún problema en ti.

La intensidad de su mirada me desarma por completo. Me obligo a apartar la vista con el corazón a mil. La tensión en el ambiente se ha disparado y hace incluso más calor. En busca de una distracción, utilizo mi portátil para entrar en internet y escribo algo en el buscador. Quería dar esta dichosa conversación por terminada, pero pronto caigo en que el silencio tampoco ayuda.

—«Todo lo que necesitas saber para asestar un buen puñetazo.» —Logan lee en voz alta lo que aparece en la pantalla—. Espero que no planees utilizar esa información contra mí.

Me llega el aroma de su colonia. Ahora está de pie detrás de mí, con un brazo sobre el respaldo de mi silla y la mano izquierda apoyada en el escritorio. Miro los tatuajes de su antebrazo. Son los engranajes de un reloj mezclados con frases inentendibles y enredaderas. Continúo bajando hasta que veo sus largos dedos abiertos sobre la mesa.

La duda me provoca un tirón en el bajo vientre.

Si esas manos me tocaran...

—No planeaba usarlo contra ti. —Mi boca me hace contestar a pesar de que tengo la cabeza en otra parte.

Su aliento casi me roza la oreja.

—Entonces dime que será tu venganza contra Hayes.

—Necesito documentarme para la novela. Se supone que Hunter se pelea en el próximo capítulo.

—¿No sabes cómo dar un puñetazo?

—No sé cómo hacerlo bien.

Se sienta en la cama y, sin previo aviso, me agarra la muñeca para que me gire hacia él. Su piel arde en comparación con la mía.

—¿Qué haces? —pregunto de inmediato.

—Enseñarte. Conmigo aprenderás antes que con internet. No es difícil. —Me hace cerrar los dedos en un puño y me da unos toquecitos en el pulgar—. Este dedo es vulnerable —me explica, cerrándolo por fuera de los demás—. Si Hunter lo esconde, se hará daño. Ya que dices que es un chico malo, lo normal es que sepa golpear.

—¿Por eso sabes tú?

—Yo sé porque los problemas me persiguen, no porque yo

los busque. —Termina de colocarme la mano y, por instinto, me levanto al mismo tiempo que él, queriendo anticiparme a sus movimientos—. Vamos, prueba.

—¿Quieres que te dé un puñetazo?

—Lo dices como si no te encantase la idea.

—Me pesaría la conciencia si te hiciera daño.

—No vas a hacerme daño. Y así podrías narrar mejor lo que se siente al golpear. —Al verme dudando, abre la mano izquierda junto a su cara y lanza un desafío—. Vamos, chica buena. No seas cobarde.

Le doy un puñetazo con bastantes ganas.

Esperaba que lo recibiera sin inmutarse, pero se deja caer dramáticamente sobre la cama, como si lo hubiera derribado con mi fuerza supersónica.

—Muerto —anuncia con los ojos cerrados—. Acabas de destrozarme. No sigas, por favor, ten piedad.

Agarro un cojín y se lo tiro a la cara. Él estalla en carcajadas.

—Vete al infierno —gruño.

—Así me gusta. Las chicas buenas te mandan a la mierda sin decir palabrotas.

Lo miro de mal humor. Su expresión burlona hace que me entren ganas de golpearlo de nuevo, esta vez con algo que duela bastante más, como uno de esos libros que ha cotilleado antes. Me dejo caer en la silla para tranquilizarme. Cierro el anuncio que ocupa toda la pantalla del portátil —una especie de campaña de concienciación promocionada por un tal Liam Harper— y abro el archivo del capítulo 26. Lo único que quiero es escribir.

Por desgracia, es imposible ignorar lo mucho que me afecta su presencia.

—Deja de mirarme —le exijo con sequedad.

—Me gustas cuando te enfadas y no te dejas pisotear —dice—. Bastante más que cuando agachas la cabeza, como hiciste con Linda esta mañana.

Me recorre una oleada de irritación.

—No voy a hablar de eso —sentencio.

Menos aún si hacerlo implica que me eche cosas en cara. Linda y yo somos amigas. Puede que no se haya comportado de la mejor manera, pero solo intentaba caerles bien a mis amigos. No puedo culparla por querer encajar.

Además, Logan y ella tienen su historia. Está claro que él no va a ser imparcial.

—Sigo pensando que deberías contarle a Kenny y a Sasha lo de tus libros. —Por suerte, es él quien decide cambiar de tema—. Estoy seguro de que se alegrarían por ti. Y Sasha te mataría si se enterase por otros medios.

Me muerdo el labio. En eso sí que tiene razón.

—Lo pensaré.

—También podrías explicarme a mí cómo es que eres famosa en internet y yo no me había enterado.

—No soy famosa —discrepo.

Logan me mira como si acabara de decirle que me tomo la sopa con tenedor.

—Tienes como ocho millones de fans. Si eso no es ser famosa, ¿qué diablos es?

—No son fans, son lecturas. Hace unos años empecé a publicar mis libros en un... foro *online*. Ahora hay bastante gente que las lee, pero no es nada importante. No es que gane dinero ni nada de eso.

—Es tu trabajo. No necesitas ganar dinero para considerarlo importante.

—Subo un capítulo nuevo cada una o dos semanas —continúo—. *Bajo la piel* no es mi única novela, pero es la que más apoyo recibe. Todavía no la he terminado y ya hay gente que me pide que la publique en papel, cosa que ahora mismo me parece imposible.

—¿Lo es? —inquiere desde el desconocimiento.

—De momento no me planteo autopublicar, así que solo tendría una oportunidad si una editorial se fijara en ella. Es difícil teniendo en cuenta la cantidad de obras que hay ya en el mercado.

Logan ha vuelto a tumbarse sobre la cama. Cierra los ojos otra vez.

—Lo conseguirás —me asegura.

—¿Dónde quedó el señor pesimista?

—Ni yo puedo ser pesimista con cosas tan obvias.

—Veo que la falta de sueño te hace ser más amable que de costumbre.

Él exhala algo parecido a una risa.

Entrelaza las manos sobre el estómago.

—Sigue hablándome sobre tu historia. Decías que necesitabas un conflicto.

Asiento, aunque no me está mirando. Cruzo las piernas sobre la silla para ponerme cómoda.

—Quiero que Hunter se pelee en el próximo capítulo, pero no se me ocurre una buena razón.

—¿Para qué vas a hacer que se pelee, entonces?

—Es sexy —argumento encogiéndome de hombros. Él abre un ojo para mirarme.

—Recuérdame que te mantenga lejos de mí la próxima vez que me pelee con alguien, perturbada.

Se me escapa una sonrisa. Qué idiota es.

—¿Vas a darme alguna idea o no?

—¿Necesitas que sea algo relacionado con la protagonista?

—Lo haría más interesante.

—Podrías meter una infidelidad.

Mi rostro se contrae en una mueca.

—¿Y arruinar el libro? No, gracias.

Con eso me gano su atención.

—¿Nunca has escrito una?

—No me imagino a ninguno de mis personajes siendo infiel. Puede que sea a raíz de lo que me pasó a mí..., pero no podría meterlo en un libro. No si quiero que tenga un final feliz. Me parece una falta de respeto enorme hacia la pareja.

Logan se queda callado. Estaba tan absorta pensando en Hunter y en Samantha que no he caído en todo lo que he oído sobre él. Nunca se ha molestado en desmentir los rumores que circulan por el campus, esos que dicen que, el día que murió Clarisse, él...

—No lo hice. —Su voz me trae de vuelta a la realidad.

Me quedo paralizada.

Logan sigue mirándome.

—No lo hice —repite—. Sé lo que estás pensando. Pero son solo rumores. No lo hice. No engañé a Clarisse. Jamás habría sido capaz de hacerlo. Lo que dice la gente no son más que estupideces. Es más complicado de lo que todos creen.

Aunque no es la primera vez que la menciona delante de mí, es evidente que le duele hablar de ella. También parece molesto, como si no soportara pensar que tengo esa concepción de él, que lo veo como alguien capaz de hacer lo mismo que me hizo Hayes.

—Lo sé —respondo con firmeza—. No tengo ni idea de por qué se inventaron algo así, pero sé que no lo hiciste.

Cuando me habló de Clarisse ese día en su coche me di cuenta de lo mucho que la quería.

Uno no le hace eso a alguien a quien quiere.

Me sostiene la mirada un poco más, y después vuelve a cerrar los ojos con un suspiro. Me permito admirar su perfil mientras me pregunto cómo es capaz de soportar que hablen tan mal sobre él. ¿Por qué diablos no ha desmentido los rumores? ¿Le da igual que manchen su nombre?

—Ponme en contexto —prosigue ahora ya más relajado—. Solo he leído hasta el capítulo 5. Si me cuentas lo que pasa en los siguientes, a lo mejor se me ocurre alguna idea para tu conflicto.

—¿Estás seguro? —La única persona a la que le hablo sobre mis novelas es Linda y nunca me presta atención.

—Si vuelves a insinuar que vas a aburrirme, te juro que no responderé ante mis actos.

—Pero...

—Quiero leerlo entero. Porque me interesa, Leah. Por eso he preguntado.

Así que dejo mis inseguridades atrás y lo hago.

Comienzo explicándole a grandes rasgos lo que ocurre en los primeros diez capítulos: cómo empieza la relación de los protagonistas, dónde viven, cómo son sus vidas. Logan me hace preguntas de vez en cuando para enterarse mejor. Cuando llego al nudo de novela, intento saltarme las escenas sexuales —en las que él tiene mucho interés— y me centro en Hunter y en Samantha, en sus miedos y sus problemas, en todo lo que llevan dentro y todavía no le han mostrado al otro.

Logan me escucha con tanta atención que, durante un rato, siento que solo estamos mi historia, él y yo.

Y me gusta.

Nunca había tenido a nadie con quien pudiera hablar así.

Acabamos llegando a la conclusión de que hay una subtrama que aún no he desarrollado y podría darme juego de cara al final: uno de los compañeros de Samantha tiene actitudes machistas hacia ella y merece que alguien le dé una lección. Hablar de la historia me ha hecho recuperar la inspiración y, cuando quiero darme cuenta, estoy concentrada en la pantalla de mi ordenador mientras mis dedos se mueven hábiles sobre el teclado. Es una idea buenísima. No me creo que no se me haya ocurrido antes.

—Mira esto —me emociono en voz alta—. Acabo de escribir el mejor diálogo de toda...

Me callo al ver que él sigue teniendo los ojos cerrados.

Se le han relajado los músculos y su pecho sube y baja con respiraciones pausadas.

—Logan... —lo llamo en voz baja.

Como me temía, no hay respuesta.

Está dormido.

Se ha quedado dormido.

Abro la boca para volver a llamarlo. Sin embargo, algo me incita a cerrarla sin decir nada. Parece tan... tranquilo. Tiene las manos entrelazadas sobre el estómago y los labios ligeramente entreabiertos. Antes se ha quitado el gorro y ahora el pelo oscuro le cae sobre la frente. No se oye ningún sonido más, solo el de su respiración acompasada. Miro la hora en el portátil. El tiempo ha pasado volando. Es casi la una de la mañana.

Debería despertarlo y decirle que se fuera a casa.

No lo hago.

Ahora que sé lo mucho que le cuesta conciliar el sueño, verlo dormir me provoca tanta... paz.

—Vamos a tener que dormir los dos aquí —musito—. Linda haría demasiadas preguntas si me encontrase durmiendo en el sofá.

De nuevo, él no responde.

No me creo que vaya a hacer esto.

En completo silencio, me pongo de pie, cojo su sudadera, que está arrugada sobre la cama, la doblo con cuidado y la dejo sobre el escritorio. Luego cierro la puerta con pestillo para asegurarme de que Linda no entra sin llamar. Me siento de nuevo frente al ordenador y trato de concentrarme en escribir.

Un rato después, cuando apago la calefacción, saco una manta del armario y se la echo por encima. No me paro a preguntarme por qué tengo tantas ganas de cuidar de él. Solo lo hago durante toda la noche.

15

FÁCIL DE MANIPULAR

Logan

Cuando me despierto, tardo un momento en darme cuenta de que no estoy en mi habitación.

El dormitorio en cuestión tiene las paredes beige y una estantería junto al armario llena de libros. La ventana está sobre el escritorio. Los primeros rayos de sol se cuelan a través de las cortinas entreabiertas. No hay mucha decoración; nada de cuadros ni pósteres, solo un par de cuerdas con fotografías enfrente de la cama. Bostezo con cansancio. Entonces, giro la cabeza y me quedo inmóvil.

Leah.

Mierda.

Está acurrucada en la silla del escritorio con las piernas flexionadas, apoyando la mejilla en una mano. Se ha cubierto las rodillas con la camiseta y ha hecho puños con las mangas para resguardarse del frío. Dado que la silla está girada en mi dirección, tengo una visión completa de su rostro en calma. Un par de mechones rojos se le han escapado del moño y caen formando ondas sobre su rostro pálido lleno de pecas. Respira con lentitud, todavía con los ojos cerrados.

Me quedé dormido en su cama.

Y ella no me despertó.

Por primera vez en una semana, hoy no tengo dolor de cabeza.

De pronto, suena la alarma de un móvil y Leah da un salto sobre la silla. Su rostro pierde todo el color cuando abre los ojos y me ve.

—Estás despierto. —Su tono es una mezcla de vergüenza y culpabilidad.

Se levanta a toda prisa para coger su móvil, que está sobre la mesilla, y quitar la alarma. Mi mirada baja automáticamente hasta sus piernas desnudas. Demasiados estímulos para alguien que solo lleva despierto un par de minutos.

—¿Has dormido en una silla? —pregunto con voz áspera.

Se sobresalta al oírme.

—No —se apresura a contestar—. Bueno, yo... Quiero decir, tú... Me puse a escribir y... y me quedé dormida. Sí, eso. —Su tono se vuelve mucho más agudo—. ¿Podrías... podrías salir de mi cama, por favor?

Tiene las mejillas rojas a más no poder. Comienza a moverse por la habitación mientras se deshace el moño y vuelve a recogérselo, esta vez en una coleta. No me pasa desapercibido que hace todo lo posible por no establecer contacto visual conmigo.

Bostezando, me siento en el borde del colchón. Siento los músculos pesados, pero es más bien pereza, no cansancio. ¿Cuánto he dormido? ¿Unas seis o siete horas? Después de la semana tan caótica que he tenido, es como saborear la gloria.

—Ayer me dormí en tu cama y no me despertaste. —No es una pregunta, sino una afirmación. Leah todavía me da la espalda.

—Me quedé dormida antes que tú.

—No me lo creo.

Creo que se tensa. Estoy demasiado ocupado mirándole las piernas como para confirmarlo.

—Dejando de lado lo mala mentirosa que eres —continúo—, todavía no entiendo lo de la silla.

—No iba a meterme en la cama contigo.

—Lo dices como si hubiera sido la primera vez.

—Es diferente. La última vez los dos estábamos despiertos.

Se ha puesto a ordenar la habitación. Me tira mi sudadera, que estaba doblada sobre el escritorio.

—Bueno, estoy despierto ahora —respondo atrapándola al vuelo—. Todavía puedes venir, si quieres.

—Deja de tomarme el pelo.

Abre el armario de un tirón. Apostaría lo que fuera a que ha vuelto a ponerse roja. Cuando levanta la mano para mover las perchas, me parece verla hacer un gesto de dolor.

—¿Qué pasa? —indago.

—Me duele la espalda.

—Seguro que lo de la silla tiene algo que ver.

¿De verdad prefirió dormir ahí antes que conmigo?

Esta chica es un arma letal para el ego de un hombre.

—¿No tienes que irte a clase?

—¿Vas a echarme justo después de pasar la noche conmigo? Cuidado, chica buena. Vas a romperme el corazón.

—Me caías mejor cuando solo gruñías.

Suelto una risa ronca. En realidad, sí que tendría que irme a clase. Y ella también. Ni siquiera sé qué hora es. Vuelvo a bostezar, me pongo de pie y me paso la sudadera por la cabeza. Hago una mueca al darme cuenta de que he perdido el gorro. Por suerte, no tardo en encontrarlo arrugado sobre la cama.

Debería volver a casa antes de que la abuela note que no estoy. Como descubra que he dormido aquí, va a torturarme sin parar durante el resto de mi vida.

—Sigo esperando a que me digas por qué no me despertaste —menciono.

Leah rebusca entre su ropa.

—Lo intenté. Tienes el sueño muy pesado.

—Sigues pareciéndome muy mala mentirosa.

—Logan, vete a casa de una vez.

—¿Y perderme el espectáculo? Nunca. —Me apoyo contra el escritorio con las manos en los bolsillos. Leah se gira justo a tiempo para verme señalar el armario con la cabeza—. Podrías ponerte el top negro. El del escote. Te sienta bien.

Arquea las cejas.

—¿El que me puse para la cita con Ryan?

—Prefiero referirme a él como el que llevabas cuando fuiste al mirador conmigo.

He notado cómo le afectan mis insinuaciones. Pone los ojos en blanco, pero, cuando vuelve a mirar su ropa, noto lo nerviosa que está. Me cuesta reprimir la sonrisa. Premio.

Me freno antes de insistir en lo que pasó anoche. ¿Qué espero que me diga, exactamente? ¿Que dejó que me quedara porque se preocupa por mí? Incluso aunque fuera esa la razón, dudo que Leah vaya a admitirlo. Me siento como un imbécil cuando me doy cuenta de que estoy prácticamente mendigando algo de cariño.

Me acerco a ella y la agarro del brazo para que quedemos cara a cara.

—Gracias. —Sé que no es necesario que especifique por qué.

Leah mira mi mano sobre su piel y después sus ojos verdes encuentran los míos.

—No tienes que darlas —contesta bajando la voz.

Silencio.

La necesidad que siento de tocarla es incluso dolorosa. Recorro su brazo en sentido ascendente con una caricia suave que la deja sin respiración. Me sostiene la mirada cuando le aparto el pelo del hombro y mis dedos suben por su cuello. Le rozo el labio inferior con el pulgar. Ella cierra los ojos, y entonces ya no existe nada más. Solo Leah y la forma en la que se estremece bajo mi toque.

Estoy tan concentrado observándola que ni siquiera noto el silencio.

Hasta que ella reacciona y me tapa la boca con la mano.

—No hables —susurra.

Justo en ese momento, aporrean la puerta.

—¡Leah! —chilla Linda—. ¡¿Estás despierta?!

Con esos gritos, si no lo estaba antes, lo estaría *ahora.*

Leah maldice entre dientes. Me pregunto si tendrá tantas ganas como yo de mandar a su amiga al infierno.

—¡Estoy despierta! —grita de vuelta—. Dame un momento, Linda. Estoy terminando de vestirme. Puedes esperarme abajo. Dile a Marcus que siento...

—¡No quiero volver a oír hablar de ese capullo!

Intercambiamos una mirada rápida y yo sonrío contra su mano como diciendo: «Oh, no, ¡drama!».

—¿Qué ha pasado? —pregunta Leah enseguida—. ¿Estás bien? ¿Necesitas hablar del tema?

—Es un cabrón, eso es lo que ha pasado —lloriquea Linda—. No puedo creerme que haya estado tan ciega con él.

Seguro que ese tal Marcus tiene una visión diferente de los hechos.

Le pongo a Leah una mano en la cintura.

Ella da un respingo.

—¿Qué haces? —Aparta la mano lo justo para que yo pueda responder.

—No hablar. —Sonrío.

—Dame un momento —le repite a Linda subiendo la voz. Ahora suena mucho más alterada que antes—. Me visto y salgo.

Nos sobresaltamos cuando Linda intenta abrir la puerta.

Por suerte, no lo consigue. Anoche Leah echó el pestillo. Chica lista.

—¿Por qué no me dejas entrar?

—Ya te lo he dicho. Me estoy cambiando.

—¿Y qué más te da? No voy a hablarle a una puerta. Ábreme de una vez.

Cada día la soporto menos.

—Tienes que esconderte. —Leah me pone las manos en el pecho para alejarme de ella—. Si Linda se entera de que estás aquí, no volverá a hablarme en la vida.

Oh, joder. Qué harto estoy de esto.

—Por enésima vez, Linda y yo no...

—Logan —me suplica—. Por favor.

Es su tono de desesperación lo que me hace ceder.

¿En qué me he convertido?

—¿Dónde se supone que voy a meterme?

Lanza una mirada dudosa hacia el armario.

—No —sentencio—. No, ni de coña. No.

—Por favor.

—Leah, no hay forma humana de que vaya a...

—¿Vas a dejarme entrar o no? —Linda forcejea con la puerta.

La expresión de Leah me deja claro que, a menos que me esconda de una vez, va a sufrir un jodido ataque de pánico.

Suspiro con resignación y después me tiro al suelo y me meto debajo de la cama. Es mejor escondite que el armario. Para empezar, porque hay más espacio, aunque todavía tengo que hacer contorsionismo para que mis pies no asomen. Leah deja caer algo y abro mucho los ojos al darme cuenta de que es su camiseta. Se está cambiando, claro.

Desde aquí no veo nada aparte del suelo y sus pies.

Maldigo mi existencia cuando se deshace también de sus pantalones cortos.

Odio mi vida.

—¿Estás sola? —le pregunta Linda en cuanto Leah abre la puerta.

Me quedo inmóvil bajo la cama.

Leah suelta una risita inquieta.

—Son las ocho de la mañana. ¿Con quién iba a estar?

—Me ha parecido oír voces.

—Estaba viendo una serie.

—¿Con el ordenador apagado?

—Tengo Netflix en el móvil. —Su voz suena sorprendentemente tranquila.

Parece que a la chica buena no se le da tan mal mentir.

Conmigo no lo consigue. Debo de ponerla más nerviosa de lo que creía.

—¿Qué ha pasado? —añade al notar que Linda se ha quedado en silencio. Desde aquí la veo metiendo los pies en unos vaqueros—. Con Marcus.

—¿Me dejas ver tu armario? —demanda Linda de repente.

—¿Qué?

—Para ayudarte a elegir qué ponerte.

—Pero Marcus...

—Eso puede esperar. —Linda camina hacia el armario. Se oye un silencio seguido del brusco movimiento de las perchas.

Seguro que Leah y yo estamos pensando en lo mismo.

Sabía que no era un buen escondite.

—Pensaba que a Marcus y a ti os iba bien juntos —insiste Leah. Se ha colocado entre la cama y Linda, como si quisiera estar lista para detenerla en caso de que ella tratara de acercarse.

—Es un imbécil. Ayer discutimos.

—¿Qué pasó?

—Hay una chica en nuestra clase que no deja de tontear con él. Le pedí que la bloquease porque me hacía sentir insegura y me dijo que no. Cree que soy una celosa compulsiva. Seguro que esa es su estrategia. Hace las cosas mal y, cuando se lo reclamo, dice que la culpa es mía. Es evidente que me está manipulando.

Esa es la Linda que yo conozco. Pobre chaval. No tenía ni idea de dónde se estaba metiendo.

—Creía que no teníais nada serio.

—¿Y eso justifica que me trate mal? —Linda resopla con indignación—. No me extraña que lo defiendas, de todas formas. Eres amiga de alguien que me hizo lo mismo.

Aprieto la mandíbula.

Hija de su grandísima...

—No creo que Logan sea ese tipo de persona. —La respuesta de Leah me provoca una punzada de orgullo—. Y, aunque lo fuera, eso no me haría defender a Marcus.

—Pero lo estás defendiendo.

—Claro que no. Solo decía que...

—Déjalo. ¿Qué es lo que querías ponerte?

Leah se queda bloqueada un momento. Al parecer, a ella también le desconcierta el comportamiento de su amiga.

—El top negro sin mangas —termina por contestar.

Sonrío. ¿Se refiere al que yo creo que se refiere?

—¿Vas a ponerte eso para ir a clase? ¿Quién te crees que eres? —Linda suelta una risita—. Créeme, será mejor que lleves uno de esos jerséis que te pones siempre. No te conviene llamar la atención.

—¿Por qué no? —Leah suena confundida.

—Filtraron una foto tuya hace menos de un mes. Y salías medio desnuda. A no ser que quieras ganarte una mala reputación, yo que tú me cubriría las espaldas.

Tiene que estar de coña.

¿De verdad acaba de decirle eso?

—Estoy atreviéndome a probar cosas nuevas con la ropa —le explica Leah, que todavía mantiene la calma—. Sash siempre dice que...

—Ella no te conoce tan bien como yo —la corta Linda—. Soy tu mejor amiga desde hace años. Ella está contigo desde hace dos días, ¿y te fías más de su criterio?

—¡No! Por supuesto que no. Yo solo...

—No sé qué clase de tonterías te habrá metido en la cabeza, pero la gente habla. Mucho. Sobre todo si les das razones. Puedes vestirte como quieras, pero atente a las consecuencias. Seguro que *Sash* —pronuncia su apodo con retintín— no sabe lo mucho que te afectan los comentarios de los demás. Yo sí. Y no quiero verte pasándolo mal. Me preocupo por ti.

—Lo sé. —Leah vacila—. Tienes razón. Debería tener más cuidado.

—Exacto —coincide Linda—. Ahora cámbiate antes de que nos hagas llegar tarde a clase. ¿Con quién vas a comer hoy, por cierto?

Vuelvo a oír el sonido de las perchas chocando entre sí. No me cuesta mucho deducir que Leah va a seguir sus indicaciones y a ponerse un jersey.

—Con Sasha y los demás.

Ya no llama a Sash por su apodo.

—Quería preguntarte si podía ir con vosotros, pero sé que tus amigos no me soportan. —Ahí está, de nuevo, Linda sacando a relucir su mayor talento: hacerse la víctima.

Al menos ha dicho algo con sentido.

Es verdad que no la soportamos.

—No creo que eso sea así. —Leah miente de manera descarada.

—¿No podemos ir a comer las dos solas como hacíamos antes? Vamos, por favor. Me apetece mucho.

De nuevo, Leah tarda en contestar. Me pregunto si a ella también le parecerá sospechoso que Linda tenga tanto interés en que coman juntas ahora que no puede hacerlo con Marcus.

—Sí, está bien —responde finalmente—. Comeré contigo.

Linda suelta un insoportable chillido de alegría.

—¡¿Te he dicho alguna vez que eres la mejor amiga del mundo?!

—Menos de lo que deberías —bromea Leah, pese a que sus ganas de finalizar la conversación son bastante notorias—. ¿Te importa coger el bus tú sola? Creo que no voy a ir a primera hora. No me encuentro bien.

—¿A tus amigos les molestará que vengas a comer conmigo? —Linda ignora lo que acaba de decir.

—¿Por qué iba a molestarles?

—Bueno, ahora pasas tanto tiempo con ellos...

—Estoy con ellos mientras tú estás en los ensayos.

—¿Puedo serte sincera? Que seáis tan amigos me hace sentir insegura. —Linda vuelve a hacer oídos sordos—. Sé que a Logan no le caigo bien. Todavía me guarda rencor por lo nuestro..., y me da miedo que, ahora que os veis tan a menudo, intente interponerse entre nosotras. No quiero que dejes de hablarme por su culpa.

—Logan no va a intentar que deje de hablarte.

Eso ya lo veremos.

—Solo... ten cuidado con él, ¿vale? —insiste Linda—. Cuando quiere, puede ser muy manipulador. Ya sabes lo que me hizo a mí.

—Linda...

—Solo quiero lo mejor para ti.

—Lo sé. —Leah suspira.

—Me quedaría tan tranquila si dejaseis de ser amigos.

—No creo que eso vaya a pasar.

No me doy cuenta de que había contenido la respiración hasta que oigo esa respuesta y suelto el aire, aliviado.

La habitación se queda en completo silencio.

—Has caído, ¿no? —la acusa Linda. Su tono está cargado de desdén.

—¿Qué? —Leah parece haberse perdido.

—Has caído. Por Logan. Te gusta. Por eso lo persigues a todas partes. Me dijiste que no había nada entre vosotros. Veo que mentiste. Para variar.

—No sé de qué estás hablando. —Leah no parece nerviosa. Más bien, suena seca.

—¿Cómo lo ha conseguido? Déjame adivinar, ¿tontea contigo todo el rato? ¿Tenéis un montón de roces accidentales? ¿Te suelta bromas para que te enfades con él?

Leah no contesta. Me cuesta horrores contener el impulso de salir ahí fuera y decirle a Linda que cierre la boca.

—He acertado en todo, ¿verdad? —Linda parece asquerosamente orgullosa de sí misma. Sus palabras son como dagas afiladas—. ¿Creías que eras especial? Vamos, Leah, no seas ingenua. Te aseguro que hace lo mismo con cada chica que se le cruza en el camino.

—Lo que haga Logan me da igual —afirma ella en el mismo tono de antes—. Ya te he dicho que no hay nada entre nosotros.

Oírselo decir me sienta como una patada en el estómago.

—Además, es un poco sospechoso que empezara a interesarse en ti justo cuando publicaron la foto, ¿no crees?

Esas palabras instauran otro silencio tenso.

—Logan no la vio —le asegura Leah, tensa.

Linda suelta el aire de forma irónica.

—Dice eso para dárselas de héroe y tú te lo crees.

—No tiene ninguna razón para mentirme.

—Las tendrá hasta que dejes de ser una estrecha y te lo folles.

—Linda, él no...

—¿Vas a decirme que no tiene esas intenciones? No me hagas reír. Estoy segura de que es la única razón por la que te soporta. Debes de ser muy buena haciéndote la difícil, si ha tenido que sacar la carta de presentarte incluso a sus amigos. —Hace una pausa, y luego suelta una risita sorprendida—. Espera un momento, es al revés, ¿verdad? Él es quien no quiere nada contigo. Por eso no te lo has tirado. Te está dando largas y tú sigues detrás porque te tiene comiendo de la palma de su mano.

—Para de una vez. —Leah intenta sonar firme, pero su voz se rompe al final de la frase.

Mierda, no estará llorando, ¿no?

No puede estar llorando.

—No seas dramática —le recrimina Linda con desprecio.

—Estás siendo cruel.

—¿Con Logan?

—No, estás siendo cruel *conmigo.*

Sí que está llorando. Joder.

Como si no pudiese aguantarlo ni un segundo más, cruza el dormitorio y abre la puerta para Linda, que no se ha atrevido a volver a pronunciar ni una palabra.

—Deberías irte a clase —le insta con sequedad.

Incluso Linda, que es un ser frío y egocéntrico con una piedra en lugar de un puto corazón, parece afectada al verla tan dolida.

—Leah, yo no...

—Déjame sola, ¿vale? No me encuentro bien. Solo... solo necesito descansar. No quiero que llegues tarde a clase por mi culpa.

Otro silencio corto.

—¿Sigue en pie lo de comer juntas?

¿Eso es lo único que le interesa?

¿Cómo se puede ser tan egoísta?

Imagino que Leah asiente con la cabeza.

—Está bien. —A pesar de que Linda intenta parecer tranquila, noto cierta inseguridad en su forma de hablar. La reacción de Leah parece haberla desconcertado—. Nos vemos luego, ¿vale?

—Vale.

Sale del cuarto y Leah cierra la puerta.

Y yo por fin abandono mi escondite.

Me pongo de pie y ella retrocede unos pasos para poner distancia entre nosotros. Aunque se ha secado las lágrimas, todavía tiene los ojos enrojecidos. Verla hace que se me estruje el corazón. Antes también parecía nerviosa en mi presencia, solo que no era como esto. No era así. No notaba esta incomodidad.

Nos miramos en silencio hasta que oímos que Linda cierra la puerta de la casa con un estruendo.

—Tú también deberías irte. —Es la primera en romper el contacto visual.

Pasa por mi lado para arreglar la cama, que tiene las sábanas arrugadas. La sigo con la mirada con una expresión de incredulidad.

—¿Y ya está? —le reclamo—. ¿Linda viene aquí a soltar gilipolleces y tú te las crees sin cuestionarte nada?

—No ha dicho nada que parezca ser mentira.

—Lo único que quería era hacerte daño. Tú misma lo has dicho. Estaba siendo cruel contigo. —No soporto que finja que no estoy. La agarro del brazo para que se vuelva hacia mí—. Vamos, no puedes pensar que tiene razón.

«No puedes pensar que soy como ella dice.»

«No lo soy. No lo soy. No lo soy.»

—Suéltame. —Su voz fría es como una puñalada.

Dejo ir su brazo, atónito. Ella cruza la habitación sin mirarme para cerrar el armario. Se ha puesto un jersey, justo como Linda le ha dicho.

Me encuentro, de nuevo, ante la Leah sumisa de la cafetería.

—No creía que fueras tan fácil de manipular.

Aún de espaldas a mí, Leah tensa los hombros.

—Es curioso que los dos estéis tan obsesionados con esa palabra.

—Intenta que te alejes de tus amigos, te impide vestir como te apetece y te convence de que todo es por tu propio bien. Si eso no es manipulación, ¿qué coño es?

—Linda no me impide vestir de ninguna manera.

—Tú no querías ponerte esa cosa.

Ahora sí, se gira en mi dirección con la mirada llena de rabia.

—Esa *cosa* es mi ropa —me espeta—. Y no deberías darme tu opinión cuando yo no te la he pedido.

—¿Vas a decirme que de verdad querías llevar ese jersey?

—Teniendo en cuenta lo de la foto, sería lo más inteligente, sí.

—A la gente se la suda como te vistas. Quien quiera criticarte lo hará de todas maneras.

Además, ambos sabemos que en realidad a Linda no le importa que se metan con ella. Tiene intenciones ocultas detrás de cada cosa que dice, y yo ya me las conozco todas.

—Linda solo quiere lo mejor para mí —repite.

Resoplo, incrédulo.

—¿Y tú te lo crees?

—¿Vas a decirme que tu odio hacia ella no tiene nada que ver con lo que pasó entre vosotros?

—¿Qué coño tiene que ver eso ahora?

—¡Que es la razón por la que la criticas!

—Leah, créeme cuando te digo que ella no...

—¿Habrías dejado que se lo pusiera Clarisse? —estalla.

Oír ese nombre provoca que me quede congelado en el sitio.

—También filtraron una fotografía suya, ¿no? —prosigue sin romper el contacto visual—. ¿La habrías dejado vestirse así aun sabiendo lo que pensarían de ella?

Mi expresión se vuelve gélida.

—No creo que yo tuviera la potestad de prohibirle *nada* a Clarisse.

Mi voz deja entrever que está adentrándose en terreno peligroso. No pienso hablar sobre Clarisse. Menos aún si va a utilizarla como arma en una discusión.

Leah parece notar el cambio brusco en mi actitud, ya que veo el remordimiento en sus ojos.

—No estamos hablando de prohibir —discrepa, esta vez con un tono más cauto—, sino de dar consejos.

—Pues los consejos de Linda no valen para nada.

—Entiendo que no te caiga bien, pero es mi amiga y...

—Si de verdad fuera tu amiga, no habría intentado humillarte ayer en el Daniel's.

Se lo suelto directo y sin anestesia. Y es solo una de las razones por las que creo que Linda no se merece ese título. Podría hacer una lista con todas las que se me ocurren.

—Te dije que no quería hablar de eso.

—Porque sabes que tengo razón. Te humilló. Y tú eres tan ingenua que no solo se lo permitiste, sino que además la ayudaste a hacerlo.

—Ella nunca...

—¿Nunca qué? ¿Nunca te humillaría? ¿Nunca te hablaría mal? Me ha bastado con veros juntas dos veces para deducir que es justo lo que hace cada vez que está contigo. No quiere que tengas más amigos. Por eso intenta mantenerte encerrada en una jaula. Y tú no has hecho ni el más mínimo esfuerzo por impedírselo.

—Linda no tiene ninguna razón para hacer algo así.

—Claro que sí. Si estás sola eres más fácil de manipular.

Mis palabras impactan con fuerza sobre ella.

—Deja de decir eso —me implora.

—Cuando estás con Linda te vuelves sumisa. Dejas de lado tu propia opinión porque crees que la suya es más importante. Estoy seguro de que podría convencerte de que dejaras de hablarme y lo harías sin pensarlo dos veces. Te está manipulando, joder. Y después de lo que acaba de hacer...

—No puedes culparla por tener un día malo.

Me quedo mirándola, entre sorprendido y frustrado. ¿Me está tomando el pelo?

—¿Eso justifica que te trate como una mierda?

—No es para tanto, ¿vale?

—¿Que no lo es? ¿No has oído todo lo que te ha dicho? ¿Vas a decirme que tenía buenas intenciones? —Niego con la cabeza dejándome llevar por la incredulidad. Y alcanzo el límite.

Antes de que le dé tiempo a contestar, cruzo la distancia que nos separa y vuelvo a agarrarla del brazo.

—Escucha bien lo que voy a decirte, porque me molestaría tener que repetirlo. Te mereces que te traten bien, Leah. Cada puto segundo del día. Mereces que te hagan reír y que te escuchen cuando tienes un problema. Me da igual si la otra persona ha tenido una semana horrible. Tú no eres el saco de boxeo de nadie. Mereces que te respeten. Plántale cara de una vez.

Noto que aprieta los puños para contener las ganas de contestarme de malas maneras. Es justo lo que quiero que haga. Quiero que se enfade y me grite. Que reaccione. Me da igual discutir con ella si con eso consigo que se dé cuenta de lo que está pasando.

—¿Crees que Linda es la única que tiene días malos? ¿Que los demás llevamos una vida fácil? —sigo—. Todos tenemos nuestros problemas. Y, créeme, sé lo que es ser impulsivo. Porque yo lo soy. Más que nadie. Sé lo que es soltar cosas de las que te arrepientes justo al segundo después. Sé lo que es sentirte como una mierda por alguna estupidez que has hecho sin pensar. Y eso no es lo que le pasa a Linda. A ella le *gusta* ser así. No hace ningún esfuerzo por cambiarlo. Puede que yo también tenga mis problemas, pero jamás trataría a nadie como ella te está tratando a ti.

Ahora estamos tan cerca que noto cómo se le agita la respiración. Pestañea para esconder las lágrimas. Aflojo mi agarre en torno a su brazo por si acaso. Leah no se aparta.

—¿Por qué querría hacerme daño? —Se le rompe la voz. Verla tan destrozada me parte el corazón.

—Sabes por qué —contesto con voz suave—. Está celosa. De ti.

Me mira estupefacta.

—¿Por qué iba a estarlo? Yo no...

—Porque eres mejor que ella. Eres más guapa, más inteligente, más divertida y más simpática. Le caes mejor a la gente. Tienes talento. Te va bien en la universidad. Eres la clase de chica a la que todo el mundo querría tener cerca. Pero llevas tanto tiempo a la sombra de otra persona que tú no te has dado cuenta.

Traga saliva. Mi mano resbala de su brazo con lentitud.

—No soy mejor que nadie.

—Lo eres. Eres mejor que ella. Y Linda lo sabe. Sabe que no la necesitas. Para nada. Ni para hacer amigos, ni para hablar con chicos, ni para conseguir cualquier cosa que te propongas. Y también sabe que tú no ves ese potencial. Se aprovecha de eso para que sigas siendo su perrito faldero.

—Eso no es verdad. Me ha presentado a sus amigos muchas veces, ha...

—¿Ha intentado incluirte en el grupo? ¿O solo se ha burlado de ti, justo como hizo ayer? No quería que os hicierais amigos. Estaba utilizándote para hacerse la graciosa y caer mejor a la panda de descerebrados que la soportan. ¿Y sobre los chicos? Dices que no has estado con nadie desde que rompiste con Hayes. Y estoy seguro de que crees que es culpa tuya. ¿De verdad piensas que no hay ni un jodido tío a tu alrededor que se haya fijado en ti? Apuesto a que Linda tiene un don especial para tirarse a todos los que se acercan a hablar con vosotras.

—Vienen a hablar con ella.

—No, van a hablar *contigo*. Y tienes tan poca autoestima que tú no te lo crees. Estás convencida de que eres invisible, pero créeme, Leah, no lo eres.

—¿Por qué?

—Porque yo te he visto.

Hay un momento de silencio durante el que nos miramos el uno al otro.

—Yo te he visto —repito—. He visto cómo eres cuando no estás con ella. He visto esa parte de ti que es directa y explota cuando algo no te gusta. He visto a la Leah que me defendió delante de Hayes sin dudarlo ni un segundo. Te he visto. Y no me gusta ver cómo te escondes detrás de Linda para que sea ella la que destaque.

—¿Y qué si eso es justo lo que yo quiero? —Las lágrimas se le agolpan en los ojos—. ¿Y qué si para mí es lo más... fácil? ¿Qué hay de malo en que no me vean? ¿Por qué no puedo dejar que sea ella la que haga amigos y se enfrente a las situaciones difíciles? ¿Y qué si prefiero seguir pasando desapercibida?

—Hay mucha gente ahí fuera que se muere por conocer a alguien como tú. Y no los dejas. —Suavizo aún más la voz. No quiero alterarme y decir nada de lo que pueda arrepentirme—. Kenny y Sasha dirían lo mismo si estuvieran aquí. Sabes que se preocupan por ti.

—¿Solo ellos? —aclama de pronto.

La pregunta me deja descolocado.

—Leah...

—¿A qué diablos estás jugando conmigo?

—No sé a qué te refieres. —Mi voz se torna cautelosa.

—Te enteras de que voy a salir con un chico y me acorralas en la mesa de tu cocina para... ¿para qué? ¿Para que no deje de pensar en ti mientras estoy con él? Y unos días más tarde me entero de que esa misma noche tú habías quedado con una chica. Y luego Linda viene aquí y, aunque yo no le he contado nada sobre ti, resulta que sabe cada una de las cosas que haces conmigo. Porque también las haces con todas las demás.

—No es como tú crees.

—¿Por qué me echas tanto en cara que no te despertase? —prosigue, ignorándome—. ¿Habías quedado en ir después al cuarto de otra y ahora tendrás que darle explicaciones?

Me sostiene la mirada, a la espera de una respuesta. Hay una parte de mí, la más oculta e irracional, que se muere por contestarle con la verdad. Sin embargo, gana la que intenta protegerme, esa que sabe que no podemos exponernos tanto otra vez.

Me limito a hundir los hombros con las manos en los bolsillos.

—No he venido a que me montes una escena de celos. —Parezco incluso aburrido, como si la conversación no me importase lo más mínimo.

Cuando quiero, puedo ser un auténtico capullo.

Su expresión se vuelve incrédula.

—¿Es lo que crees? ¿Que estoy celosa?

—Lo estás, ¿no?

—No. Estoy aterrada. —Su confesión me pilla desprevenido—. Sé lo que estás haciendo. Y me da miedo.

—¿Qué estoy haciendo, exactamente?

—Estás intentando hacerme sentir especial —responde con la voz temblorosa—. Vienes aquí y tonteas conmigo y me dices todas esas... cosas. Que crees que soy buena con mi trabajo. Que no te aburro cuando hablo sin parar. Que te parezco interesante, que sientes *curiosidad*. Que no puedes dejar de mirarme. Que me has visto. Pero es todo mentira, ¿no? —Se le llenan los ojos de lágrimas otra vez—. Y pararás de hacerlo en cuanto consigas lo que te propones.

—Sabes que eso no es verdad —replico con voz ronca, y ahora parezco bastante más desesperado. No puedo fingir que esto no me importa si sé que le estoy haciendo daño.

Aunque sabía que no tenía la autoestima muy alta, no esperaba que la tuviera *tan* baja.

Mi primer impulso es acercarme para tocarla, pero retrocede.

—No me mientas —me suplica.

—Leah, no tengo...

—¿Ninguna razón para mentirme? —me interrumpe—. Porque Linda cree que sí. Y resulta que conoce todos tus trucos.

La realidad me cae encima como un cubo de agua fría. La conversación que acabamos de tener no ha servido para nada. Confía en ella. A pesar de todo lo que le he dicho, sigue confiando en Linda.

—Creo que nada de lo que te diga va a hacerte cambiar de opinión.

Leah asiente mientras se seca los ojos.

—Deberías irte a casa.

—Bien.

Ya no tengo nada que hacer aquí. Menos aún con alguien que tiene una opinión tan horrible sobre mí. No suele importarme lo que piensan los demás, pero con Leah es diferente. Ella me conoce. Y aun así duda de mí. Sigue creyendo que puedo ser... esa clase de persona.

—Si quieres un consejo —me detengo en la puerta para mirarla por encima del hombro—, pregúntale a tu amiga Linda cuántas veces intentó tirarse a Hayes mientras él estaba contigo. Estoy seguro de que la respuesta te sorprenderá.

Se encoge al oírme.

—Ahora eres tú el que intenta hacerme daño.

—Estoy siendo sincero contigo. Lo soy siempre. Aunque tú no te lo creas. —Me recoloco el gorro y tiro de la puerta—. Ojalá algo de esto sirva para que abras los ojos de una puta vez.

Ella no contesta. Y yo no miro atrás cuando salgo de la casa y cierro de un portazo.

16

EL MEJOR EQUIPO DEL MUNDO

Leah

—Me encanta cómo te sienta este color —confiesa Sasha mientras me aplica sombra en el párpado izquierdo.

Hemos pasado la tarde juntas en su casa. Mañana es Halloween y hay un montón de fiestas programadas para este fin de semana en el campus. Nadie de nuestro grupo es especialmente fan de disfrazarse, así que no vamos a ir a ninguna. Hoy tenemos sábado de películas en casa de Sash. He venido a verla un rato antes y he acabado sentada frente a su tocador, convertida en su conejillo de Indias. Al parecer, ayer se le ocurrió una idea maravillosa para un nuevo maquillaje —nada terrorífico, por suerte— y tenía ganas de experimentar conmigo.

—¿Nunca has pensado en dedicarte a esto de manera profesional? —Me ha enseñado su trabajo en más de una ocasión y es impresionante.

—Es mi objetivo a largo plazo. Me metí en Bellas Artes porque mis padres insistían en que estudiara una carrera, pero siempre he querido dedicarme al mundo del maquillaje. Tengo pensado hacer un máster o un curso cuando termine. De hecho, ya he empezado a ahorrar. No creo que mis padres vayan a querer pagarme nada.

—Querían que fueras abogada, ¿verdad?

—No puedo culparlos. Soy hija única y el bufete es el negocio familiar. —Sigue aplicándome sombra, esta vez en el otro párpado—. ¿Qué quieres hacer tú, por cierto? Creo que nunca te lo he preguntado.

La conversación que tuve con Logan sobre que debería atreverme a contarle al mundo que escribo se me viene a la cabeza. Por desgracia, con ella vuelven también los recuerdos de nuestra discusión y una sensación de malestar se me instala en el pecho. Decido que tengo que dejar de pensar en él. Cuanto antes.

—Todavía no lo tengo claro —miento.

—Bueno, no te agobies. Tienes tiempo para decidir.

—Te avisaré si en algún momento necesito buscar una novia que me mantenga.

Sasha me da un empujón en el hombro.

—Descarada —bromea. Me echo a reír.

Sigue maquillándome mientras escuchamos música con su altavoz *bluetooth*. Antes he puesto varias canciones de 3AM y ahora suena una banda de pop rock que tiene un estilo bastante parecido. Entiendo por qué a Sasha le gusta. Podríamos haber subido el volumen, ya que sus padres no están en casa, pero preferimos poder hablar. A diferencia de mí, Sasha reside en Portland con su familia desde que era pequeña.

—Me alegro de que hayas venido, ¿sabes? —reconoce al cabo de un rato—. Has estado un poco desaparecida estos días.

Abro los ojos para mirarla justo cuando se gira para coger el corrector.

Han pasado dos días desde que Logan se marchó hecho una furia de mi habitación. Estamos a sábado y no hemos hablado desde entonces. No sé si estamos peleados. Simplemente no nos hemos visto. Ahora que he vuelto a comer con Linda, apenas voy al Daniel's, de manera que ha sido fácil no coincidir con él. En el fondo espero que tampoco venga esta noche. Me temo que nuestra primera conversación después de la pelea será bastante incómoda.

Sobre todo después de que yo le insinuara que estaba jugando conmigo.

Como si él tuviera algún tipo de interés en mí.

Cada vez que lo pienso me siento ridícula.

—No he tenido una buena semana —admito. Sash parece estar a punto de decir algo cuando suena el teléfono.

Miro la pantalla. Es mi madre. Le hago una pregunta silenciosa a Sash con los ojos y ella asiente para indicarme que no le importa que conteste.

—*Ciao*, cariño —suena al otro lado.

—Hola, mamá. —Me llevo el móvil a la oreja.

—¿Tu madre es italiana? —se sorprende Sasha.

—Se mudó aquí después de conocer a mi padre.

—¿Estás con Linda? —inquiere la susodicha—. ¡Hola, Linda!

—No, mamá. Estoy con Sasha. —La miro—. ¿Quieres saludar?

Duda un momento. Luego sonríe y deja que le ponga el móvil contra la oreja.

—*Ciao,* señora Harries. —Se vuelve hacia mí avergonzada—. ¿Lo he dicho bien? Siempre he pensado que eso significaba adiós.

—Lo has dicho bien, cariño —la tranquiliza mamá de manera afectuosa—. Y puedes llamarme Gina, si quieres. Tenía ganas de conocerte. Leah me ha hablado mucho de ti.

Sasha me mira asombrada y yo ruego que las mejillas no se me hayan puesto rojas. Teniendo en cuenta que es la única amiga que tengo aparte de Linda, ocupa una buena parte de las conversaciones con mi madre.

—¿Cómo están papá y Oliver? —pregunto para cambiar de tema—. Oliver es mi hermano pequeño —le aclaro a Sash.

—Tu padre bien, como siempre. Le he dicho que debería llamarte más. Está muy liado con el restaurante. Oliver todavía se está acostumbrando a sus nuevos compañeros. Sabes que han tenido que reorganizar las clases en el colegio y ahora...

Se pasa un rato más hablándome sobre mi hermano y luego me hace su interrogatorio sobre cómo me va en la universidad. Me pregunta por Linda, y no puedo evitar pensar en Logan otra vez. Si mi madre aprueba la amistad que tengo con ella, él no es nadie para insinuar lo contrario.

Sin embargo, en el fondo sé que Linda se comporta de una manera muy distinta cuando está delante de mi familia.

—Tu madre es genial —se emociona Sasha una vez que cuelgo el teléfono. Como es evidente, a mamá le han bastado un par de minutos hablando con ella para invitarla a cenar a nuestro restaurante. No ha parado de repetirle a Sash que necesita probar «la mejor comida italiana que sirven en todo el país»—. ¿Puedo hacerte una pregunta? No tienes que contestar si te hace sentir incómoda. ¿Tus padres saben lo de...?

—No —la corto—. Aún no les he contado nada.

Por más unida que esté a mi familia, todavía no he reunido el valor para contarles lo de la fotografía. Si lo hago, tendría que explicarles por qué Hayes tenía en su móvil esa foto mía en la que aparecía medio desnuda. Y no quiero tener que enfrentarme a sus miradas de desaprobación.

Soy una cobarde.

—¿Así que no te planteas denunciar?

—Aún no. Yo... creo que de momento prefiero olvidarme del tema. —Lo más sensato habría sido ir a la policía cuando ocurrió, pero no me atreví a hacerlo en su momento. Con cada día que pasa la idea me provoca más vergüenza.

Sasha me da un apretón en el hombro.

—Creo que deberías pensar en ello —me aconseja—. Sabes que mi familia y yo te ayudaremos en lo que necesites.

Fuerzo una sonrisa.

—Gracias, Sash.

—No las des. Sé de primera mano que puede resultar difícil.

Dudo antes de continuar. Puedo deducir lo que esconden esas palabras.

—Logan me dijo que tuviste algunos problemas con Daniel el año pasado —menciono con cautela.

Solo con pronunciar su nombre, el malestar vuelve a instalarse en mi pecho.

—¿Te contó lo que pasó?

—Creía que lo mejor era que lo hicieras tú, pero no tiene que ser ahora, si no quieres —dejo claro—. Solo quería que supieras que, si en algún momento te apetece hablar de ello, yo voy a escucharte.

La miro para demostrarle que hablo en serio. Ella sabe mucho sobre mi vida; le he hablado de lo tímida que era en el instituto, de cómo empecé a salir con Hayes y cómo pareció que el mundo se me venía encima cuando descubrí que me engañaba. Me gustaría que esa confianza fuera recíproca. Sin embargo, no voy a enfadarme si necesita un poco más de tiempo.

No obstante, Sasha suspira y, tras coger otra brocha para seguir maquillándome, comienza a hablar.

—Daniel y yo tuvimos un rollo el año pasado. En ese momento yo..., bueno, digamos que nunca he sido de las que toman buenas decisiones en lo que a chicos se refiere. Tuve un novio bastante tóxico en el instituto y, cuando rompí con él, no tenía precisamente buena autoestima. Asumí que los chicos solo me querían para acostarse conmigo. Durante un tiempo eso me pareció bien. Yo los quería para lo mismo. Daniel..., tú sabes cómo es. Encaja con esa definición de capullo integral. Tonteamos un tiempo, una noche coincidimos en una fiesta, lo arrastré al baño y nos enrollamos. Estuvo detrás de mí desde entonces. Yo siempre me hacía la difícil porque sabía que perdería el interés si veía que yo cedía con facilidad.

Entiendo a lo que se refiere. Yo sentía algo parecido con Hayes. Era frustrante saber que tenía que controlar cada cosa que hacía para no dejar de gustarle. Ahora que lo veo con perspectiva, me parece tan...

—Se quitó el condón la última vez que lo hicimos, Leah —me suelta de sopetón.

Se me hiela la sangre.

La miro alterada.

—Fui a pasar la noche con él porque sus padres no estaban en casa. Me llevó a su habitación y... no me di cuenta de que se lo había quitado hasta que..., bueno, lo supe. —Deja las brochas a un lado y se sienta en la cama—. Para él no fue más que una broma. No dejaba de reírse. Cuando se lo reclamé, me dijo que era una dramática y una exagerada y que, si tanto me preocupaba quedarme embarazada, que tomara *yo* precauciones. Me largué de allí después de dejarle claro que habíamos terminado. Pero ese no era el mayor de mis problemas. Yo no sabía si... Tenía miedo de que...

—Es comprensible —me adelanto.

Sasha aprieta los labios.

—Kenny me encontró mientras volvía a mi casa. Por esa época éramos... amigos. Él estaba tonteando con una de mis compañeras de clase, así que nos veíamos a menudo. Se preocupó al verme llorando y yo estaba tan abrumada que se lo conté todo. Me pidió que me metiera en el coche, vino conmigo a la farmacia y compramos la pastilla del día después. Tuvo que tragarse una buena bronca de la farmacéutica porque pensó que había sido él quien se había acostado conmigo. —Esboza una sonrisa débil al recordarlo—. Se quedó conmigo toda la noche. Aquí. Mis padres estaban de viaje y Kenny no se fue hasta que volvieron al día siguiente. —Se calla un momento—. Después fue a buscar a Daniel y le dio una paliza.

»Kenny no es..., tú no lo conoces como yo. Él no es de esa clase de chicos. No se mete en peleas ni busca problemas. Le gusta llevarse bien con todo el mundo. No le haría daño ni a una mosca, Leah, te lo prometo. Pero ese día... se desató. Logan me dijo tiempo después que nunca lo había visto tan enfadado.

—¿Él también...? —comienzo a preguntar.

—¿Logan? No se metió en la pelea, si es lo que quieres saber. Pero no iba a dejar que Kenny fuera solo a por Daniel. Lo acompañó para asegurarse de que la situación no se le fuera de las manos. Por entonces ni siquiera se llevaba mal con Hayes. Sus problemas con tu ex empezaron tiempo después.

—Lo sé —respondo—. Me lo contó.

—No estoy a favor de la violencia, pero, cuando volví a ver a Daniel, fue tan... satisfactorio ver que Kenny le había roto la nariz.

Alargo la mano para apretar la suya.

—Se lo merecía. No tenía ningún derecho a hacerte eso.

—Podría haber sido peor. Kenny siempre dice que no tengo que pensar en estas cosas, pero a veces no lo puedo evitar. Fue la peor semana de mi vida. Nunca antes me había tomado una de esas pastillas. También fui a hacerme pruebas... por si acaso Daniel me había contagiado algo. Puede que te parezca dramático, pero...

—No lo es —la interrumpo.

—No sé qué habría hecho si los resultados hubieran dado positivo. O si me hubiera quedado embarazada. Ni siquiera sé si hubiera abortado o no.

No tarda en retirar las manos de las mías y entrelazarlas ella misma, tratando de controlar su ansiedad. A pesar de que nunca se había mostrado tan vulnerable conmigo, ahora me parece más fuerte que nunca.

—¿Os hicisteis amigos después de eso? —trato de desviar un poco el tema porque sé que eso la relajará. En efecto, Sash parece aliviada al oírme.

—Kenny y yo sí que nos volvimos más cercanos. Logan no me

soportaba por entonces. Ya sabes lo bien que se le da hacer amigos —intenta bromear—. Se pasó las dos semanas siguientes acompañándome a clase por si Daniel aparecía para tomar represalias. Kenny quería hacerlo en su lugar, pero su facultad está bastante lejos de la nuestra. Aunque Logan y yo no nos hablábamos, sé que no habría dudado en defenderme si hubiera sido necesario. No empezamos a llevarnos bien hasta varios meses después de que Kenny y yo empezáramos a salir.

—Me da que eso fue cosa tuya —comento divertida.

—Claro que lo fue. —Suelta una risita y se seca los ojos, aunque no se le ha escapado ni una lágrima—. Kenny podrá ser muy sociable, pero es un desastre con las chicas. Cuando mi amiga perdió el interés en él, yo empecé a intentarlo. Se ponía nervioso cada vez que le tiraba alguna indirecta. Nuestra relación fue complicada al principio, sobre todo porque yo tenía una concepción bastante tóxica del amor. Con él aprendí cómo era llevar una relación sana. ¿Todas esas chorradas comunicativas? Difíciles hasta decir basta, pero Kenny hacía que no me costara tanto abrirme. Es la clase de chico con la que me gustaría que salieran todas mis amigas.

—Y tú estás asquerosamente enamorada de él —me burlo.

—Voy a pasar toda mi vida a su lado. —Su voz suena seria y firme—. Cuando lo digo en voz alta la gente se ríe de nosotros. Piensan que el amor se acabará tarde o temprano y que me arrepentiré de haber confiado tanto en lo nuestro. Pero eso no va a pasar. Kenny es la mejor persona que he conocido. Nos entendemos mejor que nadie. Me quiere, me respeta y me hace reír. Aunque tengamos nuestras peleas, siempre encontramos la manera de arreglarlas. Puede que no haya sido mi primer amor, pero estoy segura de que será el último.

Habla con tanta seguridad, como si fuera una página ya escrita de la historia que les queda por vivir, que me lo creo. Me lo creo hasta el punto de que la defendería con uñas y dientes de cualquiera que se atreviera a llevarle la contraria. Pienso en cómo se comportan cuando están juntos; en los detalles pequeños, como que Kenny sabe lo que Sasha quiere beber en el Daniel's sin necesidad de que ella se lo diga y que ella siempre le deja el asiento de la ventana porque es el que a él más le gusta.

—Me alegro de que hayas encontrado a alguien así, Sash.

«Si eso es el amor de verdad, a mí no me han amado nunca.»

Se me forma un nudo en la garganta. Al verme tan afectada, Sasha me envuelve entre sus brazos, creyendo que se debe a un motivo muy diferente del real.

—No te pongas así —se queja. Ella también parece emocionada—. Prometo invitarte a nuestra boda, romanticona.

—Más te vale dejarme ser la dama de honor.

—Solo si también me ayudas a elegir el vestido. —Me sonríe y, al echarse hacia atrás, suelta un chillido—. ¡Hija de puta! Deja de llorar. ¡Vas a estropearme el maquillaje!

Me abanico los ojos entre risas mientras Sasha busca un disco de algodón con el que limpiar los destrozos. Decido no pensar más en Hayes, en lo que nunca llegó a darme y no sé si alguien me dará, para mantener las lágrimas a raya.

—Gracias por escucharme —añade al cabo de un rato—. Me gusta que seamos amigas, ¿sabes?

Mi corazón se pone a vibrar.

—Creo que hacemos un buen equipo —respondo.

—Uno imparable.

—Como una tormenta.

—O como un huracán.

Nos sonreímos la una a la otra.

Pienso en lo fácil que me parece todo cuando estamos juntas. Con Sasha no tengo que controlar lo que digo o cómo lo digo. Puedo soltar bromas tontas sin darles mil vueltas antes. Puedo ser yo sin miedo a que no me acepte. Sé que estará ahí para mí cada vez que lo necesite, y viceversa. Tanto en los momentos buenos como en los malos.

Me pregunto si la amistad de verdad consiste en eso y, si es así, por qué con Linda nunca he sentido lo mismo.

—Hay una razón por la que no nos hemos visto en los últimos días —confieso. No había caído en que, al evitar a Logan, estaba evitándolos a ellos también.

—Créeme, lo sé. —Suspira—. Lo supuse cuando Logan apareció el jueves en la cafetería con cara de querer asesinar a cualquiera que se atreviese a sonreírle.

Mi expresión se llena de tristeza.

—Siento que lo pague con vosotros.

—No lo hace —replica, para mi sorpresa—. No lo paga con nadie. Cuando está de mal humor, se sienta a nuestro lado y se pone a dibujar. Se queda en silencio hasta que se tranquiliza y está seguro de que no va a reaccionar mal ante cualquier cosa que le digamos. Kenny y yo no lo presionamos. Sabemos que lo mejor en esos casos es dejarlo en paz. —Hace una pausa—. ¿Vas a contarme lo que ha pasado?

—Hemos discutido. —Frunzo los labios con incomodidad—. Antes has dicho que al principio no os llevabais bien, ¿verdad?

Sasha me lanza una mirada que me deja claro que ha notado lo rápido que he cambiado de tema.

—De primeras no fue fácil para él —responde todas maneras—. Kenny y yo empezamos a salir cuando solo habían pasado un par de meses desde que Clarisse..., ya sabes.

—¿Cuándo pasó? Lo de Clarisse.

—En diciembre del año pasado, justo después de Navidad. Por las mismas fechas que mi cumpleaños.

—¿Tú la conocías?

—Lo poco que sé de ella es lo que Kenny me ha contado. Ellos sí que eran amigos. Supongo que has notado que Logan apenas la menciona.

Lo he hecho. Al igual que percibí ese cambio brusco en su actitud cuando yo me atreví a hacerlo.

—Tuvo que ser duro para él.

—Fue más que eso. Clarisse y él estaban muy unidos. No solo en el sentido romántico. Era su mejor amiga. Se conocían desde pequeños.

Así que esa noche no perdió solo a su novia, sino también a alguien que había estado en su vida desde que era solo un niño. Se me rompe el corazón al pensar en lo que debió de sentir cuando se enteró.

—Cambió —añade Sasha—. Tuvo una época bastante... problemática tras su muerte. Chicas, alcohol, peleas. Creo que no se dio cuenta de que estaba hundiéndose en un agujero hasta que estuvo a punto de acostarse con la chica de tu ex. Imagino que lo sabes, pero Hayes fue a buscarlo para pelearse con él.

—Y Logan no se defendió.

—Creo que todavía se siente culpable por lo que le pasó a Clarisse.

—Él no tuvo nada que ver con eso.

—Muchas veces la culpa no entiende de razones.

Pienso en lo que me dijo Logan en el mirador y me pregunto si todo lo que hizo durante esa época fue para llenar ese vacío; si buscaba desesperadamente que volvieran la rabia o el dolor. Quizá sea mejor estar envuelto en la tristeza más profunda que no sentir nada en absoluto.

—Estuvo a punto de dejar los estudios también. Discutió mucho con sus padres por eso. Nunca se han llevado del todo bien. Fue su abuela la que lo convenció de seguir adelante. Logan y ella siempre han tenido una conexión... especial. A raíz de lo que pasó con Hayes, dejó un poco de lado ese descontrol. Volvió a quedar con Kenny y él se propuso conseguir que nos hiciéramos amigos, y terminamos dándonos cuenta de que tenemos bastantes cosas en común. Ahora es como un hermano para mí. Da igual lo mucho que nos peleemos. Después de eso, formamos un grupo de tres. Cuatro, cuando llegaste tú.

—Supongo que ahora está mejor. —No sé si me lo creo de verdad o solo estoy intentando autoconvencerme.

—Imagino que sí. Ha pasado casi un año desde que Clarisse murió. De todas formas, es difícil saberlo. Logan no habla mucho sobre esas cosas. Ni sobre nada, en realidad. Prefiere guardárselo todo para él. No me parece una conducta muy sana, si me lo permites.

Sin lugar a dudas, no lo es.

Estoy a punto de hablar sobre el tema del insomnio, pero Sasha no ha mencionado nada al respecto. Puede que no lo sepa. Ahora que lo pienso, Logan no vino a decírmelo directamente. Tuve que preguntar.

—Linda y él... —Dejo la frase en el aire.

—Lo que te ha contado tu amiga no es del todo cierto, lo sabes, ¿verdad?

Aunque hacerlo me provoca una oleada de culpabilidad, asiento con la cabeza.

—Logan no es un mal chico —me asegura—. No ha tenido ninguna relación seria desde Clarisse. Solo rollos, ya sean de una noche, de dos o de un par de semanas. Eso no lo convierte en una mala persona. Logan hace las cosas bien. Deja claro desde un principio qué es lo que busca y lo que no. Hay muchas chicas que tampoco quieren comprometerse a nada serio y le dicen que sí. Fin de la historia.

—Linda empezó a sentir cosas por él. Por eso Logan dejó de contestar a sus mensajes, ¿verdad?

—No fue tan brusco. No desapareció sin más. Habló con ella varias veces porque sabía que lo suyo tenía que acabar. Tu amiga nunca dejó insistir. Por eso empezó a ignorarla. Sabía que, le dijera lo que le dijera, sería inútil. Logan no se queja, pero estoy segura de que le molesta que Linda vaya por ahí hablando mal de él. ¿Qué se suponía que tenía que haber hecho? ¿Corresponderla aunque no sintiese nada? No puedes obligar a alguien a enamorarse de ti.

—No es la historia que Linda me contó. —Guardo silencio un momento. Al hablar de esto, siento que la estoy traicionando. Continúo de todas maneras—. Pero creo que en el fondo yo sabía que lo que me decía no era verdad.

—¿En serio?

—Conozco a Linda.

«Sé la clase de persona que es.»

«Sé lo mucho que le molesta no conseguir siempre lo que quiere.»

Ojalá pudiera sacarme ese tipo de pensamientos de la cabeza. No dejan de perseguirme desde que discutí con Logan el jueves pasado.

—¿Por eso habéis discutido? —indaga Sash—. ¿Por Linda?

—Ella cree que lo mejor es que me aleje de Logan.

—Pero eso es evidente, ¿no? Ha notado que él está interesado en ti y lo que quiere es que esté interesado en *ella*. Te diría cualquier cosa con tal de asegurarse de que tú le sigues dando largas.

Me parece una explicación lógica hasta que recuerdo que se supone que es mi mejor amiga. Vamos, ¿cómo iba a ser capaz de hacerme algo así?

—Logan estuvo en mi habitación la otra noche —le cuento a Sash—. Me escuchó hablar de libros durante horas.

Una sonrisa divertida tira de sus labios.

—Qué romántico se ha vuelto.

—Supongo que es su técnica para conseguir lo que quiere.

—¿Y no es lo mismo que quieres tú?

—¿Qué? —salto enseguida, perpleja.

—Hablas como si la perspectiva de acostarte con él te pareciera *tan* desagradable... —expresa con dramatismo—. Es mi amigo, pero voy a decirlo. Está buenísimo. A niveles inhumanos.

Seguro que me estoy poniendo roja.

—No exageres —mascullo muerta de la vergüenza.

—Es el tercer chico más guapo que he visto en mi vida, justo después de Kenny, por supuesto, y de Liam Harper. Me refiero al youtuber, ¿lo conoces? Al parecer ahora se ha echado novia. Desde luego, el destino tiene a sus favoritas.

—Sash... —No me deja seguir hablando.

—Aunque he visto fotos de la chica, Maia, y no sé si quiero ser ella para estar con Liam o si quiero ser Liam para estar con ella. Ser bisexual para esto. No hago más que sufrir.

Se me escapa una sonrisa. Qué dramática es.

—Sigue, por favor. Prefiero que hablemos de ellos a que vuelvas a insinuar que quiero acostarme con Logan.

—Pero *quieres* acostarte con Logan. ¡Y no hay nada de malo! Lo que me sorprende es que no lo hayas hecho ya. Cuando te trajo al mirador para que te conociéramos, pensé que había algo entre vosotros. Antes de que me preguntes por qué, te recuerdo que os vi en la fiesta.

Se refiere a cuando me metí en ese dichoso armario con él y me besó delante de todo el mundo. No necesito que me lo recuerde. No se me ha olvidado. Fue uno de los mejores besos que me han dado en toda mi vida. Me guste o no, me temo que me voy a acordar siempre.

—Fue solo teatro —miento.

—¿Eso se lo has dicho a él?

—¿De verdad crees que le gusto? —Seguro que puede leer mi inseguridad entre líneas.

—Logan no me lo ha dicho, pero lo conozco bien. Y he visto cómo se comporta cuando está contigo. Va detrás de ti de una forma tan obvia que no sé cómo puedes tener dudas.

—Linda piensa que solo quiere hacerme daño.

—Logan no es esa clase de persona. Y creo que tú lo sabes también, da igual lo que haya dicho tu amiga.

Me muerdo el labio.

—¿No crees que esté jugando conmigo?

—Pues claro que está jugando contigo. Pero eso no tiene por qué ser algo malo. Me da la impresión de que, si todavía no se ha lanzado, es solo porque está esperando a que tú tomes la iniciativa.

Casi me echo a reír de lo ridículo que me parece.

—Eso no va a pasar.

—¿Se puede saber por qué?

—Yo no hago esa clase de cosas. No soy directa ni atrevida. Nunca voy a dejar de tener miedo.

Es tan fácil hablar con Sasha que a veces no controlo lo que sale de mi propia boca. Por suerte, ella no se burla de mí, no me mira como si creyera que solo estoy diciendo estupideces. En su lugar, se agacha y me pone las manos en los laterales de los muslos.

—El miedo no desaparece nunca. Da igual lo que hagas. No importa lo valiente que seas. Siempre va a seguir ahí. —Me mira a los ojos—. La cuestión no es evitarlo, sino dejar de permitir que te impida hacer lo que te mueres de ganas de hacer.

—¿Y eso cómo se consigue?

—Confiando en ti. Y sabiendo que, sean cuales sean las consecuencias, podrás con ellas. Igual que puedes con todo. —Se pone de pie con decisión—. ¿Sabes qué? Que le den a la noche de películas. Vamos a salir de fiesta. Tú y yo. Vamos a invitar a los chicos. Y vamos a pasárnoslo bien. Con una condición.

—¿Cuál? —Aunque intento devolverle la sonrisa, me resulta muy difícil.

—Hoy vas a dejar de ponerte obstáculos. Si confiaras más en ti misma, serías imparable. Y ya va siendo hora de que lo descubras.

17

CUANDO EL PÁJARO SALIÓ DE LA JAULA (Y ECHÓ A VOLAR)

Leah

Cuando Sasha y yo salimos de mi casa, la decoración de Halloween adorna las calles de Portland. Hemos venido aquí después de estar en la suya para que pudiera arreglarme para la fiesta. Ahora es casi medianoche y Kenny nos espera apoyado en su furgoneta con un cigarrillo entre los dedos. Sonríe al vernos llegar y le da a su novia un repaso sin disimulo.

—Estás espectacular —dice. Ella suelta una risita y va a darle un beso corto en los labios. Kenny cae entonces en mi presencia—. Que conste que lo decía por las dos.

Me río. Ya, seguro.

Sasha le quita el cigarrillo para darle una calada.

—Créeme, cariño, Leah no necesita tus cumplidos. Ya es más que consciente de que está preciosa.

Estoy tan poco acostumbrada a que me digan cosas bonitas que se me sube el calor a las mejillas. Kenny me mira divertido.

—Aunque no los necesites, que sepas que estás increíble.

—Gracias. —Intento no parecer nerviosa—. Tú también.

—¿Ves? Y eso que hace tres días que no me ducho.

La broma me hace reír y termina de golpe con toda la incomodidad que reinaba en el ambiente. Sash lo empuja con una mueca, pero sonríe cuando él vuelve a besarla. El corazón se me encoge al verlos juntos. Después de lo que Sasha me ha contado, su relación me parece aún más bonita.

Además, Kenny tiene razón; Sasha está espectacular con ese vestido rojo que deja sus tatuajes al descubierto. Cuando hemos llegado a mi casa, lo primero que ha hecho ha sido abrir mi armario para ayudarme a elegir qué ponerme. Ha sacado un vestido ajustado y corto de color negro, y mi primer impulso ha sido decirle que no. Nunca me he puesto nada tan atrevido. Entonces ella me ha recordado que, si me lo compré en su momento, fue porque tenía la intención de ponérmelo algún día. Si ese día no ha llegado, es solo porque yo no dejo de retrasarlo.

Al final me lo he puesto. Seguía sintiendo esa pizca de inseguridad, por lo que lo he combinado con mis botas de tacón favoritas y mi chaqueta de cuero. Según Sash, llevar cosas que me gusten me hará coger confianza. Ella ya me maquilló en su casa, así que solo he tenido que retocarme el pintalabios, y me he dejado el pelo rojo suelto sobre los hombros. Me he mirado cientos de veces al espejo antes de salir. Y me he gustado en todas.

No salgo mucho de fiesta, pero hoy me apetece pasármelo bien. Sigo teniendo presente la promesa que le he hecho a Sasha en su habitación.

Se acabaron los obstáculos.

Voy a ser justo quien me apetece ser.

—¿Dónde has dejado al monstruito? —inquiere Sasha cuando nos montamos en la furgoneta.

Tardo un momento en deducir que se refiere a Logan.

—Todavía estaba en el estudio cuando he hablado con él. Me ha dicho que iba a pasar por su casa para cambiarse. Supongo que nos estará esperando allí. —Kenny enciende el motor—. Me sorprende que vaya a dignarse a venir. Sabes lo poco que le gustan estas cosas.

Sasha me lanza una mirada cómplice por el espejo retrovisor.

—Me pregunto qué lo habrá hecho cambiar de opinión.

Kenny se echa a reír. Yo me hundo en el asiento y miro por la ventanilla mientras dejamos mi calle atrás. Ahora estoy todavía más nerviosa. Llevo sin ver a Logan dos días. He pensado mucho en lo que me dijo en mi habitación. Como no hemos vuelto a hablar, no sé cómo están las cosas entre nosotros, y la perspectiva de tener que enfrentarme a él me parece aterradora.

Creo que casi habría preferido que no viniera.

Sin embargo, su coche ya está en el aparcamiento cuando llegamos al local.

Logan está apoyado contra él con las manos en los bolsillos. Va vestido de negro, con unos vaqueros y una camiseta de manga corta; aunque aquí fuera hace bastante frío, la temperatura será asfixiante cuando entremos en el pub. Y no se ha puesto el gorro. Lleva el pelo oscuro revuelto apuntando en todas las direcciones, lo que le da un aspecto rebelde que no debería provocarme tantas cosas.

Kenny apaga el motor, y Sasha y él salen de la furgoneta. Hago lo mismo por el lado opuesto a Logan para tener un par de segundos más para mentalizarme.

—Hola, monstruito —lo saluda Sasha con alegría.

Él debe de poner mala cara, ya que no tardo en oír la risa de Kenny.

—Creía que hoy tocaba noche de películas —comenta Logan.

—Bueno, Leah y yo hemos decidido que toca noche de salir a bailar y a emborracharse.

—En realidad ha sido idea suya —aclaro, rodeando la furgoneta para ir con ellos.

Noto el momento exacto en el que Logan me ve.

Sus ojos oscuros se clavan como imanes sobre mí. De pronto, desaparece todo lo que nos rodea y me siento como si nos hubiéramos quedado a solas en el aparcamiento. Me entran ganas de cubrirme o dar un paso hacia atrás. No lo hago. Su mirada baja lentamente por mi vestido, se detiene en mis piernas desnudas y vuelve a subir. En su rostro no aflora ningún tipo de emoción. Se mantiene inexpresivo, como si verme aquí tras nuestra discusión no le importara lo más mínimo.

Siento una punzada de decepción cuando aparta la vista sin decir nada. No es que esperase un cumplido, pero ni siquiera me ha saludado.

—Deberíamos entrar —les dice a Kenny y a Sash.

Pasa junto a mí sin mirarme y se mete en el local.

Mientras tanto, mis amigos parecen estar pasándoselo en grande.

—¿Cuánto le das? —Sasha no deja de sonreír.

—Unos veinte minutos —contesta Kenny.

—Eres demasiado optimista.

—También soy su mejor amigo. Alguien debe tener un poco de fe en él. —Entonces se da cuenta de que lo observo—. Tranquila, Leah. Estoy seguro de que harás que sean solo diez.

El local en cuestión es un antro universitario al que mis amigos vienen a menudo. Es sábado, el sitio está a rebosar y dentro el ambiente está muy cargado y la música suena a todo volumen. También hace mucho calor. Sasha va a mi lado con su brazo entrelazado con el mío. No dejo de mirar alrededor, fascinada. La decoración es bastante oscura; hay cuadros arañados y desteñidos en las paredes, y los muebles parecen antiguos.

—¿Te gusta? —me grita Sasha. Pega la boca a mi oreja para que la oiga mejor—. Deberías haber dejado la chaqueta. Dentro de un rato estarás muriéndote de calor.

Niego. Dudo que vaya a quitármela en algún momento. Me sentiría muy expuesta solo con el vestido.

Creía que iríamos a buscar mesa. En su lugar, seguimos a Kenny hasta la barra. Hay tanta gente esperando que el camarero no da abasto. Sasha se separa de mí para ayudar a su novio, que está intentando llamar su atención. Logan también está esperando, y el único espacio que queda libre es a su lado. No me queda más remedio que ir junto a él.

—No creo que tarden mucho en servirnos —comento para romper el silencio.

Logan no contesta. Finge que no me ha oído.

Me vuelvo automáticamente hacia él.

—¿Vas a estar toda la noche fingiendo que no existo?

Se le tensa la mandíbula. Aunque no consigo que se digne a mirarme, al menos esta vez sí me responde.

—No estoy fingiendo que no existes.

—Antes no me has dicho nada.

—Porque no tengo ningún interés en hablar contigo.

Aquí está, de nuevo, el imbécil con el que discutí la mañana después de la fiesta. Odio este cambio tan brusco en su actitud. Su frialdad me provoca ganas de mandar esta dichosa fiesta a la mierda y largarme de una vez.

—¿Dónde has dejado a tu amiga Linda, por cierto? —añade como si nada—. ¿Le has contado que ibas a salir con nosotros? Me sorprende que no haya intentado que te quedes recluida en casa.

Aprieto los puños por instinto.

—No tienes por qué portarte como un imbécil, ¿sabes?

—Así tendrás más razones para criticarme cuando vuelvas con ella, ¿no? —Cuando por fin se gira hacia mí, siento que me atraviesa con la mirada—. ¿Qué piensa Linda de este vestido?

Vuelve a darme un repaso, bastante más descarado esta vez. No importa que siga teniendo la chaqueta; ahora mismo me siento como si no llevara nada encima.

—No estaba en casa cuando he ido a cambiarme. —Me sorprende que me funcione la voz.

—Eso explica por qué te lo has puesto.

Se vuelve hacia el frente de mal humor. Me da rabia que insinúe que Linda me controla. ¿Qué narices pretende conseguir con eso? ¿Que volvamos a discutir?

—¿Vas a decirme de una vez qué te pasa?

—Te creíste todo lo que te dijo sobre mí.

—Pensaba que no te importaba la opinión de los demás.

—Y no me importa, pero estaba seguro de que tú me conocías.

Su tono de decepción me desarma por completo.

Antes de que pueda contestar, el camarero planta un vaso de chupito en la barra delante de mí. Sasha se echa hacia atrás y levanta el suyo antes de tomárselo. Prefiero no preguntar cómo ha conseguido que nos lo sirvieran siendo menores de veintiuno. Miro dudosa a Logan, que me hace un gesto para que proceda. No parece importarle que nos hayan interrumpido. Cojo el vaso y me bebo el contenido de un trago, sin pensar.

Hago una mueca al notar el sabor del alcohol bajando por mi garganta.

—Cualquiera diría que no estás acostumbrada a beber —comenta Logan sin dejar de observarme.

Suelto el vaso y me seco la boca.

—La última vez que lo hice, acabé en la cama contigo.

—Deja que eso te sirva como motivación.

Se me acelera el corazón. Él se ha dado la vuelta y ahora está apoyado de espaldas en la barra. Le da un trago a la cerveza que acaban de servirle como si yo ya no estuviera aquí. Su actitud me desconcierta y me enrabieta a partes iguales. Le prometí a Sasha que nada de obstáculos, ¿no?

Bien. A la mierda.

—Creo que Linda tenía razón en una cosa.

Sus ojos se deslizan hasta los míos.

—¿En qué?

—Estás jugando conmigo. Descaradamente. Llevas haciéndolo desde que nos conocimos, pero no vas a hacerlo esta noche.

—¿Por qué?

—Porque me toca jugar a mí.

Por fin consigo derrumbar esa máscara de indiferencia. Su expresión se llena de sorpresa, y también de algo más oscuro que hace que se me erice la piel. Dejándome llevar por un impulso, me quito la chaqueta. Si me he puesto este dichoso vestido, es para lucirlo de una vez.

Se la tiro a Logan antes de que pueda echarme atrás.

—Sujétame esto —le pido—. Me voy a bailar.

Noto su mirada en la nuca cuando agarro a Sasha del brazo y me la llevo a la pista de baile.

Nos abrimos paso entre una marea de cuerpos sudorosos que saltan y se mueven al ritmo de la música. Sasha chilla algo delante de mí —creo que esta es una de sus canciones favoritas— y, de repente, es ella la que tira de mí y no al revés. Me faltan palabras para agradecérselo. Porque solo necesito un par de minutos para asimilar la gravedad de lo que acabo de hacer.

Mierda.

¿De verdad le he dicho a Logan que...?

Mierda, mierda, mierda.

Pero si yo no sé bailar.

—No pienses en nada. —Una vez que estamos en medio de la pista, Sasha se vuelve hacia mí—. Si te ayuda, imagínate que estamos solas. —Tira de mi brazo para acercarme a ella—. Solo tienes que dejarte llevar.

Así que lo hago.

Y ella consigue que parezca fácil. Entrelaza nuestras manos y me fuerza a moverme con ella. Comienza a sonar una canción nueva, una que sí conozco, y me echo a reír cuando Sasha entona el estribillo como si no hubiera nadie a nuestro alrededor. Cuando quiero darme cuenta, estoy cantándolo con ella. Y luego se me olvida todo lo demás. Chillo, bailo y salto sobre los tacones mientras la música suena a todo volumen. Y me siento libre, como un pájaro que acaba de escapar de la jaula en la que ha estado encerrado toda su vida.

La Leah de hace unos meses se habría quedado fuera de la pista viendo cómo los demás se divertían.

La de hoy siente que vuela.

Aunque estoy dándole la espalda, sé que Logan no ha dejado de mirarme.

Siento tanta adrenalina que, incluso cuando comienza a faltarme el aire, no paro de bailar. Llamamos la atención de tres chicas que no tardan en unirse a nosotras, y Sasha y yo nos ponemos a saltar y a reírnos con ellas como si fuéramos amigas desde siempre. He perdido la cuenta del tiempo que llevamos aquí cuando me agarra del brazo y pega la boca a mi oreja.

—¿La chica que está hablando con Logan no se parece muchísimo a la novia de Liam Harper? —me pregunta a gritos.

Me giro hacia ellos sin dejar de moverme.

Kenny y Logan siguen en la barra. Este último ha dejado de mirarme; se ha inclinado por delante de Kenny para dirigirse a la chica castaña que está hablando con ellos. Ella no deja de sonreír burlonamente. Logan parece más bien molesto, como de costumbre.

—Creía que vivían en Londres —le digo a Sasha.

—¡Claro que sí! He dicho que *se parece* a ella, no que lo sea. Si Liam Harper estuviese aquí, sería imposible que yo no me hubiera enterado.

Soy incapaz de despegar la vista de ellos. No me gusta sentirme tan insegura de repente.

—Ve —me anima Sasha.

—¿Crees que...? —No llego a terminar la frase.

—¿Que Logan va a intentar ligar con ella? Claro que no, lleva mirándote desde que llegamos. Ve con él de una vez.

Me da un apretón amistoso antes de soltarme la mano. Mis piernas comienzan a moverse incluso aunque todavía no haya terminado de mentalizarme. La chica ha desaparecido, pero no pienso mucho en ello, ya que justo en ese momento Logan posa sus ojos sobre mí. O sobre mi vestido, más bien. No los aparta hasta que me detengo a su lado y decide subirlos hasta los míos.

—¿Ya te has cansado de bailar?

—Necesito reponer fuerzas. —Me inclino sobre la barra para disimular mi nerviosismo.

Al ver que tengo la intención de pedir una copa, él me ofrece su cerveza. La acepto y doy un trago, siendo bastante consciente de que es el vaso del que él ha estado bebiendo toda la noche. Lo dejo sobre la barra con una mueca, alguien me da un empujón desde atrás y acabo aún más pegada a su cuerpo. Logan no retrocede.

Yo no me aparto.

—Nunca me ha gustado esa cosa. —Señalo el vaso.

—Podría ser peor.

La respuesta se me atasca en la garganta cuando sube la mano y me roza la comisura de la boca. Limpia unas gotas de cerveza con el pulgar y se lo lleva a la boca para saborearlas. El estómago se me agita con violencia. Joder.

—De hecho, está bastante bien —añade.

Intento que esas provocaciones no me afecten. Por desgracia, es complicado cuando está tan cerca.

—¿Sigues enfadado? —inquiero.

—Bastante.

—No lo parece.

—Me has distraído.

Aprovecha que hemos roto la barrera del contacto físico para volver a tocarme. Enreda un dedo en uno de mis mechones de pelo y juega con él de manera distraída. El corazón me late a trompicones dentro del pecho. La tensión es incluso dolorosa. Creo que nunca había tenido tantas ganas de besar a alguien.

Su otra mano se desliza hasta mi espalda, me atrae hacia sí y se me corta la respiración cuando me pega la boca a la oreja.

—Podrías volver a bailar.

Su voz áspera me hace cerrar los ojos.

—¿No quieres venir conmigo?

—Tengo mejores vistas desde aquí.

Su aliento baja hasta mi cuello. Cojo aire, esperando notar la calidez de sus labios contra mi piel. El contacto nunca llega. Logan me roza la curva de la cintura con el pulgar antes de alejarse. Su expresión no es del todo indescifrable. La máscara tiene grietas.

Y lo que veo en ellas me revoluciona por dentro.

—Vuelve a bailar —insiste soltándome por fin.

—¿Y qué vas a hacer tú?

—Yo voy a quedarme aquí. Mirándote. —Se apoya de nuevo contra la barra—. Hasta que me hagas cambiar de opinión.

Este chico me va a volver loca.

Bebe de su cerveza mientras yo camino hacia atrás, aún sin romper el contacto visual. Sabe que desafiándome conseguirá lo que quiere, pero hoy no me importan sus trucos porque tengo el mismo objetivo. Sea lo que sea esto, podemos jugar los dos.

Vuelvo con Sasha, que junta las cejas al verme.

—¿Qué te ha dicho el monstruito para que estés tan roja?

—Ven a bailar conmigo. —Ni de coña voy a contestar a esa pregunta.

Justo cuando la agarro del brazo, una canción distinta empieza a sonar por los altavoces.

Solo dance, de Martin Jensen.

—¡Me encanta esta canción! —chilla Sasha.

—A mí también. —No puedo evitar volverme hacia Logan.

Como ha prometido, sigue observándome desde la barra. Sasha tira de mí para que bailemos. Sentir la mirada de Logan sobre mí me pone más nerviosa que nunca. Intentando disimularlo, giro sobre mis talones para darle la espalda y dejarme llevar con Sash. Saltamos, bailamos y nos reímos hasta que la canción termina, y entonces me vuelvo hacia él casi sin aire en los pulmones. Espero que sea consciente de que, si no viene ahora mismo, se arrepentirá toda su vida.

A juzgar por eso tan oscuro que veo en sus ojos, acabo de hacerle cambiar de opinión.

Deja la cerveza en la barra y echa a andar hacia mí.

Hasta que otra persona se cuela en mi campo de visión.

En cuanto Sasha los ve, retrocede de golpe y se choca contra mí. Daniel y Hayes acaban de entrar con sus amigos en el local, donde ya no suena la música. Miro hacia el puesto del DJ. La multitud se queja mientras él intenta arreglar sin éxito los problemas con el cableado.

—Pero a quién tenemos aquí. —Me tenso al oír su voz desde tan cerca.

En efecto, Daniel ha venido directo hacia nosotras. Hayes está detrás de él. A diferencia de su amigo, que sonríe, mi exnovio no se atreve ni a mirarnos a la cara.

—No interrumpo nada, ¿verdad? No quería irme sin saludar a mis... amigas —ronronea, divertido. Mira a Sasha de manera lasciva—. Estás preciosa con ese vestido, nena.

Espero que ella lo mande a paseo, como habría hecho con cualquier otra persona. Por eso me impacta tanto verla encogerse.

—Lárgate —le ordena. Su voz no suena firme.

—Seguro que tus amigos están deseando arrastrarte a casa para verte sin él puesto. —El tono de Daniel está cargado de burla—. ¿Cómo te organizas para atenderlos a los dos? ¿Se la chupas a uno mientras el otro te la mete o eres tan inútil que tienes que hacerlos esperar?

—¿Quién diablos te crees que eres para hablarle así?

Daniel no recae en mi presencia hasta que me oye hablar. No obstante, mi intervención no parece molestarle; al contrario, lo divierte aún más.

—Veo que ahora tienes que compartir —se ríe de Sasha—. Tiene que ser difícil, ¿eh? Los dos sabemos lo mucho que te gusta llamar la atención.

Por inercia, rodeo a Sasha para dejarla detrás de mí.

—Cierra la boca de una vez —le espeto.

—Sus pataletas me costaron una bronca de mis padres, princesa. Creo que tengo derecho a decirle lo que quiera. —Vuelve a mirarla—. ¿Le has contado todo lo que te inventaste sobre mí?

Sash aprieta los puños.

—No me inventé nada.

—Pero no me denunciaste.

—No tenía pruebas.

—Claro que no —concuerda él—. Porque mentías. Esa noche solo hice lo que tú querías que hiciera. Que te arrepintieras no es mi problema.

Se me revuelve el estómago. Aunque Sasha no me ha contado lo que pasó después, me basta con escuchar a Daniel para imaginármelo.

—Tío, ya basta —interviene Hayes detrás de él—. Vámonos de una vez.

Daniel arquea las cejas en su dirección.

—¿Ahora vas a acobardarte? ¿Qué coño te da tanto miedo? ¿Esta de aquí? —Me señala de manera despectiva—. Como si no fueras capaz de ponerla de rodillas diciendo un par de palabras.

Cuando Hayes me mira, creo ver un deje de vergüenza y arrepentimiento en su expresión. Dejo de prestarle atención en el momento en que Daniel se acerca a mí.

—Me gustó tu foto, ¿sabes?

Me pongo rígida.

—No te he pedido tu opinión.

—Salías sexy. Bastante más que con esa ropa aburrida que te pones siempre. —Mira a Hayes—. La tenías bien escondida, capullo. Pero me alegro de haberla visto. —Vuelve a centrar su atención en mí sin dejar de sonreír—. ¿Quieres saber lo que hice cuando me la mandaron, princesa? Seguro que puedes imaginártelo.

—No me toques. —Retrocedo dando un traspié.

—Fue una noche realmente interesante. Te aseguro que mis amigos piensan lo mismo. —Sus ojos centellean, burlones—. Eres la inspiración de muchos en el campus. Espero que estés orgullosa.

Se me forma un nudo en la garganta. La música ha vuelto a sonar, pero no oigo nada más que lo fuerte que me va el corazón. Me giro hacia Hayes. Estoy harta. De todo.

—Tú me has hecho esto —lo acuso—. Has sido tú.

—Leah...

—Tú me has hecho esto —repito. Pestañea, atónito, cuando camino hasta él y le empujo el pecho con las manos—. ¡Tú eres el culpable de todo y no tuviste el valor de venir a decírmelo! ¡Eres un cobarde! ¿Qué diablos pretendías? ¿Querías hacerme daño? ¿Humillarme? ¡Confiaba en ti, joder! ¡Y te dio igual!

—Creo que deberías relajarte. —Me agarra las manos cuando intento atacar otra vez.

—¿Relajarme? —rujo. Intento zafarme de su agarre. No me lo permite y me las ingenio para volver a cargar contra él—. ¿Crees que tenías algún derecho a hacerme esto? Me pasé ocho puñeteros meses intentando cuidar una relación que estaba condenada al fracaso desde el minuto uno. ¡Porque pensaba que tú me querías! Y te fuiste con otra como si yo no te importase. Tuviste el valor de mentirme. ¡Durante meses! —Lo empujo otra vez—. Y luego vienes aquí. —Otro empujón—. Y te burlas de mí. Y me restriegas lo feliz que eres con ella. Filtras esa jodida fotografía cuando se suponía que todo estaba olvidado. ¿Qué pensabas? ¿Que eso te haría sentir mejor contigo mismo? ¿Que te convertirías en un ganador? —Lo miro con rabia en los ojos—. No lo eres. No eres más que un miserable. Vas a seguir siéndolo durante toda tu vida.

No me paro a ver cómo me reacciona. Me giro hacia Daniel con la furia incendiándome las venas.

—Y tú. —Camino hacia él—. Te juro por lo que más quieras que, como vuelvas a ponerle una mano encima a mi amiga, voy a...

—Cada vez que mis manos han estado encima de tu amiga, te aseguro que ella lo ha disfrutado.

Con eso alcanzo el límite.

Le doy una bofetada.

Lo hago con tanta fuerza que se le tuerce la cara. Él se lleva una mano a la mejilla con una mueca. A mí me arde la palma de la mía, pero estoy demasiado enfadada como para pararme a pensar en ello.

—No la toques —le advierto. Bajo la voz y, aunque vuelve a haber música, estamos tan cerca que estoy segura de que me oye—. No la mires. No le hables. No camines cerca de ella. Como me entere de que has vuelto a hacerle o decirle algo, cualquier cosa, voy a ir a por ti. Todavía no sabes cómo soy cuando estoy enfadada. Y te aseguro que no quieres descubrirlo.

Daniel no dice nada. Solo pestañea, atónito. Yo retrocedo, cada vez más consciente de lo que acabo de hacer, de que hay gente mirándonos. Tengo que esforzarme para no llorar cuando miro a Hayes de nuevo.

—Quiero que borres todas mis fotos. —Ahora sí que me tiembla la voz—. Me da igual si aparezco con o sin ropa. Ya no te pertenecen porque no eres nada para mí. Y, si se te ocurre volver a difundir alguna, las publicaré yo misma en todas partes. No importan las consecuencias. Me aseguraré de que todo el mundo sepa que ha sido por tu culpa. —Los ojos se me están llenando de lágrimas—. No voy a dejar que nadie siga teniendo ningún tipo de poder sobre mí. Mucho menos tú.

Mi mirada se posa entonces en un punto detrás de él. Logan

me observa desde la barra. Es lo único que necesito para que el mundo se me caiga encima. No ha venido. Me ha visto así, ha presenciado cómo me humillaban, y no ha venido.

Necesito salir de aquí.

—Fin del espectáculo. —Me giro hacia la gente que nos rodea y cojo a mi amiga del brazo—. Vamos, Sash.

Me abro paso entre la multitud en piloto automático. Por fin alcanzamos la pared, donde hay mucha menos gente. Kenny viene corriendo y Sasha me suelta para abrazarlo. Mientras tanto, a mí el corazón me late desbocado y comienzo a sentir que me asfixio, que este sitio es demasiado pequeño. No puedo quedarme aquí. No voy a dejar que nadie me vea llorar.

Me parece oír que mis amigos dicen mi nombre. No los escucho. Me alejo secándome las lágrimas y no dejo de andar hasta que encuentro una salida de emergencia. Solo tengo que abrirla y recorrer el pasillo para salir a la calle, a lo que parecen las traseras del local. Inspiro con fuerza y el aire frío me hiela los pulmones.

No puedo más, no puedo más, no puedo más.

—Leah. —Oigo su voz a mi espalda.

Me giro hacia él y Logan frena en seco al verme envuelta en lágrimas.

—Sí que era todo mentira, ¿verdad? —Se me rompe la voz.

Niega despacio. A juzgar por cómo me mira, se muere de ganas de acercarse.

—Era todo mentira —repito—. Todo lo que me has dicho, todo lo que has hecho por mí... Era mentira porque a la hora de la verdad no te importo. Has dejado que Daniel me humille sin molestarte en venir a...

—No te ha humillado —me interrumpe.

—Ha dicho que él..., que sus amigos...

—No te ha humillado —insiste mirándome fijamente—. Porque tú no se lo has permitido.

Mi cerebro ata cabos a toda velocidad. Doy varios pasos hacia atrás.

—No me vengas con esto ahora. No me digas que no has intervenido solo para que yo...

—Tenías que ser tú la que se enfrentase a ellos.

—Eso no es justo. —Las lágrimas se me agolpan en los ojos otra vez—. Eres un cobarde.

No soporto seguir mirándolo. Giro sobre mis talones, dispuesta a pedir un taxi y largarme de una vez. Logan me detiene agarrándome del brazo. Su piel arde en comparación con la mía. En cuanto me hace girar, me doy de lleno con sus ojos marrones.

—Suéltame —le exijo.

—¿De verdad crees que no me moría de ganas de ir hasta allí y partirles la cara a los dos?

—No lo has hecho.

—Porque no era lo que tú necesitabas.

—¡Yo te necesitaba a ti! —estallo—. ¡No quería recibir una lección! ¡Quería que vinieras y dieras la cara por mí igual que yo lo hice por ti! —Lo empujo y él me agarra las manos—. ¿A qué diablos ha venido eso? ¿Sigues cabreado conmigo por lo de Linda? ¿Es eso?

—¿Puedes dejar de decir gilipolleces?

—¡Pues dame respuestas de una dichosa vez!

—Cuando Daniel te ha puesto una mano encima, he tenido que contenerme para no ir hasta allí y hacer una estupidez. —Su voz suena brusca mientras me hace retroceder todavía sin soltarme—. Cuando ha dicho lo de sus amigos, me han entrado ganas de buscarlos a todos y estampar sus jodidos móviles contra una pared. Todo lo que te ha dicho, la manera en la que te ha mirado, me ha puesto enfermo. Lo único que quería era sacarte de allí. Pero no lo he hecho. Por ti —remarca—. No quería que pensaran que no puedes defenderte por ti misma. Porque yo siempre he sabido que sí puedes, incluso cuando tú misma no te lo has creído. Y les has demostrado que tenía razón. Que no necesitas a nadie. Ni a mí, ni a Linda, ni a Sasha. A nadie. Has dejado claro que ya no pueden contigo, Leah, joder. —Me mira a los ojos—. Ahora el poder lo tienes tú.

Me echo hacia delante y estampo mi boca contra la suya.

Al principio solo siento sus cálidos labios y el corazón latiéndome fuerte en el pecho. Entonces Logan reacciona por fin, y de pronto el ansia, la urgencia y el anhelo que sentimos el uno por el otro ganan a la razón. Entreabro los labios para él cuando profundiza el beso. Su lengua se desliza encima de la mía y me hace retroceder hasta que mi espalda choca contra la pared. Y ya no puedo pensar en nada más. Solo en su cuerpo contra el mío, en que me está besando como si no fuera a saciarse nunca, en la culminante sensación de necesidad que se me ha instalado en el estómago y que estoy segura de que él siente también.

Quiero tocarlo, pero sigue sujetándome las manos por encima de la cabeza. Las muevo ansiosa para que me suelte y, en cuanto lo hace, las suyas bajan hasta mis caderas y gimo en su boca cuando se presiona contra mí. Necesito más. Enredo los brazos en su cuello y nos doy unos segundos de ventaja para coger aire antes de volver a besarlo otra vez.

Podría pasarme toda mi vida haciendo esto. El pensamiento se viene a la cabeza y pronto me encuentro a mí misma preguntándome por qué diablos he esperado tanto para dar el paso. Deslizo los dedos más abajo, hasta su camiseta, y la aprieto en un puño para hacer que se acerque más.

Al notar mi urgencia, él sonríe contra mis labios.

—¿Dónde está mi chica buena?

No me deja contestar; su boca abandona la mía, me besa la mandíbula y se pierde en mi cuello. Estoy segura de que puede notar lo descontrolado que tengo el pulso. Me agarro a sus brazos por instinto, temiendo que me flaqueen las rodillas.

Creo que nunca había sentido tanta necesidad por nadie.

—Eres tan preciosa... —me susurra. Su voz me provoca un escalofrío—. Cuando te he visto bailando con ese vestido, me han entrado ganas de cruzar todo el local y arrodillarme ante ti.

Es la primera vez que alguien me dice algo así.

Se aparta lo suficiente para mirarme un momento, y después vuelve a besarme, pero esta vez no es un beso urgente ni hambriento, sino tentativo, provocador. Ansiando más, atrapo con los dientes su labio inferior y Logan emite un quejido ronco que siento en todas partes. Ni con esas consigo que me dé lo que quiero.

—No me hagas esto —le suplico. Dejo que me agarre las manos para volver a colocármelas por encima de la cabeza.

—¿Qué es lo que no quieres que haga? Porque se me ocurren muchas cosas. —Me arqueo de manera involuntaria. Me roza el cuello con los labios—. Y estoy seguro de que todas van a gustarte.

Cierro los ojos al notar su aliento contra mi piel. No pienso decírselo, pero ahora mismo podría pedirme cualquier cosa y yo no dudaría en decirle que sí.

Sin embargo, él no se mueve. Pasados unos segundos, noto

que afloja el agarre en torno a mis manos y yo abro los ojos al dejar caer los brazos a mis costados. Lo primero que veo es su rostro envuelto en sombras y sus labios hinchados por nuestros besos. Me estremezco cuando él roza los míos con el pulgar. Sigue mirándome a los ojos, pero ya no percibo en ellos el mismo deseo y necesidad que antes.

Ahora veo algo que me destroza el corazón.

No necesito que diga nada. Se me llenan los ojos de lágrimas porque ya sé lo que está a punto de ocurrir.

—Esto no está bien —susurra. Suena como una certeza, como algo que ambos ya deberíamos saber. Nunca antes lo había visto tan consternado. Me sujeta la mejilla y deja caer la frente sobre la mía, solo un momento, con los ojos cerrados—. No quiero ser un cabrón contigo. —Se aleja aclarándose la garganta—. Creo que debería irme a casa.

En cuanto deja de tocarme, el frío se me cuela en los pulmones. No parece que esté gustándole hacer esto, lo que no me consuela en absoluto. Pienso en cómo me veré desde sus ojos; en mis labios hinchados, mi pelo revuelto y mi respiración acelerada. Me siento tan humillada que me entran ganas de encerrarme en mi cuarto y no volver a salir jamás.

Lo he besado.

Y ahora él se arrepiente de todo.

Linda tenía razón. Soy tonta e ingenua.

—Olvida lo que acaba de pasar. —No sé cómo me las ingenio para que me funcione la voz. No soporto mirarlo ni un segundo más, así que me separo de la pared y camino hacia el antro.

—No te vayas sola a casa —dice él detrás de mí—. Dile a Kenny y a Sasha que te acerquen.

No contesto. Logan no me sigue. Entro en el local y lo dejo solo en el aparcamiento.

II

Nota de audio
Duración: 00.00.45

Creo que estoy jodido.

Quiero decir, lo sé desde hace un tiempo, ¿sabes? Pero no había sido capaz de reconocerlo hasta ahora. No he querido decírselo a nadie. Estoy cansado de las palabras de compasión, de las miradas de lástima y de todas esas estupideces. Así que finjo que todo es la hostia y que me va muy bien. Salgo de fiesta con mis amigos, me río, bromeo y hablo con ellos hasta que yo mismo consigo creerme que no pasa nada, que ya lo he superado y que estoy siguiendo adelante, como todos esperan.

Pero luego llego allí, a mi cuarto, donde el mundo está en silencio, y la farsa desaparece.

Estoy jodido, Clarisse. Lo odio, pero estoy jodido.

Creo que llevo meses sin ser yo mismo y nadie parece haberse dado cuenta.

Enviado a las 00.51 a. m.
Eliminado a las 00.51 a. m.

18

—

RAÍCES

Logan

Clarisse fue quien me enseñó este lugar.

Le doy un trago a la cerveza mientras miro las luces de la ciudad desde nuestro rincón del mirador. Estoy sentado en el suelo mientras la brisa fresca mueve las hojas caídas de los árboles. No se oye nada más. Solo hay silencio. Echo un vistazo hacia la llanura a mi derecha, donde ya solo quedan tallos y hojas secas.

Los rosales silvestres también murieron el invierno pasado, cuando ella se fue.

No sé por qué sigo viniendo aquí.

Vuelvo a beber y hago una mueca de disgusto al saborear la cerveza. Esta es la única marca que venden en la gasolinera más cercana y es horrible. Es la misma que me han servido en el pub. No consigo acostumbrarme al sabor. No me extraña que a Leah no le gustase.

Leah. Mierda.

Me siento un capullo cada vez que pienso en lo que ha pasado entre nosotros.

¿Tenía intenciones de besarla hoy? Joder, llevo semanas muriéndome por hacerlo. Por eso la he provocado tanto. Quería saber si podía hacerla ceder. Y lo he hecho. El beso, ella, han sido espectaculares; incluso mejores de lo que me había imaginado. Habría llegado mucho más lejos en ese dichoso aparcamiento si no hubiera escuchado a la voz de la razón.

No puedo hacerle esto.

No si no quiero convertirme en esa mala persona que todo el mundo cree que soy.

Mi móvil tintinea con una notificación. Me siento aún peor cuando percibo que en el fondo deseo que sea Leah. Pero no es un mensaje suyo, sino de Sash. Me ha enviado una nota de voz. Suspiro al darle a «reproducir».

—¡Hijo de tu grandísima...!

Lo paro antes de que despierte a todos los animales que duermen cerca del mirador.

Si hay algo más terrorífico que Sasha a secas, es Sasha enfadada, y ahora lo está. Conmigo. Mucho. Y con razón.

Me consuela saber al menos que Leah me ha hecho caso y ha vuelvo con ellos en vez de irse andando sola a casa, aunque eso implique que ahora mis amigos también sepan que soy un imbécil. Sasha se me lanzará a la yugular en cuanto me vea. Kenny ha sido más comprensivo. Me ha llamado por teléfono hace un rato. Sabe dónde estoy, pero no se pasará por aquí porque le he dicho que prefería estar solo. Notar la decepción en su voz cuando me ha soltado ese «tío, haz lo que quieras» me ha dolido más de lo que estoy dispuesto a admitir.

Solo quiero hacer las cosas bien.

¿Por qué diablos tiene que ser tan... difícil?

Pongo el móvil en silencio y lo guardo en la mochila antes de sacar la tableta gráfica. Necesito distraerme. Dibujar suele ayudarme a hacerlo, pero ahora solo empeora la situación; nada más encender la pantalla, veo el archivo que dejé abierto la última vez que la utilicé. El tatuaje de Samuel, que aún no he diseñado.

No es que no se me haya ocurrido ninguna idea. El problema es que soy demasiado egoísta como para prestárselas. Hay recuerdos de Clarisse que no quiero compartir con nadie. Por eso no me he planteado tatuarle una rosa, por ejemplo. Sentiría que la estoy traicionando. Era algo nuestro.

Leah me dijo que tenía que encontrar algo que la diferenciara, que solo fuera suyo.

Como las huellas dactilares.

O las palmas de las manos.

Antes de pararme a pensar en lo que estoy haciendo, cojo el móvil de nuevo y entro en la galería. Pulso sobre la carpeta en la que guardo las fotos con Clarisse. Cuando los recuerdos me caen encima, noto una presión dolorosa en el pecho. No soportaré mirarlas mucho rato. Bajo rápidamente hasta que encuentro una en particular. Clarisse aparece tapándose la cara con la mano abierta. El corazón me da un salto de emoción. Mierda, lo tengo.

Lo tengo.

Hago *zoom*, cojo la tableta gráfica y me pongo a dibujar. Calco las líneas de sus manos. Después giro la imagen para que se alarguen hacia abajo. Las uno hasta que parece que parten de un punto único, como el tallo de una flor. No dibujo una planta con hojas y ramas por todas partes. Me centro en lo que hay debajo, en todo lo que no se ve. En lo que hace que cada uno de nosotros sea justo como es. En nuestra familia. En la suya. En sus padres y su hermano.

Clarisse era como una rosa silvestre.

Siguiendo las líneas de sus manos, yo dibujo sus raíces.

19

EL ACUERDO DE LOGAN Y LEAH

Leah

Me paso la noche del sábado y la mayor parte del domingo encerrada en mi habitación.

Estoy familiarizada con el sentimiento que me retuerce las entrañas. He escrito sobre él en mis novelas. Se parece al dolor de un corazón roto, y narrarlo no tiene nada que ver con vivirlo en primera persona. Sin embargo, la tristeza no es lo que me ha mantenido aislada los últimos días. Hay algo más que me tortura desde el sábado. La vergüenza.

Me siento patética cada vez que recuerdo lo que pasó.

Tengo esta clase de pensamientos intrusivos a menudo. Cuando me enfrento a una situación social, ya sea una cita o una salida con amigos, no importa lo bien que me lo haya pasado; mi mente siempre encuentra alguna forma de arruinarlo todo. Al llegar a casa, empiezo a cuestionarme si de verdad les caigo bien o si solo quedan conmigo por compromiso; si mis bromas les parecen aburridas, si creen que soy una idiota. Me avergüenzo de cosas sin importancia que he dicho o hecho. Me pasa todas y cada una de las veces. Estoy tan acostumbrada que, cuando esos pensamientos llegan, simplemente los ignoro hasta que desaparecen.

Esta vez no lo consigo.

Lo de ayer es mucho que procesar.

Me enfrenté a Hayes y a Daniel delante de todo el mundo sin que me importaran las consecuencias. Y estuve provocando a Logan durante toda la noche. Quizá no tenga mucha autoestima, pero no estoy ciega; sé que le gustó. Se lo vi en los ojos. Eso no evitó que se largara sin darme explicaciones cuando lo besé en el aparcamiento. No sé si estoy enfadada con él o conmigo misma. Puede que ambas.

¿Seré capaz de mirarlo a los ojos la próxima vez que nos veamos?

No quiero que dejemos de ser amigos.

Suspiro, cierro el portátil de golpe y me dejo caer hacia atrás en la cama. Fuera ya ha oscurecido y las calles están llenas de niños y adultos disfrazados por Halloween. Me he pasado la tarde intentando escribir, pero no puedo concentrarme cuando los pensamientos sobre Logan y la fiesta siguen torturándome. Alargo la mano para revisar la hora en el móvil. Las nueve y media.

No tengo ningún mensaje suyo.

Ya me lo esperaba. Por eso no entiendo a qué viene esa punzada de decepción.

—¿Leah? —Linda llama a la puerta de mi cuarto por primera vez en todo el fin de semana—. Tus amigos han venido a verte. ¿Vas a salir de ahí o les digo que se larguen?

Me siento egoísta al pensar que, en realidad, sí que preferiría que se fueran. Ahora mismo no me apetece ver a nadie. De todas formas, me deslizo fuera de la cama. Cuando abro la puerta, me encuentro con Linda maquillada y arreglada para salir. Lleva un vestido ajustado y unos cuernos de demonio. Creo que me comentó que la habían invitado a una fiesta de disfraces.

Arquea una ceja al verme.

—¿Vas a recibirles con *eso*? —Señala mi camiseta del pijama de manera despectiva.

—No estoy de humor, Linda.

Voy directa hacia la puerta dejándola con la boca abierta detrás de mí. Quizá me esté comportando como una imbécil, pero, después de los días que he pasado, no quiero que nadie venga a soltarme esa clase de comentarios. Ni siquiera ella.

Vuelven a llamar al timbre y abro con un suspiro.

Ni rastro de Logan.

En su lugar, me encuentro con Kenny y Sasha.

—Feliz Halloween —dice ella con una sonrisa tímida. Se muerde el labio—. ¿Podemos pasar?

Asiento y me aparto para dejarlos entrar. Al girarme, me veo sin querer en el espejo del recibidor. No era consciente del mal aspecto que tengo. Me deshago el moño y desenredo el pelo con los dedos para intentar arreglar el desastre.

—Hola, Linda —la saluda Sasha—. ¿Cómo estás?

Mi amiga se limita a mirarlos de arriba abajo, resoplar y salir de la casa dando un portazo.

—Verla siempre es una alegría —murmura Kenny.

Sasha le da un codazo poco disimulado.

—No le hagáis caso —les aconsejo mientras los conduzco a mi cuarto—. Está enfadada conmigo, para variar.

—¿Habéis vuelto a discutir? —se preocupa Sash.

—No, pero siempre encuentra alguna razón para echarme algo en cara.

Estoy tan harta que prefiero dejar el tema.

Afortunadamente, incluso envuelta en mis desgracias soy una persona ordenada. Mi cuarto está más o menos decente cuando entramos. Quito el ordenador de la cama y lo dejo sobre el escritorio. Luego me vuelvo hacia mis amigos. Me basta con ver sus caras de preocupación para decidir que esto no me gusta nada.

—Estoy bien —me apresuro a aclarar.

Se miran entre ellos.

Genial. No me creen.

—Queríamos venir a hacerte compañía. —Sasha vuelve a sonreír, pero el gesto no le llega a los ojos.

—Y también a darte las gracias.

Al oír la voz de Kenny, aparto la vista de su novia para mirarlo a él. Después de lo autodestructiva que he sido en las últimas horas, recibir palabras bonitas es dolorosamente reconfortante.

—Sasha es mi amiga. La defendería mil veces más si hiciera falta —dejo claro.

—Lo sé, pero sé que Daniel siempre sabe darle a uno donde más le duele. Gracias por no dejarte intimidar.

—Y por la bofetada —añade Sash.

Kenny suelta un gemido exagerado.

—Joder, sí. Gracias por eso también. Ojalá la hubiera grabado. Me la pondría en bucle todos los días.

Esbozo una sonrisita débil. Sasha abre los brazos para mí y no me queda más remedio que acercarme y dejar que me rodee con ellos. Es un abrazo de agradecimiento, no de consuelo. Por eso procuro que no se alargue mucho. No quiero ponerme a llorar delante de ellos.

Cuando nos separamos, miro a Kenny, que parece estar buscando las palabras adecuadas.

—Sé que Logan no te dejó intervenir. —Decido ponérselo fácil—. No te preocupes. No estoy enfadada ni nada de eso.

—Eres demasiado comprensiva —me recrimina Sash lanzándole una mirada furibunda a su novio—. Ayer estuve a punto de dejarlo durmiendo en el sofá.

—Al final dormí en la cama con ella —presume Kenny.

—Solo porque hacía frío. Las situaciones desesperadas requieren medidas a la altura.

Ayer no tuvimos mucho tiempo de hablar cuando volví al pub después de estar con Logan en el aparcamiento. Estaba cansada de todo y solo quería irme a casa. Kenny se ofreció a llevarme, pero le dije que prefería llamar a un taxi. Mi noche ya se había ido a la mierda; no quería arruinar la suya también. A pesar de que seguro que notaron que algo iba mal, no hicieron preguntas.

Por suerte, ahora tampoco las hacen.

—¿Queréis sentaros? —sugiero. Un pensamiento fugaz aparece en mi mente y decido soltarlo antes de echarme atrás—. De hecho, hay una cosa que quería enseñaros.

Se miran una vez más antes de tomar asiento juntos sobre la cama. Vuelvo al escritorio y abro el portátil. El archivo del capítulo 27 se ilumina en la pantalla. Lo cierro para abrir el del resto de la novela. Ayer me prometí a mí misma que no iba a dejar que nada ni nadie volviese a intimidarme. El primer paso es este.

Todavía tengo miedo.

Pero ya no me controla.

—¿Qué es esto? —indaga Sash cuando me siento a su lado y les muestro el ordenador.

En el inicio del documento se lee el título: *Bajo la piel.*

Allá vamos.

—Es la novela que estoy escribiendo.

No sé cuál de los dos se sorprende más.

—¿Eres escritora? —articula Sash.

—¿¡Has escrito trescientas cincuenta y siete páginas?! —exclama Kenny horrorizado.

Suelto una risita.

—He escrito muchas más. Esto es solo mi última novela. Tengo otras cinco. Las publico en un foro de internet donde me sigue bastante gente. Mirad, os lo enseño.

Observan la pantalla alucinados mientras yo entro en mi perfil y les muestro mis historias y el desorbitante número de personas que me siguen. Las portadas son explícitas, sobre todo las de la trilogía de vampiros, pero no hacen ningún comentario al respecto. Ninguno me mira como si fuera un motivo de vergüenza. No se burlan de mí.

Más bien parecen... impresionados.

—¿Cómo es que yo no sabía nada de esto? —me reprocha Sasha, alucinada—. ¿Las puedo leer?

—Solo si me prometes no decirme qué opinas hasta que las termines.

Superando miedos, vale. Pero poco a poco.

Ella sonríe.

—Me parece bien.

Y durante la siguiente media hora hacemos justo eso. Le hablo a Sasha sobre cada una de mis historias, le explico la trama y los personajes. Su emoción cuando me repite las ganas que tiene de leerlas es contagiosa. A Kenny los libros le dan bastante igual; se dedica a buscar mi nombre en internet y alucina cuando encuentra mis redes sociales de autora y ve la de gente que me sigue. Las uso menos de lo que debería, pero eso a él no le importa. Se pasa los siguientes quince minutos asegurándome que va a contarle a todo el mundo que tiene una amiga famosa en internet.

Y eso es todo.

No recibo críticas ni ningún otro tipo de reacción negativa por parte de ninguno de los dos.

Por más que me moleste tener que admitirlo en estas circunstancias, Logan tenía razón. Debería haberme atrevido antes a contarles que escribía. Ahora me siento mejor. Más libre. Más yo.

—¿Eres de Hailing Cove? —indaga Sasha mientras lee mi biografía en el móvil de su novio—. ¿Sabías que Logan también nació allí?

Me levanto para guardar el portátil intentando actuar con normalidad. Oír su nombre me afecta más de lo que me gustaría.

—Íbamos al mismo instituto.

—¿Y no os conocíais?

—Nunca antes habíamos hablado. No suelo llamar mucho la atención.

«Yo te he visto.»

El recuerdo de él pronunciando esas palabras hace que la tristeza se me abra paso dentro del cuerpo.

—Su abuela me dijo que era un pringado cuando estaba en el instituto —comenta Kenny. Sasha enarca las cejas, a lo que él se encoge de hombros—. Mandy me cuenta sus secretos porque tenemos una conexión especial. No lo entenderías.

Sonrío, divertida.

—Solía sentarse a dibujar en la cafetería —les cuento.

—Más o menos como ahora —resume Sasha.

—Antes era... diferente. Siempre estaba rodeado de sus amigos. Se reía bastante más. —Un sabor amargo se me adueña del paladar.

Cuando me giro, Kenny está pendiente de mí.

—¿Siempre has sido tan observadora?

—¿Qué?

—Has dicho que no os conocíais. ¿Cómo es que sabes tanto sobre él?

Es entonces cuando me doy cuenta de que acabo de delatarme. Abro la boca en busca de una excusa. Mis mejillas arden.

—Le gustaba a una de mis amigas —miento—. Siempre estaba contándome cosas sobre él.

—Claro. —Su sonrisa burlona prueba que no he sido para nada convincente. Echa un vistazo a su móvil y suspira—. Muy bien —anuncia poniéndose de pie—. Hora de irnos, Sash.

Ella pestañea con confusión.

—¿Irnos adónde?

—A mi casa. O a la tuya, si quieres. Pero tenemos que irnos de aquí. Ahora. —Kenny la agarra del brazo para levantarla al ver que ella no hace ademanes de volverse—. Lo siento, Leah. Es una... emergencia. Cuestión de vida o muerte.

Frunzo el ceño. No entiendo nada.

—¿Va todo bien?

—Perfectamente —repite Sasha, que, con una sola mirada de su novio, ha entendido lo que quería decirle—. Solo... nos vamos. Ken, muévete de una jodida vez.

En ese momento llaman a la puerta.

Se quedan bloqueados y nos miramos entre nosotros.

No puede ser.

—No os vayáis —les suplico. Ahora tengo el pulso desbocado.

—Puedes con esto —me tranquiliza Sasha.

—Fuera —insiste Kenny.

Ella me lanza una mirada de disculpa cuando su novio la saca al pasillo. Mis piernas se mueven por sí solas y acabo yendo detrás de ellos. Es Kenny quien abre la puerta. Nada más ver a la persona que hay al otro lado, le espeta:

—No la cagues. —Se vuelve hacia mí—. Si la caga, avísame. Porque esta vez sí que voy a darle una paliza.

—Me gustaría verte intentándolo. —La voz de Logan hace que mi corazón dé una voltereta.

—Dejaos de estupideces —interviene Sash. Empuja a su novio para sacarlo del apartamento, y entonces se detiene y mira a Logan—: Puede que Kenny sea demasiado bueno como para cargar contra ti, pero yo no lo soy. No me tientes. Mis amenazas suelen ir en serio.

Dicho esto, se alejan por el pasillo y Logan y yo nos quedamos a solas en mi recibidor.

Me cruzo de brazos para sentirme más protegida. Él tiene las manos en los bolsillos, como de costumbre. He evitado preguntarles a nuestros amigos cómo estaba, pero no necesito más que un vistazo a su cansado rostro para saberlo. Seguro que no ha dormido nada estos días.

Esta vez no siento lástima. Yo tampoco lo he hecho.

El silencio se alarga hasta que él pregunta:

—¿Podemos hablar?

Mi lado racional me advierte que no es una buena idea. Pese a eso, asiento y Logan cierra la puerta antes de seguirme a mi habitación. Quiero que estemos tan lejos como sea posible, de manera que voy hasta el escritorio, que está en el lado opuesto del cuarto. Él se queda junto a la puerta.

—¿Y bien? —lo presiono todavía de brazos cruzados.

—¿Dónde está Linda?

Que eso sea lo primero que se le haya ocurrido decir me saca de mis casillas.

—Ha salido, así que no vas a tener que cruzártela. Puedes estar tranquilo —contesto con brusquedad.

La rabia me bulle en las entrañas. Logan no se inmuta, lo que me enfada todavía más. No sé por qué diablos lo he dejado entrar si solo me apetece estar sola.

—No he venido a discutir contigo —aclara despacio—. Solo quiero que hablemos de lo de anoche.

La vergüenza se me cuela en el estómago.

No dejo que él lo note.

—No creo que haya nada de lo que hablar. Te dije que olvidases lo que había pasado.

—Mala suerte, entonces. Porque no lo he hecho. Y sé que tú tampoco. No podríamos olvidarlo ni aunque lo intentásemos. ¿Ahora vas a escucharme o piensas seguir a la defensiva?

No respondo. Al verme tan tensa, Logan suspira. Parece darse cuenta de que, a no ser que nos relajemos, esto no va a ir a ninguna parte.

—Siento haberme ido de esa forma. —Ahora su tono es más suave—. No estuvo bien.

—No creo que tengas que disculparte.

—Leah...

—Yo te besé a ti —remarco. El corazón se me ha desbocado otra vez—. No tienes que disculparte por no querer seguir adelante. Fue culpa mía. Malinterpreté las señales.

—Te devolví el beso —me recuerda mirándome fijamente—. No malinterpretaste nada.

—Entonces no entiendo por qué te echaste atrás.

Si es verdad que quería besarme, ¿por qué diablos cambió de opinión? ¿Hice algo que no le gustó? Logan también parece incómodo con la conversación. No recuerdo haberlo visto antes sin esa confianza en sí mismo que tanto lo caracteriza.

—Me cogiste por sorpresa. —Hunde los hombros—. Sabía que ocurriría tarde o temprano, pero tenía la intención de hablar contigo antes. Sobre mis condiciones.

La conversación que tuve con Sasha se me viene a la mente. Me tenso tanto que me duelen los músculos.

—¿Qué condiciones?

Su expresión se llena de cautela. Parece temer que pueda salir corriendo en cualquier momento.

—No son como tu amiga Linda te ha contado.

—¿Qué condiciones? —reitero.

—No tengo relaciones serias. Nunca me han gustado. Solo he tenido una en toda mi vida y no me veo capaz de volver a meterme en algo así. No creo que forzarme vaya a servir de nada.

—Nadie te ha pedido que te fuerces.

—He salido con chicas este último año, pero con ninguna he tenido un rollo que haya durado más de un mes. Sé que lo sabías porque Linda te lo había contado. Solo quiero que sepas que no es como crees. No soy una mala persona. Lo único que quiero es hacer las cosas bien. —Se apoya en la pared con las manos aún en los bolsillos—. Esa es la razón por la que me fui anoche. No sabía si tú... si lo que sientes por mí es solo atracción física o si hay algo más. No quería que pasara nada sin que hubiésemos hablado antes. No quiero hacerte daño.

—Te está costando ser sincero conmigo —observo.

—Este tipo de conversaciones siempre son difíciles.

«Y tú no estás acostumbrado a abrirte con nadie.»

Me sorprende estar tan tranquila. Creo que es porque en realidad nada de esto me ha pillado desprevenida. Intuía que su forma de comportarse, lo de cerrarse en banda y alejarse de la gente, venía a raíz de lo que sucedió el año pasado. Es por Clarisse. Es una herida que todavía no está cerrada.

Todo es por Clarisse.

—Es evidente que siento algo más por ti. Eres mi amigo, ¿no? No te veo solo como algo físico. Me preocupo por ti.

—Siempre dentro de los límites de la amistad —puntualiza para asegurarse.

—Sí, claro.

—Bien. Nos pasa lo mismo.

—Pero has dicho que tú...

—Tal y como lo veo, tenemos dos opciones —me interrumpe—. Podemos fingir que lo de ayer no pasó y que no hay nada entre nosotros. Podríamos incluso distanciarnos si eso ayuda a que se calmen las cosas. Será difícil, pero lo haremos si es lo que tú quieres.

No me gusta ese cruce de emociones que se me instala en el pecho. Seguro que es la alternativa más sensata. Sin embargo, también es la que menos me gusta.

—¿Cuál es la otra opción?

—Dejarnos llevar y ver qué sale de esto, siempre respetando unos límites. —La intensidad de su mirada me hace tragar saliva—. Sé que te gusto, Leah. No necesito que me lo digas porque yo mismo lo he notado. Y estoy seguro de que tú sabes que me gustas a mí. Lo de ayer fue solo una muestra de lo que sea que está pasando entre nosotros. Mentiría si te dijera que no me muero por explorarlo.

—¿Qué es lo que buscas, entonces? ¿Un rollo sin compromisos? ¿Quieres meterte en mi cuarto, hacer... lo que sea que vayas a hacer y luego largarte y fingir que no existo?

—Quiero que seamos amigos. Con derechos.

Pestañeo. Será una broma.

—¿Amigos con derechos?

—Lo dices como si te pareciera horrible.

—No quiero que me trates como a las demás.

—Estás dejándote llevar por los rumores otra vez. No he estado con tantas chicas, no he tratado mal a ninguna y, si hablaras con ellas en lugar de creerte todo lo que te dice Linda, lo sabrías. De todas formas, tú eres mi amiga. Eso ya hace que las cosas sean diferentes.

Casi me río de lo ridículo que me parece.

—¿Otra vez intentando hacerme sentir especial?

—Ya te he dicho que no quiero hacerte daño.

—Así que lo soy. —Enarco las cejas—. Especial.

—Eres mi amiga. Y me gustas. Por si no lo habías notado, mi número de amigos es bastante reducido. Y no hay mucha gente que me llame la atención lo suficiente como para gustarme. Así que sí, eres especial —responde sin más—. No hay trucos ni mentiras. Todo lo que ha pasado entre nosotros ha sido real. Si te hago una pregunta es porque me interesa la respuesta. Si voy a sentarme contigo es solo porque me apetece verte. Para cualquier otra persona sería obvio, pero, si para ti no lo es, te lo repetiré las veces que haga falta. Porque quiero que te lo creas.

—¿El qué? ¿Que no intentas manipularme?

—Que puedes gustarle a alguien sin que haya nada raro detrás.

Trato de ignorar ese destello de emoción que me ha explotado en el pecho al oírlo hablar de esa manera. Necesito concentrarme en lo importante.

—Amigos con derechos —repito. Logan relaja los hombros. No dice nada. Me deja procesarlo—. ¿Y qué pasa si uno de los dos se cansa... de lo que quiera que sea esto?

—Lo hablaríamos, quedaríamos solo como amigos y todo volvería a ser como antes.

—¿Así de fácil?

—Es lo bueno de estas cosas. Son fáciles.

Mi expresión se tiñe de desconfianza. Puede que me falte experiencia, pero dudo que sea tan sencillo como él cree.

—¿Por qué no me lo dijiste anoche?

—No era el momento. Acababas de decirme que creías que no me importabas. Si te hubiera soltado entonces que no buscaba nada serio, lo habrías malinterpretado. No quería que pensaras que estaba utilizándote.

Quería tener esta conversación conmigo antes de que pasara nada. Por eso se marchó cuando vio que la situación se nos iba a ir de las manos. Me parece lógico, aunque no creo que eso importe. A fin de cuentas, no es más que una cuestión de confianza. Da igual lo que me diga. Lo importante es si yo me lo creo o no.

—Si me lo hubieras dicho entonces, habría pensado que Linda tenía razón —reconozco—. Pero también lo pensé cuando te fuiste sin darme explicaciones.

—No creo que nada de lo que te diga vaya a cambiar lo que ella te ha hecho pensar sobre mí.

—¿Eso es lo que crees? ¿Que tengo la misma opinión de ti que tienen todos los demás?

—¿La tienes?

—No. —Mi respuesta es de verdad—. Puede que la haya tenido en algún momento, pero eso ha cambiado. De ahora en adelante, lo que piense sobre ti no va a depender de nadie más. Está en tus manos —le aseguro—. Solo en las tuyas.

Le doy un voto de confianza.

Se lo merece.

Con esto me arriesgo a que me haga daño. No obstante, he llegado a la conclusión de que no me importa. *Quiero* hacerlo. Voy a darle la oportunidad de demostrar quién es por sí mismo, no por lo que digan otros. Quiero verlo, igual que él me ha visto a mí.

Y, hasta ahora, todo lo que conozco de Logan es bueno. Tiene sus fallos, como todos, pero no es como Linda me ha contado. No es como la gente cree.

El silencio se alarga unos segundos. Veo el cúmulo de emociones pasando por sus ojos.

—No soy un capullo —reitera—. Tampoco soy una mala persona.

—Sé que no lo eres.

—Eso no significa que no esté jodido.

—Logan...

—Estoy jodido —insiste—. He tenido épocas en las que me he portado como un imbécil. Mi cabeza es un completo caos. La mayoría de las veces no sé ni lo que tengo dentro. Soy un desastre de principio a fin, aunque tú no lo veas. Aunque no lo vea nadie. Por eso no puedo dejarme llevar por completo. Y no es por ti. Es culpa mía y de mi cabeza, mi corazón o de quienquiera que se encargue de esas cosas. No sé si alguna vez voy a ser capaz de sentir algo por alguien. No quiero crearte falsas expectativas y que acabes sufriendo por mi culpa.

—Esos son tus límites —murmuro.

Nada de sentimientos. Nada de enamorarse.

—Entendería que no los aceptaras.

—¿Y si lo hiciera?

—Entonces soy tuyo.

Mi corazón da un traspié. Espero que añada algo más, pero se limita a observarme. Él ya ha terminado de hablar. Ahora me toca decidir a mí.

Amigos con derechos.

Ha dicho que no quiere darme falsas expectativas, pero, cuando me lancé a besarlo ayer, ¿tenía intenciones de que lo nuestro fuera algo serio? No me lo había planteado. Solo quería disfrutar del momento y renunciar al miedo, como me dijo Sash. Sin embargo, en cuanto me paro a cuestionármelo, la respuesta está clara. No era eso lo que buscaba.

Yo también he tenido una sola relación seria en toda mi vida. La idea de volver a experimentar lo que pasé con Hayes me produce escalofríos. Sé que no todos los hombres del mundo son así, pero arriesgarme sería una estupidez. Estoy mejor que nunca desde que rompí con él. No solo porque tengo más libertad, sino también porque me he librado del estrés que supone sacar una relación adelante. No quiero tener que volver a asumir esa responsabilidad.

Entiendo a Logan. Por mucho que envidie a las parejas como Sasha y Kenny, yo tampoco me veo capaz de entregarme a nadie otra vez.

—Con una condición —accedo.

Un destello de sorpresa brilla en sus ojos. Enseguida vuelve a adoptar esa expresión inmutable.

—Te escucho.

—No creo que me apetezca tener nada serio ahora mismo, sobre todo después de cómo acabaron las cosas con Hayes. Pero tampoco me gustaría decirte que sí y enterarme mañana o pasado de que has estado con otra persona.

—Quieres exclusividad. —No es una pregunta.

Estoy convencida de que va a rechazar la propuesta. Por eso me sorprende que simplemente se encoja de hombros.

—Me parece bien.

Pestañeo.

—¿Lo dices en serio?

—Voy a pasar por alto el tono de sorpresa.

—¿Eres consciente de lo que implicaría...?

—Sé lo que significa la palabra «exclusividad», Leah, y te he dicho que estoy de acuerdo. No voy a estar con nadie más. —Al ver mi expresión incrédula, resopla—. No me mires así. ¿Con cuántas chicas crees que he estado desde que te conocí?

—La verdad es que prefiero no saberlo.

—Con ninguna.

El corazón me salta en el pecho.

—No me lo creo.

—Solo quedé con Amber esa noche y no pasó nada. La dejé en su casa antes de ir a buscarte. Tuve una época en la que ligué bastante más, pero la dejé atrás hace mucho. Ya te he dicho que es muy difícil que alguien consiga despertar mi interés.

«Y tú lo has hecho.»

Me pregunto si esto me resultaría más fácil si tuviera más autoestima. Por más que me lo repita, no termino de creerme que pueda haber algo en mí que haya llamado su atención. Está insinuando que, de una manera u otra, soy especial. Y yo tengo una visión tan horrible de mí misma que no dejo de desconfiar.

—Eso es todo, entonces —concluyo.

—Solo si me prometes que tú tampoco estarás con ninguna otra persona.

No me creo lo que estoy oyendo.

—¿Te molestaría que estuviera con alguien más?

—¿Creías que lo de la exclusividad iría solo para uno de los dos? —Arquea las cejas—. No me entusiasma la idea de verte con otro. Preferiría ser el único que hace contigo lo de anoche en el aparcamiento.

Oírlo me provoca una oleada de calor que no me parece apropiada en estos momentos.

—¿Y si uno de nosotros...?

—Si conoces a alguien que te guste más, solo tienes que decírmelo. Lo nuestro se acabará y volveremos a ser solo amigos. Fin de la historia.

Sigo sin creerme que vaya a ser tan fácil. Si él me dijera que prefiere estar con otra persona, dudo que yo pudiera tomármelo con tantísima filosofía.

—Lo mismo digo —respondo de todas formas.

—¿Todo claro?

—Sí.

Silencio, otra vez.

—En ese caso, tenemos un trato.

—Tenemos un trato.

Solo espero no arrepentirme de esto.

Nos miramos el uno al otro. Cuando asimilo que estamos a solas en mi cuarto, en la casa, una oleada de expectación me eriza hasta el último pelo del cuerpo. Temo que, ahora que lo hemos aclarado, Logan se marche y me deje aquí. Lo que hace en su lugar es separarse de la pared y caminar hacia mí. Me agarro al escritorio con fuerza mientras me obligo a mantener la barbilla alta. Siento tal cantidad de nervios que me extraña no haberme puesto a temblar.

—Creo que todavía tenemos que hablar de un par de cosas. —Su voz ya no suena seria como antes. Ahora tiene un aire provocador que me deja sin aire en los pulmones. Termina de acercarse y pone las manos junto a las mías, atrapándome contra el escritorio.

Sigo manteniendo el contacto visual, lo que es aún más difícil ahora que su aliento se mezcla con el mío. No me resisto a echar un vistazo a sus labios entreabiertos. Al darse cuenta, Logan sonríe.

—Necesito que te concentres en responder.

Su voz ronca tira del nudo de mi estómago.

—Estoy concentrada —musito.

Amplía su sonrisa.

Sin que me dé tiempo a prepararme, me aparta el pelo del hombro y el corazón me da un brinco cuando noto sus labios sobre la piel. Reparte besos lentos y húmedos por la curva de mi cuello y yo me agarro a la mesa con más fuerza e intento resistir el impulso de arquearme en busca de más contacto. La tensión que siento en el bajo vientre es cada vez más dolorosa.

No recuerdo haber estado *tan* desesperada por alguien.

Y eso que no ha hecho más que darme un par de besos.

—Quiero averiguar lo que te gusta. —Desliza la boca hasta mi oreja—. Quiero que me digas qué tengo que hacer para llevarte al límite. ¿Te gusta que el otro lleve la iniciativa, Leah? —Una de sus manos se cuela bajo mi camiseta y me sujeta de la cintura—. ¿O prefieres ser tú la que tome el control?

—¿Me dejarías hacerlo? —se la devuelvo lo mejor que puedo, aunque no estoy en condiciones de pensar ahora mismo.

—Dudo que pudiera decirte que no a algo.

—Seguro que es porque tienes curiosidad.

Se ríe entre dientes, lo que me provoca un escalofrío. Saca la mano y echo de menos su toque de inmediato. Cuando agarra las mías para quitarlas del escritorio, el pulso se me desboca.

—Estás nerviosa. —Se aparta para mirarme. Sus ojos irradian calor—. Déjame ayudarte a parar de estarlo.

Me hace meter las manos bajo su camiseta sin romper el contacto visual. Cuando me suelta y apoyo las palmas en su abdomen, noto cómo sus músculos se tensan bajo mis dedos. Vuelve a apoyarse sobre el escritorio y deja caer su frente sobre la mía con los ojos cerrados. Yo mantengo abiertos los míos. Dejo que mis dedos suban del abdomen hasta su pecho y luego vuelvo a bajar. Observo sus reacciones, siendo muy consciente de que se le ha acelerado la respiración.

Le provoco lo mismo que él a mí.

Detengo las manos, y en ese momento me mira y se inclina hasta que nuestros labios están a punto de rozarse. No me besa. Solo se queda ahí parado, esperando, conteniéndose a sí mismo.

—Necesito saber que estás segura de esto.

Así que vuelvo a ser yo la que lo besa esta vez.

Logan me recibe con un sonido ronco que parte de lo más profundo de su garganta, y lo siguiente que sé es que estoy sentada sobre el escritorio con las piernas a su alrededor. Pone las manos sobre mis muslos desnudos y aprieta para atraerme hacia sí. Gimo por instinto al notar la dureza de su cuerpo contra el mío. Él me besa con más ganas, como si ansiara absorber el sonido para que sea solo suyo.

Mis dedos siguen en su abdomen, pero no hago nada más, ya que estoy demasiado concentrada en el camino que siguen los suyos. Se cuelan de nuevo bajo mi camiseta y rozan la curva de mis pechos. Me tienta un rato más, y entonces roza mis pezones con los pulgares y me arranca de golpe todo el aire de los pulmones.

—Haznos un favor a los dos y quítate esta cosa. —Tira del dobladillo de la camiseta.

Me saltan todas las alarmas, principalmente porque no llevo nada debajo. Tengo tantas ganas de que esto ocurra que abandono las inseguridades y levanto los brazos para que él me la saque por la cabeza. El frío me corta la piel, pero lo sustituyen el calor de sus manos cuando vuelve a ahuecarme los pechos con ellas. Me echa hacia atrás y sus labios bajan por mi cuello y el centro de las clavículas. Cuando se posan sobre un pezón, el corazón me da un salto. Succiona y pierdo la cabeza.

Dios santo.

Le quito el dichoso gorro y enredo las manos en su pelo mientras su boca sigue torturándome. Le está prestando demasiada atención a esa parte de mi cuerpo, por lo que deduzco que debe de estar disfrutándolo también. Muy bien. Acabo de descubrir una de las cosas que vuelven loco a Logan Turner.

Aunque en el proceso yo pierda la cordura también.

Estoy extremadamente sensible cuando sube la cabeza y vuelve a besarme. Tanto que el roce de mi piel contra su camiseta ya me provoca escalofríos.

No me pasa desapercibido que él ha vuelto a sonreír.

—¿Qué pasa?

—Tienes la cara del mismo color del pelo.

Lo empujo con las dos manos. Las atrapa riéndose antes de que lo golpee y me besa hasta que se me olvida por qué diablos estoy tan enfadada.

—Sabía que tenías una parte violenta —se burla.

—Voy a acabar utilizándola contra ti.

—Me encantaría verlo. —Baja de nuevo los labios hasta mi cuello—. ¿Tienes idea de lo mucho que me gustó verte explotar contra Hayes y Daniel en el pub?

—No debería gustarme tanto que digas esas cosas.

—Pero te encanta. Tengo la teoría de que te vuelve loca que nunca te subestime.

—Me pregunto si lo de que te esposara a una escalera influye en que no lo hagas.

—En ese momento supe que tú ibas a volverme loco a mí. —Lo dice como si nada, aunque mi corazón se encoge al escucharlo. Me obligo a recordar la conversación que hemos tenido antes. Él me besa en las comisuras—. ¿Quieres seguir aquí o en la cama?

Trago saliva.

—¿Seguir con qué?

Una media sonrisa de su parte.

—Hay muchas cosas que me muero por hacer contigo.

Sin embargo, la sensación de incomodidad ha llegado para quedarse. No se me olvida ni cuando sus labios reclaman de nuevo los míos y me levanta para llevarme a la cama. Me tumba de espaldas sobre el colchón y se coloca sobre mí. Su mano desciende y me invade un alivio terrible cuando se detiene en mi cadera.

Mierda.

Esto no va bien.

—¿Qué pasa? —Se aparta con el ceño fruncido. Su respiración está agitada, al igual que la mía—. Me estás mirando como si creyeras que estoy a punto de matarte.

—Estoy bien —miento.

—¿Quieres que paremos?

—No.

—En ese caso, no entiendo por qué... —Algo hace clic en su cerebro. Su expresión se vuelve gélida—. ¿Qué hizo?

—Nada de lo que te imaginas. —Noto la boca seca. Odio sentir que estoy exagerando. En realidad, ¿qué fue lo que Hayes hizo mal? ¿No disfrutar mientras me tocaba? ¿Qué culpa tiene él de que yo sea tan complicada?

—¿Es por lo que me contaste?

—Déjalo —le suplico; hablar de este tema me agobia—. No quiero que hagas nada que no te apetezca.

—Me gustaría saber cómo has llegado a la conclusión de que hay *algo* que no me apetezca hacer contigo.

Enrojezco. Qué difícil está siendo esto. Sobre todo porque sigo medio desnuda debajo de él. Es un alivio que Logan no aparte sus ojos de los míos.

—No me refiero a eso. Yo... solo quiero que sepas que no te culparía si prefirieras saltarte esta parte y que fuéramos a algo más... divertido, ya sabes, para ti.

Sigue mirándome fijamente.

—No me gustan las conclusiones que estoy sacando. —Suspira.

—¿No te gustan? Pero yo...

—No es que no me gusten por ti. No me gusta por lo que creo que te han hecho pensar. ¿Por eso estás tan tensa?

—No quiero que te sientas obligado a nada. Y tampoco que... te aburras, no sé.

No me doy cuenta de lo ridículo que suena hasta que lo digo en voz alta. Al menos Logan tiene la decencia de no reírse.

—No me siento obligado a hacer nada, Leah. Tu exnovio era

.n imbécil. Lo normal es que, si planeas acostarte con alguien, como mínimo intentes que disfrute también.

—Yo disfrutaba. —No sé por qué diablos lo defiendo.

—¿Gracias a él o a ti misma? —La pregunta hace que el calor se me suba a las mejillas. Otra vez. Por suerte, no necesito darle una respuesta—. Dame un voto de confianza. No prometo que vaya a ser tan hábil como tú. —Ladea la boca en una media sonrisa—. Pero puedo averiguar lo que te gusta. Pararé en cuanto me lo pidas.

Su mano desciende peligrosamente. En cuanto me ve abrir la boca, vuelve a sonreír sobre mis labios.

—Agradecería que me dieras unos cinco segundos de ventaja. Soy bueno, pero ni siquiera yo llego a tanto.

Noto una punzada en el pecho al ver ese destello pícaro en sus ojos. Su pulgar traza círculos distraídos sobre mi muslo, acechante. Me aparta el pelo de la cara con la otra mano y me besa en la sien y en la mejilla antes de llevar su boca de nuevo hasta la mía.

—Necesito que te relajes. —Me agarra la mano para hacer que mis nudillos le rocen el cuello—. Concéntrate solo en mí.

Como si pudiera hacer otra cosa ahora mismo.

—No sé cuánto tardaré en llegar al...

—No te preocupes por eso.

Antes de que pueda replicar, nos envolvemos en un beso intenso que me deja sin aire. Cuanto más piense que tengo que relajarme, más me costará. Por eso le hago caso y me concentro en él. Bajo la mano de su cuello a su camiseta. Logan obedece cuando tiro de ella para quitársela.

Creía que tendría todo el cuerpo lleno de tatuajes, por lo que me sorprende encontrarme con un pecho vacío. Perfilo los músculos de sus abdominales con los dedos y, cuando llego hasta sus firmes hombros, no me resisto a deslizar las manos hasta su espalda. Estoy obsesionada con esta parte de su cuerpo desde que lo vi por primera vez. Podría pasarme todo el día haciendo esto.

Estoy tan concentrada que tardo un instante en darme cuenta de que su mano se ha colado dentro de mis pantalones cortos.

Cierro los ojos cuando presiona sobre mi ropa interior. Mi primer impulso es cerrar las piernas, pero él me obliga a mantenerlas abiertas. Se me corta la respiración. No lo miro solo para no ver la asquerosa sonrisa de satisfacción que seguro que tiene en la cara.

—Esos pantalones me molestan —me informa.

—No es mi problema.

Sus hombros tiemblan cuando se echa a reír.

—¿Meterás esto en uno de tus libros? —Sus besos bajan por mi cuerpo.

—No eres tan bueno.

—Es de mala educación atacar el ego de un hombre en estas circunstancias. Sobre todo si es con mentiras.

Empiezo a sonreír, pero deja un beso bajo mi ombligo y me sacude una oleada de expectación. Se deshace de mis pantalones en un abrir y cerrar de ojos, llevándose también mi ropa interior. Me acaricia la parte exterior de las piernas mientras sigue rozándome el estómago con los labios.

—Eres tan guapa... —dice en voz baja. Cuando alza la mirada, sus ojos resplandecen burlones—. Es una lástima que no tengamos cerca un espejo, ¿eh?

Voy a borrarle esa sonrisa de una patada.

Cuando vuelve a subir para besarme, está riéndose. No me da tiempo a devolverle el beso; en ese momento, su mano baja y me toca directamente, ahora sin ninguna tela de por medio, y yo entreabro los labios, todavía sobre los suyos. Logan mantiene los ojos abiertos. No sé si es porque le gusta ver cómo me estremezco o porque está estudiando mis reacciones. Puede que ambas.

El miedo se arremolina en mi interior. Temo que sus movimientos se vuelvan bruscos, que me resulten desagradables, que tenga prisa por hacerme acabar, justo como me ha pasado siempre que alguien —que Hayes— me ha hecho esto. Pero no ocurre. Hace movimientos lentos con el pulgar, tentándome, provocándome, y, cuando desliza un dedo dentro, mis caderas se elevan por inercia. Le agarro los hombros y creo que le clavo las uñas sin querer. Él no se queja.

Solo levanta una de las comisuras, en una media sonrisa que hace que mi corazón se ponga a vibrar.

—Buena chica —susurra sobre mi boca.

Cierro los ojos, y entonces ya no queda espacio en mi cabeza para ninguno de los miedos que me acechaban antes. Sé que él me está mirando. Que observa atentamente cómo me afectan cada uno de sus movimientos. El aire se queda atascado en mis pulmones mientras mi corazón trona con fuerza dentro de mi pecho. No vuelve a besarme, pero sus labios están tan cerca que estoy segura de que nota cada suspiro que sale por los míos.

—¿Puedo serte sincero? —Su voz sale áspera—. Esta noche no llevas ese vestido, pero sigo pensando en lo mismo que ayer.

Siento un tirón brusco en el bajo vientre. Aparta la mano, tira de mí para ayudarme a sentarme en la cama y me arrastra hasta el borde. Repaso su cuerpo con la mirada, ese pecho y esos brazos que he acariciado antes. Y entonces mis ojos llegan hasta los suyos y lo que veo en ellos me eriza la piel. Estaba de pie delante de mí, pero justo en ese momento empieza a arrodillarse.

Puede que vaya a desmayarme aquí mismo.

Otra sonrisa burlona de su parte.

—Te estás poniendo roja otra vez.

La respuesta muere en mi garganta cuando deja un beso en la cara interna de mi muslo. Me separa las piernas con cuidado. Después su boca toca el punto que sus dedos han incendiado y el mundo se me pone del revés.

Me dejo caer hacia atrás por instinto y trato de reprimir el sonido ronco que intenta salir de mi boca. Mi corazón se detiene de golpe y se pone a latir con tanta fuerza que me mareo. Aunque no es la primera vez que me hacen esto, ha pasado mucho tiempo desde la última, y creía que cuando volviera a pasar me sentiría expuesta y avergonzada, pero no hay ningún rastro de eso en la manera en la que levanto las caderas en busca de más. Él me planta una mano en el vientre para mantenerme quieta.

Y cumple su promesa.

Descubre lo que me gusta.

Me tortura siguiendo la melodía de mis reacciones, y yo intento mantener el aire dentro de mis pulmones mientras la tensión que se arremolina en la parte baja de mi estómago se vuelve cada vez más intensa. Todo lo que siento dentro explota de pronto y las sensaciones hacen que me pierda y me encuentre, me roban el aire y me lo devuelven. Lo único que tengo claro es que la calma que viene después hace que me cueste un par de segundos abrir los ojos.

Me doy de lleno con los suyos.

La escena me deja casi sin fuerzas. Logan se ha incorporado y ahora su rostro está a centímetros del mío. Está despeinado, y tiene los labios hinchados y los ojos brillantes. Miro su sonrisa de satisfacción. Creo que nunca había parecido tan orgulloso de sí mismo.

Decido concedérselo, solo por esta vez.

—Toca ser sincero otra vez —anuncia, apoyando las manos en la cama junto a mí—. Eso me ha puesto muchísimo.

Me entra la risa, quizá a raíz de la tensión y el cansancio acumulados. Todavía sigo sonriendo cuando nuestros labios se enganchan en un beso más tranquilo. Le pongo una mano en la mejilla y dejo que se deslice hasta su mandíbula.

—¿Te ha gustado? —pregunta apoyando la frente sobre la mía. Asiento sin dejar de sonreír—. Bien. La próxima vez será mejor.

—¿Ya me has descifrado? —me burlo.

—No eres complicada, Leah. Solo has estado mucho tiempo conformándote con un imbécil.

—¿No quieres que...?

—¿Hoy? No. —Suena bastante convencido, así que no insisto. Me levanta y mi risa resuena por la habitación cuando se deja caer conmigo sobre el colchón para seguir besándome.

Un rato después, estamos tumbados en la cama, envueltos en un silencio en el que solo se oycn nuestras respiraciones. La luz tenue de mi lamparita de noche aísla a las sombras en los rincones. Me he puesto la camiseta y la ropa interior porque me sentía incómoda estando desnuda. Logan se ha quedado solo con los pantalones. Estoy dándole la espalda, con la cabeza sobre la almohada, y él lleva un rato acariciándome la columna vertebral. No dice nada, pero sospecho que está pensando en algo.

Me doy la vuelta para mirarlo a los ojos. Su mano se queda suspendida en el aire. Al final decide apartarme el pelo de la mejilla.

—Creía que estabas dormida.

—Vuelves a tener insomnio, ¿verdad?

—¿Puedo pedirte un favor? —Me roza la mandíbula con los dedos—. Háblame sobre algo. Sobre lo que te apetezca.

—¿Crees que eso te ayudará a dormir?

Él ya tiene los ojos cerrados.

—No es que me aburras. Tu voz me relaja.

—No se me ocurre nada más que contarte sobre mis libros.

—Háblame sobre lo que quieras.

Ha metido la mano bajo la almohada y ya echo de menos la calidez de sus caricias. Me atrevo a acercarme un poco más, aunque temo que se aleje. No lo hace.

—¿Conoces el lago de Hailing Cove? Mi hermano y yo íbamos mucho cuando éramos pequeños.

—No sabía que tenías un hermano.

—Tiene doce años. Dice que quiere ser pintor. Es una de las pocas personas de mi familia que saben que escribo. Solía contarle cuentos para dormir. Ahora dice que ya es muy mayor para eso. —Sonrío—. Pero estoy segura de que me pedirá que vuelva a hacerlo cuando vaya a casa.

Le cuento con voz tranquila cómo es el restaurante de mis padres, cómo se conocieron, que mamá decidió mudarse a Estados Unidos porque sabía que había encontrado al amor de su vida. Logan me escucha con atención hasta que sus respuestas se vuelven vagas y bosteza más a menudo. Cuando su respiración por fin se ralentiza, sé que se ha quedado dormido.

Me tomo un momento para observarlo. Parece un niño pequeño cuando duerme. Tras la conversación que hemos tenido antes, creía que se iría a pasar la noche a su casa. Pero aquí está. No le he preguntado si le apetecía dormir conmigo. Él tampoco me ha preguntado si podía hacerlo. Solo se ha tumbado en la cama a mi lado, y se ha quedado.

—Buenas noches —murmuro dándole la espalda.

Esa noche me quedo dormida con la certeza de que, sea lo que sea lo que haya empezado hoy entre nosotros, parece lo correcto.

20

A LA MAÑANA SIGUIENTE

Leah

Me despiertan unos fuertes golpes en la puerta.

—¡Leah! —chilla Linda—. ¡¿Estás lista?!

—Si tuviera que despertarme así todos los días, te juro que me pegaría un tiro. O dos. Uno en cada oreja —masculla Logan detrás de mí.

Noto algo pesado sobre el costado. Su brazo. Lo utiliza para tirar de mí y pegarme a su cuerpo. No nos dormimos abrazados, por lo que debemos de haber cambiado de posición durante la noche. Cierro los ojos cuando esconde la nariz en el recoveco de mi cuello. Sentirlo tan cerca me acelera el corazón, sobre todo cuando recuerdo lo que pasó ayer en esta misma cama.

—¡¿Leah?! —Linda sigue aporreando la puerta.

—Estoy despierta. —Mi voz suena cansada. Hablo lo suficientemente alto como para que me oiga y se calle de una vez.

—Claro que lo estás —suspira Logan.

Linda por fin parece relajarse.

—Marcus y yo vamos a ir a desayunar antes de clase. ¿Estás lista o nos largamos sin ti?

Veo que se han reconciliado. Su tono brusco me provoca una oleada de irritación, pero se lo atribuyo al mal despertar. Procuro tranquilizarme. ¿Qué asignatura tengo los lunes a esta hora? Si me cuesta tanto acordarme, no debe de ser tan importante.

—No creo que vaya a ir a clase a primera hora. No me encuentro bien.

Lo último que me apetece ahora mismo es salir de la cama.

—Mentirosa —susurra Logan. Por su voz sé que sonríe.

Tira un poco de mi camiseta para darme un beso en el hombro. Muevo el cuello por instinto para darle más acceso.

—Tendrás que llevarme tú a la facultad.

—Puedo llevarte. —Mete la mano dentro de mi camiseta para agarrarme de la cintura—. Pero no prometo que vaya a dejarte salir del coche.

Su voz ronca me eriza la piel. Dios santo.

—¡Muy bien! —exclama Linda—. Me voy sin ti.

—Con suerte no encontrará el camino de vuelta.

Me doy la vuelta sobre el colchón para mirarlo.

—No seas... —No llego a terminar la frase.

Sin previo aviso, me levanta y me hace quedar sentada a horcajadas sobre él. Estoy inclinada hacia delante, de manera que nuestros labios están solo a centímetros de distancia. Verlo recién levantado con el pelo revuelto y sin camiseta me provoca un tirón en el estómago.

—Linda sigue en casa.

—Más te vale estar en silencio, entonces.

Dejo que sus manos vuelvan a colarse bajo mi ropa. Se me corta la respiración cuando me roza la parte baja del pecho con los dedos.

No será capaz de...

—Por cierto —Linda vuelve a hablar y Logan detiene sus caricias, tan sorprendido como yo de que siga junto a la puerta—, unas amigas vieron a Logan Turner en un pub el sábado. Dicen que estuvo tonteando con una chica.

Lo miro a los ojos. Contra todo pronóstico, una sonrisa burlona comienza a formarse en sus labios.

—Me pregunto qué pensaría si supiera todo lo que hice con esa misma chica anoche.

Ahora es mi turno de sonreír. Es verdad que Logan tonteó con una chica el sábado. Era yo. Que Linda haya intentado hacerme sentir celos de mí misma me provoca unas ganas muy tontas de reír.

—¿Estás bien? —añade ella con preocupación al no recibir respuesta—. No te lo he dicho para hacerte sentir mal. Yo... creía que lo mejor era que lo supieras.

—Dile que te acaba de romper el corazón —me suplica Logan.

Hago una mueca y él se ríe sin hacer ruido. Sus caricias ascienden una vez más y, justo cuando creo que va a tocarme en donde quiero, vuelven a bajar.

—No pasa nada, Linda —contesto sin dejar de mirarlo—. En realidad, Logan Turner ni siquiera me gustaba.

Él enarca las cejas.

Me duelen las mejillas de tanto sonreír.

—No decías eso mismo anoche.

—Sé mentir para conseguir lo que quiero.

Le encanta que juegue con él de esta manera. Y yo no pienso dejar de hacerlo.

—¿Seguro que estás bien? —insiste Linda.

—Tampoco es tan guapo —reitero.

—La próxima vez que me enrolle contigo —me insinúa Logan con un destello pícaro en la mirada— acuérdate de esto cuando te deje con las ganas.

—No creo que eso vaya a pasar.

—Pareces muy segura.

—No vas a poder resistirte. —Me inclino hasta que mis labios rozan los suyos—. Y, si lo haces, tendré que ser yo la que te haga suplicar a ti.

A juzgar por lo que veo en sus ojos, no va a dejarme salir de la cama a tiempo para llegar a clase.

—Te mereces algo mejor. —La voz de Linda nos llega desde el pasillo—. Me pongo enferma cada vez que pienso en que podría manipularte de la misma forma que a mí.

El ambiente cambia de manera drástica.

Una sombra se instala en la mirada de Logan y su cuerpo se queda inmóvil bajo el mío. Se le borra la sonrisa. Linda está a punto de criticarlo. Otra vez. Siempre utiliza el mismo argumento: lo mal que se portó él cuando cortaron, cosa que, según tengo entendido, es mentira.

¿Cómo tuvo que sentirse Logan cuando se escondió en mi cuarto y oyó todas las cosas crueles que Linda dijo sobre él?

—No empieces con eso otra vez —la interrumpo alzando la voz—. Me has contado esa historia cientos de veces, Linda. Ya estoy cansada. Vete a clase antes de que Marcus y tú lleguéis tarde.

No voy a seguir escuchando tonterías.

Hay un silencio al otro lado. Luego se oyen el eco de unos tacones y el estruendo que da la puerta de la entrada al cerrarse. Se ha ido sin despedirse.

Y no me importa.

Estoy más pendiente de Logan, que rompe el contacto visual con un suspiro. Me aparta con cuidado para enderezarse y se pasa las manos por la cara. Me quedo sentada en la cama cuando se levanta y se pone a buscar su gorro, su camiseta y sus zapatillas, que están desperdigados por la habitación.

—No me importa llevarte a clase. —En su tono ya no queda rastro de ese toque burlón y seductor de antes.

—Gracias. —No se me ocurre nada más que decir.

—¿Te importa que me dé una ducha rápida?

—El baño es la tercera puerta a la...

—Sé dónde está.

Me tenso.

Tuvo que averiguarlo cuando Linda y él...

Me obligo a borrar esos pensamientos de mi mente al verlo salir del dormitorio. Sigo teniendo presente lo que le prometí ayer. Quiero forjar mis propias opiniones. Ayer le dije que, si mi concepción sobre él cambiaba, sería a raíz de *sus* palabras y *sus* acciones. No me importan las de nadie más. Tampoco las de Linda.

No lo pienso más y salgo de la habitación. Recorro el pasillo con los pies descalzos mientras lucho contra el impulso de echarme atrás. La puerta del baño está entreabierta. A través del espejo veo a Logan, que acaba de lavarse la cara para despejarse. Por mucha vergüenza que me dé entrar, sería peor que me pillase observándolo, así que empujo la puerta para pasar.

Al menos sigue vestido de cintura para abajo.

Gracias al cielo. Menos distracciones.

—¿Quieres ducharte primero? —pregunta al verme.

Me coloco en el espacio que lo separa del lavabo. Él sigue rígido, pero no se aparta. Decido tomármelo como una buena señal.

—¿Hay alguna razón por la que no tengas tatuajes en el pecho ni en la espalda? —Llevo la vista hacia su torso al descubierto.

—Es una larga historia.

En otras palabras: no me la va a contar.

Quizá una de las «condiciones» para que lo nuestro funcione sea justo esa: no intimar demasiado. No conocernos tanto. Levantar barreras.

—Solo quería decirte algo que creo que te va a decepcionar. —Una sonrisa burlona tira de mis comisuras—. Tu reputación de chico malo está yéndose al traste.

Se relaja al notar que solo intento bromear. Me atrevo a subir la mano y apartarle el pelo de la frente. Ayer me tocó y me besó por todas partes y a mí me faltó valentía para volverlo recíproco. Hacerlo ahora, mientras me mira, es aún más difícil.

—No creo que mi reputación dependa solo de mis tatuajes —contesta finalmente.

Canto victoria para mis adentros. Sé que puedo traer de vuelta esa actitud divertida que tenía antes de que Linda se pusiera a soltar estupideces.

—No tener tantos te resta varios puntos. —Chasqueo la lengua con desaprobación—. Unos veinte, diría yo.

Eso le arranca una sonrisa. Por fin.

—Todavía me quedan ochenta.

—Pero tampoco tienes moto. Treinta menos.

—Siempre visto de negro. Cuarenta a mi favor.

—Vestir de negro no te suma tantos puntos. Podría darte quince, como máximo.

—Más otros diez por la chaqueta de cuero.

—Concedido.

—¿Qué más? —Coloca las manos en el lavabo a ambos lados de mi cuerpo. He notado que le encanta hacer eso. No me quejo; lo utiliza como excusa para estar más cerca de mí, y me parece perfecto.

Esta vez quiero tocarlo yo también. Dejo que mis dedos resbalen un poco más abajo para perfilar su mandíbula.

—No fumas —prosigo—. Eso también le resta puntos a tu reputación de chico malo.

—Trabajo en un estudio de tatuajes. Seguro que eso suma algo.

Lo pienso un momento.

—Cinco puntos —le otorgo.

—Estás siendo bastante exigente.

—Te daría más si fueras boxeador. —Mis caricias descienden por su cuello—. Es una lástima que no lo seas.

Sonríe mientras yo le acaricio el pecho con las yemas de los dedos. Logan sigue como si nada, pero noto cómo sus músculos reaccionan ante el contacto.

—Tú y tu fetiche con ver a tíos peleándose.

—No es un fetiche. —A juzgar por cómo se ríe, debo de haberme puesto roja—. De todas formas, solo me pasa con los libros. En la vida real condeno todo tipo de violencia.

—A menos que la ejerzas tú.

—Ser un imbécil conmigo no te suma puntos para nada. Solo te vuelve más insoportable.

Pero es solo una broma, y mi corazón vibra porque Logan sigue sonriendo. El comentario de Linda por fin parece haberse esfumado de su cabeza.

—También llevo botas militares.

—Pero no participas en carreras ilegales ni te dedicas al tráfico de drogas. Lo siento, tu reputación sigue bajando como la espuma.

—¿Sirve de algo que sea tan borde con todo el mundo?

Dudo. Puede que no sea la persona más amable del universo, pero los chicos malos de los libros y las películas son mucho peores. No los definiría como bordes. Más bien son crueles.

—No estás lo bastante amargado —decido.

—¿Cuántos puntos me quedan?

—Por desgracia para ti, no los suficientes.

—¿No hay ninguna forma de ganar algunos?

—No tratas a las chicas como una mierda. Tampoco vas por ahí metiéndote en peleas. ¿Eres celoso hasta el punto de pegarte con cualquier tío que se atreva a mirar a la chica que te gusta?

—Ryan Rossmert sigue en perfecto estado, por lo que me atrevería a decir que no.

Eso me hace sonreír.

—¿Serías capaz de decirle a una chica que es solo de tu propiedad?

—Depende. No me van esas cosas, pero se lo diría en la cama si ella me dijese que le gusta.

—Me refería a fuera de ese contexto.

—Entonces, no. Teniendo en cuenta la clase de chicas que me gustan, es probable que me llevara una patada en los huevos.

—¿Obligarías a todos los tíos del campus a no mirar a una chica solo porque tú has decidido que será para ti?

Logan frunce el ceño.

—¿Qué clase de libros lees?

—No me has contestado. —Reprimo una sonrisa.

—Tengo curiosidad por saber cómo consiguen hacer esas cosas.

—El protagonista los amenaza a todos con darles una paliza si no obedecen.

—Tú y tu fetiche salvaje. Se me olvidaba.

Pienso en más clichés que caractericen a los chicos malos de los libros, pero no me atrevo a bromear con ninguno de los que se me vienen a la cabeza.

«Todavía tienes heridas abiertas.»

«Prefieres no arriesgarte en el amor.»

En ese sentido, a los dos nos ocurre lo mismo.

—No creo que seas un chico malo —concluyo—. Ni siquiera aunque estés tan obsesionado con ponerme apodos.

Sus cejas se disparan.

—Te encanta que te llame chica buena.

Es verdad. Más de lo que debería.

—Ryan Rossmert te copió lo de novata.

—Por eso dejé de utilizarlo. Además, podría ser un cabrón con los apodos, si quisiera. —Se acerca para susurrarme al oído—. Todavía estoy a tiempo de cambiártelo. ¿Cuál prefieres? ¿Princesa? ¿Gatita?

—Ni se te ocurra.

—¿Nena? —Me besa justo debajo de la oreja—. Me gusta. Es sexy.

Le planto las manos en el pecho para poner distancia entre nosotros. No me creo que sea tan idiota y aun así me guste tanto.

—Creo que me quedo con chica buena.

—Así me gusta. —Noto su sonrisa victoriosa contra la piel del cuello cuando presiona sus labios sobre él—. Hay otra cosa que me está matando de la curiosidad. —Su voz se carga de diversión y sé que va a vacilarme de nuevo—. ¿Hay alguna razón por la que hayas venido al baño conmigo, nena?

Me río al oírlo llamarme así.

—La ducha es grande, chico malo. Cabemos los dos.

Ni yo me creo que acabe de decir eso.

Logan se echa hacia atrás. Lo que veo en sus ojos me demuestra lo que ya sé: le gusta que lo provoquen. Mis repentinos ataques de valentía son el arma perfecta; el problema está en que no duran más que unos segundos. Mantenerme firme una vez que se acaban es tremendamente difícil.

Nos miramos hasta que se aleja para dejarme un poco de espacio, todavía sin quitar las manos del lavabo.

—¿A qué esperas, entonces?

—No sé a qué te refieres.

—Para ducharse, una tiene que quitarse la ropa.

El pulso se me dispara cuando comprendo sus intenciones. Quiere mirarme mientras lo hago. Está montándome una escenita como la del pub. El problema es que ahora no llevo ni una gota de alcohol encima y me temo que, como sigamos con esto, las únicas vistas que tendrá serán de mí desmayándome.

Me giro para no tener que mantener el contacto visual.

Me doy de lleno con el espejo.

A través del cristal, veo a Logan sonreír.

—Si prefieres hacerlo así, no tengo ningún inconveniente.

Echo un vistazo a sus fuertes y tatuados brazos, que siguen a mi alrededor.

—No tengo espacio para desnudarme.

—Yo creo que sí lo tienes.

—Logan...

—Si quieres que te ayude, solo tienes que pedírmelo por favor.

—No voy a pedirte nada.

—Eso ya lo veremos.

Sus ojos esconden un desafío que me provoca y me enfada a partes iguales. Mis manos actúan por sí solas. Tiran del borde de mis pantalones cortos y los dejo caer al suelo sin miramientos. No son una pérdida muy grande, ya que apenas me cubrían.

Giro sobre mis talones para enfrentarlo.

—Te toca.

Una sonrisa tira de sus comisuras.

Se aleja lo justo para desabrocharse el cinturón y quitarse los pantalones. Se queda solo en bóxers delante de mí. Procuro dejar la vista fija en sus ojos.

—Ahora tú —me insta, sonriendo.

Intento aferrarme a ese último ápice de valentía. Por desgracia, desaparece tan pronto como toco el dobladillo de mi camiseta. Logan nota mi indecisión y vuelve a inclinarse para besarme la mandíbula.

—En realidad, no necesito que te la quites. Puedo hacerte todo lo que tengo pensado aunque todavía la lleves puesta.

Sin romper el contacto visual, comienza a agacharse justo enfrente de mí. Me acaricia las piernas desnudas en sentido ascendente y me sube la camiseta lo justo para posar sus labios sobre mi estómago. Me agarro al lavabo, agradeciendo tenerlo como sostén. Me da miedo caerme si empiezan a temblarme las rodillas.

—¿Has cambiado de opinión?

—Quítamela —le pido.

—¿Cómo se piden las cosas, Leah?

—Vete al infierno.

Una sonrisa contra mi ombligo.

—Creo que así no es.

Sigue subiendo y subiendo, enrollando la prenda para que sus besos vayan directos sobre mi piel. Contengo el impulso de moverme contra él en busca de más contacto. Sus dedos rozan la parte baja de mis pechos y el calor se me instala en el vientre.

—¿Cómo se piden las cosas? —repite.

Me mantengo en silencio. No le suplicaría ni aunque me estuviese torturando.

Logan se endereza riéndose entre dientes.

—Tú y tu habilidad para cerrarme la boca.

Me besa y se me olvida todo lo demás.

El beso es intenso desde el primer momento. Creía que, tras lo de anoche, las cosas podrían haberse calmado entre nosotros, pero vuelvo a sentir esa necesidad dolorosa prendiéndome el cuerpo en llamas. Ahogo un chillido cuando me planta las manos bajo los muslos y me levanta para llevarme a la ducha.

—Creía que querías que me desnudara primero —me burlo.

—Ya tendremos tiempo para eso.

Sigo riéndome cuando abre la mampara y permite que mis pies toquen el suelo de puntillas. Deja de besarme un segundo para deshacerse de los bóxers. A mí solo me da tiempo a quitarme la ropa interior antes de que su boca esté sobre la mía otra vez. Me hace retroceder hasta que mi espalda choca contra el grifo y me arqueo con una mueca de dolor. Logan aprovecha el movimiento para encender el agua.

Doy un respingo. Está helada.

Él chista sobre mis labios.

—Yo te protejo —murmura, de broma. Se inclina sobre mí de forma que el agua cae sobre su nuca y su espalda, dejándome a resguardo bajo su cuerpo. Sigue besándome hasta que la temperatura por fin comienza a parecerme agradable.

—Logan —lo llamo en medio del beso.

—Mmm. —Ese sonido me eriza la piel.

—¿Vas a mirarme a los ojos si me quito la camiseta?

—¿Quieres que te sea sincero?

—Sí.

—Probablemente no.

Sonrío, levanto los brazos y dejo que me la saque por la cabeza. Acaba en algún lugar del baño al que no presto atención. Su boca desciende por el espacio entre mis clavículas. Cojo aire al sentirla sobre esos puntos sensibles que me mandan corrientes eléctricas por todo el cuerpo. Le enredo la mano en el pelo porque necesito sujetarme a algo.

Dios santo. Está obsesionado con eso.

—Puedo bajar la temperatura del agua, si tienes calor.

—Vete al infierno —jadeo.

Se echa a reír. Cuando vuelve a besarme, capturo su labio inferior entre los dientes para que los entreabra y el contacto sea más profundo. Logan gime y pega su cuerpo al mío.

Es ahí cuando me percato de que el concepto de *ducharse* implica que los dos estemos desnudos.

Esto no lo había pensado antes.

—Estás nerviosa otra vez —susurra.

Quiero dejar de estarlo. Ayer me demostró que, a diferencia de como ocurría con Hayes, a él sí le gusta verme disfrutar. Y quiero devolvérselo. Quiero tocarlo y besarlo de la misma forma que hizo conmigo. No porque sienta que se lo debo, sino porque me apetece de verdad.

No obstante, es más fácil pensarlo que hacerlo. Toda mi valentía se esfuma en cuanto vuelven las inseguridades. Logan ha notado mi inquietud y me besa una última vez antes de apartarse. Me apoyo contra la pared de la ducha y trato de calmar los latidos de mi corazón. Él rebusca algo entre nuestros productos de baño. Lo veo coger el jabón y embadurnarse las manos.

Viene hasta mí y se pasa los siguientes minutos sin decir nada, enjabonándome con movimientos tranquilos. Sus caricias son tan respetuosas, tan tiernas, que tengo que obligarme a tener presente que esto no es más que un juego. Se agacha para recorrerme las piernas y vuelve a posar los labios sobre mi estómago. Me trata con tanta veneración que, cuando sube de nuevo para mirarme a los ojos, cualquier rastro de inseguridad que me quedara sobre mí misma ha desaparecido.

No tengo ni idea de qué es lo que ve de especial en mí. Pero ahora estoy segura de que *lo ve.*

—Date la vuelta —le pido.

Esta vez soy yo la que se llena las manos de jabón. Le masajeo los hombros con suavidad y bajo por su espalda. Tiene algunas cicatrices, quizá producto del acné que debió de sufrir en la adolescencia. Me gusta tocarlo. Sobre todo porque siento cómo sus músculos se relajan bajo mis dedos. Cuando le pido que se gire de nuevo para poder enjabonarle el pecho, Logan no es capaz de apartar sus ojos de mí.

—Me gustan tus tatuajes. —Le agarro el brazo izquierdo y rozo su bíceps con los dedos. Este ya lo había visto antes: consiste en los engranajes de un reloj envueltos en enredaderas junto a una frase que no había sido capaz de leer hasta ahora.

«Ya dormiré cuando esté muerto.»

—Creo que es el título de un libro, pero yo me tatué la frase porque me gustó. Me lo hice antes de tener insomnio —aclara sonriendo al verme enarcar una ceja.

Más le vale que eso sea verdad.

—Mis favoritos son estos. —Le cojo la mano para tocarle los nudillos—. Son símbolos celtas, ¿verdad?

Reconozco el trisquel y el árbol de la vida. Presto especial atención al que tiene en el dedo índice. Está formado por tres círculos pequeños de los que parten tres líneas que parecen rayos de luz.

—Se le llama Símbolo de Awen —me explica.

—¿Qué significa?

—La inspiración y la esencia. Y también la atracción entre los opuestos.

Cierro la boca antes de preguntarle por la rosa que tiene en el cuello.

En su lugar, continúo enjabonándole en silencio. Me gusta el cuerpo de Logan. Me da igual que no tenga los abdominales marcados ni la uve de las caderas definida. Sigue teniendo todo lo que me atrae en un hombre; esos hombros fuertes, su espalda, sus manos. Y por eso me recreo acariciando cada rincón de su cuerpo, explorándolo hasta que se me quede grabado en la memoria. Logan no deja de mirarme ni siquiera cuando terminamos de enjuagarnos y cierro el grifo para no malgastar agua.

Él traga saliva, como si notara la boca seca.

—Déjame besarte —me pide—. Por favor.

Solo necesita verme asentir. De pronto, tengo la espalda contra la pared mientras mis labios reciben a los suyos con desesperación. El cosquilleo intenso del deseo me arde en los dedos cuando le envuelvo el cuello con los brazos. Estoy segura de que se muere por levantarme como antes, pero en la ducha no tenemos espacio, así que se limita a presionarse contra mí. No me sorprende notar lo duro que está. Parece que a alguien le han tentado mucho mis caricias.

Ser consciente de eso, del efecto que provoco en él, me brinda un ápice de valentía. Muevo las caderas contra las suyas. Logan emite un quejido ronco.

—¿Te acuerdas de lo que me dijiste anoche? —le pregunto entre jadeos.

—¿Cuál de todas las cosas?

—Me prometiste que me dejarías tomar el control.

Él sonríe contra mi boca.

—Hazme suplicar, chica buena. Lo estoy deseando.

No necesito que me lo diga dos veces. Baja para besarme el

cuello, pero sus labios se detienen cuando rozo su erección con los dedos. Llevo queriendo hacer esto desde ayer, por lo que no dudo en envolverla con la mano. Su respiración se vuelve irregular. Cuando empiezo a moverme, presiona las caderas contra mi mano, pero solo una vez; trata de contenerse para dejarme llevar el ritmo, tal y como me ha prometido. El aire helado del baño resbala sobre mi piel mojada tras la ducha, pero aquí, atrapada entre sus brazos, no siento nada de frío.

—Voy a ponerme a suplicar muy rápido como no empieces a moverte un poco más.

Verlo tan desesperado me hace reír.

Si necesita que los movimientos sean más bruscos, es justo eso lo que voy a darle porque quiero llevarlo al límite. Me quedo a centímetros de su rostro, pero no lo beso; observo sus reacciones justo como hizo él anoche. Su aliento entrecortado vibra entre mis labios. Me planta las manos en la cintura y aprieta cuando me acerco para susurrarle:

—Adivina quién se muere por arrodillarse ahora.

Una risa suave hace que sus hombros tiemblen. Sus caricias suben por mi espalda y me sujeta el pelo con cuidado mientras se aparta y me deja espacio para agacharme. Recorro su cuerpo con los labios en sentido descendente. Su piel está mojada y resbaladiza. Cuando termino de arrodillarme, me doy cuenta de que también tiene tatuajes en las piernas, pero no me fijo en ninguno. Sigo moviendo la mano y él se tensa cuando dejo un beso corto justo en el lugar en el que se cierran mis dedos.

—Joder —masculla, lo que me arranca una sonrisa.

—¿Quieres que pare?

—¿Quién soy yo para darte órdenes?

Me río, lo que por algún motivo parece afectarle aún más.

—Avísame si algo de lo que hago no te gusta. —Con un tono burlón, repito las mismas palabras que él me dijo ayer—. Dame cinco segundos de ventaja, como mínimo. Soy buena, pero ni siquiera yo llego a tanto.

Su risa se extingue cuando la envuelvo con los labios. Su puño se cierra sobre mi pelo. Me sujeta con firmeza, aunque no intenta guiar mis movimientos. Deja que explore. Que lo tiente y lo provoque. He hecho esto muchas veces, pero es la primera vez que siento que tengo el control absoluto sobre la situación. Ser consciente de eso hace que yo también lo disfrute más.

Empiezo suave, y Logan masculla mi nombre entre dientes cuando por fin aumento la intensidad. Me gusta saber que puedo hacerle esto, provocarlo tanto como él a mí, hacerlo rozar el límite de la desesperación. Mis ojos conectan con los suyos cuando noto que su cuerpo comienza a tensarse. Hace el intento de apartarme, pero no se lo permito; aprieto con los labios y, justo cuando sé que está a punto de estallar, me aparto y la rodeo más fuerte con la mano. Logan echa la cabeza hacia atrás, cierra los ojos y por fin se deja ir.

Verlo estremecerse es una de las escenas más eróticas que he presenciado en toda mi vida.

—Joder —repite con la voz grave.

Me suelta el pelo y me ayuda a ponerme de pie. Se echa hacia delante, ansiando tocarme con los labios, y yo retrocedo con una sonrisa para tentarlo.

—¿No has dicho que me ibas a suplicar?

—Ahora mismo te daría todo lo que me pidieras.

Sin dejar de reírme, le pongo las manos en el pecho y dejo que me bese por fin. Su corazón va tan rápido que, durante un momento, me creo que no es solo por el juego y late por mí también.

Logan

—Me gusta —dice Samuel cuando me reúno con él en el estudio para enseñarle el tatuaje dos días más tarde.

Al igual que la última vez que vino, lo primero que he pensado al verlo entrar por esa puerta es que no pega nada en este lugar. Seguro que Will ha tenido que aguantarse la risa cuando ha aparecido con esos pantalones chinos y esa corbata tan horrible. Conociéndolo, será de una marca lujosa; algo que lleva solo para que todo el mundo sepa que puede permitírselo.

—¿Pero? —lo animo a hablar. El surco en su frente me deja claro que no me está diciendo toda la verdad.

Suspira mientras deja mi tableta sobre la mesa. El pelo castaño repeinado y su barba le hacen parecer mayor de lo que es.

—No es lo que me esperaba.

No me inmuto. Era evidente que diría algo así.

—¿Cuál es el problema?

—El tema de las raíces es... original. El problema es que no creo que nadie vaya a entenderlo.

—Lo importante es que lo entiendas tú.

—¿No se te ha ocurrido ninguna otra cosa?

—También había pensado que podrías tatuarte su fecha de cumpleaños. —Es la idea más simple del mundo. Tal y como suponía, a Samuel le parece maravillosa.

—Eso está muy bien. Quedaría bien en números romanos. 23 de julio. Me gusta.

—De agosto —lo corrijo de forma automática.

Frunce el ceño, confuso.

—¿Qué?

—El cumpleaños de tu hermana era el 23 de agosto.

Al menos tiene la decencia de parecer avergonzado. Se aclara la garganta con incomodidad.

—Ha sido un lapsus.

Me pregunto qué diría Clarisse. Conociéndola, pensaría que no tiene sentido enfadarse con él. Samuel solo piensa en sí mismo. Seguirá siendo un egocéntrico durante toda su vida. Me quedó claro cuando me dejó plantado el lunes y su secretaria me llamó horas después para programar otra cita con la excusa de que le había coincidido con una reunión. Dirige una empresa de informática y al parecer está demasiado ocupado como para pensar en el tatuaje que tanto quiere hacerse en honor de su hermana.

Clarisse y él nunca fueron compatibles. Ella era espontánea y creativa. Samuel siempre ha sido gris. Cada vez que estaba cerca de su hermana, absorbía toda su vitalidad. Pese a eso, sé que Clarisse no habría querido que nos lleváramos mal. Esa es la única razón por la que no lo mando al infierno.

—Haré pruebas con varias tipografías y te las enseñaré la próxima vez que vengas —le digo—. ¿Has pensado ya dónde quieres hacértelo?

—¿Es relevante?

Solo alguien como él sería capaz de cuestionar mi trabajo sin tener ni idea del tema.

—Necesito saberlo para calcular el tamaño del tatuaje —me limito a contestar.

—En la parte de atrás del brazo. Aquí. —Señala sobre la camisa. Ahí no sería visible para él, lo que me lleva a preguntarme si es un tatuaje simbólico o si solo quiere que los demás sepan que lo tiene—. Me pasaré mañana para que me lo hagas. A las cinco y veinte.

Y con eso llego al límite.

—¿Crees que eres el único cliente que tengo?

Mi tono cortante hace que su expresión se vuelva cauta.

—No estaba insinuando eso, Logan.

—Tienes que pedir cita en recepción. Como todo el mundo. En el mostrador te dirán qué huecos tengo en mi agenda este mes. Después ya decides tú.

Dicho esto, me giro para dar la conversación por terminada.

Son casi las ocho de la tarde y ya no tengo más citas programadas, de manera que me pongo a recoger. Me relajo al escuchar la puerta cerrarse. Samuel se ha largado por fin. Luego voy a por mi tableta gráfica. Que él haya rechazado el diseño no significa que vaya a borrarlo. ¿Me molesta que no lo haya apreciado después de haberme estado quebrándome la cabeza durante semanas? Sí. Pero también siento alivio. Estaba demasiado orgulloso del resultado como para dejar que él se lo tatúe.

Además, si a Clarisse le hubieran preguntado cuáles eran sus raíces, estoy convencido de que no habría mencionado a Samuel.

—¿Por qué el tío pijo de la corbata me ha tratado como si fuera tu secretario? —se queja Will cuando salgo de la cabina un rato después.

—¿Le has dado cita?

—Me ha dicho que va a tenerlo difícil este mes. Te llamará para concretarlo. —No me sorprende en absoluto. Will me analiza con sus ojos marrones—. Oye, chico, ¿estás bien?

Creo que es la primera vez en meses que alguien me hace esa pregunta. Will es un buen hombre que no se merece tener que cargar con mis problemas. Me encojo de hombros.

—Solo estoy cansado. Ya he acabado por hoy. Tenía pensado irme a casa.

Frunce el ceño. Sospecho que no me cree. Por suerte, se limita a despacharme con un gesto.

—Le diré a Shannon que se encargue de cerrar.

—¿No te quedas? —Suele ser el último en irse del estudio; le gusta supervisar todo lo que ocurre aquí dentro.

—¿No me has visto? ¿Crees que me he puesto una puta camisa solo para veros a vosotros?

—Veo que las cosas van bastante bien con la profesora de Carol —comento. Ahora entiendo por qué se ha arreglado tanto estos días para venir a trabajar.

Él suspira con abatimiento.

—Me está poniendo las cosas difíciles, muchacho. Es una mujer de armas tomar. Tranquila por momentos. Pero, cuando saca su carácter, te juro que el mundo tiembla bajo sus pies.

—Créeme, entiendo a lo que te refieres.

Me apoyo en el mostrador con una media sonrisa. Will me mira divertido.

—Parece que alguien no deja de pensar en su chica de las poesías, ¿eh?

Me sorprende que se acuerde de ella. No he vuelto a mencionarla desde que vino a documentarse para escribir hace ya varias semanas.

—Se llama Leah. Y escribe libros, no poesías. —Al menos, eso espero. Voy casi al día con *Bajo la piel*, pero no sé si sería capaz de entender un poema.

—Supe que había algo entre vosotros en cuanto me dijiste que necesitaba informarse para escribir un libro sobre ti.

—No es un libro sobre mí.

—Todavía —recalca—. ¿No te da mal rollo que pueda asesinarte sin piedad en una de sus novelas si las cosas salen mal entre vosotros?

—No creo que Leah necesite ninguna excusa para convertirme en un personaje y torturarme. —De hecho, creo que bastaría con que la llamara «nena» un par de veces para que decidiera escribir una novela sobre un tatuador al que atropella un cuatro por cuatro.

Will me lanza una mirada burlona que no tarda en convertirse en algo más. Veo un destello de orgullo en sus ojos.

—El amor es bonito, chico. Me alegro de que estés atreviéndote a experimentarlo otra vez.

Me he puesto tenso de repente. Él no se da cuenta. Teclea en el ordenador como si nada.

—Vete a casa de una vez —me insta—. Y mándale saludos a tu novia de mi parte. Y ánimos para soportarte todos los días.

—No es mi novia.

—Eso decimos todos al principio.

Si no replico es solo porque no me apetece darle más vueltas al tema. Mientras voy a por mis cosas, me pregunto cómo ha sido capaz de llegar él hasta este punto. La que creía que era el amor de su vida se largó después de serle infiel y lo dejó solo con su hija. Y Will consiguió salir adelante. Ha sido capaz de encontrar otra persona con la que está dispuesto a arriesgarse sin miedos ni condiciones. Sin límites.

Mientras tanto, yo sigo aquí, dudando sobre si seré capaz de entregarme a alguien alguna vez. Si podré sentir cosas de verdad.

A veces pienso que tengo el corazón vacío.

El problema no es que no pueda enamorarme de nadie después de Clarisse.

Es que creo que tampoco estaba enamorado de ella.

21

ARRANQUES DE VALENTÍA

Logan

Dos semanas más tarde, al volver a casa de trabajar, me sorprende oír la voz de Leah desde el salón. Viene a darle clases a mi abuela todos los miércoles, pero hoy he salido bastante más tarde del estudio, así que daba por hecho que ya se habría marchado. Nunca me había alegrado tanto de equivocarme. Necesito una distracción después del día horrible que he tenido.

Voy directo hacia allí y me encuentro a la abuela en su butaca y a Leah en el sofá con varios cuadernos esparcidos por la mesa.

—Eh —la saludo. La miro solo a ella.

Lleva uno de esos jerséis enormes que tanto le gustan. Se ha recogido el pelo rojizo en un moño descuidado, como hace cuando necesita concentrarse. Siempre me ha parecido atractiva, pero desde que este rollo de «amigos con derechos» empezó entre nosotros la veo todavía más guapa. Seguro que lo nota en la forma en que la miro, ya que frunce los labios para no sonreír.

—Estaba a punto de irme a casa. —Se levanta para recoger sus cosas.

La abuela me mira por encima de sus gafas metálicas. Tiene una pila de papeles en el regazo; imagino que un nuevo capítulo de *Bajo la piel* que Leah le ha dejado leer en exclusiva.

—No dejes que se vaya sola, Logan. Ya ha oscurecido.

Me apoyo en la pared con las manos en los bolsillos.

—La dejaré en casa sana y salva —le aseguro.

Decido no especificar cuándo.

Leah sigue guardando los cuadernos en su bolso. Lo de no contarle nada a mi abuela sobre nosotros fue decisión de los dos. Sabemos lo intensa que puede llegar a ser. Mantenerlo en secreto nos facilitará las cosas. Sin embargo, a veces suelta comentarios que, si no fuera imposible, me harían creer que está al tanto de todo.

—Más te vale ser educado con ella. —Esta, por ejemplo, es una de esas veces—. No te pases de listo, jovencito.

—Tranquila, Mandy. Puedo cuidarme sola —le contesta Leah con tranquilidad—. Logan sabe que tengo la situación bajo control.

Sonrío. ¿Eso ha sido una insinuación?

Esto se vuelve interesante.

—Estoy seguro de que, si me pasara de la raya, Leah me obligaría a disculparme —le digo a mi abuela sin apartar los ojos de la pelirroja.

La mujer chasquea la lengua con aprobación.

—Es lo mínimo que espero de ella.

—Conociéndola, me haría ponerme incluso de rodillas.

Leah da un respingo. El calor se le sube a las mejillas. No me molesto en reprimir la sonrisa. Mientras tanto, la abuela sigue pendiente de la novela como si nuestro cruce de miradas no le importase lo más mínimo.

—¿Quieres que riegue los geranios antes de irme, Mandy? —pregunta Leah tras aclararse la garganta.

—Logan los regó esta mañana, cariño. Gracias por ofrecerte.

Las macetas en cuestión están colgadas en la pared del pasillo, tan arriba que Leah tiene que subirse a una silla para alcanzarlas. Como yo soy bastante más alto que ella, solo tengo que estirar el brazo. Por eso he decidido que me encargaré de regarlas a partir de ahora. Todo con tal de que Leah no se arriesgue a partirse la crisma.

—¿Gracias por ofrecerte? —le reprocho a la abuela—. Nunca eres así de cariñosa conmigo.

—Leah me cae bastante mejor.

La pelirroja esboza una sonrisa de oreja a oreja.

—Nos vemos el viernes, Mandy —se despide caminando hacia mí. O hacia la puerta. Qué más da.

—Cuídate mucho, cariño.

Ahora que mi abuela no la ve, me vocaliza un «vete al infierno».

—¿Has visto lo bonito que es el espejo del pasillo? —inquiero con intención—. Es una antigüedad. Creo que es una de las cosas que más me gustan de esta casa.

—No me había fijado —miente.

—También tengo otro en mi habitación.

Consigo ponerla nerviosa. Sale al pasillo rápidamente sin atreverse a contestar. La sigo con la mirada tratando de no sonreír.

—Esos ojos, muchacho —me reprende la abuela.

Ni siquiera me está mirando. Seguro que tiene un sexto sentido para estas cosas.

Leah está esperándome en la puerta cuando llego al recibidor. Sus ojos verdes me fulminan como si quisiera verme muerto y bajo tierra. Sé que en el fondo le encantan mis insinuaciones, así que me resulta difícil no sonreír. Le abro la puerta y la dejo pasar primero.

—Detrás de ti, chica buena.

—No te molestes en venir conmigo.

Me río entre dientes. Una vez que la puerta se cierra a nuestra espalda, tiro de su brazo para hacerla girar y presiono mis labios contra los suyos. Ella desliza las manos por mi pecho en medio del beso. Eso está mejor.

—¿Cómo es que seguías aquí cuando he llegado? No me digas que estabas esperándome.

—Lo negaré cada vez que me lo preguntes.

—Yo también tenía ganas de verte.

No tiene sentido mentir. Sonríe contra mi boca.

—¿Eres consciente de que es probable que tu abuela nos esté espiando por la mirilla?

Le doy una palmada en la cintura.

—Al ascensor —ordeno, ya que tiene razón.

Me quedo parado mientras ella cruza el pasillo. Antes no estaba mirando a ningún punto indecente, pero ahora sí que presto especial atención a sus piernas envueltas en los vaqueros. Leah llama al ascensor y junta las cejas cuando me pilla observándola.

—¿Qué tal las clases? —me intereso una vez que nos subimos.

—Bastante bien. El lunes pasado llegué tarde porque estaba liada con la universidad y hoy lo hemos compensado. Es la única razón por la que he tardado más en irme.

Sonrío. Voy a fingir que me la creo.

—¿Piensas que está mejorando?

—¿Tu abuela? Dudo que tuviese algo que mejorar. —Al verme tan confundido, suspira—. ¿Puedo serte sincera?

—¿No lo somos siempre?

—No creo que Mandy tenga problemas para leer.

Necesito un momento para procesarlo. En realidad, no me he molestado en comprobarlo nunca. Insistió tanto en contratar a un profesor que di por hecho que necesitaba aprender.

—¿Qué crees que es, entonces? —indago mientras salimos del ascensor y cruzamos el portal—. ¿Un problema de autoestima? ¿Le da vergüenza leer en voz alta?

—Ha mejorado desde que trabajo con ella, pero ha sido solo porque hemos practicado. En realidad, no le he enseñado nada. No sé si habría estado cualificada para darle clases si Mandy no hubiera tenido una buena base. —Hace una pausa—. Tengo la sospecha de que me contrató porque se sentía un poco sola.

Me detengo cuando salimos del edificio y el frío de principios de noviembre nos muerde la piel.

—Yo vivo con ella —replico.

—Nunca estás en casa, Logan. Vas a la universidad por las mañanas y te pasas la tarde trabajando. Estás centrado en tu futuro académico y profesional, y no te culpo —aclara antes de que saque conclusiones erróneas—. No eres un mal nieto. Ni mucho menos. Solo creo que tu abuela necesita... amigas.

Estoy a punto de mencionar a su grupo del gimnasio, pero sé que no es lo mismo. Antes de que muriera mi abuelo y decidiera mudarse aquí para experimentar la vida en la gran ciudad, mi abuela tenía mucha vida social. Era una mujer querida en Hailing Cove. Nunca me había planteado que podría echar eso de menos.

—Y tú lo eres, ¿no? —le digo a Leah—. Su amiga.

Asiente con los labios fruncidos.

—En realidad dejamos las clases hace un par de semanas. Seguimos leyendo juntas a veces, pero la mayor parte del tiempo hablamos y ya está. Me cuenta sus cosas y me pregunta cómo me va con vosotros y con la universidad. Quería decírtelo porque..., bueno, ya que no le estoy enseñando nada, entendería que dejarais de pagarme.

—¿Quieres dejar de verla? —Detesto mi tono acusatorio. No pienso obligarla a nada. Sin embargo, veo a mi abuela más feliz desde que ella está en su vida. Y si estuviera planteándose...

—No —contesta a toda prisa—. Voy a seguir viniendo varias veces a la semana —me tranquiliza—. Pero no soy su profesora, Logan. Soy su... amiga, como tú has dicho. No me parece bien ganar dinero por eso. Me hace sentir que me aprovecho de la situación.

—Pero necesitabas el trabajo.

—Eso da igual.

—¿Por qué te presentaste al puesto?

—Quería ayudar a mis padres con el alquiler del apartamento. Pero eso no tiene nada que ver. Puedo buscar otro empleo.

¿Y sumarse más obligaciones? No me imagino lo difícil que debe de resultarle compaginar la universidad con la escritura y las clases de mi abuela. Eso sin contar que también necesita dormir. Y tener vida social. No me gustaría que dejara de ver a Kenny y a Sasha por esto. Mucho menos que dejara de verme a mí.

—A mi abuela le va bien contigo. Prefiero que sigas viniendo a verla, aunque sea solo para sentarte a hablar con ella. Y seguiremos pagándote. Es lo mínimo que podemos hacer.

—No quiero que me paguéis por ser su amiga.

—Pues invéntate otra cosa que enseñarle. Llévatela a jugar a los bolos. Yo qué coño sé. Dejar de darte el dinero no es una opción. Es suyo y ella está contenta contigo. Puedes insistir todo lo que quieras. Los dos sabemos que no me harás cambiar de opinión.

Noto que se le relajan los hombros, lo que me confirma que he tomado la decisión correcta; necesita el dinero de verdad y sabe tan bien como yo que no puede permitirse buscar otro trabajo. Decido dejar aquí el tema porque ya no tenemos nada más que discutir al respecto.

Mi coche está aparcado al fondo de la calle. Me instalo en el asiento del conductor y Leah se sube cuando enciendo el motor. No sé si está molesta conmigo por no haberle dado la oportunidad de replicar, pero muevo la mano de la palanca de cambios a su rodilla, por si acaso. Su pierna deja de temblar. Me lanza una mirada antes de empezar a acariciarme los nudillos con las yemas de los dedos. Y me relajo. Nos sale tan natural que parece que llevemos haciéndolo toda la vida.

—A mi casa no se va por aquí —observa cuando tomo el primer desvío a la derecha nada más salir de mi calle.

—Había pensado que podíamos pasarnos por el mirador.

—¿Vamos a subir a la montaña o a quedarnos en el coche?

—Eso depende de cuánto te apetezca hablar.

Ahora sonríe abiertamente. Sube el volumen de la radio y se pone cómoda, y esa es la única confirmación que necesito. He notado que mis insinuaciones ya no la afectan tanto como antes. Se sigue poniendo nerviosa, sobre todo cuando soy muy directo, pero ya parece mucho más cómoda conmigo. Y eso me gusta.

Tardamos unos veinte minutos en llegar al mirador. Hay varios coches estacionados en la explanada de asfalto, ocultos entre las sombras. Aparco en un rincón a oscuras lejos de todos. Solo me da tiempo a apagar el motor antes de que Leah salte de su asiento al mío y se siente a horcajadas en mi regazo.

Sonrío contra sus labios. Qué impaciente.

—Al menos déjame echar el asiento hacia atrás.

Su risa llena el coche de luz. Se agarra de mis hombros para no caerse cuando me inclino para tirar de la palanca y dejarnos más espacio. Tiene las rodillas en el asiento, a ambos lados de mi cuerpo. Aprovecho que se ha levantado sobre ellas para subir las manos y agarrarle el culo. Leah sonríe antes de volver a besarme.

Estas últimas semanas han sido... intensas. Antes ya nos veíamos todos los días, pero ahora hacemos todo lo posible por pasar tiempo a solas. Me quedo a dormir en su casa cada vez que Linda sale con su novio. Ella viene a la mía cuando mi abuela no está. A últimas acabamos enrollándonos en mi coche. Hemos entrado en una especie de círculo vicioso en el que solo queremos más, más y más.

No creo que nadie pueda culparnos, teniendo en cuenta la tensión que acumulamos desde hace meses.

—Siempre haces eso —me burlo cuando me quita el gorro de un tirón.

—Me gusta enredarte las manos en el pelo.

Y es justo lo que hace mientras las mías se cuelan bajo su camiseta. La acaricio hasta que rozo el broche de su sujetador. Me gusta provocarla, así que no hago nada; solo dejo que vuelvan a bajar y hundo los dedos en su cintura. El corazón casi se me sale del pecho cuando mueve las caderas contra la dureza que sé que nota debajo de ella.

—Voy a arrastrarte a la parte de atrás como sigas haciendo eso.

—Dejaré que me sirva como motivación.

Suelto una risa ronca. Leah se aparta lo justo para que pueda quitarle el jersey y se queda solo con la camiseta ajustada que lleva debajo. Me encantaría deshacerme de ella también, pero no quiero arriesgarme a que alguien pase por aquí y la vea medio desnuda. Lo que sí hago es desabrocharle el sujetador. No necesito sacárselo del todo para hacer lo que tengo en mente.

—¿Puedo? —se lo pregunto aunque ya conozco la respuesta; he descubierto que le gustan estas cosas.

Me basta con verla asentir para dar vía libre a mis manos y que exploren a su antojo. Se le corta la respiración cuando rozo esos puntos sensibles con los pulgares. Podría pasarme horas viéndola estremecerse bajo mis caricias.

Se ríe sin fuerzas y sus labios me abrasan el cuello.

—Esa parte es tu debilidad —se burla.

«Mi debilidad eres tú.»

Acallo el pensamiento para no complicar las cosas. No recuerdo haber sentido esta urgencia, esta necesidad constante, con ninguna otra persona antes. Ni siquiera con Clarisse.

Desde el punto de vista emocional, ella y yo teníamos un vínculo importante; quizá el más fuerte que he compartido con nadie en toda mi vida. Siempre he sido muy solitario, pero Clarisse hacía que deseara compartir mi mundo interior con alguien. Le abrí las puertas y ella lo exploró hasta que llegó a conocerme incluso mejor que yo mismo. Aun así, lo que hubo entre nosotros nunca fue tan intenso. No llegué a sentir ni una tercera parte de la atracción que siento ahora.

Me siento culpable cada vez que lo pienso.

—Estás aquí. —Leah me besa otra vez, consciente de que mi cabeza se estaba yendo por las ramas—. Estás aquí y todo lo demás ahora ya no importa.

Al menos, no mientras estemos dentro de este coche.

La culpabilidad, ese malestar que siempre me acompaña, Clarisse, Samuel, todo lo ajeno a este momento, puede esperar.

Es lo que me digo siempre que estoy con ella. Me da la sensación de que Leah hace lo mismo. A veces siento que me utiliza como su remanso de paz; un lugar en el que puede refugiarse de sus problemas.

No me molesta. Es algo mutuo.

—Me encanta besarte —le digo, y sonríe.

—¿Solo besarme?

—Y tenerte encima, justo como ahora.

—Qué sentimental.

—Me has dejado tocarte el culo y las tetas. Ahora mismo podría escribirte un poema si me lo pidieras.

Vuelve a reírse. Justo en ese momento la toco de nuevo y el aire se le condensa en los pulmones. Me encanta lo sensible que es. Me recorre el cuello con la boca y los dientes mientras sigue presionándose contra mí. Cuando noto que se detiene en un punto en concreto para succionar, se me escapa una sonrisa.

—¿Marcando territorio, chica buena?

—Podría —contesta—, pero no lo necesito.

Si fuera capaz de mirar a otra chica, no estaría tan jodido.

Bajo las manos a sus caderas para sujetarla mientras ella tortura esa zona que acabará adoptando un tono violáceo. Si fuera más inteligente no la dejaría hacérmelo, pero ahora mismo no puedo mantener la cabeza fría. No cuando ella sigue moviéndose contra mí como si deseara eliminar cualquier barrera entre nosotros.

—Leah —le advierto con la voz ronca.

A este paso, va a costarme no perder el control.

—No te contengas. Sé por qué lo haces. Y quiero que pares.

—El sexo consiste en muchas cosas. —No solo en la penetración, como el gilipollas de Hayes quería hacerle creer—. Quiero demostrártelo.

Sus labios vuelven a los míos.

—Ya lo has hecho. Ahora dame lo que quiero.

—¿Qué es, exactamente? —la tiento.

—A ti. Encima o debajo de mí.

¿La Leah de hace dos semanas? Difícil de manejar.

¿La de ahora? Absolutamente letal.

Cuando estamos rodeados de gente aún tiene momentos de

timidez. La cosa cambia una vez que nos quedamos a solas. Ha ido soltándose poco a poco, hasta que ha sacado este lado de ella que me hace perder la cabeza. Me gusta la Leah atrevida, la que dice lo que le apetece cuando le apetece y no se siente cohibida ni avergonzada conmigo.

Pero ¿ahora mismo? Está haciendo que ser un tío decente me cueste una barbaridad.

—¿Quieres que tu primera vez conmigo sea en un coche? —Utilizo un tono de broma, aunque sí que tengo intenciones de hacerle cambiar de idea.

—No tiene que ser romántico. No tiene que ser bonito ni sentimental. —Me atrapa el labio inferior entre los dientes—. Es lo que decidimos. Son nuestros límites.

Un sabor amargo se me adueña del paladar.

—Lo son —contesto.

—Entonces deja de intentar ser un caballero.

Abro la boca para replicar. Me acalla con un beso intenso que manda una sacudida directa a mi erección. Tiene razón; *esto* es lo que acordamos. Es lo que ella quiere y lo que yo me muero por hacer también. Antes de empezar con esto, el tira y afloja que había entre nosotros era asfixiante. Le propuse este acuerdo con la esperanza de que, una vez que nos hubiéramos saciado el uno del otro, la tensión desaparecería.

El problema es que han pasado dos semanas y siento que va a más.

—No busco ser un caballero. —La agarro de las caderas para detenerla—. Pero te aseguro que no vas a estar cómoda haciéndolo aquí.

—A mí me parece cómoda esta posición.

—¿Qué te hace pensar que voy a dejarte estar encima?

—Siempre consigo que me des lo que quiero. —Me besa otra vez—. Solo tengo que pedírtelo.

Esas palabras están a punto de hacerme tirar todas mis convicciones por tierra. Por suerte, Leah escoge ese momento para dejar de moverse. Gracias al cielo. Ahora mismo necesito que ella sea la racional de los dos.

Apoya la frente sobre la mía. Dentro del coche hace calor. El ambiente se ha vuelto íntimo, como si compartiéramos un secreto. Hay un silencio durante el que solo se oyen nuestras respiraciones agitadas.

—¿Me he pasado? —Notar ese deje de inseguridad en su voz me parte el corazón en dos.

—No —contesto.

—¿Seguro? —Se aleja para mirarme. Me pone una mano en la mejilla y con la otra acaricia la marca que seguro que me ha dejado en el cuello—. Últimamente me dejo llevar cuando me dan arranques de valentía —confiesa, avergonzada.

Está empezando a ponerse roja. Muevo la cara para darle un beso en la muñeca.

—Hazlo más veces. Me gusta.

—¿De verdad?

—¿No lo notas? —Miro hacia abajo.

Da un respingo y, ahora sí, sus mejillas adquieren el mismo tono que su pelo a toda velocidad.

—No necesitaba ese argumento.

Sonrío ampliamente.

—Me remito a las pruebas más fiables.

—Si alguna vez soy demasiado intensa, ¿me prometes que me lo dirás?

No me gusta esa palabra. Cuando Linda se presentó en nuestra mesa para amargarnos la existencia hace ya varias semanas, se dirigió a ella de esa manera. Le dijo que era intensa cuando se ponía a hablar de libros sin parar. El contexto podrá ser diferente, la inseguridad es la misma.

—Nunca me pareces demasiado intensa —le aseguro. Después, como sé que la ayudará a relajarse, añado—: Pero, si algún día empieza a fallarme el sentido común y pienso eso de ti, te prometo que te lo diré.

Consigo sacarle una sonrisita. Ojalá se creyera mis palabras con tanta facilidad como los comentarios hirientes de Linda. Creo que ni Leah es consciente del daño que le han hecho a su autoestima.

Nos quedamos así un rato más, besándonos con tranquilidad, memorizando hasta el último detalle del otro. Mete las manos bajo mi camiseta y me acaricia los músculos con las palmas abiertas. Leah me gusta tanto que solo besarla ya hace que aumente la tensión en mis pantalones. Joder. Vale. Tenerla encima y ser decente no son dos conceptos compatibles.

—Del uno al cien, ¿cuál es la probabilidad de que Linda esté en tu casa ahora mismo?

No va a pasar nada más en este coche, pero, en cuanto volvamos a estar a solas en su habitación, pienso decirle adiós a la decencia.

—Teniendo en cuenta la hora que es y que mañana tiene clase, yo diría que un noventa sobre cien.

—Cambio la pregunta. —Sonríe al notar mi desesperación—. Del uno al cien, ¿cuál es la probabilidad de que me dejes entrar en tu cuarto a escondidas?

—Del uno al cien, ¿cuál es la probabilidad de que tus intenciones sean solo dormir?

—Cien de cien.

—Tus pruebas fiables dicen lo contrario.

Su tono burlón deja claro lo mucho que le divierte la situación. Me echo hacia atrás con un quejido exagerado. Cuanto más lejos la tenga ahora, mejor.

—Ojalá Linda tuviera más amigos —gruño.

—Tiene amigos —replica ella.

Al ver su sonrisa, cambio de opinión. A la mierda la distancia. Vuelvo a besarla y Leah se ríe.

—Podrías presentármelos. —Subo las manos hasta su cintura—. Así yo podría convencerlos para que saquen a la bestia a pasear al menos una vez todos los días.

—Logan... —murmura en tono de advertencia.

Sé que no le gusta que me meta con Linda. La mayoría de las veces consigo resistir el impulso de hacerlo. En momentos como este me lo pone muy difícil.

—Escríbele y pregúntale si ha salido —le pido, deshaciendo su moño para que el pelo le caiga sobre los hombros. Se lo aparto para besarle el cuello.

Leah suspira. Mueve la cabeza para darme más acceso.

—A este paso, va a empezar a sospechar que hay una razón por la que nunca quiero que esté en casa.

—¿Te preocupa? —No es un reproche ni una burla; tengo interés en saberlo de verdad.

—No. —Se inclina para coger su bolso, que está a sus pies—. Creo que piensa que no quiero ir a casa cuando Marcus está allí con ella, ya sabes, para no hacer un mal tercio.

Es decir, no sabe nada sobre nosotros.

Se mueve hacia atrás y pone el bolso entre nosotros para buscar su móvil. Me distraigo acariciándole la cintura mientras miro por la ventanilla. Fuera no se ven nada más que la luna y la silueta de los árboles. Dado que nosotros también estamos a oscuras, cuando Leah enciende el teléfono el resplandor de la pantalla me hace entornar los ojos con molestia. Se apresura a bajarle el brillo.

La posición debe de resultarle incómoda, ya que pasa una pierna al otro lado y se queda sentada de lado encima de mí. Tiro de ella para que se apoye contra mi pecho. Mantengo la mano en su cintura mientras ella enreda en su móvil.

—¿Qué piensa tu abuela de que casi nunca duermas en casa?

Yo respondo con los labios pegados a su pelo.

—No es tonta. Seguro que sabe que tengo algo con una chica, pero no creo que sepa que eres tú.

—¿Has pensado en lo que le dirás si te pregunta?

—Me inventaré algo. —Leah no me mira. Parece bastante seria. Dejo que mi mano ascienda por su espalda—. ¿Preferirías que le dijera que estoy contigo?

—Pero no estás conmigo. Y no me gustaría que lo malinterpretara. Que no sepa nada facilitará las cosas para después. De todas formas, haz lo que quieras. Es decisión tuya.

Sé a lo que se refiere con ese «después».

Y no me gusta.

No me gusta porque lo ha dicho con demasiada naturalidad, como si ya fuera un hecho. Aunque supongo que lo es. Lo nuestro se acabará tarde o temprano. Es lo que implica todo este tema de ser amigos con derechos; en algún momento la llama se apaga. Y yo mismo le dije que, cuando eso ocurriera, volveríamos a estar como antes. Seríamos amigos, a secas. Sin complicaciones.

—No le diré nada —decido—. Tienes razón. Menos problemas para después.

Ella asiente sin más.

Esto no debería resultarme tan difícil.

La complicidad que suele haber entre nosotros se ha esfumado. Leah también parece incómoda, tanto que tener las manos sobre ella ahora parece un error. Sin embargo, no quiero apartarlas y que se sienta rechazada. Me obligo a actuar como si nada y sigo acariciándole la espalda. Pasados unos minutos, su cuerpo vuelve a relajarse.

Echo un vistazo rápido a su móvil; no parece tener reparo alguno con que yo vea la pantalla. Aunque le ha escrito varios mensajes a Linda, ella no ha contestado ninguno.

No tengo muy claro cómo están las cosas entre ellas ahora mismo. Cada vez que intento sacar el tema, Leah encuentra una forma de distraerme. En realidad, creo que es lo mejor. Para nosotros hablar sobre Linda es sinónimo de discutir. De todas formas, sospecho que ya no están tan unidas. Leah no tiene mucho tiempo libre y, cuando no está conmigo, suele quedar con Sash. Kenny siempre se queja de que forman un dúo mortal contra nosotros, pero a mí me gusta que sean amigas.

Aunque eso implique que vayan a obligarnos a ver *Barbie en La princesa y la costurera* la próxima vez que nos toque sábado de películas.

Leah necesita una amiga de verdad. Con suerte, Sasha le ayudará a darse cuenta de que Linda no lo es.

—¿No te contesta? —pregunto, aunque es solo para romper el silencio, ya que sigo viendo la pantalla.

Leah suspira y deja el móvil en su regazo.

—Creo que está cabreada conmigo. Me pidió que fuera a comer con ella esta mañana.

—Y tú has comido con nosotros.

—No creo que le guste que seáis mis amigos.

—Es su problema, ¿no? —No me relajo hasta que asiente con la cabeza.

—Es su problema.

Noto una punzada de orgullo. Puede que todavía sean amigas, pero Linda ya no tiene influencia sobre ella. Al menos, no tanta como antes.

Nos sobresaltamos cuando algo vibra entre nosotros.

Leah se vuelve bruscamente hacia mí.

—Es mi móvil —la tranquilizo, aunque una sonrisa burlona tira de mis labios—. Tienes la mente muy sucia.

Me da un golpe en el pecho, y yo me río, entre divertido y aliviado por que por fin se haya esfumado esa tensión extraña entre nosotros. Maniobro para sacar el móvil con cuidado de no hacer que Leah se caiga. Frunzo el ceño al leer la pantalla.

—¿No tienes mensajes? —me extraño.

—¿De nuestro grupo? No lo sé. Lo tengo silenciado.

Le arqueo una ceja.

—Vaya, gracias.

—Kenny y tú mandáis muchos *stickers.*

—Son de cultura general.

—La mayoría tienen penes.

—Cultura general para mayores de dieciocho años —replico sonriendo.

Entro en el grupo, pero, antes de que pueda leer ninguno de los mensajes, recibo una llamada entrante. Es Kenny.

—Tíos, ¿lo habéis visto? —dice en cuanto descuelgo.

Algo en su voz nos hace ponernos alerta.

Leah, que también lo ha escuchado, me lanza una mirada rápida.

—¿Ver el qué? —Es ella la que responde.

—Han vuelto a hacerlo. Me extraña que no la hayáis recibido. Han utilizado la misma técnica de la otra vez para difundir otra foto. Pero no es tuya, Leah. Es de Linda.

22

UNA DESPEDIDA

Leah

—¿Has hablado con ella? —me pregunta Sasha a la mañana siguiente.

—Ya estaba dormida cuando llegué a casa. Quería intentarlo esta mañana, pero se ha ido antes de que me despertara. —Echamos a andar hacia la cafetería. Me he pasado por la Facultad de Bellas Artes para recogerla e ir juntas al Daniel's, donde nos esperan los chicos.

—Creía que veníais juntas a clase.

—Ahora siempre la recoge su novio. Supongo que hoy se habrá ido con él también.

—¿No crees que haya sido...?

—¿Marcus? No lo sé. Las cosas entre Linda y él van bien, creo. No me parece ese tipo de persona. De todas formas, ya no estoy segura de nada.

Teniendo en cuenta que llegué a pensar que Hayes era de fiar, no creo que deba confiar en mi criterio.

Lo único «positivo» de la situación es que las reacciones a la filtración de Linda han sido... diferentes. La mía pilló a todo el mundo por sorpresa. Fue una novedad, la noticia candente que alimentaba los cotilleos en los pasillos. Fui la primera. Un caso aislado. Ahora esto comienza a parecer un patrón.

Sasha me ha dicho que las chicas del campus están muy cabreadas. He visto a varias compartiendo en redes sociales mensajes criticando a los culpables por no dar la cara. A diferencia de mí, Linda no ha puesto su cuenta en privado y sus publicaciones se han llenado de comentarios de apoyo. Nadie se volcó de esa manera conmigo, pero no siento envidia; me da igual haber sido la cabeza de turco si a partir de ahora la gente está más concienciada.

Me hubiera gustado hablar con Linda para saber cómo está, pero, como le he dicho a Sasha, no he coincidido con ella. Tampoco ha leído los mensajes que le envié anoche. Puede que haya decidido dejar de lado el móvil hasta que se tranquilicen las cosas, como hice yo.

—Todo esto da un poco de miedo, ¿verdad? —dice Sasha—. Sé que a Linda no le caigo bien, pero dile que puede contar conmigo para lo que necesite. No creo que nadie se merezca esto. Ni siquiera ella.

—Gracias, Sash. —Le ofrezco una sonrisa afectuosa; es cierto que Linda nunca ha sido amable con ella, por lo que agradezco que esté dispuesta a hacer un esfuerzo.

—No las des. Ojalá encuentren pronto a los culpables.

Siento algunas miradas furtivas sobre nosotras mientras cruzamos el campus. Tras la difusión de la fotografía de Linda, la gente parece haber recordado que a mí me ocurrió también. Procuro no achantarme y mantener la barbilla alta en todo momento. En esa época me dejé intimidar, pero eso se ha acabado.

—¿Has dicho que Linda y tú ya no venís juntas a clase? ¿Qué haces ahora? ¿Vienes en autobús?

—Logan suele pasarse a recogerme.

—Claro.

—No empieces —le advierto al verla sonreír.

No obstante, mi parte más egoísta agradece la distracción; llevo dándole vueltas al tema de Linda desde anoche.

—No empiezo *nada* —replica divertida—. Solo me alegro de saber que sois tan buenos amigos.

—Eso es lo que somos. Amigos.

—Que se meten mano.

—Meros detalles sin importancia.

Su expresión se vuelve incrédula y yo reprimo una sonrisa. Kenny y Sasha solo necesitaron vernos llegar juntos al Daniel's después de que Logan y yo nos enrolláramos en mi casa para deducir que había pasado algo entre nosotros. Esa misma tarde, Sash me obligó a contarle todos los detalles. Están bastante al corriente de cómo son las cosas entre nosotros.

—Lleváis ya varias semanas con esto, ¿verdad? Con todo ese tema de ser amigos con derechos.

—Es temporal —lo suelto como si nada, aunque no quiero pensar en ello.

Me gusta estar con Logan. Y me gusta lo que tenemos. Me gusta que se escabulla por las noches a mi habitación, las escapadas a su coche, esa manera tan suya que tiene de ponerme nerviosa en el mejor de los sentidos. Me hace sentir tan cómoda que, cuando estoy con él, dejo los miedos y las inseguridades atrás. Me encanta cómo besa. Y también cómo juega conmigo, que haya conseguido descifrarme.

No lo tengo idealizado. Él mismo me ha demostrado que esto es lo mínimo que me merezco. Y tengo claro que, una vez que lo que hay entre nosotros se acabe, no pienso conformarme con menos.

—También podría ir a más. —La voz de Sasha me saca de mis pensamientos—. Sois buenos amigos, tenéis química y os preocupáis el uno por el otro. No me extrañaría que fuera cuestión de tiempo que...

—Eso no va a pasar.

—¿Cómo puedes estar tan segura?

—No estoy dispuesta a volver a meterme en algo así, Sash. Ni con Logan ni con nadie. Y sé que él no está listo tampoco.

Ella se muerde el labio, un tanto inquieta.

—¿Y no te has planteado qué ocurriría si...?

—Si en el más remoto caso empezara a sentir algo por él, cortaría esto de raíz. —Y quizá no podría confesarle a Logan cuál es la verdadera razón; me haría sentir como una idiota.

—También podrías decirle lo que sientes y ver si a él le pasa lo mismo. —Al notar cómo la miro, se apresura a levantar las manos con inocencia—. Eso en el remoto caso de que sintieras algo por Logan, claro.

Suspiro. Ayer ya noté esa tensión extraña nosotros cuando le pregunté si Mandy sabía algo sobre nosotros. Me agobia pensar que lo nuestro podría acabarse, de modo que he decidido no hacerlo. Me enfrentaré a los problemas cuando lleguen, no antes. Y, de momento, lo que hay entre Logan y yo es atracción. Mutua e intensa. Nada más.

—¿Podemos dejar el tema?

Sash me mira un momento, no del todo convencida. Por suerte, al final decide darme tregua.

—Lo siento. A veces se me olvida que no todo el mundo busca lo que tenemos Kenny y yo.

—No te disculpes. Estás enamorada. La gente enamorada siempre quiere que los demás se enamoren también.

Me devuelve la sonrisa. Y es así de fácil. Nos ponemos a hablar sobre otra cosa y dejamos esa conversación atrás. Los chicos ya están instalados en una mesa cuando llegamos al Daniel's. Sasha va directa a saludar a Kenny con un beso apasionado. Logan está en el banco de enfrente, concentrado en su tableta gráfica; solo que no está dibujando, sino leyendo apuntes.

—Bonito jersey —comento al sentarme a su lado.

Es de cuello alto y lo lleva debajo de la sudadera. Sospecho que ese arranque de valentía que me dio anoche —y que me llevó a hacerle un chupetón— tiene algo que ver.

Él me mira de reojo, divertido.

—Tengo que parecer disponible para poder ligar con otras chicas.

—Podemos organizar una cita doble. Estoy segura de que a Ryan Rossmert le encantará que lo vuelva a llamar.

Choca su pierna contra la mía y yo me río. No solemos darnos muestras de afecto en público, pero no tarda en ponerme una mano en la rodilla. La deja ahí y vuelve a centrarse en los apuntes. Le acaricio los nudillos distraída.

—¿Sabes algo de tu amiga? —Kenny se dirige a mí. Sash se ha sentado sobre su regazo—. Logan me ha dicho que no te ha dado tiempo a verla esta mañana.

—Ya se había ido a clase —confirmo.

—Bueno, yo no tengo ni idea de quién ha sido, pero se me ocurre alguien que podría saberlo. —Señala con la cabeza un punto a nuestra izquierda.

Hayes está sentado en una mesa con sus amigos. No hay ni rastro de Daniel. Alza la vista y, cuando sus ojos conectan con los míos, se le borra la sonrisa. Les dice algo a los demás, coge sus cosas y sale de la cafetería.

Logan debía de estar observándolo también, ya que ambos nos levantamos al mismo tiempo.

—Ahora vuelvo —les digo a nuestros amigos.

—Voy contigo —anuncia él de forma inmediata.

Salimos del Daniel's juntos sin necesidad de intercambiar ni una sola palabra. Logan toma el primer desvío a la derecha y yo lo sigo a ciegas porque confío en su orientación. Nos adentramos en un callejón entre dos edificios. Hayes camina a lo lejos, y entonces se detiene y se gira para encenderse un cigarrillo. Tardo un momento en procesar que no intenta escabullirse de nosotros. Al contrario. Nos está esperando.

—¿Puedo hacerte una pregunta rápida? —dice Logan sin dejar de caminar—. ¿Por qué le diste una bofetada a Daniel?

—¿Vas a decirme que no se lo merecía?

—No, pero creo recordar que yo te enseñé a dar puñetazos.

—No me acordaba de cómo tenía que colocar el pulgar.

Aminora el paso y se me queda mirando como si fuera lo más absurdo que ha oído nunca. En mi defensa diré que me hubiera gustado estar más pendiente de esa clase magistral que me dio en mi cuarto, pero por entonces ya me costaba horrores concentrarme en su presencia.

—¿Estás de coña?

—No puedo escribir con un dedo roto, ¿vale?

—Me alegro de que tengas tan claras tus prioridades.

—Si crees que yo doy miedo cuando me enfado, deberías ver a mis lectores cuando llevo un par de semanas sin actualizar. Temblarías.

Se detiene delante de mí y me agarra la mano para cerrármela en un puño.

—El pulgar va por fuera. Lo más aconsejable sería que apuntases al estómago. —Me lo coloca de manera adecuada y lleva sus ojos hasta los míos—. Si las cosas se ponen feas, olvídate de los puñetazos. Sube la rodilla y dale una patada en los huevos.

Bueno, eso parece bastante más sencillo.

—Déjame hablar a mí —le pido.

Me suelta y se mete las manos en los bolsillos, todavía con esa sonrisa que anticipa lo mucho que va a divertirse con esto.

—Todo tuyo, chica buena. No tengas piedad.

Se aparta para dejarme seguir andando. Él también avanza, aunque mantiene las distancias para darme la oportunidad de lidiar sola con esto. Me tranquiliza tenerlo en la retaguardia.

Hayes da una calada a su cigarrillo y me analiza de arriba abajo cuando termino de acercarme. Después mira a Logan por encima de mi hombro. De reojo veo que, en lugar de venir conmigo, ha decidido apoyarse en la pared a mi espalda.

—¿Tu perro guardián te deja sola ante el peligro? —comenta Hayes al notarlo.

—¿Qué quieres? —le suelto sin rodeos.

Da otra calada.

—Eres tú la que me ha seguido.

—Pero querías hablar conmigo. Y tenía que ser lejos de tus amigos, ¿no? Por eso nos has hecho venir hasta aquí. —Me cruzo de brazos—. Bien. Te escucho.

Hayes se queda mirándome como si todavía no terminara de asimilar la manera en la que estoy dirigiéndome a él. No me extraña. Cuando salíamos era más callada, más discreta, más sumisa. La Leah de antes dejaba que la pisotearan. La de hoy ya no va a permitirlo.

—No fui yo el que filtró la fotografía, si es lo que quieres saber.

—Entonces, ¿quién fue?

—Pregúntaselo a tu amiga Linda.

Esa contestación me saca de mis casillas.

—¿De verdad acabas de insinuar que algo de lo que ha pasado es culpa suya? —Y ¿todo por qué? ¿Por confiar en alguien lo suficiente como para enviarle una fotografía así? Estoy cansada de que siempre se señale a la víctima.

A Hayes no le importa mi tono brusco. Se gira hacia Logan casi con aburrimiento.

—Por si te lo preguntabas, era igual de ingenua cuando salía conmigo.

—¿Ingenua? —repito de mal humor.

Él sigue sin mirarme. Solo se dirige a Logan.

—Primero intentas tirarte a mi novia y ahora te follas a mi ex. Cualquiera diría que te gusta disfrutar de mis sobras.

—Hayes —pronuncio tratando de no perder los estribos—, no hemos venido a hablar de esto.

—La desventaja de enrollarse con Leah es que es demasiado... silenciosa. —Intenta sonar despreocupado, pero su tono está cargado de desdén—. Es una de las cosas que nunca me gustaron de ella. Prefiero a las chicas que gritan. Seguro que estás de acuerdo. —Ladea la cabeza con un brillo cruel en los ojos—. Aunque quizá hayas tenido suerte y contigo sea menos estrecha.

Reacciono rápido dejándome llevar por el instinto. Me muevo hacia la izquierda y freno a Logan con la espalda antes de que se abalance sobre él. Noto su cuerpo tenso detrás del mío. Genial. Está muy cabreado.

—Cuidado con lo que dices —le gruñe a Hayes.

Mi exnovio no se achanta.

—¿O qué? ¿Me pegarás una paliza?

—O harás que Leah te dé una patada en los huevos. —La voz de Logan es completamente letal—. Y entonces serás tú el que grite.

Hayes clava de nuevo su mirada sobre mí. Logan retrocede para apoyarse en la pared, justo como antes. Siento una oleada inmensa de respeto hacia él por que me haya defendido sin quitarme autoridad. No me gusta sentir que soy una damisela en apuros. Y Logan no se las da de héroe; trabaja conmigo como si fuéramos un equipo.

—Cuando te he dicho que yo no filtré la fotografía, no me refería solo a la de Linda —dice Hayes—. Estaba hablando de la tuya también.

Casi me río de él. Eso es ridículo.

—¿En serio esperas que me lo crea?

—No voy a decirte que las borré en cuanto rompimos. No fue así. Pero me deshice de ellas en cuanto pasó todo esto. No quería tener nada que ver con lo ocurrido. No tienes que creerme, si no quieres. Sabrás que digo la verdad cuando vayas a la policía y descubran al verdadero culpable.

Vacilo. Por mucho que me disguste la idea de confiar en él, ese último argumento ha sido muy convincente.

—Si es verdad que no fuiste tú, ¿por qué no me dijiste nada en su momento?

—Porque sus amigos creen que es un ganador —me explica Logan a mi espalda—. No solo es un cobarde, también es un hipócrita.

Hayes tensa la mandíbula. Sigue mirándome para no tener que enfrentarse a él.

—No me habrías creído —responde sin más.

—Eras el único que la tenía. Tuviste que ser tú.

—Debiste de enviársela a otra persona. —Ahora sí, se vuelve hacia Logan—. Traté de avisarte. En la cafetería, unos días después de la fiesta. Te advertí que Leah tenía que andarse con cuidado.

Frunzo el ceño y también me giro hacia él. No tenía ni idea de que habían hablado sobre mí.

—Más bien, me pareció una amenaza. —Logan sigue teniendo las manos en los bolsillos.

—Era una advertencia —insiste Hayes—. La persona que filtró esa fotografía vino a hablar conmigo el día anterior para preguntarme si tenía alguna que fuese más comprometida. No quiso decirme para qué era, pero podía imaginármelo. No le mandé ninguna.

Tal y como lo está planteando, esto es mucho más retorcido de lo que parecía en un principio.

—Sabes quién las filtró —asumo.

—Él lo sabe también. —Hayes señala a Logan con la cabeza—. ¿O vas a decirme que no se te ha venido nadie a la cabeza en todo este tiempo, Turner?

—¿De quién está hablando? —Me giro hacia Logan, pero él no me devuelve la mirada. Sigue pendiente de Hayes.

—¿Crees que ha publicado esta última también?

—Sabes cómo es. No entiendo por qué pareces tan sorprendido.

—Logan. —Me pongo seria. Que me ignore está empezando a molestarme.

Sus ojos por fin se deslizan sobre los míos. Sin embargo, no se atreve a decir nada. Hayes suspira.

—Me encantaría quedarme a ver esto, pero tengo mejores cosas que hacer. —Tira el cigarrillo al suelo y lo pisa para apagarlo. Acto seguido, sube la mirada hacia mí—. Aunque no te lo creas, quería decirte que siento mucho lo que pasó. Y no me refiero solo a lo de la foto.

La bilis se me sube a la garganta.

No soy capaz de decir nada.

—¿Has terminado? —interviene Logan con aburrimiento.

Hayes debe de notar algo en su voz, ya que una sonrisa burlona aparece en sus labios.

—He terminado. De hecho, no tengo nada más que hacer aquí. —Le dirige a Logan una mirada llena de diversión—. Suerte con lo que te espera, capullo.

Quiero seguir haciéndole preguntas, pero nos rodea para marcharse sin añadir nada más. Me quedo parada en medio del callejón viendo cómo se aleja. Logan suspira y camina hacia mí.

—¿Estás bien? —pregunta.

Aparto la vista de la calle para fijarla en la suya.

—¿Qué diablos ha sido eso? —le espeto.

—Estamos de acuerdo en que Hayes es un imbécil —tercia con calma—. Pero no creo que esté mintiendo.

—Tú sabes quién ha sido.

—Leah...

—Contéstame.

—No hay forma de estar seguro, pero sí, tengo mis sospechas.

—¿Y cuáles son?

Me mira en silencio durante unos instantes.

—Creo que en el fondo tú también lo sabes.

No me gusta lo rápido que se me clava *ese* nombre con estacas en el cerebro.

—Crees que ha sido Linda. —Su silencio es la confirmación que necesito. Retrocedo negando con incredulidad—. Esto es demasiado. Incluso para ti.

—Piénsalo fríamente y dime que no tiene sentido.

—No lo tiene. Es mi mejor amiga. Nunca me haría algo como eso. Además, ¿cómo iba a filtrar su propia foto? ¿Tienes idea de lo que estás insinuando? Esto podría haberle arruinado la vida.

—No seas fatalista.

—¿Me estás llamando exagerada?

—Linda no es como tú.

—¿Qué diablos significa eso?

—Tú eres más tímida. Más... reservada. Linda ha subido cientos de fotos como esa a su cuenta de Instagram. No le da reparo mostrarse en ese sentido.

—Y tú eso lo sabes bien, ¿verdad?

Su expresión se vuelve cauta. Estoy clavándome los dedos en los brazos con fuerza.

—No empieces con eso —me advierte.

—¿También te mandó fotos de ese tipo a ti? ¿Qué hiciste con ellas? ¿Las borraste o todavía las tienes?

—Nunca me las envió —aclara con firmeza—. No sé a qué coño viene esto. Te estás desviando del tema.

Es verdad. Y lo odio. Odio con todas mis fuerzas los celos que me entran cada vez que recuerdo que hubo algo entre ellos. No quiero ni pensarlo.

—No me creo que estés insinuando que, como ella sube esa clase de fotos a su perfil, que filtren una sin su permiso no tiene ni la menor importancia —le suelto con desdén.

—Leah, solo estoy diciendo que para ella no ha sido tan impactante como para ti.

—¿Eso qué narices importa?

—Tú nunca te plantearías filtrar una foto tuya. A no ser que te obligasen, como le advertiste a Hayes en el pub. A Linda no le importaría hacerlo. No si así puede conseguir lo que quiere.

—Muy bien. ¿Y qué es lo que quiere?

—Dímelo tú.

—A ti. —Me parece tan absurdo que me cuesta no soltar una carcajada irónica—. ¿Estás de coña? —Logan guarda silencio, lo que me enfada aún más—. ¿Cómo se puede ser tan egocéntrico?

—Linda quiere todo lo que tienes tú.

—Yo no te tengo —escupo con sequedad.

Él también tensa los hombros.

—Puede que a sus ojos sí.

—No tiene ni idea de lo que hay entre nosotros.

—Nos enrollamos en una fiesta jugando a la botella y al día siguiente alguien va a pedirle a Hayes que te traicione. Volvemos a liarnos en el armario, Linda nos ve y de pronto todo el campus tiene una foto en la que apareces medio desnuda. ¿Vas a decirme que es una coincidencia?

Doy varios pasos hacia atrás. Quiere hacerme creer que lo que pasó entre Linda y él ya no influye en sus opiniones, pero todavía lo tiene muy presente. Por eso no deja de criticarla. Por eso ha intentado que nos alejemos en tantas ocasiones. Por eso la odia.

—No voy a seguir escuchando estupideces.

—La última vez que me acusaste de mentirte, acuérdate de quién acabó teniendo razón.

Niego. Las situaciones no son comparables.

—Estás cegado por tu odio hacia ella.

—No, Leah. Tú eres la que está ciega. Llevas tanto tiempo dejándote manipular que, incluso aunque tengas las pruebas frente a tus narices, no eres capaz de abrir los ojos.

Odio esa estúpida expresión. No soporto que insinúe que soy tonta e ingenua, como ha hecho Hayes; que soy fácil de manipular. No lo soy. Pero tengo claro que estar con él no debería implicar tener que elegirlo por encima de mi mejor amiga.

Si yo le importase de verdad, Logan no me obligaría a escoger bando.

—Me voy a casa —me limito a contestar. Logan tensa la mandíbula. Sospecho que aún le quedan muchas cosas que decir cuando desaparezco por el callejón.

En realidad, no vuelvo directa a mi apartamento, sino que acudo al que solía ser mi refugio: la biblioteca de la facultad. Me adueño de una mesa al fondo, me pongo los auriculares y escribo hasta que el sol se esconde en el horizonte. Una vez que llega la hora de cerrar, recojo mis cosas y salgo del edificio. Logan no me ha escrito en toda la tarde. Yo tampoco le envío ningún mensaje. No me apetece hablar con él. Y seguiré en mis trece hasta que cambie de actitud.

Además, hoy Linda me necesita.

Cuando entro en mi casa, reina el silencio. Una luz tenue proviene del salón. Desde aquí veo a Linda en el sofá, acurrucada entre las mantas. Estaba viendo algo en su portátil. Lo cierra al oírme llegar.

—Hola —la saludo con cautela.

—Leah —contesta en el mismo tono.

Lleva puesta una sudadera varias tallas grande. Por lo demás, está igual que siempre. Tiene el pelo arreglado y va bien maquillada. Cuando filtraron mi fotografía, yo me hundí en un agujero. Linda no. Ella sigue de pie.

Siempre ha sido la más fuerte de las dos.

—He ido a llamarte a tu habitación esta mañana, pero no estabas. —Trato de que mi voz suene suave; no es un reproche.

—Marcus ha venido a recogerme temprano. Creía... que lo mejor era que llegara a la facultad antes de que los pasillos estuviesen llenos. —Con esto, se confirma la teoría de que él no ha sido. Dudo que fuera a sentirse tan cómoda en compañía de su novio si tuviera sospechas al respecto.

—Siento mucho lo que ha pasado, Linda.

—Supongo que tú también la has visto.

—No —me apresuro a aclarar—. Me enteré porque Kenny y Sasha la recibieron, pero no la hemos visto. Ninguno de nosotros. Te lo prometo.

Fuerza una sonrisa que no parece real.

—Dales las gracias a tus amigos de mi parte.

—Podrían ser tus amigos también. —Las palabras salen de mi boca por un impulso. Linda por fin levanta la vista—. Sasha me ha dicho que estará ahí para ti si la necesitas. Sé que no empezasteis con buen pie, pero...

—No quiero entrometerme entre vosotros.

—No te estarías entrometiendo.

—Pero Logan...

—Lo que piense él me da igual.

Linda es mi mejor amiga desde que era niña. No voy a dejarla sola en un momento así.

En cuanto ese pensamiento se me viene a la cabeza, soy incapaz de no imaginarme lo que diría Logan si lo hubiera oído.

«¿Ni siquiera aunque ella sí te dejara sola a ti?»

—Eres una buena amiga, Leah. Gracias de verdad.

Le devuelvo la sonrisa. Me alegro de haberle hecho sentir mejor, aunque sea con un gesto pequeño.

—En realidad, hay algo de lo que quería hablar contigo.

—Ahora llega la parte difícil. Cojo aire y me siento con ella en el sofá—. Cuando me pasó a mí, no tuve el valor de ir a denunciar. No quería enfrentarme a ello sola. Pero podemos hacerlo juntas. Nos resultaría más fácil a las dos.

He estado pensándolo mucho. Quiero que el tema de las filtraciones pare de una vez. Y la única forma es esta.

—¿A qué te refieres con denunciar? —Linda se ha puesto pálida de pronto.

—Iremos a la policía, les contaremos lo ocurrido y dejaremos que investiguen. Sé que ahora parece difícil, pero, si queremos averiguar quién fue, tenemos que...

—Yo no tengo que hacer *nada* —me corta con brusquedad.

Me quedo confundida ante ese cambio de actitud.

—¿No quieres descubrir quién las filtró?

—¿Para qué?

—Quienquiera que haya hecho esto se merece un castigo. Tenemos que ir a la policía para que descubran al culpable.

Ella está negando con la cabeza.

—Utilizó una tarjeta de prepago. No podrán localizarlo. Solo estaríamos haciéndoles perder el tiempo.

—Lo harán. Pueden averiguar dónde se compraron las tarjetas y a nombre de quién están. Incluso podrían revisar las cámaras de seguridad del local. Sea quien sea el que nos haya hecho esto, no va a salirse con la suya. No lo dejaremos.

Alargo la mano para tocarle el brazo. Linda se aparta de manera brusca y se levanta del sofá, dejando que las mantas se caigan al suelo. Parece incapaz de quedarse quieta.

—No quiero denunciar —confiesa con la voz ahogada, deteniéndose y volviéndose hacia mí.

Me levanto para ir a consolarla. Sé cómo se siente porque, hasta hace unos días, la idea me producía el mismo rechazo. Ahora sé que es lo correcto. Y necesito que ella lo vea también.

—Lo haremos juntas, ¿vale? Podemos esperar un poco más, si eso hace que te resulte más fácil. —Le agarro los hombros con cariño—. No te dejaré sola en ningún momento, Linda.

Ella se aparta de mí con dureza.

—He dicho que no quiero denunciar y eso significa que *no* voy a hacerlo. Ni ahora ni nunca.

—Pero la persona que nos ha hecho esto...

—¿Qué se merece? ¿Que lo lleven a juicio? ¿Que lo expulsen de la universidad? No podemos arruinarle la vida a nadie de esa manera.

Me quedo helada. De todas las reacciones posibles, la única que no me esperaba era esta.

—Ha filtrado una foto tuya sin tu consentimiento. Y, si fuera la misma persona, habría filtrado una mía también. ¿Y tú quieres que le dejemos irse de rositas? —articulo perpleja. No puedo creérmelo—. Si no hay consecuencias para el culpable, ¿quién dice que no lo hará más veces? Tenemos que frenarlo antes de que vaya a más.

—No me puedo creer que estés diciendo eso.

—¿Esperas que sienta lástima por quienquiera que nos haya hecho esto a las dos?

—¡Todo el mundo tiene derecho a equivocarse! —estalla. Doy un respingo porque no me esperaba que elevara el tono de voz. Se aleja de mí pasándose las manos por la cara—. Además, tú no eres nadie para decirme lo que hacer. No puedes venir aquí y... y obligarme a hacer algo para lo que no estoy preparada.

—Entiendo que no lo estés —rebato cautelosa—, pero nosotras...

—No, no lo entiendes. Ese es el problema. Eres mi amiga desde hace años y nunca me has entendido.

Ese ataque tan gratuito es lo que me hace reaccionar. Está cambiando de argumento de forma brusca, a la desesperada. Y, en cuanto se ha quedado sin ideas, su primer impulso ha sido atacarme, como siempre.

El corazón se me acelera conforme analizo el verdadero trasfondo de la situación.

—¿De qué va esto?

Linda me mira con rabia.

—Nunca has sido una buena amiga.

—¿Ahora me dices eso? ¿Justo después de ponerte a saltar de alegría cuando te he dicho que Sasha quería incluirte en nuestro grupo? —replico despacio—. ¿Por qué actúas como si te estuviera atacando, Linda?

—Es justo lo que estás haciendo.

—No. Solo estoy diciéndote que podemos denunciar juntas. No te he atacado en ningún momento.

Se pasa las manos por la cara otra vez, frustrada al ver que sus intentos por hacerme ceder no valen para nada.

—¿De verdad quieres hacerle eso a Logan?

Y ahí es cuando lo entiendo todo.

Me entran incluso ganas de vomitar.

—No ha sido él.

—Es el único que tenía esa clase de fotos mías.

—Linda, sé que eso no es cierto. —Porque él estaba conmigo cuando la filtraron. De hecho, estuvimos juntos toda la tarde. Y sé que Logan jamás haría algo como eso; no después de lo mal que lo pasó cuando le sucedió lo mismo a Clarisse. Una teoría dolorosa comienza a formarse en mi cabeza. Trago con fuerza—. Hasta hace poco, yo utilizaba el mismo argumento que tú. Creía que la única persona del mundo que tenía mis fotos era Hayes. No me planteaba que el culpable pudiera ser otra persona. —Mi voz se vuelve temblorosa—. Pero siempre fui muy insegura, ¿verdad?

Linda se queda bloqueada.

—Leah...

—Siempre fui muy insegura —repito. Los ojos se me llenan de lágrimas—. Sobre todo con ese tipo de fotos. Necesitaba la aprobación de alguien antes de mandárselas a Hayes. Quería consejo. Así que él no es el único que las tenía. También te las envié a ti.

—No me gusta lo que estás insinuando.

Pero todo cobra sentido tan rápido que me sorprende no haberlo tenido claro desde el principio.

—Esa foto, la que se publicó, no fue la peor que le mandé. Había otras más explícitas —continúo—. La diferencia es que esas me daba vergüenza enseñárselas a alguien más. Por eso no te las envié. Y supongo que por eso no se publicaron. Fuiste a pedírselas, ¿verdad? Querías difundir la más comprometida. Como él no quiso enviártelas, tuviste que conformarte con la que tenías.

—No tienes idea de lo que estás...

—¿Cómo has podido hacerme esto? —la interrumpo. El nudo de mi garganta se vuelve insoportable. Creo que todavía no he terminado de procesar que ella, Linda, mi mejor amiga, haya sido capaz de traicionarme de esta manera. Al verla abrir la boca, añado—: Deja las mentiras. Ya no me las creo.

—¿Quieres que hablemos de mentiras? —escupe ella—. ¿Por qué no empezamos por las que cuentas tú? ¿Crees que no me he dado cuenta de que el coche de Logan Turner está aparcado enfrente de casa cada dos por tres? Tú eres la única mentirosa. ¡Me dijiste que no había nada entre vosotros!

—¿Se puede saber por qué diablos te importa? ¡Tienes novio, Linda! ¡Supera a Logan de una vez!

—¿Para qué? ¿Para que *tú* puedas quedártelo?

—No voy a quedarme con nadie. Logan no es un objeto. Es una persona. Y toma sus propias decisiones.

—No creerás que de verdad quiere estar contigo, ¿no?

Es su manera burlona de decirlo, como si de solo pensarlo le entrasen ganas de reír, lo que me hace darme cuenta de que esto no solo va sobre Logan.

Va sobre mí también.

—¿Crees que esto es una competición?

—Lo es desde el momento en el que decidiste entrometerte. ¿En serio crees que tienes alguna oportunidad? —Me mira de arriba abajo con desdén—. Eres patética.

Y con eso alcanzo el límite de mi paciencia. Me acerco a ella sosteniéndole la mirada sin achantarme.

—No estoy compitiendo contigo —le dejo claro, y entonces hago una pausa—. Pero espero que sepas que, si lo hiciera, no tendrías nada que hacer contra mí. Porque ya te he ganado.

Toda su expresión cambia de golpe.

—Eso no es verdad —titubea—. No tienes nada de especial.

—Y, aun así, solo conozco a Logan desde hace un par de meses y ya le gusto más de lo que tú le gustarás en toda tu vida.

Tengo claro que jamás me pelearía con otra mujer por un chico, pero ahora no me importa ser cruel. Estoy más enfadada que nunca. Esto no va sobre de Logan. Va sobre Linda. No soporto pensar en lo que me ha hecho, en cómo me ha mentido. La he defendido una y otra vez. Me he peleado con Logan por su culpa. Y ella me ha traicionado.

Me ha hecho daño. Me ha traicionado.

Y le ha dado igual.

—Está jugando contigo —repite el mismo argumento de siempre—. Te utilizará y te dejará tirada, al igual que hace con todas. Cuando vengas llorando a pedirme perdón, acuérdate de que te avisé.

—No hará eso conmigo.

Suelta una risa irónica.

—¿Por qué? ¿Crees que eres diferente?

—Conozco a Logan. Si digo que le gusto, es porque sé que le gusto. Nada de lo que me digas va a hacerme cambiar de opinión. Deberías darme las gracias por no haber acudido a la policía en cuanto filtraste mi foto.

—¡¿Crees que yo quería hacerlo?! —exclama.

—Lo hiciste, Linda.

—¡Porque tú me obligaste! ¿Creías que nunca me enteraría de lo que hiciste esa noche? ¡Todo el mundo os vio! ¡Vio cómo lo besabas y cómo... subías con él a esa dichosa habitación! ¡Me humillaste delante de todos! —chilla fuera de sí—. Si nunca hubieras hecho eso, yo no habría tenido que mandarle esa fotografía a nadie.

—Lo hiciste para castigarme. —No me creo lo que estoy oyendo.

—Lo hice porque quería que le dieras asco —admite sin remordimientos—. Y no lo conseguí.

—De hecho, conseguiste el efecto contrario. Nos hicimos amigos a raíz de eso. Y eso es justo lo que tú querías para ti, ¿verdad? Por eso la siguiente foto que se filtró fue la tuya. Fuiste tú también.

En cuanto oye mi acusación, Linda se viene abajo. La coraza que la mantiene a salvo se derrumba de forma repentina. Sus ojos se inundan en lágrimas y suelta un sollozo que parte de lo más profundo de su garganta. Casi parece que no pueda respirar.

—Yo no quería hacerlo —solloza.

—Linda...

—Lo hice por impulso. Las dos veces. —Sorbe por la nariz y se sienta en el sofá con la cabeza entre las manos—. Cuando me dijeron lo que habías hecho en esa fiesta, me enfadé muchísimo. No podía dejar de pensar en que me habías traicionado cuando... cuando se suponía que eras mi amiga y...

—Deja de intentar echarme la culpa.

—No quería hacerte daño. Yo... yo estaba segura de que a la gente se le olvidaría tarde o temprano. Solo quería..., no...

—Hundirme —termino por ella—. Querías hundirme tanto que no me atreviera a salir de mi cuarto, ¿no es así?

Linda no deja de llorar.

—Eso no es justo.

—¿El qué no es justo? ¡Filtraste esa foto por un ataque de celos!

—¡Y todo te salió bien! ¡Tu vida es perfecta incluso cuando no tiene que serlo! ¡Y no es justo, joder!

Me quedo mirándola, incapaz de procesar lo que acaba de decir. Y Linda continúa:

—¿Tienes idea de lo difícil que es ser amiga de alguien como tú? ¡Eres buena en todo! Has entrado en una buena carrera, justo como querían tus padres, mientras que yo no hago más que decepcionar a los míos. Hay tantísima gente ahí fuera que admira tu trabajo como escritora y tú no lo aprecias lo suficiente. Eres asquerosamente perfecta. Estoy cansada de ser la amiga que nunca llama la atención.

—¿Crees que soy *yo* la que te opaca *a ti*?

—Lo haces desde que éramos pequeñas. En el colegio llamabas la atención sin proponértelo. Todo el mundo creía que eras buena y leal. Yo siempre he sido ruidosa y extravertida. Quería ser como tú, Leah. Quería ser misteriosa. No finjas que no te has dado cuenta —me reprocha con desdén—. Tú me has hecho invisible.

—Linda, eres la persona más visible que he conocido jamás.

—¿Y tienes idea de lo agotador que es? ¿De lo mucho que me esfuerzo?

Suelto el aire, incrédula. Dios santo.

—Eso explica muchas cosas.

—No te hagas la víctima ahora.

—¿Intentaste acostarte con Hayes?

Se tensa ante la pregunta.

No necesito que responda. Ya lo sé.

—Lo intentaste, ¿verdad? Por eso no le dijiste que no cuando os tocó besaros jugando a la botella. ¿Te gustaba antes de que empezara a salir conmigo? ¿O solo te obsesionaste con él cuando viste que yo era feliz?

—Podría preguntarte lo mismo, ¿no? Dime, ¿hace cuánto que estás pillada por Logan Turner? Porque te liaste con él cuando yo seguía diciéndote que me gustaba.

—Yo no soy como tú.

—Por supuesto que no. Eres mucho peor. Los tienes a todos engañados. Creen que eres buena y... y que estarás ahí para ellos siempre, pero ¿sabes qué? No son más que mentiras. Eres una persona horrible, justo como yo. Por eso siempre hemos sido tan amigas.

—No nos compares —le advierto.

—Te enrollaste con Logan varias veces sin sentir ni una pizca de remordimiento hacia mí. Si eso no es ser una mala amiga, ¿qué es? Y ahora vienes y me lo echas en cara cuando yo...

—Linda, tienes novio.

—Nunca te habrías fijado en Logan de no ser por mí.

—Llevaba colada por él desde el instituto.

Entorna los ojos con desprecio.

—Eso es mentira.

—No lo es. —Hago una pausa—. Si nunca te lo conté, fue solo porque tenía miedo de que intentaras liarte con él en cuanto lo descubrieras.

Eso fue lo que hizo con todos los chicos que me gustaron en esa época. Fue lo que hizo con todas las amigas que tuve. En cuanto yo congeniaba con alguien nuevo, Linda encontraba una forma de robármelo. Nunca me lo había planteado de esa manera. Creía que se alejaban de mí porque pensaban que era aburrida, que no estaba a la altura, que era insuficiente. Pero no. Yo nunca le hice daño a nadie. Nunca traté mal a nadie.

Si Linda es capaz de humillarme delante de mis narices, ¿quién sabe lo que dirá a mis espaldas?

Logan fue mi pequeño secreto. No he sido consciente hasta ahora de lo mucho que me esforcé en ocultárselo a Linda. Puede que hubiera una parte de mí que, quizá de manera inconsciente, ya sabía lo dañina que era nuestra amistad.

—¿Vas a perdonarme? —suelta de pronto.

Pestañeo con confusión.

—¿Qué?

—Por todo lo que he hecho. ¿Vas a perdonarme? —Linda vuelve a sollozar—. Entiéndeme, Leah. Yo no..., nunca he querido hacerte daño, no soy..., no...

—Linda —la interrumpo. No me puedo creer que, después de decirme todas esas cosas hirientes, espere que actúe como si nada hubiera pasado.

—Perdóname, por favor. Yo... yo no.... Yo quiero que sigamos siendo amigas y...

—Si todo lo que has dicho hoy es cierto, no creo que nunca hayamos sido amigas de verdad.

Es una mala persona.

Me da igual lo mucho que intente justificarse. No es solo que no sea una buena amiga; es que una buena *persona* tampoco sería capaz de hacerle algo así a nadie. Se ha aprovechado de mi confianza para hacerme daño. Me ha humillado delante de mis amigos. Ha intentado alejarme del chico que me gusta. Me ha menospreciado, me ha hecho sentir invisible e insuficiente.

Y yo he seguido ahí.

Soportando los golpes. Uno tras otro. Uno tras otro.

Pero ya no puedo más.

Ella niega con lágrimas en los ojos.

—No puedes pensar eso en serio.

—Voy a mudarme a otro sitio —declaro—. No sé cuándo, ni cómo, pero voy a hacerlo. No quiero seguir teniendo relación contigo.

Se pone a llorar con más fuerza.

—Deja de tratarme como si no creyeras que soy buena.

—No lo eres para mí, Linda. —Y por fin, después de tanto tiempo, asumo la realidad—. Ojalá me hubiera dado cuenta antes.

Ella solloza sin parar. Esta vez ya no sufro el impulso de darle consuelo. Se levanta y cruza el salón con un par de zancadas. Se encierra en su cuarto y, unos minutos más tarde, vuelve al pasillo con su bolso al hombro. Va directa hacia la puerta y sale de casa cerrándola de un portazo.

Aunque no dice adiós, sé que es una despedida.

Yo no he vuelto a llorar.

No lo hago entonces, cuando me quedo sola en el apartamento silencioso y vacío.

Ni tampoco cuando, un rato después, Sasha llega con Kenny después de leer mi mensaje y me estrecha entre sus brazos.

23

LA AUSENCIA DE BRILLO

Logan

—¿Dónde está? —Empujo la puerta antes de que Kenny termine de abrirla. Echo un vistazo al salón, pero no hay ni rastro de Leah. Él me planta una mano en el brazo antes de que me ponga a examinar todas las jodidas habitaciones.

—Está con Sash en su cuarto, recogiendo sus cosas. —Me giro para encontrarme con su mirada significativa—. Ha discutido con Linda, tío. Al parecer las cosas se han puesto feas y...

No necesito oír nada más. Echo a andar decidido mientras él me sigue maldiciendo entre dientes. En cuanto llego a su cuarto y la veo, freno tan de repente que Kenny casi se choca contra mí.

Cuando recibí el mensaje de Sasha, creí que al llegar aquí me encontraría a Leah hecha un mar de lágrimas. Pero no. Está doblando unos pantalones para guardarlos en la maleta abierta sobre la cama, y lo único que percibo de ella es una inquietante sensación de apatía. Al menos, hasta que alza la mirada y me ve parado en la puerta. Entonces, las manos se le congelan.

Nadie dice nada durante unos segundos.

—No era necesario que vinieras. —Y después aparta la vista y sigue doblando la ropa.

Joder.

Miro a Sasha, que aprieta los labios con tristeza. A Leah se le han tensado los hombros. Es verdad que no es ella quien me ha llamado. Sin embargo, no había llegado a plantearme que pudiera no quererme aquí. Una presión dolorosa se me instala en el pecho.

Finjo que no me afecta, como hago siempre.

—¿Dónde está Linda? —Odio que esas sean las primeras palabras que salen de mi boca.

—No estaba aquí cuando hemos llegado. Supongo que se habrá largado con su novio. —Kenny me rodea para entrar en el dormitorio.

—Leah va a pasar unos días en mi casa —me cuenta Sasha—. No tenemos habitación de invitados, pero mi cama es lo bastante grande para las...

—También puedes quedarte en la mía.

Sasha cierra la boca. Sin embargo, no la estoy mirando a ella, sino a Leah, que desliza sus ojos sobre los míos al escucharme. Soy consciente de lo urgente que ha sonado mi voz. Como una súplica. Puede que haya engañado a los demás, pero yo sé lo difícil que esto debe de estar siendo para ella. Linda era su mejor amiga. No soporto la idea de no poder apoyarla ahora que me necesita.

—No quiero ser una molestia —contesta con incomodidad.

«Te habría llamado a ti primero.»

«Si no te esforzaras tanto en alejarla, ahora la estarías consolando tú.»

—A mi abuela no le importará. —Noto la boca tan seca como si me hubiera tragado un kilo de arena. Me obligo a seguir hablando—. Te será más fácil ir a la facultad desde nuestra casa. Vivimos más cerca. Y nosotros sí tenemos habitación de invitados.

Preferiría que durmiera conmigo, pero decirlo ahora no parece lo correcto. Leah me sostiene la mirada un momento antes de volverse hacia Sash.

—Ve con él —se apresura a decir ella—. Tiene razón con lo de que llegarás antes a la facultad y todo eso. En serio. Nosotras seguiremos viéndonos en el Daniel's todos los días.

Me meto las manos en los bolsillos y trato de no parecer inquieto. Sin embargo, nada impide que sienta una oleada de alivio cuando Leah asiente por fin.

Joder. Menos mal.

—Gracias —se limita a decir.

—¿Has terminado con eso?

Señalo su maleta. Ella mete un par de cosas más. Cuando me acerco para ayudarla a cerrarla, mi mano roza la suya por accidente y se aparta a toda prisa. Cojo la maleta por el mango, la dejo en el suelo y decido que necesito salir de aquí antes de que la situación acabe conmigo.

—Te espero en el coche.

No me relajo hasta que estoy fuera del apartamento y me subo al ascensor. Ya estoy saliendo del edificio cuando me percato de que Kenny viene pisándome los talones. Sasha ha debido de quedarse arriba con Leah.

—¿A qué coño ha venido eso? —me espeta detrás de mí—. ¿Para qué quieres que se vaya contigo? ¿Para seguir tratándola como si no te importara?

Tengo intenciones de seguir andando hacia mi coche. Se interpone en mi camino y me estampa una mano en el pecho.

—Tío —me presiona.

—No la he tratado así.

—Acaba de discutir con Linda y no te has molestado ni en preguntarle cómo está.

—Es ella la que me está alejando.

—Y ¿por qué coño crees que es? Sasha te ha escrito porque Leah no se atrevía a hacerlo. No sé si es por lo que ha pasado esta mañana o por ese jodido acuerdo que tenéis entre los dos, pero no se está alejando de ti por voluntad propia. Lo hace porque cree que es lo que tú esperas de ella.

Que su comportamiento tenga una explicación no me hace sentir mejor. Solo empeora las cosas. Porque ahora sé a ciencia cierta que todo es culpa mía.

—Somos amigos también. —Trago saliva.

—Pues empieza a comportarte como tal —me advierte con voz severa—. O te juro que seré yo mismo el que la lleve a casa de Sasha.

Oímos ruido detrás de nosotros. Kenny me suelta justo cuando las chicas salen del ascensor. Leah parece dolorosamente pequeña rodeándose con los brazos de esa manera. En su rostro distingo señales de cansancio. Nada más. No me pasa desapercibido que no ha soltado ni una sola lágrima desde que llegué.

—¿Estarás bien? —le pregunta Sasha una vez que llegan a la puerta. Leah me lanza una mirada rápida antes de asentir.

Sasha fuerza una sonrisa y le da un abrazo corto de despedida. Mientras tanto, Kenny sigue mirándome con cara de «no la cagues».

—Tengo el coche aparcado enfrente —le indico a Leah, que se despide de nuestros amigos antes de seguirme.

Meto sus cosas en el maletero mientras ella monta en el coche. Veo a Sasha y a Kenny pasar con su furgoneta, que se pierde al fondo de la calle. Me relaja quedarme a solas con Leah. Estar con ella sin que nadie más pueda juzgarme es fácil. De todas formas, sigo bastante inquieto cuando me siento frente al volante y enciendo el motor.

—¿Quieres que ponga la calefacción?

—Estoy bien —responde sin mirarme.

No intercambiamos ni una sola palabra más durante el trayecto.

Leah tiene los brazos cruzados y la vista fija en las calles de la ciudad. No hemos puesto música, de manera que vamos en completo silencio. Me pregunto si no estará arrepintiéndose de no haberse ido con Sash. Prefiero no pensarlo para no torturarme. Llevo queriendo ponerle una mano en la rodilla desde que nos subimos al coche, pero la dejo en la palanca de cambios. No es porque quiera hacerla sentir rechazada, sino porque me da miedo que ella me rechace a mí.

No se encuentra bien y no tengo ni idea de qué hacer para ayudarla.

«Vacío. Tienes el corazón vacío.»

Aparcamos frente a mi casa, salimos del coche y cojo su maleta antes de guiarla al interior. Son las diez y media pasadas y las luces están apagadas, por lo que deduzco que la abuela ya se ha ido a dormir. Leah cierra la puerta y vamos en silencio hasta la habitación de invitados.

—La cama está sin hacer. Creo que mi abuela guarda sábanas limpias aquí. —Dejo la maleta junto a la puerta. Voy directo al armario para rebuscar en los cajones—. También debe de haber toallas, por si te apetece darte una...

—¿No vas a decir nada?

Freno en seco al oírla. Me armo de fuerzas y me giro hacia ella. Todo lo que tenía pensado decir se me olvida en el momento en el que la veo.

Mierda.

—¿No vas a decirme que tenías razón y que debería haber confiado en ti? —insiste mientras intenta no echarse a llorar—. Vamos, no seas blando conmigo. Sé que estás deseando echarme cosas en cara.

—Leah, estás temblando.

Baja la mirada y se queda bloqueada al ver cómo le tiemblan las manos. Una vez que comienza a ser consciente de la reacción que está teniendo su cuerpo, sus ojos se llenan de lágrimas. Dejo las toallas de vuelta en el armario y me acerco a ella.

—¿Es un...? —Se le rompe la voz.

—No pasa nada. —Si quiero ayudarla, uno de los dos debe mantener la calma—. Siéntate en la cama.

Me hace caso. Se pasa las manos por la cara y por el pelo con consternación. Sus piernas están temblando también. Echa la cabeza hacia atrás, como si necesitara desesperadamente estar lejos de sí misma, tener más espacio, y trata de coger aire, pero lo hace de forma brusca y solo consigue ponerse a toser. Me arrodillo delante de ella y le cubro las rodillas con las manos.

—No pasa nada —repito—. Coge aire por la nariz y suéltalo por la boca. Despacio.

Niega con la cabeza. Está clavando los dedos con fuerza en el colchón.

—Yo no... no...

—Sí puedes. —Le cojo las manos y me las pongo en el pecho—. Respira conmigo. Lo haremos los dos.

Abre las manos sobre mi camiseta. Me fuerzo a hinchar el pecho con cada respiración para que le resulte fácil seguirme el ritmo. Noto su pulso desbocado en sus muñecas. Leah cierra los ojos. Me hace caso mientras las lágrimas le ruedan por las mejillas. El aire tiembla en sus labios entreabiertos cuando inspira con lentitud. Coloco los codos sobre sus piernas para mantenerlas quietas también.

—Más despacio —susurro—. No pasa nada. Tenemos tiempo. No pasa nada.

Sé cómo es estar en ese lado. Cuando murió Clarisse, tuve una época en la que a menudo sentía que el mundo se me caía encima. No soportaba estar a solas conmigo mismo, así que salía mucho de fiesta. Las cosas iban bien hasta que las emociones regresaban todas de golpe. Y entonces tenía que dejar la copa a medias y correr al baño o fuera del local, apoyarme contra una pared, cerrar los ojos y obligarme a respirar hasta que los demonios se iban. Siempre lo hice solo. Nunca tuve a nadie.

Recuerdo las lágrimas, la rabia, la impotencia, esa sensación de asfixia; me recuerdo temblando y sollozando con el estómago tan revuelto que tenía que esforzarme por no vomitar. Recuerdo cómo la ansiedad aparecía de pronto, incluso cuando yo pensaba que me encontraba bien. Recuerdo la voz de mi cabeza torturándome todos los días. Recuerdo tumbarme en mi cama por las noches anhelando un minuto de paz. De silencio.

—Lo estás haciendo muy bien —le digo a Leah, que justo en ese momento coge aire de manera brusca, como si sus pulmones por fin pudieran llenarse de aire. Algo se rompe en su interior y explota en un fuerte sollozo—. No pasa nada —repito atrayéndola hacia mí—. Estoy aquí.

Me dejo caer hacia atrás para sentarme en el suelo. Leah queda sentada entre mis piernas y deja que la rodee con los brazos. Su cuerpo se sacude con violencia cuando vuelve a sollozar. Yo no digo nada. Solo le acaricio el pelo en silencio mientras se desahoga.

Verla llorar me parte el corazón, pero sé que es lo que necesita.

Sabía que esa apatía de antes no era buena. Sobre todo viniendo de alguien como Leah, que siente tanto y de una forma tan intensa. Yo podré estar acostumbrado a guardarme las cosas para mí mismo, pero ella necesita sentir y expresarse con libertad. Por eso escribe. Y por eso se ríe, se enfada y se frustra tan a menudo. En Leah las emociones siempre están vivas. Eso me gusta porque la vuelve más sincera. Más real.

Esta vez ha intentado contenerlas.

Prefiero no pensar en el motivo.

No sé cuánto tiempo ha pasado cuando por fin empieza a tranquilizarse. Ahora ya no solo le toco el pelo, sino que mis caricias suben y bajan también por su columna vertebral. He notado que, siempre que estoy con ella, siento la necesidad de tocarla. Me suelta la camiseta, que tenía agarrada en un puño, y lanza un suspiro tembloroso. Nos quedamos así, juntos y en silencio, durante lo que parecen horas.

—¿Ha sido un ataque de ansiedad? —Su voz suena débil cuando por fin se atreve a preguntármelo. Yo no dejo de acariciarle la espalda.

—Sí.

—Pero yo creía que me encontraba bien y...

—Puede pasar. —Le aparto el pelo del hombro y le paso los dedos por el cuello—. A veces sentimos cosas tan intensas que la mente nos engaña y nos hace creer que esas emociones no están. El cuerpo siempre es sincero, así que acaban saliendo tarde o temprano. Reprimir las emociones es como pasear por un campo de minas. Puedes fingir que no están ahí, pero basta con dar un paso en falso para que todo explote a tu alrededor.

Sé de lo que hablo. Antes me pasaba a menudo. Al final llegué a la conclusión de que tenía que encontrar una forma de sacar todos esos pensamientos antes de que me aplastasen.

Leah alarga la mano hacia la mía. No las entrelaza; solo roza mi palma abierta con los dedos. El contacto me eriza la piel. Creo que no nos habíamos tocado las manos desde ese día en la cafetería. No de esta manera. Conozco tan bien su cuerpo que podría dibujarlo con los ojos cerrados, y aun así solo nos hemos dado las manos dos veces.

Es triste, ahora que lo pienso.

Supongo que encaja dentro de esos «límites» que pusimos.

—Tú también estás nervioso —susurra, torciendo la cabeza para mirarme.

Entrelaza nuestras manos por fin, lo que hace que se me relajen los músculos. No me había dado cuenta de lo rígido que estaba.

—Me has asustado. —Le paso la otra mano por la cintura para atraerla hacia mí—. Capulla —añado por lo bajo.

Entonces, hace lo último que me esperaba en estas circunstancias: me dedica una sonrisa. Triste y casi imperceptible, pero una sonrisa, a fin de cuentas. De repente, esos engranajes oxidados que tenía dentro del pecho vuelven a funcionar.

—Gracias por cuidar de mí.

Estoy seguro de que nota lo rápido que me late el corazón.

—No se me da bien consolar a la gente.

—Has hecho justo lo que yo necesitaba que hicieras.

—No tienes que darme las gracias. Somos amigos, Leah. Por encima de todo.

Necesito que lo tenga presente. Quiero que confíe en mí de la misma forma que confía en Sash. Quiero que me llame cuando tenga un problema y que comparta conmigo las cosas buenas que le ocurren. La parte de la atracción física, el sexo, está muy bien, pero no quiero que sea la única forma en la que me ve. No quiero ser solo eso para ella. No quiero sentir que es la única razón por la que me busca.

Leah no contesta. Solo tira de nuestras manos entrelazadas, pidiéndome en silencio que la rodee con los brazos. Y eso hago, mientras los suyos bajan para hacer lo mismo alrededor de mi cintura. Dejo que se me ralentice el corazón mientras pienso en que esto me gusta más de lo que debería. Y en que no tendría que haberme fijado en lo bien que le huele el pelo. Ni tampoco sentir esa punzada de decepción cuando, pasados unos minutos, se separa de mí.

—Deberíamos levantarnos del suelo —murmura.

Asiento, le pongo las manos en la cintura y la ayudo a ponerse de pie. Me dispongo a levantarme por mi cuenta, pero Leah me tiende una mano. La acepto. Aunque sigo soportando la mayor parte del esfuerzo, ya que peso bastante más que ella, resulta más fácil levantarse cuando alguien te da la mano desde arriba.

Leah no me suelta ni cuando ya estoy estabilizado. Me siento en la cama y tiro de ella sin dejar de mirarla. Tenía la esperanza de que se tumbara conmigo, pero se queda de pie entre mis rodillas. Me enreda una mano en el pelo para echármelo hacia atrás.

—Siento lo de esta mañana. —Lleva sus ojos hasta los míos—. No estaba pensando con racionalidad. Tenías razón. Fue Linda la que lo hizo. Entendería que estuvieses enfadado conmigo por no haber confiado en ti.

—No estoy enfadado.

Se le están volviendo a enrojecer los ojos.

—Creía que tenía que fiarme de ella. Se suponía que era mi mejor amiga y no...

—Ya lo sé.

Antes de que deje caer la mano, la agarro y me la llevo a la mejilla. He notado que siempre las tiene frías. La cubro con la mía para calentarla.

—¿Crees que ha sido culpa mía?

—No. —Decido ser paciente con ella. Conozco a Linda lo suficiente como para imaginarme lo que le habrá hecho pensar.

—Pero ella ha dicho que...

—Lo que Linda piense me da igual. Yo te conozco mejor. Y creo que eres una buena persona. Y también una buena amiga. Una mejor de lo que ella llegará a ser jamás.

Las palabras de Linda suelen tener más influencia en ella que las mías, por lo que siento un alivio inmenso al verla asentir con lentitud.

—También tenías razón cuando me dijiste que Linda estaba celosa.

Me las arreglo para sonreír.

—Suelo tener razón en muchas cosas.

—Me sorprende que no hayas entrado ya en modo insoportable.

—No pensaba reprochártelo, ¿sabes? Antes, cuando has entrado, me has dicho que estabas esperando a que te echase cosas en cara... y no tenía pensado hacerlo. No creo que seas tonta ni ingenua. En el fondo sabías que Linda no era buena para ti. Solo te estaba costando aceptarlo.

—No creo que vayamos a volver a ser amigas. —Me quedo en silencio y, al notarlo, Leah resopla con diversión—. Ya puedes ponerte a celebrarlo.

—Le diré a Kenny que empiece con los preparativos para la fiesta.

—Podríais comprar incluso una tarta.

—O fuegos artificiales —bromeo. Subo la mano para ponerle un mechón de pelo tras la oreja—. ¿Seguro que estás bien?

—No. Pero lo estaré. Solo necesito tiempo para asimilarlo. Sonrío. Muy bien.

—Esa es mi chica.

Me gusta escucharla hablar así. Sé que tomar la decisión de alejarse de Linda no ha sido fácil para ella. Que, pese a eso, no parezca nada arrepentida me llena el pecho de orgullo.

—También siento no haberte llamado. —Niega con la cabeza al decirlo, como si no le gustara pensar en ello—. Eres el único que siempre ha pensado que soy fuerte. Creo que me daba miedo que me vieras tan triste y pensaras que he dejado de serlo.

—¿Pero? —la animo a continuar.

—Pero no creo que vayas a pensarlo. Es normal que me sienta mal después de lo que ha pasado. Ser fuerte no significa no derrumbarse nunca.

Otra punzada de orgullo. Esa es mi chica. Otra vez.

—Llámame siempre que lo necesites.

—Te prometo que lo haré.

—¿Vas a contarme lo que le has dicho a Linda?

—No.

Enarco las cejas. Podría pensar que es porque aún no está lista para hablar del tema, pero está poniéndose roja.

—Déjame adivinar... —La sonrisa que tira de mis labios se vuelve más evidente conforme saco mis conclusiones—. ¿Ha vuelto a mencionarme y alguien se ha puesto territorial?

Confirma mi teoría cuando resopla con frustración.

—Sigue estando obsesionada contigo.

—Y ahora eso te molesta muchísimo.

—Claro que sí. Tiene novio, Marcus, ¿te acuerdas? Me siento mal por él.

—Seguro que es solo por eso —ironizo divertido. Leah me da un empujón en el pecho—. Venga, dime lo que le has dicho. Me estoy muriendo de la curiosidad.

—Creo que vas a quedarte con las ganas.

—¿«Atrás, gata rompehogares»? ¿O has sido más violenta? Me gusta tu lado violento.

—Linda cree que solo me he fijado en ti porque a ella le gustaste primero. Le he dicho que esto no es una competición.

—Si lo fuera, tú habrías ganado.

—Eso es lo que le he dicho justo después.

Pestañeo. Una palabra: joder.

Debe de ver mi cara de alucinado, ya que su sonrisa desaparece y da paso a una mueca de preocupación.

—¿Qué? —pregunta insegura.

—Dime que lo has grabado.

Se relaja y me mira con diversión.

—¿Quién tiene ahora un fetiche con la violencia?

—Me hubiera encantado ver su cara cuando le has soltado eso. —Dejo caer la frente hacia delante con un quejido exasperado.

Su cuerpo vuelve a temblar, esta vez de forma melódica, al compás de su risa. Me alejo para mirarla a los ojos, todavía con sus manos en mis mejillas, y decido aprovechar la ocasión para abordar el tema que ha hecho que me salten las alarmas esta mañana.

—Lo que hubo entre Linda y yo solo fue un rollo. Nos liamos un par de veces. Nada más. No se parece a lo que tengo contigo. Imagino que ya lo sabes, pero nunca está de más dejarlo claro.

Cuando hemos discutido esta mañana he notado qué es lo que la ha movido a cambiar de tema de esa manera tan brusca. Eran celos. Sospecho que en parte son comprensibles; a mí también me resultaría raro estar con una chica que antes hubiera tenido algo con Kenny, por ejemplo. Sobre todo si él sigue detrás de ella. No puedo cambiar lo que pasó entre Linda y yo —por más que me atormente por las noches y condene mi existencia—, pero al menos puedo aclarárselo.

—Sé que no sientes nada por ella —contesta Leah. Veo la tranquilidad que ahora aflora en sus ojos.

—Bueno, ahí te equivocas. Me hace sentir muchas cosas. Molestia, por ejemplo.

—A ti te molesta todo el mundo.

—Tú no.

—Yo también lo hacía cuando nos conocimos.

—Más bien, me molestaba tener tantas ganas de besarte cuando era evidente que tú no me soportabas.

Eso le arranca una sonrisa.

—Es una suerte que ahora me gustes, entonces.

Yo también sonrío. Y lo siguiente que sé es que se ha inclinado hasta que sus labios casi rozan los míos. Retrocede cuando intento besarla, tentándome, y se ríe cuando le planto una mano en la espalda y la obligo a terminar de acercarse. Es un beso suave, muy diferente de los que solemos darnos. Hace que algo me vibre en el pecho y esos engranajes se muevan cada vez más rápido.

—Yo también lo siento —murmuro besándole las comisuras—. No tendría que haber sido tan brusco al hablarte de lo de Linda. Y debería haberte dicho mis sospechas antes.

—No quiero que te eches la culpa.

—Dejémoslo en que ambos lo podríamos haber hecho mejor.

Me pasa los brazos por el cuello.

—No honras tu reputación de chico malo diciendo cosas tan coherentes.

—Teniendo en cuenta que no soy un delincuente y tampoco desayuno droga, creo que renuncié a mi reputación hace mucho.

Vuelve a besarme y, como siempre que estamos juntos, durante un rato es como si todos los problemas desaparecieran. Ahora mismo la perspectiva de separarme de ella me parece una auténtica tortura.

—Ven a dormir conmigo —le suplico al apartarme lo justo para mirarla. Leah es aún más guapa de cerca, con esos ojos verdes y las pecas que salpican su nariz.

Al oírme, su sonrisa se congela.

—No creo que hoy esté de humor para...

—Podemos ver una película, si quieres.

Lo sugiero quizá con demasiada rapidez, y no tardo en notar el alivio en sus ojos. Intento no tomármelo como una ofensa. Cualquier otra persona no se habría planteado que quisiera acostarme con ella tras lo que ha ocurrido hoy. Sin embargo, Leah a veces duda de esas cosas. No la culpo. Creo que su relación con Hayes era insana en más de un sentido.

Esos miedos, esos pensamientos intrusivos, no son por mí. Vienen a raíz de todo lo que ha vivido antes.

—¿Puede ser una de terror?

—No.

Frunce el ceño.

—¿Por qué no?

—¿No prefieres ver otra cosa?

—Quiero una de terror.

—¿No hay más películas de Barbie?

—¿Prefieres ver Barbie antes que una película en la que destripan a gente y cortan cabezas? —Me pone una mano en la frente con aire burlón—. ¿Qué te pasa, chico malo? ¿Tienes fiebre o es solo que estás asustado?

—Accedería a ver incluso una romántica.

—No.

—*¿El diario de Noah?*—pruebo como último recurso. No funciona.

—Me apetece ver una de terror. Y tú vas a verla conmigo, ¿verdad?

Suspiro. Lo que hay que aguantar.

—Con tu portátil —puntualizo. No pienso dejar que esas películas del demonio se cuelen en mis recomendaciones.

Leah suelta un chillido de emoción y yo me sobresalto y chisto para que guarde silencio, pero el sonido se interrumpe cuando vuelve a posar sus labios sobre los míos. Me da varios besos cortos y sonríe cuando la retengo en el último más de lo esperado. Después cojo la maleta, entrelazo mi mano con la suya y la guío a mi habitación.

La suelto nada más entrar. Voy al armario a cambiarme mientras ella lo observa todo con curiosidad. Me quito la sudadera y el jersey de debajo. Al girarme, veo que Leah ha abierto su maleta.

—Te la pones mucho. —Señalo esa camiseta enorme que utiliza siempre en casa.

—Es de Hayes. Pensé en quemarla en plan dramático cuando rompimos, pero nunca encontré el momento. Ahora es más mía que suya. Es cómoda para dormir.

Me vuelvo de nuevo hacia el armario como si nada. Y luego abro un cajón, saco una camiseta cualquiera y se la lanzo sin mirarla.

—Ya desharás la maleta mañana.

—Como quieras. —En su voz noto que sonríe.

Me deshago de las zapatillas y cambio los vaqueros por unos pantalones del pijama. Al cerrar el armario, me veo reflejado en el espejo que hay al lado. La marca de mi cuello es bastante notoria. Miro a Leah, que está cerrando la maleta. Se ha puesto mi camiseta. Como soy más alto que Hayes, le queda más larga y no tiene que usar pantalones. Todo ventajas.

Nos metemos en la cama, Leah coge su portátil y yo tiro de

ella para que se acurruque conmigo. Pone el ordenador entre nosotros, lo enciende y se mete en internet.

—Pon una de acción —le suplico.

—¿No habías dicho que podíamos ver una de Barbie?

—Vale. Pues Barbie. Cine de calidad.

—Quiero una de miedo —repite. Va a ser imposible hacerla cambiar de opinión. La cosa empeora cuando se estira para apagar la luz. Genial. Qué divertido va a ser esto.

—¿Es completamente necesario?

—Te recuerdo que estás intentando hacerme sentir mejor.

—¿Y tu forma de recibir consuelo es obligarme a ver una película sobre monjas asesinas?

—Sí —responde con alegría.

Pero no escoge una de esas, sino otra que parece aún más terrorífica; en la portada sale una muñeca de porcelana diabólica de esas que torturan a los protagonistas mientras duermen. Me reacomodo en la cama cuando le da a «reproducir», inquieto. Leah apoya la cabeza en mi pecho.

—No te preocupes, tipo duro —se burla en voz baja—. Yo te protejo.

Es evidente que está disfrutando con esto.

Por suerte, pronto descubro que no es tan horrible como creía. Nunca he sido fan de ver películas de terror. A Clarisse le encantaban, pero nunca accedía a verlas con ella porque me aburría como una ostra. Esta vez es distinto. Y no por la trama de la película —a la que apenas presto atención—, sino por Leah. Me paso la siguiente hora y media pendiente de sus reacciones mientras sus dedos juegan con los míos. Escucho sus comentarios y sus teorías, y sonrío cada vez que se emociona porque acierta alguna.

Un rato más tarde, Leah cierra el portátil y se levanta para dejarlo en el escritorio. Después vuelve a la cama conmigo. Se tumba de lado para mirarme y se acerca hasta que solo nos separan unos centímetros. En el cuarto reina un silencio absoluto.

—Háblame sobre algo —susurra las mismas palabras que le dije la noche que me quedé dormido en su cuarto—. Sobre lo que quieras.

—Mi voz no es tan relajante como la tuya.

—Me he dado cuenta de que sé muy pocas cosas sobre ti.

—¿Qué te gustaría saber?

Hay muchos temas que prefiero evitar. No quiero hablar sobre Clarisse ni sobre lo que pasó esa noche. Ni tampoco sobre los ataques de ansiedad.

—¿Cuándo es tu cumpleaños?

Me tranquilizo. Esa es fácil.

—Es el ocho de febrero.

—¿Y tu color favorito?

—Es el negro.

—Se me olvidaba que eres un tipo duro.

—No es solo por eso —replico. Se ríe cuando le doy un tirón de pelo.

—No me digas que tiene una explicación profunda.

—Podría decirse, sí.

—¿Me la cuentas?

—¿Sabes lo que es el negro?

—¿La ausencia de color?

—Es la ausencia de luz, pero también puede conseguirse mezclando los tres colores primarios. Creo que hay algo de especial en eso; en cómo el mundo puede creer que no eres nada cuando en realidad eres muchas cosas a la vez.

—Es una metáfora. —Hace una pausa—. Me dijiste que no te gustaban.

—Te dije que no me gustaban *en* las escenas de sexo. Estamos en un contexto diferente.

Vuelve a sonreír.

Alargo la mano para acariciarle la cara.

—¿Cuál es el tuyo?

—El rojo oscuro.

—¿Como el de tu pelo?

—Sí. Más o menos.

—Esperaba que dijeras el rosa. Siempre rompiendo estereotipos. No dejas de decepcionarme.

—Lo dice el que no desayuna droga todas las mañanas.

Ahora es mi turno de reírme. Leah me mira a los ojos. La luz de la luna y las farolas de la calle iluminan su rostro envuelto en sombras.

—¿Sueñas con tener tu propio estudio de tatuajes?

—Sé que lo tendré algún día.

—¿Aquí, en Portland?

—O en cualquier otra parte del mundo, donde crea que está mi lugar.

—¿Te gusta viajar?

Intento que no me tiemble la sonrisa.

—Lo he hecho menos de lo que me gustaría.

—¿Tienes algún recuerdo especial de cuando eras niño?

—Solía pasear por el museo con mi abuela mientras me contaba las historias de los cuadros. Fue una de las mejores épocas de mi vida.

—Tuviste una infancia feliz.

—Muy feliz.

Sigue haciéndome preguntas hasta que nos entra sueño. Y yo las respondo todas porque ninguna me parece demasiado personal. Cuando quiero darme cuenta, estoy empujando la puerta de ese mundo interior que siempre he protegido. No la abro mucho. Solo una rendija. Lo suficiente para que, por primera vez desde que murió Clarisse, alguien se asome y empiece a ver lo que hay dentro.

El ambiente se vuelve tan íntimo que, durante un momento, me permito bajar esas murallas y abrirme acerca de los pensamientos que me torturan.

—Pensé mucho en lo que me dijiste —le confieso—. En el mirador.

—Yo también.

Se me forma un nudo en la garganta.

—No me gusta pensar que no tengo nada dentro.

Leah se acerca más, como si estuviéramos a punto de compartir un secreto.

—Pero tu color favorito es el negro. Y antes me has dicho que, cuando nuestras emociones son demasiado intensas, a veces la mente nos hace pensar que no están ahí. El negro no es solo la ausencia de luz. Es una mezcla de muchas cosas. Por eso me equivoqué en lo que te dije. No estás vacío, Logan. Estás lleno de colores.

24

LÍMITES DIFUSOS

Leah

Cuando abro los ojos, todo está en silencio.

Los primeros rayos de sol se cuelan por las cortinas entreabiertas, convirtiendo la habitación en una danza de sombras anaranjadas. Bostezo, adormilada, y me reacomodo bajo las sábanas calientes. No sé qué hora es, pero no me importa; no me apetece moverme por nada del mundo. La calma que se respira en el dormitorio me resulta familiar, como una canción que has escuchado tantas veces que ya te sabes de memoria.

Logan sigue dormido a mi lado. Me he acostumbrado a que él sea lo primero que veo al despertar. Tiene los ojos cerrados, el pelo desordenado y su brazo a mi alrededor. Está tumbado bocabajo con la cabeza sobre la almohada y su rostro tan cerca del mío que podría contar mis pecas si estuviera despierto. Con sumo cuidado, acaricio con mis dedos su mejilla, rozando todas esas cicatrices diminutas que, aunque para otro puedan ser «imperfecciones», a mí me gustan.

—Buenos días —murmuro cuando por fin abre los ojos.

Tira de mí para pegarme a su cuerpo y esconde la nariz en mi cuello.

—Buenos días. —Su tono ronco me produce un escalofrío. Me encanta oír su voz de recién levantado. Su mano se desliza bajo mi ropa y se posa como un hierro ardiendo sobre mi espalda. Nunca había estado en una relación que implicara tanto contacto físico. De hecho, cuando empezamos con esto, no esperaba que Logan fuera a ser tan cariñoso conmigo. No solo por todo eso de ser «amigos con derechos», sino porque él tampoco parece... ese tipo de chico. Por lo general, es bastante arisco con todo el mundo.

Menos conmigo, claro.

Mentiría si dijera que eso no me gusta.

—¿En qué piensas?

—Tu habitación es justo como me la imaginaba.

Echo un vistazo a las paredes lisas llenas de pósteres, a los cuadernos apilados sobre la estantería y al montón de lápices y hojas con apuntes esparcidos por el escritorio. También hay un espejo junto al armario, aunque eso ya lo sabía; me lo repite cada vez que puede solo para tontear conmigo.

—¿Te gusta?

—Mucho. —Le enredo una mano en el pelo, distraída. Sus mechones oscuros son suaves entre mis dedos.

—Paso mucho tiempo aquí. El silencio me ayuda a inspirarme para dibujar. Aunque me he propuesto irme al salón más a menudo.

No necesito que me explique la razón. El otro día le dije que creía que su abuela se sentía un poco sola, y estoy segura de que no ha podido sacárselo de la cabeza. Cada vez me cuesta menos entender a Logan. Creo que es porque está abriéndose conmigo, poco a poco, como si temiera que, si lo hace demasiado rápido, las cosas pudiesen salirse de control.

A mí me da miedo también.

Cada detalle que descubro de él hace que me guste más.

—¿Has dormido bien? —le pregunto.

—Mejor que nunca.

Siempre intento quedarme despierta hasta que él se duerme para asegurarme de que el insomnio no le da problemas, pero ayer caí yo primero. Me alegro de que Logan también haya podido conciliar el sueño.

—Si sigues diciendo esas cosas, vas a acabar subiéndome el ego —le advierto.

—¿Crees que he dormido bien *por ti*?

—¿Por qué iba a ser, si no?

—La película que me obligaste a ver contra mi voluntad me dejó sin fuerzas. Hacerme el duro durante tanto tiempo fue agotador. —Bosteza—. Voy a tener pesadillas durante el resto de mi vida.

—No daba tanto miedo —replico divertida.

—Nunca había visto a la cabeza de una muñeca girar tantas veces seguidas.

—Gracias por verla conmigo. —Dejo las bromas a un lado porque siento verdadera gratitud. Sé que lo hizo solo para que me sintiera mejor, y funcionó. No pensé en Linda ni una sola vez. Es fácil olvidarme de los problemas cuando Logan está conmigo.

Él se aleja un poco para mirarme. Apoya un codo en el colchón para sostenerse y atrapa entre los dedos un mechón rojizo que me caía sobre la mejilla.

—Me has preguntado cómo he dormido, pero a mí me preocupa más saber cómo estás tú.

Trago saliva.

—Estoy bien.

—También preferiría que no me mintieras.

—Estoy bien —repito—. Solo es un poco... difícil de asimilar. Linda y yo llevábamos juntas toda la vida. Éramos como hermanas. Pero cuando discutimos anoche, noté que sentía tanta... rabia hacia mí. No era solo enfado. Era algo más intenso, como si me odiara con todas sus fuerzas. Es difícil asumir que la persona en la que más confiabas tenga sentimientos tan horribles hacia ti.

—Creo que Linda tiene más problemas consigo misma que contigo. —Logan sigue mirándome. Sus caricias dibujan un arco hacia mi sien.

—Eso no la justifica. Tú mismo lo dijiste. Todos tenemos nuestros problemas. Que tu vida no te guste no es una excusa para que arruines la de los demás. Si Linda se sentía tan insegura, podría haberlo hablado conmigo. En su lugar, prefirió hacerme daño solo para sentirse mejor consigo misma. Es una mala persona.

—Lo es —concuerda.

—No entiendo cómo he podido estar tan ciega durante todo este tiempo.

—Linda sabía lo que hacía. Alternaba sus comentarios hirientes con palabras bonitas para que tú no reaccionaras. No te fustigues. No es culpa tuya. Lo importante es que has abierto los ojos por fin.

Estaba tan equivocada con él. Creía que Logan seguía guardándole rencor por los problemas que tuvieron en el pasado, pero no era esa la razón por la que quería que me alejara de Linda. Era por mí. Porque sabía el daño que me hacía y quería que yo estuviera bien.

—Hablaré con mis padres en Acción de Gracias. Les contaré lo que ha pasado y les diré que quiero buscar otro sitio donde vivir. No creo que encontremos nada a estas alturas del semestre, pero me mudaré en enero. Podré aguantar con ella hasta entonces. Linda ya no puede hacerme daño. Me conozco todos sus trucos.

Después de enero, nuestros caminos se separarán de forma definitiva. Estoy deseando superar esta época de tristeza para que lo único que sienta hacia ella sea indiferencia. Ni siquiera se merece mi odio ni mi rencor. Eso implicaría seguir brindándole parte de mi tiempo, y me niego a hacerlo. No quiero pensar en ella nunca más. Solo la quiero tan lejos de mí como sea posible.

A juzgar por la forma en que me mira Logan, le encanta oírme hablar así.

—Esa es mi chica —lo imito, ya que sospecho que es justo lo que estaba a punto de decir.

Él esboza una sonrisa que hace que mi corazón revolotee.

—Esa es mi chica —confirma.

Alarga la mano hacia la mía y las entrelaza con un movimiento suave. Prefiero no pararme a pensar en lo fácil que es, en que ha sido un gesto que ha nacido de los dos, en que algo ha cambiado entre nosotros y cada vez es más difícil ignorarlo.

—¿Estás seguro de que a tu abuela no le importará que me quede esta semana? —Una cosa es venir a verla de vez en cuando y otra muy diferente es dormir en su casa.

—No tienes que preocuparte de lo que piense mi abuela.

—¿Eso significa que debería importarme más la opinión que tengas tú?

—Yo quiero lo mejor para ti. Si piensas que te vendrá bien quedarte y desconectar hasta Acción de Gracias, hazlo. Si prefieres volver a casa con Linda, lo entenderé también. La decisión es tuya. Lo único que yo tengo claro es que ni de coña vas a dormir en la habitación de invitados.

Eso me arranca una sonrisa. Es mucho mejor tío de lo que él cree. Y no puedo negar que la idea de dormir en su cama durante una semana entera es tentadora.

—Deberíamos hablar con tu abuela —insisto—. Sigue siendo su casa.

—Se te olvida lo bien que le caes. A este paso, si hay alguien que corre el riesgo de acabar durmiendo en la calle, soy *yo*.

Suelto una risita. Qué dramático es.

—Sabes que a ti también te adora, ¿verdad? Deberías oír cómo habla sobre ti.

—No creo que tenga nada bueno que decir.

Vuelve a jugar con mi pelo como si nada. Mi corazón se encoge con tristeza. No soporto que tenga esa visión tan horrible sobre sí mismo. No se asemeja en nada a la realidad.

—Tu abuela cree que eres bueno y solidario —le digo, y su mano se queda inmóvil a la vez que sus ojos se deslizan hasta los míos—. Piensa que tienes un talento especial para el arte y está segura de que llegarás tan lejos como te propongas. Presume de ti con sus amigas del gimnasio porque eres amable, divertido, generoso y educado. Está muy orgullosa de ti, Logan. Y se nota en cada cosa que dice.

Quiero que mis palabras calen hondo en él para que no se le olviden nunca. Logan se queda en silencio un momento. Después sonríe y retoma sus caricias.

—No hay ni una pizca de educación en mi organismo, chica buena.

Está intentando cambiar de tema. Se lo concedo solo porque ya he dicho todo lo que tenía que decir y no quiero que la situación se vuelva incómoda para él.

—Conmigo siempre has sido muy educado. Y tremendamente decente. Todo un caballero.

—No creo que tengamos el mismo concepto de decencia.

—¿No lo tenemos? —Me acerco más. Logan sigue el movimiento de mis labios mientras hablo. Su mirada está llena de interés cuando se encuentra con la mía—. Me tienes en tu cama, recién levantada, con nada más encima que una camiseta tuya, y todavía no me has besado. Si eso no significa que estás siendo tremendamente decente, entonces yo estoy tremendamente despeinada y eso te ha asustado.

Tenía intenciones de hacerlo sonreír, pero me mira como si ahora sí que le costara no renunciar a esa «decencia» de la que hablo. Ser el centro de atención de esos ojos oscuros tan intensos reaviva el calor en mi pecho.

—Había cosas importantes de las que hablar —contesta con aspereza.

—Pero ya no las hay, ¿no?

En parte esperaba que, tras tentarlo de esta manera, acabara abalanzándose sobre mí. No lo hace. En su lugar, una sonrisa seductora tironea de sus labios. Desliza el pulgar sobre mi labio inferior, mandándome escalofríos.

—Deberías levantarte antes de que me cueste hacerme a la idea de que tengo que dejarte salir de la cama.

—Tu abuela está en casa —le recuerdo.

—Y tú y yo tenemos una semana entera para comprobar lo bien que se te da estar en silencio.

¿Debería gustarme tanto que diga esas cosas? No lo sé. El caso es que me gusta. Mucho. No reacciono hasta que utiliza la otra mano para darme una palmada en la cintura.

—Arriba —me ordena.

¿Quiere que me levante? Yo me levanto.

Sin poner objeciones, me giro y me deslizo fuera de la cama. El aire regresa a mis pulmones en el momento en el que pongo distancia entre nosotros. Tratando de relajarme, voy directa hacia mi maleta, que está en el suelo, y me agacho para abrirla y rebuscar entre mis cosas. Cojo una pinza para recogerme el pelo en un moño rápido. Mientras tanto, Logan me observa desde la cama. Está sin camiseta con los brazos tatuados cruzados sobre el pecho. Y sigue teniendo esa marca violácea en el cuello de la que puedo declararme culpable.

Mierda, qué guapo es.

—¿Vas a quedarte ahí parado sin hacer nada?

—Me gusta mirarte.

—Vas a hacerme llegar tarde a clase.

—Tenemos tiempo. Llegarás bien. —Hay un momento de silencio. Sigo rebuscando en mi maleta—. Te queda bien —menciona.

Vuelvo la vista hacia él. Como lo único que llevo encima, sin contar la ropa interior, es su camiseta, deduzco que se refiere a eso.

—¿Quieres que te la devuelva?

—Es tuya. Quédatela.

—¿En serio?

—Así podrás usarla para dormir y quemar la de Hayes en una hoguera, tal y como tú querías.

Reprimo una sonrisa.

—Qué considerado.

—Siempre a tu disposición.

Me hace gracia lo fácil que es leerlo a veces. ¿Podría haber obviado el detalle de que la camiseta era de Hayes cuando me preguntó por ella ayer? Sí. ¿Lo hice? No. Sospechaba cómo iba a reaccionar Logan. Y llevaba tiempo queriendo volver a llevar su ropa. No deja de mirarme, así que deduzco que la idea le gusta también. La camiseta en cuestión es grande y negra. Tiene un logo lleno de colores en la parte de atrás. Sospecho que voy a usarla muy a menudo, y no solo para dormir.

Con esto en mente, me pongo mis vaqueros favoritos y voy hasta el espejo. Pruebo a remeter el borde de la camiseta por dentro de los pantalones. Logan estaba consultando el móvil, pero justo en ese momento su mirada se cruza con la mía a través del cristal. De repente, siento una oleada de vergüenza que no tiene nada que ver con las bromas que hacemos normalmente sobre los espejos y la escena que escribí.

¿Qué diablos estoy haciendo?

Me apresuro a volver junto a la maleta sin decir nada. Busco otra camiseta a toda prisa. El silencio se ha vuelto sumamente incómodo.

—¿Has cambiado de opinión? —pregunta al ver que sustituyo su camiseta por una de las mías. Se me cae el alma a los pies. Sé que ha sido una estupidez, pero tenía la esperanza de que lo dejara pasar.

Yo respondo sin mirarlo.

—No me parecía que fuera una buena idea.

—¿El qué? ¿Llevar la mía a clase?

—Sé que prefieres que nadie se entere de esto. No sé en qué estaba pensando. Tema cerrado, ¿vale?

Me cuesta horrores mantener ese tono neutro de voz cuando los nervios, la vergüenza y una tristeza inentendible se me enredan dentro. Logan tarda lo suficiente en contestar como para que yo decida mirarlo.

—Fuiste tú la que dijo que lo mejor era no contárselo a nadie —replica—. Creías que así sería más fácil para después.

Ese «después» me desgarra las entrañas.

—En ese caso, los dos estamos de acuerdo. Razón de más para dejar el tema de una vez.

—Leah. —Su voz suena cautelosa.

—¿Qué?

Una pausa. Le enarco una ceja, expectante.

—¿Por qué estás a la defensiva? —Antes de que pueda contestar, añade—: Tampoco entiendo qué te ha hecho pensar que yo prefiero que nadie se entere de esto.

—Siempre que estamos en público, me tratas como si solo fuera tu amiga.

—No lo vemos de la misma manera.

—Supongo que no.

Me centro de nuevo en la maleta para no dejarme llevar por el enfado. Aprendí la lección con Hayes. Este tipo de conversaciones siempre acaban en peleas, y no me apetece discutir con Logan. Será mejor que cierre la boca y lo deje pasar.

Unos segundos después, pregunta:

—¿Estás cabreada?

—No.

Siento una oleada de irritación al mirarlo de reojo y encontrármelo sonriendo.

—Para ser alguien que no está cabreada, te comportas como si quisieras asesinarme en uno de tus libros.

—¿Podemos hablar de otra cosa, por favor?

—Leah —repite mi nombre con suavidad. Se ha quedado serio—. No se me dan bien las muestras de afecto en público. No es que no me gusten, simplemente no... me salen. Aunque no te lo creas, soy bastante reservado en ese sentido. Pero no quiero que sientas que solo te trato como una amiga cuando no estamos solos. Puedo hacer un esfuerzo por soltarme más, si tú quieres.

Necesito un momento para procesarlo.

—¿Así que nada de lo que hacías era...?

—¿Premeditado? No. —Hay un silencio—. ¿Creías que estaba intentando mantenerte en secreto?

—No —contesto enseguida—. Quiero decir, yo no...

—Sí que lo pensabas. —Su manera de decirlo me deja claro que da igual cuánto se lo discuta; para él ya es una certeza—. Joder —añade con frustración.

Se levanta de la cama, como si ya no fuera capaz de mirarme. Me quedo de pie junto al escritorio, observándolo sin decir nada. No sé si está enfadado conmigo o consigo mismo por lo que acaba de ocurrir. Por eso era mejor no insistir con el tema. Es justo lo que pasaba con Hayes; cada vez que hablábamos sobre nuestros problemas, acabábamos discutiendo y...

—¿Por qué no me lo has dicho antes? —Mis pensamientos pasan a un segundo plano cuando oigo su pregunta.

—No me parecía tan importante.

—Me estás mintiendo otra vez.

—Yo no...

—Sé sincera conmigo. No quieres esconderte, ¿no? Y no quieres sentir que eres un secreto. Bien. A mí me pasa lo mismo. Vamos a actuar con normalidad y a dejar que los demás saquen sus propias conclusiones.

Me quedo mirándolo con desconfianza.

—¿Así de fácil? —titubeo.

—Así de fácil.

Sus ojos oscuros se posan sobre los míos, y sé que va en serio. Es así de fácil. Hemos encontrado una solución sin gritos ni discusiones, solo hablando con franqueza. Dicho así, suena tan... normal que no comprendo por qué diablos estoy tan sorprendida. ¿Cómo es que nunca antes me ha parecido tan sencillo?

—¿Estás de acuerdo? —intenta asegurarse.

—Sí.

—Bien. —Se frota la cara con las manos, aliviado. Puedo imaginarme qué clase de pensamientos estarán pasando ahora mismo por su cabeza.

—Ven aquí. —Logan se queda quieto al oírme, como si eso fuera lo último que se esperara—. Estás alterado. Ven.

Tras un momento de vacilación, reduce por fin la distancia entre nosotros. Me armo de valentía y le rodeo la cintura con los brazos para abrazarlo igual que anoche, cuando me consoló después de que llegáramos a su casa y yo me rompiera en pedazos. Logan me abraza también, despacio. Soy capaz de notar lo fuerte que le late el corazón.

—No creía que intentaras mantenerme en secreto —aclaro en voz baja—. Ni tampoco que seas la clase de chico que hace esas cosas. No he pensado que te avergüences de mí ni nada parecido. No me has hecho daño. Solo ha sido... un malentendido. Yo también te dije que prefería no contárselo a nadie, y no era verdad. Estábamos intentando hacer lo que creíamos que quería el otro, cuando en realidad ambos queríamos lo mismo.

—Y no era eso —concluye él.

Suelto una risa leve.

—No se nos dan bien estas cosas.

—No, no se nos dan bien.

Mis palabras deben de surtir efecto, ya que noto que sus músculos se relajan. Me permito perderme en él, en su cercanía y su calor corporal, mientras los minutos transcurren con lentitud. Conozco a Logan. Sé cómo piensa. Y sabía que lo mejor era dejarle claro que no ha sido solo culpa suya. De otra forma, probablemente se habría torturado sin razón.

—¿Te molesta? —pregunta al cabo de unos segundos, mientras sus dedos trazan círculos perezosos sobre mi espalda.

—¿El qué? —murmuro contra su pecho.

—Que nunca pueda dejar de tocarte.

Sonrío.

—No, no me molesta.

—Por aclararlo, nada más.

—Siempre que sea con buenas intenciones y manteniendo esa decencia que tienes, me parece bien.

—Cada vez que estás cerca, te aseguro que no tengo precisamente buenas intenciones.

Me aparta el pelo del hombro y sus labios se posan en mi mejilla, perfilan mi mandíbula y bajan para buscarme el pulso en el cuello. Dejo caer los brazos y me echo un poco hacia atrás para apoyarme contra el escritorio. Me estremezco ante su contacto, solo que no es como otras veces; no es debido a que sienta esa «necesidad» de su parte, no es porque haya mucha tensión acumulada.

Ahora solo hay calma y delicadeza.

Ya no hay solo deseo en la forma en la que me besa, ni en cómo me abraza cuando dormimos, o en las cosas que dice, o en las que digo yo, en ese «estás lleno de colores» y en todo lo que ha pasado estos últimos días. Hay algo más aquí, creciendo y desenvolviéndose entre nosotros. Algo que hizo que Logan casi temblara conmigo anoche cuando me puse a llorar entre sus brazos.

Y me da miedo.

A veces pienso que nunca he tenido una relación tan sana como esta, en la que nos cuidáramos tanto el uno al otro, y entonces debo recordarme que, en realidad, esto no es una relación. Solo es un *algo* con los límites difusos que se nos está yendo de las manos, y ninguno de los dos se ha atrevido a reconocerlo en voz alta.

Yo podría hacerlo. En este preciso momento.

No lo hago.

—¿Puedo utilizar el baño para arreglarme el pelo? —susurro, temiendo romper la magia del momento. Logan deposita un último beso bajo el lóbulo de mi oreja antes de asentir y alejarse para cambiarse.

Yo vuelvo a agacharme junto a la maleta. Busco mis productos de aseo, y no tardo en darme cuenta de que mi peine no está por ninguna parte. Revuelvo la ropa, el neceser y los compartimentos de la maleta. Nada. Mierda. ¿Y mi secador? Más de lo mismo. Ayer salí huyendo tan rápido del apartamento que se me olvidó coger cosas esenciales. Y ahora tendré que regresar y ver a Linda y enfrentarme a lo que sea que planee decirme y no...

No me doy cuenta de que me estoy acelerando hasta que Logan se arrodilla a mi lado y me quita la camiseta que arrugaba entre las manos.

—Primero desayunamos y después nos preparamos para ir a clase. ¿Te parece bien?

—No me he traído muchas de mis cosas.

—¿Las necesitas ahora mismo?

—Sin mi peine y mi secador de pelo, no...

—Tienes el pelo bien —me interrumpe con tranquilidad—. Pero, si necesitas un peine urgentemente, puedo prestarte uno. Y, si quieres lavarte el pelo, creo que mi abuela tiene un secador. Es pequeño, pero servirá. De todas formas, no hay prisa. Da igual si llegamos un poco tarde a clase. Vamos a tomarnos las cosas con calma. —Su voz es firme y serena. Suena tan convencido que hace que me relaje—. Esta tarde iremos a tu piso y cogeremos lo que necesites.

—No quiero ver a Linda.

—Tú también tienes llaves. Y te sabes los horarios de sus ensayos. Podemos ir cuando ella no esté.

Hay soluciones para todo.

Suelto un suspiro tembloroso, me siento en el suelo y me paso las manos por la cara. Creo que sigo bastante afectada por lo de anoche. Sé bien lo que me está pasando. Estoy anticipándome a los problemas; preocupándome por cosas que nunca llegarán a suceder.

—Lo siento —mascullo.

—No pasa nada —repite Logan. Me aclaro la garganta y acepto su mano cuando me ofrece ayuda para levantarme.

—Gracias.

Entonces, él lanza una mirada hacia abajo y sonríe.

—Es una suerte que te hayas puesto pantalones, porque la abuela me sacaría los ojos si me pillara mirando a donde no debo.

Eso acaba con toda la incomodidad que reinaba en el ambiente. Incluso en un momento como este, consigue hacerme reír. Se oyen unos golpes fuertes en la puerta. Doy un respingo y ambos miramos hacia allí.

—¡Logan Turner! —vocifera Mandy—. ¡Sal de ahí de una vez! ¡Se os va a enfriar el desayuno!

El corazón me da un vuelco.

Miro a Logan alterada.

¿Os?

—Es imposible que sepa que...

—Subestimas las habilidades de mi abuela —contesta él con un suspiro. Luego alza la voz—. ¡Ya vamos!

—¡Dile a Leah que salga también!

—¿Sabe que he dormido *contigo*? —farfullo horrorizada.

—Claro que sí. Y, como no salgamos pronto, esta será la última vez que lo hagas, porque me va a asesinar. Muévete. —Logan me agarra del brazo para arrastrarme hasta la puerta—. Y sonríe mucho. Le caes bien. Vas a hablar tú.

—¡No pienso...!

Sin darme tiempo a terminar, abre la puerta justo cuando Mandy se disponía a aporrearla de nuevo. Hay un silencio tenso. Ella arquea una ceja.

—Mira a quién te he traído. —Logan me empuja para ofrecerme como si fuera el juguete que se acaba de comprar.

Le lanzo una mirada fulminante por encima del hombro.

—Buenos días, jovencitos —dice su abuela.

—Buenos días, Mandy. —Intento disimular los nervios, pero estoy segura de que nunca antes había tenido las mejillas tan calientes.

Se toma un momento para alternar la mirada entre nosotros, evaluándonos. Al final, suspira, hunde los hombros y repite:

—Se os va a enfriar el desayuno.

—¿Has hecho huevos revueltos? —indaga Logan con alegría. Lo siguiente que sé es que está escabulléndose para ir hacia el salón.

Lo agarro del brazo para detenerlo.

—¿Adónde vas? —le recrimino entre dientes.

Él no deja de sonreír.

—A comerme el desayuno, chica buena. Un nieto educado no dejaría que se enfriara. —Al ver mi expresión entre pasmada y cabreada, se ríe y me planta un beso rápido en los labios—. Te dejaré el plato que todavía no esté frío.

Acto seguido, se aleja por el pasillo mientras yo me quedo bloqueada en el sitio, todavía procesando la situación.

Me ha besado.

Delante de su abuela.

A medio camino hacia la sala de estar, Logan se gira hacia nosotras de nuevo.

—Leah necesita quedarse unos días. Su compañera de piso es una imbécil y le irá bien estar lejos de ella esta semana. Le he dicho que no te importaría, pero aun así ella quería consultártelo.

Entra en el salón, dejándome a solas con Mandy en el pasillo. Cuando me vuelvo hacia ella, me encuentro con su mirada llena de compasión.

—¿Linda? —pregunta con delicadeza. La última noticia que tuvo fue que habíamos vuelto a ser amigas.

—No creo que vayamos a reconciliarnos esta vez. —La certeza me deja la garganta en carne viva.

Mandy asiente.

—Mejor para ti. Esa chica no merece la pena, cariño. Mucho menos si no es capaz de apreciar la amistad de una persona tan dulce y buena como tú. —Le echa un vistazo al pasillo y chasquea la lengua—. Algo que veo que mi nieto sí ha sabido aprovechar. ¿Hace cuánto de esto?

—Unas tres semanas. —No tiene ningún sentido intentar negar lo evidente.

—¿Te trata bien?

—Muy bien.

—¡Dormirá en la habitación de invitados! —sentencia lo suficientemente fuerte como para que Logan lo oiga.

—¡Eso está por verse! —contesta él desde el salón.

Siento tanta vergüenza que me entran ganas de encerrarme en su cuarto y no volver a salir. Quiero asegurarle a Mandy que nos mantendremos en todo momento a varios metros de distancia el uno del otro, pero cierro la boca al verla sonreír.

—Es un buen chico, Leah —dice—. Me alegro de que tú hayas sido capaz de verlo también.

—Lo he hecho —le aseguro, ahora sin vacilar.

«Ojalá me hubiera dado cuenta mucho antes.»

Mandy lleva sus ojos hasta los míos, como si supiera lo que estoy pensando. Su mirada vuelve a desviarse hacia el pasillo y, con un deje de tristeza, añade:

—Solo cuídalo bien.

25

HASTA QUE LLEGASTE

Logan

Siempre he sido una persona solitaria. Me gusta pasar tiempo conmigo mismo, en silencio, pintarrajeando las ideas que fluyen en mi cabeza. Sin embargo, durante la semana que Leah se queda con nosotros descubro que tener compañía no solo no me molesta, sino que podría incluso llegar a gustarme.

Vamos a clase por la mañana, almorzamos en el Daniel's con nuestros amigos como de costumbre y después la dejo en casa y me voy al estudio a trabajar. Cuando vuelvo, suelo encontrármela charlando con mi abuela en el salón. Cenamos los tres juntos, la abuela se va temprano a la cama y, una vez que nos quedamos a solas por fin, Leah se pone a escribir o a leer uno de esos libros que se trajo de su apartamento mientras yo dibujo en mi tableta. Y no hay más. Con Leah los silencios no son incómodos. No tenemos la necesidad de sacar conversación todo el rato. Podemos limitarnos a estar juntos y ya está.

A veces me da la sensación de que el universo ha descifrado qué clase de persona necesito a mi lado y ha hecho que, de alguna forma, nuestros caminos se cruzaran.

El inconveniente es que, cuando estoy con ella, me distraigo con facilidad. Es difícil estar cerca de una chica como Leah y no querer mirarla todo el rato. Me hace gracia ver las expresiones tan excéntricas que pone cuando lee. Reacciona a cada giro de la trama como si estuviera presenciando la escena con sus propios ojos. Más de una vez la pillo abriendo la boca con asombro o cerrando el libro de manera brusca, y entonces la miro expectante y ella procede a soltarme un aluvión de información sobre la trama, los personajes y los líos que hay entre ellos que yo no entiendo pero escucho de todas maneras, solo porque me gusta oírla hablar.

Aparte de esos ratos por la noche, no pasamos mucho más tiempo a solas. Estoy convencido de que mi abuela está encantada con lo que hay entre nosotros, pero no deja pasar la oportunidad de soltarnos comentarios y lanzarnos miraditas que hacen que Leah se ponga roja cada vez que la tenemos cerca. Como consecuencia, ella se niega a dormir conmigo por miedo a que nos pille. Por más que intento hacerla cambiar de opinión, mantiene su decisión de quedarse en la habitación de invitados, así que tengo que conformarme con volver a esos encuentros furtivos en mi coche que siempre nos dejan con ganas de más.

También consigo algún que otro acercamiento espontáneo en el salón, siempre que logro tentarla lo suficiente como para que deje de temer que mi abuela aparezca por sorpresa.

Pero sus miedos están más que justificados. Mi abuela sí que puede aparecer por sorpresa. De hecho, lo hace.

Tan a menudo que sospecho que está intentando asegurarse de que no me sobrepaso con su pelirroja favorita.

Leah se enfada cada vez que le digo que, por lo general, es *ella* la que se sobrepasa *conmigo*.

El caso es que durante esa semana descubro que me gusta esto: lo de tener a alguien a quien poder besar cuando me apetece, que me escucha cuando llego frustrado del trabajo y que tiene un montón de cosas que son la hostia de interesantes que contar. Me gusta y me acostumbro tanto a ella, a nosotros, que, cuando llega el día antes de Acción de Gracias y hace la maleta para irse a pasar el fin de semana con sus padres y luego volver definitivamente a su apartamento, estoy seguro de que voy a echarla de menos.

No se lo digo.

Pero la llevo a la estación con tiempo suficiente como para entretenernos un rato en el coche antes de que suba al tren.

Mi abuela, que es una fanática de las tradiciones, se pasa días planeando la cena de Acción de Gracias. Esa mañana me manda al supermercado con una lista de la compra interminable. Por el bien de mi integridad física, no me atrevo a llevarle la contraria y le prometo que me pasaré cuando termine en el trabajo. Resulta que solo hay un puto día de noviembre en el que Samuel está disponible para tatuarse, y es mi único día libre.

Si no fuera el hermano de Clarisse, lo habría mandado al infierno en cuanto me lo pidió.

Pero lo es, así que aquí estoy, pasando el día de Acción de Gracias en el estudio para atender a un imbécil que, para colmo, llega tarde.

—Buenos días, Logan —me saluda mientras se quita la chaqueta cuando, media hora después, entra en el local y me encuentra detrás del mostrador—. ¿Está todo listo? ¿Cuánto crees que vamos a tardar?

—¿Tienes prisa? —Intento disimular mi irritación.

—Me gustaría llegar a casa cuanto antes. ¿Puedo pagarte por adelantado? Así no perderemos tanto tiempo después.

Lo que menos me gusta de trabajar de cara al público es que, aunque la mayor parte de los clientes son personas decentes, hay otros, como Samuel, que tienen una habilidad especial para sacarme de mis casillas. Me resigno a hacer lo que dice de todas maneras. Con los años he aprendido que no tiene sentido discutir. Le cobro por adelantado —pese a que no lo hacemos nunca— y le saco un buen pico de dinero por haberme hecho venir hoy hasta aquí. Samuel lo paga sin inmutarse, lo que todavía me molesta más. Lo conduzco a mi cabina y señalo la camilla con la cabeza.

—Siéntate y deja la zona del brazo al descubierto —le indico mientras voy a por la tableta.

Samuel me hace caso. Preparo el *transfer* y desinfecto la zona en silencio. Al final, va a tatuarse la fecha de cumpleaños de Clarisse en números romanos. La parte positiva es que, al ser un tatuaje pequeño y con menos complicación que las raíces que le propuse en un primer momento, no tardaré mucho en terminarlo. Estaré en casa en cuestión de una hora o así, lo que tampoco me consuela. Hoy es Acción de Gracias, y eso solo significa una cosa: esta noche vienen mis padres.

Va a ser un día largo.

Como sospechaba, solo me lleva unos treinta minutos tener listo el tatuaje. Samuel no deja de hablar sobre temas triviales mientras trabajo, y yo me limito a dar respuestas escuetas y desear en silencio que se calle de una vez. Cuando termino, envuelvo la zona y le doy una serie de indicaciones rápidas sobre cómo debe lavarlo y curarlo durante los próximos días.

Luego me giro hacia mi escritorio para tirar y desinfectar las herramientas que he utilizado.

—¿Crees que a mi hermana le habría gustado? —Con el rabillo del ojo veo cómo mueve el brazo para mirarse el tatuaje.

—Clarisse apreciaría el detalle.

—¿Tú también llevas algo tatuado por ella?

Al volverme, descubro que me observa con interés. No sé qué es lo que me anima a torcer el cuello para enseñárselo.

—Nos lo hicimos juntos —le explico.

—¿Por qué una rosa?

—Hay un sitio al que tu hermana y yo solíamos ir mucho. El mirador. —Me giro de nuevo para seguir trabajando—. La primera vez que subimos a la montaña, vimos un montón de rosas silvestres rodeadas de arbustos y árboles secos. Clarisse me dijo que no entendía cómo habían podido crecer en un ambiente tan destructivo y, aun así, estar sanas y ser tan bonitas. Yo le dije que me recordaban a nosotros. Clarisse había florecido a pesar de toda la mierda que tenía en su vida. Y yo también. Por eso decidimos tatuárnoslo.

Cuando volví al mirador meses después de su muerte, las rosas se habían marchitado. Me sentí culpable al pensar que quizá tendríamos que haberlas replantado. Uno puede florecer durante un tiempo en un entorno tóxico, pero, si no escapa tarde o temprano, corre el riesgo de morirse como todo lo demás.

La vida difícil de Clarisse vino a raíz de su familia, de sus padres y su hermano. Nunca estuvieron ahí para ella. No me importa si Samuel se toma mis palabras como un ataque personal. Él ha preguntado.

—Sé cómo fueron las cosas con mi hermana —dice—. Pero ojalá hubieran sido de otra manera.

—Sí, ojalá lo hubieran sido.

Voy directo a la puerta. Quiero acompañarlo a la salida y que se largue de una jodida vez. Freno en seco cuando él se interpone en mi camino.

—Eras importante para ella, Logan. Sé que la querías y que la cuidaste, y mi familia y yo te respetamos por eso. —Hace una pausa. Sus ojos parecen cansados—. Mis padres están ultimando los detalles de la ceremonia que organizaremos por el aniversario de su muerte. Me han pedido que te pregunte si te gustaría escribir algo para leerlo allí.

De pronto siento que me asfixio. No he sido capaz de hablar de Clarisse en los últimos meses. No me atrevo ni a dibujar nada relacionado con ella. No sé qué me asusta más: si la idea de plasmar todo lo que siento en un papel o tener que leerlo delante de la familia de Clarisse.

—No me van esas cosas —me limito a contestar. Trato de ignorar lo fuerte que me late el corazón.

—Piensa en ello —insiste Samuel—. Estoy seguro de que a mi hermana le habría gustado.

Nos consume un silencio tenso durante el que solo nos miramos el uno al otro. Samuel suspira.

—Imagino que fue difícil para ti. Clarisse era mi hermana y, para mi familia, perderla en esas circunstancias tan repentinas fue duro. Tú fuiste el último que la vio esa noche. No quiero ni pensar en cómo debe de ser perder a tu novia a esa edad. —Samuel sigue hablando; se muestra compasivo conmigo aunque yo solo quiero que cierre la boca—. Supongo que no has vuelto a plantearte la idea de estar con otra persona, ni siquiera a estas alturas. Sé que mi hermana era especial.

Otra vez ese dolor en el pecho. Esa punzada tajante de culpabilidad.

Clarisse era especial y, a pesar de eso, yo no estaba enamorado de ella.

Al notar que no contesto, Samuel me da unas palmadas amistosas en el brazo para darme ánimos. Odio que me trate así. No necesito su consuelo. Y tampoco me lo merezco. Si él supiera la razón por la que su hermana cogió el coche para largarse de mi casa esa noche pese a las alertas por la nieve, no me habría invitado a esa ceremonia.

De hecho, no sería capaz ni de mirarme.

—Debería irme antes de que mi mujer empiece a preguntar dónde estoy. —Echa un vistazo a su reloj y me mira mientras se baja la manga de la camisa—. Nos vemos pronto, Logan. Sobre la ceremonia, espero que al menos pienses en ello.

—Lo haré —le prometo.

Sin embargo, cuando se marcha sigo estando convencido de que, dentro de un mes, cuando llegue el momento, mi respuesta volverá a ser no.

Esa noche, como todos los años desde que la abuela y yo nos mudamos a Portland, mis padres vienen en coche desde Hailing Cove para pasar Acción de Gracias con nosotros. Sus visitas siempre llegan cargadas de comentarios condescendientes y críticas hacia ese «futuro incierto» que ellos creen que tengo, pero nunca dejo que me afecten. Normalmente me limito a escucharlos sin más y a ser, dentro de lo que cabe, educado con ellos. Los trato bien aunque no se lo merezcan. El problema es que esta noche fingir me cuesta más. No dejo de pensar en la conversación con Samuel. Como resultado, me muestro bastante más arisco que de costumbre. No tardan mucho en marcharse. Mi padre sale de la casa refunfuñando y estoy seguro de que mi madre y él se pasarán todo el viaje de vuelta criticándome.

Ojalá pudiera decir que no me importa.

Conociéndolos, dudo que se hayan planteado que puede haber una razón para que yo me comporte de esta manera. Para ellos no soy más que un niño malhumorado sin futuro. No es que hayan ejercido mucho de padres, de todas formas. Se pasan la vida trabajando. Me criaron mis abuelos. Después de tantos años, me he acostumbrado a su ausencia. En lo que a mí respecta, mi única familia de verdad es mi abuela Mandy.

Ella sí que me conoce bien. No para de lanzarme miradas de preocupación mientras recogemos la mesa.

—¿Qué tal con Samuel? —No me extraña que lo pregunte; lo raro sería que pensara que estoy así solo por mis padres.

—No hay mucho que contar —miento.

—¿Le ha gustado el tatuaje?

—¿Podemos seguir con esto mañana? Tenía planeado irme ya a la cama.

Ha sido una interrupción brusca, pero, si seguimos hablando del tema, acabaré poniéndome a llorar como un crío. La abuela me escruta con compasión.

—Intenta descansar un poco, ¿vale?

No se lo digo, pero no creo que vaya a ser capaz de dormir en toda la noche.

Voy a mi dormitorio, donde el mismo silencio que siempre me reconforta hoy parece que me asfixia. Me quito la camiseta y los vaqueros, me pongo los pantalones del pijama y me siento en la cama. El tembleque de mi pierna es cada vez más violento. Mierda, ahora no.

Como hago siempre en estos casos, cuando necesito sacar todo lo que se me acumula dentro, cojo el móvil y busco el contacto de Clarisse.

Le doy a «grabar audio».

Durante los siguientes minutos, soy completamente incapaz de pronunciar una palabra sin romperme en pedazos.

«Lo siento, lo siento, lo siento.»

«Soy una mala persona. Soy una persona horrible.»

«Vacío. Tienes el corazón vacío.»

Y, entonces, el haz de un recuerdo.

«No estás vacío, Logan. Estás lleno de colores.»

No soy consciente de lo que hago hasta que me llevo el teléfono a la oreja. La dulce voz de Leah contesta al cuarto tono.

—¡Feliz Acción de Gracias! —exclama, tan alegre y brillante como siempre.

Trago saliva, pero nada impide que mi voz salga áspera cuando respondo:

—Feliz Acción de Gracias.

Hay mucho ruido al otro lado de la línea; se oyen voces, repiqueteos de cubiertos y el murmullo lejano de la televisión. Miro el reloj de mi mesita de noche. Es casi la una de la madrugada; demasiado tarde como para que mi familia quiera seguir con la celebración, pero, al parecer, todavía muy temprano para la de Leah. Doy por hecho que se levanta de la mesa y sale al pasillo, ya que el ruido suena cada vez más lejos.

—¿Me oyes bien? —Cierra una puerta y, de repente, silencio; debe de haber entrado en una habitación—. Perdona. No esperaba que me llamaras. La situación ahí fuera está descontrolada.

—¿Te lo estás pasando bien?

—A medias. ¿Te acuerdas de ese socio de mi padre del que te hablé? El que invierte en el restaurante. Resulta que ha venido a cenar. Y ha traído a sus hijos, a regañadientes, claro, porque hoy le tocaba cuidarlos a él y no a su mujer. Están divorciados, lo que no me extraña en absoluto. Es un hombre insoportable.

He notado que, cuando Leah tiene mucho que contar, le da por hablar muy rápido, como si temiese que la interrumpieran. Ahora le ocurre justo eso. Entre la cháchara y lo que está diciendo, hace que me cueste no esbozar una sonrisa.

La primera real en todo el día.

—¿En qué te basas para decir eso? —rebato solo para molestarla.

—Se ha pasado toda la noche mirándome las tetas.

Se me pasa el buen humor. Qué asco.

—Puedo ir a darle una paliza, si quieres.

—Gracias, tipo duro, pero sé cuidarme sola.

—¿Qué has hecho? —La diversión tiñe mi voz. La conozco lo suficiente para sospechar que esa respuesta esconde algo.

—¿Te suenan esos tapones de corcho que vienen dentro de las botellas de vino?

—Ajá. —Me dejo caer de espaldas en la cama.

—Puede que haya abierto una botella...

—No me digas que...

—El tapón ha salido propulsado y le ha dado en la frente. ¡Pero ha sido sin querer! —chilla al oírme reír. Ella misma baja el volumen de su voz, a sabiendas de que su casa sigue llena de gente—. Deja de burlarte de mí.

—¿O qué? ¿Vas a amenazarme con un tapón de corcho?

—Te odio. —Pero en su voz noto que sonríe, y por eso sé que no es verdad.

Un silencio cómodo y natural se instala entre nosotros. Ahora mucho más relajado, me permito cerrar los ojos y respirar.

—Logan —pronuncia mi nombre con cautela—. ¿Por qué me has llamado? ¿Va todo bien?

—Me apetecía hablar contigo.

Otro silencio.

Me aclaro la garganta.

—¿Quieres volver a la cena? —pregunto por si acaso.

—No.

—¿Entonces...?

—A mí también me apetecía hablar contigo. —Es vergonzoso lo fuerte que me salta el corazón. No entiendo a qué coño viene esta necesidad constante que tengo de hablar y estar con ella, pero me tranquiliza saber que, al menos, es algo que nos pasa a los dos—. Dame un momento. Voy a avisar a mis padres de que voy a irme ya a la cama.

Me cuelga el teléfono. Unos minutos más tarde, recibo una videollamada entrante. La acepto y el rostro pecoso de Leah ilumina la pantalla. Se ha sentado frente al escritorio y debe de haber apoyado el móvil contra algo, ya que está utilizando las dos manos para quitarse los pendientes.

—Hola otra vez —me saluda dejando las joyas sobre la mesa.

Me tomo un momento para mirarla. Se ha arreglado para la cena; está maquillada, lleva el pelo recogido y, aunque las limitaciones del plano no me dejan ver mucho, sospecho que el escote del vestido blanco que lleva puesto podría hacerme perder la cabeza si estuviera ahora mismo delante de mí.

—Estás preciosa.

Mi sonrisa crece cuando reacciona a mi cumplido poniéndose roja.

—No exageres.

—No exagero.

—Llevo toda la noche sintiéndome insegura con este vestido.

—Te aseguro que no tienes ni una sola razón.

—Ni siquiera has visto cómo me queda.

—Mi imaginación es uno de mis fuertes. —Al oírme, Leah se muerde el labio y se levanta para mostrarme el vestido, que no es tan ajustado como imaginaba pero aun así marca todas sus curvas. Es lo único que necesita hacer para que mi pulso trastabille—. Date la vuelta —le pido—. Mi imaginación no te hace justicia.

Leah pone una expresión divertida y me hace caso.

—Absolutamente espectacular —reafirmo.

—Me subes el ego cuando dices esas cosas. —Se acerca de nuevo a la cámara para coger el móvil. El plano cambia y de pronto solo veo algo blanco; deduzco que es el techo de su cuarto—. Dame un segundo. Voy a ponerme el pijama.

—Sería más divertido si me dejaras disfrutar de las vistas.

—¿Y darle un espectáculo al *hacker* que nos esté espiando? Paso. Vas a tener que utilizar tu imaginación otra vez.

—Me pongo a ello.

—Prefiero no saber los detalles.

—Seguro que te estás poniendo roja.

Me río al ver volar su sujetador por encima de la cámara. Qué cabrona es. Seguro que lo ha lanzado aposta.

—¿Sabes que me terminé el libro que estaba leyendo?

—¿El del triángulo amoroso? —Me ha contado la trama unas cinco veces.

—Adivina con quién se ha quedado al final.

—¿Con el gilipollas?

—Con el gilipollas. —Está lejos, pero oigo perfectamente su suspiro de resignación.

Puedo imaginarme la cara de cabreada que debió de poner mientras lo leía.

—Mi más sincero pésame.

—Algún día yo también escribiré un libro con un triángulo amoroso y haré sufrir a todos mis lectores.

—Podrías crear un personaje inspirado en mí.

—Solo cuando tú te tatúes mi nombre con mayúsculas en la frente.

—Eso espantaría a todas las chicas con las que quiero ligar mientras no estás.

—Con suerte, encontrarás a una que te guste más y me dejarás tranquila.

Me hace gracia notar ese deje de irritación en su voz. Qué fácil es ponerla celosa.

—No creo que eso vaya a pasar.

Vuelve a coger el móvil y por fin me deja verla otra vez. Me gusta que esta clase de bromas nos salgan tan naturales. Estoy tan concentrado en ella, en nuestra conversación, que prácticamente se me olvida todo lo que me preocupaba hace unos segundos.

—Ser encantador no impedirá que te asesine en mi libro a la mínima que te despistes —me advierte.

—¿Crees que soy encantador?

—Tú siempre centrándote en lo importante.

Mi sonrisa crece más.

—¿Cómo vas con *Bajo la piel*?

Leah se sienta de vuelta en el escritorio y coge unos discos de algodón para desmaquillarse.

—Casi terminado.

—¿En serio?

—Solo me quedan un par de capítulos. Lo estoy retrasando porque me da pena despedirme de los personajes.

—Siempre puedes escribir una segunda parte, ¿no? —Me vendría bien tener más material para meterme con ella. Leah tira los discos a la basura y se quita las horquillas del pelo.

—Se me ha ocurrido una idea para una nueva novela. Es bastante diferente a *Bajo la piel*. Los protagonistas son más jóvenes. Tiene romance, pero me gustaría que la trama se basara también en otras cosas.

—¿Tienes título?

—Aún no. Había pensado en ponerle algo relacionado con el arte.

—Te avisaré si se me ocurre algo.

Me dedica una sonrisa sincera.

—Gracias, Logan.

Una vez en pijama y desmaquillada, se mete en la cama y apoya el móvil contra unos cojines. Ahora que estamos los dos tumbados de lado, me siento como si estuviéramos durmiendo juntos, mirándonos a través de las pantallas.

—¿Estás segura de que a tus padres no les importará que te pierdas el resto de la cena? —hablo en voz baja.

Leah bosteza. Ojalá estuviera aquí para poder apartarle ese mechón rebelde que le roza la mejilla.

—La cena ya ha terminado. El socio de mi padre está a punto de irse. Y mi hermano Oliver se ha encerrado en su cuarto hace mucho. Es bastante ermitaño, ¿sabes? Como tú. Y también le gusta dibujar.

—Seguro que me caería bien.

—Algún día lo conocerás.

—Sí, supongo que sí.

Esperaba que me dijera que nos veríamos en su cumpleaños, pero Leah no ha mencionado ese día ni una sola vez. De hecho, no sabría ni que es el dieciocho de diciembre si no me lo hubiera dicho Sash.

—¿Has hablado con tus padres sobre Linda? —Me acuerdo de que me comentó que aprovecharía la visita para contarles lo que había pasado.

—A medias. Solo les he dicho que hemos discutido, pero todavía no saben la razón. Creo que me da miedo que piensen que todo ha sido culpa mía.

—No lo harán —le aseguro—. La culpa no la tuviste tú. —Y que a veces piense lo contrario me rompe el corazón.

—Pero yo le mandé esa foto a Hayes. Podrían... podrían pensar que tuve parte de la responsabilidad. —Traga saliva. Después niega con la cabeza, como si ya no quisiera seguir hablando del tema—. El caso es que saben que ya no somos amigas. Mi madre está segura de que nos reconciliaremos. Mi padre, en cambio, parecía bastante contento al enterarse. Linda nunca le ha caído bien.

—Puede que se diera cuenta de cómo era desde el principio.

—Quizá. De hecho, me ha ayudado a convencer a mi madre de que lo mejor es que me mude a otro sitio. Tienen un amigo que trabaja en una residencia de estudiantes. Cree que podrían alquilarme una habitación para el próximo semestre.

—¿Y hasta entonces? —Lo pregunto aunque ya conozco la respuesta, y no me gusta nada.

—Volveré a mi apartamento.

—¿Seguro?

—No quiero seguir abusando de vuestra hospitalidad.

—Por décima vez, no estás...

—No quiero dejarla ganar —me interrumpe—. Es mi casa también. Mis cosas están allí y mi habitación es... como mi refugio. No quiero renunciar a algo que me hace sentir tan bien. Si Linda no soporta estar conmigo, que se largue ella.

Me quedo mirándola en silencio. Me encanta oírla hablar así. El problema es que esta vez noto ese toque de vacilación en su voz, como si ella tampoco estuviera segura de que va a poder con ello.

—Eres mucho más dura de lo que tú crees —le recuerdo por si acaso.

—¿Seguirás viniendo a mi casa tanto como antes?

—Claro. —Si Linda ya me traía sin cuidado hace semanas, ahora me importará aún menos.

—Mejor. Me apetece volver a tener tiempo a solas contigo.

Siento una oleada de calidez. Creo que, si cerrara los ojos ahora mismo, sería incluso capaz de quedarme dormido. Leah siempre hace que sea más fácil lidiar con el caos de mi cabeza.

Se acerca más al móvil, como si también quisiera disminuir la distancia entre nosotros.

—Logan. —Sus ojos verdes se deslizan sobre los míos—. Sé por qué no dejas de hacerme preguntas.

Noto la boca seca.

—Me gusta escucharte hablar.

—Cuéntame cómo ha ido tu cena de Acción de Gracias —me pide con dulzura.

He descubierto que Leah sabe leerme muy bien. A veces me da la sensación de que es difícil guardarle secretos. Y eso me da miedo porque es justo eso, los secretos, lo que siempre me ha mantenido a salvo.

—¿Quieres que te sea sincero?

—Siempre.

—Habría preferido estar sentado al lado del gilipollas del socio de tu padre.

—¿Para meterte con él o para mirarme las tetas?

Incluso en estas circunstancias, logra hacerme sonreír.

—¿Estás intentando obligarme a tener sexo telefónico contra mi voluntad?

—¿Contra tu voluntad? —Arquea una ceja.

—Quiero tener una conversación seria contigo y no haces más que intentar pervertirme.

—Eres imposible.

—Pero, si insistes, está bien. Tengamos sexo telefónico. Hablemos de esas tetas.

Comienza a reírse.

—Vete al infierno.

Me encanta oír a Leah reír. Su risa es bonita y contagiosa, como una melodía. Si tuviera que dibujarla, utilizaría muchos colores. No se me ocurre otra forma de explicar lo que siento cada vez que la oigo.

—Entonces, ¿la cena ha ido mal?

—Bastante mal —contesto. Sé que esto va a ser difícil, y por eso me sorprende lo mucho que me alegro de que haya retomado el tema.

—¿Te apetece hablar de ello?

—Han venido mis padres. Eso nunca sale bien.

—Me dijiste que no estabais muy unidos, ¿verdad?

—Creen que soy un caso perdido. Lo piensan desde que empecé a mostrar más interés por el arte que por las finanzas, pero todo empeoró el año pasado, cuando yo... —«cuando perdí a Clarisse, cuando mi mundo se vino abajo, cuando estuve a punto de hundirme con él»— tuve una mala época —concluyo con dificultad—. Me planteé dejar los estudios. No tardé mucho en cambiar de opinión, pero eso les da igual. Desde entonces me tratan como si creyeran que ya no tengo futuro.

—Pero lo tienes.

—No es el que ellos quieren.

—Lo importante es lo que quieras tú. Y tú tienes claro cómo será ese futuro: quieres montar tu propio estudio de tatuajes. Eres bueno en tu trabajo, Logan, y lo suficientemente listo y comprometido como para sacar adelante un negocio. No lo entiendo. ¿Por qué a tus padres eso les parece mal? Ese es tu sueño, ¿no?

—Lo es. —Trago con dificultad.

—Pero no es eso lo que te preocupa.

Ahí está, de nuevo, esa facilidad que tiene para entenderme.

—Cambié mucho después de lo que pasó. Durante un tiempo las cosas se me fueron de las manos. Creo que mis padres piensan que ya no he vuelto a ser el mismo de antes.

—Eso es una estupidez.

—No lo es —contesto—. Porque yo lo pienso también.

La línea se queda en silencio durante los segundos más largos de la historia. Sé que solo es impresión mía, que se debe a que no estoy acostumbrado a esto: a abrirme con los demás, a dejarlos entrar, a dejar que me *vean.*

—¿Qué es lo que piensas, exactamente?

El resquemor en mi garganta se vuelve insoportable.

—Creo que llevo tiempo sin ser yo mismo y nadie parece haberse dado cuenta.

—Quizá la clave para volver a sentir que eres tú mismo es aceptar que ya no eres la misma persona que eras antes, y eso no tiene por qué ser algo malo.

—Antes era una persona mejor.

—A mí me gusta como eres ahora.

Me quedo mirando la pantalla. He escuchado lo mismo de parte de otras chicas antes, pero con ninguna había sentido lo mismo que ahora. Porque, cuando Leah lo dice, cuando habla de mí de esa manera, hace que, durante un instante, me crea que no soy un desastre como todos piensan. Que en realidad no estoy tan jodido. Que puedo llegar a ser bueno para los demás.

Y después vuelvo a darme de bruces contra la realidad.

Si le he hecho pensar todas esas cosas buenas de mí, debo de ser muy buen mentiroso.

Algún día abrirá los ojos y empezará a verme de la misma manera que me veo yo, y entonces no dudará en marcharse.

¿Qué soy, aparte de un tío con miedo al compromiso que ni siquiera fue capaz de enamorarse del que se suponía que era el amor de su vida?

—¿Logan? —añade, un tanto insegura, cuando pasa un rato y no contesto.

—Sigo aquí. —Fuerzo una sonrisa para tranquilizarla—. Solo estaba preguntándome cuánto tardaría en ir a tu casa y colarme a escondidas en tu cuarto.

—Probablemente mi padre te amenazaría con su cuchillo jamonero.

—Estoy dispuesto a asumir riesgos.

—Entonces, ¿estás bien? —insiste preocupada—. No me gusta que pienses esa clase de cosas sobre ti mismo.

Joder, no me merezco a esta chica.

Pero no voy a ser capaz de dejarla escapar.

—Estoy bien, chica buena —le aseguro.

—¿Me lo prometes?

—Te lo prometo.

—Vale. Pero no me cuelgues.

—Tengo toda la noche reservada para ti.

Sonrío al verla bostezar. No creo que nuestra conversación vaya a alargarse mucho más. Leah se estira para apagar la luz y, cuando mi cerebro por fin averigua cuáles son sus intenciones, yo también desconecto la lamparita de noche y me meto bajo las sábanas. Nos quedamos los dos a oscuras. Lo único que ilumina su rostro es la luz tenue de la pantalla.

—Leah —la llamo sin poder evitarlo.

—¿Sí?

Vacilo. Y me echo atrás.

—Buenas noches.

Me sonríe otra vez.

—Buenas noches, Logan.

Me dedico a observarla hasta que se queda dormida, mientras pienso en todas esas cosas que necesito decirle y no me atrevo a pronunciar en voz alta.

«No me había dado cuenta de lo solo que he estado siempre hasta que llegaste tú.»

26

BAJO LA PIEL

Leah

—Mamá, por décima vez, Logan no es mi novio.

—Alguien que es «solo un amigo» no se tomaría tantas molestias, cariño.

Suspiro, cansada, e intento sujetar el teléfono entre el hombro y la mejilla mientras meto una camiseta en la maleta. Hace menos de un mes estaba regresando a Portland después de pasar Acción de Gracias con mis padres y ahora me toca hacer el equipaje de nuevo para volver a casa por Navidad. Me considero una persona bastante organizada, pero estar constantemente de un lado para otro me desorienta a más no poder.

—Venir a recogerme para que volvamos juntos a casa no es ninguna molestia para él —insisto—. Logan tiene coche, también tenía pensado irse hoy y no quería que me gastara dinero en el billete de tren. Nada más.

—Bueno, podré darle las gracias en persona esta noche.

—Sigo sin entender que lo hayáis invitado a cenar.

Y, sobre todo, no entiendo por qué Logan ha dicho que sí. Apenas nos hemos visto estas semanas.

He intentado achacárselo a que es una mala época. Los exámenes finales y las entregas de trabajos importantes son antes de las vacaciones. Ninguno de los dos ha tenido mucho tiempo libre. Por si fuera poco, Logan compagina la universidad con su trabajo en el estudio de tatuajes, por lo que encontrar huecos libres para vernos a solas ha sido tremendamente difícil. No sé mucho sobre esto de ser «amigos con derechos», pero no creo que las llamadas y los mensajes de texto basten para mantener una relación así. Durante estas semanas, he vivido con el miedo a que un día apareciera y me dijera que se había acabado.

No lo ha hecho.

De hecho, cuando fuimos al Daniel's hace tres días para celebrar que nos habían dado las vacaciones y le comenté, de broma, que mis padres me habían pedido que lo invitase a cenar con nosotros, me dijo que le parecía bien. Y que tenía ganas de conocer a mi hermano.

Sé que ese miedo recurrente a que esto acabe no entra dentro de nuestros términos, pero que conozca a mi familia tampoco, y aquí estamos.

—Me apetecía hacer lasaña y sabes que, cuantos más seamos cuando la hago, mejor —bromea mamá—. Además, ¿no te apetece celebrar con Logan tu cumpleaños?

—Podría haberme felicitado en el coche.

—Estoy segura de que él no opina lo mismo.

—Solo prométeme que no lo vais a asustar —le ruego, agarrando el teléfono con la mano por fin—. Dile a Oliver que se comporte. Y más vale que a papá no se le ocurra traerse uno de sus cuchillos del restaurante, ni siquiera para hacer bromas.

—No puedo prometerte nada. Sabes lo mucho que le gusta hacer su entrada triunfal.

Resoplo, molesta. Ella suelta una risita.

—Nunca se portó así con Hayes.

—No fue necesario. Ese chico le tenía tanto miedo a tu padre que se asustaba solo con verlo entrar en la habitación.

Aunque no quiero, dado que la conversación me está sacando de quicio, una sonrisa se forma en mis labios al recordarlo.

—Logan no es así —le aseguro.

—Me alegro de ver que tu gusto con los chicos mejora con los años.

—Intentaré no tomármelo como una ofensa.

—Pero es una ofensa, Leah. Hayes era un patán. Me sorprende que tardaras tanto en romper con él. Por cierto, ¿cómo se llevan? Tu chico y Hayes, quiero decir. ¿Son amigos?

—No es mi chico —repito, aunque sea inútil; dudo que vaya a dejar de referirse a Logan así a pesar de mis insistencias—. Y no, no son amigos. De hecho, se llevan bastante mal.

—Punto para Logan. —Chasquea la lengua con aprobación—. Los enemigos de mis enemigos son mis amigos. Seguro que el chico va a caerme bien.

Lo hará.

Por eso no me gusta la idea de que se conozcan. Puede que mis padres se muestren reticentes al principio, cuando lo vean aparecer con su ropa negra y sus tatuajes, pero estoy segura de que les bastarán unas horas con él para acabar adorándolo tanto como lo adoro yo.

Y eso hará que me resulte aún más difícil tener presente que, a pesar de todo, Logan y yo seguimos siendo solo amigos.

Con derechos.

Nada más.

Mamá y yo continuamos en llamada un rato más. Me habla sobre la cantidad de reservas que tienen este año en el restaurante para el día de Navidad. Yo la escucho tranquilamente mientras hago el equipaje. Nos despedimos hasta esta noche. Justo en ese momento llaman al timbre de la entrada.

Miro ceñuda hacia la puerta cerrada de mi cuarto. Los pasos de Linda hacen eco en el pasillo.

—¿Qué haces tú aquí? —le espeta a quienquiera que se encuentre al otro lado.

—A veces se me olvida que tú vives con ella. —Un suspiro de cansancio—. ¿Vas a dejarme entrar o piensas seguir estorbando en la puerta?

El corazón me da un salto. ¿Qué diablos hace Logan aquí tan temprano?

Mi primer impulso es salir ahí fuera para evitar una disputa, pero la camiseta que llevo está hecha un desastre y no pienso dejar que nadie me vea así, ni siquiera él. Maldigo entre dientes y abro el armario para cambiarme.

—¿Has venido a ver a Leah?

—Bueno, está claro que no he venido a verte a ti. —La voz de Logan suena cada vez más cerca; conociéndolo, habrá ignorado soberanamente a Linda y ya vendrá de camino a mi cuarto.

—Hace un rato que no sale de ahí. —Ella parece desesperada por detenerlo—. Seguro que está dormida.

—Yo la despierto, no te preocupes.

Una sonrisa llena de humor tironea de mis labios. Decido que Logan sabe arreglárselas solo y me tomo un poco más de tiempo para alisarme la camiseta nueva y peinarme frente al espejo de mi habitación. Mis padres me ayudaron a traerlo cuando volví después de Acción de Gracias. Sobra decir que Logan no ha dejado de hacer bromas al respecto.

—Logan —insiste Linda—. Espera. Quiero hablar contigo. Necesito que me escuches. Por favor.

Lanzo una mirada a la puerta, a la espera de que Logan la atraviese, pero no lo hace. Dado que no se tarda tanto en llegar a mi cuarto, sospecho que debe de haberse detenido en el pasillo.

—Muévete —ordena. Linda se habrá interpuesto en su camino.

—No hasta que hablemos.

—¿De qué coño vamos a hablar?

—Sé las intenciones que tienes con Leah y no...

—Linda, hablo en serio: ni de coña. Métete en tus asuntos y déjanos en paz.

—Estoy preocupada por ella.

—Y una mierda. —Parece estar a punto de perder la paciencia. Hay un momento de silencio seguido de una maldición—. Joder —gruñe Logan—. ¿Se puede saber qué diablos quieres?

—Quiero pedirte disculpas —suelta ella de pronto—. Sé que nada de lo que hice estuvo bien. Hablé mal de ti a tus espaldas y yo... quería decirte que estoy arrepentida. Lo que pasó con Leah no...

—Es curioso que te disculpes con él cuando la mayor parte de tus problemas son conmigo —la interrumpo abriendo la puerta de mi cuarto.

Linda da un respingo y se vuelve hacia mí como un resorte. Abre la boca para contestar y le enarco una ceja, lo que la hace cambiar de idea. Se aclara la garganta y se marcha al salón para no volver a discutir conmigo. No me relajo hasta que desaparece de nuestra vista. He descubierto que es fácil lidiar con ella cuando no me dejo intimidar, pero es agotador tener que hacerme la dura todo el rato.

Mientras tanto, Logan sigue parado en medio del pasillo.

—Eso ha sido... intenso —deja caer.

Suspiro y le hago un gesto para que me siga a mi habitación.

—Siento lo que ha pasado —digo nada más entrar. Él se detiene detrás de mí para cerrar la puerta—. Se suponía que Linda ya no estaría cuando llegaras, pero te has adelantado y yo ni siquiera he terminado el equipaje y...

Me callo cuando me agarra suavemente del brazo para hacerme girar. En cuanto me doy de lleno con sus ojos, se me olvida todo lo que estaba a punto de decir.

—Hola —susurra, con esa media sonrisa.

—Hola —contesto yo en el mismo tono.

Me coloca un mechón de pelo tras la oreja y me da un beso en la frente. Mi corazón vuelve lentamente a su ritmo habitual.

—Feliz cumpleaños, chica buena —murmura contra mi cabeza, y, ahora sí, me permito sonreír.

—¿Cómo te has acordado? ¿Lo apuntaste en el móvil?

—Un mago nunca revela sus trucos.

—Gracias. —Me separo lo suficiente para mirarlo a los ojos. Logan no aparta la mano de mi mejilla; me roza el pómulo con el pulgar, en una caricia que me manda escalofríos.

—¿Estás bien? —pregunta por si acaso.

—Estoy bien. Las cosas siempre son así de intensas cuando se trata de Linda. —Vuelvo a suspirar—. No entiendo a qué ha venido lo de antes. Normalmente nos limitamos a ignorarnos y ya está. Creo que prefiere no discutir conmigo ahora que sabe que puedo devolverle los golpes.

—Y que lo haces tan bien —añade encantado.

Su mano se desliza hasta la parte trasera de mi cuello para atraerme de nuevo hacia sí. Aprovecha la posición para darme otro beso en la cabeza. No me quejo. Me gusta que haga eso. Más de lo que debería. Me hace sentir tranquila, segura, como en casa.

—Sí que tienes el equipaje sin hacer. —Sus hombros tiemblan cuando se ríe, imagino que al echarle un vistazo a lo que nos rodea.

Suelto un quejido exasperado.

—Y también tengo la habitación hecha un desastre. Se suponía que iba a arreglarla antes de que llegaras. —Le doy un golpe flojo en el pecho—. Pero te has adelantado.

—Te he traído una cosa.

Frunzo el ceño cuando se aparta y veo que tiene una bolsa de cartón en la que no me había fijado antes.

—¿Me has comprado un regalo? —El corazón se me acelera solo de pensarlo.

Logan frunce los labios. Intenta disimularlo, pero lo conozco bien. Y lo percibo: está nervioso. No solo me ha comprado un regalo, sino que al dármelo se está poniendo nervioso.

—No me parecía bien no traerte nada por tu cumpleaños —contesta con incomodidad.

Siento un torrente de emociones difícil de procesar.

—¿Puedo verlo?

—No estoy seguro de que vaya a gustarte.

—Me va a encantar. —Podría darme cualquier baratija y yo la guardaría como un tesoro solo porque es suya.

Logan duda un momento, pero termina dándome la bolsa. La emoción no me cabe en el pecho. Se mete las manos en los bolsillos, como si nada, pero está muy atento a mi reacción.

—Tenía pensado dártelo esta noche, pero no sabía si iba a hacerte ilusión y no quería que me rompieras el corazón delante de tus padres —intenta bromear, aunque sigue bastante tenso—. No te fijes en cómo está envuelto. No se me dan bien estas cosas, pero lo he intentado.

Sin embargo, lo primero en lo que me fijo cuando lo saco de la bolsa es en el color del papel de regalo. Rojo oscuro. Decido que ha sido una coincidencia porque lo contrario causaría muchos estragos en mis sentimientos.

—¿Me has comprado un libro para que pueda seguir dándote el coñazo mientras leo? —me burlo de él.

Logan no sonríe. Niega despacio, aún sin apartar sus ojos de mí.

—Ábrelo. Es algo mejor.

Mi confusión aumenta cuando rasgo el papel y descubro que, en efecto, es un libro. Está del revés, y de primeras no me resulta conocido. Ni siquiera me detengo a leer la sinopsis antes de darle la vuelta para averiguar el título.

Entonces, mi corazón se detiene.

Y se pone a latir con más fuerza que nunca.

Bajo la piel.

Retrocedo dando un traspié.

—No es posible —mascullo—. ¿Cómo has...? Quiero decir, hace solo unas semanas que lo acabé y... yo... tú...

—¿Te gusta? —Una sonrisa aparece en sus labios al notar que no consigo decir nada con sentido.

Bajo la vista de nuevo. Verlo me marea.

—Es mi libro —pronuncio sin asimilarlo.

—Me tomaré eso como un sí.

Mierda, es mi libro. Sí que lo es. Tiene el título en letras cursivas y mi nombre en la parte inferior, y la cubierta es absolutamente espectacular. Mejor de lo que nunca me habría imaginado. Aparecen Hunter y Samantha, los protagonistas. Es tan fiel a una escena en concreto de la historia que no me explico cómo Logan ha sido capaz de encontrar una ilustración tan...

—La portada está inspirada en el día en que se conocieron —me explica—. Por eso Samantha lleva las maletas y Hunter va con traje de ejecutivo. Sé que la historia ocurre en Nueva York, pero no describiste mucho cómo era la calle en la que estaban, así que tuve que improvisar. Si te fijas, hay algunos detalles en el decorado que hacen guiños al resto del libro. Están un poco escondidos, pero...

—¿La has hecho tú? —Al oírme, Logan se calla de pronto. Volvemos a mirarnos—. La portada, ¿la has hecho tú?

Tarda un poco en atreverse a contestar.

—¿No es evidente? —Su voz es apenas un susurro.

—Pero debe de haberte llevado muchísimo tiempo.

—La cubierta fue sencilla. La maquetación, el diseño del interior, me costó más —se sincera, todavía con los hombros hundidos—. Me hubiera gustado que quedase más profesional, pero terminaste la novela hace poco y, entre los exámenes y el trabajo, he tenido menos tiempo del que me gustaría. Siento haber estado tan ausente. Digamos que quedar contigo y preparar tu regalo de cumpleaños no son dos cosas que puedan hacerse a la vez.

Dios santo.

Doy media vuelta porque necesito un momento para asimilarlo. Me atrevo a abrir el libro por fin, y es entonces, al ver *mis* frases escritas en él, esas palabras en las que tanto he trabajado plasmadas sobre el papel, cuando por fin termino de procesarlo. Es mi libro. *Bajo la piel.* Lo he escrito yo. Y ahora está en mis manos.

Busco la primera página, ansiando ver mi nombre de nuevo junto al título. Encuentro una nota escrita a mano con bolígrafo azul.

Para que tengas algo que enseñar cuando le cuentes a todo el mundo que escribes.

L

—No llores —me pide él cuando lo miro con los ojos enrojecidos—. Es el único ejemplar que tenemos y lo vas a estropear.

Me río entre lágrimas, dejo el libro en el escritorio y abrazo a Logan. Cierro los ojos, dejando que las pestañas mojadas me humedezcan las mejillas, mientras una emoción dolorosamente intensa me rebosa por dentro. Este chico es una de las mejores cosas que me han pasado nunca. Y lo peor es que ni siquiera «me ha pasado» del todo, porque lo que tenemos no está entero. Solo nos hemos entregado a medias.

Solo nos hemos dado migajas.

—¿De verdad te gusta?

—Es el mejor regalo que me han hecho nunca.

—Eso deja el listón muy alto para el año que viene.

—Y a mí para tu cumpleaños —me quejo; después de esto, cualquier cosa que yo haga le sabrá a poco.

—Habría quedado mejor si lo hubiésemos hecho juntos, pero quería que fuera una sorpresa. Cuando lo mires con más tranquilidad, verás que la maquetación es mejorable. De todas formas, no creo que sirva de mucho, sobre todo porque tú querrás hacer cambios en la historia cuando la corrijas. Pero la portada es tuya, Leah. —Se aleja y me seca las lágrimas con los pulgares—. Si algún día te planteas autopublicarlo, puedes usarla. Imagino que, en cuanto lo coja una editorial, querrán cambiarla por una mejor, pero esta seguirá perteneciéndote. Y todavía conservo el archivo. Podemos hacer los cambios que quieras.

El cosquilleo en mi estómago se multiplica por un millón.

—Dame una sola razón para no saltarte encima ahora mismo.

Él esboza una de sus sonrisas seductoras.

—Si no recuerdo mal, tu querida compañera de piso sigue estando en casa.

Justo en ese momento, se oyen pasos en el corredor y la puerta de la casa se cierra con un estruendo.

Logan resopla, divertido.

—Que conste que sigue cayéndome mal.

Vuelvo a reírme, tiro de su camiseta y presiono mis labios contra los suyos.

Y, en cuanto lo hago, todas mis dudas, esos miedos que me arañan por dentro cuando estamos juntos, se desvanecen. Ahora no tengo que callarme nada. Puedo limitarme a ser yo, a sentir y dejarme llevar. Y es justo lo que hago. Muerdo ligeramente su labio inferior, ansiando que me dé acceso, y Logan suelta un quejido ronco que prende mi cuerpo en llamas.

—Joder —gruñe, y lo siguiente que sé es que está empujándome contra el escritorio y levantándome para sentarme encima.

Le rodeo las caderas con las piernas de forma instintiva. El beso se vuelve voraz, desesperado, más hambriento. Le quito la camiseta y la lanzo a algún rincón del dormitorio. Después separo mi boca de la suya y paso a explorar su cuello, beso ese lunar que hay tras su oreja y ese otro que tiene más abajo, en el hombro. Mientras tanto, sus manos se cuelan dentro de mi ropa. Espero que sigan el camino de siempre, ese que ya ansía y extraña sus caricias, pero se deslizan hasta la parte baja de mi espalda y me empuja bruscamente contra sí, dejándome sentir su erección. Se me corta el aire y la sorpresa me hace soltar una especie de exclamación ahogada.

Logan chista para hacerme callar.

—No hagas ruido, preciosa —murmura acariciándome el lóbulo de la oreja con los dientes—. Sigues teniendo vecinos. Y quiero ser el único que te oiga.

Cierro los ojos y me abandono a él cuando deja un beso bajo mi oreja. Después desaparece, y tardo un momento en darme cuenta de que se ha agachado delante de mí. Sus grandes manos me recorren las piernas, con el calor de su piel contrastando con el frío de la mía. El espejo está dispuesto de manera que nos veo reflejados en él. Siento un retorcijón en el estómago al ver a Logan de espaldas, con sus hombros fuertes y tatuados, arrodillado delante de mí. Es probablemente la escena más erótica que he visto en toda mi vida.

Cuando bajo la vista hacia él, descubro que me observa bajo sus gruesas pestañas.

—Voy a fingir que no sé hacia dónde estabas mirando —se burla.

—Por si no lo habías notado, estás en la postura perfecta para llevarte una patada en la cara.

—También es idónea para otras cosas. —Me besa la rodilla mientras sus manos suben en busca de mis pantalones cortos.

Me levanto lo justo para que pueda quitármelos, presa de la expectación. Me separa ligeramente las piernas y, a diferencia de la primera vez, no siento ni una pizca de pudor ni vergüenza. Hace más de un mes, me encontraba en esta misma habitación, temblando de los nervios justo después de que me propusiera que nos dejáramos llevar. Ahora sigo estando nerviosa, pero también noto una sensación reconfortante de familiaridad, de corrección. Siempre que Logan está cerca, siento que estoy haciendo lo correcto, que estoy justo donde debería estar.

—Te he echado de menos —susurra mientras sus besos ascienden por la cara exterior de mi muslo.

—Yo a ti también. —Y, si lo que dice él es cierto, mis miedos a que «esto» terminase eran absurdos.

—¿Recuerdas la primera noche en tu habitación? —Me mira desde abajo, esperando una respuesta. Asiento. Me gusta que él también se esté acordando—. Llevaba queriendo besarte toda la noche —continúa, volviendo a rozarme la piel con los labios—. Cada vez que hablabas, mientras te veía bailar, solo podía pensar en las ganas que tenía de estar contigo. Y entonces estallaste contra Daniel y Hayes... —Se me corta la respiración cuando noto su aliento contra la parte superior de mi muslo— y pensé: «Como no vayas a por esa chica ahora, vas a arrepentirte durante el resto de tu vida».

—Pero viniste. —Encontrar mi voz para contestar me resulta extremadamente difícil.

—Y han pasado semanas y, aun así, sigo queriendo besarte cada vez que hablas.

Podría echarme a llorar ahora mismo. No es justo que diga esas cosas. Antes podía soportarlo, convencerme de que eran palabras bonitas sin trasfondo, pero ahora estar con él, escucharlo, es una tortura. Porque mi corazón quiere creerse que es verdad, que lo que sea que siento yo lo siente él también, mientras que mi parte racional no deja de repetirme las palabras que dijo esa misma noche al llegar a mi cuarto.

«No tengo relaciones serias. Nunca me han gustado.»

«Solo he tenido una en toda mi vida.»

«No sé si voy a ser capaz de sentir algo por alguien alguna vez.»

De manera que me guardo mis pensamientos y, como todo es más fácil cuando no hablamos, lo miro y simplemente contesto:

—No sé a qué esperas, entonces.

Logan tuerce la boca en una sonrisa seductora. Se inclina sobre mí y sus labios reclaman los míos como si no pudiera aguantar ni un solo segundo más sin besarme. Lo correspondo con urgencia, con necesidad, y obedezco cuando tira de mi camiseta para quitármela. Tal y como esperaba, una de sus manos no tarda en encontrar el camino hacia mis pechos. Gimo en su boca cuando roza ese punto sensible con el pulgar.

—Eres tan bonita —susurra, agarrándome la cabeza con la otra mano para besarme el cuello.

«Cállate, cállate, cállate.»

«No soy tan bonita como ella.»

Nunca pensé que alguien pudiera ser tan dulce y autoritario al mismo tiempo. Logan lo es. Su boca perfila mi mandíbula, baja entre mis clavículas y, cuando ocupa el lugar en el que antes estaban sus dedos, una corriente eléctrica me recorre todo el cuerpo. Le hundo las manos en el pelo mientras me tortura con los labios y la lengua. Mi mirada vuelve de manera inconsciente al espejo. Ver la escena me hace enrojecer a más no poder.

—Mírate —me pide, con su aliento sobre ese punto tan sensible—. Quiero que veas lo que veo yo cada vez que estás desnuda delante de mí.

Y eso hago, mientras la tensión en mi vientre aumenta y se retuerce. Atrapa de nuevo mis pechos con las manos mientras sus labios se pierden más abajo. No puedo hacer más que obedecer cuando me insta a inclinarme hacia atrás. Me besa las costillas, el estómago, bajo el ombligo, torturándome hasta que todo mi cuerpo ansía más contacto. Jadeo. Sé a lo que está jugando. Y no lo voy a soportar. Tiro de su pelo y hago que vuelva conmigo para besarlo. Logan desliza su lengua sobre la mía, haciendo el contacto más profundo mientras se presiona contra mí.

—Dime lo que quieres. —Su voz suena grave y ronca, movida por la necesidad—. No necesito que me lo pidas. Solo dímelo y lo haré.

—Sabes lo que es.

—Por fin, ¿eh?

A mí me entra la risa.

—Sí, por fin.

Me levanta de nuevo, enredo las piernas a su alrededor y nos dejamos caer sobre la cama. Logan se coloca sobre mí sin dejar de besarme. Le acaricio el pecho, los hombros, la espalda, recreándome con su olor, su sabor y el tacto de su piel. Por fin alcanzo su cinturón y termino frustrándome porque es complicado desabrochárselo mientras me besa.

—Quítate los pantalones —le ordeno.

—Qué mandona estás hoy.

—Vamos a fingir que eso no te pone cachondo.

Su risa me revoluciona por dentro. Se aparta, de rodillas delante de mí, y por fin termina de desnudarse. Me quedo tumbada en la cama, observándolo con la respiración agitada. Tiene los labios hinchados y el pelo desordenado, y verlo así, saber que está en ese estado por mi culpa, me provoca una oleada de calor. Él desliza sus ojos sobre mí también. Me pregunto si pensará lo mismo que pienso yo cada vez que lo miro.

—Sí que me pone cachondo, lo admito —reconoce, burlón, mientras se coloca de nuevo sobre mí—. Pero solo porque eres tú la que lo hace.

—¿Pensarías lo mismo si decido esposarte otra vez?

—No me gustaría revivir esa experiencia traumática —replica, lo que me hace sonreír. Utiliza un brazo para sostenerse y me acaricia la cadera con la otra mano—. No pasó nada más esa noche —añade bajando la voz, como si esperara una confirmación de mi parte.

—No —contesto—. Solo nos besamos.

Un destello de vacilación en su mirada.

—Eso significa que esta es la primera vez.

—Lo es. —Trago saliva.

No deberíamos haber esperado tanto.

No tendría que ser tan especial.

—¿Estás segura? —Sus ojos buscan cualquier resto de indecisión en mi rostro—. Sabes que no tenemos que hacerlo si no quieres. No importa cuánto tiempo haya pasado.

—Quiero que tú también disfrutes.

—Por si a estas alturas todavía no te ha quedado claro, yo disfruto *mucho* con todas las cosas que hacemos ya.

Lo sé. Y me lo demuestra continuamente. Lo veo en sus ojos, en su manera de tocarme. Eso solo provoca que tenga aún más ganas de seguir adelante.

—Estoy segura —respondo con sinceridad. Me las ingenio para bromear—: Vamos, tipo duro, no te pongas sentimental ahora.

«No era eso lo que acordamos», estoy a punto de añadir. No lo hago porque, aunque suene tonto, sí que quiero que esto sea especial.

Logan me sonríe.

—En ese caso, te alegrarás de saber que he comprado condones.

—Yo también tengo. En mi mesilla.

Arquea las cejas.

—Más te vale que la caja esté completa.

—El tío con el que me acosté anoche trajo los suyos, así que sí, lo está.

Me da una palmada en la cintura y yo me río al verlo tan molesto. Se estira para sacarlos del cajón. Evidentemente, era una broma y la caja está sin abrir. Logan y yo acordamos que tendríamos exclusividad y, aunque no lo hubiéramos hecho, sé que no sería capaz de estar con otra persona sin pensar en él, en sus besos, en su forma de mirarme, de tocarme, en todo.

Me borra esos pensamientos de la mente cuando vuelve a besarme. Lo agarro de las mejillas y me arqueo contra él cuando introduce una pierna entre las mías para hacer presión. Su mano desciende de forma peligrosa hasta colarse bajo mi ropa interior. En cuanto siento el toque de sus dedos, dejo de besarlo porque el aire se me atasca en los pulmones. Nuestros alientos se entremezclan cuando Logan apoya su frente contra la mía y me tortura como sabe hacerlo. Me muevo contra su mano, buscando más, y él se acerca a mi oído. Su respiración está tan agitada que me pregunto cuánto le estará costando no perder el control.

—Ponte arriba. Vas a disfrutarlo más.

Mi corazón da un vuelco.

—¿De verdad?

—Soy todo tuyo. —Una sonrisa sugerente aparece en sus labios—. Sé buena.

No necesito que me lo diga dos veces.

Lo empujo para que se tumbe, él me agarra de las caderas y me ayuda a cambiar de postura hasta que soy yo la que está encima. El aire que inspiro me abrasa los pulmones. Verlo debajo de mí, mirándome de esa forma, es espectacular. Es él quien abre el preservativo para colocárselo. Entonces, me doy cuenta de que estoy nerviosa. Y no es solo porque nunca antes lo haya hecho en esta posición, sino porque estoy con Logan. Y es la primera vez.

—¿Vas a mirarte en el espejo? —Me inclino hasta que nuestros labios están pegados.

—Preciosa, voy a mirarte solo a ti.

Esas palabras hacen vibrar mi corazón. Y, siendo consciente de eso, de que él me observa, lo hago, despacio, hasta que tengo que contener la respiración y él está aquí conmigo, más que nunca.

Logan jadea al sentirme. Y entonces le sale ese lado autoritario, me aprieta más fuerte la cintura y me atrae hacia sí volviendo el contacto más profundo. Joder. No lo beso. No soy capaz. Se me entrecorta la respiración sobre sus labios mientras su aliento, acelerado también, se cuela entre los míos. La sensación es tan intensa que resulta incluso dolorosa.

—Vas a matarme como no empieces a moverte. —Una sonrisa se despliega en mi rostro, aunque estoy de acuerdo con él.

—Es una buena forma de morir.

Suelta una risa ronca y, como si ansiara provocarme, eleva las caderas, lo que me hace soltar un gemido ahogado. Me sujeto a sus hombros con más firmeza. Dios santo.

—Lo es —concuerda, moviendo la boca hasta mi cuello—. Me tienes justo donde me querías —declara bajando la voz—. Ahora demuéstrame qué es lo que tantas ganas tenías de hacer conmigo.

Su mirada vuelve a la mía, desafiándome a hacerlo, y es lo único que necesito para reclinarme hacia delante y besarlo otra vez. Logan me deja tomar el control, aunque sus dedos se me clavan en las caderas con tanta fuerza que sé que está conteniéndose para no tomarlo en mi lugar. Lleva la otra mano más abajo, hasta donde se unen nuestros cuerpos, y entreabro los labios cuando roza ese punto tan sensible de placer. La tensión se me arremolina en el bajo vientre y aprieto las piernas alrededor, queriendo más.

—Leah —proclama con tono de advertencia, y mi risa se entrecorta cuando me sostiene y por fin es él quien aumenta el ritmo.

El nudo en mi estómago se tensa más y más, propulsado por el choque de su cuerpo contra el mío, el roce de sus dedos y esas maldiciones que pronuncia, fruto de la desesperación, y que me arden por dentro. Nos movemos al mismo tiempo, cada vez de forma más descoordinada. Las sensaciones crecen y se acumulan en una ola de electricidad que se condensa en mi vientre y explota en cuanto veo que él mira más allá, hacia la puerta, hacia nuestro reflejo. Echo la cabeza hacia delante, jadeando, y escondo la nariz en su hombro mientras todo lo que conocía de mí se deshace y vuelve a formarse. Logan me gira para dejarme debajo de él y se mueve unas últimas veces, esta vez más fuerte, más brusco, hasta que él también se deshace entre mis brazos. Su cuerpo tiembla y se desploma sobre mí.

Después, solo queda el silencio.

Siento su aliento entrecortado contra el recoveco de mi cuello. El cansancio hace que me resulte difícil moverme, pero aun así levanto el brazo para acariciarle la espalda. Nos quedamos un momento sin hablar, como si las emociones lo hubieran sobrecogido de la misma manera que a mí y él tampoco supiera qué debe decir uno en estas circunstancias.

Después se incorpora y me besa, y esta vez es diferente a las de antes, porque, lejos de notar esa urgencia en sus labios, solo me transmite calma, familiaridad. Hay algo especial en su forma de hacerlo. Como si fuera una veneración.

Aparto esos pensamientos de mi cabeza porque, cuando se separa, está sonriendo.

—Nada mal para ser la primera vez.

Me río sin fuerzas.

—No, nada mal.

Me da otro beso corto antes de quitarse de encima y levantarse para ir a tirar el condón. Mi corazón se resquebraja ante su ausencia. No sé muy bien por qué. Quiero suplicarle que vuelva conmigo, pero lo hace sin que tenga que decirle nada. Tira de las sábanas para deshacer la cama, me meto dentro y él se desliza a mi lado. Aunque ya sabía que no iba a marcharse, dejo escapar el aire en un suspiro cuando me rodea con un brazo y me besa el hombro.

—¿Cuánto tiempo tenemos hasta que tus padres empiecen a preocuparse?

—Un par de horas, pero debería terminar de hacer la maleta antes de que nos vayamos.

Esconde la nariz en mi cuello y me atrae más hacia sí, como si la idea de soltarme no le gustara en absoluto.

—Ya harás eso luego.

No puedo evitar sonreír.

—Empalagoso.

—Solo contigo.

Es difícil que eso no me afecte, sobre todo porque sé que es sincero.

—¿Así que no te comportas de la misma forma con todos tus amigos? —bromeo—. Kenny debe de sentirse decepcionado.

—Si lo hiciera, Sasha vería un nuevo rival.

—Eso me daría vía libre para enrollarme con ella.

—Ya puedes enrollarte con quien quieras. Tarde o temprano te darás cuenta de que no hay nadie en el mundo que sea tan bueno como yo.

Me giro para golpearlo y él se queja entre risas. Después apoyo la barbilla sobre su pecho. Sigo desnuda, pero no me paro a pensar en ello; ni en cómo se verá mi cuerpo, ni en si seguiré pareciéndole guapa. Sé que para Logan lo soy. Y me queda claro cuando me aparta el pelo de la frente y me doy cuenta de cómo me mira.

—No ha sido exactamente como la escena del espejo que escribiste —murmura—. Pero te he mirado todo el rato.

—Eso la hace mejor.

—¿Debería preocuparme que vayas a escribir sobre esto? —se burla. Yo niego con la cabeza.

—Es solo nuestro.

No quiero compartirlo con nadie.

Sus dedos bajan hasta mi sien y, aunque sus caricias me relajan, no cierro los ojos. No puedo dejar mirarlo. Es como si me hubiera quedado aquí, atrapada en este momento, en el que parece que hay tantas cosas por decir, de su parte y de la mía, que quizá nunca lleguen a ser pronunciadas en voz alta.

—¿Qué sientes ahora mismo? —le pregunto en voz baja, justo como hice aquella noche en el mirador, cuando su respuesta fue «vacío».

—Un cúmulo de emociones confusas, como tú dijiste. —Baja la mano para apartarme el pelo del hombro, sin quitar sus ojos de los míos—. Solo que ahora estoy seguro de que son todas buenas.

Luego vuelvo a tumbarme junto él, y Logan me acaricia el pelo mientras ese silencio tan cómodo y familiar se instala entre nosotros. Y aquí, envuelta entre sus brazos, después de lo que hemos compartido, ese lado más desconfiado de mi corazón me advierte que levante mis barreras, que trate de protegerme. No importan las palabras bonitas ni las promesas. A la hora de la verdad, entre nosotros no hay más que algo que terminará tarde o temprano.

Da igual cuánto lo intente; no podré cambiar esa certeza que lo mantiene lejos de mí, que hace que solo se entregue a medias. Eso que haría que se alejara si le dijese lo que siento.

Yo no soy Clarisse.

No lo seré nunca.

Y, si algún día cometo el error de olvidarlo, Logan me romperá el corazón.

27

EL CUMPLEAÑOS DE LEAH

Leah

Media hora después, cuando por fin conseguimos salir de la cama, Logan me ayuda a terminar la maleta —sin dejar de burlarse del desastre en el que se ha convertido mi cuarto— y nos montamos en su coche para volver a casa. Ya está anocheciendo cuando vemos a lo lejos las luces de Hailing Cove. Al adentrarnos en la ciudad, pasamos cerca del que antes era nuestro antiguo instituto. No puedo evitar preguntarme qué habría pensado la Leah de entonces si supiera que años después estaría en el coche del tío al que no dejaba de observar fascinada desde lejos.

A diferencia de mí, Logan está bastante tranquilo cuando aparcamos delante de mi casa. Tanto que incluso me molesta. Me ayuda a subir mis cosas y llamo al timbre.

—¡Feliz cumpleaños! —exclama mamá nada más verme. Me envuelve con entusiasmo entre sus brazos.

Me río y la abrazo a ella y a papá porque hace un mes desde la última vez que los vi. Yo también los he echado de menos. Logan se queda detrás de nosotros, contemplando la escena. Mi madre no tarda en centrar su atención en él.

—Tú debes de ser Logan.

—Señora Harries. —Él le estrecha la mano, más educado de lo que lo he visto ser nunca.

Mamá lo rechaza con un gesto y le da un abrazo.

—Llámame Gina, cariño. Leah nos ha hablado tanto de ti que ya eres como parte de la familia.

Roja como un tomate, me apresuro a entrar para no ver la cara que habrá puesto Logan al oírla. Dios santo. Voy a matar a esta mujer.

Durante los siguientes quince minutos, Logan me ayuda a llevar mis cosas a mi cuarto y yo le enseño el resto de la casa. Solo con ver la sonrisa que nos dedica mamá cuando pasamos junto a la cocina puedo confirmar que mi teoría no iba nada desencaminada.

Mis padres lo adoran.

Y todavía no lo conocen del todo.

—Qué guapo es —susurra mamá cuando dejo a Logan en el salón para ir a ayudarlos con la comida—. ¡Y es tan educado! Se nota que Mandy lo ha criado bien.

—Pasable —se limita a atribuirle papá.

Mi madre lo golpea con un trapo.

—No seas duro con él, George. Recuerda lo que hablamos. —Se gira de nuevo hacia mí—. ¿Quieres saber por qué me ha dado tan buena impresión nada más verlo?

¿Quiero saberlo? No lo sé.

—¿Por qué?

—He notado cómo te mira.

Intento que no me tiemble la sonrisa. Si ella supiera lo que hay realmente entre nosotros, no pensaría lo mismo.

—Avísame si necesitas que le enseñe mi colección de cuchillos —comenta papá, ganándose otra mirada de advertencia de parte de su mujer.

—¿Serás tan sobreprotector cuando Oliver se eche novia?

—Pues claro, cariño. No los discrimino por sexos. Los discrimino por ser mis hijos. No voy a dejar que tengan pareja como mínimo hasta los treinta y dos.

Mamá resopla. Sin embargo, no puede evitar sonreír al oír la risa de mi padre.

—No le hagas caso —me aconseja.

—¿Necesitáis ayuda con la comida?

—Si tu madre te deja tocar la lasaña, el mundo contemplaría un milagro.

—Confío en Leah para cuidar de mi lasaña, querido. Es a ti a quien debo vigilar. La última vez te pasaste con las especias.

—Cómo osé cometer tal atrocidad —ironiza él.

—Estamos bien por aquí —me tranquiliza mamá, divertida con la conversación—. Será mejor que vuelvas con tu chico antes de que empiece a preocuparse por que lo hayas dejado solo en el salón.

—O antes de que salga el Grinch —se burla papá.

Justo en ese momento, oímos una puerta abrirse. Me giro hacia el pasillo con brusquedad.

Oliver.

Mierda.

—Ahí va mi soldado —anuncia mi padre con alegría.

—¿Quién eres tú y qué haces en mi casa? —La voz cortante de mi hermano pequeño nos llega desde el salón.

—Yo que tú me daría prisa —me advierte mamá, divertida.

No necesito que me lo diga dos veces.

Oigo las risas disimuladas de mis padres cuando prácticamente me precipito hasta allí. La escena que me encuentro al llegar hace que frene de golpe. Logan sigue sentado en el sofá con su móvil en la mano. Ha apartado la vista de la pantalla para fijarla en mi hermano, que está de espaldas a mí y lleva sus cuadernos consigo.

Transcurren unos segundos durante los que solo se miran en silencio.

—¿Eres tú? —Oliver se cruza de brazos—. El novio de mi hermana, quiero decir. Mis padres me dijeron que vendrías y que tenía que ser amable contigo.

—Se llama Logan —intervengo tras aclararme la garganta—. Y no es mi novio. —Prefiero aclararlo antes de que él lo haga en mi lugar.

Que nuestra familia tenga una concepción tan equivocada de nosotros me da tanta vergüenza que no me atrevo a mirar a Logan a los ojos. En su lugar, sigo pendiente de mi hermano, que lo analiza con interés.

—¿Es verdad que tienes tatuajes? —Se lo pregunta como si lo estuviera sometiendo a juicio.

Logan se remanga la camisa para dejarle ver los del antebrazo izquierdo.

—Molan, ¿eh?

—Sin más. —Mi hermano se encoge de hombros.

—Oliver —le recrimino.

—Son diseños míos —le explica Logan bajándose de nuevo

las mangas—. La mayoría, al menos. Me gusta llevar mis propias creaciones. Así son más originales.

Oliver frunce el ceño.

—¿Te gusta dibujar?

—A ti también, ¿verdad?

—Sí, pero no consigo hacer nada que me parezca bueno. Estoy empezando a trabajar con las sombras para dar profundidad y no me convencen los resultados. Es bastante...

—Frustrante, lo sé —termina Logan por él. Señala sus cuadernos con la cabeza—. ¿Me dejas echar un vistazo?

Oliver tiene doce años, lleva dibujando desde que aprendió a sujetar un lápiz y nunca, jamás, le ha enseñado a nadie lo que esconde en sus libretas.

Por eso me quedo tan pasmada cuando no duda en mostrárselo a Logan.

—Este es el último que hice —le cuenta tomando asiento a su lado.

—Es bueno —reconoce Logan. Según veo desde aquí, es una especie de tiranosaurio rex. Frunce el ceño conforme analiza el dibujo—. No creo que tu problema sean las sombras. Se te dan bien. Lo que sí veo es un fallo de proporciones. ¿Tienes un lápiz? —A mi hermano le falta tiempo para darle uno. Logan hace un garabato suave—. ¿Entiendes a lo que me refiero?

—Queda más realista —opina Oliver.

—Exacto. Pero no te frustres. Las proporciones son jodidas. Yo estuve mucho tiempo practicando hasta que por fin empezaron a salirme bien.

Pestañeo, alucinada, cuando pasan a la siguiente página y Logan vuelve a ofrecerle consejos mientras hace esbozos con el lápiz. Oliver lo escucha con atención. No termino de asimilar que Logan, el tío al que le cuesta un infierno sonreír, y mi hermano Oliver, que es la persona más ermitaña que conozco, parezcan llevarse tan... bien.

Tardo tanto en reaccionar que, cuando Oliver alza la vista y me pilla observándolos, me espeta:

—¿No tienes nada mejor que hacer?

—No seas borde con tu hermana —le chista Logan todavía concentrado en el dibujo.

El niño suspira con frustración.

—A veces es terriblemente insoportable.

Una sonrisa tironea de los labios de Logan.

—Entiendo.

—Os dejo solos. —Levanto las manos para desentenderme del tema. Me parece oír un «¡por fin!» de parte de mi hermano y la risa suave de Logan mientras vuelvo a la cocina, donde al menos no me hacen sentir que hago un mal tercio.

Mamá parece sorprendida al verme.

—¿Has dejado a Logan a solas con tu hermano?

—No tengo ni idea de lo que ha pasado ahí dentro —declaro dejándome caer dramáticamente en una silla—. Creo que están planeando conquistar el mundo o algo así.

Papá se encoge de hombros.

—Mientras me dejen comer lasaña, seré un hombre feliz.

La cena transcurre con tranquilidad. Mi madre aprovecha la ocasión para conocer mejor a Logan. Le pregunta sobre sus estudios, su trabajo e incluso sobre Mandy, hacia la que sienten un gran cariño debido a lo que yo les he contado. Mi padre se limita a mirarlo con cara de póker para parecer amenazador. Sin embargo, lo veo sonreír cuando Logan menciona lo buena que está la comida. Chico listo. Sabe que mi familia tiene un restaurante y no hay nada que le guste más a mi padre que recibir cumplidos.

Lo más impactante es la forma en la que Oliver lo mira todo el rato, como si sintiera hacia Logan una profunda admiración.

Todo esto hace que las piernas me tiemblen durante toda la cena, y no es por miedo a que Logan deje de caerles bien, sino porque está ganándoselos igual que me ha ganado a mí. Ahora mismo me gustaría que tuviera presentes esos límites que pusimos. Esto no tendría que estar pasando, joder.

Complicará mucho las cosas para después.

Ojalá no hubiera venido.

Una vez que terminamos de cenar, recogemos la mesa y mis padres aparecen con una tarta con dos velas que forman el número diecinueve. Veo la sonrisa de Logan junto a mi madre cuando ella me recuerda que pida un deseo antes de soplar. Solo se me viene uno a la cabeza. Quiero que el año que viene volvamos a estar todos aquí.

Pero es difícil de cumplir y egoísta por mi parte, así que no pido ninguno.

Luego llega el turno de los regalos. Seguro que mamá sospecha que Logan ya me ha dado el suyo, pero al menos tiene la consideración de no preguntar. Siento una mezcla de alivio y confusión cuando Logan me dice en voz baja que hay un sitio al que quiere llevarme. Nos despedimos de mis padres y, aunque llevamos toda la noche sin tocarnos, en ese momento entrelaza su mano con la mía para sacarme de la casa.

—¿Adónde se supone que vamos? —Cierro la puerta detrás de nosotros.

—Tengo otra sorpresa para ti.

Sonrío. No lo puedo evitar.

—Mi cumpleaños está a punto de acabarse.

—Nos queda toda la noche por delante. —Bajamos la escalera del porche—. Esta vez el mérito no es mío. La idea se les ocurrió a ellos. Yo solo soy un cómplice.

Frunzo el ceño. Y entonces salimos a la calle y me encuentro con dos sonrisas que me resultan muy familiares.

—¡Feliz cumpleaños! —chilla Sasha entusiasmada. Lo siguiente que sé es que me está estrechando entre sus brazos.

Le devuelvo el abrazo, riéndome, y luego hago lo mismo con Kenny, que me levanta del suelo con sus brazos fuertes y tatuados. La ilusión y la perplejidad me hacen alternar la mirada entre los dos mientras Logan se acerca para saludarlos también.

—¿Cómo es que estáis aquí? —No entiendo nada.

—Estoy pasando unos días en casa de Kenny y resulta que no vive lejos de aquí —me explica Sasha con una sonrisa—. En cuanto me lo comentó, le dije que teníamos que venir. No podía perderme tu cumpleaños.

—Ha estado lloriqueando toda la semana —se burla Kenny.

Su novia lo mira con mala cara.

—¡Ya le había comprado un regalo!

—Si es algo que podría resultar dañino para mi integridad, agradecería que se lo dieras cuando yo no esté cerca —bromea Logan.

No sé qué decir. Acabo de darme cuenta de algo muy triste: esta es la primera vez en toda mi vida que alguien de fuera de mi familia me da una sorpresa por mi cumpleaños. Linda nunca lo hizo. Y yo no he tenido más amigos.

Ni siquiera sé cómo debe comportarse una en estos casos.

—¿Quieres abrir tu regalo? —Por suerte, Sasha me lo pone fácil. Me agarra de la mano y me lleva hasta la furgoneta. Me seco los ojos con una sonrisa mientras lo abro. Me ha comprado un libro. Uno que me moría de ganas de leer.

Que sea justo este me parece especial porque demuestra que me escucha de verdad.

—Eres genial. —La abrazo otra vez.

—¿Te gusta?

—Mucho. Gracias.

Los chicos llegan junto a nosotras. Al ver la portada, Logan hace una mueca de disgusto.

—No me digas que la novela del triángulo amoroso tiene una segunda parte. —Casi parece estar pidiendo clemencia para sus oídos.

Kenny frunce el ceño en su dirección.

—¿En qué coño te has convertido?

Logan lo empuja de mal humor.

—Que te jodan.

—Podríamos dejarlos discutiendo e irnos de fiesta las dos —propone Sasha inclinándose hacia mí.

—Si el plan incluye cerveza, estoy dentro —declara Kenny con solemnidad—. Necesito emborracharme. En honor a la cumpleañera, claro. Y ya de paso buscarme un nuevo mejor amigo.

Logan le saca el dedo de en medio.

Nunca he sido de salir mucho de fiesta, de manera que no conozco ningún pub decente y tenemos que fiarnos del criterio de Logan. Decidimos ir todos en su coche, pese a la reticencia de Kenny de abandonar su furgoneta durante unas horas. Ahora entiendo por qué mis padres no se han extrañado cuando les hemos dicho que nos íbamos. Debían de estar al tanto de esto. Seguro que ha sido cosa de Sash.

—¿Se quedan esta noche? —le pregunto a Logan mientras nuestros amigos se montan en la parte trasera.

—Hay sitio en mi casa. Mis padres no están. —Sus ojos van hasta los míos—. Es evidente que tú estás incluida en el plan.

—¿Me dejarás la habitación de invitados?

—Esas bromas no me hacen ninguna gracia, ¿sabes?

Me río y le doy un beso rápido antes de subirme al coche.

Es viernes por la noche, muchos estudiantes han vuelto a casa por Navidad y, aunque no sea comparable con salir de fiesta en Portland, hay buen ambiente cuando llegamos al pub. En realidad, ni siquiera voy vestida para la ocasión; llevo mis botas, unos vaqueros y un jersey sencillo, pero no me importa. Solo quiero pasármelo bien. Además, solo hay una persona a la que me apetece impresionar y no creo que necesite un vestido ajustado y unos tacones para hacerlo.

Como la última vez que salimos, Sash me agarra de la mano al entrar y me guía entre la multitud hasta la barra. Lo primero que hace al llegar es pedir un par de chupitos. Nos los sirven sin objeciones, lo que me hace ganarme una mirada burlona de su parte. No sé cómo consigue que nunca le pidan el carnet. Nos los bebemos de un trago y hago una mueca cuando el sabor amargo del alcohol me quema la garganta.

—Bebe lo que quieras. —Logan se me acerca por la espalda—. Esta noche me toca conducir, así que no voy a tomar nada. Estaré pendiente de ti por si de pronto intentas esposar a alguien.

Al girarme con una sonrisa, me doy de lleno con su rostro envuelto en las luces de neón. La escena me recuerda a esa noche en el pub, cuando tonteamos antes de besarnos en el aparcamiento.

—¿Vas a quedarte aquí viéndome bailar? —inquiero cuando nuestras miradas se encuentran.

Él coloca un brazo sobre la barra, de manera que quedo aún más cerca de su cuerpo y nos aísla de todo lo demás.

—¿Te gustaría?

—Preferiría que vinieras a bailar conmigo.

—Creo que necesitaría estar borracho para eso.

—Pero es mi cumpleaños. —Al verlo arquear las cejas, sonrío y le doy un beso corto en los labios—. Vamos, tipo duro. No seas aburrido.

—No eres lo bastante convincente.

—Claro que lo soy. —Bajo la boca hasta su mandíbula y sigo en dirección a su oreja—. Por favor.

Como esperaba, no tarda en suspirar.

—Voy a arrepentirme de esto.

—Eres el mejor. —Me río, lo agarro del brazo y me lo llevo a la pista de baile.

Sasha y Kenny no tardan en unirse a nosotros. Al principio es un poco difícil, ya que Logan está tenso y le cuesta sacarse las manos de los bolsillos. Sonríe cuando entrelazo mis dedos con los suyos y giro sobre mis talones como si bailáramos un vals. Sé lo difícil que es soltarse cuando no estás acostumbrado, así que no me rindo con él. Sigo haciéndolo bailar conmigo entre risas hasta que la rigidez desaparece de sus hombros y por fin comienza a dejarse llevar. Y, como aquí nadie nos conoce, como las únicas opiniones que me importan son las de Logan y mis amigos, me entrego a la música que suena a todo volumen y salto, bailo, canto y me río hasta que me duelen los pies dentro de las botas. Me lo paso tan bien rodeada de los míos que no dejo de preguntarme cómo he sido capaz de estar toda mi vida sin ellos.

No sé cuánto tiempo ha pasado cuando Logan deja caer la mano de mi cintura y se marcha con Kenny a la barra a por algo de beber. Sasha se acerca a mí.

—Creo que eres la única que podía conseguir que el monstruito se dignara a bailar.

No ha sido nada fácil, pero ha merecido la pena solo con tal de ver a Logan disfrutar. Sonrío al verlo riéndose con Kenny al otro lado del local.

—Estás muy pillada —menciona Sash, que ha seguido la dirección de mi mirada.

Es verdad. Lo estoy. Y es un problema.

—Si te sirve de consuelo —añade—, apostaría lo que fuera a que él lo está también.

Aunque me duela, niego con la cabeza.

—No es correspondido, Sash.

—Créeme, conozco a Logan desde hace años y...

—Yo lo conozco también. Me dijo que no iba a ser capaz de volver a sentir nada después de Clarisse. Si hubieras visto lo destrozado que parecía cuando hablamos, tú tampoco tendrías dudas. No creo que nadie pueda hacerlo cambiar de opinión. —Las palabras me queman la garganta—. Ni siquiera yo.

Sasha me ofrece una mirada llena de tristeza. No me contradice, lo que hace que mi corazón se rompa un poco más. En el fondo sabe que tengo razón. No va a intentar consolarme ni a decirme lo que quiero escuchar porque sabe que sería mentira.

Logan no estará el año que viene en mi cumpleaños.

Lo nuestro tiene los días contados. Ni siquiera sé si soportaré seguir siendo su amiga cuando esto termine.

—No hagas nada sin meditarlo —me aconseja Sash—. Pero deberías hablar con él.

Debería. Pero soy una cobarde.

—Voy a por una copa.

Me abro paso hasta la barra. Al verme llegar sin su novia, Kenny le hace a Logan un gesto con el vaso y se marcha a bailar con ella. Tengo intenciones de llamar la atención del camarero, pero Logan me intercepta agarrándome del brazo, me hace girar y me coloca con la espalda contra su pecho.

—¿Ya me echabas de menos?

Incluso a pesar de la conversación que acabo de tener con Sasha, me cuesta no sonreír.

—Estoy segura de que estabas deseando que volviera a sacarte a bailar.

—Creo que nunca antes había bailado con nadie en una discoteca. Mi reputación de chico malo está yéndose al traste por tu culpa.

—Lo superarás.

Suelta una risa suave. Me aparta el pelo del hombro para besarme el lateral del cuello. Cierro los ojos y mis manos se entrelazan con las suyas por instinto.

—¿Te quedas en mi casa esta noche? —Su aliento me hace cosquillas—. Podemos retomarlo donde lo hemos dejado antes, en tu habitación.

Me tenso de manera automática.

Por eso quiere que me quede. No para dormir conmigo. No porque sea mi cumpleaños. Sino para que nos acostemos. Otra vez.

Eso no debería molestarme.

Pero me molesta.

—Lo único que voy a hacer hoy es emborracharme. —Me quito sus manos de encima—. Siento decepcionarte.

—No me decepcionas. Me gusta verte pasándotelo bien. —Le hace un gesto al camarero. Luego vuelve a apoyarse en la barra con su hombro rozando el mío—. Invito yo. Déjame ser un caballero al menos en tu cumpleaños.

Tengo que morderme el labio para no sonreír. Decido que no voy a torturarme más. Esta noche me merezco disfrutar. Mis problemas pueden esperar hasta mañana.

Sin embargo, solo necesito unas cuantas copas más para descubrir que, en realidad, no pueden.

Da igual cuánto me esfuerce por olvidarlo. No importa que finja que todo va bien. Nada funciona. Y pronto siento la cabeza embotada y que todo empieza a darme vueltas, y aun así esa punzada dolorosa sigue perforándome el corazón. El alcohol no me ayuda a frenar mis pensamientos. Al contrario. Hace que vayan más rápido.

«No sé si voy a ser capaz de sentir algo por alguien alguna vez.»

«Hayes solo me quería para follar.»

«No vuelvas a dejar que un chico te trate así.»

—Tío, creo que le he servido tres copas a tu novia en la última media hora. Te aviso por si quieres echarle un ojo. —Oigo distorsionada la voz del camarero, que se dirige a alguien detrás de mí.

—No es mi novio —mascullo.

—Gracias. —Logan le contesta ignorando soberanamente lo que yo acabo de decir. Me agarra del brazo para obligarme a mirarlo—. ¿Estás bien?

—Me voy a casa.

Es la última persona a la que me apetece ver ahora mismo. Le pongo las manos en el pecho para apartarlo del camino y dirigirme a la salida.

—Leah. —Él viene detrás de mí.

—He dicho que me voy.

—Estás borracha. No voy a dejar que salgas sola ahí fuera. Tengo que avisar a Kenny y a Sash. No te muevas de aquí.

Me lanza una mirada de advertencia que habría frenado a un

ejército entero. Solo por eso me resigno a esperarlo mientras él va hasta la pista de baile. Una vez que encuentra a nuestros amigos, les dice algo señalándome con la cabeza y ellos miran en mi dirección. Me entran ganas de llorar. Les he arruinado la noche. No soy capaz de soportarme a mí misma y por eso lo he estropeado todo.

—Vamos. —Al regresar, Logan me da la mano y tira de mí hacia la salida. Lo sigo sin oponer resistencia.

Acabamos los cuatro de nuevo en su coche. Mis amigos están de buen humor. No dejan de reírse y hacer bromas. A ninguno de los dos parece molestarle que tengamos que marcharnos ya, pero yo sé que es pura fachada y que en realidad están terriblemente enfadados conmigo. Logan se acomoda frente al volante y suspira al verme hundida en el asiento del copiloto de brazos cruzados.

—¿A mi casa o a la tuya? —me pregunta.

No me atrevo a mirarlo.

—Lo mejor sería que sus padres no la vieran así —opina Sasha.

—A la mía, entonces. —Logan enciende el motor.

Noto su mirada de reojo sobre mí. Al cabo de un rato, mueve la mano de la palanca de cambios para colocarla en mi rodilla. Es un gesto común entre nosotros. Casi diría que natural. Solo que hoy, a diferencia de otras veces, me produce un profundo rechazo. Tengo que contener las ganas de apartarme.

«¿Por qué nunca puede dejar de tocarme?»

«¿Me quiere solo para esto?»

Apoyo la cabeza contra el lateral del coche y miro por la ventanilla mientras nos adentramos en el pueblo. La conversación fluye, pero no hago ninguna aportación. Logan sonríe con los chistes de nuestros amigos. No deja de acariciarme la rodilla, como si buscara hacerme sentir mejor. No sé cuánto tardamos en llegar a su apartamento. Kenny y Sasha son los primeros en bajarse.

—Quedaos en la habitación de invitados. —Logan también sale del coche y les lanza las llaves para que ellos abran la puerta—. Como oiga un puto ruido, os juro que entraré a interrumpiros.

—Siempre tan considerado —ironiza Sash.

—No seas dura con él, nena —bromea Kenny—. Lleva colado por mí desde hace años. Verme contigo lo pone celoso.

Se oyen risas y pasos que suben la escalera. A continuación, Logan abre la puerta del copiloto.

—Vamos, chica buena. Debes de estar agotada de tanto bailar.

Me ayuda a levantarme y me coloca una mano en la cintura al ver que me cuesta mantener el equilibrio. Creo que me molesta. No lo menciono. ¿Qué voy a decirle? ¿Que deje de aprovechar hasta la más mínima oportunidad para meterme mano? Está haciendo justo lo que acordamos, ¿no? Cuando llegamos a su habitación, ya estoy tan agobiada que agradezco que me suelte nada más cruzar la puerta.

Enciende la luz, dejándome ver un cuarto con las paredes grises llenas de hojas con bocetos hechos a lápiz y rotulador. Cuando se gira hacia mí, me doy cuenta de que estamos a solas. Y que sé qué es lo que quiere de mí.

No lo dejo hablar. Camino hasta él y presiono mi boca contra la suya.

—¿Abalanzándote sobre mí como en los viejos tiempos? —bromea. Me sujeta las manos, que ya estaban sobre su pecho, para cortar el contacto.

—¿No es lo que quieres?

—¿Ahora mismo? Solo quiero que te metas en la cama y duermas hasta que se te baje la borrachera.

Su rechazo se me hunde como un peso muerto en el estómago. De pronto me arden los ojos. Logan deja que me apoye contra el escritorio y se agacha para quitarme las botas.

—¿Eso significa que no vas a dormir conmigo? —inquiero con la voz ahogada.

Frunce el ceño, mirándome desde abajo.

—No, claro que voy a quedarme.

—Pero nunca dormimos juntos si no nos hemos acostado primero.

El nudo de mi garganta me vuelve cada vez más asfixiante. Él se queda bloqueado un momento, y sé que acabo de pillarle desprevenido. No se atreve a replicar. Tengo razón.

—Siempre hay una primera vez para todo —contesta. Una vez que se ha deshecho de mis zapatos, se incorpora y agarra el dobladillo de mi jersey—. Levanta los brazos. Voy a quitarte esto.

—Puedo hacerlo sola.

Aunque parece confundido al principio, termina retrocediendo para darme espacio. Me saco el jersey por la cabeza y lo tiro sobre el escritorio. Después paso a desabrocharme el cinturón. Soy completamente incapaz de mirarlo a los ojos. Creo que, si lo hago, me echaré a llorar. Al notarme tan evasiva, Logan deja escapar un suspiro.

—Puedo dejarte algo para dormir. —Se dirige al armario—. ¿Qué prefieres? ¿Una sudadera o una camiseta?

Entonces, algo hace clic en mi cabeza. La presión se cierra sobre mis pulmones.

—¿Por qué siempre me dejas tu ropa?

—Es más cómodo que dormir con vaqueros, ¿no?

—¿Tienes un fetiche o algo así? ¿Te pone cachondo verme con ella? ¿Es eso?

—¿Qué diablos estás diciendo?

—¿Te gusta verme con ella o no?

—Claro que me gusta, Leah, joder, pero no solo en ese sentido. ¿Se puede saber qué te pasa?

—No quiero tu ropa —me limito a responder. Ahora que todo encaja en mi cabeza, que sé qué razón de trasfondo tiene para dejármela, la idea de volver a llevarla puesta me produce escalofríos.

Imagino que Logan quiere replicar, pero se contiene y se gira hacia el armario, irritado. Me rindo con el cinturón y decido volver a ponerme mi jersey. No pienso dormir sin nada encima. No quiero volver a sentirme tan expuesta delante de él.

—Estarás incómoda con eso —añade, incapaz de contenerse, al mirarme por encima del hombro. No contesto—. ¿Por qué estás enfadada conmigo? Creía que estábamos bien.

—Solo estoy cansada —miento.

Todavía sin mirarlo, cojo aire temblorosa, me desprendo del sujetador bajo el jersey y luego me agacho para quitarme los calcetines. Sin embargo, sigo yendo hasta arriba de alcohol, y la maniobra casi me hace perder el equilibrio. Logan está lo suficiente cerca como para sujetarme antes de que me dé de bruces contra el suelo.

—No seas cabezota. —Su voz suena casi como una súplica—. Déjame ayudarte.

—Suéltame.

Me zafo suavemente de su agarre porque tener sus manos encima solo me rompe más el corazón. Cruzo la habitación, desesperada por poner distancia entre nosotros. Siento que me asfixio entre estas cuatro paredes.

—No entiendo qué pasa —repite él detrás de mí.

—Necesito una manta para irme a dormir al sofá.

—¿Por qué ibas a...?

—Por favor. —Se me rompe la voz.

Me vuelvo a mirarlo con los ojos anegados en lágrimas. Un destello de dolor cruza su mirada al deducir lo que esconden mis palabras.

—¿No quieres dormir conmigo?

—No. —No voy a poder soportarlo.

Me sostiene la mirada un momento, todavía con la esperanza de que me retracte. Me cruzo de brazos con incomodidad. Logan termina pasándose una mano por el pelo, inquieto.

—Está bien —accede finalmente—. Me voy yo. Dormirás más cómoda en la cama.

A continuación, me da la espalda y abre un cajón del armario para sacar unas mantas. Mis lágrimas se multiplican. Es tan injusto que me haga esto... Odio que me trate así. Me hace sentir que se preocupa por mí. Que quiere cuidarme. Y cada vez me resulta más difícil tener presente que es todo mentira. No me quiere para eso. Solo quiere utilizarme. Sin sentimientos, sin responsabilidades. Quiere hacer conmigo lo mismo que hizo Hayes.

En cuanto ese pensamiento aparece en mi cabeza, no lo aguanto más. Me vengo abajo. Se me escapa un sollozo que me desgarra por dentro. Me cubro la cara con las manos. Unos dedos se cierran delicadamente en torno a mis muñecas.

—Leah —murmura él con cautela—. Habla conmigo. No voy a poder dormir sabiendo que tú estás mal.

Ahí está otra vez; ese comportamiento que me duele y me confunde a partes iguales. Me hace bajar las manos. Encontrarme de lleno con sus ojos oscuros rebosantes de tristeza solo empeora la situación.

—Haces que sea tan difícil... —Vuelvo a sollozar. Me muevo para que me suelte—. No puedo seguir con esto. Yo no... no...

Logan traga saliva, como si supiera perfectamente qué estoy a punto de decir. No reacciona cuando me aparto y voy a sentarme en la cama, escondiendo la cara entre las manos de nuevo. Me tomo unos segundos para tranquilizarme antes de alzar la vista hacia él.

—¿Por qué has tenido que venir a conocer a mi familia? —le reprocho entre lágrimas.

Logan hunde las manos en los bolsillos, visiblemente incómodo. O arrepentido.

—Tú me lo pediste.

—Pero deberías haber dicho que no. Tendrías que haberme recordado que no encaja con lo que tenemos y que existen unos límites. No deberías haber venido a cenar con nosotros. No tendrías que haberte llevado tan bien con mis padres. Mi hermano no debería mirarte como si te admirara. Si ellos supieran cómo me ves en realidad, me sentiría tan... humillada.

—Leah... —Pero no lo dejo continuar.

—Mi madre ha estado toda la semana refiriéndose a ti como mi novio y yo no sabía cómo decirle que en realidad no lo eres porque siempre te comportas como tal. Estás siendo tan... injusto. No puedes decirme que solo quieres acostarte conmigo y después ser tan... dulce y comportarte como si los límites no existieran. No puedes venir y hacerme sentir que eres la persona que más me ha querido nunca cuando la realidad es que no me quieres. —Lo miro a los ojos sin dejar de llorar—. ¿Cómo eres capaz de hacerme esto?

Él no parece saber cómo reaccionar.

—¿Preferirías que te tratara como si no me importaras?

—Prefiero eso a que me mientas.

—Leah, me he pasado las dos últimas semanas preparando tu regalo de cumpleaños. ¿Crees que me habría esforzado tanto por alguien que me da igual?

—¿Ahora vas a echármelo en cara?

—No es eso, joder, yo no...

—Porque te di lo que querías, ¿no? —Mi voz se quiebra otra vez—. Me acosté contigo después de que me lo dieras. Objetivo cumplido. Enhorabuena.

Odio pronunciarlo en voz alta. Lo odio porque lo vuelve más

real, y porque tengo que enfrentarme a la mirada de decepción de Logan, que niega como si no pudiera creerse lo que acabo de decir.

—Estás siendo muy injusta.

—Todo es culpa mía. No dejo de cometer los mismos errores. —Las lágrimas ahora me nublan la visión. El corazón me late con fuerza en los oídos—. Se suponía que tenía que haber aprendido la lección con Hayes y he acabado metiéndome en algo que es incluso peor que lo que tenía con él.

—Sabes que eso no es verdad.

—Es justo lo que acordamos. Querías tener libertad de hacer lo que quisieras conmigo sin asumir ninguna responsabilidad. Y yo dije que sí.

La habitación entera me da vueltas. Y todo lo que he contenido estos últimos meses se me revuelve dentro, desgarrándome las entrañas. Lo que veo en los ojos de Logan me demuestra que la situación también le está partiendo el corazón.

—¿Te arrepientes de todo? ¿Es eso?

Vuelvo a sollozar.

—Se me ha ido de las manos.

—Leah...

—¿Qué vas a hacer ahora? ¿Desaparecer de mi vida? ¿Empezar a ignorarme justo como hiciste con Linda?

Niega lentamente con la cabeza.

—Tú no eres Linda.

—Tampoco soy Clarisse.

Ese nombre instaura un silencio absoluto en la habitación. Mi corazón se desgarra un poco más.

—No soy Clarisse —repito.

Algo cambia en sus ojos, y sé que él también acaba de darse cuenta.

—No, no lo eres.

Ahí es cuando todo termina de romperse.

Me tiemblan las manos. Me levanto de la cama, ansiando poner todavía más distancia entre los dos. Logan no hace ademanes de acercarse. Se limita a observarme desde la otra punta del cuarto.

—¿Qué es lo que quieres de mí? —me pregunta—. Puedo... puedo darte más espacio, si es lo que necesitas.

Niego con lágrimas en los ojos.

—Quiero terminar con esto.

—No lo dices en serio. —Hay una súplica implícita en sus palabras. Me implora que lo escuche y reconsidere mi decisión—. Podemos ir a tu ritmo —insiste—. Si quieres distancia, pondremos distancia. Si quieres más límites, los pondremos también.

—¿Para qué? ¿Para que vuelvas a saltártelos?

—Esta vez no lo haré. —Intenta permanecer firme, pero le tiembla ligeramente la voz.

Vuelvo a negar. Ojalá pudiera decirle que sí.

—No puedo seguir con esto.

—Podemos intentarlo.

—No puedo seguir contigo.

Silencio. Él traga saliva.

—Entiendo.

—Esto me está haciendo daño —añado, y soy incapaz de no romperme de nuevo.

Logan sigue mirándome. Hoy su máscara de indiferencia tiene grietas. Y lo que veo en ella me parte el corazón en dos.

—Lo sé. —Parece que le cueste hablar.

—Llevaba colada por ti desde el instituto y no supiste de mi existencia hasta que nos enrollamos esa noche en la fiesta. —Me cubro la cara otra vez, sintiéndome terriblemente humillada—. Soy tan patética...

—No eres patética —responde—. Pero, si lo que dices es verdad, yo soy un imbécil por no haberte visto antes.

—Las cosas habrían sido diferentes.

Bajo las manos y lo veo asentir. Tiene las manos en los bolsillos y los músculos tensos.

—Lo habrían sido.

Pero lo que importa es el ahora.

Y ahora todo está roto.

—No puedo seguir viéndote. —Es una certeza, una súplica. Necesito que sea él quien se aleje porque sé que yo no podré hacerlo en su lugar.

Logan me observa con tristeza.

—No creo que pienses eso en serio.

—No veo ninguna otra solución.

—Siempre podemos dar pasos hacia atrás.

—No, no podemos.

—Leah...

—Me he enamorado de ti.

Un destello de emociones cruza su mirada. Se apaga al comprender por qué se lo he dicho.

—¿Crees que lo que sientes por mí es un error?

—¿No lo es?

—¿Por qué? —Él suena dolido.

«No me quieres, no me quieres.»

«No me quieres y eres la única persona que he ansiado que me quisiera alguna vez.»

—Porque me vas a romper el corazón.

Pero quizá lo haya hecho ya.

El silencio se extiende durante unos dolorosos segundos. Si me quedaba algún resquicio de esperanza, desaparece en el momento en el que contesta:

—Entonces no creo que haya nada más de lo que hablar.

Es una sentencia. Un final.

Y escucharlo me abre el pecho en canal. Aun así, me lo guardo todo dentro y asiento mirándolo a los ojos. De nuevo, Logan parece no saber cómo reaccionar. Se pasa una mano por el pelo con un suspiro frustrado. Después va hasta la puerta y sale de la habitación dando un portazo.

III

Nota de audio
Duración: 00.00.10

Yo le he hecho esto.

Mientras la miraba, eso era lo único en lo que podía pensar.

Es culpa mía. Yo le he hecho esto. Yo le he hecho esto. Yo le he hecho esto. Yo le he hecho esto. Yo le he hecho esto. Yo le he hecho esto. Yo le he hecho esto. Yo le he hecho esto.

Enviado a las 02.32 a. m.
Eliminado a las 02.32 a. m.

28

DOS CORAZONES ROTOS

Logan

—Supongo que no vas a contarme lo que ha pasado.

Aprieto las manos en torno al volante. Ahora mismo la idea de hablar sobre lo que ocurrió anoche me produce escalofríos. Kenny ha tenido la decencia de no preguntar durante los cinco minutos que lleva sentado en mi coche. Lo he despertado esta mañana para que fuéramos a por su furgoneta. Ayer la dejó en casa de Leah. Y yo no soportaba seguir encerrado, sabiendo que ella estaba en mi habitación, ni un solo segundo más.

—Sasha y yo os oímos discutir —añade al notar que no contesto. Siento su mirada sobre mí desde el asiento del copiloto.

—No creo que tenga que contarte nada, entonces.

—¿Lo habéis dejado? —Oír esa pregunta me parte el puto corazón en dos. Ni siquiera sé qué decir. Kenny se toma mi silencio como una respuesta—. ¿Por qué?

—Tenía que ocurrir tarde o temprano.

Solo que no esperaba que fuera a ser anoche.

No en su cumpleaños.

No cuando todo parecía ir tan bien.

—Cuando nos fuimos del bar Leah parecía bastante borracha. No creo que debas tomarte en serio nada de lo que te dijo. Estoy seguro de que se arrepentirá en cuanto se despierte.

—Eso da igual. —Me cuesta arrancarme las palabras de la garganta—. Se ha acabado.

No voy a ser capaz de olvidar lo que me dijo.

No necesito mirar a Kenny para saber que quiere replicar. No me importa. Si por lo general ya me cuesta aceptar un consejo, estoy todavía menos abierto a escuchar opiniones sobre este tema en concreto. Los únicos que sabemos realmente lo que hay entre Leah y yo somos nosotros. Nadie más tiene potestad para decir nada. Da igual lo que piense Kenny. Él no lo ve desde dentro.

No estuvo en mi habitación anoche. No vio cómo Leah se deshacía en lágrimas mientras me decía que se arrepentía de haberse enamorado de mí.

—Podrías arreglarlo, si quisieras —dice Kenny.

La ansiedad me ha mantenido toda la noche despierto, dando vueltas en mi cama improvisada en el sofá. Me he pasado horas mirando el pasillo y tratando de contener las ganas de volver a mi cuarto para hablar con Leah. No lo he hecho porque no habría servido de nada. Ayer prácticamente le supliqué que no rompiera conmigo. Y aun así lo hizo.

No creo que haya nada que «arreglar».

—No quiero —me limito a responder.

—Tío —me recrimina él.

—Las cosas están mejor así.

—Así, ¿cómo? ¿Con ella destrozada mientras tú te compadeces de ti mismo? Si crees que vas a convencerme de que Leah no te importa, estás perdiendo el tiempo.

—Era solo sexo.

—Y una mierda.

—Lo era —insisto—. Pero ayer me dijo que se había enamorado de mí. Lo mejor que puedo hacer es darle espacio para que me olvide.

Me duelen los nudillos de apretar el volante. Mantengo la vista al frente para no ver la cara de incredulidad que habrá puesto Kenny al oírme hablar así.

—¿Qué le dijiste? —demanda, aunque seguro que ya intuye la respuesta—. Cuando te confesó lo que sentía por ti.

—Le pregunté si creía que era un error. Y me dijo que sí.

—Y tú piensas que tiene razón.

—Creo que se merece algo mejor.

Leah es buena. Está llena de luz. Y eso la hace muy diferente a mí. Yo tengo problemas que arrastro desde hace ya varios meses. Estaba convencido de que podría trabajar en ellos, en mí mismo, mientras estábamos juntos, pero ayer me dejó claro que estoy siendo egoísta. Ella no quiere esperarme. No quiere tener que vivir ese proceso conmigo.

Y no la culpo. Sé que estoy jodido. Sé que no me la merezco.

Aun así, oírlo de su boca fue como si me clavaran un puñal y lo retorcieran sin piedad.

—¿Así que ya está? —me increpa Kenny—. ¿Vas a dejarla ir y a olvidarte del tema?

—Es lo más sensato.

—Leah quiere estar contigo.

—Por si no te ha quedado claro, me ha dejado.

—Porque la relación que teníais era una mierda. Estaba claro que tarde o temprano las cosas iban a explotar. Te lo dije cuando decidiste empezarla y vuelvo a decírtelo ahora: fue una mala idea. Eso es lo que se lo ha cargado todo. No Leah. Y no tú.

—Era lo único que podía darle —contesto con la boca seca—. No estoy hecho para tener una relación.

—Logan, llevas dos putos meses en una.

—No estábamos saliendo.

—Porque los dos les tenéis un miedo absurdo a los compromisos. Habéis utilizado eso de ser «amigos con derechos» para poder estar juntos sin tener que enfrentaros a todo lo que os asusta. Pero no ha habido límites. Ni uno solo. Por el amor de Dios, si hasta has conocido a sus padres. ¿Sabes cuánto tardé yo en llegar a ese punto con Sash?

—No me estás ayudando. —Odio que me diga esto. Odio que actúe como si lo de anoche hubiera sido decisión mía. No es a mí a quien tiene que convencer.

No soy yo el que decidió rendirse.

—¿Qué esperas que haga? ¿Que te diga que tienes razón al huir y alejarte de todo el mundo como haces siempre?

—Por segunda vez, ella me dejó a mí.

—Borracha —recalca.

—Eso no anula que una tía rompa contigo.

—Lo hizo porque no se lo dijiste.

—¿El qué?

—Sabes el qué.

Aparto la vista de la carretera un instante para encontrarme con su mirada significativa. Se me revuelven las entrañas. Leah me dijo que todo había sido un error justo después de confesar que estaba enamorada de mí. ¿Qué coño iba a decir yo a eso?

—Sé por qué no lo hiciste —prosigue—. Y no tienes razón. No eres malo para ella. La haces feliz.

—Si la hubieras visto ayer, no pensarías lo mismo.

Tengo los músculos tan tensos que debo obligar a mis manos a moverse para estacionar el coche una vez que entramos en el barrio de Leah. Dejo el motor encendido. Espero que Kenny se baje de una vez, coja su furgoneta y vuelva a mi casa con las chicas. Aún no he decidido adónde voy a ir yo. Lo único que tengo claro es que no puedo volver allí hasta que Leah se haya ido.

Sin embargo, Kenny no abre la puerta del coche. El silencio se alarga hasta que lo corta con un suspiro.

—Deberías permitírtelo de una vez —comenta con la vista fija en el frente—. Estoy seguro de que Clarisse habría opinado lo mismo.

Oír su nombre aumenta esa presión dolorosa que siento en el pecho desde ayer.

—Eso no lo sabes.

—Sé que no le habría gustado ver cómo te autosaboteas. No eres un capullo por sentir algo por otra persona. Nosotros ya lo sabemos. Solo hace falta que tú te des cuenta. —Sus ojos se encuentran entonces con los míos—. Eres mi mejor amigo, Logan. Te conocía cuando estabas con Clarisse. Y te conozco ahora que ella no está. Hacía mucho que no te veía mostrar interés en nadie a no ser que fuera para algo de una noche. Pero sé que no es eso lo que buscabas con Leah.

—No, no lo es.

No tiene sentido negarlo.

La verdad es esa.

—¿Cuántas personas te han hecho sentir algo tan fuerte en este último año?

—Ninguna.

—Mentira.

—Solo una.

—Leah.

—Sí. Leah.

—Y tú no se lo has dicho.

Aparto la mirada mientras la verdad tras sus palabras me revuelve por dentro. Quizá tendría que haberlo hecho. Anoche. O mucho antes, cuando yo también empecé a darme cuenta de que las cosas entre nosotros estaban cambiando. A lo mejor debería haber reunido valor. Tal vez tendría que haber ignorado la culpa y el malestar. Y haberme atrevido.

No lo hice.

Y no creo que ahora tenga nada que decir.

—Llévala a casa cuando se despierte —le pido.

Kenny suspira y por fin sale del vehículo, y sé que acaba de rendirse conmigo.

—Espero que sepas las consecuencias de lo que estás haciendo.

No contesto. Él cierra la puerta sin mirarme y se dirige a su furgoneta. Intuyo que está bastante cabreado conmigo. Nunca me han gustado los consejos, pero de pronto me entran ganas de correr tras él y preguntarle si es demasiado tarde para llamar a Leah; si cree que ella respondería al teléfono, si de verdad estará arrepentida. Me contengo. Puede que su enfado fuera producto del alcohol, pero las lágrimas eran reales. Lo nuestro le estaba doliendo de verdad. Por eso me suplicó que me alejara. Y por eso yo me fui sin llevarle la contraria.

Ayer tenía varias cosas que decir. No dije ninguna. Y no creo que vaya a hacerlo nunca.

Me he pasado mucho tiempo solo. Supongo que podré acostumbrarme a volver a estarlo.

Leah

Me despierto sola en una cama que no es mía.

Los recuerdos de la noche anterior vuelven todos de golpe.

Logan.

Mierda.

No me paro a pensar en nada: ni en que he dormido con la ropa de ayer, ni en lo destrozada que seguro que parezco, ni en lo mucho que me duele la cabeza. Me levanto a toda prisa, busco mis vaqueros por la habitación y me recojo el pelo antes de salir al pasillo. Los fragmentos de nuestra discusión hacen que la presión se me cierre en torno a los pulmones; las lágrimas, los gritos, mis acusaciones. Mierda. Tengo que hablar con él.

Sin embargo, la casa está en completo silencio. Un golpe de realidad me desgarra las entrañas cuando entro en el salón y veo que solo quedan unas mantas arrugadas en el sofá.

—Se ha ido esta mañana. —La voz de Kenny suena a mi espalda. Me giro para verlo apoyado contra la puerta de la cocina—. No sé adónde. Me ha acompañado a recoger mi furgoneta a tu casa y después se ha largado.

—¿Se ha ido para no tener que verme?

—Imagino que piensa que tú tampoco quieres verlo a él. —La tristeza ondula en sus ojos, como si la situación le doliera tanto como a mí—. ¿Estás bien?

—¿Por qué me lo preguntas a mí? —Intento hacerme la fuerte, pero se me rompe la voz. La culpa es mía. No me merezco que me consuele.

—Eres mi amiga también, Leah. Y no me gusta veros mal. A ninguno de los dos.

Estoy a punto de venirme abajo. No es esto lo que necesito. Quiero a Logan. Quiero que venga y me abrace y me diga que no pasa nada y que me perdona. Recuerdo a la perfección todo lo que sucedió anoche. El alcohol no me dejaba pensar con racionalidad. Sé que fui injusta con él, que entré en pánico y dije cosas que nunca debería haber dicho. Pero eso no cambia el hecho de que la mayor parte fueran verdad.

Logan no es como Hayes. Ni por asomo.

Pero ambos me querían para lo mismo.

Y Logan lo dejó claro desde el principio. Fui yo la que malinterpretó las cosas. ¿Cuál es la solución ahora? ¿Acaso hay una forma de arreglarlo después de que le haya confesado lo que siento por él?

Me arranqué el corazón del pecho para dárselo y se marchó sin darme ninguna respuesta.

Porque no me quiere.

No me quiere.

—Ayer nosotros... —No soy capaz de continuar.

—Lo sé. —Kenny me ahorra el mal trago de decirlo—. No te

tortures por lo que ha pasado. Era cuestión de tiempo que tuvierais que dejar la farsa y asumir la realidad.

—¿Cuál es? ¿Que no somos buenos el uno para el otro? —indago al borde de las lágrimas.

—No podíais estar juntos de la forma en la que estabais. Si no hubieras terminado con todo ayer, os habríais acabado haciendo más daño. Tomaste una buena decisión. —Hace una pausa—. Aunque no voy a negarte que quizá fuiste demasiado dura con él.

Tiene razón. Lo fui. Y me siento terriblemente mal por ello. Nada de lo que ha pasado es culpa suya. Logan fue sincero conmigo desde el principio. Sabía a lo que me arriesgaba cuando le dije que sí. Soy yo la que tendría que haber sabido desde esa noche, cuando dormimos juntos por primera vez, que iba a ser inevitable que me enamorase de él.

No puedo culparlo por no sentir lo mismo.

—Se habría alejado de mí, ¿verdad? —Sé que la respuesta me dolerá, pero aun así necesito saberlo—. Aunque no hubiera roto con él ayer, se habría alejado de mí en cuanto le confesara cómo me sentía.

—Logan es mi mejor amigo —contesta Kenny—, pero es evidente que tiene cosas que resolver. Y nada de eso es culpa tuya, Leah.

—Así que no vamos a volver a hablar.

No soporto ni pensarlo. Me rodeo con los brazos para darme fuerzas. Kenny niega lentamente con la cabeza.

—Estoy seguro de que volverá.

—Yo no soy Clarisse —repito.

—No tienes que serlo. Basta con que seas tú. Y, si eso no le parece suficiente, tendrás que mirar por ti misma y olvidarte de él.

—¿Crees que eso es lo que debería hacer?

—¿Sinceramente? No —reconoce—. Conozco a Logan. Sé que era feliz contigo y que tú eras feliz con él. Solo necesita... tiempo. Me siento como un capullo por pedirte esto, pero, si de verdad lo quieres, ten un poco de paciencia con él. Confía en mí. Sé de lo que hablo. —Se pasa una mano por el pelo con aire frustrado—. Me ha pedido que te llevase a casa cuando te despertaras. Quizá sea lo mejor.

Asiento. Es difícil ignorar el revoltijo de emociones que me han provocado sus palabras.

—Está bien —respondo—. Gracias.

—Voy a avisar a Sash.

No sé cómo me mantengo entera cuando ella aparece unos minutos después y me estrecha fuerte entre sus brazos. Kenny nos mira con tristeza. Se queda en silencio mientras Sasha me asegura que ha sido una discusión tonta y que lo arreglaremos. A pesar de lo que me ha dicho antes, sospecho que Kenny no pondría la mano en el fuego por su amigo ahora mismo. Yo tampoco lo haría por mí.

Es cierto que ayer perdí el control de la situación. Sé que le hice daño a Logan y que las inseguridades me jugaron una mala pasada, pero Kenny no se equivoca. Lo que teníamos no era bueno para ninguno de los dos. Y eso significa que lo de anoche sí que tendrá que ser un adiós, o acabaré rota de verdad.

No vuelvo a soltar ni una lágrima durante el trayecto a mi casa. Los recuerdos son crueles y no dejan que mi cabeza descanse. No paro de pensar en Logan, en lo que le dije, en lo que le confesé, en lo mucho que parecía dolerle verme llorar. En cómo será mi vida a partir de ahora, cuando ya no pueda contar con él para todo. Voy tan distraída que Sasha se pasa todo el camino lanzándome miradas de preocupación por el espejo retrovisor.

—¿Seguro que estarás bien? —me pregunta con la ventanilla bajada una vez que llegamos a mi casa y salgo de la furgoneta.

La decisión de alejarme ha sido mía. Va a resultarme terriblemente difícil. Y además no tengo la certeza de que sea lo correcto.

Así que no, no estoy bien. Pero no dejo que ellos lo sepan.

—Voy a pasarme las vacaciones ayudando a mis padres con el restaurante. Mantendré la cabeza ocupada.

Me ofrece una sonrisa forzada.

—Feliz Navidad, Leah.

—Feliz Navidad, chicos.

Entro en el edificio antes de ponerme a llorar otra vez.

Sin embargo, mis escudos se derrumban en el momento en el que pongo un pie en el ascensor. Cuando ya nadie puede verme, cuando no tengo que convencer a los demás de que he tomado la decisión correcta, me vengo abajo. Y todo empeora cuando abro la puerta de mi casa y mamá sale al pasillo con una sonrisa.

—Hola, cariño. Había pensado que Logan y tú podríais... —Al verme con los ojos enrojecidos, se queda callada. Su expresión cambia de manera drástica—. ¿Qué ha pasado?

Y ya no lo aguanto más. Termino de romperme y voy hasta ella para que me envuelva entre sus brazos.

—Soy una persona horrible —sollozo.

—Claro que no —contesta ella, sobrecogida también. Me acaricia la cabeza para consolarme.

—¿Eso significa que Logan no va a venir más? —La voz de mi hermano nos llega desde el salón.

Me aparto para mirar a mamá con los ojos llorosos. Ella suspira con tristeza. Le hace un gesto a mi hermano para que nos deje a solas.

—¿Quieres hablar de ello? —inquiere con delicadeza—. Puedo llamar a Linda, si eso te hace sentir mejor.

Niego mientras otro sollozo se me abre paso dentro del cuerpo. Dios santo. ¿Qué diablos llevo haciendo todo este tiempo?

—Linda y yo ya no somos amigas.

—Leah...

—Es una mala persona. Difundió... difundió una foto mía en la que salía medio desnuda y ahora la tiene todo el mundo. Y Logan fue uno de los únicos que me apoyó y ahora tampoco quiere verme. Y han pasado todas estas cosas y yo no os he contado nada y no..., yo no... —Me ahogo con las lágrimas—. ¿Vas a poder perdonarme? Lo siento mucho. Perdóname. Por favor. Perdóname.

—Cariño... —Mamá no dice nada más, solo vuelve a apretujarme entre sus brazos. Y yo le devuelvo el abrazo y me permito llorar hasta que el peso de todo lo ocurrido deja de aplastarme.

«Quizá el problema esté en mí.»

«Puede que yo no esté hecha para que me quieran.»

29

DIEZ DÍAS

Leah

Logan no me llama al día siguiente.

Ni al siguiente.

Ni al siguiente.

Y, cuando quiero darme cuenta, ha pasado más de una semana desde la última vez que tuve noticias suyas.

Mis padres sí que necesitan ayuda con el restaurante, de manera que me paso la primera semana de vacaciones atendiendo mesas y colaborando en la cocina. El día de Navidad es el más caótico. Son muchas las familias que reservan mesa para comer con sus seres queridos. Para nosotros eso es un motivo de celebración, ya que estamos hasta arriba de trabajo y los ingresos se disparan. Ya me he acostumbrado a que nuestras navidades siempre sean así. Esa noche llegamos a casa agotados y nos sentamos en torno al árbol para abrir los regalos de Navidad, y después papá prepara la cena y es todo tan bonito y tan normal que me siento incluso culpable por seguir estando triste.

Pero no lo puedo evitar.

Echo de menos a Logan.

Y lo echo de menos en cosas absurdamente pequeñas. Echo de menos sus bromas tontas, su risa y esa forma que tiene de saber cómo sacarme siempre de quicio y ponerme nerviosa en el mejor de los sentidos. Echo de menos besarlo. Dormir con él. Contarle lo que me ocurre y que me mire con esa sonrisa suya que se le escapa cada vez que está orgulloso de mí. Y, aun así, creo que lo extraño menos de lo que debería. Mi cerebro ha asumido que su ausencia se debe solo a las vacaciones. Pero después volveré a Portland y él no me recogerá todos los días para ir a clase, no nos sentaremos juntos en el Daniel's, no se quedará a dormir en mi casa, y la realidad me caerá encima como un cubo de agua fría.

Ni siquiera sé qué voy a hacer con Mandy.

¿Logan querrá que siga visitándola?

¿O preferirá que me aleje de ella también?

Dos días después de Navidad, estoy sentada en el escritorio de mi cuarto con Sasha mirándome desde la pantalla del portátil. Hemos hablado mucho durante las vacaciones. Odio que eso me produzca tanto alivio. Creo que en el fondo tenía miedo de que ella y Kenny se alejaran de mí ahora que Logan y yo no nos hablamos. Por suerte, las cosas siguen igual que siempre.

Son las cinco y media pasadas y estoy garabateando en el cuaderno en el que tendría que planificar la próxima novela. No me sale nada. Llevo bloqueada desde que terminé *Bajo la piel.*

—Me alegro de que al final hablaras con tus padres —dice Sasha cuando termino de contarle la conversación que tuve con mamá hace ya una semana—. Lo mejor es que estén al tanto de qué clase de persona es Linda.

—Se lo debía —reconozco—. Siempre hemos estado muy unidos. Los he tenido a mi lado cada vez que lo he necesitado. No se merecen que me guarde esta clase de cosas para mí. Además, desde que hablé con ellos me siento mejor. Menos culpable.

Si no me atreví a contárselo antes, fue porque creía que me culparían de lo ocurrido y me tacharían de ingenua por haber confiado en Hayes. No lo hicieron. Al contrario. Mi madre estuvo criticando a Linda durante horas. Ella también le tenía mucho aprecio, así que seguro que su traición le ha dolido también. Pese a eso, no dudó en ponerse de mi parte. Y papá tampoco.

—¿Has decidido ya lo que vas a hacer?

—La semana que viene me mudo a la residencia.

—A partir de ahora todo irá mejor —me asegura. A continuación, me señala con un dedo—. Más te vale no cambiarme por tu compañera de habitación, ¿me oyes? Soy tu única mejor amiga. No acepto a nadie más.

—Prometo serte fiel —contesto, divertida.

—Por el bien de tu vida, eso espero.

—Mi madre opina que debería hablar con ella. Con Linda, quiero decir. —La conversación se vuelve seria otra vez. Vacilo—. Dice que me ayudará a cerrar el ciclo de forma definitiva.

—¿Qué piensas tú?

—Creo que tiene razón.

—Haz lo que te ayude a sentirte mejor. En este tipo de situaciones no suele haber una decisión correcta. Tienes que mirar por ti. —Entonces, se las ingenia para recuperar el tono de broma—: Si quieres que vaya contigo para asegurarme de que no le saltas encima a la mínima de cambio, avísame.

Mi sonrisa regresa.

—Confío en mi autocontrol.

—Linda puede ser muy irritante cuando se lo propone.

—Lo sé. Pero puedo con ella.

Quizá antes no, pero ahora ya no hay nadie que me detenga. Menos aún Linda.

Sé lo que diría Logan si me oyera hablar así. Sasha debe de pensarlo también, ya que su rostro se llena de tristeza.

—Estoy orgullosa de ti, ¿sabes? Y no soy la única. —Frunzo los labios al escucharla. Ella no se echa atrás—: ¿Has hablado con él?

—No desde mi cumpleaños.

—Leah, han pasado diez días.

—Lo sé.

—¿No lo echas de menos?

—Sí, claro que lo echo de menos.

—Pero no te has replanteado tu decisión.

—No puedo volver a estar con él. No de esa manera. —Sé lo que siento por Logan. Que volviésemos a ser «amigos con derechos» solo serviría para hacerme daño. Estamos mejor separados. Por eso yo tampoco lo he llamado. Ya no puedo tenerlo solo a medias.

Al menos, esa es la excusa que me he puesto a mí misma. La realidad es que soy una cobarde. Me da pánico enfrentarme a él después de lo que ocurrió la otra noche.

—Voy a serte sincera, ¿vale? —Sasha deja la brocha con la que se estaba maquillando en la mesa y se coloca un mechón de pelo tras la oreja, un tanto nerviosa—. He tenido una... razón de trasfondo para llamarte. Kenny me ha escrito esta mañana. Quería que hablase contigo. Supongo que sabes qué día es hoy.

Claro que lo sé. He estado pendiente de esta fecha en el calendario desde que ella misma la mencionó hace ya varias semanas.

Veintisiete de diciembre.

Hoy es el aniversario de la muerte de Clarisse.

Por esa razón, he sabido, nada más recibir su llamada, que sus intenciones no eran solo que nos pusiéramos al día.

—Dudo que a Logan le apetezca hablar conmigo, Sash.

—Creo que te subestimas. Nosotros no estamos allí. Y ya sabes cómo es. Va a aislarse como hace siempre. No creo que estar solo en un día como este sea bueno para él.

—No quiero empeorar las cosas.

—Lleváis más de una semana sin hablar. Y Mandy nos ha contado que Logan no le responde al teléfono. No creo que puedas empeorar nada.

De pronto, mi móvil vibra con una llamada entrante de un número desconocido. Dejo escapar un suspiro y arrastro el dedo sobre la superficie táctil del ordenador.

—Me están llamando. Tengo que dejarte.

—Prométeme que al menos lo pensarás.

—Hablamos después. —Su rostro desaparece de la pantalla cuando cuelgo la videollamada.

Después me llevo el teléfono a la oreja, todavía dándole vueltas a lo que Sash acaba de decirme. Me sorprendo al oír esa voz familiar al otro lado de la línea.

—¿Leah?

—¿Señora Turker? —Frunzo el ceño. Lo último que me esperaba era recibir una llamada de una de mis profesoras de la universidad en medio de las vacaciones.

—Sí, soy yo. ¿Te pillo en mal momento? Hay algo que quería comentarte. Te habría enviado un correo electrónico, pero pensé que sería más rápido si te llamaba. ¿Estás ocupada?

—No —me apresuro a decir—. No, claro que no. Tengo tiempo. Cuénteme. La escucho.

Sueno quizá demasiado inquieta. Este es mi primer año, de manera que no sé mucho sobre cómo funciona la universidad, pero no creo que recibir una llamada así de repentina sea buena señal.

—He hablado con otros de tus profesores. Sobre ti. En especial, con tu profesora de Análisis Literario. Me enseñó el trabajo que redactaste sobre las nuevas tendencias literarias. Era absolutamente brillante, Leah. Destacaba con creces por encima de los de tus compañeros.

El último trabajo que entregué antes de este fue un informe sobre *Romeo y Julieta* en el que saqué un cinco raspado. La profesora me dijo que tenía que arriesgarme más. Opinar con contundencia. Y lo hice. Estaba segura de que eso solo serviría para bajar aún más de nota, pero el resultado ha sido este.

Supongo que sí que tengo cosas que contar. Y quizá sea lo correcto dejar que otros las escuchen.

—El motivo de mi llamada es que la facultad otorga unas becas de movilidad para asistir a un curso de escritura creativa en verano —continúa—. Cada año se celebra en un lugar distinto del país. No dura mucho, solo un par de semanas..., pero se necesita la recomendación de un profesor para acceder y un buen expediente. He estado mirando las notas que tuviste en el instituto. Tal y como esperaba, son muy buenas.

Trago saliva. La emoción amenaza con explotarme dentro.

—¿Usted cree que yo...?

—Eres una alumna con potencial, Leah. He leído tus trabajos. Se te da bien escribir. Un curso como este podría darte las herramientas que necesitas para terminar de pulir tus habilidades. En caso de que estuvieras interesada, tendríamos que solicitar la beca lo antes posible. Te dejo unos días para pensarlo. Me hubiera gustado hablar contigo antes de las vacaciones, pero me ha sido imposible.

—No se preocupe. —Tengo que hacer esfuerzos sobrehumanos por no empezar a chillar del entusiasmo. Me pongo de pie mientras intento a duras penas contener la sonrisa—. Imagino que debe de estar muy ocupada.

Emite un quejido de cansancio.

—Créeme, Leah. Y eso que no me llevo la peor parte. El programa de Literatura no suele estar muy solicitado. Si tú supieras la de historias locas que he oído de parte de algunos de mis compañeros...

—Caóticas, imagino.

Contesto sin prestarle mucha atención. Me acerco de nuevo al portátil y busco la beca en internet. No puedo evitar sentir otro torrente de felicidad al ver los primeros resultados. Sí que es una buena oportunidad. Probablemente una de las mejores que me han dado nunca.

Entonces alzo la mirada y veo el ejemplar de *Bajo la piel* sobre mi estantería, que no fui capaz de dejar en Portland, y mi humor decae estrepitosamente.

Justo en ese momento, la señora Turker dice:

—El año pasado tuvimos a dos alumnos que movieron cielo y tierra para conseguir una beca juntos. Querían participar en un programa de Artes que implicaba pasar un semestre en Europa. En Alemania, si no recuerdo mal. Es una pena que las cosas acabaran tan mal.

El tono amargo de su voz me hace fruncir el ceño.

—¿No consiguieron la beca?

Se hace el silencio.

—No, claro que la consiguieron. Pero él la rechazó después de que ella falleciera en un accidente de coche. —La señora Turker suena entre afectada y sorprendida, como si diera por hecho que yo ya estaba al tanto de lo ocurrido—. Perdona. Es normal que no conozcas la historia. La chica era mayor que tú y estudiaba en otra facultad. Ocurrió el curso pasado. De hecho, diría que ya hace justo...

Un año.

Hoy hace justo un año.

Está hablando de Clarisse. Y de Logan. Y yo acabo de darme cuenta de que en realidad no sé nada de su historia, de todo lo que los unía. Estuvieron un año entero luchando por conseguir una beca con la que mudarse juntos al otro lado del mundo, a vivir lo que imagino que sería un sueño. Y, justo antes de irse, ella falleció y Logan decidió quedarse aquí.

Y hoy se cumple un año desde que eso ocurrió.

—Es una pena, ¿verdad? —prosigue la señora Turker derrotada—. Era una chica tan joven...

—Lo era. —Apenas puedo hablar.

—Espero que él reconsidere su decisión respecto al programa. Estoy segura de que volverán a ofrecérselo. Según he oído, el otro candidato ha rechazado la titularidad porque lo han nombrado capitán del equipo de fútbol.

Tampoco necesito que me dé nombres esta vez. Ryan Rossmert me dijo hace meses, en nuestra cita, que rechazaría la beca si lo ascendían en el equipo.

Supongo que Logan y él compitieron por obtener la titularidad de la plaza.

Hasta que Logan dijo que no.

Ahora todo encaja.

—Tengo que dejarla, señora Turker —hablo a toda prisa—. Gracias por llamarme. Le prometo que pensaré en lo del curso y le daré una respuesta lo antes posible.

Espero a oír su despedida antes de colgar el teléfono. Sin ser realmente consciente de lo que estoy haciendo, me siento en la cama para ponerme las botas, cojo el móvil y el abrigo, y salgo de la casa.

30

CLARISSE

Leah

Hace años desde la última vez que pisé un cementerio.

Un cielo cubierto de nubes oscuras se alza sobre los árboles a los que el invierno ha arrebatado las hojas. Hay un camino de grava que parte de la entrada y conduce más allá de la colina. Me invade el pensamiento de que, quizá, en primavera, cuando los campos se llenen de flores, este lugar será bonito. Ahora es gris, como un cuadro antiguo al que los años le han deteriorado el color. El frío hace que tenga que rodearme con los brazos para mantener el calor dentro del abrigo.

Cuando cruzo el portón de piedra de la entrada, todavía no tengo muy claro qué estoy haciendo aquí. Después de hablar con la señora Turker, solo podía pensar que necesitaba ver a Logan. Eso es lo que me ha impulsado a llamar a su abuela nada más salir de casa. Mandy y yo también llevábamos diez días sin hablar. Me ha parecido notar un deje de tristeza en su voz cuando ha respondido el teléfono y se ha dado cuenta de que era yo. Me ha dicho que, con suerte, podría encontrar a Logan aquí. Así que he venido.

Como todavía no tengo coche ni carnet de conducir, he tenido que coger el autobús. El trayecto ha durado unos cuarenta minutos, aproximadamente, y cuando me he bajado en la última parada (la del cementerio del pueblo de al lado, donde vivía Clarisse) he visto el coche de Logan en el aparcamiento. No sabría decir si eso me ha dado ánimos para seguir adelante o si casi hace que me eche atrás. Por suerte, el autobús se ha ido antes de que pudiera plantearme subir otra vez.

Mis botas salpican en los charcos del suelo mientras sigo el camino. Ha estado lloviendo todo el día y no me sorprendería que dentro de un rato empezara otra vez. Es miércoles, son las ocho de la noche y hace un frío terrible, por lo que el cementerio está prácticamente vacío. Solo hay un chico que, con las manos hundidas en los bolsillos de la sudadera, está apoyado contra una de las columnas que sostienen el techo de los laterales del recinto.

—Hola. —Mi voz no ha sido más que un susurro, pero, con lo seca que noto la garganta, me sorprende incluso haber sido capaz de hablar.

Logan aparta la mirada de la lápida para fijarse en mí. Es difícil descifrar lo que esconde su expresión, además de un profundo cansancio. Verlo tan demacrado hace que me pregunte si habrá dormido bien estos días. Me recrimino que, en realidad, no debería importarme; lo que había entre nosotros se ha terminado, así que ya no es asunto mío.

Y, sin embargo, aquí estoy. Porque sí que me importa. Y porque sé que Logan me necesita.

—Hola —contesta, todavía con los hombros hundidos.

Me está mirando a los ojos, lo que me provoca un torrente de emociones que me sacude por dentro. Llevo la vista al frente. Si bajo la guardia, puede que me eche a llorar, y no es el momento para eso; no he venido para hablar de mí o de nosotros, por mucho que el peso de la culpabilidad me oprima los pulmones.

Hay dos rosas rojas en el suelo, justo delante de la lápida. Aún no están marchitas. Debe de haberlas traído él.

Clarisse Trevor
27/12/2000 - 27/12/2020

Clarisse murió el día de su cumpleaños.

No tenía ni idea.

—Hoy no soy la mejor compañía del mundo, Leah —dice Logan a mi lado. Lo miro de reojo; él también ha bajado la vista a la tumba. No suena molesto, sino cansado, como si solo quisiera evitar discusiones—. Entendería que prefirieras marcharte. No estoy de humor para hablar con nadie.

—No tenemos por qué hablar.

«Eso no significa que vaya a dejarte solo.»

Para darle más énfasis a mi respuesta, me siento en el suelo. Logan permanece de pie durante unos largos segundos. Al final decide sentarse también. Me rodeo las piernas con los brazos mientras observo cada uno de sus movimientos. Estamos demasiado lejos. Nuestros hombros ni siquiera se tocan. Ojalá pudiera acercarme más.

Si lo que quiere es quedarse aquí, en silencio, es eso lo que haremos. Hoy es un día duro para él. Si la situación fuera al revés, Logan habría venido a buscarme sin pensarlo dos veces. Y por eso yo no puedo fallarle.

Somos amigos. Por encima de todo, como él dijo.

—Su familia ha organizado una ceremonia en su honor. Hoy. —Me sorprende que se atreva a hablar otra vez—. He estado viéndola desde lejos. Todo el mundo se ha ido hace una hora o así. Me pidieron que escribiese algo para leerlo en voz alta, pero les dije que no. Sabía que no iba a ser capaz.

—Clarisse no necesita que leas nada en voz alta para saber lo mucho que la quieres.

Esta vez sí que le sostengo la mirada. Parece roto. Demacrado. No, estoy segura de que no ha dormido. No anoche, al menos. Logan suspira, se quita el gorro y se pasa una mano por el pelo alborotado. Creo que se lo volverá a poner. Lo que hace en su lugar es ofrecérmelo.

—Póntelo. Te ayudará con el frío. Siento no tener nada mejor para darte.

Estoy demasiado sorprendida como para replicar. Lo cojo, me lo coloco y tiro de él hasta que me cubre las orejas. Una vez leí que la mayor parte del calor corporal se escapa por la cabeza. Dudo que un gorro de lana vaya a ayudarme a dejar de tiritar, pero no es a eso a lo que le doy importancia, sino a lo que se esconde detrás del gesto. Logan se preocupa por mí. En la misma medida en la que yo me preocupo por él.

Es lo único que necesito para reafirmar que estar aquí, a su lado, es lo correcto.

Con esto en mente, me armo de valentía y me muevo unos centímetros para acabar con la distancia que nos separa. Logan se tensa, pero no dice nada cuando entrelazo mi mano con la suya. Está helado. La atraigo hacia mi pecho para calentarla. Y después apoyo la cabeza en su hombro y me quedo así, aferrándome a él como puedo, sabiendo que podría apartarse en cualquier momento, durante unos minutos que se me hacen eternos.

Hasta que ocurre.

Es como un cristal agrietado que termina de romperse tras un golpe suave. Como uno de esos lagos que se congelan en invierno en los que corres el peligro de hundirte si pisas demasiado fuerte. Cuando la máscara de frialdad se resquebraja, por fin veo todo lo que había detrás de ese «vacío». En medio del cementerio, mientras el frío nos muerde la piel y el cielo amenaza con traer una tormenta, presencio el momento exacto en el que Logan se viene abajo.

Su tristeza me afecta tanto que a mí también se me enrojecen los ojos.

—Está bien —susurro. Dejo los miedos a un lado, le suelto la mano y me coloco entre sus rodillas para abrazarlo. Logan me atrae hacia sí y esconde la cara en mi cuello. Sus hombros tiemblan cuando suelta un sollozo que me rompe el corazón—. Está bien —repito—. Estoy aquí. —Los ojos se me llenan de lágrimas—. Estoy aquí.

Me seco las mejillas con la manga del abrigo y lo estrecho contra mí mientras él se rompe entre mis brazos.

Media hora después, mientras todavía seguimos abrazados, se pone a diluviar. Tiro de Logan para obligarlo a moverse y que nos marchemos antes de que la tormenta empeore. Al salir del cementerio, veo el autobús urbano en la parada, pero paso de largo y corro con Logan hacia su coche. Entramos jadeando y completamente empapados. El pelo mojado se me pega a la frente. Me abrazo para intentar entrar en calor mientras la lluvia repiquetea con fuerza sobre los cristales. Estoy tiritando. Logan lo nota y, nada más encender el motor, pone la calefacción al máximo.

No dice nada mientras conduce de vuelta a Hailing Cove. Yo tampoco me atrevo a romper el silencio; solo miro de reojo su semblante serio, sus nudillos blancos apretando el volante. No voy a mencionar nada sobre lo ocurrido en el cementerio. Sé lo mucho que le cuesta mostrarse vulnerable y no quiero incomodarlo. Pero ojalá no fuera tan hermético. Ojalá confiara en mí lo suficiente como para dejarme entrar. Quiero que me hable sobre Clarisse y que me cuente qué fue lo que pasó entre ellos y por qué, un año después, todavía sigue sintiéndose tan mal consigo mismo.

Espero que tome el desvío hacia mi casa, pero continúa por la carretera que conduce a la suya. Relajo los hombros, aliviada. No quiero decirle adiós todavía. En el momento en que nos despidamos, todo volverá a ser como esta última semana. Cada uno seguirá su camino, y yo lo echo de menos. Todavía llueve cuando aparca el coche y, cubriéndonos con los abrigos para no calarnos, corremos hasta su casa.

—Mis padres están en una cena de empresa. Y mi abuela también ha salido —me explica mientras entramos en el apartamento, que está vacío y en completo silencio. Cierro la puerta antes de seguirlo a su habitación. Logan se adelanta para abrir la cajonera—. Deberías cambiarte de ropa. Puedo dejarte algo o..., bueno, creo que Sash se dejó una sudadera cuando vino la semana pasada, si con eso te sientes más cómoda.

—Cualquier cosa estará bien.

Me mira por encima del hombro, como si no terminara de creerme. Después se pone a rebuscar en los cajones. Yo suelto un suspiro tembloroso y me froto los brazos, muerta de frío. Intento no fijarme demasiado en la habitación. La última vez que estuve con Logan también fue aquí; terminé llorando y confesándole lo que sentía. No es precisamente un buen recuerdo.

Me tiende una toalla y lo que parece un pijama de algodón. Cuando nuestros brazos se rozan por accidente, resisto el impulso de dar un salto hacia atrás.

—¿Te importa que me cambie en el baño?

—Como quieras. Sabes dónde está.

Salgo de la habitación, me encierro en el baño y me apoyo contra la puerta con los ojos cerrados. Necesito tranquilizarme. No tiene sentido mostrarme pudorosa después de la de veces que Logan ya me ha visto desnuda, pero dudo que cambiarme delante de él vuelva la situación menos incómoda. Me quito la ropa empapada y me seco con la toalla antes de ponerme la suya. Mis músculos, doloridos por el frío, agradecen el tacto cálido del algodón. Me desenredo el pelo húmedo con los dedos frente al espejo, y al final desisto y me lo recojo en el mismo moño de siempre. Yo también tengo aspecto de no haber dormido mucho. Dejo mi ropa y su gorro tendidos en el radiador de las toallas y salgo del baño.

Cuando regreso al dormitorio, creo que he decidido que voy a decirle que me marcho. Sin embargo, mi convicción se viene abajo cuando lo veo cerrar el armario y pasarse las manos por la cara, abatido. Él todavía no me ha visto. También se ha cambiado de ropa y ahora lleva una sudadera y unos pantalones de chándal.

—Logan —pronuncio su nombre con dulzura. Camino hacia él y le cojo la mano—. Estás helado. Vamos, ven.

Me sigue sin rechistar, pero titubea al ver que lo guío hacia la cama.

—Solo para entrar en calor.

Aparto las sábanas, tiro de él para que se tumbe conmigo y nos cubro con las mantas a los dos. Ahora la cama está fría, pero dentro de un rato adquirirá la temperatura perfecta y me costará aún más salir de aquí. Logan se coloca de lado para mirarme. Cuando alarga la mano y me toca, juraría que mi corazón deja de latir.

Despacio, me aparta el pelo húmedo de la frente y arrastra los dedos de mi sien a mi mejilla. Su toque me provoca escalofríos. Baja la mano y me acaricia el labio inferior con el pulgar. Me tiembla la respiración. O quizá tiemblo yo, al completo. Al cabo de unos segundos, deja de mirarme la boca. Sube sus ojos hasta los míos.

Aparta la mano.

—¿Cómo sabías dónde estaba? —susurra.

—Hablé con tu abuela por teléfono.

—No le conté adónde iba.

—Lo sé. Me dijo que era posible que estuvieras allí. No perdía nada por intentarlo.

—¿Fuiste hasta el cementerio sin estar segura de si realmente ibas a encontrarme?

—Necesitaba verte. Si no hubieras estado, habría cogido el autobús de vuelta y la habría llamado para preguntarle si se le ocurría algún otro lugar.

No me habría rendido.

Quiero que él lo sepa.

—Gracias por venir a buscarme.

—Tú habrías hecho lo mismo por mí.

Se tumba bocarriba en la cama con un suspiro. Meto la mano bajo la almohada para resistir el impulso de tocarlo. Ojalá pudiera acercarme sin miedo a que me rechace.

—¿Tienes frío? —pregunta al cabo de un rato.

—Estoy bien.

—Ven aquí.

—¿Por qué?

—Estarás mejor.

Obedezco sin vacilar. Logan me rodea con un brazo y me atrae hacia su pecho. Parece que haya pasado una eternidad desde la última vez que estuvimos así. Volver a él, a sus brazos, es como regresar a casa después de un largo viaje. Logan debe de sentirlo también, ya que suelta el aire con lentitud y su cuerpo se relaja junto al mío.

Nos quedamos en silencio durante tanto tiempo que, de no ser porque está acariciándome el pelo, creería que se ha dormido.

De pronto, dice:

—Clarisse y yo éramos amigos desde pequeños.

El corazón me da un traspié. Tuerzo la cabeza para mirarlo.

—No tenemos que hablar de esto si no quieres.

—¿Y si quiero? —Él parece dudar.

—Entonces, te escucho. Siempre.

Busco su mano para entrelazarla con la mía. El silencio regresa hasta que se atreve a continuar.

—No tengo ni un solo recuerdo de la infancia en el que ella no esté presente. —Sigue acariciándome el pelo, la cara, de forma distraída, como si así le resultara más fácil hablar—. Nos conocimos por casualidad. Una vez, cuando tenía nueve años, mi abuela me llevó al pueblo de al lado a visitar a sus amigas. Había una niña jugando en la carretera. Estaba aprendiendo a montar en monopatín. Tuvo la mala suerte de caerse al pasar por mi lado. Como es evidente, en vez de ayudarla, no se me ocurrió nada mejor que reírme de ella. Clarisse se levantó hecha una furia y me dio un pisotón. Luego me arrastró hasta mi abuela y le dijo que su nieto era un maleducado. Yo no me acuerdo de nada porque era muy pequeño, pero la abuela me lo ha contado muchas veces. Conociendo a Clarisse, me sorprende que no le dijera algo peor.

Cualquiera que lo oyese hablar se daría cuenta de lo mucho que la quería. A mí el corazón se me rompe un poco, porque sé que nunca se referirá a mí de la misma manera y supongo que tarde o temprano tendré que aceptarlo.

—Me alegro de que encontraras a alguien que te cantase las cuarenta. —Tengo que obligarme a no mostrarme afectada y a sonreír.

—Clarisse sabía mantenerme a raya —concuerda—. Después de ese día, nos hicimos amigos. Los dos teníamos personalidades fuertes, así que chocábamos mucho, pero acabamos acostumbrándonos a la forma de ser del otro. Solíamos vernos todos los fines de semana. Años después me saqué el carnet de conducir y nos volvimos inseparables. Estábamos siempre juntos. Era mi única amiga de verdad. No me llevaba mal con los chicos del instituto, pero no me sentía tan unido a ellos. Siempre he sido una persona... reservada. Y Clarisse me conocía. Estaba al tanto de los problemas que tenía con mis padres y sabía cómo distraerme cuando yo no era capaz de lidiar con el caos de mi cabeza. Nos entendíamos mejor que nadie.

—Por eso encajabais tan bien. —Quiero mirarlo a los ojos, de forma que me muevo para poner la cabeza sobre la almohada. Eso hace que Logan tenga que dejar de abrazarme. Y de tocarme el pelo.

Cruza las manos sobre el estómago, como si no supiera qué otra cosa hacer con ellas.

—Sí. Por eso era mi mejor amiga.

—Debía de ser una chica increíble.

—Lo era —concuerda con la vista fija en el techo—. Le apasionaba el cine. Vivía rodeada de cámaras y no dejaba de grabar y hacerle fotos a todo. Sus padres nunca la entendieron. La comparaban mucho con su hermano, Samuel, un imbécil al que el destino dotó de un buen cerebro. Fundó su propia empresa de informática con solo veintidós años. Clarisse no podía competir con él. Sus padres siempre la despreciaron. De hecho, cuando empezó la universidad, le dijeron que estaban seguros de que no conseguiría terminar la carrera. Creían que no era lo bastante lista. Samuel nunca la defendió. Supongo que le gustaba sentirse superior a alguien.

No me imagino cómo debió de sentirse Clarisse. Oliver y yo también somos muy diferentes, pero nuestros padres nunca nos han comparado. Que vayamos a tomar caminos distintos no significa que uno de nosotros sea «peor». Ojalá la familia de Clarisse hubiera sabido verlo.

Me pregunto si esa es una de las razones por las que ella ansiaba escapar.

—Fue él quien te pidió el tatuaje, ¿verdad? —aventuro, ya que ahora todo encaja—. Samuel, el hermano de Clarisse.

—Solo accedí a hacérselo porque sé que es lo que ella habría querido.

—Y eso dice mucho de ti. —Si lo que me ha contado es cierto, me imagino lo mucho que debió de costarle no mandar a Samuel al infierno antes de que este pudiera abrir la boca.

Pero se contuvo. Por ella.

—En nuestro último año de instituto, Clarisse empezó a salir con un chico. A mí me bastó con verlo dos veces para saber que era un idiota —prosigue—. No la trataba como se merecía.

—¿Ese fue el chico que filtró su fotografía?

—Lo hizo cuando rompieron. Estaba celoso de nuestra amistad. Discutían mucho porque no dejaba de pedirle a Clarisse que se alejara de mí. Ella siempre le decía que no, pero llegó un momento en el que empecé a notarla cada vez más distante. Hasta que un día..., bueno, pensé que no entendía por qué diablos estaba con él si llevaba años conmigo y yo siempre la había tratado mejor. Fui a su casa y le dije que sentía algo por ella. Clarisse alucinó. Nos había pillado por sorpresa a los dos. Después me dijo que ella sentía lo mismo. Rompió con el gilipollas de su novio para estar conmigo. Fue así como empezamos a salir. —Hace una pausa—. Estuvimos juntos unos siete meses.

Logan deja de hablar. Y lo agradezco. No sé si quiero seguir escuchando esta historia. No es que sean celos; no siento envidia ni odio por Clarisse. Pero había algo en ella que hizo que Logan corriera a decirle lo que sentía y ese algo no lo tengo yo.

No quiero saber lo que es.

No quiero descubrir por qué se enamoró de ella y no de mí.

No debería quedarme callada ahora que él se está abriendo conmigo. Sin embargo, no soy capaz de dejar mis sentimientos a un lado. Al notar mi silencio, baja la vista hacia mí. La expresión que tengo debe de exteriorizar muy bien lo que siento, ya que la suya se llena de tristeza. Y de culpa.

—Quizá deberíamos dejar el tema.

—¿Con cuántas personas has hablado sobre esto?

—Leah...

—¿Con cuántas?

—Con nadie más.

—¿Solo conmigo?

—Sí. Solo contigo.

—Está bien. Sigue hablando. Te escucho.

Necesita contárselo a alguien. Y no me importa ser esa persona si él se siente cómodo conmigo. Logan me mira con cautela, como si le diera miedo seguir hablando y terminar de romperme el corazón.

—No era como tú crees —me anticipa.

—Seguro que fue una relación maravillosa.

—Ese es el problema, Leah. No lo fue.

Un chispazo de emoción me estalla en el pecho. Me lo echo en cara enseguida. No puedo ser tan egoísta.

—No tienes que mentirme. No pasa nada.

—No miento, joder. Nosotros no... —Se incorpora cubriéndose la cara con las manos, frustrado. Yo también me siento en la cama—. Me siento un cabrón cada vez que intento decirlo en voz alta. Clarisse no se lo merece.

—¿Qué pasó? —inquiero con suavidad.

Él no le pone nombre a esa emoción, pero yo sé cuál es. Culpa.

Logan se siente culpable por muchas cosas.

—Fui feliz con ella. Te lo prometo. Fui feliz.

—Lo sé. —Solo que más bien parece que intente convencerse a sí mismo.

—Era diferente en esa época. Yo, quiero decir. A lo mejor te cuesta hacerte a la idea, pero por entonces era bastante... introvertido. Clarisse fue la primera chica con la que estuve. Fue mi primera novia, mi primer beso, mi primera vez. Yo no sabía lo que era el amor. Solo... me dejaba llevar. Fue bien durante los primeros meses. Después empecé a notar que había cosas que no encajaban.

—¿En qué sentido? —Me reacomodo para quedar frente a él y poder mirarlo a los ojos.

—A veces me daba la sensación de que no la quería lo suficiente —confiesa—. Había momentos en los que estábamos juntos y yo sabía que tenía que estar sintiendo algo y no había nada. Me obligaba a tener... ciertos detalles con ella, aunque a mí no me apetecieran, porque no quería hacerle daño. Y me sentía tan... jodidamente culpable. No entendía por qué no era capaz de sentir nada por alguien que me lo estaba dando todo. Se suponía que yo...

—No estabas enamorado de ella. —Es una revelación para mí también. Logan me mira. Contesta con la voz ronca:

—Pasé mucho tiempo creyendo que nunca sería capaz de sentir nada por nadie. Que era defectuoso.

Por eso marcó esos límites conmigo desde el principio. No fue porque todavía siguiera enamorado de Clarisse, sino porque estaba convencido de que debería haberlo estado, y eso no ocurrió.

—No asumí lo que ocurría hasta tiempo después —prosigue—. Al principio pensaba que todo se debía a que estábamos pasando una mala época. No me planteé ninguna otra opción... Al menos, no hasta que se fue. —El dolor envuelve su mirada cuando la fija de nuevo en la mía—. Discutimos esa noche. La noche que murió. No solo no pude despedirme de ella, es que además estábamos peleados.

Comienzo a negar con la cabeza. Me imagino por dónde van los tiros y no me gusta nada.

—Nada de lo que pasó fue culpa tuya.

—Sí que lo fue. La cagué. La cagué más de lo que la había cagado nunca.

—Logan...

—Era la noche de su cumpleaños —me interrumpe, como si necesitara soltarlo de una vez, como si las palabras le estuvieran arañando por dentro—. Clarisse llevaba rara unos días. Distante. Las Navidades eran unas fechas difíciles para ella, ya que implicaban pasar tiempo con su familia, así que creí que era por eso. Íbamos a pasar esa noche juntos en mi casa. A pesar de lo que te he dicho antes, me gustaba estar con Clarisse. Y me sentía... emocionado por que fuéramos a pasar tiempo juntos por fin. Mis padres se habían largado. Mi abuela había salido. Hacía mucho que no estábamos a solas. Pero supe en cuanto la vi que algo no iba bien.

Le tiemblan las manos. Justo como hizo él cuando yo me vi en la misma situación, cojo la que está más cerca y la entrelazo con la mía.

—Al principio no quiso decirme lo que ocurría. —Se aclara la garganta. Parece que le cueste hablar—. Yo..., bueno, nunca he sido una persona con mucha paciencia. Y la presioné. Fui un auténtico capullo con ella. Nos pusimos a discutir porque yo no podía entender por qué coño no me lo contaba. Y entonces Clarisse se puso a llorar y estalló. Me dijo a gritos que ya no podía seguir conmigo porque se había enamorado de otra persona. Y esa persona era una chica.

La perplejidad se adueña de mi expresión. Abro la boca para decir algo, pero no me sale nada. Logan me suelta y se frota la cara, consternado.

—Eran compañeras de clase. Se veían a menudo y... no sé, algo debió de surgir entre ellas. Por eso Clarisse había estado tan distante. Me dijo entre lágrimas que teníamos que dejarlo. Y después me pidió que llevásemos la ruptura en secreto hasta que ella hablara con sus padres. Le daba miedo cómo pudieran reaccionar. Y tenía sus razones. Debería haberla entendido. Pero no era capaz de ponerme en su piel. No en ese momento, cuando yo todavía estaba... asimilando lo que acababa de pasar. —Traga saliva—. No sentía nada —añade—. Me quedé bloqueado. No fui capaz de reaccionar. Clarisse seguía llorando a lágrima viva y diciéndome que lo sentía y yo no sabía si estaba triste, enfadado o decepcionado. Lo único que hice fue preguntarle si me había engañado con ella. Le cambió la cara. No hizo falta que respondiera. Supe que lo había hecho. Así que me largué y la dejé allí.

—En tu casa —puntualizo con cuidado.

—Sí. Y yo me metí en el primer bar que encontré, bebí hasta que todo empezó a darme vueltas y acabé en mi coche con otra chica.

Hay un silencio corto durante el que Logan es incapaz de continuar. Ahora entiendo por qué todo el mundo piensa que la engañó esa noche.

—Actuaste por despecho —murmuro.

—No llegó a pasar nada. Estaba borracho, pero me di cuenta enseguida de que era un error. La chica se largó, esperé hasta que se me pasaron los efectos del alcohol y después conduje de vuelta a mi casa. Clarisse seguía despierta. Había estado llamándome toda la noche, preocupada porque yo no daba señales de vida. Me preguntó a gritos dónde había estado, se lo conté y tuvimos la peor discusión que habíamos tenido nunca. Acabó tan harta que me dijo que se largaba. Era de madrugada y estaba nevando. Sabía que su coche no tenía cadenas para la nieve. Sabía que sería peligroso. Sabía que debía detenerla y aun así el orgullo me pudo y no lo hice. —Suelta un suspiro tembloroso—. Tuvo un accidente en la carretera. Perdió el control del coche. La policía la encontró al día siguiente y nos dijeron que había muerto en el acto.

Pestañeo. Tengo los ojos anegados en lágrimas. Lloro por Clarisse y por la forma tan injusta en la que el destino decidió llevársela, pero también por Logan, porque siento su dolor e intuyo la clase de cosas que ha estado diciéndose a sí mismo durante este año.

Vuelvo a negar con la cabeza incluso antes de que él hable.

—Soy un cabrón.

—No lo eres. —Me levanto sobre las rodillas e intento tocarlo, pero se aparta.

—Fue culpa mía. Si me hubiera quedado a escucharla, si hubiera entendido sus razones, nunca...

—Tú no sabías lo que iba a pasar.

—Debería haberlo sabido. Actué por impulso.

—Tu novia acababa de decirte que estaba enamorada de otra

persona y que teníais que mantener la ruptura en secreto. Joder, Logan. No sé cómo habría reaccionado yo.

—No le eches la culpa —me suplica con la voz ronca—. Clarisse tenía sus motivos. Sus padres...

—La entiendo, pero también te entiendo a ti —lo corto con firmeza—. Entiendo que no supieras cómo gestionar la situación. Entiendo que te marcharas porque necesitabas alejarte de ella. Y entiendo... entiendo que actuaste por impulso y te echaste atrás. No eres de piedra. Deja de actuar como si no pudieras permitirte sentir nada.

—Lo que estuvo a punto de pasar en ese coche fue un error.

—Pero eres humano y los humanos se equivocan. Ha pasado un año desde esa noche. Clarisse no querría que siguieras castigándote.

—Ella nunca me habría perdonado.

—Estoy segura de que ya lo ha hecho.

Ahora sí que me deja acercarme para abrazarlo, justo como he hecho antes, en el cementerio. Esta vez Logan no solloza, no se rompe, pero noto su respiración temblorosa cuando me rodea la cintura con los brazos para estrecharme contra sí. Ojalá pudiera borrar esos pensamientos horribles que acaparan su mente, quitarle todo el dolor.

—Eres una buena persona —le aseguro en voz baja—. Yo te conozco. Y lo sé. Y apostaría lo que fuera a que Clarisse estaría de acuerdo conmigo. Deja de ser tan duro contigo mismo. No te lo mereces. —Hago una pausa—. No se lo contaste a nadie, ¿verdad? Lo de Clarisse y esa chica. Por eso todo el mundo cree que la engañaste.

—Kenny sí que lo sabe. Pero no, no se lo conté a nadie más. Por respeto hacia ella.

Me alejo para mirarlo a los ojos. Me pregunto cómo no es capaz de ver que la impresión que tiene de sí mismo no se corresponde con la realidad.

—Eres una buena persona —insisto.

Lo que veo en sus ojos me destroza. Da igual cuánto se lo diga. No se lo cree.

Me agarra las muñecas con cuidado para apartar mis manos de sus mejillas.

—La otra noche, cuando discutimos..., quiero que sepas que no fui a ninguna parte. Me quedé en el sofá hasta que amaneció. No me moví de casa. No estuve con nadie, Leah. Yo jamás...

—Lo sé. —No dudo de él, ni siquiera aunque ya no haya nada entre nosotros y técnicamente tengamos la libertad para estar con otras personas.

—No quiero que después de lo que te he contado creas que yo... —Se atranca con las palabras—. No habría sido capaz de hacerte eso. No quiero que tengas esa concepción de mí.

—No la tengo. No me lo había planteado.

—¿De verdad?

—Te lo prometo.

Confío en él. Mucho más de lo que confié en Hayes en su día, lo que es irónico, porque Hayes y yo sí que tuvimos una relación. Me he sentido más segura durante estos dos meses con Logan que durante todo el tiempo que estuve con mi ex. Es uno de los motivos por los que me arrepiento tanto de lo que le dije. No son iguales. Ni por asomo. A Hayes no le importó hacerme daño. Y Logan preferiría romperse el corazón a sí mismo antes que rompérmelo a mí.

Ser consciente de que, pese a eso, lo mejor es alejarme de él es terriblemente doloroso.

Cuando deja caer la frente contra la mía, sé que tendría que apartarme, pero no me muevo. Mantengo los ojos abiertos y me recreo observando su perfil. Estamos tan cerca que nuestros alientos se mezclan. Me asalta el pensamiento de cómo sería besarlo ahora mismo, de si él me correspondería. Por suerte, se mueve antes de que cometa una estupidez. Me da un beso en la cabeza y me abraza de nuevo.

Noto el anhelo en cada uno de sus movimientos, lo mucho que le cuesta dejar de tocarme.

No me molesta. Pero sí me duele.

—Gracias por escucharme —musita a media voz.

—No las des. Lo haré siempre que lo necesites.

—Siento no haber hablado contigo de esto antes. Siento ser tan cerrado y tan... hermético. No es que no confíe en ti. Es que hablar sobre ella me resulta tan... difícil. —Se separa de mí, afligido—. No he leído nada en la ceremonia porque ni siquiera soy capaz de pensar en Clarisse. No me lo permito. Y sé que eso está mal. Se merece que la recuerden. Debería...

—Deberías permitirte sentir —repito—. Aunque lo que sientas te provoque dolor.

—Es complicado.

—Lo sé. Pero deberías hacerlo. Deberías hablar sobre ella y permitirte recordar lo que teníais. Clarisse forma parte de tu vida. Dibújala si te apetece, escribe sobre ella, mira vuestras fotos. El dolor no desaparecerá hasta que te enfrentes a él y dejes de evitarlo.

—¿Y si no desaparece nunca?

—Aprenderás a vivir con él. Y seguirás adelante, como has hecho hasta ahora, como haces siempre.

Agarra la mano con la que le sujeto la mejilla y me da un beso en la muñeca. Lo siguiente que sé es que me lleva consigo mientras vuelve a tumbarse en la cama. Nos tapa de nuevo con las sábanas calientes. Miro hacia la ventana; fuera ha dejado de diluviar. Por más tentadora que sea la idea de quedarme a dormir, ambos sabemos que no es lo correcto.

—Pareces cansado. —No puedo contener el impulso de decírselo. Tiene las ojeras bastante más marcadas que de costumbre.

—Estoy bien —contesta él.

—¿Seguro?

—Ahora ya sí.

—Debería volver a casa antes de que vuelva a llover —susurro, justo cuando él estaba a punto de tocarme la mejilla. Su mano se queda suspendida en el aire.

—¿No prefieres quedarte?

—¿Tú quieres que lo haga?

—Leah, yo no quiero que te vuelvas a ir.

Eso hace que mi corazón se agriete. No debo hacerme ilusiones. El otro día me dejó claro que no quería que diésemos pasos hacia delante. Y yo no puedo permitirme volver atrás.

—Solo esta noche —accedo sin poder evitarlo.

Haciéndome la fuerte, giro sobre el colchón y le doy la espalda. Dudo que Logan vaya a replicar y, en efecto, los minutos pasan y él no dice nada. Mi lado racional me advierte que debería seguir marcando distancia entre nosotros, pero es justo lo contrario de lo que opina mi corazón, que ansía seguir en la cama, con él, sin que importe nada más.

—¿Puedo abrazarte? —me pregunta.

Noto la vulnerabilidad en su voz.

Decido no resistirme. Solo por hoy.

—Por favor.

Él no se hace esperar. Me pasa un brazo por la cintura y suspira al tirar de mí para pegarme a su cuerpo. Esconde la nariz en mi cuello y yo cierro los ojos.

—Te he echado de menos —confiesa.

Se me forma un nudo en la garganta.

—Buenas noches, Logan.

Tarda un rato en responder. Durante un instante, guardo la esperanza de que me discuta y me diga que no quiere estar conmigo solo durante esta noche; que, sea lo que sea lo que siento yo, él lo siente también. Que no me ve solo como una amiga. Que nada de lo que ha pasado ha sido un error porque él también está enamorado de mí.

Apaga la luz.

—Buenas noches —contesta, y después se hace el silencio.

31

EL CAMINO CORRECTO

Logan

Después de Año Nuevo, la abuela y yo hacemos las maletas para volver a Portland. Pasar las vacaciones de Navidad en casa de mis padres siempre es un auténtico suplicio. Además, echo de menos mi vida en la ciudad: salir a correr por el río, pasar las tardes trabajando en el estudio de tatuajes e incluso ir a clase; cualquier cosa que me ayude a mantener la cabeza ocupada y lejos de todos los asuntos que me torturan últimamente.

Quedamos en que saldremos a la mañana siguiente, temprano, con vistas de llegar a Portland al mediodía. No obstante, cuando nos subimos al coche mi abuela me pide que demos un rodeo para visitar un lugar antes de marcharnos. Sigo sus indicaciones hasta que nuestro destino está tan claro que ya no necesito hacerlo. Subimos la colina en la que se encuentra el museo de Hailing Cove, que antes pertenecía a mi familia.

Aparcamos y salimos del vehículo.

—Está igual que siempre, ¿verdad?

—Creía que Russell iba a demolerlo —comento. Russell es el extranjero que compró la propiedad. Como mis padres no quisieron quedárselo y mi abuela ya no podía mantenerlo sola, no le quedó otro remedio que vendérselo.

—Lo intentó, pero no le dieron los permisos. Anna, mi amiga del pueblo, me ha dicho que al parecer Russell planea reabrirlo. Imagino que no le hace especial ilusión, pero es la única forma que tiene de sacarle algún beneficio. —Me indica con un gesto que la siga—. Vamos. Aunque no entremos, al menos podemos pasear por los jardines.

La abuela tiene razón; todo sigue justo en el mismo lugar. Hace mucho desde la última vez que vine. El museo está a las afueras de Hailing Cove, lo bastante lejos como para que no haya que pasar cerca de él cuando se circula por el pueblo. Creo que lo he estado evitando, justo como evito todo lo que corre el riesgo de hacerme daño. No habría soportado verlo, aunque fuera de lejos, y encontrarme con el lugar en el que pasé mi infancia demolido para que Russell pudiera construir su dichoso hotel. Sin embargo, sigue aquí. Y lo ha estado durante todos estos meses en los que yo no me he atrevido a venir.

Es una de las muchas cosas que me he perdido por dejarme llevar por el miedo.

Se nota que Russell tiene abandonado el lugar, ya que el jardín se encuentra bastante descuidado; el césped está sin recortar y lleno de malas hierbas, los arbustos no se han podado y el agua de la fuente parece estancada. Aun así, los pájaros pían y la brisa fresca del invierno mueve las hojas de los árboles. Este lugar sigue teniendo su encanto. Sigo a la abuela por el mismo camino de grava que recorríamos cuando era niño.

—¿Te acuerdas de ese viejo olmo? —Señala un árbol con la cabeza. Se le han caído las hojas y las raíces sobresalen en el suelo—. Si todavía dependiera de mí, nunca lo habría dejado crecer tanto.

—El abuelo siempre se quejaba cuando entrabas en modo jardinera —recuerdo con una media sonrisa.

—¡Ah, ese hombre cascarrabias! Nunca entendió que solo hacía lo mejor para el jardín. Es como la vida misma, chico. A veces uno necesita desprenderse de las ramas viejas y débiles para que crezcan otras nuevas.

Terminamos de subir la colina y nos sentamos frente al banco de madera roída que hay delante de la fuente. La abuela echa la cabeza hacia atrás para que el sol le dé en la cara.

—¿Lo echas de menos? —le pregunto—. Al abuelo.

—La respuesta es más complicada de lo que crees.

—¿Eso quiere decir que no?

—Claro que echo de menos a tu abuelo, Logan. Estuvimos juntos cuarenta y cinco años. Muchas de las cosas que hago a diario me recuerdan a él. A veces le echo al café dos azucarillos y pienso que él me habría aconsejado, entre gruñidos, que le pusiera solo uno, aunque sabía que yo nunca le haría caso. —Su tono se tiñe de humor—. Así que sí, lo echo de menos. Era mi marido, mi compañero de vida. Pero no es un secreto que durante la mayor parte de nuestra relación me sentí... atrapada.

—Tú no querías quedarte aquí —aventuro, ya que me lo ha dejado caer en alguna ocasión—. No querías esta vida. No tenías pensado casarte y formar una familia.

—No era mi sueño, pero fue mi decisión. Y no me arrepiento de nada. Si no me hubiera casado con tu abuelo, nunca habríamos tenido a tu madre y ahora tú no estarías aquí, amargándome la existencia. Mi vida de anciana sería mucho más tranquila y aburrida.

—¿Qué te habría gustado hacer? Si no te hubieras quedado con él, ¿a qué habrías dedicado tu vida?

La abuela me dedica una sonrisa triste.

—Sabes a qué.

—Habrías viajado.

—Hasta el lugar más recóndito del mundo.

—Clarisse y yo soñábamos con lo mismo.

—Lo sé. —Su mirada se llena de cariño—. Eres nieto de tu abuela, sin duda. Llevas mi curiosidad en los genes.

—¿Y no te sientes culpable? —La pregunta escapa de mis labios de forma impulsiva. La abuela guarda silencio a la espera de que continúe. Carraspeo—. Por pensar... ese tipo de cosas sobre el abuelo ahora que no está.

—John fue mi compañero de vida. Nos queríamos, pero soñábamos con tomar caminos diferentes. Aun así, yo decidí quedarme con él. Es complicado. Eran otros tiempos. Teníamos menos oportunidades. Como te he dicho, no me arrepiento de mi decisión, pero eso no significa que a veces no piense en la vida a la que renuncié. Si intentara convencerme de que este era mi verdadero camino, estaría engañándome a mí misma. Y no hay nada más injusto que negar lo que uno es.

—A pesar de todo, fuiste feliz con él, ¿verdad?

—Siempre —me asegura—. Tu abuelo me amaba. Era un buen hombre. Me habría ayudado a cumplir mi sueño si hubiera tenido la posibilidad.

Pero no la tuvo. Llevo la vista hacia delante, donde unos pajarillos juegan con el agua estancada de la fuente.

—¿Y si uno no está a la altura del camino que quiere escoger? ¿No sería injusto por mi parte tomarlo de todas maneras?

—¿Quién eres tú para juzgar si estás o no a la altura?

—Se merece algo mejor.

—Dudo que Leah esté de acuerdo.

Nuestras miradas se encuentran. Hace mucho que no le hablo de Leah, pero seguro que sabe que algo ha ocurrido entre nosotros. Ha estado todas las vacaciones sin pasarse por casa. Y dudo que yo haya sido el único que la ha echado de menos.

—Me contó que habló contigo hace unos días —menciono—. Sé que le pediste que fuera a buscarme.

—No le pedí que te buscara. Ella me preguntó dónde podría encontrarte y yo se lo dije. No es lo mismo. —Al notar mi mirada de confusión, añade—: Sabía que os habíais peleado. No quería entrometerme.

Enarco una ceja.

—Sería la primera vez.

—No quería ponerte las cosas fáciles, muchacho.

Suelto un resoplido. Qué mujer.

—Rompió conmigo. —Me siento raro al decirlo en voz alta, ya que, en realidad, no había nada que «romper».

—Lo sé.

—¿Te lo ha contado?

—No, pero sabía que era imposible que tú hubieras roto con ella. Estás más colado por esa chica de lo que has estado nunca por nadie.

Noto la garganta seca. Tiene razón en lo de que yo no la habría dejado. De hecho, no puedo ni imaginarme unas palabras así saliendo de mi boca.

—Le hablé sobre Clarisse.

Me mira de reojo.

—¿Se lo contaste todo?

—Sí. Todo.

—¿Y no salió huyendo despavorida?

—No. —Pongo los ojos en blanco.

—Qué raro. —Chasquea la lengua—. ¿Así que resulta que no eres una persona horrible, como tú pensabas?

—Utilizar el sarcasmo cuando intentas darme lecciones de vida te resta sabiduría, ¿sabes?

—Leah ve a través de ti. Por eso no se fue.

—Quizá no me vea del todo.

—Te ve mejor de lo que tú te ves a ti mismo.

—No quiero hacerle daño, abuela.

—Y tampoco que ella te lo haga a ti.

—¿No es comprensible?

—No trates de esconder tu corazón, chico. A veces intentar evitar el dolor solo provoca más dolor. Uno puede encerrarse en una burbuja, sin que nadie le haga daño, sin recibir ningún roce, sin que haya ningún golpe que le haga aprender de la experiencia, hasta que la vida se le escape de las manos y, al echar la vista atrás, descubra que no ha vivido realmente. O también puede romper la burbuja y arriesgarse a salir, con todo lo que eso conlleva. Es una decisión individual.

Pienso en Leah, en lo que me dijo la otra noche en mi habitación. Que tenía que permitirme *sentir*. Quizá sí que haya estado evitándolo durante todos estos meses. A lo mejor encontré un lugar seguro en ese vacío. Fingir que no sientes nada da menos miedo que llenarse de cosas.

—Quise a Clarisse, ¿verdad?

—Sí. Mucho. —Noto la tristeza en su voz. La abuela también conoció a Clarisse. La quiso como a una hija.

—Pero no debería sentirme culpable por no haberme enamorado de ella.

—Claro que no. Clarisse tampoco estaba enamorada de ti. Teníais un vínculo muy fuerte, pero confundisteis dos tipos de amor. No estabais hechos el uno para el otro. No en el sentido romántico, al menos. Habríais vuelto a ser solo amigos tarde o temprano.

Nunca supe nada sobre la chica de la que Clarisse se enamoró. No me dijo su nombre, ni su edad, ni cómo eran su físico o su personalidad. Sí que mencionó que eran compañeras de clase, pero, aunque alguna vez me planteé buscarla, jamás lo hice. Meses después me di cuenta de que no le guardaba rencor. Ni a ella ni a Clarisse.

Sea quien sea, le deseo todo lo mejor.

—Leah me dijo que estaba enamorada de mí. —Y no solo eso. Me confesó que le gusto desde el instituto. Y yo ni siquiera sabía cómo se llamaba antes de que coincidiéramos en esa fiesta por casualidad.

Estuvo mucho tiempo ahí, frente a mis narices.

Y yo no la vi.

—Se habrían llevado bien, ¿verdad? —comenta la abuela—. Clarisse y ella.

Se me forma un nudo en la garganta.

—Habrían sido buenas amigas.

—Un peligro para tu integridad —bromea.

—No me habrían dejado pasarme de listo. —Me río mientras sorbo por la nariz y me seco los ojos.

Ella guarda silencio un instante.

—A veces pienso que te la envió ella —admite—. Que Clarisse encontró a Leah y decidió mover los hilos para que vuestros caminos se cruzasen.

—En ese caso, seguro que le encantará ver cómo no dejo de cagarla.

Echo la cabeza hacia atrás con un suspiro. Con el rabillo del ojo, veo a la abuela sonreír.

—No seas tan duro contigo. Clarisse ya estaba acostumbrada a que metieras la pata. No te lo tendrá en cuenta.

Eso me hace reír. Vuelvo a secarme los ojos y luego pierdo la vista en el cielo. Ahora pienso en Clarisse a menudo. Desde que le conté a Leah nuestra historia, hacerlo duele menos. Hablar de ella con la abuela con tanta naturalidad es extraño, pero también me hace sentir bien, como si por fin estuviera acogiendo el recuerdo en vez de evitarlo a toda costa.

¿Leah y ella? Claro que se habrían llevado bien.

A Clarisse le habría bastado con hablar dos veces con ella para considerarla su nueva mejor amiga.

Ahora que le he dado rienda suelta a mi mente, me asaltan una enorme cantidad de preguntas, como qué habría ocurrido si hubieran llegado a conocerse de verdad, si Leah y Clarisse hubieran coincidido en mi vida en el mismo tiempo y espacio; si en el instituto hubiera mirado alrededor y hubiera visto a Leah sentada en la mesa más recóndita del comedor. Me pregunto si me habría fijado en ella entonces. Tengo tan claro que la respuesta es «sí» que me da incluso miedo.

—¿Cómo sabe uno si está enamorado?

—Todo encaja —contesta la abuela—. Cuando encuentras a la persona correcta, entiendes por qué no ha funcionado con nadie más.

Trago saliva. Con fuerza.

—Rechacé la beca para Alemania.

—Lo sé.

—Pero han vuelto a ofrecérmela.

—Y estás planteándote aceptar.

—Solo hay una razón por la que todavía no lo he hecho.

Leah.

Durante toda la semana he resistido el impulso de presentarme en su casa para que hablemos. Aunque hayamos recuperado el contacto, solo nos comunicamos por mensajes y de vez en cuando. No es suficiente. Quiero más de ella. Por mucho que se esforzara la otra noche en mantener las distancias, la conozco. Sé que quiere estar conmigo. Por eso me duele que siga empeñada en alejarse de mí. ¿No estoy a la altura? ¿Es eso? ¿De verdad cree que no soy lo suficientemente bueno?

Si es así, nada de lo que le diga la hará cambiar de opinión.

Soy un cobarde.

Me aterra abrirme y que no sirva para nada.

No obstante, la abuela tiene razón cuando me aconseja:

—Tienes que hablar con ella.

—Cuando estás en medio de dos caminos, ¿cómo sabes cuál es el correcto? —le pregunto yo.

—Siempre es el que da más miedo.

—No sé si eso me ayuda.

—A veces tomar un camino no significa renunciar al otro —responde—. Solo tardas más en llegar. Y garantiza que, cuando lo hagas, estarás completamente preparado.

Una vez que llegamos a Portland, dejo a mi abuela en casa, bajamos juntos el equipaje y cojo de nuevo el coche para ir al mirador. Tenía intenciones de subir a la montaña, pero se ha puesto a diluviar. Aparco en la explanada de asfalto y apago el motor. Me quedo a oscuras mientras la lluvia cae sobre los cristales. A solas. En silencio.

Me saco el móvil del bolsillo. Le he escrito a Leah para preguntarle cómo ha ido la mudanza a la residencia. Me ha contestado de forma escueta. No he vuelto a decirle nada porque no soporto que ahora nuestras conversaciones se sientan tan forzadas. Me gustaría llamarla, avisarla de que voy a pasarme a recogerla para que vengamos juntos aquí. Ni siquiera necesito que hablemos. Me bastaría con estar con ella, en silencio.

Salgo de nuestra conversación y busco ese otro contacto.

Le doy a «grabar audio».

—Hola, Clarisse.

Hay un momento de silencio.

—He perdido la cuenta de la de veces que he hecho esto durante este último año —continúo finalmente—. No soy... no se me da bien expresar lo que siento. Aun así, a veces necesito que me escuchen y me gusta pensar que, aunque ya no estés aquí, tú todavía lo haces. Me he desahogado mucho contigo. No dejo de preguntarte si me habrías perdonado. —Otra pausa. Noto el pecho denso, pesado—. Pero acabo de darme cuenta de que nunca te he dicho que lo siento.

El contador sigue corriendo cuando vuelvo a quedarme callado. Es verdad. No lo he hecho nunca. Le he mandado cientos de mensajes y aun así nunca me he disculpado por lo que hice.

—No soporto pensar en lo que pasó esa noche. Estaba seguro de que tú nunca me perdonarías. Pero sí que lo habrías hecho, ¿verdad? Yo no te guardo rencor. Sé que te habría pasado lo mismo. Me habrías perdonado porque yo también te perdoné a ti. Sabíamos que no iba a funcionar. Pero siento que tuviera que acabar así. Siento lo que estuvo a punto de pasar con esa chica en el coche. Siento no haber impedido que te fueras. Siento que no estés aquí. Siento no haber sido capaz de hablar de ti durante todos estos meses porque estoy ahogándome con la culpa. —Cojo aire. Me escuecen los ojos—. Ahora sé que tú ya me has perdonado. Y que yo soy el único que todavía no lo ha hecho.

Las lágrimas no me dejan ver con claridad. Me las seco con el brazo. El móvil me tiembla en la mano.

—Ha pasado un año desde que te fuiste, el mundo sigue funcionando y, si no me subo a bordo, voy a acabar quedándome atrás. Me he dado cuenta de que la vida no espera a nadie, aunque nos parezca injusto. —Cierro los ojos, suplicando que ella esté aquí, escuchándome, que esto de verdad sirva para algo—. No estoy solo aquí abajo, Clarisse. Tengo a Kenny. Y a Sash. Y he conocido a una chica. Leah. Estoy seguro de que te gustaría. Mi abuela piensa que os llevaríais bien. Y yo... te echo de menos. Siempre serás mi mejor amiga. Pero quizá sea el momento de dejarte ir, ¿verdad? Quizá tenga que armarme de valor de una vez por todas y seguir adelante.

Y el primer paso es no huir del dolor.

Corto el audio, dejo que se envíe y lo elimino, como siempre. Y, secándome las lágrimas, salgo de la aplicación y entro en la galería. Busco la carpeta que contiene las fotografías y los vídeos de Clarisse. La abro. Y todos los recuerdos vuelven de golpe.

Esta vez los recibo con los brazos abiertos.

Hay fotografías de cuando éramos pequeños, pero la mayoría son recientes, de nuestros últimos años de instituto y el primero en la universidad. Clarisse tenía la costumbre de llevar una cámara siempre consigo, por lo que mirar el álbum es como pasear por nuestra historia. Miro las fotos del baile de fin de curso, de nuestra graduación, las de ese verano, cuando nos fuimos juntos de vacaciones. Me río entre lágrimas al ver el vídeo que grabé cuando se le ocurrió retar a mi abuela a jugar al Twister. Mientras la lluvia cae con ímpetu y el aire de invierno me hiela los pulmones, me permito recordarla.

Entonces, llego al último vídeo.

Cuando le doy a «reproducir», ya sé lo que voy a encontrarme. Recuerdo ese día como si hubiera sido ayer.

Lo primero que se oye es la risa de Clarisse, que sostiene la cámara. En el vídeo aparezco yo, en mi cama, sin camiseta, recién despertado. Es de poco después de que empezáramos a salir, cuando los dos teníamos dieciocho años. Clarisse hace *zoom* para enfocarme en primer plano.

—Logan Turner —dice—. Cuando tú y yo seamos mayores, vamos a recorrer el mundo.

Mi yo del vídeo esboza una sonrisa.

—Lo haremos.

—No importa lo que opinen los demás.

—¿Por dónde te gustaría empezar?

—Por Europa.

—¿Francia? ¿Bélgica?

—No. Alemania. Y le daremos una vuelta completa al mundo hasta acabar justo en el mismo lugar.

—Suena bien. —Sigo sonriendo.

—Tendremos que llevarnos un recuerdo de cada país.

—Un tatuaje.

—¿Hablas en serio?

Me señalo el pecho al descubierto.

—Tengo todo este espacio reservado para nosotros.

Clarisse suelta una risita. El plano se tambalea cuando gatea sobre la cama para acercarse. Se coloca delante de mí, mirándome a los ojos, y nos enfoca a los dos con la cámara.

—Un tatuaje por cada país que visitemos juntos —recita en voz alta—. ¿Es una promesa?

Y yo contesto:

—Es una promesa.

El vídeo termina. La pantalla se queda en negro.

Me cuesta respirar.

Vuelve a iluminarse con la llegada de un mensaje.

Clarisse
¿Quién eres?

32

SILENCIO

Leah

Mis padres me llevan a Portland después de las vacaciones para ayudarme con la mudanza. En nuestro apartamento no hay nadie. Aunque todo apunta a que Linda sigue en casa de su familia, agradezco que nos demos prisa en recoger mis cosas. No me gustaría que apareciese de pronto por aquí y tener que evitar que mamá desate su furia contra ella. El mes pasado llamé a la casera para comunicarle que no iba a quedarme en el piso este semestre. Me preguntó si conocía a alguien que pudiera querer alquilar mi habitación, y le dije que no. Serán Linda y ella las que se encarguen de buscar una sustituta. Lo que ocurra en esta casa ya no es mi problema.

Mis padres tienen que volver a Hailing Cove antes de que anochezca porque Oliver está solo en casa. Me dejan en la residencia con la maleta y un montón de cajas que deshacer, y es Carol, la dueña, quien me recibe y me conduce a mi nueva habitación compartida. Me informa de que mi compañera no llegará hasta dentro de dos semanas, así que durante estos primeros días tendré algo de intimidad. Me da las llaves, me explica los horarios de la biblioteca y la sala de estudio, y me deja sola. Me paso el resto de la tarde deshaciendo el equipaje.

Esa noche, cuando me dejo caer en la cama completamente agotada y veo las estrellas que la antigua inquilina dejó pegadas en el techo, pienso que no me costará acostumbrarme a este lugar.

Aun así, el tema de la residencia es provisional. Mis padres no pueden permitirse que me quede más de un semestre, así que tendré que buscar un alojamiento más barato de cara al próximo año. Logan me escribe para preguntarme cómo ha ido la mudanza, se lo cuento y no vuelve a contestar. Al final dejo el móvil de lado y decido irme a dormir. Me siento patética esperando un mensaje que nunca va a llegar.

Aunque las clases no empiezan hasta el miércoles, el lunes por la tarde me paso por la facultad para hablar con la señora Turker. Nos reunimos en su despacho y preparamos la solicitud para el curso del que me habló. Al parecer, este año se celebra en Washington, dura dos semanas y es a gastos pagados. La señora Turker me asegura que es muy probable que me concedan una plaza. Salgo de la facultad entusiasmada y deseando que pasen los días para que me den por fin una respuesta.

He quedado con Sasha para cenar. Sin embargo, cuando cojo el móvil para preguntarle dónde está, me encuentro con un mensaje suyo.

> SASHA
> Me ha preguntado dónde estabas y he tenido que decírselo. Dejamos la cena para otro día. Te quiero, pero tenéis que hablar.

—Eh, Leah, ¿qué tal?

—Ryan. —Dejo de andar al recaer en su presencia. Estaba tan concentrada en el mensaje que no he notado que se estaba acercando. Sin poder evitarlo, miro por encima de su hombro en dirección al aparcamiento. No creo que Sasha haya renunciado a cenar conmigo para que hablase con él.

Cuando nota que no le hago caso, Ryan frunce el ceño y mira hacia atrás también. Lleva puesta la sudadera del equipo de fútbol. Debe de haber venido a entrenar.

—¿Cómo te va todo? —pregunta cuando, al no ver a nadie, se gira de nuevo hacia mí—. No hemos tenido ocasión de hablar desde..., bueno, la noche que salimos.

—He estado ocupada con la universidad —contesto sin más. No le debo explicaciones. Lo único que quiero es que me deje en paz.

Voy a rodearlo para marcharme. Ryan se interpone en mi camino al notar mis intenciones.

—Seamos sinceros, lo nuestro no funcionó porque no teníamos nada en común. Quiero decir, ni siquiera pareciste interesada cuando te conté que iba a ascender en el equipo. Por cierto, ¿sabías que me han nombrado capitán?

—Felicidades —farfullo con ironía. ¿Era menos idiota cuando salí con él o es que ahora ya no tengo tanta paciencia?

Sea como sea, no voy a seguir perdiendo el tiempo.

—Si me disculpas, Ryan, debería...

—He oído que Turner ha aceptado la beca para Alemania —me interrumpe—. Dale la enhorabuena de mi parte. Es una buena oportunidad.

Me da un vuelco el corazón.

Necesito salir de aquí.

—Si hubiera sabido que estabais juntos, nunca te habría invitado a salir —continúa Ryan a mi espalda cuando giro sobre mis talones para largarme de una vez—. No sé por qué me sorprende. Son la clase de chicos que os gustan a todas, ¿verdad? Da igual cuánto nos esforcemos los demás. Siempre os fijáis en los idiotas que os tratan como una mierda.

Con eso llego al límite de mi paciencia.

Me vuelvo de nuevo hacia él, cansada de sus comentarios.

—¿Sabes, Ryan? Quizá, si algún día dejas de tratar a las chicas con condescendencia, te darás cuenta de que tú eras el problema. La próxima vez que salgas con alguien plantéate contarle algo interesante en vez de intentar humillarla hablando sobre cosas que no entiendes. Pero tienes razón. Tú y yo no congeniamos. En realidad, nunca me has caído bien —le suelto sin rodeos—. Y, para que conste, la novela romántica no es un género de segunda. Y que vayas por ahí diciendo eso para dártelas de intelectual te convierte en un ignorante. Que te vaya bien.

Dicho esto, me alejo caminando y lo dejo allí plantado.

Estoy harta de estupideces.

Cuando llego al aparcamiento, ya no estoy entusiasmada por el curso, sino molesta y nerviosa tras la conversación con Ryan. Saco el móvil para escribirle a Sasha y preguntarle a qué diablos se refería. Justo en ese momento, veo a Logan apoyado en su coche. Esperándome.

Trago saliva, guardo el teléfono y me acerco intentando ignorar lo fuerte que me late el corazón. Todavía me sostiene la mirada cuando me detengo frente a él.

—Creo que tenemos una conversación pendiente.

Asiento y nos montamos en su coche.

Logan

Ya ha anochecido cuando Leah y yo llegamos a su residencia. Como el horario de visitas terminó hace media hora, tiene que colarme en su habitación. La sigo por la escalera agradeciendo que no haya nadie vigilando en la entrada. Hemos venido aquí porque sabíamos que tendríamos más intimidad que en mi casa, donde está mi abuela. Leah parece nerviosa cuando por fin entramos en su cuarto, y no creo que sea solo por estar saltándose las normas.

Soy yo el que cierra la puerta detrás de nosotros sin hacer ruido. Hay varios estudiantes en el pasillo, pero no nos prestan atención; supongo que lo de meter a gente a escondidas es bastante común por aquí. Leah va directa al escritorio, que está lleno de cajas, abre una y comienza a sacar libros para apilarlos sobre la mesa. No ha sido capaz de mirarme a los ojos desde que bajamos del coche. Tengo que contener el impulso de acercarme cuando veo que le tiemblan las manos.

—Es bonita —comento para romper el hielo—. La habitación. —Ella se tensa al oír mi voz. Sigue dándome la espalda.

—Gracias. Estará menos vacía cuando llegue mi compañera.

—¿Te la han presentado?

—Todavía no.

Silencio. Otra vez.

Qué difícil va a ser esto.

Hundo las manos en los bolsillos, inquieto. Entonces, como si supiera que no podemos retrasarlo más, Leah por fin se da la vuelta para enfrentarme. Se apoya contra el escritorio rodeándose con los brazos, imagino que para sentirse más segura.

No quiero hacer esto.

Pero tengo que hacerlo.

—Me voy. —Mi voz sale ronca.

Para mi sorpresa, ella asiente.

—Me lo ha contado Ryan. Me encontré con él al salir de la facultad.

—Lo siento. No quería que te enteraras así.

—¿Cuándo?

—Si todo va bien, dentro de un par de semanas.

—Es una buena oportunidad. —Pero al decirlo se le quiebra la voz. Yo siento el pecho cada vez más pesado. Aferrándome a una última esperanza, le aseguro:

—Me quedaré si me lo pides.

—No creo que funcione así.

Tiene los ojos inundados en lágrimas. Se las seca con el brazo y después me da la espalda, como si no soportara seguir mirándome a los ojos, o como si necesitara un momento para recomponerse. La observo en silencio. Leah me quiere fuera de su vida. Rompió conmigo. Me dijo que sabía que iba a destrozarle el corazón. Y ahora ni se plantea pedirme que me quede. ¿Qué más pruebas necesito? Debería largarme de una vez y respetar su decisión.

Pero no es un adiós lo que sale de mi boca.

—Puedo ser bueno para ti.

Se vuelve a mirarme confundida. No sé de dónde saco las fuerzas para continuar.

—Puedo ser bueno para ti —repito—. Sé que tú piensas que no, que estás convencida de que todo ha sido un error..., pero puedo serlo. Puedo ser bueno para ti. Puedo convertirme en la persona con la que te mereces estar. Puedo mejorar y trabajar en mí mismo y ser lo que necesitas. Puedo hacer todo eso, Leah, si tú me dejas.

—¿Qué? —musita. Me siento como un capullo porque se le están enrojeciendo los ojos otra vez.

Noto la boca seca. Mierda, no quiero enfrentarme a esta conversación.

—Sé por qué te has alejado de mí.

—¿Crees que pienso que no eres lo suficientemente bueno para mí?

—¿No ha sido por eso?

—¿Cómo diablos voy a pensar eso de ti?

No distingo si está perpleja, dolida o molesta conmigo. Aun así, al oírla siento una punzada de esperanza, y me da miedo.

—Entonces no entiendo por qué...

—Te confesé lo que sentía y te fuiste sin decir nada.

—Tú me pediste que me marchara.

—¡Porque sabía que no sentías nada por mí!

—Leah, nunca me preguntaste qué sentía yo.

El ambiente cambia de manera drástica. Nos miramos mientras todo empieza a cobrar sentido. ¿Por eso ha estado evitándome durante estas semanas? ¿Cree que no siento nada por ella? Joder, ni siquiera tenía que habérmelo preguntado. Yo debería habérselo dicho.

Lo que hice en su lugar fue salir huyendo como un cobarde.

Pestañea para huir de las lágrimas y, aunque seguro que hacerlo le resulta tremendamente difícil, me pregunta:

—¿Qué sientes por mí?

La miro suplicante.

—Ya lo sabes —susurro.

—Si no me lo dices, nunca me lo creeré.

Veo el temor en sus ojos, ese miedo a que mi respuesta sea «nada». Es lo que me hace tomar una decisión.

—¿Por dónde empiezo? —tercio con una sonrisa triste.

Leah no es capaz de hablar.

Así que yo lo hago en su lugar:

—Supe que había algo especial en ti desde la primera vez que te vi. Ni siquiera recuerdo lo que pasó esa noche en la fiesta. Solo que a la mañana siguiente, cuando me desperté contigo, no podía sacarme el beso de la cabeza. No voy a decirte que no me enfadé cuando te largaste y me dejaste allí. Lo hice. Y, cuando te presentaste en mi casa buscando trabajo, intenté por todos los medios que mi abuela no te contratara. Pensé que te marcharías sin llevarme la contraria. Evidentemente, estaba equivocado. —Vacilo. Es difícil ponerlo en palabras—. Y entonces me dijiste que no creías que nadie fuera un caso perdido, le plantaste cara a Hayes por mí y te besé aunque en realidad no lo tenía planeado. Te presenté a mis amigos. Y de pronto estabas en todas partes y en todas parecías encajar tan... bien. No sé cuál fue el momento exacto en el que empezó todo esto, Leah. Pero hace mucho que no soy capaz de dejar de pensar en ti ni un mísero segundo, y creo que tú lo sabes.

El corazón me late deprisa en los oídos. Es imposible que no se haya dado cuenta de la forma en que la miro. De lo que siento cada vez que estoy con ella. Quiero que me lo diga, que me confirme que lo sabe y que ya he sido lo suficientemente claro. Pero esto no basta.

Joder. Le debo mucho más.

—Empezaron a interesarme facetas de ti que nunca me habían interesado en nadie —prosigo—. Cada cosa que descubría hacía que sintiera más y más curiosidad. Y entonces nos hicimos amigos y... me di cuenta de que me gustaba estar contigo. Y escucharte hablar. Cuando Linda se sentó con nosotros ese día y dijo todas esas cosas horribles, no fui capaz de quedarme al margen. Me daba miedo que por su culpa pararas de hacerlo. Que dejaras de hablar de lo que te apasionaba y yo tuviera que dejar de escucharte. Y no... —Me atasco con las palabras. Me paso una mano por el pelo, a sabiendas de que esto tampoco es suficiente—. No sé qué más decir. Esta declaración es un desastre. Estoy la hostia de nervioso ahora mismo.

Seguro que nada de lo que he dicho tiene sentido. Me he dejado muchas cosas atrás. Voy a seguir disculpándome, pero justo en ese momento Leah hace lo último que me esperaba: me sonríe. Y, aunque es una sonrisa leve, entre lágrimas, llena de tristeza, me manda una chispa dentro. Una que provoca que mi pecho arda en llamas.

—¿De verdad estás nervioso?

—Más que nunca. Pero no suelo estarlo. No contigo, quiero decir. —Verla reaccionar de manera positiva me da fuerzas para seguir hablando. Las palabras fluyen solas, como si llevaran mucho tiempo arañándome por dentro, ansiando que las dejara salir—. La gente siempre dice que el amor consiste en sentir mariposas. En esos nervios constantes. Yo nunca he estado de acuerdo. Me he pasado toda mi vida rodeado de ruido. Mi cabeza es un caos. Mis pensamientos lo son. Cuando estoy contigo eso desaparece. Tú eres la calma, Leah. Eres la tranquilidad. Para mí eres el silencio. —Hay un instante de pausa. La miro a los ojos—. Eres el silencio, los colores y todas las cosas buenas que todavía hay en el mundo. Eres ese cúmulo de emociones confusas que te golpean todas al mismo tiempo. Creo que el amor es encontrar eso en una persona. Debería haber venido a decírtelo antes. Estoy enamorado de ti. Tú eres la razón por la que no ha funcionado con nadie más.

Cuando termino de decirlo, una vez que por fin lo pronuncio en voz alta y asumo la realidad, me percato de que, si no se lo he confesado antes, es porque estoy muerto de miedo. Y ahora, después de haberme abierto en canal para ella, siento el temor de que haya cambiado de opinión y ya no quiera estar conmigo; de que se haya dado cuenta de que en realidad sí que estaría mejor con cualquier otra persona.

Pero Leah cruza la habitación y deja que la envuelva entre mis brazos.

En cuanto la toco, mis miedos se disipan. Esconde la nariz en mi pecho con las lágrimas todavía mojándole las pestañas. Mis pulmones se llenan de alivio. Creo que tiemblo mientras la estrecho fuerte contra mí. He estado a punto de renunciar a ella, y no me lo habría perdonado jamás.

—No llores —le suplico—. No llores, Leah, por favor. Me parte el alma verte llorar. —No soporto pensar que es por mí, por lo mucho que he tardado en venir a buscarla. Seguro que es capaz de notar lo alterado que estoy, lo desbocado que tengo el pulso—. Estoy enamorado de ti. Debería decírtelo todos los días. Estoy enamorado de ti y eso me tiene completamente acojonado.

Quiero repetírselo hasta que lo tenga tan claro que nunca más lo vuelva a dudar. Sigo abrazándola hasta que, todavía con la mejilla contra mi pecho, me gruñe:

—Estoy terriblemente enfadada contigo.

Sonrío. No puedo evitarlo.

—Me decepcionaría que no lo estuvieras.

—¿Cómo has podido llegar a pensar que tenía esa opinión sobre ti? —Se aleja para mirarme, y parece más dolida que enfadada. Mi sonrisa decae con lentitud mientras le acaricio la mejilla.

—Tengo mucho en lo que trabajar. Hay muchas cosas que todavía no he solucionado del todo. Sinceramente, creo que me vendría bien ir a terapia.

He estado pensándolo mucho estos días. Creo que podría ayudarme a gestionar todo lo que me atormenta. Leah asiente. Sus delicados dedos me rodean la muñeca y apoya la cara contra la palma de mi mano abierta.

—Yo también me lo he planteado. Estoy segura de que me ayudará. —Me dedica una sonrisa suave.

—Haz lo que creas que es mejor para ti.

—Tú también.

—Buscaré la forma de empezar cuanto antes.

—Hasta entonces, ¿confías en mí?

—Siempre. —Aunque ya sé lo que va a decirme, y no sé si voy a ser capaz de creérmelo.

—Ya eres la persona con la que me merezco estar. No tienes que cambiar ni demostrarme nada. Tus inseguridades son solo eso, inseguridades, y están en tu cabeza. La realidad es que ya eres bueno para mí. Me tratas bien, me haces reír, contigo me siento segura. Eres todo lo que busco en una persona.

De nuevo esa sensación cálida en el pecho. Su mirada está cargada de sinceridad. Si lo ha dicho es porque realmente lo piensa. Leah nunca me mentiría. No me soltaría algo como eso solo para hacerme sentir mejor.

Está convencida de que quiere estar conmigo.

—¿Incluso aunque mis declaraciones sean un desastre? —bromeo para acabar con la tensión del ambiente. Vuelve a sonreír.

—El arte también es caótico y no por eso es menos bonito.

—Supongo que se puede ser las dos cosas a la vez.

—Bonito y caótico al mismo tiempo.

—Es el arte de ser uno mismo.

—El arte de ser nosotros.

—Me gusta.

—Sí. A mí también.

Alzo la mano para ponerle un mechón de pelo tras la oreja. Si tuviera que describir a Leah, quizá también diría que es como el arte. Me hace sentir cosas que hasta hace poco no entendía y que siempre han sido muy intensas. Supongo que también hay un poco de desastre en ella, pero eso no significa que lo que tiene dentro no sea bello. A mí me gusta justo de esa manera.

Imagino que le ocurre lo mismo conmigo.

—¿Vas a seguir mirándome así?

—Sabes que me gusta mirarte.

—Siempre con esas frasecitas que parecen sacadas de libros.

Me entra la risa. Mierda, me encanta esta chica. Justo cuando creo que voy a ceder ante la tentación de besarla de una vez, Leah se pone de puntillas y lo hace en mi lugar. Tira de mi camiseta y nuestros labios se funden en un beso rápido que me pone el estómago del revés. Es hasta vergonzoso todo lo que me hace sentir. Cuando me acerco en busca de más, ella retrocede con una sonrisa para provocarme. Se ríe cuando le planto las manos en las caderas y la atraigo hacia mí para besarla en condiciones. Entreabre los labios para mí y emite un quejido en mi boca cuando el contacto se vuelve más profundo. Ahora sí, esto es un beso de verdad.

Llaman a la puerta.

—No abras —le suplico. Ella suelta una risita.

—Vienen a avisarme para la cena.

—Diles que estás ocupada.

—¿Ocupada con el tío al que he metido a escondidas en mi habitación?

—Te aseguro que no eres la única residente que ha metido a su novio aquí dentro.

Se sobresalta al oírlo. Sonrío y paso a besarle el cuello. Por desgracia, no tarda en quitarse mis manos de encima cuando vuelven a llamar a la puerta. Al final me resigno a dejarla ir. Me apoyo contra el escritorio mientras ella habla con la que imagino que será la encargada de recepción, que antes no estaba en su puesto de trabajo. Leah sostiene la puerta para dejarla entrecerrada y que la mujer no pueda ver el interior de la habitación. Después de estas dos semanas sin ella, no pierdo la oportunidad de observarla.

Está guapa esta noche, como de costumbre. Lleva el pelo rojizo suelto sobre los hombros. Antes he notado que parece cansada, pero, teniendo en cuenta que ha estado liada con la mudanza, es lo normal. Tras unos minutos, por fin se despide de la encargada, cierra la puerta y vuelve conmigo.

—¿Camino despejado?

—¿Qué es lo que has dicho antes?

—¿A qué te refieres? —Me hago el desentendido.

Al notar mi evasiva, ella sonríe.

—No creo que Carol tenga inconvenientes con que haya metido a un amigo en mi cuarto.

Se ríe cuando la agarro por la cintura y la hago girar para acorralarla contra el escritorio. Intento volver a besarla, pero se echa hacia atrás con aire burlón.

—No empieces con eso —le imploro.

—No me lo has pedido.

—No tengo que pedirte nada.

—Vale. Entonces somos solo amigos.

Pero me enreda los brazos en el cuello y abre las piernas para dejarme espacio cuando hago fuerza y la siento sobre el escritorio. Aprieto sus muslos sobre los vaqueros y noto cómo se le entrecorta la respiración. Por fin deja que nuestros labios se encuentren. La beso un rato más, y después presiono la boca contra su mandíbula y bajo por su cuello.

—Sal conmigo —le pido en voz baja. Leah mueve los dedos sobre mi camiseta arrugada. Imagino que sonríe.

—¿En exclusividad?

—Solos tú y yo.

—Sin límites.

—Ni uno solo.

—¿De verdad?

—Soy todo tuyo.

Desde antes de lo que ella cree.

Cuando la miro, me encuentro con su sonrisa. Vuelve a besarme y decido tomármelo como un sí. Leah chilla y se ríe a carcajadas cuando la levanto en volantas, obligándola a rodearme la cintura con las piernas. Chisto en su boca para que no haga tanto ruido, aunque yo también me estoy riendo. Me dejo caer con ella en la cama y ruedo para dejarla debajo de mí.

—Eres tan preciosa... —Paseo la boca por su cuello. Leah se arquea para que pueda quitarle la camiseta. Al cabo de un rato la mía desaparece también, y sigo besándola mientras ella dibuja las líneas de mis abdominales con los dedos. Cuando la ropa desaparece, ya no queda ninguna barrera entre nosotros. Dejo que mis besos y mis manos la recorran por todas partes—. Tan caótica y tan bonita.

Me adapto a lo que me pide porque no hay nada que me guste más que verla estremecerse debajo de mí. Es ella la que se estira para coger un preservativo de la mesilla —con lo que se gana una burla de mi parte, ya que los tiene muy bien colocados para haber llegado hace solo unos días—, y pronto deja de haber espacio entre nosotros. Nuestros cuerpos encajan, y tocarla pasa a ser como tener una bomba de relojería en el pecho a punto de explotar. Como estar al borde de un precipicio a varios kilómetros del suelo y no tenerle miedo a la caída.

Me he acostado con otras chicas antes.

Nunca había hecho el amor con ninguna.

—Te quiero —susurra ella, y las palabras todavía hacen eco en mi cabeza un rato después, cuando estoy en la cama esperando a que Leah vuelva.

Sale del baño, se mete conmigo bajo las sábanas y abro los brazos para ella de forma automática. Se tumba prácticamente sobre mí, con la barbilla en el centro de mi pecho. De esta forma nuestros rostros están muy cerca el uno del otro. Le acaricio el pelo y después desciendo por su espalda. El ambiente se ha vuelto tranquilo y reconfortante; hay algo «familiar» en estar con ella que me recuerda a esa calma de la que le he hablado antes.

—¿Durante cuánto tiempo estuviste colada por mí en el instituto? —Se lo pregunto solo por curiosidad, pero me hace gracia ver que se le enrojecen las mejillas.

—No tanto como tú crees.

—¿Cuatro años? ¿Cinco?

—Solo dos.

—Claro. —Sonrío—. *Solo* dos.

Si nota mi tono burlón, decide ignorarlo.

—Nunca me atreví a hablar contigo.

—¿Así que solo me mirabas desde lejos?

—Por entonces era todavía más introvertida que ahora.

—Tú y tus técnicas infalibles para conquistar.

Ahora sí que me gano un merecido golpe en el estómago. Me quejo del dolor entre risas. A veces se me olvida la fuerza que tiene.

—Para tu información —replica muy digna—, no tenía ninguna intención de conquistarte. Era más bien un amor platónico. Si me hubiera acercado, me habría puesto nerviosa y habría acabado diciendo cosas sin sentido.

—Me habrías gustado —le aseguro.

—Te habrías reído de mí.

—Y luego habría pensado: «Mierda, acabo de espantar a la chica más guapa de todo el instituto». Habría ido detrás de ti, habría vuelto a cagarla y tú habrías hecho algo violento, como darme con la puerta en la cara. Y entonces yo me habría enamorado de ti —le explico con tranquilidad—. Así es como funciona mi cerebro. Reacciona a los impulsos violentos.

Sus ojos centellean con humor.

—¿Eso fue lo que te pasó con las esposas? ¿Tuviste un flechazo instantáneo?

—No. Me enamoré de ti mucho después. —Hablo sin pensar, como si ya fuera una evidencia para los dos.

—¿Cuándo? —me pregunta. Yo vacilo.

—Tú primero.

—Fue la noche que viniste a consolarme después de que discutiera con Linda. Creo que ya te quería desde antes, pero fue ahí cuando me di cuenta. —Traga saliva—. ¿Tú?

—La primera vez que me quedé a dormir contigo.

—¿Cuándo establecimos los límites?

—No fui capaz de irme, aunque sabía que era lo mejor. Necesitaba quedarme a pasar la noche a tu lado. Fue ahí cuando me di cuenta de que esos límites eran una estupidez. No iba a ser capaz de respetarlos. Contigo no.

Ahora que sé que lo que siento es correspondido, seguir abriéndome con ella me resulta fácil. Quiero contárselo todo y que sepa cómo han sido estos meses para mí. Que no suela expresar cómo me siento no significa que esos sentimientos no estén ahí.

La expresión de Leah se ha llenado de culpabilidad.

—Siento lo que dije la otra noche —admite, y yo niego porque no quiero que se torture.

—No lo sientas. Solo fuiste sincera.

—Pero no estuvo bien. Fui demasiado dura contigo. Había bebido mucho y eso me llevó a ser impulsiva y decir cosas que no son verdad. No eres como Hayes. Ni por asomo. Él me utilizó. Jugó conmigo. Siempre me hizo sentir que no me quería.

—¿Y yo no?

—Hayes siempre repetía que estaba enamorado de mí, pero nunca lo demostraba con acciones. Tú has tardado más en decirlo, pero siempre me lo has demostrado. Nunca serás como él. Siento mucho haberlo insinuado.

Dejo que mis dedos asciendan de nuevo por su columna vertebral, todavía sin apartar la mirada. La discusión que tuvimos fue culpa de los dos. No fui claro con lo que sentía, y Leah explotó y dijo cosas de las que ahora se arrepiente. Fue un fallo de comunicación. No tiene sentido seguir fustigándose.

—Me gustas mucho —susurro, subiendo la mano para acariciarle la sien—. Lo sabes, ¿verdad?

—Sí, lo sé. Tú a mí también.

Y eso hace que la situación sea aún más complicada.

—¿De verdad quieres que me vaya?

—Sería injusto pedirte que te quedes.

—Creo que me da miedo irme tan lejos.

—Podrás con ello.

—Mi abuela viene conmigo. Viajar es el sueño de su vida desde que era niña. Tiene bastante dinero ahorrado de la venta del museo. Había pensado dejármelo como herencia, pero ese dinero es suyo, y yo quiero que lo disfrute. Pasará conmigo un semestre en Alemania y en verano nos dedicaremos a recorrer Europa. Seguiremos el itinerario que pensamos Clarisse y yo. Nuestro sueño también era ese, irnos lejos de aquí. —Al oírme, Leah esboza una sonrisa triste, y sé que piensa que es una idea maravillosa. Sigue mirándome a los ojos—. Podrías venir con nosotros —añado.

Mis esperanzas se rompen al verla negar con la cabeza.

—Sabes que no puedo.

—Quizá no durante todo el semestre, pero sí en verano, cuando empecemos a movernos. Podríamos recorrer Europa juntos.

—Pasaré parte del verano en Washington. He solicitado una beca para un curso de escritura creativa. Y, aunque no tuviera nada, mis padres nunca podrían permitírselo. Y viajar a Europa nunca ha sido mi sueño, Logan.

Se levanta de encima de mí con un suspiro. Yo me incorporo también y la agarro de la mano antes de que se marche. Leah se queda de rodillas en la cama, mirándome.

—Tú solo imagínatelo —le imploro—. Podríamos subir juntos a la Torre Eiffel. Pasear por el barrio de Montmartre. Visitar el Muro de Berlín. Piensa en la cantidad de experiencias que viviríamos y luego podrías utilizar para tus historias. Sería inspiración en vivo y en directo, no...

—Pero no es mi sueño —repite ella, sujetándome la mano para llevársela a la mejilla—. Es el tuyo. Y el de Clarisse. Tú y yo construiremos sueños nuevos. Tenemos mucho tiempo por delante. Quizá volvamos a Europa un día, cuando yo sienta que es mi momento también. Ahora no lo es. No para mí. Pero quiero que tú lo vivas y que cumplas todo lo que soñabais cuando erais niños.

—Aunque eso implique estar lejos de ti. —Soy yo quien lo dice en voz alta, y odio tener que hacerlo. Joder. Esto no es justo para ella. No soporto tener que dejarla justo después de haberla recuperado.

Al verme tan afectado, Leah viene a abrazarme. Se queda de rodillas entre mis piernas y, con sus brazos todavía sobre mis hombros, se aparta lo justo para que nuestras miradas se encuentren.

—Quiero que te vayas a Europa, Logan. Quiero que participes en ese programa de Artes y aprendas todo lo que necesitas aprender. Quiero que cumplas todos tus sueños. Quiero que cierres el ciclo. Y quiero que viajes y que te encuentres a ti mismo. Quiero que sanes. —Hace una pausa y sus palabras se quedan flotando en la oscuridad de la habitación—. Y, si cuando todo eso ocurra todavía sientes que te mueres por estar conmigo, quiero que me busques.

Cuando el reloj de la mesilla marca las tres de la madrugada, todavía sigo despierto.

Leah está acurrucada a mi lado, profundamente dormida. El dormitorio está a oscuras y en completo silencio. No hemos puesto la calefacción, así que la he tapado con las sábanas para que el frío no le impida descansar. Me gusta estar en la cama con ella. Y me gusta que durmamos juntos. Por desgracia, tengo tantas cosas en las que pensar que soy incapaz de pegar ojo.

Suspiro y me levanto con cuidado. De nuevo, me aseguro de dejar a Leah bien arropada antes de ir al baño de su cuarto. Entro, enciendo la lamparita del espejo y dejo la puerta entreabierta; no quiero que la luz moleste a Leah, pero tampoco cerrar del todo y sentirme solo aquí. Entorno los ojos para acostumbrarme al cambio de iluminación mientras observo mi reflejo. Vuelvo a tener unas ojeras espantosas, pero con suerte se irán cuando consiga dormir un poco, si es que logro hacerlo esta semana. Prefiero no pensar en lo mucho que me costará cuando esté solo con la abuela en Alemania.

Enciendo el móvil y entro en la aplicación de mensajería.

CLARISSE
¿Quién eres?

Le han dado su número a otra persona.

Cuando le he mandado un escueto mensaje para disculparme y decirle que me había equivocado de número, la chica en cuestión —por su foto de perfil, es una chica— me ha contestado que no pasa nada. Ahora ella es la nueva dueña del número de teléfono de Clarisse, y eso significa que se acabaron los audios a altas horas de la madrugada. No puedo seguir aferrándome a ella. De verdad ha llegado la hora de dejarla ir.

Sé que estoy preparado.

Pero es jodidamente difícil.

—¿Logan? —La dulce voz de Leah suena al otro lado de la puerta—. Me he despertado y no estabas. ¿Te encuentras bien?

Al notar que no contesto, empuja ligeramente la puerta, lo justo para verme aquí de pie. Yo intento luchar contra la presión que siento en el pecho. Leah se ha puesto mi camiseta y está rodeándose con los brazos para mantenerse en calor. Se da cuenta enseguida de que algo no va bien.

—No podía dormir. —Intento parecer tranquilo para no preocuparla en exceso—. Lo siento. No quería despertarte.

—¿Vuelves a tener insomnio?

—Esta semana ha ido un poco a peor.

Su rostro se llena de preocupación.

—Podemos quedarnos aquí, si quieres.

—Vuelve a la cama. Estás cansada. Me encuentro bien.

—¿Seguro?

Su mirada recae sobre el teléfono y, cuando vuelve a posarse sobre la mía, me da la sensación de que ve a través de mí y ya sabe perfectamente lo que me ocurre. Decide no insistir más. Solo viene a darme un beso en la mejilla.

—No tardes mucho en volver.

Después me deja solo en el baño. Me giro hacia el espejo, apoyo las manos sobre el lavabo y me concedo un momento para cerrar los ojos y tranquilizarme. Y entonces pienso en la chica que se ha levantado de la cama solo para venir a comprobar si estoy bien y me ha entendido sin necesidad de palabras. Y también en Sasha y Kenny, que han estado ahí para mí siempre que los he necesitado. Sé que no puedo seguir guardándome las cosas dentro. Pero quizá ya no me haga falta grabar ningún audio para desahogarme.

Ahora los tengo a ellos.

Esté donde esté, sé que Clarisse se alegra de saberlo.

Borro su número de teléfono y vuelvo con Leah a la cama.

33

A CONTRARRELOJ

Leah

Esa semana descubro que, aunque uno lo desee con todas sus fuerzas, no se puede detener el tiempo.

Logan y su abuela encuentran alojamiento en Weimar, Alemania, más rápido de lo que tenían previsto, así que Logan informa a la universidad de que podrá asistir al programa desde el primer día y compran billetes de avión para finales de la próxima semana. Eso nos deja diez días de margen que transcurren a toda velocidad. Aunque él está ocupado con los trámites y poniendo su vida en orden antes de marcharse, sacamos tiempo para vernos todos los días. Pasamos las noches juntos y yo procuro acompañarlo a todas partes, sobre todo cuando tiene que enfrentarse a alguna situación que sé que le costará especialmente.

—Entonces, ¿volverás? —le pregunta Will, su jefe, cuando Logan va por última vez al estudio para despedirse de él y de sus compañeros de trabajo.

—Estaré de vuelta para el próximo curso.

—A no ser que te enamores de Alemania.

—Hay demasiadas cosas que me atan aquí, Will —contesta Logan, y yo le dedico una sonrisa cuando me mira de reojo. Después Will le da un abrazo. Hay algo familiar en él, como si fueran padre e hijo. Quizá por eso tengan un vínculo tan fuerte. Logan nunca ha estado muy unido a sus padres, y me da la sensación de que ha encontrado una especie de figura paterna en su jefe.

—El trabajo seguirá siendo tuyo cuando vuelvas, chico —le asegura Will, que tuerce la boca en una sonrisa—. No creo que vaya a encontrar a nadie que quiera trabajar en un cuarto tan pequeño.

Después Will me abraza a mí también, alegando que estaba deseando conocer a «la chica de la que Logan no deja de hablar». Miro al susodicho con las cejas alzadas y él se frota la nuca, incómodo, lo que me hace sonreír. Debo contener las ganas de atiborrar a Will con millones de preguntas. Me asegura que puedo pasarme a saludar siempre que quiera, y, aunque la idea me encanta, no puedo evitar preguntarme si seré capaz de pisar este sitio una vez que Logan se haya ido.

Ahora todo lo que hacemos juntos se siente como una última vez, y eso me hace tener un nudo en el estómago, pesado, punzante y doloroso durante toda la semana. Me entristece pensar que, de no ser por eso, habrían sido unos días maravillosos. Ahora estamos juntos de verdad, sin límites. Puedo besarlo en el aparcamiento cuando viene a recogerme de clase, darle la mano si me apetece y dejar que él me pase un brazo sobre los hombros cuando estamos con nuestros amigos en el Daniel's. Cada vez que se refiere a mí como «su novia» delante de alguien, mi corazón da un saltito. Nunca antes nadie había parecido tan orgulloso al decir que sale conmigo.

Hace unos días, mientras estaba con él en su dormitorio, vi que había colgado una ilustración nueva en la pared. Es la que le vi dibujar hace unos meses, en el Daniel's. Ahora aparecen dos personas, sentadas en el techo de la furgoneta, mirando el atardecer. Llevo desde entonces preguntándome si seremos nosotros. Me gusta pensar que sí.

Como es evidente, Kenny se burla de él siempre que se le presenta la oportunidad. Y entonces Logan se cabrea, lo manda a la mierda y yo me río porque sé que en el fondo Sasha y él se alegran por nosotros.

El miércoles, justo un día antes de que se vayan, Logan y yo quedamos en dormir juntos en su casa para que a la mañana siguiente pueda acompañarlos al aeropuerto. Yo también tengo asuntos pendientes, por lo que le pido que me recoja un poco más tarde de la facultad. Al salir de clase voy directa al Daniel's. Cuando entro, veo a una chica rubia sentada a una de las mesas del fondo, esperándome.

Allá vamos.

—Hola —la saludo al llegar.

Linda alza la mirada hacia mí y traga saliva.

—Hola —contesta con incomodidad.

Tomo asiento frente a ella. No hemos hablado desde que me mudé a la residencia. Hace unos días decidí seguir el consejo de mamá y escribirle para que pudiésemos vernos y hablar a solas. Me conozco. No seré capaz de pasar página hasta que hayamos cerrado el ciclo definitivamente.

—¿Cómo has estado? —Noto en su voz lo nerviosa que está. Por fuera está impecable; tiene incluso mejor aspecto que el mes pasado. Por entonces los ensayos consumían todo su tiempo, pero estrenaron la obra antes de irnos de vacaciones, así que ya debe de tener más tiempo libre.

—Bastante bien —respondo sin dar muchos detalles—. Acostumbrándome a la residencia.

—La casera encontró a una chica para tu habitación. La conocí anoche. Parecía... simpática.

—Espero que os vaya bien juntas.

—Sí. Lo mismo digo.

Hay un silencio. Linda frunce los labios, como si no tuviera muy claro qué decir a continuación.

—Leah...

—Lo sé. —No necesito oírlo de nuevo.

—Siento lo que pasó. No fui justa contigo. Tenías razón. Estaba celosa. Pero eso no justifica nada de lo que hice. Me porté como una amiga horrible.

—Me hiciste daño.

—Entendería que me odiaras.

Al verla tan arrepentida, suspiro y me echo hacia atrás en el asiento.

—No te odio. En realidad, tampoco me apetece seguir guardándote rencor. —Ella frunce el ceño, entre confundida y esperanzada. Sigo hablando—: Les conté a mis padres lo que hiciste. Estuvimos un tiempo planteándonos si denunciarte o no. Quiero que seas consciente de lo que eso supondría. Como mínimo, te expulsarían de la universidad. Lo sabes, ¿verdad?

Linda se aprieta las manos con nerviosismo.

—¿Y qué decisión habéis tomado?

—No voy a hacerlo.

—Leah, yo no... no...

—No voy a hacerlo porque fuimos amigas durante años y me dolería llegar a esos términos contigo —la interrumpo—. Lo que hiciste estuvo mal. Es un error con el que tendrás que cargar siempre. Si he tomado la decisión de dejar pasar el tema, ha sido por mí, no por ti. No te debo nada. Lo único que quiero es olvidarme de esto. Por tu bien, espero que hagas lo mismo.

—Supongo que no vamos a volver a ser amigas —menciona ella. Parece afectada, pero no me siento mal al respecto. En realidad, no siento *nada*.

—No sé si hemos sido amigas de verdad alguna vez. —Quiero pensar que sí, pero ahora mismo me cuesta estar segura. De todas formas, no creo que tenga sentido planteárselo a estas alturas—. Solo quiero pasar página y que este tema quede atrás. Céntrate en tus asuntos, ¿vale? Y déjanos en paz. Tanto a Logan como a mí.

Asiente, compungida. Y entonces dice:

—He oído que se muda a Alemania.

—Sí. Se va mañana. Durante un semestre.

—Entiendo que no va a despedirse de mí. —Tengo que contener el impulso de contestarle de malas maneras que Logan no tiene por qué hacerlo. No le debe *nada*. Linda se muerde el labio—. ¿Crees que algún día será capaz de perdonarme?

—No lo sé.

Miento.

Sé que no lo hará.

Podría perdonarla por haber hablado mal de él a sus espaldas, pero ¿por lo que me ha hecho a mí? Eso jamás. Conozco a Logan. Le guardará rencor toda la vida.

—Creo... creo que en realidad nunca estuve enamorada de él —confiesa entonces—. Quiero decir, sí que me gustó en su momento, pero estaba obsesionada con la imagen de él que se había formado en mi cabeza. Me parecía un... reto. Suena horrible ahora que lo digo en voz alta. —Vuelve a tragar saliva—. He roto con Marcus. Necesito poner mi vida en orden antes de salir con nadie o solo acabaré haciéndoles daño.

—Espero que te vaya bien. —Y lo digo de verdad. No le deseo nada más que lo mejor. Como he mencionado antes, no voy a molestarme en guardarle rencor. Solo te pudre por dentro. Y tengo cosas más interesantes con las que ocupar mi tiempo.

—Me mantendré alejada de vosotros si es lo que quieres —me promete ella—. No volveré a entrometerme.

—Me lo debes.

—Lo sé. —Hace una pausa, como si no quisiera despedirse aún—. Siento que todo haya terminado así.

—Sí. Yo también.

No hay nada más que decir, de modo que me levanto y le ofrezco una sonrisa forzada como despedida. Linda sigue sentada mientras me dirijo a la salida. Me gusta pensar que ahora puedo escoger los finales de los capítulos de mi vida, y el que compartía con ella termina aquí. Ahora tengo amigos de verdad; amigos que me valoran, que me hacen sentir segura, amigos en los que confío. No le deseo ningún mal a Linda, pero nuestros caminos no van a volver a encontrarse.

Cuando llego al aparcamiento, Logan me espera apoyado en su coche, como de costumbre. Mientras camino hacia él, noto que analiza mi expresión, como si buscara señales de que la charla no ha ido bien. Al no encontrarlas, sonríe.

—¿Has entrado en modo destructor con ella?

—Claro que no. No quería ponerte celoso.

Él se echa a reír.

—Esa es mi chica. —Y tira de mí para presionar sus labios contra los míos.

Sonrío. Me encanta que diga eso.

Daría lo que fuera por seguir un rato más aquí con él, besándonos y ya está, pero no tardamos en oír llegar a los jugadores del equipo de fútbol, que acaban de terminar el entrenamiento. Pillo a Ryan mirándonos cuando Logan me da un último beso y rodea el coche para sentarse frente al volante. Me aseguro de dedicarle una sonrisa irónica antes de entrar en el vehículo.

Cuando llegamos a su casa, todo está lleno de cajas. Tengo que luchar por que no me tiemble la sonrisa. Mandy va de un lado a otro, completamente estresada. Aunque sé que Logan habría preferido que nos encerrásemos en su cuarto, nos pasamos el resto de la tarde ayudándola. Con cada minuto que pasa, la hora de despedirnos se acerca más y más. Mientras intentamos organizar el equipaje entre risas no dejo de pensar en lo mucho que los echaré de menos cuando ya no estén aquí.

Después de cenar, una vez que todo está preparado, Mandy se va a la cama y Logan me lleva a su habitación. Tiene su boca sobre la mía antes de que me dé tiempo a cerrar la puerta.

—Voy a echarte de menos.

—No voy a dejarte dormir en toda la noche.

Hay algo triste y romántico en la idea de dejar ir a alguien por amor. Creo que es una muestra de respeto hacia la otra persona, hacia sus decisiones y el camino que elige tomar. Si uno realmente ama a un pájaro salvaje, nunca intentará encerrarlo en una jaula porque sabe que se morirá de tristeza. Lo dejará libre para que pueda echar el vuelo, aunque con eso se arriesgue a que se vaya para siempre. Supongo que el amor es abrirle las puertas a alguien aunque no sepas a ciencia cierta si va a decidir volver.

A la mañana siguiente nos levantamos envueltos en nostalgia.

Cuando suena la alarma, Logan la desactiva con un gruñido y vuelve a acurrucarse conmigo. Ayer nos quedamos despiertos hasta bien entrada la madrugada; estuvimos riéndonos, besándonos y hablando hasta que él fue el primero en dormirse. Yo sabía que era nuestra última noche juntos, así que decidí quedarme despierta, pero ni siquiera ahora, cuando ya ha amanecido, me veo preparada para dejarlo ir. Me tomo un momento para disfrutar de él, de lo que se siente al estar entre sus brazos, y después soy yo la que lo obliga a salir de la cama.

Mandy ya está despierta cuando salimos de la habitación. Siento un torrente de tristeza al ver que las cajas siguen aquí, que no han desaparecido por arte de magia en medio de la noche, pero intento que ninguno de los dos lo note. El día ha llegado. Nos hemos quedado sin tiempo. Logan se va y yo me quedo aquí.

Kenny y Sasha vienen a recogernos con su furgoneta para llevarnos al aeropuerto. Logan se sienta conmigo en la parte de atrás. Me pone una mano en la rodilla y yo me distraigo mirando por la ventanilla mientras ellos hablan sobre el viaje porque sospecho que, como intente pronunciar una palabra, me echaré a llorar. Aparcamos y los acompañamos al mostrador de facturación. Me sorprende seguir entera cuando nos detenemos frente al control de seguridad.

Llega el momento de las despedidas.

Sasha es la primera en echarse a llorar.

—Eres un capullo —le espeta a Logan—. Eres un capullo y no sabes cuánto voy a echarte de menos.

Logan le sonríe con tristeza y ella le da un fuerte abrazo. Entonces él le susurra algo que hace que Sash se ría y le pegue un empujón. Después va a despedirse de Mandy, y Kenny es el siguiente en acercarse a su amigo. Yo los observo en silencio mientras intento tragarme el nudo que tengo en la garganta. No oigo nada de lo que dicen, pero me parece ver los ojos de Kenny enrojecidos cuando ellos también se abrazan.

—Cariño. —Me giro al escuchar la voz de Mandy, y ya no lo aguanto más. Los ojos se me llenan de lágrimas y ella me recibe entre sus brazos. Me estrecha contra sí con el mismo cariño con el que una madre trataría a su hija—. No llores. Es una despedida buena. Nos vamos para perseguir un sueño. Y tú te quedas a luchar por el tuyo.

Si hace meses me hubieran dicho que Mandy y yo acabaríamos estando tan unidas, no me lo habría creído. Ya no es solo la mujer que me contrató para las clases. No es solo la abuela de Logan. Es mi amiga también, una de las más especiales que he tenido nunca, y no consigo hacerme a la idea de que ya no voy a poder ir a visitarla todos los días.

—Cuidarás de mis geranios mientras no esté, ¿verdad? —añade, lo que me hace reír. Me aparto de ella secándome los ojos.

—Mi compañera de habitación alucinará cuando vea que he llenado nuestro cuarto de plantas. —La otra opción era dejarlos abandonados en su casa, pero no iba a permitir que se marchitaran. Ahora tengo una parte de Mandy en mi dormitorio, una que veré todos los días—. Pero sí, los cuidaré. Y te los devolveré cuando regreses.

Ella me sonríe con cariño.

—Gracias, Leah.

—¿Seguirás leyendo mis libros si te los mando por correo? —inquiero con la voz rota.

—Por supuesto que sí, cariño. Y después te llamaré por teléfono para que podamos comentarlos como siempre. ¿Trato hecho?

—Trato hecho. —Y la vuelvo a abrazar.

Mandy me acaricia el pelo y espera pacientemente hasta que soy yo la que decide alejarse. Después me da un beso en la frente.

—Cuídate mucho, niña.

—Tú también. Y cuida de Logan.

—Me alegro de que os encontrarais. Mi nieto necesitaba a alguien como tú. Y yo también —admite mirándome a los ojos—. No tienes ni idea de todo lo que has hecho por nosotros. Eres una chica maravillosa, Leah. Absolutamente maravillosa. No dejes que nadie te haga pensar lo contrario. Tenlo presente todos los días.

Me dedica una última sonrisa y va a despedirse de Kenny y de Sasha. Yo cierro los ojos, tratando de armarme de fuerzas para lo que viene a continuación. Sin embargo, mis intentos no sirven de nada. No soy capaz de ser fuerte. En cuanto vuelvo a abrirlos, me lo encuentro delante de mí, mirándome. Y me vengo abajo.

—No llores —me suplica Logan cuando voy hasta él para que me estreche entre sus brazos—. Estarás bien. No me necesitas aquí.

—No quiero que te vayas —sollozo. He evitado decírselo durante toda la semana, pero ahora ya no puedo mantener esas palabras dentro de mi boca. Supongo que no importa, porque tampoco es que pueda echarse atrás a estas alturas. La decisión está tomada. Se va.

Solo de pensarlo, la pesadez en mi pecho se vuelve más insoportable. No puedo dejar de llorar, y lo odio. Quiero ser fuerte para él, animarlo a irse y a cumplir su sueño. Pero también quiero suplicarle que se quede conmigo. Cuando se aparta para secarme las lágrimas, veo algo en sus ojos que me pone alerta.

—Leah...

—No lo digas —lo interrumpo. Conozco esa mirada y no me gusta en absoluto.

—No quiero ser injusto contigo.

—Entonces no lo seas. No lo digas.

—Voy a estar fuera mucho tiempo. —Parece que le cueste pronunciarlo en voz alta, como si odiara tener que enfrentarse a la realidad—. Pasaré el semestre en Alemania. Y después viajaremos durante el verano. Son nueve meses, Leah. Estás en tu primer año de universidad. No quiero que te sientas estancada por mi culpa. Quiero lo mejor para ti. Prométeme que no me esperarás.

—Solo si tú me prometes lo mismo a mí.

—No voy a prometerte eso.

—Entonces yo a ti tampoco.

Y con eso doy la conversación por finalizada. No pienso aceptar discusiones. Logan debe de saberlo, ya que su mirada se tiñe de humor.

—Tú y tu manía de cerrarme la boca, ¿eh?

—Esto no es un final —le prometo.

—Lo sé. No se siente como uno.

Mete la mano en el bolsillo de su cazadora, saca su gorro gris y me lo pone en la cabeza. Me río mientras me seco las lágrimas. Yo le regalé uno nuevo hace unos días, que es el que lleva puesto ahora. Supongo que lo justo es que este lo tenga yo.

—Te queda mejor a ti —tercia con una sonrisa.

—¿Me prometes que me llamarás?

—Todos los días.

—¿Incluso a pesar de la diferencia horaria?

—Incluso a pesar de eso. —Baja la mano para tocarme la mejilla—. Y después vendré a buscarte y ya tendremos todo el tiempo del mundo.

Asiento mientras trato de contener las lágrimas.

—Sé bueno —susurro.

—Y tú sé un poco mala. Lo justo como para que nadie se pase de la raya contigo. —Me mira a los ojos, y veo ese rastro de tristeza y anhelo en ellos—. Te quiero —añade.

—Y yo a ti.

Me abraza otra vez. Luego se aparta y me besa varias veces, como si él tampoco soportara la idea de tener que marcharse. Cuando se aleja por fin, siento que los músculos se me quedan helados. Me rodeo con los brazos y retrocedo para ir junto a Kenny y a Sasha, a los que Logan dedica una sonrisa de despedida antes de dirigirse con su abuela hacia el control de seguridad.

Ayer cumplimos dos semanas juntos y hoy tengo que verlo marchar. Entiendo que Logan quisiera darme la libertad de no sentirme atada a él mientras no esté. Pero yo no voy a fijarme en nadie más. Quiero estar con Logan. Y superar la distancia será más fácil si nuestra relación tiene una base sólida y sé que su corazón es mío aunque esté lejos.

Sasha tiene la mano entrelazada con Kenny. Me pasa su otro brazo sobre los hombros y yo me apoyo contra ella mientras los vemos alejarse.

—Capullo —repite por lo bajo.

Me río entre lágrimas.

—Tiene su encanto.

—Tendré un montón de bromas preparadas para cuando vuelva —nos asegura Kenny.

—Y yo pensaré en algún maquillaje de monstruito, por si me deja utilizarlo como conejillo de Indias por fin —añade Sash.

—¿En serio? —se sorprende su novio—. Mierda, me encantaría ver eso.

—Podría haceros maquillajes a juego.

—Nos ayudaría a reforzar nuestra amistad —afirma él solemnemente. No puedo evitar reírme—. ¿Qué vas a hacer tú, Leah?

—Podrías escribir una novela —sugiere Sash.

Una sonrisa suave tira de mis labios. Los próximos meses serán difíciles, pero se harán más llevaderos gracias a mis amigos.

—Sí, podría escribir una novela.

SEPTIEMBRE

—

Creo que me preocupo demasiado.
Necesito tomármelo con calma.
Tengo este sentimiento de ansiedad,
pero se va por un minuto
cuando estoy respirando contigo.

The Neighbourhood, *Cry baby*

EPÍLOGO

Leah

Las campanillas de la puerta tintinean cuando la empujo para entrar. Es sábado por la mañana, hace calor y la humedad de septiembre se me adhiere a la piel. Me paro frente al mostrador observando lo que me rodea. La decoración de Mad Masters tiene un rollo urbano que me encanta; las paredes grises están llenas de pósteres y hay dos sofás de terciopelo rojo en el recibidor. Un hombre rapado de piel oscura sale a recibirme.

—Hola, preciosa —me saluda con una sonrisa.

—¿Cómo va todo, Will?

—Bastante bien. —Se detiene al otro lado del mostrador y abre lo que imagino que será el cuaderno de citas. Parece cansado, como si ya llevara muchas horas trabajando—. Eres la de la tormenta, ¿verdad?

—¿Duele mucho? —No puedo evitar preguntárselo. Will se ríe entre dientes.

—Será como si te estuvieran pellizcando. Es soportable.

—Espero que seas bueno conmigo.

—Estoy con otro cliente ahora mismo, pero te dejo en buenas manos. El chico acaba de llegar a la ciudad. Ten paciencia con él. Es un novato —bromea. Entonces, su atención recae en lo que llevo en las manos y enarca una ceja—. ¿Qué es eso?

No puedo contener la sonrisa.

—Es para el novato.

—Entiendo. —Will sonríe también. Me lanza una mirada cómplice y la anticipación se me cuela en el estómago cuando sale del mostrador para ir a llamarlo a su cabina.

Lo primero que pienso al verlo es que no ha cambiado nada. Tiene el pelo más largo; ahora el flequillo le sobresale del gorro y le cae sobre la frente. Y distingo el inicio de varios tatuajes que antes no tenía asomándose por el cuello de su camisa. Pero entonces Will se despide de nosotros y nos deja a solas en el recibidor, y esos ojos oscuros vuelven a clavarse en los míos. Y la sensación es la misma. Es como estar en casa otra vez. Vuelvo a notar esos nervios agradables en el estómago que dan paso a la calma. Al silencio.

Rodeo mi libro con los brazos y doy un paso hacia él.

—Te he traído esto —hablo antes de que le dé tiempo a decir nada. Una chispa de curiosidad brota en sus ojos. Me acerco para dárselo y, cuando sus dedos rozan los míos por accidente, juraría que siento una descarga de electricidad—. Es el libro que empecé a escribir después de Navidad.

Logan frunce el ceño. Él no estaba al tanto de que ya lo había terminado, y eso que hemos hablado todos los días desde que se fue. Ha sido mi pequeño secreto.

—Creía que no me dejarías leerlo.

—Te dije que lo mandaría a editoriales cuando lo acabara. Y que no te lo dejaría hasta que no tuviera noticias. —Hago una pausa—. Pero ahora las tengo.

Abre mucho los ojos.

—Estás de coña —asume.

La sonrisa no me cabe en la cara.

—No lo estoy.

—Leah, eso es...

—Tendrás que dejarme esa ilustración que hiciste. La del atardecer.

—¿Estás hablando en serio?

—Lee la dedicatoria —lo interrumpo antes de que pueda lanzarse a abrazarme. Logan tarda en reaccionar un momento, pero después abre la novela encuadernada. El corazón se me desboca cuando lo veo pasar la primera página. No recuerdo haber estado nunca tan nerviosa, tan ansiosa por conocer su opinión.

Noto el momento exacto en el que la lee porque algo cambia en su expresión. Después cierra el libro y esos ojos oscuros que tanto me hacen sentir regresan a los míos.

—Creía que sería yo el que iría a buscarte a ti.

—No quería que te perdieras.

—Y yo no quería renunciar al honor de hacerte tu primer tatuaje.

Lo que pasó ese día en el aeropuerto, cuando nos despedimos hace nueve meses, nunca se sintió como un final.

Pero esto sí parece el comienzo de algo.

Logan hunde las manos en los bolsillos.

—Hola de nuevo, chica buena.

—Tipo duro —contesto yo, y los dos sonreímos. El corazón se me llena de una infinidad de cosas que nunca seré capaz de describir—. Hola.

Para Logan Turner
y para todos los que saben que el negro
no es solo la ausencia de luz

CAPÍTULO EXTRA

Leah. Dos meses antes del epílogo

—No me creo que eso haya pasado de verdad.

—Te lo prometo.

No puedo dejar de reírme.

—¿Mandy le dijo eso al guardia de seguridad? ¿En serio?

—Estuvieron a punto de echarnos del Museo del Louvre. Menos mal que conseguí convencer al guardia de que dejara pasar el tema. —Logan esboza una sonrisa divertida—. Ojalá hubieras estado aquí. Te habría encantado este sitio.

—Seguro que también habría evitado que os metierais en líos.

—Tengo que meterme en líos, chica buena. Mi novia vive en la otra punta del mundo. Necesito tener cosas que contarte cuando hablamos por teléfono.

Me muerdo el labio para no sonreír. Logan bosteza. Está prácticamente a oscuras, tumbado en la cama del hostal de París en el que su abuela y él se quedan esta noche. Lo único que me permite ver su rostro es la luz de la pantalla del móvil. Hay nueve horas de diferencia entre París y Portland, así que, mientras que él está a punto de irse a dormir tras un día agotador, yo almorcé hace apenas cuarenta minutos.

Nos acostumbramos a hablar por videollamada a diario mientras él estaba en Alemania. Nos resulta más difícil organizarnos ahora que no para de viajar, pero siempre saca tiempo para llamarme aunque sea una vez cada dos días. Antes sentía una oleada de tristeza cada vez que me hablaba de su viaje por no estar ahí con él. Ahora esa preocupación ha desaparecido porque, siempre que Logan vive una experiencia nueva, se convierte en una anécdota que está deseando compartir conmigo. Eso me hace sentirlo más cerca, aunque nos separen miles de kilómetros.

—¿Ya has pensado si te tatuarás algo antes de irte?

—Lo he hecho esta mañana —contesta con tranquilidad. No sé por qué me sorprende, si para estas cosas es impulsivo hasta decir basta.

—¿Me lo enseñas?

—¿No prefieres esperar a verlos en persona?

—La próxima vez que nos veamos, no creo que vaya a fijarme precisamente en tus tatuajes.

—Descarada —se burla, y yo sonrío. Después se incorpora, deja el móvil apoyado en la pared y empieza a subirse la camiseta—. Por nuestro bien, más vale que mi abuela no aparezca de pronto y crea que estamos haciendo cosas indecentes. Se pasaría el resto del viaje dándome el coñazo.

Después se gira y por fin me deja ver su espalda.

Algo que me encanta de Logan es su creatividad. Me dijo que quería hacerse un tatuaje por cada país que visitase con su abuela, pero, en lugar de distribuirlos de manera independiente, con cada tatuaje por separado, decidió hacerlos formar parte de un todo. Está tatuándose una ciudad. Empezó con la silueta del edificio en el que vivía en Weimar y ha ido llenándose con los monumentos más importantes de Europa. Ahora ha añadido un río, que imagino que será el Sena, y un puente que recuerdo haber visto alguna vez en la televisión.

—Se llama Pont des Arts —me explica—. Cruza el río Sena en el centro de París. Está lleno de candados que representan las promesas de amor de quienes lo visitan. —Se da la vuelta para mirarme mientras se baja de nuevo la camiseta—. Mi abuela compró uno y lo puso en honor al abuelo.

Lo que va implícito en esas palabras, en su forma de mirarme, me provoca un cosquilleo.

—Creo que a mí también me gustaría ver París.

—Algún día lo visitarás conmigo y te enseñaré el candado que he puesto yo.

Se echa hacia atrás en la silla con ese destello pícaro en los ojos. En momentos como este odio aún más la distancia, porque lo único que me apetece es lanzarme a besarlo y a abrazarlo y no separarme de él en horas. Tengo que conformarme con sonreírle a una pantalla.

—Espero que no nos dé mala suerte.

—He puesto un candado por ti en el Pont des Arts de París. No va a darnos mala suerte. De hecho, significa que técnicamente ya no puedes romper conmigo.

—A no ser que encuentre unas tenazas con las que deshacerme del candado.

—Siempre tan graciosa.

—Te echo de menos.

—Lo sé. Y yo a ti.

Aun así, una relación a distancia, complicada, tan caótica y bonita a la vez, es mejor que no tener nada de él en absoluto. Cuento los días para que Logan regrese a Portland, pero de momento me conformo con disfrutar de él así; con sus noches en vela para hablar conmigo pese a la diferencia horaria, sus anécdotas divertidas y cada detalle nuevo que descubro de él y hace que me guste más.

Cuando le pregunté por qué había decidido tatuarse la ciudad solo en la parte superior izquierda de la espalda, me contestó que quería tener espacio para todas esas experiencias que todavía le quedan por vivir y que merecerán ser recordadas. Me gusta esa idea, la de usar tu cuerpo como un álbum de recuerdos para el futuro.

Y me he dado cuenta de que, a partir de ahora, quiero estar presente en todos los suyos.

Y que él forme parte de los míos.

Ya me ha hablado sobre cuál será el tatuaje que se hará cuando vuelva a casa. Un prisma, porque refleja y descompone la luz en los colores del arcoíris. Bromeé diciéndole que me recordaba a la portada de un álbum de Pink Floyd. Logan me contestó que al verlo él solo pensaría en mí.

—¿Próximo destino? —le pregunto.

—Venecia, Italia. Nos vamos mañana. Estaremos recorriendo los canales antes del anochecer.

—Procura quedarte siempre dentro de la barca.

—Gracias. No se me había ocurrido.

—¿Y después?

—Florencia. Roma. Luego visitaremos Atenas y volveremos a subir. Nos gustaría ir a Praga, en la República Checa, y Oslo, en Noruega. Acabaríamos en Dublín. Será el último destino antes de volver a Portland.

Me lanza una mirada significativa, y sé que parte de él también desea que ese día llegue ya.

—La semana que viene me iré a ese curso en Washington —le cuento.

—¿Podré llamarte por teléfono?

—No estoy muy segura. Son muchas horas de clase al día. Te avisaré.

—Serás su alumna estrella.

—Crees demasiado en mí.

—La próxima vez que nos subamos juntos a un avión será para ir a una de tus firmas internacionales de libros. Confía en mí. Sé lo que digo.

—¿Me acompañarás?

—A todas y cada una de ellas.

—¿Por dónde podríamos empezar?

—Prefiero que lo elijas tú.

—Londres, Inglaterra —decido sin titubear.

—¿Por qué?

—¿Por qué no?

—Sí, tienes razón. Por qué no.

Oigo el cerrojo de la entrada y voces que provienen del pasillo. Mis padres, que habían salido con Oliver, ya están de vuelta. Logan debe de oírlo también, ya que sus ojos me animan en silencio a dar el paso de una vez.

—Mis padres acaban de llegar a casa —lo aviso de todas formas—. Debería..., tengo que dejarte.

Él me sonríe, a sabiendas de lo que pretendo.

—Suerte, chica buena. Hablamos después.

La pantalla se queda en negro. Mientras cierro el portátil, los nervios hacen que me cosquilleen los dedos. Cierro los ojos un momento para armarme de fuerzas, y luego me levanto y saco un libro en concreto de la estantería. Lo he mirado tantas veces desde que Logan me lo regaló que las páginas ya están amarillentas y el lomo un poco desgastado. A veces pienso en lo bonito que sería tener la oportunidad de ir a firmas, como él dice, y ver mi novela en manos de otra persona; ver que la ha subrayado y marcado, que ha doblado las páginas y ha escrito en ellas, y que, de alguna manera, ha conseguido convertir algo que era solo mío en suyo también.

Si quiero que esa experiencia llegue en algún momento, primero tengo que hacer esto.

Cuando salgo de mi cuarto, oigo hablar a mis padres desde la cocina. Oliver se habrá ido a dibujar a su cuarto, como siempre —se le da mucho mejor ahora que Logan está para darle consejos—. Rodeo el libro con el brazo y me aclaro la garganta para llamar su atención cuando llego a la puerta.

Mamá clava sus ojos verdes en mí.

—Hola, cariño. ¿Cómo está Logan? ¿Has hablado con él?

—Dile al chico que no me importa la distancia, mis amenazas siguen vigentes —refunfuña papá, con lo que se gana una mirada recriminatoria de su mujer.

—¡George! —exclama ella, molesta.

Frunzo los labios, inquieta. Entonces mamá se da cuenta por fin de lo que tengo en las manos y frunce el ceño con confusión. Reúno valor. Puedo con esto.

—Tengo que contaros una cosa.

Mis padres intercambian una mirada.

—¿Os acordáis del curso del que os hablé?

—¿El de Washington? —inquiere papá.

Asiento.

—Es un curso de escritura creativa. Mi profesora me animó a presentar la solicitud porque pensaba que me ayudaría a cumplir mi sueño. Yo... quiero ser escritora. Sueño con serlo desde que tengo memoria. Desde que aprendí a leer. Desde que visitaba las librerías imaginando que podría encontrar mi nombre en los estantes. —Trago saliva y, sin esperar más, les tiendo el libro—. Esta es mi primera novela. Se llama *Bajo la piel.* Y, si a vosotros os apetece, me gustaría que la leyerais.

AGRADECIMIENTOS

Cuando una conecta con una historia de la manera en la que yo conecté con Logan y Leah, sabe que tiene algo especial entre manos. Escribir esta novela ha sido un proceso intenso; no he podido dejar de pensar en ella ni un solo segundo. Cada vez que me sentaba a escribir, acababa con ese cosquilleo avaricioso en los dedos, esa ansia por regresar a la historia una y otra vez. A pesar de ser una de mis novelas más largas, ha sido la que más rápido he escrito. Así que, Logan y Leah, gracias por recordarme por qué me apasiona escribir.

Voy a echaros de menos.

Quería aclarar que me he tomado ciertas libertades con las localizaciones. No son errores, sino decisiones propias que tomé por el bien de la trama. Logan y Leah viven en Hailing Cove, un pueblo ficticio. La banda que escuchan, 3AM, es ficticia también.

Ahora sí, me gustaría dar las gracias:

A mis padres, en primer lugar, que siempre creen en mí, incluso cuando yo misma dejo de hacerlo. Mamá, papá, sé que todo esto os ha pillado un poco por sorpresa —a mí también—, pero gracias por estar siempre ahí para mí, por recordarme quién soy y mantenerme con los pies bien puestos en el suelo. Gracias, papá, por vivir esta aventura conmigo con tanta ilusión, y gracias, mamá, por tranquilizarme cada vez que siento que el mundo se me viene encima. Gracias también a mi hermana Laura, que se pasea por la fila de lectores en mis firmas haciéndose amiga de todo el mundo (empiezo a pensar que vienen a verte a ti en vez de a mí).

A mis tíos Miguel y Charo, por ser los primeros en apuntarse siempre a todo. Gracias por nuestras llamadas largas de buenas noticias y por vuestra eterna generosidad. A mi tía Mercedes, que siempre disipa esas dudas tontas que me surgen con mis historias. Gracias a los tres y a mis tíos Mario, Mar, Francis, Francisco y José Antonio por vuestro apoyo.

Gracias también a mis abuelos José y Carlos y a mi abuela Vale, que fue mi inspiración para Mandy. Os quiero mucho. Y a mi tío Luis, mi abuela Noli y mi tía Carmen, que sé que me están viendo desde ahí arriba.

A Javier, @tikkatattoo en Instagram, mi tatuador de confianza. Gracias por ayudarme a plasmar el mundo del tatuaje —complicado, pero tremendamente bonito— en esta novela.

A Mónica, mi hermana de otra sangre, que fue la primera en leer cada capítulo de esta historia. Gracias por emocionarte conmigo con cada idea que te cuento y por aguantarme cuando lloro, cuando me frustro y cuando no puedo hacer nada más aparte de hablar del libro. A Blanca, Lucía y Clara, mis mejores amigas, gracias.

A Paula, gracias infinitas. Tú sabes por qué.

A Toni, la dueña de la librería que me vio crecer. Y también a todos los libreros, que hacen un trabajo maravilloso cuidando de mis libros.

Y a Maritere, que confió en mí desde el minuto uno (Mandy y Leah siempre me recordarán a nosotras).

A Pablo, que me está acompañando en el camino. Gracias de corazón.

A la Editorial Planeta, en especial a Raquel Gisbert y a Lola Gulias, mi querida y paciente editora, por la confianza que han depositado en mis libros y en mí. Gracias también al resto del equipo; Laia, Isa, hacéis que todo sea muy fácil.

Y, por último, a mis lectores, que son los pilares de todo. Habéis creado una comunidad maravillosa en torno a mis libros que me siento muy afortunada de tener. Gracias por vuestros mensajes, vuestra emoción infinita, vuestra paciencia en las firmas y por querer a mis personajes tanto como los quiero yo. Es un honor escribir para vosotros. Espero poder seguir haciéndolo durante mucho tiempo.

A todas y cada una de las personas que aparecen aquí y también a ti, que tienes ahora este libro en las manos, gracias.